Jin Yong

DER SCHWUR DER ADLERKRIEGER

Roman

Aus dem Chinesischen übersetzt
und mit einem Glossar von Karin Betz

WILHELM HEYNE VERLAG
MÜNCHEN

Titel der chinesischen Originalausgabe:
射雕英雄傳 2
Shediao yingxiong zhuan 2

Sollte diese Publikation Links auf Webseiten Dritter enthalten,
so übernehmen wir für deren Inhalte keine Haftung,
da wir uns diese nicht zu eigen machen, sondern lediglich auf
deren Stand zum Zeitpunkt der Erstveröffentlichung verweisen.

Penguin Random House Verlagsgruppe FSC® N001967

Deutsche Erstausgabe 09/2021
Redaktion: Kristof Kurz
Copyright © 1959, 1976, 2003 by Jin Yong (Louis Cha)
Copyright © 2021 der deutschsprachigen Ausgabe und
der Übersetzung by Wilhelm Heyne Verlag, München,
in der Penguin Random House Verlagsgruppe GmbH,
Neumarkter Straße 28, 81673 München
Die Übersetzerin dankt dem Deutschen Übersetzerfonds e. V.
für die großzügige Unterstützung ihrer Arbeit durch ein Stipendium.
Printed in Germany
Umschlaggestaltung: DAS ILLUSTRAT GbR, München,
unter Verwendung einer Illustration von
Ming Ho Publications Corporation Limited and Lee Chi Ching
Satz: Schaber Datentechnik, Austria
Druck und Bindung: CPI books GmbH, Leck

ISBN: 978-3-453-31992-9

www.heyne.de

Inhalt

Personenverzeichnis 7

1 Qiu Chujis Niederlage 15
2 Die Reue des stolzen Drachen 77
3 Der Krüppel von den Fünf Seen 149
4 Der Herr der Pfirsichblüteninsel 223
5 Der Drache peitscht mit dem Schwanz 277
6 *Der wahre Weg der Neun Yin* 321
7 Das Duell der Hände 383
8 Die drei Prüfungen 429
9 Ein Meer von Haien 491

Glossar 545

Personenverzeichnis

PROTAGONISTEN

Guo Jing, Sohn von Guo Xiaotian und Li Ping; aufgewachsen im Klan von Dschingis Khan in der Mongolei; Schüler der Sieben Sonderlinge des Südens

Huang Rong, Tochter von Ketzer des Ostens Huang Yaoshi und gewitzte Kung-Fu-Kämpferin

Wanyan Kang (Yang Kang), Sohn Yang Tiexins und Bao Xiruos; aufgewachsen als Adoptivsohn des Jin-Prinzen Wanyan Honglie

Mu Nianci, Adoptivtochter Yang Tiexins

DIE FAMILIEN GUO UND YANG AUS NIU

Guo Xiaotian, Nachfahre von Guo Sheng (einem der legendären Räuber vom Liangshan-Moor)

Yang Tiexin, Schwurbruder Guo Xiaotians, Nachfahre des Helden Yang, der unter General Yue Fei gedient hat

Bao Xiruo, Yang Tiexins Frau, Mutter von Yang Kang

Li Ping, Guo Xiaotians Frau, Mutter von Guo Jing

DIE SIEBEN SONDERLINGE DES SÜDENS

Ke Zhen'e, der Bezwinger allen Übels, genannt Fliegende Fledermaus
Zhu Cong, der Gelehrte, genannt Wunderhand
Han Baoju, der Reiterkönig, genannt Hüter der Ställe
Nan Xiren, der Holzhacker, genannt Holzfäller der südlichen Berge
Zhang Asheng, der Metzger, genannt Lachender Buddha
Quan Jinfa, der Herrliche, genannt Heimlicher Held des Marktplatzes
Han Xiaoying, die Fischerin, genannt Meisterin des Yue-Schwerts

DIE FÜNF GROSSMEISTER DES JIANGHU

Wang Chongyang, Magier der Mitte
Huang Yaoshi, Ketzer des Ostens
Ouyang Feng, Gift des Westens
Hong Qigong, Bettler des Nordens
Duan Zhixing, König des Südens

DIE DAOISTEN

Wang Chongyang, Magier der Mitte, genannt Zweifache Sonne; einer der fünf Großmeister des Jianghu, Begründer der Quanzhen-Kung-Fuschule der Daoisten
Zhou Botong, genannt Alter Kindskopf; Nachfolger Wang Chongyangs

Die Sieben Jünger der Quanzhen-Schule:
Ma Yu, genannt Zinnoberrote Sonne
Tan Chuduan, genannt Ewige Wahrheit
Qiu Chuxuan, genannt Langes Leben
Qiu Chuji, genannt Ewiger Frühling
Wang Chuyi, genannt Jadesonne
Hao Datong, genannt Große Ruhe
Sun Bu'er, genannt Wandelnde Klarheit

SCHULE DER PFIRSICHBLÜTENINSEL DES OSTMEERS

Huang Yaoshi, Ketzer des Ostens; einer der fünf Großmeister des Jianghu

Seine Schüler:

Mei Chaofeng, genannt Eisenleiche
Chen Xuanfeng, genannt Kupferleiche
(zusammen bekannt als die **Zwillingsmörder der Dunklen Winde**)
Qu Lingfeng
Lu Chengfeng
Wu Baifeng
Feng Qianfeng

DER BETTLERKLAN

Hong Qigong, der Bettler des Nordens, Hauptmann des Bettlerklans
Li Sheng, der Schlangenkönig des Ostufers

BEWOHNER DES WANDERWOLKENPALASTS

Gutsherr Lu Chengfeng, genannt Krüppel von den Fünf Seen; Gelehrter und Herr des Wanderwolkenpalasts
Lu Guanying, Sohn von Gutsherr Lu; Schüler der buddhistischen Shaolin-Schule; Befehlshaber der Piraten des Tai-Sees

DIE MONGOLEN

Temüjin, der Große Khan, später Dschingis Khan
Tolui, vierter Sohn des Khans; Schwurbruder (Anda) Guo Jings
Khojin, Tochter des Khans
Jebe, einer der Generäle Dschingis Khans; berühmter Bogenschütze
Borokhul, einer der Generäle Dschingis Khans

JIN-KAISERHAUS (JURCHEN),
Eroberer Nordchinas mit der Hauptstadt Zhongdu
(vordem Yanjing, heute Peking)

Wanyan Honglie, der Sechste Prinz von Jin, Titel König Zhao
Wanyan Kang, Adoptivsohn Wanyan Honglies

KAMPFKÜNSTLER IM GEFOLGE WANYAN HONGLIES

Ouyang Ke, Meister vom Weißen Kamelhügel; Neffe von Gift des Westens Ouyang Feng
Sha Tongtian, der Drachenkönig vom Dämonentor
Hou Tonghai, der Dreigehörnte Drache
Liang Ziweng, der Ginseng-Unsterbliche

Peng Lianhu, der Metzger der tausend Hände
Lobsang Choden Rinpoche, Lama Ewige Weisheit

Qiu Qianren, genannt Wasserwandler mit der Eisenfaust

Die vier Dämonen des Gelben Flusses,
Schüler Sha Tongtians:

Shen Qinggang, genannt Seelensäbel
Wu Qinglie, genannt Todesspeer
Ma Qingxiong, genannt Teufelspeitsche
Qian Qingjian, genannt Unheilsaxt

射雕英雄傳

DER SCHWUR DER ADLERKRIEGER

长春服输

1
Qiu Chujis Niederlage

»Jetzt entkommst du uns nicht mehr, elender Lustmolch!«, rief der peitschenschwingende Dickwanst.

Guo Jing erkannte die Stimme sofort. »Dritter Meister! Hilf mir!«

Nachdem die Sechs Sonderlinge sich in Kalgan von Guo Jing getrennt hatten, waren sie den acht Frauen vom Weißen Kamelberg, deren Pläne sie in der Herberge belauscht hatten, dicht auf den Fersen geblieben. In derselben Nacht fanden sie heraus, dass es sich bei ihnen um Konkubinen von Ouyang Ke handelte, des Meisters vom Weißen Kamelberg, die in seinem Auftrag die Tochter einer respektablen Familie entführen sollten. Das konnten die sechs nicht stillschweigend geschehen lassen.

Ouyang Kes Kampfkunst mochte überragend sein, aber mehr als ein Jahrzehnt in der rauen Steppe der Mongolei hatte die Sonderlinge gestählt. Als ihm Ke Zhen'e, genannt Flinke Fledermaus, einen Hieb mit seinem Metallstab versetzte und Wunderhand Zhu Cong ihm dann mit der ihm eigenen Kunst *Muskeln teilen und Knochen brechen* den kleinen Finger der linken Hand brach, ließ er die Gefangene los und floh ohne seine Beute. Zwei der Konkubinen, die Ouyang Ke in seinem Treiben unterstützt hatten, starben von der Hand Nan Xirens, genannt Holzfäller der südlichen Berge, und Quan Jinfas, dem Heimlichen Helden des Marktplatzes.

Unmittelbar nachdem die Sonderlinge die Entführung vereitelt und das Mädchen sicher nach Hause gebracht hatten, hatten sie die Verfolgung Ouyang Kes aufgenommen. Der verschlagene Lüstling verstand sich gut darauf, seine Spuren zu verwischen, doch da keiner von ihnen ihm allein gewachsen war, hatten sie es nicht gewagt, sich bei der Suche aufzuteilen. Seine auffälligen Gefährtinnen, die stets in weißen Kleidern auf weißen Kamelen ritten, waren leichter aufzuspüren gewesen und hatten die sechs schließlich bis zur Residenz des Sechsten Prinzen von Jin, Wanyan Honglie, geführt.

Ouyang Kes weiße Kleider leuchteten so auffällig im Dunkeln, dass sich Reiterkönig Han Baoju und seine Gefährten sofort auf ihn stürzten. Dann hörten sie die Stimme Guo Jings. Doch als sie sich freudig überrascht nach ihm umdrehten, sahen sie ausgerechnet Eisenleiche Mei Chaofeng peitschenschwingend auf seinen Schultern sitzen! Erschrocken griff Han Xiaoying, die Meisterin des Yue-Schwerts, die Erzfeindin an. Quan Jinfa rollte unterdessen unter der tanzenden Peitsche hindurch, um Guo Jing zu befreien.

Als Peng Lianhu und seine Kumpane sahen, dass die sechs Neuankömmlinge sowohl Ouyang Ke als auch Mei Chaofeng angriffen, wussten sie nicht, ob sie es mit Freund oder Feind zu tun hatten. Mit ein paar Sprüngen seiner Kunst des Bodenboxens entwischte Peng Lianhu Mei Chaofengs Peitschenhieben und schrie seinerseits: »Halt! Lasst uns reden!«

Seine Stimme dröhnte in aller Ohren wie ein mächtiger Paukenschlag. Liang Ziweng und Sha Tongtian zogen sich aus dem Kampfgetümmel zurück.

»Dritter Bruder, Siebte Schwester, sofort aufhören!«, befahl Ke Zhen'e. Er wusste, dass mit einem, der eine solche Stimme hatte, nicht zu spaßen war. Han Xiaoying und Han Baoju ließen von Mei Chaofeng und Ouyang Ke ab.

Keuchend ließ auch Mei Chaofeng ihre silberne Peitsche ruhen. Huang Rong trat auf sie zu. »Du hast dich wirklich hervorragend geschlagen«, sagte sie mit zuckersüßer Stimme zu ihr, »Vater wäre stolz auf dich.« Dabei bedeutete sie Guo Jing, die blinde Mei Chaofeng endlich von seinen Schultern abzuwerfen.

»Essenz wird zu Qi, Qi wird Geist, Geist wird Leere. Das ist die Bedeutung von *Drei Herrlichkeiten sammeln sich auf der Krone*, merkt es Euch gut«, antwortete Guo Jing rasch auf Mei Chaofengs letzte Frage, bündelte sein eigenes Qi und warf sie von seinen Schultern, während sie noch über den Sinn dieser Erklärung nachdachte. Schnell sprang er zurück, doch noch bevor seine Füße wieder den Boden berührten, tanzten schon die Widerhaken ihrer *Weißen Schlangenpeitsche* vor seinem Gesicht.

Mit einem Salto rückwärts ließ Reiterkönig Han jetzt seine eigene Peitsche fliegen. Als sie sich um Mei Chaofengs Schlangenpeitsche wickelte, verspürte er einen schmerzhaften Ruck in der Hand. Sie hatte ihm seine Waffe kurzerhand entwunden.

Mei Chaofeng federte ihren Sturz elegant mit beiden Armen ab und landete unversehrt auf der Erde. Natürlich hatte sie sofort Ken Zhen'es Stimme erkannt. Die Sieben Sonderlinge des Südens! *Jahrelang habe ich nach ihnen gesucht, und ausgerechnet heute tauchen sie hier auf,* dachte sie wütend. *Als ob ich nicht schon genug Ärger mit den anderen vier hätte ...*

Wieder erinnerte sie sich an jene schicksalhafte Nacht in der Mongolei. *Es ist mir gleich, was aus diesem alten Pillendreher und dem Rest wird. Heute Nacht will ich meine Rache, jeden Einzelnen der Sieben Sonderlinge will ich vernichten, und wenn ich dabei zugrunde gehe!*

Sie hielt ihre Peitsche gepackt und lauschte auf jedes Geräusch. *Warum sind sie nur zu sechst, wo hat sich der siebte versteckt?* Sie wusste nicht, dass Zhang Ahsheng, der Lachende Buddha, in jener Nacht, als sie ihr Augenlicht und ihren Geliebten verloren hatte, seinen Verletzungen erlegen war.

In sicherem Abstand zu Mei Chaofengs tödlicher Waffe hielten die Sechs Sonderlinge und die anderen Kämpfer den Atem an. Keiner wagte es, sich ihr zu nähern oder ein Wort zu sagen.

Schließlich flüsterte Zhu Cong Guo Jing zu: »Was hat es mit diesem Kampf auf sich? Warum hast du dieser Hexe geholfen?«

»Diese Leute wollten mich umbringen, und Mei Chaofeng hat mich gerettet.«

Diese Antwort machte Zhu Cong noch ratloser.

»Wer seid Ihr?«, fragte Peng Lianhu nun barsch. »Wie kommt Ihr dazu, in die Residenz von König Zhao einzudringen?«

»Mein Name ist Ke Zhen'e. Man nennt meine Geschwister und mich die Sieben Sonderlinge des Südens.«

»Die Sieben Sonderlinge? Welch unverhoffte Ehre!«, spottete Peng Lianhu.

»Allerdings! Der alte Sha wollte schon immer gern wissen, aus welchem Holz Ihr geschnitzt seid«, rief Sha Tongtian zähneknirschend dazwischen. Allein dieser Name ließ ihn an die schmähliche Niederlage denken, die er und seine vier Kampfbrüder vor den Augen der Mongolen- und der Jin-Armee durch die Hand ihres Schülers Guo Jing erlitten hatten.

Mit einem Schrei stürzte er sich auf Nan Xiren und holte zu einem Handkantenschlag auf dessen Kopf aus. Nan Xiren rammte seine Schulterstange in die Erde, um ihn abzublocken, und hob die Arme. Es war abzusehen, dass Nan Xiren dem Gegner unterlegen war. Rasch eilten Han Xiaoying und Quan Jinfa ihrem Bruder mit Schwert und eiserner Balkenwaage zu Hilfe.

Nun sprang Peng Lianhu mit Geheul auf Quan Jinfa zu, um ihm die Waffe zu entreißen. Mit einem Rückwärtssalto schleuderte Quan Jinfa die Eisenhaken am Ende der Balkenwaage hoch. Eine solche Waffe war dem Metzger mit den zehntausend Händen in der Welt der Kampfkünste noch nicht untergekommen. Mit einer Form namens *Die wilde Schlange windet sich* wich Peng Lianhu gerade noch den Haken aus. »Was soll das für eine Waffe sein?«, wütete er ungläubig. »Eine Waage?«

»Um arme Schweine wie dich zu wiegen!«, konterte Quan Jinfa.

Erbost schwang Peng Lianhu seine harten Fäuste. Quan Jinfa duckte sich. Wie sollte er gegen diesen wild gewordenen Tiger bestehen? Han Baoju stand ihm mit Fäusten und Fußtritten bei, aber ohne die Peitsche fehlte seinem Kung-Fu die wahre Meisterschaft. Selbst zwei gegen einen wurde es bei diesen Gegnern für die Sonderlinge eng.

Nun trat der Erste Bruder Ke Zhen'e mit seinem Wunderstab an der Seite Nan Xirens und Han Xiaoyings gegen Sha Tongtian an. Der Zweite Bruder Zhu Cong kam Quan Jinfa und Han Baoju zu Hilfe, indem er mit seinem Ölpapierfächer auf Peng Lianhus Nervenpunkte zielte. Das Kung-Fu der beiden ältesten Sonderlinge übertraf das der anderen bei Weitem, und da es zusätzlich je drei gegen einen stand, gewannen sie die Oberhand über ihre Gegner.

Unterdessen setzte Huang Rong weiter Hou Tonghai zu, der ihr fraglos überlegen war, aber wegen des *Eisernen Igels*, den sie an Kopf und Körper trug, nicht zuzuschlagen wagte. Sie machte sich einen Spaß daraus, ihn immer wieder spielerisch anzugreifen.

»Das ist kein gerechter Kampf!«, rief Hou Tonghai. »Leg gefälligst den *Eisernen Igel* ab, du elendes Luder!«

»Gern, sobald du deine drei Riesenwarzen auf der Stirn abschneidest!«, gab sie zurück.

»Meine Warzen tun niemandem weh!«

»Und ob! Mir wird ganz schlecht von ihrem Anblick, und dadurch bist du im Vorteil. Na los, eins, zwei, drei, weg damit, und ich lege den *Eisernen Igel* ab.«

»Niemals!«

»Weg damit, sonst ist der Kampf ungerecht.«

»Ich lasse mich nicht noch einmal von dir ins Bockshorn jagen!«

Ouyang Ke beobachtete das Geschehen von der Seite. *Die alte Hexe kann in ihrem Zustand wenig ausrichten, mit der kann ich mich später befassen. Zunächst müssen wir diese sechs Unruhestifter erledigen. Denen werde ich zeigen, was wahres Kung-Fu ist!*

Er sprang hoch und war im Nu bei Ken Zhen'e; eine überragende Zurschaustellung der besonderen Schwebekunst seiner Schule, bekannt unter dem Namen *Tausend Li in einem Atemzug*. »Da ich sonst nichts zu tun habe«, rief er dabei, »will ich dir blindem Giftzwerg eine Kostprobe der Kampfkunst meiner noblen Vorfahren geben!« Und schon schnellte seine Rechte auf Ke Zhen'e zu. Der Erste unter den Sonderlingen wirbelte seinen Stab zur Abwehr herum, doch Fürst Ouyang schlug unvermittelt mit der Linken zu. Ke Zhen'e duckte sich weg und konterte mit der Form *Der Buddhawächter Vajrapani*. Schon war Ouyang Ke zum Angriff auf Nan Xiren übergegangen. Geschickt teilte er nach allen Himmelsrichtungen Schläge aus, und es schien ganz so, als würde er binnen kürzester Zeit alle sechs Sonderlinge ins Nirwana befördern.

Liang Ziweng hingegen hatte Guo Jing keinen Moment lang aus den Augen gelassen. Jetzt, wo die sechs Meister des jungen Mannes mit Fürst Ouyang beschäftigt waren, sah er seine Gelegenheit gekommen. Er packte Guo Jing mit beiden Händen, und ehe dieser sich wehren konnte, holte er zu einem Schlag in seine Magengrube aus. Guo Jing zog den Bauch ein und wich mit der Kraft der Verzweiflung rückwärts aus. Dabei riss sein Hemd entzwei, und die Medizin, die er Liang gestohlen hatte, fiel heraus. Liang Ziweng roch die Kräuter, schnappte sofort zu, verstaute sie in seinem eigenen Hemd und setzte gleich zum nächsten Schlag an.

Guo Jing gelang es knapp, seinen Pranken auszuweichen. Er rannte auf Mei Chaofeng zu. »Rette mich!«

Dein Glück, dass ich noch ein paar Fragen zum inneren Kung-Fu der Daoisten habe, dachte sie grimmig. »Nimm mich auf deine Schulter«, rief sie mit rasselndem Atem. »Vor diesem Ginseng-Unsterblichen brauchen wir uns nicht zu fürchten.« Sie auf die Schultern zu nehmen, war ein Leichtes, sie wieder abzuschütteln war es nicht. Also lief Guo Jing doch lieber geradewegs an ihr vorbei. Liang Ziweng folgte ihm dicht auf den Fersen. Als Guo Jing jedoch in Reichweite von Mei Chaofengs silberner Schlangenpeitsche kam, hielt Liang Ziweng sich vorsichtshalber zurück.

Der passende Augenblick, den Tod ihres Geliebten zu rächen, war gekommen. Mei Chaofeng lauschte Guo Jings Schritten nach. Eine rasche Drehbewegung aus dem Handgelenk, und schon drohte ihre Peitsche, sich um Guo Jings Beine zu winden.

Huang Rong, die immer noch mit Hou Tonghai Katz und Maus spielte, hatte Guo Jing ebenfalls keinen Augenblick aus den Augen gelassen. Als Liang Ziweng ihm zusetzte, war sie zu weit entfernt gewesen, um einzugreifen, doch jetzt rannte er in ihre Richtung, und sie sah entsetzt, wie Mei Chaofengs Peitsche nach ihm schnappte. Flugs sprang sie dazwischen. Das Peitschenende wand sich um ihre Taille und schleuderte sie in festem Griff durch die Luft.

»Du wirst mir doch nicht wehtun wollen, Mei Ruohua?«, rief Huang Rong.

Oje, die scharfen Widerhaken meiner Peitsche haben doch nicht etwa das Mädchen erwischt? Mein Meister wird mir niemals verzeihen! Was nun? Erst einmal will ich sie gründlich untersuchen. Mit einem Ruck zog Mei Chaofeng das Peitschenende zu sich heran, befreite zitternd die Gefangene aus der Umklammerung und stellte beruhigt fest, dass die Widerhaken nur Huang Rongs Kleider zerrissen hatten. Das Mädchen selbst war unversehrt.

»Du hast mir das Kleid ruiniert! Das wirst du büßen!«
Wie kann es sein, dass ihr meine Waffe so gar nichts anhaben konnte? Ah, ich weiß es! Der Meister hat ihr den Eisernen Igel *gegeben!* »Ich bitte um Vergebung. Selbstverständlich werde ich meiner jüngeren Schwester das Kleid ersetzen.«

Huang Rong wich zurück und winkte Guo Jing zu sich. Sie standen jetzt außerhalb der Reichweite Mei Chaofengs, aber noch nah genug, dass sich Liang Ziweng nicht zu nähern wagte.

Die Sonderlinge bildeten Rücken an Rücken einen geschlossenen Kreis und mühten sich mit all ihrer Kunst, die Angriffe Sha Tongtians, Peng Lianhus, Hou Tonghais und Fürst Ouyangs abzuwehren. Diese Aufstellung hatten sie in der Mongolei erprobt, um sich den Rücken von Angriffen freizuhalten. Trotz der auf diese Weise gewonnenen Stärke blieben ihre Gegner überlegen und ihre Lage ernst. Han Baoju war bereits an der Schulter verletzt, kämpfte aber mit zusammengebissenen Zähnen weiter. Auf keinen Fall durfte eine Lücke in ihrer Abwehr entstehen. Allerdings hatte Peng Lianhu die Schwachstelle längst entdeckt und traktierte den Reiterkönig fortgesetzt mit mörderischen Angriffen.

Guo Jing zögerte nicht, seinem Meister beizustehen, rannte los und stieß Peng Lianghu mit der Bewegung *Mit den Wolken den Mond verjagen* beide Handflächen in den Rücken. Der Angegriffene lachte höhnisch und beförderte Guo Jing mit nur drei Handbewegungen auf die Knie.

Ist das Liebste in Gefahr, ist jedes Mittel recht, dachte Huang Rong. Um Guo Jing aus seiner misslichen Lage zu retten, reichte ihr Kung-Fu nicht aus, darum galt es, mit anderen Mitteln zu kämpfen.

»Mei Chaofeng!«, rief sie laut. »Du hast meinem Vater *Der wahre Weg der Neun Yin* gestohlen. Her damit, ich will es ihm zurückbringen!«

Sofort drehten sich Ouyang Ke, Sha Tongtian, Peng Lianhu und Liang Ziweng wie ein Mann zu Mei Chaofeng um. Jeder von ihnen hatte denselben Gedanken. *Sie hat es also! Die Schrift, die das Geheimnis zur Unbesiegbarkeit enthält! Ich muss sie besitzen!* Die Sonderlinge interessierten sie nicht mehr.

Mei Chaofeng wusste, was sie erwartete, und ließ ihre Peitsche in alle Richtungen wirbeln, um die vier Kämpfer auf Abstand zu halten.

Rasch packte Huang Rong Guo Jing am Arm. »Schnell weg von hier«, flüsterte sie.

In diesem Augenblick tauchte eine atemlose Gestalt aus dem Dunkel des Gartens auf. Dann erkannten sie die goldene Krone, die ihm schief auf dem Kopf hing. »Verehrte Meister«, keuchte Wanyan Kang. »Mein Vater benötigt Eure Hilfe. Meine Mutter ... Meine Mutter wurde aus dem Palast entführt.«

In seiner Aufregung bemerkte der junge Prinz nicht, dass seine heimliche Meisterin Mei Chaofeng gelähmt auf dem Boden hockte.

Widerwillig hielten die vier Meister inne. Es wäre in höchstem Maße ungehörig gewesen, sich dem Hilferuf ihres Gönners zu widersetzen. Ob die Sonderlinge sie nur deshalb herausgefordert hatten, um von der Entführung abzulenken? Aber wie konnten sie sich so mir nichts, dir nichts die einmalige Gelegenheit entgehen lassen, in den Besitz des begehrten Handbuchs zu kommen? Und wie verhindern, dass einer der drei anderen es sich schnappte? Sie überlegten hin und her und gelangten endlich zu dem Schluss, zunächst dem Ruf des Sechsten Prinzen von Jin zu folgen. Immerhin wussten sie jetzt, wo das Handbuch war.

Liang Ziweng folgte als Letzter. Im Vorübergehen warf er Guo Jing einen vernichtenden Blick zu. Das kostbare Blut seiner Schlange floss noch immer durch die Adern dieses elenden Diebs, aber ohne die anderen konnte der Ginseng-Unsterbliche es nicht mit Mei Chaofeng und den Sonderlingen aufnehmen.

»Heda, ich will die Medizin zurück!«, rief Guo Jing.

Das war zu viel für Liang Ziweng. Eine Bewegung aus dem Handgelenk – und eine feine Nadel zischte pfeilschnell auf Guo Jings Stirn zu.

Zhu Cong war schneller. Im Handumdrehen wehrte er die Nadel mit seinem Ölpapierfächer ab und fing sie mit der freien Hand auf. Er roch an der Spitze. »Sieh einer an. Eine Knochenbrechernadel, getränkt mit dem giftigen Extrakt des Maulbeerbaums. Bringt den sicheren Tod.«

Liang Ziweng erstarrte. Wer wusste seine Geheimwaffe so treffsicher beim Namen zu nennen?

»Bitte sehr.« Zhu Cong bot ihm die Nadel auf seiner Handfläche dar. Verächtlich nahm Liang Ziweng seinen Besitz wieder an sich. Was hatte er von einem dieser stümperhaften Sonderlinge schon zu fürchten! Grimmig folgte der Alte den anderen nach und kümmerte sich nicht weiter um Zhu Cong, der ihm im Vorübergehen noch freundlich etwas Dreck vom linken Ärmel abklopfte.

Guo Jing war niedergeschlagen. Nach all den Strapazen dieser fürchterlichen Nacht stand er nun wieder ohne die Medizin für den todkranken Bruder Wang Chuyi da. Was jetzt?

»Gehen wir.« Ke Zhen'e erklomm als Erster die Palastmauer. Seine Kampfbrüder und Guo Jing folgten ihm nach. Auch Huang Rong machte einen Satz hinauf, hielt sich jedoch in einiger Entfernung zu den Sonderlingen und vermied, sie zu begrüßen.

»Wo ist mein Meister, kleine Schwester?«, fragte Mei Chaofeng Huang Rong noch einmal.

»Auf der Pfirsichblüteninsel natürlich«, kicherte Huang Rong, »warum fragst du? Willst du ihm einen Besuch abstatten?«

Mei Chaofeng rang nach Luft. »Hast du nicht eben noch gesagt, dass er jeden Augenblick hier sein wird?«, brachte sie schließlich keuchend heraus.

»Sicher, er wird schon kommen, sobald ich ihm berichtet habe, dass du hier bist!«

Na warte, du kleines Miststück, aus dir werde ich die Wahrheit herauswürgen! Außer sich vor Wut schnellte Mei Chaofeng hoch und schnappte taumelnd nach Huang Rong.

Als sie in den vergangenen Tagen versucht hatte, ihr inneres Kung-Fu auf den *Dumai*-Nervenpunkt zu konzentrieren, war ihr Qi sozusagen dort gefangen geblieben und hatte ihren Unterkörper gelähmt. Jener Nervenpunkt sitzt am unteren Ende der Rückenwirbel und beherrscht die Yin- und die Yang-Organe. Je mehr sie versucht hatte, ihr Qi zu befreien, desto stärker hatte sie an Beweglichkeit eingebüßt. Nun aber war sie so sehr von ihrer Wut beseelt, dass sie ihren Körper darüber vergaß. Eine plötzliche Wärme durchdrang ihr Innerstes. Ihre Beine gehorchten ihr wieder.

Als Huang Rong sie auf sich zuwanken sah, sprang sie erschrocken von der Palastmauer und verschwand in den Straßenfluchten der Jin-Hauptstadt.

Ich kann wieder gehen!, jubelte Mei Chaofeng. Doch in dem Augenblick, als ihr dieser Gedanke kam, versagten ihre Beine erneut, und sie sackte zusammen.

Für die Sechs Sonderlinge wäre es ein Leichtes gewesen, Mei Chaofeng in diesem Zustand den Garaus zu machen, aber ein derart ungleicher Kampf wäre unehrenhaft gewesen. Außerdem wollten sie endlich wissen, was Guo Jing mit ihr zu schaffen hatte. Han Xiaoying zeigte auf Mei Chaofeng, die noch immer gelähmt und völlig erschöpft auf dem Boden hockte. »Was machen wir mit ihr?«

»Wir haben Bruder Ma Yu versprochen, ihr Leben zu verschonen«, sagte Ke Zhen'e und sprang von der Mauer.

Endlich wieder vereint, hielten sich Yang Tiexin und Bao Xiruo von Freude und Trauer überwältigt eng umschlungen. Sie hatten keine Zeit zu verlieren. Yang nahm seine Frau auf die Arme und erklomm die Palastmauer.

Seine Adoptivtochter Mu Nianci wartete bereits unruhig auf der anderen Seite.

»Vater, warum …?« Überrascht sah sie, wie ihr Ziehvater die Prinzengemahlin über die Mauer trug.

»Das ist deine Mutter. Komm, schnell, wir müssen gehen!«

»Meine Mutter?«

»Still! Ich erkläre es dir später.« Mit Bao Xiruo auf den Armen rannte er weiter.

Während sie dem ersten Licht der Morgendämmerung entgegenliefen, wurde sich Bao Xiruo erst wirklich bewusst, was geschehen war. Sie lag auf den Armen des Mannes, nach dem sie sich achtzehn Jahre lange gesehnt hatte und wusste nicht, ob sie wachte oder träumte.

Zitternd berührte sie sein Gesicht. »Bin ich tot?«

»Wir sind beide wohlauf, Liebes …«, versicherte ihr Yang Tiexin schluchzend.

Lautes Hufgetrappel unterbrach ihn. Ein grimmige Horde Reiter mit lodernden Fackeln war ihnen auf den Fersen.

»Schnappt ihn euch! Lasst den Entführer ihrer Hoheit nicht entkommen!« Die Palastwachen senkten ihre Speere zum Angriff.

Möge der Himmel uns beschützen, dachte Yang Tiexin. *Doch jetzt, wo ich sie endlich wieder in meinen Armen halte, werde ich glücklich sterben können.* Er wandte sich an Mu Nianci. »Nimm du dich bitte deiner Mutter an.«

Vor Bao Xiruos Augen tauchten Bilder der Vergangenheit auf – wie Yang Tiexin damals, vor achtzehn Jahren, in Niu mit ihr um sein Leben gerannt war, die mordenden Soldaten jener Nacht, die vielen Jahre der Trennung, der Trauer, der Demütigung. *Nie wieder!*, dachte sie und klammerte sich fest an den Hals ihres Mannes.

Gleich hatten die Soldaten sie erreicht. *Lieber sterben als noch einmal von ihr getrennt sein!* Entschlossen legte er seine Frau in die Arme Mu Niancis, machte kehrt und stürmte den Verfolgern entgegen. Mit einem Faustschlag streckte er den ersten Fußsoldaten nieder und griff sich dessen Speer.

Mit seiner Speerkunst war er zehnmal stärker als mit bloßen Händen. Mit einem einzigen Stoß warf er den Kommandanten der Palastwache, Tang Zude, aus dem Sattel. Ihres Anführers beraubt, zerstreute sich die berittene Palastwache planlos in alle Richtungen. Erleichtert stellte Yang Tiexin fest, dass diese Männer nichts von Kampfkunst verstanden. Schade nur, dass er keinem der Pferde hatte habhaft werden können.

Die drei flohen weiter. Im Licht des neuen Tages entdeckte Bao Xiruo das Blut auf Yang Tiexins Kleidern. »Bist du verletzt?«, rief sie alarmiert.

Erst bei ihrer Frage wurde sich Yang Tiexin wieder der stechenden Schmerzen auf seinen Handrücken bewusst.

Wanyan Kang hatte ihm nach dem Duell mit Mu Nianci mit den Fingern zehn blutende Wunden in seine Handrücken gegraben. Zwei Tage war das nun her, und der Schmerz, dem er in all der Aufregung keine Beachtung geschenkt hatte, brach nun plötzlich mit aller Macht über ihn herein. Er konnte kaum mehr die Arme heben. Bao Xiruo wollte eben seine Wunden verbinden, als hinter ihnen erneut laute Rufe ertönten und berittene Garden heranpreschten.

»Lass es bleiben«, sagte Yang Tiexin seufzend und wandte sich an Mu Nianci: »Lauf, mein Kind. Wir bleiben hier.«

»Nein!«, antwortete sie ruhig und entschieden. »Dann lasst uns gemeinsam sterben.«

»Wie kommt es, dass sie deine Tochter ist?«, fragte Bao Xiruo endlich.

Yang Tiexin wollte es erklären, aber die Soldaten waren schon zu nah. Wütend wandte er sich um und sah zu seiner Überraschung zwei daoistische Mönche an ihm vorübergehen. Der Ältere hatte ein mildes, freundliches Gesicht mit buschigen grauen Augenbrauen und einem langen, zerzausten Bart. Der Jüngere strotzte vor Kraft und trug ein langes Schwert auf dem Rücken. Sein Bart glänzte rabenschwarz.

»Bruder Qiu! Was für eine Freude, Euch wiederzusehen!«, rief Yang Tiexin.

Es waren Meister Ewiger Frühling Qiu Chuji und Meister Zinnoberrote Sonne Ma Yu. Die beiden waren mit Meister Jadesonne Wang Chuyi in der Hauptstadt Zhongdu verabredet gewesen, um mit ihm den Wettstreit mit den Sieben Sonderlingen des Südens zu bereden.

Qiu Chujis hervorragendes inneres Kung-Fu hatte ihm sein jugendliches Aussehen bewahrt, und er schien sich bis auf die leicht ergrauten Schläfen seit jener Nacht vor achtzehn Jahren kaum verändert zu haben. Überrascht drehte er sich nach dem Fremden um, der ihn begrüßt hatte. Sollte er diesen Mann kennen?

»Achtzehn Jahre ist es her, dass wir in Niu in der Präfektur Lin'an miteinander gezecht und den Feind bekämpft haben. Erinnert Ihr Euch nicht daran, Bruder Ewiger Frühling?«

»Darf ich fragen, wer …?«

»Euer ergebener Yang Tiexin.« Yang ging vor dem Mönch auf die Knie und machte einen Kotau.

Qiu Chuji legte die Hände ineinander und verbeugte sich. Doch er traute der Sache nicht. Yang Tiexin? War der nicht vor langer Zeit verschollen? Dieser Mann hier war von langer Wanderschaft und schweren Wunden gezeichnet und erinnerte ihn überhaupt nicht an den strammen jungen Burschen von damals.

Gleich würden die Soldaten zu ihnen aufschließen, es galt, keine Zeit zu verlieren. Schnell griff Yang Tiexin den Speer und ließ ihn mit wehender Quaste mit der Form *Nickender Phönix* vor Qiu Chujis Brust tanzen.

»Mich mögt Ihr vergessen haben, Bruder Qiu, aber an die Speerkunst der Familie Yang erinnert Ihr Euch doch wohl?«

Der Anblick der Speerkunst der alten Schule rief Qiu Chuji endlich jene Winternacht ins Gedächtnis zurück, in der sie sich im Schnee miteinander gemessen hatten. Konnte es wahr sein?

»Bruder Yang! Du lebst? Dem Himmel sei Dank!«

Yang Tiexin richtete den Speer wieder auf. »Helft uns, Bruder Qiu!«

Mit einem Blick auf die nahenden Reiter sagte Qiu Chuji grinsend zu Ma Yu: »Seid mir nicht böse, Bruder Ma, aber es sieht ganz so aus, als ob ich heute einmal wieder mein Mönchsgelübde vergessen und töten müsste.«

»Jag ihnen Angst ein, Bruder«, gab Ma Yu zurück, »aber töte sie nicht.«

Qiu Chuji lachte schallend. Mit wenigen Schritten war er vor die Reiter gesprungen, streckte die Arme aus, hob mit der gewaltigen Kraft seiner Hände die ersten beiden Reiter aus dem Sattel und schleuderte sie gegen die nachfolgenden. Die Männer prallten aufeinander, brachen zusammen und blieben auf einem Haufen liegen. So verfuhr Qiu Chuji blitzschnell auch mit den nächsten acht Reitern. Entsetzt wendeten die übrigen Wachen ihre Pferde und flohen um ihr Leben.

Unvermittelt tauchte aus dem Staub, den die Reiter aufgewirbelt hatten, ein Mann auf. Er war hochgewachsen und stämmig und hatte einen glänzenden Glatzkopf. »Wer ist dieser dahergelaufene Hundsfott?«

Mit einem Satz hatte sich der Mann vor Qiu Chuji aufgebaut und holte zum Schlag aus. Der Mönch riss den Arm hoch.

Ihre Arme prallten mit solcher Wucht gegeneinander, dass beide ein paar Schritte zurücktaumelten.

Qiu Chuji war verblüfft. Wer war dieser Mann, der über so erstaunliches Kung-Fu verfügte?

Sein tauber Arm brachte Sha Tongtian, den Drachenkönig vom Dämonentor, noch weiter in Rage. Mit furchtbarem Gebrüll ließ er die Fäuste fliegen. Qiu Chuji konterte entschlossen mit flinken Händen.

Ein dutzend Mal ging der Schlagabtausch hin und her, bis Qiu Chujis Pranken schließlich fünf rote Blutspuren in Sha Tongtians glänzende Glatze gegraben hatten. Mit bloßen Händen würde sich dieser Daoist nicht besiegen lassen. Der Drachenkönig griff nach dem eisernen Ruder, das er auf dem Rücken trug. Mit der Form *Su Qin trägt das Schwert* ließ er es mit Wucht auf Qiu Chujis Schulter niedersausen. Qiu Chuji wandte *Mit bloßen Händen die blanke Klinge abwehren* an. Damit gegen Sha Tongtian anzukommen, war dennoch kein Leichtes. Dieser hatte mit diesem eisernen Ruder schon wildgewordene Tiger an Land und drachengleiche Aale im Wasser getötet. Durch jahrzehntelange Übung meisterte er diese Waffe wie kein Zweiter.

Qiu Chuji wollte soeben nach dem Namen seines beeindruckenden Gegners fragen, als zu seiner Linken eine markerschütternde Stimme ertönte, so laut, dass der Boden bebte. »Mit welchem der Brüder der Quanzhen-Schule haben wir die Ehre?«

Erschrocken sprang Qiu Chuji ein Stück weit nach rechts, um sich den Sprecher und seine drei Gefährten aus sicherer Entfernung anzusehen. Peng Lianhu, Liang Ziweng, Ouyang Ke und Hou Tongtian starrten ihn finster an. Er war diesen Männern noch nie zuvor begegnet. Qiu Chuji legte die Hände zu einem höflichen Gruß zusammen.

»Qiu ist der Name dieses Daoisten. Wenn ich um die Euren bitten darf?«

Der Name Qiu Chuji war allerdings im ganzen Reich bekannt. *Dieser Daoist macht seinem Ruf alle Ehre,* dachte Sha Tongtian. Er und seine Gefährten wechselten bedeutungsschwangere Blicke. Für Peng Lianhu stand bereits fest, dass Qiu Chuji als Feind zu betrachten war. *Gestern haben wir Wang Chuyi vergiftet, dann können wir uns auch mit seinem Ordensbruder anlegen. Wenn wir heute auch noch Qiu Chuji erledigen, können wir uns künftig rühmen, gleich zwei Meister der Quanzhen-Schule besiegt zu haben!*

»Zum Angriff!«

Mit einem Ruck zog Peng Lianhu seine Geheimwaffe, den *Richterpinsel*, aus der Tasche und zielte damit auf zwei vitale Nervenpunkte des Daoisten, das *Wolkentor* und die *Große Erleuchtung*. Es war offensichtlich, dass er entschlossen war, Qiu Chuji ohne Erbarmen zu töten.

Ganz schön dreist, dieser Zwerg!, dachte Qiu Chuji. *Obwohl seine Kunst sich durchaus sehen lassen kann!*

Schneller als der Wind zog er sein Schwert. Mit einem einzigen Hieb stieß er mit der Spitze nach Peng Lianhus Handrücken, schlug mit der Klinge nach Sha Tongtians Hüfte und zielte mit dem Griff direkt auf das *Siegeltor* in Hou Tonghais Brustkorb. Durch seine Schwertkunst nahm er es mühelos mit drei Gegnern gleichzeitig auf. Während es Peng und Sha gerade so gelang, ihn mit ihren Waffen abzuwehren, blieb Hou nur, mit einem Sprung zurückzuweichen, wo ihn allerdings schon ein Tritt in den Hintern erwartete. Er stürzte der Länge nach hin und landete ausgerechnet auf seinen drei Stirnwarzen. Hou Tonghais fürchterlichem Wehgeschrei zum Trotz wagte nun auch Liang Ziweng den Angriff auf Qiu Chuji.

Jetzt oder nie! Als Ouyang Ke den Daoisten mit drei Gegnern gleichzeitig ringen sah, wähnte er den passenden Augenblick für eine tödliche Attacke gegen Qiu Chuji gekommen. Er täuschte einen Schlag mit der Linken an und zielte mit dem eisernen Fächer in seiner Rechten auf drei lebenswichtige Nervenpunkte auf Qiu Chujis Rücken – den *Weg des Töpfers*, das *Seelentor* und das *Zentrum*. Qiu Chuji konnte nicht mehr ausweichen.

Da griff wie aus dem Nichts plötzlich eine Hand nach Ouyang Kes Fächer und lenkte ihn mit gewaltiger innerer Kraft weg von Qiu Chuji.

Ma Yu hatte das Geschehen aus einigem Abstand verfolgt und bestürzt mit angesehen, wie sich ein großer Kampfkünstler nach dem anderen auf seinen Ordensbruder gestürzt hatte. Drei Finger seiner Hand genügten, um den tödlichen Schlag mit dem Fächer abzuwenden. Erschrocken wich Ouyang Ke zur Seite.

»Darf ich die Herrschaften nach ihren Namen fragen?« Ma Yu verzichtete auf einen Angriff. »Wir kennen einander nicht und sollten gewiss in der Lage sein, miteinander zu reden und ein mögliches Missverständnis gewaltlos aus der Welt zu schaffen, nicht wahr?«

Seine Stimme war sanft, doch lag darin ein so gewaltiges Qi, dass jedes Wort den Kämpfenden wie ein Glockenschlag in den Ohren dröhnte. Erstaunt ließen Sha Tongtian und die anderen von ihrem Gegner ab, um den Sprecher in Augenschein zu nehmen.

»Wie lautet Euer Name, ehrwürdiger Bruder?«, fragte Ouyang Ke.

»Mein Familienname ist Ma.«

»Oha, demnach haben wir es mit dem unsterblichen Meister Zinnoberrote Sonne zu tun. Ich bitte um Vergebung, Eure Gegenwart nicht genügend gewürdigt zu haben«, höhnte Peng Lianhu.

»Ich bin nur ein schlichter Daoist, mich einen unsterblichen Meister zu nennen, ist zu viel der Ehre.«

Peng Lianhu freute sich bereits darauf, diesen beiden Daoisten zusammen mit seinen vier Mitstreitern eine Lektion zu erteilen. Wenn es ihnen gelang, diese beiden herausragenden Meister zu bezwingen, würde ihnen die Quanzhen-Schule nie wieder Ärger machen. *Aber was, wenn sich noch mehr von ihrer Sorte in der Nähe herumtreiben?* Argwöhnisch sah er sich um, erblickte jedoch nur die Prinzgemahlin, den alten Bauern und ein junges Mädchen.

»Ihr beachtlicher Ruf eilt den sieben Meistern der Quanzhen-Schule voraus. Ob uns wohl auch die anderen fünf Meister heute die Ehre erweisen?«

»Wir Mönche führen ein Leben in Abgeschiedenheit. Wir streben nicht danach, uns mit anderen zu messen. Meine Brüder mögen dazu neigen, sich in weltliche Angelegenheit zu mischen und dadurch zu zweifelhaftem Ruhm zu gelangen und geben doch vor Euresgleichen eine ziemlich lächerliche Figur ab. Wir sieben leben in verschiedenen Klöstern und sehen uns nur selten. Nun aber sind Qiu Chuji und ich auf der Suche nach unserem Ordensbruder Wang Chuyi und es ist ein glücklicher Zufall, dass wir alle uns heute hier getroffen haben. Es gibt zahlreiche Kampfkünste, doch alle eint dasselbe Ziel, so wie die rote Lotusblüte und ihre weiße Wurzel eins sind. Warum also sollten wir keine Freunde sein?«

Hervorragend, sagte sich Peng Lianhu, *die anderen Daoisten sind weit weg, der hier hat keine Absicht zu kämpfen und Wang Chuyi haben sie noch nicht gefunden. Wir haben leichtes Spiel.* »Wenn die beiden Ordensbrüder sich nicht zu schade sind, unsere Namen zu erfahren ... wir gehören zur Familie Drei, Drei Schwarze Katzen nennt man uns.«

Ma Yu und Qiu Chuji runzelten die Stirn. *Das sind doch herausragende Kampfkünstler. Wie kann es sein, dass man im ganzen Jianghu noch nie etwas von Kämpfern mit so wunderlichen Namen gehört hat?*

Peng Lianhu verstaute seine *Richterpinsel* und verbeugte sich grinsend vor Ma Yu. »Es ist mir eine Ehre, werter Ma Yu«, sagte er und bot Ma Yu seine Hand mit der Handfläche nach unten dar, als wollte er mit ihm einschlagen.

Ma Yu witterte keine böse Absicht und hielt ihm seinerseits die Hand hin. Peng Lianhu drückte zu. *Ah, du willst meine Fähigkeiten auf die Probe stellen? Nur zu*, dachte Ma Yu. Lächelnd bündelte er sein inneres Kung-Fu in der Hand. Doch plötzlich hatte er das Gefühl, als ob zehntausend Nadeln in seinen Handballen stächen und zog entsetzt die Hand zurück. Mit einem hämischen Lachen machte auch Peng Lianhu einen Schritt nach hinten.

Ma Yu betrachtete seine Hand. Fünf schwarze Löcher klafften knochentief in den Wurzeln seiner fünf Finger. Seine Pinsel hatte Peng Lianhu zwar verstaut, doch hatte er sich heimlich einen Ring mit vergifteten Nadeln auf die Hand gezogen. Sich als Drei Schwarze Katzen vorzustellen, hatte allein dazu gedient, die Aufmerksamkeit Ma Yus abzulenken.

In der Welt der Kampfkunst war es nicht unüblich, anhand eines Handschlags die Stärke des Gegners zu prüfen, bevor man sich auf einen Kampf einließ. Die vermeintlich freundliche Geste endete zumeist mit splitternden Knochen, schweren Blutergüssen oder unerträglichen Schmerzen, bis einer von beiden um Gnade flehte. Auf die Regeln des Jianghu vertrauend, hatte Ma Yu sich durch die eigene Kraft das Gift tief in die Hand gerammt.

»Was ist passiert?«, rief Qiu Chuji alarmiert.

»Der Schurke hat mich vergiftet.«

Qiu Chuji hatte seinen älteren Ordensbruder bestimmt seit einem Jahrzehnt nicht mehr die Hand gegen einen Menschen erheben sehen, jetzt aber stürzte sich dieser mit einer der härtesten Künste der Quanzhen-Schule, *Frost zertrampeln und das Eis brechen*, auf Peng Lianhu. Qiu Chuji zog sein Schwert und schloss sich ihm mit ein paar flinken, gegen Peng Lianhu gerichteten Hieben an.

Doch Peng Lianhu hatte sich schon mit seinen Richterpinseln gewappnet, die er den Schwertern entgegensetzte. Er hatte jedoch nicht damit gerechnet, dass der Daoist gleichzeitig seine linke Faust auf ihn losließ. Mit einer Drehung des Handgelenks hatte Qiu Chuji Peng Lianghus Pinsel gepackt. »Lass los!«, brüllte er und drückte mit gebündelter Energie zu. Obwohl sein Arm von diesem Druck sofort betäubt war, gab Peng Lianhu nicht nach. Qiu Chuji stach mit dem Schwert zu. Jetzt war Peng Lianhu zum Ausweichen gezwungen und musste dabei seine Waffe loslassen. Qiu Chuji schleuderte die Pinsel fort und bearbeitete Peng weiter von rechts und links mit Faust und Schwert. Peng Lianhu, seiner Waffe entledigt und mit taubem Arm, gab endlich auf. Ouyang Ke und Hou Tongtian eilten ihm zu Hilfe, aber das brachte Qiu Chuji noch weiter in Rage. Wie ein Orkan ließ er abwechselnd Faust und Schwert auf die drei Gegner niedergehen, ohne müde zu werden.

Ma Yu dagegen hatte seine Not, gegen Sha Tongtian und Liang Ziweng anzukommen. Seine rechte Hand war geschwollen, und sein Arm wurde langsam taub. Das Gift war stark, es galt, schnell zu handeln. Es fiel ihm immer schwerer, seine Gegner mit dem Schwert auf Distanz zu halten. Er keuchte. Zwar gelang es ihm, mit seinem inneren Kung-Fu das Gift in Schach zu halten, aber allein mit seinem äußeren Kung-Fu kam er den Angreifern nicht bei. Je mehr von seiner Kraft er in den Kampf steckte, desto schneller würde das Gift sein Herz erreichen.

Sein Kopf dampfte, als wäre er am Überkochen. Qiu Chuji war zu sehr von den drei anderen Angreifern in Beschlag genommen, um ihm zu helfen.

Liang Ziweng kämpfte mit einer Hacke, die man zum Ausgraben von Ginsengwurzeln benutzte, und so verwendete er sie auch, hackend, grabend, pflügend, die Varianten seiner schnellen Bewegungen schienen endlos. Und Sha Tongtians eisernes Ruder war eine noch schwerere, erbarmungslosere Waffe.

Hou Tonghai mochte ein vergleichsweise schwacher Gegner sein, Ouyang Ke dagegen war mit allen Wassern gewaschen. Seine trickreiche Kampfkunst war der Peng Lianhus noch einmal haushoch überlegen. *Wer ist dieser Mann?*, fragte sich Qiu Chuji. *Seine Methoden erinnern an den schlimmsten Feind unserer Schule: Gift des Westens. Ob er etwa zu dessen Schule gehört? Der Alte Giftmolch wird doch nicht wieder in Zentralchina sein Unwesen treiben?*

So von seinen Gedanken abgelenkt, hatte Qiu Chuji sich beinahe einen Schlag eingefangen.

Yang Tiexin hielt es nicht länger aus. Er wusste, dass sein Kung-Fu bei Weitem nicht an das dieser Truppe heranreichte, aber er konnte nicht einfach mit seiner Familie die Flucht ergreifen und die beiden Mönche mitten im Kampf im Stich lassen. Er nahm seinen Speer und zielte auf Ouyang Kes Rücken.

»Halt, Bruder Yang, nicht! Er wird …«, rief Qiu Chuji noch, aber schon war Ouyang Ke in die Luft gesprungen, trat mit dem linken Fuß den Speer weg und mit dem rechten hart in Yang Tiexins Rippen. Der Speer brach entzwei und Yang Tiexin sackte zusammen.

In diesem Augenblick erscholl Pferdegetrappel und schon preschte ein Reitertrupp heran, angeführt von Wanyan Honglie, dem Sechsten Prinzen von Jin, und seinem Sohn Wanyan Kang.

Als Wanyan Honglie seine Frau auf dem Boden sitzen sah, ritt er freudig auf sie zu. Doch kaum saß er ab, durchschnitt eine glänzende Klinge die Luft vor ihm. Er wich gerade noch zur Seite aus und sah eine rot gekleidete junge Frau mit dem Schwert in der Hand neben seiner Gattin stehen. Sofort stürzte sich seine Leibwache auf Mu Nianci.

Wanyan Kang hatte unterdessen seinen Meister bemerkt und erschrak. »Aufhören!«, rief er laut, »das ist einer von uns!« Er musste seine Forderung mehrfach wiederholen, bis Peng Lianhu und die anderen von ihren Gegnern abließen. Auch die Leibwache Wanyan Honglies ließ die Waffen sinken.

Wanyan Kang trat auf Qiu Chuji zu und verneigte sich. »Meister, wenn ich Euch diese Herrschaften vorstellen darf. Sie alle sind Kampfkünstler im Gefolge meines Vaters.«

Qiu Chuji nickte nur brummend und warf einen Blick auf seinen Ordensbruder. Ma Yus rechte Hand hatte sich schwarz gefärbt. Schnell rollte er seinen Ärmel auf. Das Gift war bereits den ganzen Arm hinaufgekrochen. *Ein unerhört tödliches Gift!* »Her mit dem Gegengift!«, rief er Peng Lianhu zu. Peng wollte es sich nicht mit dem jungen Prinzen verderben, aber sollte er dem Daoisten wirklich das Leben retten, wo er ihn schon fast besiegt hatte? Ma Yu nutzte die Verschnaufpause, um mit seiner inneren Kraft das Gift zu bezwingen und das schwarze Blut bis hinunter ins Handgelenk zurückzudrängen.

Wanyan Kang rannte zu seiner Mutter. »Endlich haben wir dich gefunden, Mutter!«

»Ich kehre nicht zurück in die Residenz, niemals!«, sagte Bao Xiruo entschlossen.

»Was?«, riefen Wanyan Honglie und Wanyan Kang wie aus einem Mund.

Bao Xiruo zeigte auf Yang Tiexin. »Mein totgeglaubter Mann lebt. Ich werde ihm überall hin folgen.«

Wanyan Honglie begriff. Er warf Liang Ziweng einen Blick zu und bewegte stumm die Lippen. Liang verstand sofort. Mit einer schnellen Handbewegung warf er drei seiner Knochenbrecher-Meridiannägel auf Yang Tiexins wichtige Nervenpunkte. Qiu Chuji erfasste mit einem Blick, dass Yang Tiexin nicht mehr ausweichen konnte und auch keine Waffe hatte, um die todbringenden Geschosse abzuwehren. Kurz entschlossen packte er eine von Wanyan Honglies Leibwachen und warf ihn zwischen Yang Tiexin und die Geschosse.

Der Soldat schrie wie am Spieß, als die eisernen Nägel in seinen Körper drangen.

Liang Ziweng, der sich eine Menge auf seine einzigartige Waffe einbildete, deren Handhabung er sein Leben lang geübt hatte, kochte vor Wut. Noch nie hatte er ein Ziel verfehlt! Es war an der Zeit, diesem Daoisten eine Lektion zu erteilen. Brüllend stürzte er sich auf Qiu Chuji.

Angesichts dieser unvorhergesehenen Wendung überlegte Peng Lianhu nicht lange und behielt das Gegengift. *Der Prinz von Jin will nur seine Gemahlin zurück, das ist alles,* dachte er. *Ich will sie ihm bringen.* Er wollte Bao Xiruo am Arm packen.

Aber Qiu Chuji ließ sein Schwert wirbeln und hielt mit Spitze und Klinge sowohl Liang Ziweng als auch Peng Lianhu auf Abstand. Dieser jähzornige Daoist vermochte nach wie vor, ihnen Respekt einzuflößen.

»Du dummer Junge!«, schrie er jetzt Wangyan Kang an. »Achtzehn Jahre lang hast du einen Schurken für deinen Vater gehalten. Jetzt hast du endlich deinen leiblichen Vater vor dir. Zoll ihm gefälligst Respekt!«

Als seine Mutter ihm am Abend zuvor erzählt hatte, wer dieser Mann war, hatte Wanyan Kang ihr nicht glauben wollen. Jetzt, wo sein Meister erneut von diesem Mann als seinem Vater sprach, war er sich nicht mehr so sicher. Er warf einen Blick auf Yang Tiexin. Ein einfacher Mann in zerschlissener Kleidung und einem abgehärmten Gesicht. Sein Blick schweifte von ihm zu Prinz Wanyan Honglie, der in seiner jadeverzierten Brokatrobe eine Erscheinung von stolzer Eleganz abgab. Zwischen diesen Männern lagen Welten. *Soll ich denn auf Reichtum und Ansehen verzichten, um mit diesem Bauerntrampel auf der Straße zu leben? Niemals!* »Meister, hört nicht auf die wirren Reden dieses Kerls und rettet meine Mutter vor ihm!«

»Wie kannst du so verbohrt sein, den eigenen Vater zu verleugnen! Du elendes Tier!« Qiu Chuji tobte.

Für Peng Lianhu war die Sache klar. Nun konnte er endgültig auf brutalste Weise mit diesem Daoisten abrechnen, ohne befürchten zu müssen, bei seinen Gönnern auf Widerstand zu stoßen.

Wanyan Kang wagte kein Widerwort gegen seinen Meister; er fürchtete Qiu Chujis Zorn so sehr, dass er insgeheim hoffte, Peng Lianhu und die anderen würde ihn töten. Schon färbte sich Qiu Chujis rechter Ärmel blutrot. Liang Ziweng hatte ihn mit seiner Ginsenghacke attackiert. Qiu Chuji bemerkte das Lächeln auf Wanyan Kangs Gesicht. »Du räudiger Hund!«

Ma Yu griff in seine Brusttasche. Im nächsten Augenblick flog ein Leuchtgeschoss nach oben und eine Flamme erhellte den Himmel.

»Vorsicht, der alte Mönch ruft Hilfe herbei!« Peng Lianhu hatte seine Absicht sofort durchschaut und griff die Mönche noch wütender an. Am nordwestlichen Himmel stieg ebenfalls eine Flamme auf. Qiu Chuji frohlockte. »Bruder Wang und die anderen sind nicht weit.« Mit dem Schwert in der Linken zwang er seine Gegner mit einer Abfolge wieselflinker Stöße zum Zurückweichen.

Ma Yu zeigte nach Nordwesten. »Da entlang!«

Yang Tiexin und Mu Nianci packten ihre Waffen und rannten mit Bao Xiruo in ihrer Mitte los, gefolgt von Ma Yu und Qiu Chuji, der den Fliehenden mit seinem Schwert den Rücken freihielt. Sha Tongtian versuchte mehrfach, mit seiner *Kunst der wandelnden Form* Qiu Chujis Schwertwirbel zu durchbrechen, doch die windschnellen Bewegungen der Klinge waren wie ein undurchdringlicher Schutzschild.

Bald erreichte die Gruppe das Gasthaus, in dem sich Wang Chuyi aufhielt. *Warum ist er uns nicht entgegengekommen?*, fragte sich Qiu Chuji. Er erhielt Antwort in Gestalt des geschwächten Bruders, der auf einen Stock gestützt heranhumpelte.

Welcher dieser drei großen Kampfkünstler der Quanzhen-Schule hätte gedacht, dass sie bei ihrem Wiedersehen alle drei schwer verwundet sein würden?

»Schnell, hinein in die Schenke«, drängte Qiu Chuji die anderen.

»Gebt die Prinzgemahlin heraus und ich werde Euer Leben verschonen!«, rief Wanyan Honglie.

»Wir brauchen keine Gnade von euch Jin-Hunden!«, brüllte Qiu Chuji zurück und focht weiter. Sie waren umzingelt, aber er war entschlossen, bis zum Äußersten zu kämpfen. Seine Klinge durchschnitt flink und geschmeidig in immer neuen Manövern die Luft wie ein schillernder Regenbogen. Die unermüdliche Tapferkeit und die große Meisterschaft des Daoisten rang Peng Lianhu zwar Bewunderung ab, dennoch gratulierte er sich innerlich bereits dazu, innerhalb eines einzigen Tages drei Quanzhen-Meister vernichtet zu haben.

Für Yang Tiexin schien der Kampf aussichtslos. Bald würde das Gift den Daoisten bezwingen. Wenn er jetzt handelte, konnte er wenigstens Qiu Chujis Leben retten. Er fasste Bao Xiruo an der Hand und trat mit seinem Speer vor. »Hört auf! Dies muss ein Ende haben, hier und jetzt.«

Er richtete die Speerspitze auf sich und stieß sie in sein Herz. *Tiexin!* Mit einem irren Lachen zog Bao Xiruo mit beiden Händen den Speer heraus und rammte ihn mit der Spitze nach oben vor sich in den Boden. Dann wandte sie sich mit schmerzverzerrtem Gesicht Wanyan Kang zu. »Mein Sohn, verleugnest du noch immer deinen eigenen Vater?« Ohne die Antwort abzuwarten, sprang sie hoch und ließ sich vornüber in die Speerspitze fallen.

»Mutter!«

Die Kämpfenden ließen voneinander ab.

Wanyan Kang stürzte auf seine Mutter zu. Weinend umschlang er ihren Körper, der blutend und schlaff über dem Speer hing.

Rasch untersuchte Qiu Chuji die Wunden der beiden, doch jede Hilfe kam zu spät. Während Wanyan Kang seine Mutter in den Armen hielt, umfasste Mu Nianci ihren Ziehvater. Beide saßen schluchzend nebeneinander auf dem Boden.

»Bruder Yang«, flüsterte Qiu Chuji dem Sterbenden zu, »wenn es noch etwas gibt, das ich für dich tun kann, sag es mir, und ich erfülle dir jeden Wunsch … Ich …« Er brach in Tränen aus.

Hufgetrappel erscholl und im nächsten Augenblick erschienen Guo Jing und die Sechs Sonderlinge des Südens am Ort des Geschehens. Als sie Peng Lianghu und seine Bande erblickten, zückten sie sofort die Waffen. Aber dann bemerkten sie überrascht, dass niemand ihnen Beachtung schenkte. Alle starrten wie versteinert von der Tragödie, die sich vor ihren Augen abgespielt hatte, auf einen Mann und eine Frau, die blutend am Boden lagen.

Die Sonderlinge traten näher heran und ihre Überraschung war noch größer, als sie sahen, dass auch Qiu Chuji und Ma Yu hier waren. Dann erkannte Guo Jing, wer der Mann war, der dort in seinem Blut lag.

»Onkel Yang! Was ist passiert?«

Ein Lächeln glitt über Yang Tiexins Gesicht. »Weißt du, Guo Jing«, hauchte er, »dein Vater und ich, wir haben uns damals geschworen, dass … wenn wir einen Sohn und eine Tochter hätten, dass die beiden heiraten sollten …« Er rang nach Luft. »Meine Adoptivtochter hier, sie ist wie meine eigene Tochter …« Er sah Qiu Chuji an. »Wenn du mir diesen Wunsch erfüllen könntest, Bruder Qiu … dann … kann ich in Frieden sterben.«

»Ich werde dafür Sorge tragen, Bruder Yang, das verspreche ich«, sagte Qiu Chuji.

Halb bewusstlos klammerte sich die sterbende Bao Xiruo an Yang Tiexins Arm, um ihn vor dem eigenen Tod nicht noch einmal zu verlieren. Als sie ihn den alten Schwur wiederholen hörte, zog sie mit letzter Kraft einen Gegenstand aus ihrem Kleid. »Hier ... das Symbol ...«

Qiu Chuji nahm den Dolch aus ihrer Hand, den er selbst vor achtzehn Jahren Yang Tiexin geschenkt und in dessen Griff er eigenhändig den Namen »Guo Jing« geritzt hatte.

»Wie glücklich ich bin ... Endlich vereint, nach so langer Zeit ... auf ewig.« Mit einem seligen Lächeln auf ihrem schönen Gesicht schloss Bao Xiruo die Augen.

»Im Namen deines toten Vaters«, wandte sich Yang Tiexin noch einmal an Guo Jing. »Pass gut ... auf meine Tochter auf.«

»Ich ... aber ...«, stammelte Guo Jing.

»Ich kümmere mich darum, du kannst in Frieden sterben«, versicherte Qiu Chuji.

Das Duell um die Braut, ein Wettbewerb, mit dem Yang Tiexin unter dem Decknamen Mu Yi mit Mu Nianci vorgeblich durch das Land gezogen war, um einen Gatten für seine Adoptivtochter zu finden, hatte keinem anderen Zweck gedient, als den Sohn seines Schwurbruders Guo Xiaotian aufzustöbern. Nun hatte er am selben Tag nicht nur seine geliebte Frau wiedergefunden, sondern auch den erwachsenen Sohn seines Freundes kennengelernt. Und auch für seine Adoptivtochter war nun gesorgt. Alles, was er sich vom Leben noch erhofft hatte, war in Erfüllung gegangen, und er konnte ohne Reue sterben.

Guo Jing dagegen beunruhigten Yang Tiexins letzte Worte. Unter die Trauer um den Freund seines Vaters mischte sich ein anderer Kummer. *Aber es ist doch Huang Rong, der mein Herz gehört, wie könnte ich eine andere heiraten?* Siedend heiß fiel ihm noch etwas anderes ein: *Ich habe Khojin ganz vergessen! Der Khan hat mir persönlich seine Tochter versprochen ... Was mache ich nur?*

Seit er die mongolische Steppe verlassen hatte, hatte er seinen Anda Tolui oft vermisst. An dessen Schwester Khojin aber hatte er so gut wie überhaupt nicht mehr gedacht. Die Sonderlinge erinnerten sich sehr wohl an die Worte des Khans und wussten um das Dilemma, das Yang Tiexins Wunsch bedeutete, hielten aber aus Respekt vor dem Sterbenden den Mund.

Wanyan Honglie hatte alles getan, um Bao Xiruo nicht nur zu seiner Frau zu machen, sondern auch, um ihr Herz zu gewinnen, aber sie hatte niemals ihren ersten Mann vergessen. Jeden Wunsch hatte er ihr erfüllt. Als sie unbedingt den alten Plunder aus ihrem bäuerlichen Leben wiederhaben wollte, hatte er Soldaten in den Süden geschickt, um ihre alte Hütte abzutragen und auf dem Palastgelände aufzubauen. Mit solchen großen Gesten hatte er gehofft, ihre Zuneigung zu gewinnen, am Ende aber hatte er nur verloren. Wie glücklich und liebevoll hatte sie im Tode ausgesehen. Hatte er sie in den vergangenen achtzehn Jahren auch nur einmal so voller Zuneigung erlebt? Er mochte ein hoher Prinz sein, aber für sie hatte er nie an diesen einfachen Bauern herangereicht. Sein gebrochenes Herz ertrug keine anderen Menschen um sich. Er wendete sein Pferd und ritt zurück zum Palast.

Da Sha Tongtian und die anderen mit der Ankunft der Sonderlinge ihre Überlegenheit eingebüßt hatten, schickten sie sich an, dem Prinzen zu folgen.

»Halt! Nicht so eilig, Drei Schwarze Katzen! Rück zuerst das Gegengift heraus«. Qiu Chuji schnitt Peng Lianhu den Weg ab.

»Haha, tut mir leid, aber mein Name ist Peng Lianhu, genannt der Metzger mit den tausend Händen. Ihr scheint mich zu verwechseln.«

Diesen Namen hatte Qiu Chuji allerdings schon einmal gehört. Jetzt wunderte er sich nicht mehr über die gefährliche Kampfkunst dieses Mannes. Um das Leben seiner Brüder willen ließ er sich nicht auf die Provokation ein. »Mir ist es gleich, ob Ihr drei Beine oder tausend Hände habt, aber Ihr geht nicht, ohne mir das Gegenmittel dazulassen.«

Metall blitzte auf und die grünglänzende Klinge seines Schwerts richtete sich auf Peng Lianhu. Diesem war zwar nur noch einer seiner Richterpinsel geblieben, aber dennoch konterte er den Angriff sofort.

Zhu Cong hatte beobachtet, dass Ma Yu auf dem Boden saß und mit aller Kraft sein Qi zu lenken versuchte. Seine rechte Hand war ganz schwarz. »Wie ist das passiert, Bruder Ma Yu?«, fragte er.

»Ich habe jenem Peng dort die Hand gereicht, und er hat meine Geste mit vergifteten Nadeln erwidert.«

»Wenn es weiter nichts ist.« Zhu Cong wandte sich an Ke Zhen'e. »Gibst du mir eine von deinen Kastanien, Erster Bruder?«

Ke Zhen'e begriff zwar nicht, was sein gewitzter Kampfbruder vorhatte, aber er langte in seinen Hirschlederbeutel und reichte ihm eine seiner Geheimwaffen.

»Lass uns zuerst Peng und Qiu Chuji auseinanderbringen, Großer Bruder«, flüsterte ihm Zhu Cong zu. »Ich weiß, wie wir Ma Yu retten können.«

Laut rief er: »Ah, wir haben es also mit dem Metzger der tausend Hände zu tun, dem Räuberhauptmann Peng. Wir kämpfen auf derselben Seite! Macht diesem sinnlosen Gerangel ein Ende, und hört mich an.«

Schnell stellten sich Zhu Cong und Ke Zhen'e zwischen Peng Lianghu und Qiu Chuji, der eine mit dem Ölpapierfächer in der Hand, der andere mit seinem Eisenstab.

Sowohl Peng als auch der Daoist waren von Zhu Congs Worten verwirrt. Was sollte das heißen, *wir kämpfen auf derselben Seite?* Auf wessen Seite? Überrascht ließen sie voneinander ab.

»Vor achtzehn Jahren haben wir Sieben Sonderlinge uns einen Kampf mit Meister Ewiger Frühling Qiu Chuji geliefert«, sagte Zhu Cong lächelnd. »Er hat damals fünf von uns verwundet, aber auch der im ganzen Jianghu berüchtigte Meister Ewiger Frühling ging mehr tot als lebendig aus dem Kampf hervor. Wir haben also noch eine Rechnung offen …« Er drehte sich zu Qiu Chuji um. »Habe ich recht, Meister Ewiger Frühling?«

»Was soll das nun wieder heißen?« Qiu Chuji konnte seine Wut kaum beherrschen. *So, wollt ihr also meine Notlage ausnutzen?,* dachte er grimmig.

»Aber wir sind leider auch Drachenkönig Sha auf die Füße getreten. Unser nichtsnutziger Schüler hat ganz allein vier seiner gefürchteten Gefolgsleute erledigt. Soweit ich weiß, sind der Drachenkönig und der Metzger der tausend Hände unzertrennliche Freunde. Schaden wir dem einen, machen wir uns auch den anderen zum Feind, fürchte ich.«

Peng Lianhu schnaubte höhnisch. »Aber nicht doch.«

»Da nun also zwischen uns sechs und jedem von Euch beiden böses Blut herrscht, sind wir Euer beider Feind. Macht das nicht andererseits Euch beide zu Verbündeten? Haha, warum kämpft Ihr dann noch gegeneinander? Und kämpfen wir sechs dann nicht auf derselben Seite wie Räuberhauptmann Peng? Wir sollten lieber Freunde sein.«

Er bot Peng Lianghu die Hand dar.

Was redet der Kerl für einen vermaledeiten Blödsinn? Als hätte nicht einer dieser Mönche vor zwei Tagen erst Euren dreckigen Schüler gerettet! Mich hältst du nicht so leicht zum Narren!, dachte sich Peng Lianhu und streifte heimlich den Ring mit seiner Geheimwaffe auf den Finger.

»Vorsicht, Zhu Cong!«, rief Qiu Chuji alarmiert. Ungerührt streckte Zhu Cong die Hand aus, den kleinen Finger abgespreizt, um ihn um Peng Lianhus mit dem Giftring bestückten Finger zu haken. Ahnungslos drückte der Drachenkönig mit aller Kraft Zhu Congs Hand. Ein dumpfer Druck durchfuhr seine Handfläche. Entsetzt schüttelte er Zhu Cong ab, sprang zurück und sah die drei Löcher in seiner Hand, viel größer als die, die seine Giftnadeln verursachten. Die Wunden bluteten, kribbelten beinahe angenehm, schmerzten aber nicht.

Tödliches Gift verursacht keine Schmerzen.

Seine ganze Hand war bereits taub. Wie hatte das passieren können?

Grinsend verschanzte sich Zhu Cong hinter Qiu Chuji und winkte Peng Lianhu mit einer Hand zu, an der dessen eigener mit Giftnadeln gespickter Ring steckte. In der anderen Hand hielt er etwas Schwarzes, das wie eine Wasserkastanie aussah, aber spitze Stacheln hatte, von denen Blut tropfte. Peng Lianhus Blut.

Zhu Cong kämpfte ebenso mit dem Kopf wie mit dem Geschick seiner meisterhaft flinken Hände. Für ihn war dieser doppelte Schachzug ein Kinderspiel gewesen.

Wie ein wildgewordener Affe wollte sich Peng Lianhu auf Zhu Cong stürzen. Qiu Chujis Schwert versperrte ihm den Weg. »Was jetzt, he?«

»Nun, Räuberhauptmann Peng«, sagte Zhu Cong lächelnd, »das ist die Geheimwaffe unseres Ersten Bruders. Uns interessiert nicht, wie du dich nennst, ob du ein Tiger, Panther, Schwein oder Hund oder ein anderes Tier bist, dieses Gift tötet innerhalb von vier Stunden jede lebende Kreatur. Glücklicherweise hast du tausend Hände, du kannst dir diese da also getrost abhacken und hast immer noch neunhundertneunundneunzig übrig. Nur musst du dir dann einen neuen Titel zulegen ...«

Schweiß tropfte von Peng Lianhus Brauen. Inzwischen war auch sein Handgelenk taub, und die Angst bezwang sogar seine Wut über Zhu Congs Beleidigungen.

»Du hast deinen Giftnadelring, und ich habe meine Giftkastanie. Zwei Gifte, für die es zwei verschiedene Gegenmittel gibt. Wenn du dich also weiterhin Metzger mit den tausend Händen nennen willst, könnten wir doch auf derselben Seite stehen und einen freundschaftlichen Austausch vornehmen, meint Ihr nicht?«

Nun mischte sich Sha Tongtian ein. »Gut, dann her mit dem Gegenmittel!«

»Erster Bruder, gib mir das Gegenmittel.«

Ke Zhen'e zog zwei Päckchen mit Medizin aus seiner Tasche. Zhu Cong nahm sie in die Hand und hielt sie Sha Tongtian hin.

»Lass ihn erst sein Gegenmittel herausrücken, Bruder Zhu!«, warnte Qiu Chuji.

»Nicht doch. Ein Ehrenmann steht zu seinem Wort«, lächelte Zhu Cong.

Peng Lianghu griff mit der gesunden Hand in sein Hemd und wurde blass. »Wo ist es hin?«

»Schluss mit deinen miesen Finten!«, rief Qiu Chuji. »Gib es ihm nicht, Zhu!«

»Hier, nimm«, sagte Zhu Cong. »Die sieben Meister der Quanzhen-Schule und die Sieben Sonderlinge des Südens stehen zu ihrem Wort. Wie gesagt, so getan.«

Sha Tongtian traute Zhu Congs flinken Händen nicht und benutzte sein eisernes Ruder als Schutzschild, als er die Hand ausstreckte. »Die Sieben Sonderlinge des Südens werden im ganzen Jianghu respektiert«, sagte er. »Ihr würdet Euren Ruf doch nicht mit einem wirkungslosen Gegenmittel verderben?«

»Wie könnten wir!« Zhu Cong gab Ke Zhen'e die Giftkastanie zurück. Dann griff er in sein Hemd und förderte nach und nach allerhand Dinge zutage. Ein Taschentuch, Schnüre mit Münzen, Silberstücke, ein weißes Riechfläschchen.

Peng Lianhu machte große Augen. Das waren allesamt seine Sachen! Unbemerkt hatte Zhu Cong während ihres Händedrucks mit der anderen Hand seine Taschen geleert.

Zhu Cong entkorkte das Riechfläschchen. Es hatte zwei Kammern – eine enthielt rotes, die andere graues Pulver. »Wie wendet man das an?«

Peng Lianhu war dermaßen am Boden zerstört, dass selbst er nun keine Lust mehr auf Lug und Trug hatte. »Er muss das rote Pulver einnehmen und das graue auf die Wunde tun.«

»Hol Wasser und zwei Schüsseln. Schnell!«, wies Zhu Cong Guo Jing an.

Guo Jing rannte in die Schenke. Dann löste er das rote Pulver im Wasser auf, reichte Ma Yu die Schüssel zum Trinken und versorgte seine Wunden. Die zweite Schüssel wollte er Peng Lianhu reichen.

»Einen Augenblick! Die ist für Bruder Wang«, sagte Zhu Cong.

Guo Jing und Wang Chuyi sahen ihn beide erstaunt an. Wortlos nahm Wang Chuyi die wassergefüllte Schüssel entgegen.

»Wie wird nun Euer Gegenmittel eingenommen?«, fragte Sha Tongtian.

»Immer mit der Ruhe. Ein Augenblick Geduld wird ihn noch nicht umbringen.« Noch einmal griff Zhu Cong in sein Hemd und präsentierte ein Dutzend verschiedener Kräuterpäckchen.

»Das ist doch die Medizin für Meister Wang!«, rief Guo Jing. Schnell öffnete er die Päckchen und breitete sie vor Wang Chuyi aus. »Ich wusste nicht mehr, welche Kräuter Ihr braucht, Meister Wang.«

Wang Chuyi griff nach Drachenblut, Notoginseng, Myrrhe und Bärengalle, zerkaute alles und schluckte die Medizin mit einem Schluck Wasser hinunter.

Liang Ziweng grollte, aber er konnte nicht umhin, Zhu Cong zu bewundern. *Dieser dreckige Lumpengelehrte hat wirklich unvergleichlich flinke Hände. Wie konnte ich Dummkopf denken, er hätte mir nur freundlich den Staub vom Ärmel geklopft?* Er zückte seine Ginsenghacke. »Greif zu deiner Waffe, Zhu Cong. Wir werden sehen, wer wen besiegt!«

Zhu Cong winkte ab. »Ich bin gewiss kein ebenbürtiger Gegner.«

»Wenn wir vielleicht zunächst die Namen der Herrschaften erfahren dürften?«, fragte Qiu Chuji. »Der da ist also Peng Lianhu. Mit wem haben wir noch die Ehre?«

Sha Tongtian stellte mit seiner rauen Stimme sich und die anderen vor.

»Hervorragend!«, sagte Qiu Chuji. »Allesamt große Namen, von denen man schon gehört hat. Zu schade, dass wir uns heute nicht miteinander messen können, da es auf beiden Seiten Verletzte gab. Lasst uns einen Tag für ein würdiges Zusammentreffen vereinbaren.«

»Mit Vergnügen. Wir wären allerdings bitter enttäuscht, wenn wir nicht allen sieben Meistern der Quanzhen-Schule gegenüber stehen würden«, erwiderte Peng Lianhu. »Was Ort und Zeit betrifft, sei die Wahl ganz Euch überlassen.«

Qiu Chuji überlegte kurz. Es würde eine Weile dauern, bis Wang Chuyi und Ma Yu sich erholt hätten und bis sie ihre anderen Brüder und Schwester Sun Bu'er aus den verschiedenen Landesteilen zusammengetrommelt hätten. »Wie wäre es, wenn wir uns in einem halben Jahr wiedersehen, in der Nacht des Mondfestes? Dann können wir gemeinsam den Mond bewundern und uns über unsere Kampfkünste austauschen. Was haltet Ihr davon, Räuberhauptmann Peng?«

Dann hätten wir die sieben Daoisten und die sieben Sonderlinge auf einem Fleck, überlegte Peng Lianhu. *Allein werden wir niemals mit ihnen fertig, aber die Zeit sollte reichen, um Verstärkung aufzutreiben. Da wir ohnehin in den Süden reisen müssen, um für Seine Hoheit den Prinzen die Schriften Yue Feis zu finden, käme uns ein Treffen im Süden gelegen.* »Das klingt sehr poetisch!«, sagte er. »Nun fehlt uns nur noch der passende malerische Ort für diese erlesene Zusammenkunft. Die Heimat der Sieben Sonderlinge scheint mir dafür bestens geeignet.«

»Ausgezeichnet! Verabreden wir uns also in Jiaxing, am Südlichen See vor der Pagode von Wind und Regen«, antwortete Qiu Chuji. »Natürlich sind auch Eure Freunde willkommen.«

»Wir werden dort sein.«

»Soso, da es sich um unsere Heimat handelt, müssen wir wohl für die Bewirtung geradestehen? Das habt Ihr Euch ja schön ausgedacht«, lachte Zhu Cong. »Doch wir freuen uns, wenn so ehrenwerte Gäste uns mit ihrer Gegenwart beglücken. Welchen besseren Ort als Jiaxing gäbe es, um gemeinsam das Mondfest zu feiern?«

Mittlerweile spürte Peng Lianhu seinen Unterarm nicht mehr. Das langatmige Geplänkel zehrte an seinen Kräften, und allmählich hatte er die Nase voll. Da nun aber sein Leben in der Hand dieses Lumpengelehrten lag, verkniff er sich jede bissige Bemerkung.

»Ehe ich's vergesse, Räuberhauptmann Peng«, fügte Zhu Cong wie beiläufig an, »das weiße Pulver ist zum Einnehmen, das gelbe für die Wunde.«

Im Nu hatte Peng Lianhu das Pulver geschluckt.

»Leider dürft ihr neunundvierzig Tage lang auf keinen Fall weder Gebranntes trinken noch dem Reiz einer Frau erliegen«, sagte Ke Zhen'e. »Es wäre doch schade, wenn wir uns nicht in bester Verfassung vor der Pagode von Wind und Regen wiedersähen.«

»Danke für Eure Anteilnahme«, fauchte Peng Lianhu.

Sha Tongtian versorgte seine Wunden, und sie kehrten zusammen mit Liang Ziweng und Ouyang Ke zum Palast des Sechsten Prinzen von Jin zurück.

Wanyan Kang kniete noch immer vor seiner toten Mutter. Er machte viermal Kotau, dann drehte er sich zu Qiu Chuji um und erwies auch ihm wortlos dieselbe Ehre. Schließlich erhob er sich, klopfte den Staub von seinen Kleidern und wandte sich zum Gehen.

»Was sollte das heißen?«, herrschte ihn Qiu Chuji an.

Wanyan Kang ignorierte die Frage. Statt sich jedoch Peng Lianhu und den anderen anzuschließen, ging er allein mit gesenktem Kopf seines Wegs.

Qiu Chuji sah ihm lange nach. Dann verbeugte er sich reihum vor den Sonderlingen. »Ohne die Hilfe der sechs Helden wären meine beiden Ordensbrüder und ich heute verloren gewesen. Außerdem hält dieser undankbare Lump, den ich mir zum Schüler gemacht habe, den Vergleich mit Eurem Zögling Guo Jing bei Weitem nicht stand. Für uns Vertreter der Kampfkünste stehen Charakter und Moral an erster Stelle, unsere Kampfkunst ist das Geringste, was uns auszeichnet. Mein Leben lang werde ich mich dafür schämen, Meister dieses missratenen Schülers gewesen sein. Der Wettkampf, den wir für die beiden am vierundzwanzigsten Tag des dritten Monats im Garten der Trunkenen Unsterblichen verabredet haben, ist bereits entschieden. Ich erkenne meine Niederlage rundheraus und in Demut an. Selbstverständlich soll die ganze Welt des Jianghu erfahren, dass Qiu Chuji durch die Sieben Helden des Südens eine vernichtende Niederlage erfahren hat, dessen seid versichert. Bruder Ma und Bruder Wang werden es bezeugen.«

Hochzufrieden hörten sich die sechs verbliebenen Sonderlinge scinc Worte an. Die vielen entbehrungsreichen Jahre in der mongolischen Steppe fern ihrer lieblichen Heimat hatten sich bezahlt gemacht. Ke Zhen'e erwiderte Qiu Chujis Rede mit Floskeln höflicher Bescheidenheit. Dennoch konnten sich die sechs nicht uneingeschränkt freuen, denn die Trauer um Zhang Ahsheng trübte ihren Triumph. Wie schade, dass ihr verstorbener Bruder das nicht mehr erleben konnte.

Während die anderen Ma Yu und Wang Chuyi auf ihr Zimmer brachten, ging Quan Jinfa los, um Särge für Yang Tiexins und Bao

Xiruos Begräbnis zu kaufen. Auch wenn es Qiu Chuji schwerfiel, die weinende Mu Nianci in ihrer Trauer zu stören, brannte er darauf, von ihr zu erfahren, wie es Yang Tiexin in den vergangenen achtzehn Jahren ergangen war.

»Wo habt ihr gelebt, dein Ziehvater und du?«

»Wir waren immer unterwegs. Solange ich denken kann, sind wir nie länger als zwei Wochen am selben Ort geblieben.« Sie wischte ihre Tränen ab. »Vater hat immer gesagt, dass er nach einem jungen Mann suche, einem Mann namens … namens Guo.« Sie stockte und senkte den Kopf.

Mit einem Seitenblick auf Guo Jing wechselte Qiu Chuji das Thema: »Wie ist er zu deinem Ziehvater geworden?«

»Ich stamme aus dem Dorf Hetang im Bezirk Lin'an. Vater hatte bei meiner Familie Unterschlupf gefunden, nachdem er von bösen Menschen verwundet worden war. Doch er war noch nicht lange bei uns, als meine Eltern und mein Bruder an der Pest starben. Danach hat er mich wie sein eigenes Kind großgezogen. Später hat er mir Kung-Fu beigebracht, und wir sind durch das ganze Land gezogen, um nach Bruder Guo zu suchen, unter dem Banner … dem Banner … *Duell um die Braut*.« Mu Nianci war es sichtbar peinlich, darüber zu reden.

»Dein Vater hieß in Wahrheit nicht Mu, sondern Yang, du solltest fortan ebenfalls den Familiennamen Yang tragen«, sagte Qiu.

»Ich bin aber eine Mu.«

»Glaubst du mir etwa nicht?«

»Wie könnte ich Euch nicht glauben … Trotzdem möchte ich lieber weiter Mu heißen.« Ihre Stimme war nur noch ein gehauchtes Flüstern.

Qiu Chuji wollte sie nicht länger quälen, da er vermutete, dass der plötzliche Verlust ihres Vaters sie zu sehr mitgenommen hatte. Sie hatte wohl noch gar nicht richtig begriffen, was geschehen war.

Meister Ewiger Frühling hatte keine Ahnung, dass er selbst es war, der nichts begriff. Mu Nianci wusste sehr genau, was sie wollte. Wanyan Kang hatte in jenem Duell ihre Hand, aber auch ihr Herz gewonnen. Noch dazu war er der Sohn ihres Ziehvaters, also lautete sein Name Yang. Wie könnte sie ihn noch heiraten, wenn sie selbst eine Yang war?

Das Gegenmittel tat seine Wirkung. Allmählich kam wieder Leben in Wang Chuyi. Er hatte das Gespräch zwischen Qiu Chuji und der jungen Frau mitangehört und musste an das Duell auf dem Markplatz vor zwei Tagen denken. »Wie kommt es, dass dein Kung-Fu so viel besser ist als das deines Vaters?«, fragte er Mu Nianci.

»Mit dreizehn bin ich einem Fremden begegnet, der mich drei Tage lang unterwiesen hat. Leider bin ich nur ein begriffsstutziges Bauernmädchen und habe so gut wie nichts gelernt.«

»Nur drei Tage, und schon warst du deinem Ziehvater überlegen? Wie hieß dieser Meister?«

»Bitte haltet mich nicht für respektlos, Bruder Wang, aber ich habe schwören müssen, niemandem seinen Namen zu verraten.«

Wang Chuyi ließ in Gedanken die Formen und Posen Revue passieren, die er Mu Nianci hatte ausführen sehen, konnte aber keine davon mit einer bestimmten Schule in Verbindung bringen.

»Wie lange hast du Wanyan Kang unterrichtet, Bruder Qiu? Acht oder neun Jahre lang, richtig?«

»Ganze neuneinhalb Jahre lang habe ich auf diesen undankbaren Bastard verschwendet!«

»Seltsam …«

»Was?«

Wang Chuyi antwortete nicht. Gedankenverloren starrte er vor sich hin.

»Wie ist es Euch gelungen, Yang Tiexins Sohn aufzuspüren, Meister Ewiger Frühling?«, fragte Ke Zhen'e in die Stille hinein.

»Das war reines Glück. Nachdem wir vor achtzehn Jahren auseinandergegangen sind, habe ich mich überall nach dem Verbleib der Familien von Yang und Guo erkundigt. Meine Suche blieb jahrelang vergeblich, bis ich eines Tages nach Niu zurückkehrte, wo gerade ein Trupp Jin-Soldaten alles in Yang Tiexins altem Hof abbaute und mitnahm. Ich bin den Soldaten gefolgt, habe sie belauscht und herausgefunden, dass es sich um einen Teil der Leibgarde von König Zhao handelte, die den Auftrag hatte, die ganze persönliche Habe der Familie Yang, selbst verrostete Speere und Ackergerät, einzupacken und nach Zhongdu zu bringen. Mir war klar, dass das etwas zu bedeuten hatte, also bin ich ihnen bis hierher in die Hauptstadt gefolgt.«

Jetzt endlich dämmerte es Guo Jing, warum die Prinzgemahlin auf dem Palastgelände in einer so ärmlichen Hütte gehaust hatte.

»Ich habe mich nachts in den Palast geschlichen, um herauszufinden, was Prinz Wanyan Honglie mit dem alten Plunder wollte, den er von so weit her hatte holen lassen. Ziemlich schnell habe ich mit Entsetzen festgestellt, dass Yang Tiexins Frau Bao Xiruo nun Prinzgemahlin am Hof der Jin war. Am liebsten hätte ich ihr für diesen Verrat an ihrem Mann und ihrer Heimat mein Schwert in den Bauch gerammt! Aber dann habe ich gesehen, wie sie inmitten des prächtigen Palasts weinend und allein in ihrer armseligen Hütte saß und Bruder Yangs alten Speer auf dem Schoß hielt und verstanden, dass sie noch immer um ihn trauerte. Sie hatte sein Kind zur Welt gebracht, das jetzt als Sohn Wanyan Honglies aufwuchs. Ich habe ein paar Jahre gewartet, bis er alt genug war, und bin zurückgekommen, um ihn zu unterrichten.«

»Und der Kerl hat wirklich nicht gewusst, wer sein leiblicher Vater ist?«, fragte Ke Zhen'e.

»Ich habe versucht, ihn danach auszufragen, aber als ich feststellte, wie geblendet dieser Nichtsnutz von Macht und Reichtum war, habe ich das Thema nicht mehr erwähnt. Zwar hat er stets vorgegeben, die Moral des Jianghu hochzuhalten, die ich ihm zusammen mit der Kampfkunst eingebläut habe, aber ich wusste, dass es vergebliche Mühe war. Ohne unsere Wette hätte ich ihn wohl bald aufgegeben. Wäre durch den Kampf, gleich, wer daraus als Sieger hervorgegangen wäre, erst einmal der Frieden zwischen den Sieben Sonderlingen und mir hergestellt gewesen, hätte ich ihm die Wahrheit enthüllt und zugesehen, dass er mit seiner Mutter eine gute Bleibe findet. Wie hätte ich ahnen können, dass Bruder Yang noch am Leben ist und dass er und seine Frau auf solche Weise sterben würden, ohne dass ich es verhindern konnte!«

Als Mu Nianci die Geschichte hörte, vergrub sie weinend ihr Gesicht in den Händen.

Dann erzählte Guo Jing, wie er nachts zuvor Yang Tiexin und Mu Nianci im Palast eingesperrt gefunden hatte und wie es zu dem Wiedersehen zwischen Yang Tiexin und Bao Xiruo gekommen war. Jedermann wurde klar, dass Bao Xiruo König Zhao nur deshalb geheiratet hatte, weil sie ihren Mann tot geglaubt und nicht gewusst hatte, wohin. Letztendlich war sie ihrem ersten Gatten bis in den Tod treu geblieben. Alle waren sich einig, dass die Tapferkeit dieser Frau bewundernswert war.

Nun stand ihnen zum Mondfest ein neuer Wettkampf bevor. »Was haben wir schon zu befürchten«, meinte Zhu Cong, »wenn wir die sieben Meister der Quanzhen-Schule auf unserer Seite haben?«

»Und was, wenn sie so viele ihrer Kumpane einladen, dass wir ihnen hoffnungslos unterlegen sind?«, wandte Ma Yu ein.

Qiu Chuji winkte ab. »Wen sollen sie denn einladen? Wie viele Meister des Kung-Fu gibt es auf der Welt?«

»Deine große Kampfkunst hat unserer Schule glänzenden Ruhm beschert, Bruder Qiu, aber noch immer hast du nicht gelernt, deine ungestüme Überheblichkeit zu zähmen«, mahnte Ma Yu. »Du kennst doch das Sprichwort ...«

»... über jedem Himmel ist ein höherer Himmel, über jedem Menschen steht ein größerer Mensch«, lachte Qiu Chuji. »Ich weiß, Bruder Ma.«

»Ist denn nichts Wahres daran? Die Kampfkünstler, mit denen wir es heute zu tun hatten, waren uns beileibe nicht unterlegen. Unser Sieg an der Pagode von Wind und Regen ist alles andere als gewiss.«

»Du machst dir zu viele Gedanken. Als ob eine Bande verräterischer Schurken etwas gegen die vereinte Kunst der Quanzhen-Schüler ausrichten könnte!«

»Niemand vermag vorauszusehen, welches Unglück in der Zukunft lauert. Wären unsere Freunde, die sechs Helden, nicht zur Stelle gewesen, dann hätten wir drei Quanzhen-Schüler heute den guten Namen unserer Schule verspielt.«

Ke Zhen'e, Zhu Cong und die anderen wehrten bescheiden ab. »Diese Gegner, die sich solch teuflischer Listen bedienten, waren den Daoisten nicht ebenbürtig.«

»Onkel Zhou Botong war der Zögling unseres Großmeisters und seine Kampfkunst übertraf unsere um das Zehnfache«, fuhr Ma Yu fort. »Und dennoch waren sein kindischer Ehrgeiz und sein Drang, allen anderen überlegen zu sein, der Grund dafür, dass er nun schon seit mehr als zehn Jahren verschollen ist. Das sollte uns lehren, stets demütig und achtsam zu bleiben.«

Diese Worte brachten Qiu Chuji zum Schweigen. Die Sechs Sonderlinge hatten noch nie von jenem Zhou Botong gehört. Es klang nach einer Angelegenheit, die der Quanzhen-Schule nicht zum Ruhm gereichte, weshalb sie taktvoll ihre Neugier bezwangen und nicht weiter nachfragten. Wang Chuyi hatte unterdessen schweigend zugehört und hing seinen eigenen Gedanken nach.

Qiu Chujis Blick fiel auf Guo Jing und Mu Nianci. »Euer Schüler ist ein aufrechter Held, Ke Zhen'e, aus ihm ist wirklich etwas geworden. Mit diesem Schwiegersohn kann Yang Tiexin in Frieden ruhen.«

Mu Nianci wurde rot. Sie stand auf und lief mit hängendem Kopf aus dem Zimmer. Als Wang Chuyi sie hinauseilen sah, hatte er plötzlich eine Idee, fuhr von seinem Kang auf und packte sie an der Schulter. Von dieser Bewegung überrumpelt, sammelte sie ihr inneres Kung-Fu, um ihn abzuwehren. Er wartete ab, bis sie ihm beinahe ihre volle Kraft entgegensetzte, dann drückte er sie von sich. Meister Jadesonne mit dem eisernen Fuß, wie Wang Chuyi genannt wurde, war nicht irgendein dahergelaufener Meister – obwohl er sich noch von seiner schweren Wunde erholte, genügte ihm dieses Drücken und Drehen, um die Kraft seines Gegenübers zu prüfen. Mu Nianci schwankte und wäre fast vornübergestürzt, hätte sie Wang Chuyi nicht mit einem leichten Druck seiner linken Hand gegen ihre linke Schulter abgefangen. Sofort schnellte sie wieder hoch, stand aufrecht da und riss erstaunt und verunsichert die Augen auf.

»Verzeih mir, werte Mu Nianci, ich wollte ein wenig dein Kung-Fu auf die Probe stellen. Jener Meister, der dich drei Tage lang unterrichtet hat, hatte der nur neun Finger und war wie ein Bettler gekleidet?«

»Woher ... woher wisst Ihr das?«

»Der Alte Hong, genannt der Neunfingrige Bettler, kommt und geht wie ein Schatten, wie ein Drache, von dem man immer nur den Kopf und nie den Schwanz sieht. Das junge Fräulein darf sich glücklich schätzen, dass er sie persönlich zur Schülerin auserkoren hat. Ich gratuliere!«

»Leider hatte er nur sehr wenig Zeit.«

Wang Chuyi seufzte. »Was willst du denn noch? In drei Tagen lernt man von diesem Meister mehr als von anderen in zehn Jahren.«

»Wenn Ihr es sagt, Meister Wang …« Mu Nianci zögerte. »Wisst Ihr vielleicht, wo Meister Hong zu finden ist?«

»Wie sollte ich?«, lachte Wang Chuyi. »Das letzte Mal, dass ich ihm begegnet bin, war vor zwanzig Jahren auf dem Gipfel des Bergs Hua.«

Enttäuscht verließ Mu Nianci das Zimmer.

»Könnt Ihr uns mehr über diesen großen Meister Hong erzählen?«, fragte Han Xiaoying.

Mit einem feinen Lächeln setzte sich Wang Chuyi wieder auf den Kang. Qiu Chuji antwortete an seiner Stelle. »Ketzer des Ostens, Gift des Westens, König des Südens, Bettler des Nordens und Magier der Mitte – habt Ihr diese Namen schon einmal gehört?«

»Natürlich, das sind die größten Kampfkunstmeister unserer Zeit«, antwortete Han Xiaoying.

»Allerdings.«

»Und bei jenem Meister Hong handelt es sich um den Bettler des Nordens, richtig?«, warf jetzt Ke Zhen'e ein.

»So ist es. Und unser Meister Wang Chongyang war der Magier der Mitte.«

Der Name des Großmeisters ließ die Sonderlinge vor Ehrfurcht verstummen.

»Wenn die Leute wüssten, dass deine Braut eine Schülerin des berühmten Neunfingrigen Bettlers ist«, wandte sich Qiu Chuji lachend an Guo Jing, »dann würde sich mit dir im Traum keiner mehr anlegen.«

Guo wurde rot und wollte protestieren, konnte aber nur etwas Unverständliches stammeln.

»Wie konntet ihr allein durch den Druck auf ihre Schulter erraten, wessen Schülerin Mu Nianci ist, Meister Wang?«, fragte Han Xiaoying.

Qiu Chuji winkte Guo Jing zu sich heran und drückte seine schwere Hand mit der Macht seines inneren Kung-Fu auf dessen Schulter nieder. Doch nach zehn Jahren als Schüler der sieben Sonderlinge und dank der Ausbildung seiner inneren Stärke durch Meister Ma Yu hielt Guo Jing dem Druck mühelos stand.

»Hervorragend!«, rief Qiu Chuji und nahm allen Druck von Guo Jings Schulter, sodass dessen innere Stärke ins Leere ging. Dies wiederum nutzte Qiu Chuji aus und stieß ihn rückwärts. Guo Jing fiel nach hinten um, streckte instinktiv die Hände aus, stieß sich vom Boden ab und schnellte sofort wieder hoch. Alle lachten. »Meister Ewiger Frühling hat dir eben einen großartigen Kniff beigebracht, Guo Jing«, sagte Zhu Cong. »Merk dir den gut!«

Guo Jing nickte verwirrt.

»Die Schüler der Kampfkunst, die einem solchen Druck auf die Schulter nicht standhalten können, fallen rücklings um«, erklärte Qiu Chuji. »Nur die Schüler des Neunfingrigen Bettlers fallen vornüber. Das liegt daran, dass sein Kung-Fu, was den Einsatz von Kraft angeht, so unübertroffen ist, dass seine Stärke durch die Stärke des Gegners gewinnt. Nur drei Tage Unterricht bei ihm haben ausgereicht, um Mu Nianci die Essenz seines Kung-Fu zu lehren. Zwar konnte sie Wang Chuyi nicht standhalten, aber statt sich seiner Kraft zu beugen, nutzte sie sie und fiel in die entgegengesetzte Richtung des Drucks.«

»Habt Ihr den Neunfingrigen Bettler schon einmal kämpfen sehen, Meister Wang?«, fragte Zhu Cong, beeindruckt vom hohen Grad der Erkenntnis der Daoisten.

»Damals, als unser Großmeister sich mit den anderen vier Großmeistern des Jianghu auf dem Gipfel des Hua gemessen hat. Neben seiner unübertroffenen Kampfkunst zeichnet den alten Hong auch ein übermäßiges Verlangen nach gutem Essen aus. Da auf dem Gipfel eines Bergs das Essen eher karg ist, war das kein Ort für ihn. Er verlegte sich darauf, sich die Gespräche über die Formen und Möglichkeiten der Kampfkünste mit Wang Chongyang und Huang Yaoshi als einen Festschmaus mit gutem Wein vorzustellen. Auf diese Weise geriet die Zusammenkunft zu einem Festmahl der Ideen, und es war ein großes Glück für mich, an der Seite meines Meisters von so viel Könnerschaft und Wissen profitieren zu dürfen.«

»Huang Yaoshi … ist das der Ketzer des Ostens, einer der Fünf Großmeister des Jianghu?«, fragte Ke Zhen'e.

»So ist es.« Qiu Chuji sah Guo Jing an. »Ein Glück, dass Bruder Ma Yu dich das Neigong gelehrt, dich aber nicht als Schüler angenommen hat, sonst stündest du eine Meistergeneration unter deiner eigenen Braut. Keine gute Voraussetzung für eine Ehe!« Er lachte lauthals.

»Ich heirate sie nicht.« Guo Jing war rot angelaufen.

»Wie bitte?«

»Ich heirate sie nicht.«

Qiu Chuji schnellte verärgert hoch. »Warum nicht?«

Han Xiaoying eilte Guo Jing zu Hilfe. »Als wir erfahren haben, dass Yang Tiexins Nachkomme ein Sohn ist, bedeutete dies, dass Guo Jing niemandem für die Ehe versprochen war. Deshalb hatten wir auch keine Einwände, als der Große Khan der Mongolen ihn zu seinem Schwiegersohn erkoren hat.«

Qiu Chuji fixierte Guo Jing mit seinem Blick. »So ist das also! Ein einfaches Mädchen kann natürlich nicht mithalten mit Prinzessinnen und Hochwohlgeborenen!«, höhnte er. »Und der letzte Wille deines eigenen Vaters interessiert dich nicht, wie? Du bist also gerade so ein machtgieriger, undankbarer Kerl wie dieser Wanyan Kang!«

Guo Jing verbeugte sich tief vor dem Daoisten. »Meinen Vater habe ich nie gekannt. Von einem letzten Wunsch meines Vaters hat mir meine Mutter nie etwas gesagt. Wenn Meister Ewiger Frühling mir bitte davon erzählen würde?«

Qiu Chujis Miene hellte sich auf. Er musste über sich selbst lachen. »Mein Temperament! Ich bin einfach zu voreilig. Natürlich konntest du nichts davon wissen.« Dann berichtete er, wie er vor achtzehn Jahren in Niu Guo Xiaotian und Yang Tiexin und ihre schwangeren Frauen kennengelernt hatte, wie die beiden später von Soldaten angegriffen worden waren und er auf der Suche nach ihren Frauen mit den Sieben Sonderlingen aneinandergeraten war. Und wie sie schließlich verabredet hatten, ihren Streit durch den Wettkampf zwischen ihren Schülern Guo Jing und Yang Kang beizulegen.

Zum ersten Mal in seinem Leben erfuhr Guo Jing die Geschichte seines Vaters. Weinend sank er auf die Knie. Wie sollte er seinen Vater rächen? Und wie könnte er seinen sieben Meistern jemals ihren Großmut vergelten?

»Es ist nicht unüblich, dass ein Mann mehrere Frauen hat«, versuchte Han Xiaoying ihn zu trösten. »Rede mit dem Khan, wenn du in die Mongolei zurückkehrst, und er wird sicher verstehen, dass du zwei Seiten verpflichtet bist. Einer wie Dschingis Khan hat wahrscheinlich selbst wohl hundert Frauen!«

Guo Jing wischte sich die Tränen aus dem Gesicht. »Ich werde Prinzessin Khojin nicht heiraten.«

»Warum das?«, fragte Han Xiaoying verblüfft.

»Ich will sie nicht.«

»Aber hast du sie nicht immer gern gehabt?«

»Für mich war sie immer wie eine kleine Schwester, eine Freundin. Aber ich will sie nicht zur Frau.«

Das hörte Qiu Chuji gern. »Guter Junge! Was willst du mit einer Prinzessin? Khan hin oder her, besser, du folgst dem Willen deines Vaters und seines Freundes und heiratest Mu Nianci.«

Aber Guo Jing schüttelte den Kopf. »Die heirate ich auch nicht.«

Keiner außer der warmherzigen Han Xiaoying hatte eine Ahnung, was mit ihm los war. »Was ist los mit dir? Hast du eine andere im Sinn?«, fragte sie milde.

Guo Jing wurde rot. Dann nickte er vorsichtig.

»Wen denn?«, riefen Han Baoju und Qiu Chuji wie aus einem Mund.

Han Xiaoying erinnerte sich an die ausnehmend hübsche junge Frau, die am Vorabend während des Kampfs im Palast aufgetaucht war, wie sie Guo Jing angesehen und ihm beigestanden hatte. »Es ist die junge Frau in Weiß, nicht wahr?«, fragte sie sanft.

Guo Jing schwieg.

»Welche junge Frau in Weiß?«, fragte Qiu Chuji ungeduldig.

»Ich erinnere mich, dass Mei Chaofeng sie ›kleine Schwester‹ genannt und von ihrem Vater als ihrem Meister geredet hat …«, murmelte Han Xiaoying.

»Was? Doch nicht etwa die Tochter des Alten Ketzers Huang?«, rief Ke Zhen'e.

Han Xiaoying fasste Guo Jing bei der Hand. »Ist ihr Familienname Huang?«

»Ja.«

Han Xiaoying wusste nicht, was sie sagen sollte.

»Du willst doch nicht etwa jemanden heiraten, den Mei Chaofeng ihre kleine Schwester nennt?«, schimpfte Ke Zhen'e.

»Hat ihr Vater sie dir versprochen?«, fragte Zhu Cong.

»Ich weiß nicht, wer ihr Vater ist, ich habe ihn nie getroffen.«

»Habt ihr euch also selbst ein Gelöbnis gegeben?«

Guo Jing verstand nicht, was »ein Gelöbnis geben« bedeuten sollte und sah Zhu Cong nur mit großen Augen an.

»Hast du ihr gesagt, dass du sie heiraten willst, und sie hat dasselbe zu dir gesagt?«

»Nein.« Guo Jing zögerte. »Es ist nicht nötig, das auszusprechen, wir wissen es einfach. Wir können nicht ohne einander sein.«

»Was soll das nun wieder heißen?« Im Gegensatz zu seiner Schwester hatte Reiterkönig Han wenig Sinn für Romantik. Han Xiaoying musste an Zhang Ahsheng denken. *Guo Jing ist wie unser Fünfter Bruder,* seufzte sie innerlich. *Er war in mich verliebt und hat es bis zu seinem Tod für sich behalten, weil er dachte, er wäre nicht gut genug für mich. Hätte ich ihm bloß meine Liebe gestanden, hätten wir wenigstens bis zu seinem Ende miteinander glücklich sein können.*

»Wusstest du, dass ihr Vater ein unbarmherziger Mörder ist?«, warnte Zhu Cong. »Wehe dir, wenn er herausfindet, dass du heimlich mit seiner Tochter angebandelt hast! Mei Chaofeng hat nicht einmal ein Zehntel seiner Kampfkunst beherrschen gelernt, und sieh dir an, wie furchterregend sie ist. Wenn der Meister der Pfirsichblüteninsel deinen Tod will, wird niemand dir beistehen können.«

»Aber Huang Rong ist so liebenswert …«, warf Guo Jing leise ein, »ich kann nicht glauben, dass ihr Vater ein schlechter Mensch ist.«

»Zum Teufel! Der Alte Ketzer Huang ist die Inkarnation des Bösen!«, schimpfte Han Baoju. »Schwöre, dass du diese kleine Hexe nie wiedersehen wirst, schwör es!«

Den Sonderlingen war alles, was mit den Zwillingsmördern der Dunklen Winde zu tun hatte, zutiefst verhasst, denn diese hatten ihren Fünften Bruder Zhang Ahsheng auf dem Gewissen. Und sie hassten den Alten Ketzer Huang, denn schließlich war er der Meister, von dem die Zwillingsmörder ihr dämonisches Kung-Fu gelernt hatten. Er war an allem schuld.

Als Guo Jing schwieg, baute sich Reiterkönig Han drohend vor ihm auf. »Du wirst diese Hexe nie wiedersehen! Schwör es!«

Guo Jing war verzweifelt. Einerseits fühlte er sich seinen Meistern zutiefst verpflichtet und würde sich niemals ihren Wünschen widersetzen, andererseits brach ihm der Gedanke, Huang Rong nie wiederzusehen, das Herz. Er fiel auf die Knie und schluchzte. »Meister, wenn ich Huang Rong nicht wiedersehen darf, will ich nicht mehr weiterleben.«

»Schämt Ihr Euch denn gar nicht?« Eine helle, melodische Frauenstimme drang durch das offene Fenster.

Huang Rong! Guo Jing sprang sofort auf die Füße und rannte hinaus. Da stand sie im Hof, bildschön, und hielt sein rotes Pferdchen am Zügel. Beim Anblick seines Herrn stellte sich Ulaan auf die Hinterbeine und wieherte freudig.

Guo Jing drehte sich zu Han Baoju, Quan Jinfa, Zhu Cong und Qiu Chuji um, die ihm nachgelaufen waren, und sagte zum Reiterkönig: »Das ist sie, Dritter Meister, sie heißt Huang Rong. Sie ist eine wunderbare Frau und keine Hexe!«

»Was fällt dir kleinem Dickwanst ein, mich eine Hexe zu nennen?«, empörte sich Huang Rong. »Und du, dreckiger Lumpengelehrter, wie kommst du dazu, meinen Vater als unbarmherzigen Mörder zu bezeichnen?«

Zhu Cong ließ sich nicht dazu herab, mit einem jungen Mädchen zu streiten, und lächelte nur. *In der Tat,* dachte er, *dieses Kind ist eine funkelnde Schönheit, wie ich sie nie gesehen habe! Kein Wunder, dass unser Guo Jing von ihr so betört ist.* Han Baoju dagegen standen selbst die Barthaare zu Berge. Er explodierte beinahe vor Zorn. »Scher dich zum Teufel! Los, troll dich!«

Fetter Wachskürbis, rollt wie ein Ball
Ein Tritt in den Hintern, er kullert fort
Zwei Tritte in den Hintern, …

Huang Rong klatschte im Takt zu ihrem Spottgesang.

Wütend wollte der Reiterkönig sie packen, aber sie sprang flink beiseite.

»Hör auf damit, Huang Rong«, flehte Guo Jing. »Das sind meine Meister!«

Huang Rong streckte die Zunge heraus und schnitt Grimassen.

Fetter Wachskürbis, rollt wie ein Ball …

Plötzlich packte sie Guo Jing am Gürtel, riss ihn mit sich in die Höhe und landete mit ihm auf dem Rücken des Pferdes. Kaum hatte sie die Zügel ergriffen, schoss Ulaan wie ein Pfeil aus dem Hof. Mit dem übernatürlichen Galopp dieses roten Wunderpferds konnte selbst Han Baojus Schwebekunst nicht mithalten.

Guo Jing wandte sich um. Mit einem Wimpernschlag waren seine Meister nur noch schwarze Punkte in der Ferne. Bei seinem Ritt zerschnitt er förmlich die Luft und der Wind heulte in seinen Ohren. Huang Rong hielt die Zügel in der einen Hand, mit der anderen nahm sie Guo Jings Hand. Er war verunsichert. Schließlich ging es nicht an, seine Meister einfach so stehen zu lassen, aber der Gedanke, die Frau, die er von hinten umarmt hielt, aufzugeben, war ihm unerträglich. Huang Rong bedeutete ihm mehr als sein eigenes Leben. Lieber sollten sie ihm den Kopf abhacken und ihn ausbluten lassen, als dass er sein Herz verriet.

Nachdem sie das rote Pferd innerhalb kürzester Zeit viele Li weit weg von Zhongdu gebracht hatte, zog Huang Rong die Zügel an und sprang ab. Guo Jing folgte ihrem Beispiel. Sofort stupste das herrliche Tier seinen geliebten Herrn liebevoll mit dem Kopf in die Seite.

Hand in Hand standen die beiden da und sahen sich an. Sie hatten sich unendlich viel zu sagen, wussten aber nicht, wo sie anfangen sollten. Wozu Worte, wenn man sich längst mit dem Herzen verständigt hatte?

Lange Zeit standen sie so da, bis Huang Rong schließlich Guo Jings Hand losließ, ein Tuch aus der Satteltasche nahm, es in einem Bach tränkte und Guo Jing hinhielt, damit er sich die Stirn abwischen konnte. Aber Guo Jing war gerade vollkommen der Welt entrückt.

»Rong, ich weiß, was wir tun müssen!«, sagte er plötzlich.

Sie zuckte zusammen. »Was denn?«

»Wir gehen zurück zu meinen Meistern.«

»Zurück? Wir beide zusammen?«

»Jawohl. Ich halte deine Hand und sage zu meinen Meistern und den Daoisten, dass du eine prächtige Frau bist und keine Hexe, dass ich … dass ich nicht ohne dich sein kann …« Guo Jing griff nach ihrer Hand und deklamierte, mit hocherhobenem Haupt und gereckter Brust: »Verehrte Meister! Nie und nimmer werde ich in der Lage sein, Eure große Güte zu vergelten, aber … aber Huang Rong … Huang Rong ist keine Hexe, sie eine gute, eine wunderbare Frau, sie ist so gut, so …« Guo Jing hätte so Vieles über Huang Rong zu sagen gewusst, doch hatte er noch nie gut mit Worten umgehen können.

Huang Rong amüsierte sich über seine Sprachlosigkeit und war doch zutiefst gerührt. »Sie hassen mich«, sagte sie sanft. »Sie werden nicht auf dich hören. Lass uns davonlaufen, in die Berge, auf eine Insel, irgendwohin, wo sie uns niemals finden werden.«

Für einen Augenblick war Guo Jing versucht, ihr nachzugeben, doch dann sagte er entschlossen: »Wir müssen zurück, Huang Rong.«

»Sie werden alles daransetzen, uns zu trennen. Wir werden uns nie wiedersehen!«

»Lieber sterbe ich, als mich von dir zu trennen. Ich tue alles, was Ihr von mir verlangt, Meister, aber Huang Rong werde ich niemals aufgeben. Schlagt mich, schimpft mich, ich werde nicht fliehen, ich werde Euch nicht grollen, aber niemals werde ich Huang Rong aufgeben. Das werde ich sagen.«

Trotz ihrer äußerlichen Unbekümmertheit war Huang Rong von Natur aus eher misstrauisch. Aber Guo Jings trotzige Treue stimmte sie zuversichtlich. Solange sie beide sich einander so eng verbunden fühlten, würde kein Mensch und keine Macht der Welt sie auseinanderreißen können.

»Ich bleibe bei dir, Guo Jing. Nicht einmal der Tod wird uns trennen. Auch mein Vater kann es nicht.«

»Hab ich es nicht gesagt? Du bist einfach so nett, so ... nett.«

Huang Rong strahlte ihn an. »Lass Ulaan ein wenig ausruhen, ja? Und auch wir könnten eine Stärkung gebrauchen.« Sie zog ein Stück Rindfleisch aus der Satteltasche, wälzte es in Lehm und begann, Feuerholz zu sammeln.

Sie aßen sich satt und ließen das Pferd grasen. Dann setzten sie auf und ritten zurück. Hand in Hand betraten sie das Gasthaus. Freudig begrüßte der Wirt den großzügigen Gast. »Die anderen Herrschaften haben die Hauptstadt bereits verlassen, mein Herr. Dürfte ich Euch etwas zu Essen anbieten?«

»Haben sie mir eine Nachricht hinterlassen?«

»Nein. Sie sind vor ein paar Stunden in Richtung Süden aufgebrochen.«

»Komm, wir folgen ihnen, Huang Rong.«

Obwohl sie sofort auf ihrem schnellen Pferd losgaloppierten, konnten die beiden keine Spur von den Sonderlingen oder den Daoisten finden. Also ritten sie zurück und versuchten eine andere Route. Unterwegs fragten sie in Schenken und auf den Wegen, aber niemand hatte Jünger der Quanzhen-Schule oder eine Gruppe von sechs sonderbaren Kampfkünstlern gesehen. Unermüdlich brachte das Pferd sie überallhin, aber ihre Suche blieb ohne Erfolg.

»Dann treffen wir sie eben zum Mondfest in Jiaxing vor der Pagode von Wind und Regen«, sagte Huang Rong. »Dann kann du ihnen immer noch sagen, wie nett ich bin.«

»Aber bis dahin ist es noch ein halbes Jahr!«

»So lange können wir umherziehen und es uns gut gehen lassen, meinst du nicht?«

So treuherzig und aufrecht Guo Jing auch sein mochte, er war immer noch ein junger Mann, neugierig auf die Welt – und über beide Ohren verliebt. »Einverstanden«, sagte er.

Sie übernachteten in einer kleinen Herberge. Am nächsten Morgen ging Guo Jing los, kaufte für sich einen prächtigen weißen Hengst und bestand darauf, dass Huang Rong weiter auf seinem roten Pferd ritt. Seite an Seite trabten sie ohne Eile gen Süden und genossen die wechselnden Landschaften. Mal schliefen sie unter dem Sternenhimmel, mal nahmen sie sich ein Zimmer in einer Dorfschenke. Ihnen mangelte es an nichts. So nah sie sich auch waren, so unschuldig blieb ihr Zusammensein.

Eines Tages erreichten sie die Stadt Xiqing im Grenzbezirk Tainingjun im Westen der Provinz Shandong. Es war schon am Ende des vierten Monats und nach einem langen Ritt unter der zunehmenden Hitze waren sie verschwitzt und klebrig vor Schweiß und Staub. »Lass uns ein schattiges Plätzchen suchen und ein bisschen ausruhen«, schlug Huang Rong vor.

»Es ist nicht mehr weit bis zur Stadt«, sagte Guo Jing. »Dort können wir gemütlich einen Tee trinken und weitersehen.«

Bald darauf tauchte vor ihnen ein eigentümliches Grüppchen auf. Ein beleibter Mann in einer lilafarbenen Seidenrobe ritt, sich unentwegt Luft zufächernd, auf einem mageren Esel. Der Mann wog gut und gerne zweihundertfünfzig Pfund, und das arme Tier knickte unter der schweren Last beinahe ein. Neben ihm trugen zwei nicht weniger schwächlich wirkende, stockdünne ältere Männer keuchend eine Sänfte. Die Vorhänge waren wegen der Hitze ringsum aufgezogen und man sah eine pummelige Frau in einem leuchtend hellroten Gewand darin hocken, eifrig befächert von einer Dienstmagd, die neben der Sänfte herging.

Neugierig ritt Huang Rong voraus und überholte das Gespann, um sich die Frau in der Sänfte näher anzusehen. Sie mochte etwa vierzig Jahre alt sein, hatte ein rundes Mondgesicht, kleine Knopfaugen, einen breiten Mund, eine platte Nase und abstehende Ohren. Über ihr stark gepudertes Gesicht liefen kleine Schweißbäche. Ihr Haar zierte eine goldene Spange und an den Schläfen steckten große, rote Blüten.

»Was gibt es da zu glotzen?«, fauchte sie Huang Rong erbost an.

»Ich bewundere nur Eure zierliche und elegante Erscheinung!« Huang Rong konnte es nicht lassen. Sie foppte andere nur zu gern. Sie ließ die Zügel locker und preschte unversehens direkt auf die Sänfte zu.

Den Trägern glitt vor Schreck die Sänfte aus den Händen und die Frau purzelte mit einem Schrei mitten auf den Weg, wo sie sich vergeblich mühte, wieder auf die Beine zu kommen. Zeternd und hilflos ruderte sie mit den Armen.

Huang Rong zog die Zügel an und lachte vergnügt. Nach diesem gelungenen Streich wollte sie gerade wieder umkehren, doch da schlug der fette Mann auf dem Esel mit seiner Reitgerte nach ihr. »Du elendes Luder!«

Huang Rong schnappte sich das Ende der Reitgerte und zog daran. Der Mann fiel wie ein nasser Sack von seinem Esel. Huang Rong hielt drohend die Reitgerte über ihn.

»Straßenräuber! Halunken! Zu Hilfe!«, schrie die Frau.

Huang Rong zog eine Emei-Nadel heraus, beugte sich zu der Frau hinab und durchstach ihr linkes Ohr. Blut spritzte, und die Frau schrie wie ein abgestochenes Schwein.

In Todesangst ging der Dickwanst auf die Knie. »Verschont unser Leben, Frau Räuberhauptmann! Ich ... ich habe Gold! Wie viel verlangt Ihr?«

»Wer will Euer Gold?«, herrschte Huang Rong ihn an. »Ich will wissen, wer diese Frau ist!«

»Das ... das ist meine Gattin. Wir sind ... wir sind auf dem Weg zu ihrer Familie.«

»Seid ihr beiden Dicken denn nicht rüstig genug, um auf euren eigenen Füßen dorthin zu gehen? Tut, was ich sage, und ich lasse euch leben.«

»Gewiss doch, gewiss! Wir werden alles tun, was Frau Räuberhauptmännin verlangt!«

Huang Rong amüsierte sich köstlich darüber, von einem älteren Herrn mit solcher Ehrfurcht angeredet zu werden. »He, ihr beiden Sänftenträger! Und du auch, Dienstmagd, in die Sänfte mit euch!«

Die mageren Gestalten wagten nicht zu widersprechen und stiegen in die Sänfte. Sie fanden bequem zu dritt darin Platz.

Guo Jing sah gespannt zu. Aller Augen waren auf Huang Rong gerichtet. Was führte sie im Schilde?

»Ein schönes Gespann von Tyrannen seid Ihr zwei Fettwänste! Nur weil ihr ein paar lumpige Silbermünzen zu viel habt, erlaubt Ihr euch, auf den Armen herumzutrampeln, wie? Aber jetzt habt Ihr es mit mir zu tun, der Räuberprinzessin. Wollt ihr also leben oder sterben?«

»Leben! Wir wollen leben!«, bettelte das Paar wie aus einem Mund.

»Gut, dann an die Arbeit. Schultert die Sänfte!«

»Ich ...«, stammelte die Frau und hielt sich das blutende Ohr, »ich ... kann das nicht.«

»Dann muss ich dir wohl die Nase abschneiden!« Huang Rong fuchtelte drohend mit einer Emei-Nadel vor der Nase der Frau herum.

Kreischend schlug sie die Hände vors Gesicht. Der dicke Ehemann packte rasch eine Tragstange der Sänfte und rief: »Schon gut! Wir tragen sie! Wir tragen sie!« Jetzt krabbelte auch die Frau zur Sänfte und hievte sich keuchend die andere Tragstange auf die Schultern. Die beiden waren in der Tat nicht nur wohlgenährt, sondern auch rüstig genug, um die Sänfte zu tragen. Im Gleichschritt stapften sie los.

»Gut macht Ihr das! Bravo!«, riefen Huang Rong und Guo Jing ihnen nach.

Sie geleiteten das kuriose Gespann noch ein Stück weit, um sicher zu gehen, dass die beiden ihre Arbeit taten, dann preschte Huang Rong los. »Komm, Guo Jing, wir ziehen weiter!«

Sie drehten sich noch einmal zu der Gruppe um. Huang Rong kicherte vergnügt. »Was für ein furchtbares Weibsbild! Immerhin ist sie zu etwas zu gebrauchen. Die wäre was für Qiu Chuji!«

»Aber Meister Qiu ist ein Mönch, er will keine Frau.«

»Natürlich nicht. Aber dann wüsste er wenigstens, wie es ist, wenn man ihm eine aufnötigt. Du hast ihm gesagt, dass du diese Mu nicht heiraten willst, aber trotzdem wollte dieser alte Daoistenochse dich nicht damit in Ruhe lassen. Wenn mein Kung-Fu erst besser geworden ist als seins, werde ich es ihm zeigen und ihm eine grässliche Frau aufzwingen!«

Guo Jing musste lachen. Erst jetzt verstand er, wie sehr das Gespräch in der Schenke sie verletzt hatte. »Aber Rong ... Mu Nianci ist nicht grässlich. Trotzdem liebe ich nur dich.«

Sie legte den Kopf schief und lächelte ihn verschmitzt an. »Diese Räuberprinzessin hier mag grässlich sein, aber wenigstens ist sie hübsch, oder? Und niemals, nie im Leben wird sie je grässlich zu dir sein, lieber Jing!«

Als sie so weiterritten, war ihnen, als hörten sie auf einmal hinter den hohen Bäumen am Wegrand ein Gewässer rauschen. Huang

Rong lenkte ihr Pferd durch die dichten Baumreihen hindurch und stieß einen lauten Freudenschrei aus. Guo Jing ritt ihr eilig hinterher. Vor ihnen lag ein so klarer wie tiefer Strom, bunte Kiesel leuchteten in allen Farben auf seinem Grund, zahllose Fische tummelten sich munter darin, und an beiden Ufern badeten üppige Trauerweiden ihre herabhängenden Zweige im Wasser.

Ohne Umschweife legte Huang Rong ihr Oberkleid und den Igelpanzer ab und sprang ins Wasser. Verblüfft sah Guo Jing, wie sie im nächsten Augenblick einen zappelnden Karpfen hochhielt. »Da, fang!« Sie warf ihm den Fisch zu. Guo Jing bemühte sich nach Kräften, aber der glitschige Fisch glitt ihm aus den Fingern und landete zappelnd am Ufer.

»Komm ins Wasser!«, rief Huang Rong fröhlich. Guo Jing schüttelte den Kopf. In der Steppe lernte man nicht zu schwimmen.

»Komm schon! Ich bring's dir bei.«

Er legte seinen Mantel ab und stakste vorsichtig ins Wasser. Huang Rong tauchte unter und zog ihn am Bein. Prompt verlor er das Gleichgewicht, ging unter und schluckte eine Menge Wasser. Lachend stützte ihn Huang Rong und zeigte ihm, wie er atmen und wie er mit den Armen Schwimmzüge machen musste. Mit der Atmung hatte Guo Jing dank seiner Übung im Neigong keine Schwierigkeiten. Also konnte er sich ganz auf die Formen konzentrieren, und es dauerte nicht lange, bis er sich ganz gut im Wasser machte.

Am Abend brieten sie Fische über einem offenen Feuer und verbrachten die Nacht am Ufer.

Huang Rong, die auf einer Insel aufgewachsen war, kannte keine Furcht vor dem Wasser. Ihr Vater Huang Yaoshi mochte ein großer Gelehrter und Kung-Fu-Meister sein, doch im Wasser übertraf seine Tochter ihn bei Weitem. Mit einer solchen Lehrerin an seiner Seite wurde Guo Jing im Nu zu einem formidablen Schwimmer.

An einem der nächsten Tage schwammen sie nebeneinander stromaufwärts, als sie ein tosendes Wasserrauschen hörten. Hinter der nächsten Flussbiegung dampfte die Luft, und ihnen bot sich ein spektakulärer Anblick: Ein bestimmt fünfzig Meter hoher Wasserfall stürzte in vier Kaskaden von den Felsen herab.

»Lass uns hinaufklettern!«, rief Huang Rong begeistert.

»Nur, wenn du deinen Igelpanzer anziehst«, sagte Guo Jing.

»Den brauche ich nicht. Komm!«

Sie tauchten unter den Kaskaden durch hinter den Wasserfall. Das Wasser prasselte auf sie herab. Von Klettern konnte kaum die Rede sein, denn es war schwer genug, überhaupt auf dem glatten Stein Halt zu finden. Sobald sie die Füße vom Grund hoben, wurden sie fortgespült. Auch Stunden später waren sie kaum vorangekommen.

»Es hat keinen Zweck«, sagte Guo Jing verdrießlich. »Wir versuchen es morgen noch einmal.«

»Gut. Aber lass dir von einem kleinen Wasserfall nicht die Laune verderben«, lachte Huang Rong. Guo Jing lachte mit ihr.

Am darauffolgenden Morgen gelang es den beiden, ein Stück weit den Felsen hinaufzuklettern, bevor sie wieder in das Becken hinabstürzten. Dank ihrer Schwebekunst blieben sie unversehrt.

Tag für Tag kehrten sie nun zum Wasserfall zurück und wurden immer besser mit seinen Eigenschaften und der Strömung des Wassers vertraut. Nach acht Tagen schaffte es Guo Jing bis ganz oben auf den Felsen, streckte die Hand aus und zog Huang Rong zu sich herauf. Sie tanzten vor Freude. Dann fassten sie sich an den Händen und sprangen mit einem Jubelschrei die Kaskaden hinab.

Sie übten noch ein paar Tage so weiter und Guo Jings hervorragendes inneres Kung-Fu tat ein Übriges, um ihn zu einem ziemlich geschickten Schwimmer zu machen. An die einer wahren

Wassernixe wie Huang Rong reichten seine Fähigkeiten zwar noch nicht heran, aber sie versicherte ihm, dass er schon viel besser sei als ihr eigener Vater. Bald hatte das Paar den Strom zur Genüge erkundet. Sie bestiegen wieder ihre Pferde und ritten weiter nach Süden.

So erreichten sie eines Tages, als der Abenddunst sich bereits über das Land senkte, das Ufer des Jangtse. Der mächtige Strom floss in schaumgekrönten Wellen gen Osten durch die weite Landschaft. Der Ehrfurcht gebietende Anblick weitete Guo Jing die Brust, er fühlte sich eins mit dem Strom. Gebannt starrte er in die Wellen.

»Na los! Tu's!«, rief Huang Rong schließlich.

Sie hatten inzwischen so viel Zeit miteinander verbracht, dass sie auch ohne Worte wussten, was im anderen vorging.

Guo Jing saß ab und löste seine Satteltasche. »Zieh deines Wegs, ich brauche dich nicht mehr«, sagte er zu seinem weißen Pferd. Dann band er seine Sachen an Ulaans Sattel fest, gab ihm einen Klaps auf das Hinterteil, und das rote Pferd, Huang Rong und Guo Jing sprangen in den Fluss. Das Pferd wieherte, und die beiden schwammen Seite an Seite in seinem Kielwasser hinterher.

Die Nacht war sternenklar. Nur das Rauschen der Strömung durchbrach die Stille. Zwischen Himmel und Erde gab es nur sie beide.

Dann zogen düstere Wolken auf und der Fluss erschien mit einem Mal tiefschwarz. Blitze zuckten über den Himmel, und das Donnergrollen kam immer näher. »Fürchtest du dich, Huang Rong?«, fragte Guo Jing.

»Wenn wir zusammen sind, habe ich keine Angst.«

Doch Sommergewitter kommen so schnell, wie sie gehen. Als sie das andere Ufer erreichten, hatte der Regen schon wieder aufgehört und der Mond schien am klaren Himmel. Guo Jing sammelte Feuerholz, und sie trockneten ihre Kleider neben dem Feuer.

Dann zogen sie sich trockene Sachen über und schliefen ein, begleitet vom Gesang der Wellen.

Ein Hahnenschrei weckte Huang Rong, als der Morgen graute. Sie gähnte. »Bin ich hungrig!«

Sie lief in Richtung des Gehöfts, aus dem sie den Hahnenschrei gehört hatte, und kam kurz darauf mit dem Hahn unter dem Arm zurück. »Komm, schnell weg, bevor der Bauer uns erwischt!«

Sie liefen ostwärts in ein Waldstück. Das rote Pferd trottete ihnen brav hinterher. Huang Rong weidete das Huhn mithilfe ihrer Emei-Nadel aus. Ohne die Federn zu rupfen, wälzte sie das Huhn im Schlamm und röstete es so über dem Feuer. Nach kurzer Zeit erfüllte ein köstlicher Duft die Morgenluft, und nicht lange danach sprang die gebackene Lehmhülle auf. Mit dem Lehm schälten sich gleichzeitig die Federn ab, und das zarte, weiße Hühnerfleisch kam zum Vorschein. Es schmeckte vorzüglich.

亢龙有悔

2
Die Reue des stolzen Drachen

»Macht drei Portionen daraus. Ich nehme die Schenkel!«

Überrascht drehten sich Huang Rong und Guo Jing nach dem Sprecher um. Warum hatten sie ihn nicht kommen hören?

Vor ihnen stand ein Bettler. Der Mann mittleren Alters hatte ein langes, ovales Gesicht, einen dünnen Kinnbart, sein Haar war angegraut; große, plumpe Füße und Hände ragten aus seiner mit Flicken übersäten, aber sonst makellos reinen Kutte hervor. In der Hand trug er einen Bambusstab, so grün und glänzend poliert, dass er aussah wie aus Jade, und auf dem Rücken einen rotlackierten Flaschenkürbis. Seine Mundwinkel sabberten vor Gier und er sah ganz so aus, als würde er sich die Hühnerschenkel einfach schnappen, sollte man sie ihm verweigern.

Umstandslos nahm er am Feuer Platz, ohne die Einladung abzuwarten, und entkorkte den Flaschenkürbis. Es roch nach Schnaps. Er setzte an, trank gluckernd ein paar Schlucke und reichte den Flaschenkürbis Guo Jing. »So, Kleiner, trink.«

Guo Jing fand sein Verhalten reichlich unverschämt, aber der eigentümliche Kerl schien harmlos. »Ich trinke nicht, danke sehr. Aber nur zu, mein Herr«, sagte er höflich. Der Bettler wandte sich Huang Rong zu. »Was ist mit der jungen Dame? Ein Schluck gefällig?«

Sie schüttelte den Kopf. Dabei fiel ihr Blick auf seine Hände. Seiner rechten Hand fehlte der Zeigefinger. Sollte dieser Mann etwa …? Huang Rong dachte an ihren Vater und seine Geschichte von dem großen Wettstreit auf dem Gipfel des Hua und dem Neunfingrigen Bettler. Womöglich hatte ihr Glück es gewollt, dass sich einer der Großmeister des Kung-Fu zu ihnen gesellte! Besser, sie wartete ab und sah ihn sich erst einmal genauer an.

Der Bettler ließ seinen Blick nicht von dem Huhn. Seine Mundwinkel trieften, sein Adamsapfel tanzte, und jeden Augenblick schien er danach grapschen zu wollen. Lachend riss sie ein Hühnerbein ab und reichte es ihm.

»Vortrefflich!« Er verschlang es mit allem Drum und Dran. »Nicht einmal meine seligen Bettlervorfahren hätten ein köstlicheres Bettlerhuhn hinbekommen!«

Huang Rong gab ihm auch das andere Bein.

»Aber ihr Jungvolk habt doch noch gar nichts gehabt!«, sagte er und verschlang nicht nur den Schenkel, sondern gleich noch den ganzen Rest des Huhns mit Haut und Knochen.

Dann klopfte er sich zufrieden auf den Bauch. »Ah, mein lieber Bauch, so ein deliziöses Huhn hast du schon lange nicht mehr gehabt, was?«

»Es ist mir eine Ehre, mein Bettlerhuhn von einem gepriesen zu wissen, dessen Vorfahren das Gericht erfunden haben«, sagte Huang Rong verschmitzt.

Der Bettler lachte lauthals. »Das nenne ich ein braves Kind.« Er griff in seine Kutte und förderte eine Handvoll kleiner Goldpfeile zutage. »Neulich, als ich Zeuge eines Kampfs geworden bin, bemerkte ich, wie einer, ein auffällig geschniegelter Kämpfer, diese Goldpfeile benutzte. Da konnte ich nicht umhin, mir ein paar davon zu mausen. Hier, für dich. Der Kern ist aus Eisen, aber die Vergoldung ist echt, die kannst du gegen ein paar Silbermünzen eintauschen.« Er hielt sie Guo Jing hin.

Guo schüttelte den Kopf. »Ihr seid unser Gast, es versteht sich von selbst, dass wir Euch zum Essen einladen.« Diese Sitte pflegte man auch in der Mongolei.

Verlegen kratzte sich der Bettler am Kopf. »So geht das nicht. Ich armer Teufel bin es gewohnt, mir hier und dort einen halbabgenagten Hühnerknochen zu schnorren, aber heute habe ich euer leckeres Huhn verputzt, ohne euch einen Bissen übrig zu lassen …«

»Es war doch nur ein Huhn«, protestierte Guo Jing. »Außerdem haben wir es gestohlen …«

»Wir haben beiläufig ein Huhn aufgesammelt und Ihr habt es beiläufig aufgegessen«, ergänzte Huang Rong. »Alles ganz beiläufig und nicht der Rede wert.«

»Ihr beiden seid ganz nach meinem Geschmack«, lachte der Bettler. »Wenn ich etwas für euch tun kann, dann immer heraus damit.«

Guo Jing schüttelte wieder den Kopf. Gastfreundschaft war ein Gebot, dafür nahm man keine Gefälligkeit an und Schluss.

Huang Rong sah das etwas anders. »Es war mir ein Vergnügen, einen Freund bewirtet zu haben und gerne würde ich Euren Gaumen noch mehr mit meiner bescheidenen Kochkunst verwöhnen«, flötete sie. »Warum begleitet Ihr uns nicht bis zur nächsten Stadt?«

»Eine wunderbare Idee!«

»Wie dürfen wir Euch nennen?«, fragte Guo Jing.

»Hong ist mein Familienname, der siebte Sohn der Familie, daher mein Vorname Qigong. Nennt mich einfach Fürst Hong.«

Ich hatte also recht, dachte Huang Rong. *Er ist es, der Bettler des Nordens! Obwohl er nicht viel älter aussieht als Qiu Chuji, gilt er genauso wie der Großmeister der Quanzhen-Schule als einer der fünf Großmeister des Jianghu. Und mein Vater ist auch nicht älter und schon ein Großmeister. Was heißt das also? Die sieben Meister der Quanzhen-Schule sind nichts als ein armseliger Haufen Stümper! Schon so alt und besitzen trotzdem nur das Kung-Fu eines lahmenden Köters!*

Huang Rong konnte Qiu Chuji einfach nicht verzeihen, dass er Guo Jing unbedingt mit Mu Nianci verheiraten wollte.

Die drei erreichten zusammen die Stadt Jiangmiao, wo sie sich in einer Herberge einmieteten. Huang Rong ließ Guo Jing mit Hong Qigong allein, um auf dem Markt einkaufen zu gehen.

Grinsend sah der Bettler ihr nach. »Ist sie deine frisch angetraute Braut?«

Statt einer Antwort lief Guo Jing rot an. Der Bettler brüllte vor Lachen. Endlich beruhigte er sich wieder, nickte auf seinem Stuhl ein und schnarchte.

Als Huang Rong zurückkam, ging sie schnurstracks in die Küche. Guo Jing wollte ihr zur Hand gehen, aber sie winkte ihn lachend hinaus.

Nach einer Weile schlug der Bettler gähnend die Augen auf und schnupperte. »Was ist denn das für ein Geruch? Da stimmt doch etwas nicht!« Er reckte den Hals, um in die Küche zu spähen, konnte aber nichts sehen. Amüsierte beobachtete Guo Jing, wie Hong Qigong ungeduldig den Platz wechselte, sich am Kopf kratzend im Zimmer auf und ab lief und immer wieder prüfend die Nase in Richtung Küche reckte.

»Was bin ich doch für ein übler Gierschlund«, meinte er schließlich. »Allein der Gedanke an Essen macht mich ganz nervös. Wie sagt man doch gleich? Gibt es was zu Essen, wackelt der Zeigefinger. Wenn das auf jemanden zutrifft, dann auf mich. Dieser Finger hier«, er hielt seine rechte Hand hoch, »zappelt wie verrückt, wenn ich etwas besonders Leckeres rieche. Einmal hat mich das so von einer wichtigen Sache abgelenkt, dass ich ihn kurzerhand abgehackt habe …«

Guo Jing schnappte nach Luft.

»Nun, den Finger habe ich mir abgehackt, die Fressgier bin ich nicht losgeworden …«, seufzte der Bettler.

Da kam Huang Rong mit einem Holztablett aus der Küche und stellte es lächelnd auf den Tisch. Drei Schüsseln Reis, ein Becher Schnaps und zwei große Schüsseln mit ungewöhnlichen Gerichten. Guo Jing gelang es nicht zu benennen, was so eigentümlich süßlich roch. In einer Schüssel befand sich offenbar Rindfleisch in einer dicken Soße, in der anderen schwammen dunkelrote, fast schwarze Kirschen in einer jadegrünen Brühe, daneben etliche hellrote Blüten und darunter zarte, helle Bambusschößlinge. Allein durch die Farben wirkte das Gericht ausnehmend schön, und noch dazu duftete es wunderbar nach Lotusblüten, von denen einige obenauf schwammen.

Huang Rong goss Schnaps in den Becher und stellte ihn dem Bettler hin. »Ich bin gespannt, ob mein Essen nach Eurem Geschmack ist, Fürst Hong!«

Der Bettler ließ sich nicht zweimal bitten und langte, ohne erst Schnaps zu trinken, mit seinen Essstäbchen in die Schüssel mit dem Rindfleisch. Verzückt schloss er die Augen. Mit jedem Bissen schienen sich in seinem Mund neue Aromen zu entfalten, mal intensiv und knusprig, mal zart, mal süß, mal erfrischend. Den nächsten Geschmack oder die nächste Textur zu erraten war so unmöglich, wie die nächste Bewegung eines Kampfkünstlers vorauszuahnen. Er sah sich das Gericht näher an. Was scheinbar wie ein Streifen Rindfleisch aussah, bestand tatsächlich aus jeweils vier zusammengesetzten Schichten!

»Ich schmecke Hammelkeule, Schweinsohren, Kalbsleber und … Hmm …« Mit geschlossenen Augen nahm er noch einen Bissen.

»Wenn Ihr alles richtig erratet, verbeuge ich mich vor Euch«, grinste Huang Rong.

»Eine Mischung aus Hirschkeule und … Hasenrücken!«

»Ausgezeichnet!« Huang Rong klatschte begeistert in die Hände.

Guo Jing, der nicht verstanden hatte, dass es sich hier um eine raffinierte kulinarische Täuschung handelte, fand es unglaublich, welche Umstände sie sich für ein Rindsgericht gemacht hatte. Und wie war Fürst Hong bloß in der Lage, all diese Geschmäcker zu erkennen?

»Fünf verschiedene Fleischsorten, wobei Schwein und Lamm zusammen einen besonderen Geschmack ergeben und Hirsch und Kalb wiederum einen neuen ...«, murmelte der Bettler. »Ich kann gar nicht sagen, wie viele eigentümliche Aromen sich in diesem Gericht verbergen.«

»Fünfundzwanzig sind es«, erklärte Huang Rong stolz. »Die Varianten, die sich durch die unterschiedlichen Abfolgen der Lagen jedes Bissens ergeben, nicht mitgerechnet. Der Name dieses Gerichts ist *Wer hört die Pflaumenblüten fallen, wenn die Bambusflöte erklingt?* Die Fünf Fleischsorten stehen für die fünf Blätter der Pflaumenblüte und die Form jedes Fleischstreifens ahmt die Form der Bambusflöte nach. Und die Frage nach dem, der diese Klänge hören kann, spielt darauf an, dass man dieses Gericht zur Prüfung des feinen Geschmackssinns benutzt. Diese Prüfung habt Ihr mit Auszeichnung bestanden, Fürst Hong.«

Immerhin hatte er also die Geschmäcker dieses Gerichts richtig erkannt, sagte sich der Bettler zufrieden, wenn er auch von einem Gericht dieses Namens noch nie gehört hatte. Er nahm den Löffel und machte sich an die Suppe. »Wie wundervoll und farbenprächtig diese Brühe aussieht, man wagt sie kaum zu kosten!«, schwärmte er. »Hmm.« Mit geschlossenen Augen versuchte er die Kirschen. Womit waren sie gefüllt? Das schmeckte doch nach Fleisch, nach Gefieder ... Rebhuhn vielleicht? Er nahm noch eine. Nein, das war ... »Turteltaube!«, rief er laut.

Er schlug die Augen auf und sah, wie Huang Rong anerkennend ihren Daumen hochreckte. Sie konnte nicht verbergen, wie stolz sie war. »Und was für einen absonderlichen Namen hast du diesem Gericht aus Lotusblättern, Bambusschößlingen, Kirschen und Turteltaube gegeben?«, fragte er.

»Eine Zutat habt Ihr noch nicht erraten.«

»So ... meinst du die Blütenblätter?«

»Genau, aus diesen fünf Zutaten leitet sich der Name dieses Gerichts ab. Kommt Ihr darauf?«

»Der Teufel soll mich holen. Rätsel sind nicht meine Stärke. Verrat es mir, Kind.«

»Denkt an das *Buch der Lieder*.«

Fürst Hong winkte ab. »Das hilft mir nicht weiter. Ein Bettler wie ich versteht sich nicht auf Literatur.«

»Nun, ein Gesicht, eine Blume und ein Kirschmund machen eine schöne Frau, nicht wahr?«

»Ah, also ›Trank der Schönen‹?«

Huang Rong schüttelte den Kopf. »Aufrecht und unverwüstlich ist der Bambus, und die Lotusblüte ist die männliche unter den Blumen.«

»›Suppe des Edelmanns‹?«

»Und was ist mit der Turteltaube? Kennt Ihr nicht das erste Gedicht des *Buchs der Lieder*?

Gurr, gurr, macht die Taube auf der Insel im Fluss, der Edelmann gibt der lieblichen Maid einen Kuss«, rezitierte sie.

»Das Gericht nennt sich *Wie füreinander gemacht*.«

Daraufhin krümmte sich Fürst Hong vor Lachen. »Herrlich! Das ist tatsächlich ein passender Name für deine außergewöhnliche Suppe. Ich frage mich, welches außergewöhnlichen Vaters Kind du außergewöhnliches Mädchen bist. Ich muss ehrlich sagen, dass deine Suppe weitaus köstlicher ist als die Kirschsuppe, die ich vor einem Jahrzehnt einmal am kaiserlichen Hof kosten durfte.«

»Was gab es denn dort noch Gutes zu essen? Vielleicht kann ich es für Euch zubereiten?«

Der Bettler hatte sich zunächst einmal genüsslich den falschen Rindfleischstreifen und der Suppe gewidmet und deshalb den Mund viel zu voll für eine Antwort. »Sicher gab es dort allerhand Gutes zu essen, aber nichts davon ließe sich mit diesen beiden Gerichten vergleichen«, sagte er schließlich. »Nun, ein Gericht gab es, das tatsächlich herausragte, es hieß *Fünf Köstlichkeiten des Mandarinentenpaars*, nur kenne ich das Rezept nicht.«

»Ihr wart beim Kaiser zum Essen eingeladen?«, fragte Guo Jing.

»Könnte man so sagen. Nur, dass der Kaiser nichts davon wusste. Ich hatte es mir drei Monate lang im Dachsparren über der Küche des Hofs gemütlich gemacht. Dort habe ich jedes Gericht probiert, bevor es dem Kaiser serviert wurde, und wenn es mir schmeckte, habe ich die Platte für mich behalten und ihm nur das übriggelassen, was mir nicht gut genug war. Die Küchenleute glaubten, sie würden vom Fuchsdämon persönlich heimgesucht, hehehe.«

Der Kerl ist nicht nur ein unersättlicher Feinschmecker, er hat auch Nerven, und wie!, dachten Guo Jing und Huang Rong. Grinsend stocherten sie in den kargen Resten des Mahls herum.

»Was hast du doch für ein Glück, junger Mann«, wandte sich der Bettler an Guo Jing. »Deine junge Braut ist die beste Köchin der Welt. Zum Teufel auch, warum ist mir bloß in jungen Jahren nie eine so talentierte Frau begegnet?«

Guo Jing, der sich anspruchslos an allem satt aß, was ihm vorgesetzt wurde, hatte gerade seine vierte Schüssel Reis verputzt. Bettler Hong schüttelte den Kopf. »Ein Ochse, dem man Pfingstrosen vorsetzt. Welch ein Jammer!«

Huang Rong kicherte. Guo Jing sah sie fragend an. Er wusste zwar, was ein Ochse war, aber von Pfingstrosen hatte er noch nie gehört.

Zufrieden tätschelte Fürst Hong seinen Bauch. »Ihr beiden seid in der Kampfkunst bewandert, das habe ich auf den ersten Blick erkannt. Und die junge Frau hat gleich gesehen, dass auch ich in dieser Kunst nicht unbedarft bin. Und all das gute Essen hast du mir nicht ohne Hintergedanken kredenzt, hab ich recht? Es wäre unhöflich, wenn ich Euch zum Dank nicht etwas beibringen würde. Kommt, wir gehen hinaus.« Mit seinem Bambusstab und dem Flaschenkürbis verließ er die Herberge.

Guo Jing und Huang Rong folgten ihm bis zu einem Kiefernwald am Stadtrand.

»Was möchtet ihr lernen?«, fragte er zuerst Guo Jing.

Guo Jing fiel nichts ein. *Die Kampfkunst ist so reich an Möglichkeiten, wie soll einer da wissen, was er alles lernen möchte?*

Huang Rong war schneller. »Er ärgert sich, weil er nicht so viel kann ich wie ich.«

»Das habe ich noch nie …«

Huang Rong zwinkerte ihm zu und er verstummte.

»So? Wenn ich ihn mir so ansehe, muss ich sagen, dass er mir seiner Formen ziemlich sicher scheint und ein gutes inneres Kung-Fu hat er auch!«, lachte der Bettler. »Zeigt mir, was ihr könnt, Kinder!«

»Fertig, los!« Huang Rong hatte sich bereits in Kampfpose aufgestellt. Guo Jing zauderte noch. »Komm schon, wie soll er dich unterrichten, wenn du ihm nicht zeigst, was du kannst?«

»Würde Meister Hong mich stümperhaften Schüler unterweisen?«, versuchte es Guo Jing höflich.

»Ein wenig gern, zu viel wäre zu viel.«

»Aufgepasst!«, rief Huang Rong und stürzte mit erhobener Hand auf Guo Jing los. Er wehrte mit den Armen ab, aber schon wirbelte Huang Rong herum und ließ die Beine im Sprung gegen seinen Unterkörper fliegen.

»Sehr gut, junge Frau, du verstehst dich auf deine Kunst!«

»Jetzt kämpf endlich richtig«, zischte Huang Rong Guo Jing ins Ohr.

Er riss sich zusammen und schlug mit der *Faust der Südlichen Berge*, die er von seinem Meister Nan Xiren gelernt hatte, zischend Löcher in die Luft. Huang Rong hielt dagegen, drehte, duckte, spannte die Muskeln an und sprang zurück. Immer schneller griff sie an, und Guo Jing wurde unter dem Prasseln ihrer Fäuste ganz schwindlig.

Pfirsichblütenregen nannte sich diese Form, ein Markenzeichen ihres Vaters Huang Yaoshi, der damit den Tanz der fallenden Pfirsichblüten auf seiner Insel nachgeahmt hatte – ein unvorhersehbarer Wirbel, ständig die Richtung ändernd, stürmisch, ungezwungen und anmutig zugleich. Fünfmal angetäuscht, ein Schlag; achtmal angetäuscht, ein Schlag. Wie ein Sommerwind, der plötzlich warm und heftig durch den Pfirsichbaum fährt. Doch so geschickt und geschmeidig Huang Rongs Tanz auch war, ihre Schläge waren kraftlos; obendrein gebremst von der Liebe, fehlte ihnen die Macht eines Schwerthiebs.

Guo Jing wurde aber allein von ihrer Geschwindigkeit ganz schummrig. Ihm flogen ihre Fäuste um die Ohren, ohne dass er einen Weg fand, ihr etwas entgegenzusetzen. Rechte Schulter, linke Schulter, in die Rippen, auf den Rücken; jeder Schlag saß, aber keiner schmerzte. Schließlich sprang sie lachend zurück. Guo Jing strahlte. »Dein Faustkampf ist fantastisch, Rong!«

»Was kann ich dir noch beibringen, wo du einen solchen Vater hast?«, sagte Fürst Hong eisig.

Woher weiß er das?, fragte sich Huang Rong. *Vater hat mir gesagt, dass er den* Pfirsichblütenregen *noch nie in einem Kampf angewandt hat.* »Ihr kennt meinen Vater?«

»Er ist der Ketzer des Ostens, und ich bin der Bettler des Nordens. Würde es verwundern, wenn wir uns nicht ab und an miteinander gemessen hätten?«

»Woran habt Ihr erkannt, wer mein Vater ist?« Ihre Achtung vor diesem Mann wuchs, denn aus einem Kampf mit ihrem Vater gingen nur wenige lebend hervor.

»Sieh in den Spiegel! Deine Augen, deine Nase! Anfangs habe ich nicht so recht begriffen, warum mir dein Gesicht so vertraut vorkam, obwohl dein Vater gewiss nicht so gut aussieht wie du. Wäre er es gewesen, dann hätte er noch mehr Unheil über diese Welt gebracht. Nicht, dass ich diese Kunst des *Pfirsichblütenregens* je gesehen hätte, doch wer sonst als der durchtriebene Meister der Pfirsichblüteninsel käme darauf? Und zweifellos stammen auch solche Namen für Gerichte wie *Wer hört die Pflaumenblüten fallen, wenn die Bambusflöte erklingt?* und *Wie füreinander gemacht* von diesem alten Poeten.«

»Euch kann man nichts vormachen. Ihr schätzt also meinen Vater?«

»Er ist einer der Größten, keine Frage, aber der Größte ist er nicht.«

»Dann seid Ihr es.«

»Nicht unbedingt. Es ist schon lange her, seit wir fünf – Ketzer des Ostens, Gift des Westens, König des Südens, Bettler des Nordens und Magier der Mitte – uns auf dem Gipfel des Hua miteinander gemessen haben. Sieben Tage und Nächte lang haben wir gekämpft und am Ende mussten wir einsehen, dass Magier der Mitte der Vortrefflichste unter uns war.«

»Wer ist Magier der Mitte?«

»Hat dein Vater dir nie von ihm erzählt?«

»Nur sehr wenig. Immer, wenn ich nachgebohrt habe, meinte er nur, dass die Welt des Jianghu voller schlechter Dinge und nichts für ein junges Mädchen sei. Er wollte nie mit mir darüber sprechen. Später dann hat er mich geschimpft und nicht mehr leiden können, da bin ich von der Insel geflohen …« Bei der Erinnerung an den letzten Streit mit ihrem Vater senkte sie den Kopf.

»Dieser alte Teufel, er war schon immer ein übler Kerl.«

»Er ist immer noch mein Vater! Redet nicht so von ihm!«

»Hehe«, gluckste der Bettler, »zu schade, dass mich armen, hässlichen Bettler keine heiraten wollte. Eine so talentierte Tochter wie dich hätte ich bestimmt nicht fortgejagt.«

»Natürlich nicht! Wer würde Euch sonst etwas Gutes zu Essen kochen?«

»In der Tat.« Fürst Hong seufzte. Wenn es etwas gab, das er bedauerte, dann niemanden in seinem Leben zu haben, der ihm half, seine Genusssucht zu stillen. »Magier der Mitte ist der Gründer der Quanzhen-Schule. Sein Name lautet Wang Chongyang. Jetzt, wo er nicht mehr unter uns weilt, kann man schwer sagen, wer der Größte unter den Großmeistern ist.«

»Ich habe drei Daoisten der Quanzhen-Schule kennengelernt, einen Qiu, einen Ma und einen Wang, alle drei armselige Ochsenmäuler. Die können gar nichts. Drei Angriffe, und sie waren vergiftet«, sagte Huang Rong.

»Wirklich? Alle drei sind Schüler Wang Chongyangs. Es heißt, dass von seinen sieben Schülern Qiu Chuji über das beste Kung-Fu verfügt, obwohl ich bezweifle, dass er es mit Meister Zhou Botong, ihrem Onkel der Kampfkunst sozusagen, aufnehmen könnte.«

Bei der Nennung des Namens Zhou Botong zuckte Huang Rong zusammen. Sie war versucht, etwas zu sagen, besann sich aber eines Besseren.

Guo Jing hatte bislang schweigend ihrem Gespräch zugehört. Jetzt fiel ihm etwas ein. »Stimmt, Bruder Ma Yu hat etwas von einem Onkel Zhou Botong erzählt, aber den Ehrennamen des werten Bruders hat er nicht genannt.«

»Zhou Botong ist kein daoistischer Mönch, darum trägt er auch keinen Titel. Seine Kampfkunst hat er von Wang Chongyang persönlich. Himmel noch eins, du bist ganz schön schwer von Begriff, junger Mann! Ich kann mir nicht vorstellen, dass dein gelehrter Schwiegervater viel von dir halten dürfte.«

Guo Jing brachte kein Wort mehr heraus. Über seinen Schwiegervater hatte er sich noch keine Gedanken gemacht und überhaupt hielt er wohl besser den Mund.

»Mein Vater hat ihn noch nicht kennengelernt«, half ihm Huang Rong. »Wenn Ihr so freundlich sein wollt, ihn ein wenig zu unterweisen, wird er ihn aber bestimmt mögen … Euch zuliebe.«

»Du durchtriebenes Luder, hast kaum ein Fitzelchen von der Kampfkunst deines Vaters gelernt, aber jeden Funken von seiner Hinterhältigkeit! Glaubst du etwa, du könntest mich durch dein Gesülze dazu bringen, diesem dämlichen Stümper etwas beizubringen?« Bettler Hong redete sich in Rage. »Eins lass dir gesagt sein: Erstens kann ich falsche Lobhudelei nicht ausstehen und zweitens nehme ich keine Schüler an. Schon gar nicht diesen Einfaltspinsel, den außer dir niemand zu seinem Liebsten haben möchte!«

Huang Rong wurde unfreiwillig rot und sah beschämt zu Boden. Sie war nie besonders versessen auf das Erlernen von Kampfkunst gewesen. *Warum sollte ich mir von diesem Fresssack etwas beibringen lassen, wo ich nicht einmal Lust hatte, etwas von einem Großmeister wie meinem Vater zu lernen?*, dachte sie trotzig. Ihr war es allein um Guo Jing gegangen, der es sich widerstandslos hatte gefallen lassen, dass seine sechs hochnäsigen Meister sie als »Hexe« beschimpft hatten. Sie hatte gehofft, dass dieser Meister Guo Jings Kung-Fu so aufpolieren könnte, dass er in Zukunft mehr Rückgrat zeigen würde. Nie wieder sollte ihr Liebster feige vor ein paar stinkenden Mönchen und schwertschwingenden Missgeburten zittern müssen wie die Maus vor der Katze!

Pah. Die Tochter des Ketzers des Ostens hatte keine Lust, sich von einem Lumpenbettler belehren zu lassen. Huang Rong machte kehrt und ging davon.

»Er ist ein wenig launisch, nicht wahr?«, meinte Guo Jing, als er sie eingeholt hatte.

Huang Rong hörte ein leises Rascheln in den Baumwipfeln über ihnen. *Vermutlich hat uns Fürst Hong mit seiner Schwebekunst eingeholt und verbirgt sich in den Kiefern, um uns zu belauschen,* schoss es ihr durch den Kopf. »Er ist ein großer Mann. Sein Kung-Fu ist so viel besser als das meines Vaters!«

»Wie kannst du das sagen, wo er uns noch gar nichts gezeigt hat?«

»Das hat Vater gesagt. Der Einzige, dessen Kung-Fu sein eigenes übertreffe, sei der Neunfingrige Bettlerfürst Hong Qigong. Es sei zu schade, dass er unauffindbar sei und Vater sich nicht ab und zu mit ihm austauschen könne.«

Tatsächlich hatte der Bettlerfürst mit seiner Schwebekunst einen Bogen um den Wald geschlagen, um sie einzuholen. Er wollte herausfinden, ob der Ketzer des Ostens die beiden geschickt hatte, um ihm die Geheimnisse seiner Kampfkunst zu stehlen. Andererseits war er immer noch eitel genug, um große Genugtuung über Huang Yaoshis vermeintliche Wertschätzung zu empfinden. Prompt ging er Huang Rong in die Falle.

»Ich habe vom Kung-Fu meines Vaters lächerlich wenig gelernt«, fuhr Huang Rong fort. »Ich war einfach zu faul, du kennst mich. Und jetzt hatten wir das Glück, Fürst Hong zu begegnen. Wenn er uns doch nur ein paar Formen gezeigt hätte, das hätte bestimmt viel mehr gebracht als der Unterricht bei meinem Vater. Wie konnte ich nur so dumm sein, ihn zu verärgern?«

Sie begann, herzzerreißend zu schluchzen. Anfangs tat sie nur so als ob, doch dann dachte sie an den frühen Tod ihrer Mutter und den Bruch mit ihrem Vater und aus den falschen Tränen wurden echte. Je mehr Guo Jing versuchte, sie zu trösten, desto schneller flossen ihre Tränen. Der Bettler konnte nicht anders, als Mitleid mit ihr zu empfinden.

»Ich weiß noch, wie Vater einmal zu mir gesagt hat …«, stieß sie schluchzend hervor und zog die Nase hoch, »dass Meister Hong über eine unvergleichliche Art des Kung-Fu verfüge … etwas

Einzigartiges … selbst Großmeister Wang Chongyang fürchtete ihn deshalb. Wie hieß es gleich … es hieß … ach, eben wusste ich es noch … Ich wollte ihn so gerne bitten, es dir beizubringen, es hieß …« Natürlich hatte Huang Rong sich das alles nur ausgedacht. Sie ging davon aus, dass der Bettler irgendein bestimmtes Vorzeige-Kung-Fu im Repertoire hatte.

Nun hielt der Bettler es nicht mehr aus. »Es heißt *Die achtzehn drachenbezwingenden Hände*!«, rief er und sprang vom Baum herunter.

Guo Jing und Huang Rong fuhren erschrocken zurück – wirklich überrascht allerdings war nur Guo Jing.

»Oh, Fürst Hong, wie seid Ihr denn dort auf den Baum gekommen?«, flötete Huang Rong. »*Die achtzehn drachenbezwingenden Hände*, genau das war's! Wie konnte ich das nur vergessen? Dabei hat Vater immer wieder erwähnt, wie sehr er die Kunst der *achtzehn drachenbezwingenden Hände* bewundert.«

»Dabei hat er sich nach Wang Chongyangs Tod aufgespielt, als wäre er der Größte«, sagte der Bettlerfürst. »Aber selbst deinem Vater scheint hin und wieder ein wahres Wort zu entschlüpfen.« Dann wandte er sich Guo Jing zu. »Deine Grundlagen sind bestimmt nicht schlechter als ihre, nur deine Schlagtechnik lässt zu wünschen übrig. Geh du zurück in die Herberge, mein Kind, und ich kümmere mich um deinen jungen Freund hier.«

Huang Rong grinste in sich hinein und hüpfte zufrieden davon.

»Auf die Knie«, befahl der Bettlerfürst. »Du musst schwören, dass du niemandem – einschließlich deiner pfiffigen Braut – jemals etwas von dem weitergibst, das ich dir jetzt beibringe.«

Und was, wenn Huang Rong mich darum bittet?, fragte sich Guo Jing. Er wusste, dass er ihr keinen Wunsch abschlagen konnte. »Ich glaube, ich lerne besser nichts von Euch, Fürst Hong«, sagte er.

»Wie bitte?«

»Es wäre ihr gegenüber nicht recht, wenn sie mich darum bittet und ich ihren Wunsch nicht erfülle, aber es wäre Euch gegenüber nicht recht, wenn ich es tue.«

»Hahaha! Ein Mann, ein Wort!« Auf einmal fand der Bettlerfürst Gefallen an Guo Jing. »Du magst nicht der Hellste sein, aber du hast das Herz auf dem rechten Fleck. Gut, ich will dir wenigstens einen Schlag beibringen, *Die Reue des stolzen Drachen* heißt er. Ich bezweifle, dass Huang Yaoshi von seinem hohen Ross herabsteigen wird, um von dir meinen ureigenen Kampfstil zu lernen. Abgesehen davon ist unser Kung-Fu ohnehin grundverschieden. Ich werde mich niemals auf seine besondere Kunst verstehen und er sich nicht auf meine.«

Bettler Hong beugte leicht das linke Knie und hob den nach innen angewinkelten rechten Arm. Dann ließ er die rechte Hand kreisen und stieß sie mit dem Ausatmen nach vorn gegen eine Kiefer. Der Stamm barst und der Baum fiel mit einem lauten Krachen um.

Guo Jing war sprachlos. So viel Kraft in einer einzigen, kleinen Form!

»Dieser Baum konnte nicht ausweichen«, stellte Bettler Hong fest. »Anders als ein Mensch. Das Entscheidende ist also, dafür zu sorgen, dass dir dein Gegner weder ausweichen noch dich abwehren kann. Und dann dieser eine Schlag und – zack! Schon ist er dahin wie dieser Baum.«

Noch zwei Mal führte der Bettlerfürst ihm die Form vor, erklärte ganz genau, wie er seinen Atem lenken musste, um seine innere Energie zu bündeln, wie er diese innere Energie in äußere Schlagkraft verwandelte und wie die Form ablief. Das Schwierigste dabei, betonte er, sei nicht die Freisetzung der Energie, sondern ihre Beherrschung.

Eine schnelle Auffassungsgabe hatte Guo Jing zwar nicht, aber immerhin verfügte er bereits über ein geschultes inneres Kung-Fu, und die schlichte, aber energetische Form passte zu ihm. Nach nicht einmal einem halben Tag konzentrierten Übens hatte er das Prinzip verinnerlicht.

»Deine junge Braut kämpft hauptsächlich mit Täuschungsmanövern, bei ihr weiß man nie, ob ein Schlag echt ist oder angetäuscht. Wenn du immer nur auf sie reagierst, kannst du nie gewinnen. Ganz gleich, wie schnell du bist, sie ist dir immer einen Schritt voraus. Der einzige Weg ist, nicht zu beachten, was sie tut, und jeden ihrer Schläge, ob echt oder angetäuscht, mit einem *Die Reue des stolzen Drachen* zu kontern. Vor dieser Kraft muss sie unweigerlich die Maske fallen lassen.«

»Und was dann?«

»Was wohl?« Bettler Hong runzelte die Stirn. »Denkst du Trottel denn, sie wäre in der Lage, einen solchen Schlag abzuwehren?«

»Aber ich will ihr doch nicht wehtun!«

Der Bettler schüttelte seufzend den Kopf. »Das ist es ja gerade, was dieses Kung-Fu so einzigartig macht. Seine Energie so zu beherrschen, dass man sie nach Belieben freisetzen und zurücknehmen kann, sie in einen tödlichen Schlag oder eine zärtliche Geste verwandelt.«

Guo Jing nahm sich fest vor, Huang Rong die Form erst dann zu zeigen, wenn er dieses Loslassen und Zurücknehmen vollkommen gemeistert hätte.

»Wenn du mir nicht glaubst, dann versuch es!«

Guo Jing stellte sich vor einer eher kleinen Kiefer in Pose. Er ließ die Hand kreisen und atmete aus. Der Baum schwankte ein bisschen, als er dagegenschlug.

»Wozu schüttelst du diesen Baum? Willst du Eichhörnchen jagen? Oder Kiefernzapfen sammeln?«

Guo Jing lief rot an und lachte verlegen.

»Wie gesagt: Dein Gegner darf keine Möglichkeit haben, auszuweichen oder abzuwehren. Dein Schlag war stark genug, aber du hast den Baum zum Schwanken gebracht und damit deine eigene Kraft verbraucht. Konzentriere dich zunächst darauf, den Baum nicht zum Wackeln zu bringen, danach übst du, ihn mit einem Schlag zu fällen.«

»Ich muss so schnell und unerwartet zuschlagen, dass meinem Gegner keine Zeit zum Reagieren bleibt!«, platzte es aus Guo Jing heraus. Er war sehr stolz auf seine plötzliche Erkenntnis.

Der Bettlerfürst verzog geringschätzig den Mund. »Was du nicht sagst! Einen halben Tag lang hast du beim Üben Blut und Wasser geschwitzt, und erst jetzt hast du dieses einfache Prinzip begriffen? Viel Grips hast du wirklich nicht.« Er schnaubte. »Denk an den Namen: *Die Reue des stolzen Drachen*. Die Quintessenz dieser Form liegt nicht im Wort ›Stolz‹, sondern im Wort ›Reue‹. Jeder Stümper ist zu schneller und roher Gewalt fähig, wenn er nur kräftig wie ein Bulle ist. Denkst du, damit könnte man den Ketzer des Ostens beeindrucken? *Die Reue des stolzen Drachen*. Was zunimmt, muss abnehmen. Du musst gleichzeitig vorwärtsdrängen und zurückziehen können. Von der Kraft, die du bei jedem Schlag einsetzt, behältst du das Doppelte zurück. Wenn du so weit bist, dass du den Sinn von ›Reue‹ bei einem Schlag verstanden hast, dann hast du zu einem Drittel begriffen, worum es bei dieser Form geht. Das ist wie bei einem lange gelagerten Wein; am Gaumen ist er fast nicht zu spüren, aber im Abgang entfaltet er seinen unvergleichlichen Geschmack. Das ist ›Reue‹. So verhält es sich mit allem in der Welt: Einmal auf dem Gipfel angekommen, geht es nur noch bergab. Meine *achtzehn drachenbezwingenden Hände* habe ich vom *Buch der Wandlungen* abgeschaut. *Auf großen Erfolg folgt Stillstand, auf großen Stillstand Erfolg,* heißt es dort. *Die Reue des stolzen Drachen* fußt auf diesem Gedanken: seine Kraft für den Abstieg zu bewahren, bevor man noch den Gipfel erreicht hat. Das zeichnet unbesiegbares Kung-Fu aus. Und was könnte es Besseres geben? Selbst wenn du verlierst, hast du noch immer reichlich Kraft in Reserve.«

Guo Jing war anzusehen, dass er ihm nicht ganz folgen konnte, daher versuchte der Bettlerfürst es noch einmal mit anderen Worten. »Damals, als mein Lehrer mich unterrichtete, dachte ich, je mehr Energie ich in den Schlag stecke, desto besser, also legte ich meine volle Wucht hinein. Bis mir mein Meister eine kräftige Ohrfeige verpasste. ›Die Quintessenz dieses Schlags ist das genaue Gegenteil eines Bullen, der gegen eine Wand anrennt. Selbst wenn du es schaffst, eine Kraft von tausend Pfund in einen Schlag zu legen, wirst du immer an deine Grenzen stoßen. Ein erfahrener Gegner wird genau in dem Augenblick angreifen, wenn du deine tausend Pfund verausgabt hast und dich mit einem kleinen Stups besiegen. Die *Reue des stolzen Drachen* ist der Grundstein der *achtzehn drachenbezwingenden Hände*. Wenn du ihn zu meistern verstehst, kommt der Rest von selbst. ›Stolz‹ bedeutet grimmig, gewaltig, schneidig, ein hoch in die Lüfte aufsteigender Drache mit blitzenden Klauen und Zähnen. Nichts könnte furchterregender und majestätischer sein. Aber dann, wenn seine Macht im Zenit steht, kann sie nur noch schrumpfen, taumeln, fallen. Um das Wort ›Reue‹ zu verstehen, muss man das Sprichwort ›auf eiserne Stärke folgt jämmerliche Schwäche‹ im Hinterkopf behalten. Denk an ein Schiff, das mit voller Kraft voraus segelt. Es ist zwar schnell, wird aber auch leichter zerschellen, wenn es auf ein Riff prallt. *Wer ein Mensch sein will, muss in seinen Handlungen immer das Unvorhersehbare bedenken.* Ich habe dir dieses Kung-Fu beigebracht, weil du ein ehrlicher und loyaler Mensch bist und zuerst an das Wohl anderer denkst. Das ist kein Kung-Fu, um andere zu tyrannisieren und zu unterwerfen, sondern um sein eigenes und das Leben anderer zu retten.«

»Menschen zu retten ist mir lieber als sie totzuschlagen«, platzte es fröhlich aus Guo Jing heraus. »Ich will niemanden töten.«

Der Bettler tätschelte seine Schultern. »Guter Junge. Niemanden unterjochen zu wollen und den Gegner zu verschonen, das ist das Prinzip, mit dem man mein Kung-Fu lernt. Ein bisschen schwer von Begriff zu sein schadet nicht, solange die Absichten gut sind. Da du niemanden töten willst, wirst du ganz von selbst immer etwas von deiner Kraft zurückhalten, das ist die Formel des Erfolgs für dieses Konzept der ›Reue‹. Und deshalb wirst du umso stärker werden, je stärker der Gegner ist, so stark, dass du sogar einen Drachen bezwingen könntest, darum heißt es *die drachenbezwingenden Hände*. Man könnte es genauso auch tigerbezwingend nennen. Das Schwierigste daran ist die richtige Balance zwischen dem Loslassen und dem Zurückbehalten von Energie. Trotzdem muss natürlich Kraft in deiner Bewegung stecken, zu viel zurückzunehmen führt auch zu nichts.«

Der Bettler redete weiter, auch wenn ihm bewusst war, dass der nicht sehr helle und einfach gestrickte Guo Jing, der wenig vom Leben wusste, ihm kaum folgen konnte – hatte er doch selbst viele Jahre gebraucht, um die Idee dieses Kung-Fu wirklich zu verstehen. »Das Konzept, das hinter diesem Kung-Fu steht, lässt sich auf das ganze Leben anwenden. Es macht nichts, wenn du es jetzt noch nicht begreifst. Behalte und beherzige einfach alles, was ich dir jetzt an Prinzipien aufsage, mit der Zeit wird es dir einleuchten.

Erstens. *Dem Himmel vorangehen, und der Himmel wird sich nicht widersetzen; dem Himmel folgen und ehren, was der Himmel entscheidet.* Himmel bedeutet hier Natur, und bei ›dem Himmel vorangehen‹ geht es darum, dass wir zuerst handeln, wenn unser Gegner noch unentschlossen ist. Bei *Die Reue des stolzen Drachen* muss man die Absicht des Gegners vorausahnen und seine Schwäche erkennen. Lässt er sie uns erkennen, müssen wir die Gelegenheit beim Schopf packen und seine Schwachstelle ausnutzen. Die Prinzipien unserer Kampfkunst sind anders als die der Daoisten. Beim daoistischen Philosophen Laozi heißt es: *Ein Kämpfer sagte einst, er würde sich lieber verteidigen als zuerst angreifen, lieber einen*

Zoll zurückweichen, als einen Schritt vorwärts tun. Die Kampfkunst der Daoisten folgt dem Prinzip, Stärke mit Schwäche und Härte mit Weichheit zu überwinden.

Zweitens. *Stolz bedeutet, voranzugehen und nicht zurückzuweichen, zu bestehen und nicht von etwas abzusehen, hinzugewinnen und nichts zu verlieren – ist das nicht die Haltung des Weisen? Zu wissen, wann es gilt, voranzugehen, zu bestehen oder abzusehen und dabei immer aufrecht zu bleiben – ist das nicht die Haltung des Weisen?*«

Er rezitierte die Passagen langsam, Wort für Wort und ließ Guo Jing sie nachsprechen, bis er sie auswendig konnte. Dann erklärte er: »Wenn du einen Schlag ausführst, denkst du nicht nur an den Angriff, sondern auch an den Rückzug. Sei dir bewusst, dass du jetzt am Leben bist, aber jeden Augenblick sterben kannst. Sei dir bewusst, dass dein Schlag dich gewinnen, aber auch alles verlieren lassen kann. Natürlich wollen wir alle siegen, aber Sieg oder Niederlage sind nicht das Einzige, was zählt. Mit diesem Schlag wirst du jedenfalls niemals am Boden liegen und um Gnade wimmern, wenn jemand dich niederhält und auf dich eindrischt.«

Bei diesen Worten musste Guo Jing lachen. Nicht, dass er viel von dem begriff, was Fürst Hong ihm einschärfte, aber er behielt jedes Wort, um später in Ruhe darüber nachzudenken. Was die Lehren der Kampfkunst anging, hatte er sich damit abgefunden, dass er immer zehnmal so lange wie andere brauchte, um zu ihrem Sinn vorzudringen.

Vorerst konzentrierte er sich ganz darauf, den Schlag so auszuführen, dass er seine Energie zurücknahm und etwas von seiner Kraft einbehielt. Bei den ersten zehn Versuchen schwankte der Baum wie zuvor, aber irgendwann hatte er seine Energie so unter Kontrolle, dass die Kiefer nur noch zitterte. Seine Faust war schon rot angeschwollen und brannte, aber wegen ein bisschen Schmerz gab Guo Jing nicht auf.

Der Bettler war unterdessen vor Langeweile eingeschlafen und lag laut schnarchend unter den Bäumen.

Guo Jing übte entschlossen weiter, bis er ein sicheres Gefühl für das gleichzeitige Loslassen und Einbehalten von Energie bekam. Er lenkte einen tiefen Atemzug in sein Dantian. Seine Faust schoss nach vorn. Unverzüglich nahm er Energie zurück und spürte, wie sich die überschüssige Kraft in ihm sammelte. Die Kiefer bewegte sich kein bisschen. Noch ein Schlag. Diesmal legte er seine Kraft in die Handkante.

Krachend stürzte die kleine Kiefer um.

»Bravo!« Unversehens war Huang Rong wiederaufgetaucht. Sie hatte eine kleine Stärkung mitgebracht.

»Ahh, wie das duftet!« Fürst Hong schnüffelte mit geschlossenen Augen in der Luft herum. Schon sprang er munter auf und lüftete die Deckel der kleinen Töpfe. Geräucherte Froschschenkel, Acht-Köstlichkeiten-Ente und ein Haufen schneeweißer Silberfadenröllchen! Genüsslich machte er sich darüber her und grunzte und schmatzte zufrieden, während er das Essen direkt aus den Töpfen in seinen Mund beförderte. Er war nur noch Lippen, Zähne, Zunge, Speiseröhre. Bevor ihm endlich in den Sinn kam, dass Guo Jing noch keinen Bissen abbekommen hatte, waren von Ente und Froschschenkeln nur noch Knochen übrig. »Komm her, Guo Jing«, sagte er verlegen. »Die Silberfadenröllchen sind bestimmt nicht schlecht ... wahrscheinlich leckerer als die Ente.«

Huang Rong kicherte. »Dabei habt Ihr meine Vorzeigegerichte noch gar nicht gekostet, Fürst Hong!«

»Welche denn?«

»Ach, es sind zu viele, um sie alle zu nennen. Geschmorter Kohl zum Beispiel, oder dampfgegarter Tofu, Eiereintopf, in Glut geschmorter Rettich, Schweinebauchstreifen ...«

Jeder, der das Essen so liebte wie Fürst Hong, wusste, dass sich die wahre Höhe der Kochkunst in den einfachsten Speisen zeigte.

Genau wie bei der Kampfkunst – ein wahrer Meister konnte mit einer schlichten Form wahre Magie entfalten. Huang Rongs Aufzählung genügte, um dem Bettlerfürsten gleich wieder das Wasser im Mund zusammenlaufen zu lassen. »Hab ich nicht gleich gesagt, wie formidabel diese junge Frau ist? Wie wär's, wenn ich gleich losgehe und Tofu und Kohl besorge?«

»Nicht nötig!«, lachte Huang Rong. »Ihr wisst ja doch nicht, was ich brauche.«

»Wohl wahr«, nickte er demütig, »als ob ich eine Ahnung hätte.«

Huang Rong deutete auf die gefällte Kiefer. »Ich habe gesehen, wie Guo Jing sie mit einem Schlag gebrochen hat. Er ist viel besser als ich!«

»Sein Kung-Fu taugt noch lange nichts.« Der Bettler schüttelte den Kopf. »Der Baum muss glatt und sauber auseinanderbrechen. Sieh mal, wie verbogen und zersplittert der Stamm ist. Pah, so ein winziger Baum, nicht stärker als ein Essstäbchen … ach, was sage ich: Nicht stärker als ein Zahnstocher! Wirklich armselig, sein Kung-Fu.«

»Würde er mich mit diesem Schlag angreifen, wäre ich verloren.«

»Das würde ich niemals tun!«, protestierte Guo Jing.

Natürlich wusste der Bettler, dass Huang Rong ihn nur dazu bringen wollte, ihr etwas beizubringen. Aber dennoch siegte sein Magen über seinen Verstand. »Was schlägst du also vor?«

»Bringt mir bei, wie ich ihn besiegen kann. Danach koche ich Euch etwas Gutes.«

»Mit Vergnügen. Ihm habe ich nur einen Schlag gezeigt, aber dir zeige ich eine ganze Abfolge von Schlägen. Ich nenne sie die *Freifliegende Faust.*«

Er sprang hoch in die Luft, seine Ärmel flatterten, während er mit eleganter Leichtigkeit nach oben und unten, rechts und links sauste.

Huang Rong sah genau hin und prägte sich die Abfolge ein. Schon nach seiner ersten Vorführung hatte sie sie halb verinnerlicht, und nur wenige Stunden später beherrschte sie alle sechsunddreißig Formen. Dann übten sie nebeneinander, Fürst Hong begann von links, Huang Rong von rechts, die eine grazil und weich wie eine Taube, der andere zackig und kraftvoll wie ein Adler. Nach den sechsunddreißig Formen der *Freifliegenden Faust* landeten sie gleichzeitig auf der Erde und lachten sich an. Guo Jing jubelte.

»Diese junge Dame ist hundertmal schlauer als du!«, sagte der Bettler zu Guo Jing, der sich fragte, wie es Huang Rong bloß gelungen war, sich in so kurzer Zeit so viele Formen zu merken. »Sobald ich bei der zweiten Form bin, habe ich die erste schon wieder vergessen.«

»Hehe. Dieses Kung-Fu passt nicht zu dir, so viel ist sicher. Irgendwann könntest du dir vielleicht die Abfolge merken, aber es würde weniger nach *Freifliegender Faust* als nach *Kummervoll kriechender Kröte* aussehen.«

»Ganz bestimmt!« Guo Jing lachte.

»Ich habe *Die freifliegende Faust* als junger Mann gelernt. Jetzt habe ich sie nur ausgepackt, weil sie gut zum Kampfstil dieser jungen Frau passt. Mit dem Kampfstil, den ich heute pflege, hat das nichts mehr zu tun. Ich habe sie jahrzehntelang nicht gebraucht.«

Obwohl er das, was er ihr gerade beigebracht hatte, gerade ganz offensichtlich mit Geringschätzung gestraft hatte, ließ Huang Rong sich nicht beirren. »Jetzt weiß ich, wie ich Guo Jing besiegen kann. Und der Arme kann nur den einen Schlag. Bringt ihm doch noch etwas bei!«

»Dieser Einfaltspinsel hat noch nicht einmal den einen Schlag richtig gelernt, der sollte sich besser nicht übernehmen. Aber mal sehen, wenn du mich gut genug fütterst, dann tu ich dir vielleicht den Gefallen.«

Mit diesen Worten drehte sich der Bettlerfürst um und stapfte zur Herberge zurück. Guo Jing blieb allein im Kiefernwald zurück und übte, bis es dunkel wurde.

Wie erwartet servierte Huang Rong am Abend gebratenen Kohl und gedämpften Tofu. Sorgfältig hatte sie vom Kohl nur die zarten, inneren Strünke genommen und ihn mit Hühnerfett und geviertelten, entbeinten Entenfüßen frittiert. Dann hatte sie einen gut abgehangenen Schinken halbiert, vierundzwanzig Löcher ausgestochen, mit perfekt geformten Tofubällchen gefüllt und das Ganze dann über Dampf gegart. Sobald alles fertig war, schälte sie den Tofu wieder aus dem Schinken heraus. *Vierundzwanzig Brücken in einer Vollmondnacht* hieß dieses Gericht. Fürst Hong war hingerissen von seinem besonderen Aroma.

Ihre flinken und äußerst geschickten Finger hatte Huang Rong der *Kunst der Orchideenhand* zu verdanken, die sie von ihrem Vater Huang Yaoshi gelernt hatte. Ohne diese Fingerfertigkeit konnte es kaum gelingen, den leicht zerbrechlichen Tofu so perfekt zu formen und aus dem Schinken herauszuschälen. Es erinnerte an die feine alte Kunst, ein ganzes Gedicht in ein Reiskorn einzugravieren oder aus einem Olivenkern ein Boot zu schnitzen. Sicher konnte man den Tofu auch einfach würfeln – doch wer hätte je von einem eckigen Mond gehört?

Seit Guo Jing und Huang Rong losgezogen waren, hatten sie sich in den Herbergen oft ein Zimmer geteilt. Jetzt aber, wo der Bettler sie begleitete, nahmen sie getrennte Zimmer. »Warum schlaft ihr beide denn nicht im selben Zimmer? Ihr seid doch ein Paar, oder nicht?«, wunderte er sich.

Für gewöhnlich begegnete Huang Rong dem Bettlerfürsten mit einem frechen Grinsen, doch jetzt lief sie rot an. »Noch mehr von diesen dämlichen Bemerkungen, und ich koche nicht mehr für Euch«, drohte sie.

»Was? Habe ich etwas Falsches gesagt?« Fürst Hong lachte. »Ich alter Trottel. Sicher, du bist ja noch wie ein unverheiratetes Mädchen angezogen. Soso, dann habt ihr beide euch also versprochen, für immer zusammenzubleiben, ohne eure Eltern um ihr Einverständnis zu fragen, und ein Ehestifter war auch nicht beteiligt. Wahrscheinlich habt ihr euch noch nicht einmal vor Himmel und Erde verneigt, hab ich recht? Keine Sorge. Dann wird der Bettlerfürst eben euer Ehestifter. Wenn dein Vater nicht einwilligt, werde ich sieben Tage und sieben Nächte mit ihm kämpfen, bis er dir seinen Segen gibt, verlass dich darauf.«

Huang Rong fürchtete zwar, dass Guo Jing nicht nach dem Geschmack ihres Vaters sein würde, aber mit dem Bettler des Nordens als Ehestifter könnten sie zuversichtlich in die Zukunft blicken. Sie beschloss, ihn fortan mit noch erlesenerer Kochkunst zu verwöhnen.

Am darauffolgenden Tag machte sich Guo Jing bei Tagesanbruch auf den Weg in den Kiefernwald, um *Die Reue des stolzen Drachen* zu üben. Nach etwa zwei Dutzend Versuchen legte er schweißgebadet eine kurze Pause ein. Zufrieden stellte er fest, dass er allmählich Fortschritte machte. Plötzlich hörte er Stimmen.

»Meister, wir haben in den vergangenen Tagen bestimmt dreißig Li zurückgelegt, nicht wahr?«

»So ist es. Eure Beine sind zweifellos stärker und schneller geworden.«

Die zweite Stimme kam Guo Jing bekannt vor.

Vier Gestalten traten aus dem Dickicht des Waldes heraus, allen voran ein weißhaariger Mann mit ungewöhnlich jugendlichem Gesicht. Es war Liang Ziweng, der Ginseng-Unsterbliche. Guo Jing erschrak. Ohne nachzudenken drehte er sich um und rannte los.

»Hiergeblieben!«, schrie Liang Ziweng, der ihn sofort erkannt hatte, und lief ihm nach. Seine drei Schüler erfassten sofort die

Lage und schwärmten aus, um dem Feind den Weg abzuschneiden.

Guo Jing bündelte sein Qi und konzentrierte sich auf seine Schwebekunst. *Nur schnell zurück zur Herberge,* dachte er. Aber schon hatte Liang Ziwengs erster Schüler ihn eingeholt.

»Auf die Knie, Räuber!«

Er packte Guo Jing mit dem seinem Meister eigenen Kraftgriff aus dem Nordosten Chinas am Hemd.

Guo Jing beugte das linke Knie und hob den rechten Arm leicht angewinkelt an, ließ die rechte Hand kreisen und atmete aus. *Die Reue des stolzen Drachen.*

Liang Ziwengs Schüler riss sofort den Arm zur Abwehr hoch. Mit einem lauten Knacken brach der Arm, und die Wucht des Schlags beförderte ihn ein paar Schritte rückwärts, wo er reglos in sich zusammensank.

Verdutzt betrachtete Guo Jing das Ergebnis seines Schlags. Dabei hatte er nur seine halbe Kraft eingesetzt. Er vergeudete keine Zeit mit Nachdenken und rannte weiter.

Aber schon stand ihm Liang Ziweng im Weg, bebend vor Zorn. Linkes Knie beugen. Rechter Arm hoch. Handfläche kreisen. Guo Jing hatte oft genug geübt.

Der Ginseng-Unsterbliche duckte sich und rollte über den Boden davon. Diesem Schlag hatte er nichts entgegenzusetzen.

Es war nicht mehr weit bis zur Herberge. Guo Jing rannte weiter.

»Huang Rong! Hilf mir! Der furchtbare Alte, der mich aussaugen will, ist hier!«

»Dem werden wir es zeigen!« Huang Rong freute sich auf die Gelegenheit, *Die freifliegende Faust* auszuprobieren.

Oje, dachte Guo Jing, *sie unterschätzt diesen Wahnsinnigen.* Bevor er sie warnen konnte, hatte er schon wieder Liang Ziweng vor sich, der mit furchterregendem Grimm zum Schlag ausholte. Sofort setzte Guo Jing zum nächsten *Die Reue des stolzen Drachen* an. Der Alte wich zwar überraschend flink mit einer Drehung aus, aber dennoch erwischte ihn Guo Jing am Arm. Ein brennender Schmerz benebelte vorübergehend Liang Ziwengs Sinne. *Wie hat dieser Dreckmolch in so kurzer Zeit so stark werden können? Ah, wegen des Bluts meiner Schlange natürlich!* Von seinem rasenden Zorn beflügelt, setzte Liang Ziweng zum nächsten Schlag gegen Guo Jing an. Dass der Junge seine Stärke niemand anderem als einem der größten lebenden Meister des Jianghu zu verdanken hatte, kam ihm nicht in den Sinn.

Guo Jing blieb bei *Die Reue des stolzen Drachen*, und Liang Ziweng blieb wieder nichts anderes übrig, als auszuweichen. »Du kannst wohl nur den einen Schlag, was?«, höhnte Liang Ziweng.

Guo Jing ging in die Falle. »Es ist nur einer, aber er reicht!«, rief er und riss den angewinkelten rechten Arm hoch.

Soso. Na, wenn du sonst nichts kannst! Liang Ziweng sprang wiederum mit einer Drehung zur Seite, aber so, dass er in Guo Jings Rücken landete. Guo Jing wandte sich um und holte erneut zum Schlag aus, aber sein Gegner war plötzlich verschwunden. Liang Ziweng war schon wieder in seinen Rücken gesprungen und drosch blitzartig von hinten auf Guo Jing ein. Dieser wirbelte herum. Er hatte keine andere Möglichkeit, den trommelnden Fäusten des Gegners auszuweichen, als sich immerfort um die eigene Achse zu drehen und dabei ständig die Arme abwechselnd vor Brust und Rücken zusammenzuschlagen.

»Überlass ihn mir!« Mit einem Sprung landete Huang Rong zwischen Guo Jing und seinem Gegner. Linke Faust, rechter Fuß, linke Faust, rechter Fuß. Sie attackierte gezielt und war dabei grazil und schnell wie ein Kolibri. Guo Jing wich zurück und rang keuchend um Luft. So gut Huang Rong *Die freifliegende Faust* bereits beherrschte, so sehr war sie Liang Ziweng an Stärke immer noch gewaltig unterlegen. Ohne den schützenden Eisernen Igel unter ihrer Kleidung hätte sie längst Verletzungen davongetragen. Und auch die sechsunddreißig Varianten der *Freifliegenden Faust* waren bald durchexerziert, während Liang Ziweng lebenslange Kampferfahrung mitbrachte. Die beiden noch unversehrten Schüler Liang Ziwengs, die sich zuerst um den verwundeten dritten gekümmert hatten, jubelten, als ihr Meister allmählich die Oberhand gewann.

Guo Jing wollte gerade wieder eingreifen, als sich unvermittelt Fürst Hong aus der Herberge heraus vernehmen ließ. »Sein nächster Schlag wird *Ein wildgewordener Hund versperrt den Weg* sein!«

Liang Ziweng war gerade breitbeinig und mit erhobenen Fäusten in die Reiterpose gegangen. *Wildgewordener Tiger versperrt den Weg* nannte sich dieses Kung-Fu. Im Namen hatte sich Fürst Hong etwas geirrt, aber eben diese Form gemeint.

Wie kann er wissen, was Liang Ziweng vorhat, noch bevor er losschlägt?, wunderte sich Huang Rong.

»Als Nächstes kommt *Die stinkende Schlange holt Wasser*!«, rief Fürst Hong jetzt. Huang Rong wusste, dass er eigentlich *Der grüne Drache holt Wasser* meinte, eine Form mit einem Vorwärtsstoß, bei der dem Gegner allerdings der Rücken ungeschützt dargeboten wird. In diesem Wissen griff sie Liang Ziweng von hinten an, noch bevor er überhaupt zum Schlag angesetzt hatte. Im letzten Augenblick bemerkte Liang Ziweng ihren Vorteil und änderte die Richtung, um ihrem Tritt zu entgehen. Ein weniger erfahrener Kampfkünstler wäre verloren gewesen.

Der Ginseng-Unsterbliche landete auf den Zehenspitzen und richtete sich auf. »Wer bildet sich ein, mein Kung-Fu voraussagen zu können?«, schimpfte er zornig.

Niemand antwortete.

Nun, da sie wusste, dass Fürst Hong ihr beistand, schöpfte Huang Rong neues Selbstvertrauen und griff an. Aber Liang Ziweng schlug mit Ingrimm zurück. Schnell geriet Huang Rong wieder in Bedrängnis.

»Hab keine Angst. Jetzt kommt er mit *Der Nacktarschaffe klettert den Baum hinauf*!«

Kichernd hob Huang Rong die Fäuste über den Kopf und ließ sie mit Wucht nach unten schnellen. Liang Ziweng hatte eben zu einem Sprung nach oben angesetzt, *Der schlaue Affe klettert den Baum hinauf* hieß die Form. Wieder war er gezwungen, sie abzuändern, um nicht mit voller Wucht in die Fäuste seiner Gegnerin zu springen.

Vor einem Gegner, der das eigene Kung-Fu voraussehen kann, war man in der Regel spätestens nach einem dreifachen Schlagabtausch verloren. Zu Liang Ziwengs Glück kämpfte er gegen eine Novizin und konnte sich jedes Mal rechtzeitig retten.

»Zeig dich, Verräter, sonst kenne ich keine Gnade mehr!« Wie ein Gewitter prasselten jetzt Liang Ziwengs wütende Angriffe auf Huang Rong nieder – in zu schneller Abfolge, um sie vorauszusagen, geschweige denn, vorzeitig abzuschmettern.

Als Guo Jing sah, wie Huang Rong sich immer hilfloser mühte, den Attacken des Ginseng-Unsterblichen auszuweichen, mischte er sich entschlossen ein, beugte das linke Knie, hob den rechten angewinkelten Arm, ließ die Hand kreisen …

Liang Ziweng verlor das Gleichgewicht und flog rückwärts.

»Gut so, Guo Jing! Gib ihm gleich noch drei davon!«, rief Huang Rong und suchte Zuflucht in der Herberge.

Guo Jing brachte sich wieder in Angriffsstellung und wartete auf Liang Ziwengs nächste Attacke. Wie sie ausfallen würde, spielte keine Rolle, Guo Jing würde ihm einfach ein *Die Reue des stolzen Drachen* entgegensetzen. Liang Ziweng musste unwillkürlich lachen. Die Situation war wirklich absurd. *Der Trottel kann wirklich nur diesen einen Schlag!* Doch so absurd es auch schien – dieser eine Schlag reichte, um Liang Ziweng in Schach zu halten. Sie hatten eine Pattsituation erreicht.

Da hatte Liang Ziweng eine Idee. »Aufgepasst, du dreckiger Dieb!«, rief er und sprang hoch. Mechanisch stellte Guo Jing sich wieder in Pose, um zu kontern. Diesmal aber drehte sich Liang Ziweng auf halbem Weg um die eigene Achse und ließ die rechte Hand hervorschnellen. Mit einem Fingerschnippen zielte er auf die Nervenpunkte auf Guo Jings Brust, Bauch und Hüfte. *Die drei Knochenbrechernadeln.* Als Guo Jing erschrocken zurückwich, nutzte Liang Ziweng die Gunst des Augenblicks, um ihn blitzschnell im Genick zu packen. Entsetzt stieß Guo Jing dem Gegner seine Ellbogen in die Rippen, doch seltsamerweise war Liang Ziwengs Brust so weich wie Watte.

Endlich hatte er den Dieb seines kostbaren Schlangenbluts in den Klauen. Liang Ziweng holte zum tödlichen Schlag aus.

»He, Ginseng-Dingsda, schau mal, was ich hier habe!«, rief Huang Rong. Liang Ziweng, der ihre Schliche kannte, lähmte Guo Jing kurzerhand durch Druck auf seinen Schultersenke-Nervenpunkt, bevor er sich umdrehte und sah, wie sie mit einem Bambusstock auf ihn zuspazierte, der wie grüne Jade glänzte.

»Lass ihn los!«, rief sie.

Liang Ziweng zuckte zusammen. »Hauptmann ... Hauptmann Hong ...!« Sofort ließ er die Arme sinken.

Natürlich hatte er sich schon zuvor gefragt, wer es war, der seinen Gegnern so dreist seine Schläge verriet. Der Bambusstock bestätigte seine schlimmsten Befürchtungen.

»Der Neunfingrige Bettler fragt sich, ob Ihr ihn denn nicht gehört habt?«, rief Huang Rong. »Oder warum sonst benehmt Ihr Euch weiter so rüpelhaft?«

Liang Ziweng sank auf die Knie. »Euer Diener konnte ja nicht ahnen, dass Ihr diese Gegend mit Eurer Anwesenheit beehrt, Hauptmann Hong. Niemals würde ich es wagen, Euren Unmut zu provozieren, Hauptmann!«

Warum macht sich dieser furchterregende Kerl auf einmal so in die Hosen?, fragte sich Huang Rong. *Und warum nennt er ihn Hauptmann Hong?* Sie ließ sich ihre Verwunderung nicht anmerken. »Was wäre eine gerechte Strafe für Euch, was meint Ihr?«

»Wenn die junge Dame so freundlich wäre, bei Hauptmann Hong ein gutes Wort für mich einzulegen? Sag ihm, Liang Ziweng ist sich seiner Schuld bewusst und bittet Hauptmann Hong um Gnade für sein erbärmliches Leben.«

»Ein gutes Wort wird so viel oder wenig ausrichten wie viele gute Worte. *Ein* gutes Wort werde ich daher einlegen. Aber dafür werdet Ihr uns fortan nie mehr Scherereien machen.«

»Euer Diener hat Euch aus reiner Unwissenheit erzürnt und bittet demütigst um Vergebung. Nie wieder werde ich es wagen.«

Zufrieden nahm Huang Rong Guo Jings Hand und ging mit ihm zurück in die Herberge, wo der Bettler mit einem Becher Schnaps in der einen und Essstäbchen in der anderen Hand am Tisch saß und sich genüsslich an vier Platten mit köstlichen Gerichten gütlich tat.

»Er kniet wie angewurzelt am Boden«, berichtete Huang Rong schadenfroh.

»Geh und lass nach Herzenslust deine Wut an ihm aus, er wird sich nicht mehr wehren.«

Guo Jing spähte zum Fenster hinaus. Reglos kniete Liang Ziweng im Gras, hinter ihm hockten seine drei Schüler und machten lange Gesichter. Guo Jing hatte Mitleid mit ihnen. »Lassen wir sie ziehen«, sagte er.

»Du dämlicher Nichtsnutz«, wetterte der Bettler. »Der Kerl hätte dir den Hals umgedreht, wenn ich dich nicht gerettet hätte, und jetzt willst du ihn laufen lassen?«

Guo Jing antwortete nicht.

Ein Lächeln zog über das Gesicht des Bettlers. »Nun gut. Vergebung ist eine Tugend. Und im Grunde ist Vergebung das grundlegende Prinzip hinter *Die Reue des stolzen Drachen*.«

»Ich jage sie fort.« Huang Rong nahm den Bambusstock und ging wieder hinaus.

Liang Ziweng, noch immer auf Knien, stand die nackte Angst ins Gesicht geschrieben.

»Der Neunfingrige Bettler hätte Euch Eure Missetaten heute mit dem Tod vergolten, wenn sich nicht mein gutherziger Freund Guo Jing für Euch verwendet hätte. Hauptmann Hong lässt ausrichten, dass er Euch für heute vergibt.« Sie versetzte ihm mit dem Bambusstock einen Hieb auf den Hintern. »Mach, dass du wegkommst!«

»Hauptmann Hong!«, rief Liang Ziweng in Richtung der Herberge, »gern würde ich Euch von Angesicht zu Angesicht gegenübertreten, um Euch persönlich für Eure Gnade zu danken.« Drinnen rührte sich nichts. Zögernd verharrte der Ginseng-Unsterbliche auf den Knien.

Dann trat Guo Jing heraus und legte den Zeigefinger an die Lippen. »Psst! Fürst Hong schläft, macht nicht so einen Lärm.«

Endlich rappelte sich Liang Ziweng wieder auf, warf Huang Rong und Guo Jing einen hasserfüllten Blick zu und zog mit den Schülern seiner Wege.

In der Herberge lag Fürst Hong mit dem Gesicht nach unten über dem Tisch und schnarchte. Vorsichtig stupste Huang Rong ihn an. Er gähnte.

»Euer feiner Bambusstab scheint magische Kräfte zu haben. Wollt Ihr ihn mir nicht überlassen?«, fragte Huang Rong. »Ihr benutzt ihn ja doch nicht.«

»Was du nicht sagst! Ein Bettler ist nichts ohne seinen Stock. Womit soll ich mir sonst die Hunde vom Leib halten?«

So leicht ließ Huang Rong nicht locker. »Wozu braucht Ihr einen Stock, wo Ihr doch ein so überragender Kung-Fu-Meister seid und allein Eure Stimme jeden in Angst und Schrecken versetzt?«

»Ach, du törichtes Ding. Mach mir etwas Gutes zu essen und ich erzähle euch die ganze Geschichte.«

Sofort ging Huang Rong in die Küche und zauberte im Handumdrehen drei neue Gerichte auf den Tisch.

»Ihr kennt doch sicher die Redensart: Gleich und gleich gesellt sich gern?«, begann er, während er mit dem Schnapsbecher in der Hand an geschmorter Schweinshaxe nagte. »Reiche Säcke bilden einen Klan, im Wald hausende Räuber, die den reichen Säcken ihr Geld wegnehmen, einen anderen. Die Bettler wiederum …«

»Ihr seid der Hauptmann des Bettlerklans!«, rief Huang Rong.

»So ist es. Wir Bettler werden von aller Welt verachtet, man hetzt die Hunde auf uns. Wie könnten wir überleben, wenn wir nicht zusammenhielten? Nur wenige, sehr wenige von uns gehen ihre eigenen Wege und haben niemanden zu fürchten – das sind die ganz Großen, wie dein Vater zum Beispiel. Das Volk im Norden unseres Landes wird derzeit von den Jin regiert, das Volk des Südens vom Song-Kaiserhaus, aber die Bettler …«

»Die Bettler aller Himmelsrichtungen werden von Euch regiert!«, beendete Huang Rong den Satz.

Der Bettler nickte lächelnd. »Allerdings. Dieser Bambusstock ist seit dem Ende der Tang-Dynastie, seit Jahrhunderten also, das Insigne des Bettlerklans. So wie die Kaiser von Generation zu Generation das Jadesiegel weitergeben, wird der Stock von uns weitergereicht, von Hauptmann zu Hauptmann.«

Huang Rong streckte ihm die Zunge heraus. »Na, ein Glück, dass Ihr ihn mir nicht gegeben habt, sonst würden mir ja ständig alle Bettler dieser Welt mit ihren Sorgen auf die Pelle rücken.«

»Du sagst es«, seufzte Fürst Hong. »Ich esse lieber, als mich ständig mit diesem Firlefanz herumzuschlagen. Hauptmann des Bettlerklans zu sein ist eine elende Last, ich wünschte, jemand würde sie mir abnehmen.«

»Deshalb also hatte der grässliche Alte so große Angst vor Euch, er will nicht sämtliche Bettler der Welt am Hals haben. Stellt Euch vor, sie würden ihm jeder eine Laus auf den Kopf setzen, er würde sich zu Tode kratzen!« Fürst Hong und Guo Jing platzten fast vor Lachen.

»Aber das ist nicht der Grund, aus dem er mich fürchtet«, sagte der Bettler schließlich.

»Warum sonst?«

»Vor gut zwanzig Jahren hat er es mit mir zu tun bekommen, als er gerade ziemlich üblen Machenschaften nachging.«

»Was hat er getan?«, fragte Huang Rong ungeduldig.

»Nun …« Fürst Hong zögerte. »Der Kerl war besessen von der Idee, durch die Anhäufung von Yin sein Yang zu stärken … Also entführte er zahllose Jungfrauen und … raubte ihnen die Unschuld, in dem Glauben, sich damit ewige Jugend zu bewahren.«

»Er raubte ihnen die Unschuld?«

Der Bettler war um Worte verlegen. Huang Rongs Mutter war bei ihrer Geburt gestorben, und ihr Vater hatte sie allein großgezogen. Verbittert wegen Mei Chaofengs und Chen Xuanfengs Verrat hatte er seinen übrigen Schülern die Beine gebrochen und sie von der Pfirsichblüteninsel verbannt. Nur wenige Diener und Mägde hatten Huang Rong Gesellschaft geleistet, und diesen hatte er aufs Strengste verboten, mit ihr zu sprechen. Nie hatte eine ältere Frau sie über die körperliche Liebe aufgeklärt. Zwar fühlte sie sich Guo Jing eng verbunden, fühlte das Glück, in seiner Nähe zu sein, und den Schmerz, wenn sie getrennt waren. Für sie waren sie damit ein Paar. Davon, wie Frauen und Männer sich hinter geschlossenen Türen begegnen konnten, hatte sie keine Ahnung.

»Hat er sie umgebracht?«

»Nein ... Was er ihnen angetan hat, ist für die meisten Frauen schlimmer als der Tod ... Wie sagt man doch? ›Schwer wiegt der Verlust der Keuschheit, leicht dagegen der Verlust des Lebens.‹«

Huang Rong verstand nicht, wovon er redete. »Hat er ihnen die Ohren und Nasen abgeschnitten?«

»Unfug! Schluss jetzt. Geh und frag deine Mutter.«

»Ich habe keine.«

»Nun ... dann wirst du es herausfinden, wenn du mit diesem Trottel deine Hochzeitsnacht feierst.«

Jetzt dämmerte Huang Rong, dass es sich um diese Sache zwischen Männern und Frauen handeln musste, über die man nicht redete. Trotzdem konnte sie ihre Neugier nicht bezähmen. »Und was weiter?«

Bettler Hong seufzte. Immerhin ersparte sie ihm, das Thema weiter zu vertiefen. »Was weiter? Ich habe dem Drecksack eine Lektion erteilt. Erst habe ich ihn nach Strich und Faden verprügelt, dann habe ich ihm jedes seiner grauen Haare einzeln ausgerissen und ihn gezwungen, die jungen Frauen zu ihren Familien zurückzubringen. Dann musste er schwören, so etwas nie wieder zu tun, denn sollte ich ihn dabei erwischen, dann werde ich ihm so zusetzen, dass er um einen Gnadentod winseln wird. Soweit ich gehört habe, hat er sich daran gehalten, und ich muss nicht bereuen, dass ich ihn habe ziehen lassen. Hatte er wieder Haare auf dem Kopf?«

»Ja, eine Menge. Es muss ordentlich wehgetan haben, diese Borsten ausgerissen zu kriegen!«

Zufrieden widmete sich der Bettler wieder dem Essen und gab den beiden jungen Kämpfern großzügig etwas ab.

»Euren Bambusstab will ich nicht mehr, selbst wenn Ihr ihn mir geben würdet. Wir werden wohl sowieso nicht mehr lange zusammen unterwegs sein. Was, wenn wir diesem Liang allein wiederbegegnen und er sagt: ›Na, Mädchen, beim letzten Mal hast du

Glück gehabt, weil Hauptmann Hong an deiner Seite war. Jetzt will ich meine Rache und reiße dir die Haare aus‹? Guo Jing hat gezeigt, wie kühn er *Die Reue des stolzen Drachen* einzusetzen weiß, aber ist ein einziger Meisterschlag nicht ein bisschen zu armselig? Wird dieser elende Ginsengfresser nicht denken: ›Hauptmann Hong besitzt zwar ein übermächtiges Kung-Fu, aber er ist nicht in der Lage, anderen viel beizubringen‹?«

»Du verstehst dich gut auf Übertreibungen, junge Frau. Ich weiß schon, was du willst. Keine Sorge, solange du mich weiter mit anständigem Essen fütterst, werde ich Euch die Kost schon zu vergelten wissen.«

Huang Rong sprang sofort auf und schleppte Fürst Hong und Guo Jing wieder in den Kiefernwald. Der Bettler brachte Guo Jing den zweiten Schlag der *achtzehn drachenbezwingenden Hände* bei – *Der aufsteigende Drache*. Guo Jing brauchte drei Tage, um die Form so auszuführen, dass es ihm gelang, aus der Dynamik seines Sprungs die enorme Kraft für den Schlag von oben zu ziehen. Unterdessen verputzte Fürst Hong Dutzende neuer Gerichte aus Huang Rongs unerschöpflichem Rezepteschatz. Sie bedrängte ihn nicht länger, auch ihr etwas Neues beizubringen.

Ein Monat verging. Der Bettler hatte Guo Jing inzwischen fünfzehn der *achtzehn drachenbezwingenden Hände* beigebracht, von *Die Reue des stolzen Drachen* bis *Der Drache auf dem Feld*.

Die Kunst der *achtzehn drachenbezwingenden Hände* hatte lange als Gipfel der äußeren Kampfkunst gegolten, unbesiegbar und unbezähmbar. In der Zeit der Nördlichen Song-Dynastie hatte Xiao Feng, der damalige Hauptmann des Bettlerklans, einen Wettkampf zwischen den größten Helden der Welt der Kampfkunst ausgerufen. Nur wenige vermochten mehr als drei Schlägen aus der Reihe der *Drachenbezwingenden Hände* standzuhalten, und keiner von ihnen hatte ihm Vergleichbares entgegenzusetzen. Damals bestand die Reihe noch aus achtundzwanzig Schlägen, aber Xiao Feng und sein Schwurbruder vereinfachten das komplexe Repertoire später auf die achtzehn effektvollsten Formen, was es noch schlagkräftiger machte. Das war die Kunst, die Hong Qigong von ihnen geerbt und mit der er später beim Wettkampf auf dem Gipfel des Hua den Respekt von Großmeistern wie Wang Chongyang und Huang Yaoshi errungen hatte.

Eigentlich wollte es der Bettler bei den drei Schlagtechniken, die er Guo Jing beibrachte, bewenden lassen. Das hätte genügt, um sich gegen jeden Feind zuverlässig verteidigen zu können. Doch Huang Rong brachte den unersättlichen Gourmet mit ihrem geradezu magischen Koch-Kung-Fu täglich aufs Neue dazu, mehr von seinem magischen Bettler-Kung-Fu preiszugeben. Der einfältige Guo Jing beeindruckte ihn zwar weniger als seine weltgewandte Freundin, aber der junge Mann lernte immerhin mit eisernem Willen und würde auch die fünfzehn restlichen Formen durch gewissenhaftes Üben auf ziemlich hohem Niveau zu meistern lernen. War Guo Jings Kung-Fu zuvor bereits passabel gewesen, so reifte er innerhalb dieses einen Monats zu einem Kampfkünstler von Format.

Eines Tages, als die drei beim Frühstück saßen, stieß der Bettler einen langgezogenen Seufzer aus. »Nun, meine Lieben, es ist Zeit, dass sich unsere Wege trennen.«

»Aber ich kenne noch so viele wunderbare Gerichte, die ich für Euch kochen möchte«, protestierte Huang Rong.

»Wie sagt man doch gleich: Kein Bankett der Welt dauert ewig, oder: Wenn es am besten schmeckt, soll man aufhören. Nie zuvor in meinem Leben habe ich einen Schüler angenommen oder jemanden länger als drei Tage unterrichtet, aber wir sind nun schon seit dreißig Tagen zusammen. Wenn ich so weitermache, wird es böse enden.«

»Warum?«

»Weil ihr dann meine ganze ureigene Kampfkunst beherrscht.«

»Was man angefangen hat, muss man auch zu Ende bringen«, insistierte Huang Rong. »Wäre es nicht schön, wenn Guo Jing wenigstens alle *achtzehn drachenbezwingenden Hände* lernen würde?«

»Pah, das hättest du wohl gerne! Schön für Euch vielleicht, aber nicht für mich.« Noch bevor Huang Rong sich eine neue Strategie ausdenken konnte, um ihn umzustimmen, hatte der Bettler seinen Flaschenkürbis geschultert und war ohne ein weiteres Wort davongegangen.

Guo Jing rannte ihm hinterher in den Kiefernwald. »Fürst Hong!« Auch Huang Rong lief ihm nach und fiel in Guo Jings Rufe ein.

Als er sie im Wald auftauchen sah, machte der Bettler kehrt und wartete auf sie. »Warum lauft ihr mir hinterher?«, schimpfte er. »Ich bringe Euch nichts mehr bei, und Schluss.«

»Euer Schüler ist Euch zutiefst dankbar für den wertvollen Unterricht und erwartet gewiss nicht mehr von Euch. Bitte, erlaubt mir, mich für Eure ungeheure Großzügigkeit zu bedanken.« Guo Jing ging auf die Knie und machte zahllose Kotaus. Jedes Mal schlug er seine Stirn mit lautem Knall auf den Boden auf.

»Halt, nicht doch! Ihr habt meinen Unterricht zur Genüge durch ihre Kochkünste bezahlt und schuldet mir nichts. Ich bin nicht dein Meister und du nicht mein Schüler, verstanden?« Mit diesen Worten kniete sich der Bettler vor Guo Jing hin und machte seinerseits Kotaus.

Das brachte Guo Jings Welt durcheinander. Fassungslos wollte auch er sich wieder hinknien. Aber der Bettler lähmte ihn mitten in der Bewegung, indem er gegen den Nervenpunkt in Guo Jings Achselhöhle drückte. Dann machte der Bettler vier Mal einen Kotau, erlöste Guo Jing von seiner Lähmung und sagte: »Merk dir eins: Von deinen Kotaus will ich nichts wissen, und ich will nicht, dass du mich jemals als deinen Meister bezeichnest.«

Guo Jing begriff, dass mit Fürst Hong in dieser Hinsicht nicht zu spaßen war und sagte kein Wort mehr.

»Es ist wirklich zu schade, dass Ihr uns verlassen wollt«, sagte Huang Rong mit tränenerfüllter Stimme. »Ich würde zu gerne wieder für Euch kochen, wenn wir uns einmal wiedersehen, ich fürchte nur … ich fürchte, es wird nicht dazu kommen.«

»Warum nicht?«

»Es gibt zu viele da draußen, die uns Böses wollen. Der Ginseng-Unsterbliche war nur einer von ihnen. Sie werden uns umbringen.«

»Irgendwann müssen wir alle sterben.«

»So meine ich das nicht. Wovor ich mich am meisten fürchte ist, dass sie mich gefangen nehmen werden. Und da sie wissen, dass Ihr uns Kung-Fu beigebracht habt, weil ich so gut für Euch gekocht habe, werden sie mich zwingen, Gerichte wie *Driftender Mond im duftenden Zwielicht* oder *Wann wird das Mondlicht im Fluss auf sie scheinen?*, die selbst Ihr noch nicht gekostet habt, für sie zu kochen. Was für eine Beleidigung für Euch!«

Natürlich wusste der Bettler, dass sie ihm wieder etwas vorspielte, um ihren Willen zu bekommen. Aber die Vorstellung, dass andere in den Genuss von Köstlichkeiten kommen sollten, die er noch nicht kannte, gefiel ihm ganz und gar nicht.

»Von wem sprecht ihr da? Was sind das für welche?«

»Der Drachenkönig vom Dämonentor zum Beispiel, Sha Tongtian ist sein Name, ein widerlicher Kostverächter, der beim Essen alles vollspuckt, mitten auf meine schönen Gerichte!«

»Sha Tongtian ist ein Jammerlappen, den erledigt selbst dein kleiner Tölpel hier im Handumdrehen«, sagte Fürst Hong. »Von dem habt ihr nichts zu befürchten.«

»Was ist mit Lama Überragende Weisheit, Lobsang Choden, und Peng Lianhu, den Metzger mit den tausend Händen?«

»Stümper!«

Erst als sie den Namen des Meisters vom Weißen Kamelberg – Ouyang Ke – nannte, horchte der Bettler erschrocken auf und wollte wissen, wie dieser Mensch genau aussehe und wie er kämpfe. Dann nickte er nachdenklich. »Er ist es also.«

Huang Rong bemerkte die Veränderung in seinem Gesichtsausdruck. »Ist er gefährlich?«

»Er selbst? Ein weiterer Stümper! Aber sein Onkel, Ouyang Feng …«

»Gefährlicher als Ihr ist er bestimmt nicht, oder?«

Der Bettler schwieg. Dann sagte er: »Das ist schwer zu sagen … aber in den vergangenen zwanzig … ja, zwanzig Jahren, hat er sein Kung-Fu weiterentwickelt, anders als ich fauler Vielfraß. Mich Alten Bettler zu übertreffen ist dennoch kein Leichtes!«

»Ganz bestimmt nicht!«

»Das wird sich zeigen … Gut, wenn Euch tatsächlich der Neffe des Alten Giftmolchs Ouyang Feng an den Kragen will, müssen wir vorsichtig sein. Ich bleibe noch zwei Wochen lang bei euch, unter der Bedingung, dass du mir das gleiche Gericht nicht zweimal servierst, sonst gebe ich mir einen Klaps auf meinen Allerwertesten und bin weg. Ich will nur das Allerbeste aus deiner Küche. Sollten dich die Kerle je in die Finger kriegen, dürfen sie auf keinen Fall etwas Besseres zu kosten bekommen als ich.«

Glücklich legte Huang Rong sich ins Zeug und kreierte einzigartige Gerichte. Selbst die Vorspeisen, die Nudeln und der Reis waren vom Feinsten und in allen Variationen zubereitet: gebratene Jiaozi, gedämpfte Baozi, gekochte Jiaozi, Hundun-Nudeln, Gemüsereis, gebratener Reis, Reissuppe, Reiskuchen, Blumenrollen, Reisnudeln, Tofunudeln, geräucherte Tofunudeln, Bohnenmehlnudeln, Süßkartoffelpudding, Zwiebelpfannkuchen, Schalottenröllchen, Knoblauchküchlein … Der Bettler zeigte sich erkenntlich, indem er die Reaktionsschnelligkeit der beiden schulte und ihnen Kniffe zeigte, mit denen sie ihre Abwehr verbessern konnten. Nur die drei noch fehlenden Schlagtechniken der *achtzehn drachenbezwingenden Hände* zeigte er Guo Jing nicht, dafür unterstützte er ihn tatkräftig dabei, die anderen fünfzehn Formen zu verstehen und zu vervollkommnen. Zusammen mit allem, was Guo Jing von seinen Meistern, den Sieben Sonderlingen des Südens, an Kampfkünsten gelernt hatte, machte ihn das bereits zu einem veritablen Kämpfer.

Der Bettler kannte sich in der Tat mit vielerlei Formen der Kampfkünste des Jianghu aus. Huang Rong hielt er bei Laune, indem er einige ungewöhnliche Kniffe aus seinem Fundus auspackte. Darunter waren durchaus schwindelerregende Hiebe und Tritte; von wirklichem Nutzen gegen einen mächtigen Gegner waren sie jedoch nicht.

Eines Abends, es dämmerte bereits und Guo Jing absolvierte seine letzten Übungen des Tages, sammelte Huang Rong im Wald Kiefernzapfen. Sie verkündete, dass sie sich ein neues Gericht ausgedacht habe, Pinienkerne mit Bambusschösslingen und sauren Pflaumen, das sie *Drei Freunde fürs Leben* nennen wolle. Mit etwas Hühnerbrühe dazu würde vielleicht auch *Langlebige Kiefern und Kraniche* daraus werden. Dem Bettler lief schon das Wasser im Mund zusammen. Plötzlich wälzte er sich keuchend aus dem Gras, beugte sich hinunter, durchkämmte das Gestrüpp mit den Händen und hielt schließlich mit spitzen Fingern eine stocklange schwarze Schlange hoch.

»Schlangen!«, rief Huang Rong erschrocken. Fürst Hong versetzte ihr rasch einen Klaps gegen die Schulter, der sie ein paar Schritte aus dem Gestrüpp hinaus beförderte.

Im Gestrüpp zischte und raschelte es, immer mehr Schlangen wanden sich heraus. Der Bettler schwang seinen Bambusstock und tötete mit jedem Schlag eine Schlange, indem er sie genau sieben Zoll unter dem Kopf erwischte.

Huang Rong spornte ihn begeistert an. Sie bemerkte nicht, wie zwei Schlangen an ihrem Kleid hinaufglitten, und auch der Bettler sah es zu spät. Die Schlangen bissen zu.

Er wusste, wie gefährlich das Gift der kleinen, schwarzen Kreuzottern war. Es gab keine Zeit zu verlieren. Sie mussten es so schnell wie möglich neutralisieren. Ringsum schwoll das Zischen und Rascheln an, im Gras wimmelte es mit einem Mal von glänzenden Schlangen.

Der Bettler packte Huang Rong am Gürtel und nahm Guo Jing an der Hand. Mithilfe seiner schnellsten Schwebekunst flogen sie aus dem Wald bis zur Herberge.

»Wie fühlst du dich?«, fragte er Huang Rong besorgt.

»Mir geht es gut«, sagte sie lächelnd.

Die Schlangen hingen immer noch an ihrem Rücken. Bevor der Bettler ihn daran hindern konnte, hatte Guo Jing an einer gezogen. Sie fiel tot herunter.

»Ah, nicht schlecht, nicht schlecht!«, nickte der Bettler. »Dein Vater hat dir natürlich den Eisernen Igel gegeben.«

Nun kam eine ganze Horde von Schlangen aus dem Wald gekrochen. Der Bettler zog ein gelbes Medizinküchlein aus seinem Hemd und kaute kräftig darauf herum. Immer mehr Schlangen glitten auf sie zu, es wollte gar kein Ende nehmen. »Schnell, weg von hier!«, sagte Guo Jing.

Der Bettler beachtete ihn nicht, sondern zog seinen Flaschenkürbis vom Rücken und nahm einen kräftigen Schluck Wein in den Mund, mit dem er lange im Rachen gurgelte, um ihn mit der Medizin zu vermischen. Dann schürzte er die Lippen und spuckte den Wein in einem breiten Strahl aus, mit dem er einen perfekten Bogen auf die Erde vor ihnen zeichnete.

Die nächsten Schlangen wurden von dem Geruch sofort betäubt und erstarrten, die nachfolgenden wagten sich nicht weiter und rollten sich zusammen. Während aus dem Wald immer noch

Schlangen nachkamen, machten die vorderen wieder kehrt. Es entstand ein riesiges Gewirr aus glänzenden Schlangenleibern.

Plötzlich drangen seltsam schrille Pfiffe aus dem Wald und drei Männer in leuchtendweißen Roben traten heraus. Jeder von ihnen fuhr mit einem langen Holzstock durch das Schlangengewirr, als trieben sie eine Rinderherde vor sich her. Der Anblick amüsierte Huang Rong zunächst, doch bald wurde ihr von dem widerlichen Gewirr speiübel.

Kurzerhand schnappte sich der Bettler eine der Schlangen, hielt sie zwischen zwei Fingern, schlitzte ihr mit dem langen Nagel seines kleinen Fingers den Bauch auf, entnahm ihr die grüne Galle und gab sie Huang Rong. »Schluck das im Ganzen, ohne zu kauen, es ist sehr bitter.«

Huang Rong schluckte brav. Sogleich ging es ihr besser.

»Ist dir nicht schlecht, Guo Jing?«, fragte sie.

Er schüttelte den Kopf. Ihm war gar nicht aufgefallen, dass die Schlangen ihn schon ihm Wald gemieden hatten. Was sie von ihm fernhielt, war der Geruch des Bluts von Liang Ziwengs kostbarer roter Halysotter, das Guo Jing im Palast des Jin-Prinzen aus Verzweiflung ausgesaugt hatte, um sich aus dem Würgegriff der Schlange zu befreien.

»Diese Schlangen sind gezüchtet!«, rief Huang Rong.

Der Bettler nickte, den Blick grimmig auf die drei weiß gekleideten Männer gerichtet. Die drei Männer starrten wütend zurück, denn es passte ihnen gar nicht, dass der Bettler einfach eine ihrer Schlangen aufgeschlitzt hatte, um die Galle an Huang Rong zu verfüttern. Ein Pfiff, und die Schlangen erstarrten. Entschlossen schritten die drei Männer auf sie zu.

»Sucht ihr drei Wildratten den Tod, oder was?«

»Sucht *ihr* drei Wildratten den Tod, oder was?«, echote Huang Rong.

Das gefiel dem Bettler. »Gut gemacht«, flüsterte er ihr ins Ohr.

Einer der drei, nicht mehr ganz jung und mit sonnengegerbtem Teint, griff Huang Rong mit seinem Stab an.

Der Bettler riss seinen Bambusstock hoch und schlug ihn nur leicht gegen den Holzstab, um den Schlag in der Luft aufzuhalten. Eine Drehbewegung aus dem Handgelenk – und der Mann flog rückwärts und landete mit dem Rücken auf den Schlangen, von denen er einige mit seinem Gewicht zerquetschte. Auch ihn griffen die Schlangen nicht an.

Überrascht wichen die beiden anderen Männer zurück. »Was war das?«, stammelten sie.

Der dritte versuchte, wieder auf die Beine zu kommen. Verblüfft stellte er fest, wie schwer ihn der Sturz mitgenommen hatte und fiel taumelnd wieder um, wobei er noch weitere Schlangen zerquetschte. Einer der anderen Männer hielt ihm seinen Stock hin, und es gelang ihm, sich daran hochzuziehen. Die drei stellten sich mit sicherem Abstand zu den anderen in ihrer Schlangenherde auf.

»Wer scid ihr?«, rief der dunkelhäutige Mann.

Der Bettler lachte nur, ohne darauf zu antworten. »Warum züchtet ihr Schlangen und bringt damit andere Leute in Gefahr?«, fragte Huang Rong zurück.

Die drei wechselten Blicke. Einer von ihnen wollte gerade etwas antworten, als ein vierter Mann in schneeweißer Robe aus dem Wald trat. Er durchschritt die Schlangenhaufen, als existierten sie gar nicht, und wedelte dabei lässig mit seinem Herrenfächer. Das Schlangenmeer teilte sich vor ihm. Guo Jing und Huang Rong schnappten nach Luft. Natürlich hatten sie ihn gleich erkannt.

Unterwürfig näherten sich die drei Schlangenhirten Ouyang Ke und tuschelten untereinander, wobei sie ständig nach dem Bettler schielten.

Ouyang Ke zog erstaunt die Augenbrauen hoch. Er hatte sich aber gleich wieder in der Gewalt, nickte seinen Männern zu, trat vor und verbeugte sich. »Verzeiht mir die Dreistigkeit meiner Diener, ich bitte Euch um Nachsicht.« Dann wandte er sich Huang Rong zu. »Welch glücklicher Zufall, die junge Dame hier anzutreffen. Ich habe überall vergeblich nach Euch gesucht.«

»Dieser Mann ist ein gemeiner Übeltäter, Ihr müsst ihm eine Lehre erteilen, Fürst Hong«, sagte Huang Rong, ohne auf Ouyang Ke einzugehen.

Der Bettler nickte und bedachte den Meister vom Weißen Kamelberg mit einem strengen Blick. »Es gibt feste Regeln für die Aufzucht von Schlangen. Sie am helllichten Tag vor sich her durch die Gegend zu treiben gehört nicht dazu. Was fällt Euch ein?«

»Diese Schlangen kommen von weit her und sind ausgehungert, man kann sich nicht immer an die Regeln halten.«

»Wie viele Menschen habt Ihr deswegen schon auf dem Gewissen?«

»So gut wie niemanden. Wir treiben sie durch unbewohntes Land.«

»So gut wie niemanden!« Der Bettler schnaubte. »Euer Name ist Ouyang, nicht wahr?«

»Hat Euch die junge Dame nicht von mir erzählt? Dürfte ich nach Eurem werten Namen fragen?«

»Schon sein Name würde Euch winselnd im Dreck kriechen lassen!«, fuhr Huang Rong dazwischen.

Ouyang Ke ließ sich die Beleidigung wortlos gefallen. Er legte den Kopf schief und lächelte sie an.

»Ihr seid Ouyang Fengs Neffe, nicht wahr?«, sagte der Bettler schließlich.

»Wie kann ein dreckiger Bettler es wagen, den Namen unseres Meisters im Mund zu führen!«, schimpften jetzt die drei Schlangenhirten wie aus einem Mund.

Der Bettler stieß sich mit dem Bambusstock ab, schwirrte in die Luft, stieß wie ein Raubvogel herab, haute den drei Männern den

Stock um die Ohren, stieß sich wieder ab, ohne dass er den Boden berührt hatte, und landete sanft vor der Herberge.

»Das müsst Ihr mir beibringen!«, rief Huang Rong begeistert.

Die drei Männer stöhnten und hielten sich die Wangen. Der Bettler hatten ihnen mit einer der Formen von *Muskeln teilen und Knochen brechen* die Unterkiefer ausgerenkt.

»Ihr kennt meinen Onkel?« Ouyang Ke versuchte, sein Entsetzen über das Geschehene zu verbergen.

»Ich habe Gift des Westens seit über zwanzig Jahren nicht gesehen. Lebt er denn noch?«

Obwohl er seine Wut kaum in Zaum halten konnte, riss sich Ouyang Ke zusammen. Er wusste, dass sein Kung-Fu sich nicht mit dem des Bettlers messen konnte. »Mein Onkel scherzt gern, dass er nicht sterben kann, bevor alle seine Freunde das Zeitliche gesegnet haben.«

»Hahaha! Du hältst dich wohl für schlau genug, um mich zu beleidigen?«, lachte der Bettler. Dann zeigte er auf die Schlangen. »Was habt Ihr mit diesen kostbaren Kreaturen vor?«

»Ich bin zum ersten Mal in der Zentralebene und habe sie unterwegs aufgelesen, um mir ein wenig die Einsamkeit zu vertreiben.«

»Schluss mit den Lügen!«, fauchte Huang Rong ihn an. »Ihr habt doch bestimmt genug von Euren Frauen dabei.«

Lächelnd schlug Ouyang Ke seinen Fächer auf, sah ihr tief in die Augen und rezitierte:

»Mein Herz erbebt für dich allein,
du bist der Grund für meine Pein.«

Huang Rong schnitt eine Grimasse. »Auf Euer Herzbeben kann ich verzichten. Streicht mich besser gleich aus Euren Gedanken.«

Immerhin hatte er eine Reaktion provoziert. Ouyang Ke fand sie entzückend.

»Ihr und Euer Onkel mögt die Regionen im Westen tyrannisieren, aber wenn Ihr glaubt, dass wir hier in der Zentralebene Eure dreiste Frauenjagd dulden, dann irrt Ihr Euch gewaltig. Aus Respekt vor Eurem Onkel will ich Euch heute Euer Betragen nachsehen. Und jetzt schert Euch fort!«, sagte der Bettler.

Ouyang Ke wusste wohl, dass er besser den Mund halten und gehen sollte, aber die Kränkung so einfach hinzunehmen ertrug er nicht. »Wenn ich mich dann verabschieden dürfte«, sagte er. »Sollte Euch in den kommenden Jahren keine schlimme Krankheit oder sonst ein Unglück ereilen, dann kommt mich doch einmal auf dem Weißen Kamelberg besuchen.«

»Du Grünschnabel wagst es, mich herauszufordern?«, lachte Fürst Hong. »Dieser alte Bettler trifft keine Verabredung, nicht mit dir und nicht mit sonstwem. Zwischen deinem Onkel und mir besteht keine Fehde und wir haben auch keine Angst voreinander. Wir haben uns prächtig miteinander gemessen damals, vor zwanzig Jahren. Keiner war besser oder schlechter als der andere. Noch ein Kampf ist nicht nötig.« Jedes Lächeln verschwand aus seinem Gesicht. »Und jetzt scher dich fort, geh mir aus den Augen!«

Zu schade, dass ich meinem Onkel nicht einmal zur Hälfte ebenbürtig bin. Wenn es stimmt, was er sagt, handle ich mir besser keinen Ärger mit ihm ein, ich will schließlich nicht mit dem Gesicht im Dreck landen, dachte Ouyang Ke und biss sich auf die Lippe. Dann renkte er seinen Gefährten die Unterkiefer wieder ein, warf noch einen verstohlenen Blick auf Huang Rong und verschwand im Wald.

Von dort hörte man bald darauf die unterdrückten Schmerzensschreie der drei Männer. Kläglich pfiffen sie nach den Schlangen, und obwohl sie kaum mehr als ein Fiepen herausbrachten, gehorchten die Schlangen und glitten durch die Wiese und ihnen nach in den Wald.

»So viele Schlangen auf einmal habe ich noch nie gesehen. Züchten sie die wirklich?«, fragte Huang Rong.

Der Bettler trank erst einmal einen kräftigen Schluck aus seinem Flaschenkürbis und wischte sich mit dem Ärmel den Schweiß von der Stirn, bevor er antwortete. »Das war knapp! Wir haben noch mal Glück gehabt … Meine Kunst reicht, um uns die Biester einen Augenblick lang vom Leib zu halten, aber hätten sie sie losgelassen, wären diese Giftschlangen wie eine Flut über uns hereingebrochen, dagegen wäre selbst ich machtlos gewesen. Gut, dass diese Grünschnäbel nicht in der Lage sind, einen alten Gaukler wie mich zu durchschauen. Wehe uns, wenn Gift des Westens hier gewesen wäre …«

»Wir hätten davonlaufen können«, schlug Guo Jing vor.

»Glaubst du, du seist schneller als Gift des Westens? Hahaha!«

»Ist er wirklich so gefährlich?«, fragte Huang Rong.

»Wie ihr wisst, gibt es fünf Großmeister. Deinen Vater, den Ketzer des Ostens, mich – den Bettler des Nordens – und dann noch den König des Südens und Gift dcs Westens. Der Größte von allen war der Daoist Wang Chongyang, der Magier der Mitte. Jetzt, wo er nicht mehr unter uns ist, bleiben wir vier, und wir sind uns mehr oder weniger ebenbürtig. Denk daran, wie mächtig das Kung-Fu deines Vaters ist. Ist er denn nicht gefährlich? Und wie steht es um meins? Dann hast du die Antwort.«

»Hm.« Huang Rong schwieg. Dann sagte sie: »Es gefällt mir nicht, wenn mein Vater Ketzer genannt wird.«

»So? Deinem Vater gefällt es dagegen sehr! Er ist exzentrisch, verwegen, unorthodox und schert sich einen Dreck um Konfuzius, den Kaiser, den Staat und die guten Sitten. Wie soll man so einen denn sonst nennen als einen Ketzer? Er ist ein unabhängiger Freigeist, dem die Reichen und Mächtigen den Buckel runterrutschen können. Ich muss sagen, dass ich ihm dafür Respekt zolle. Doch was die hohe Kampfkunst angeht, gilt meine uneingeschränkte Bewunderung der reinen, orthodoxen Lehre der Quanzhen-Schule.« An Guo Jing gewandt fügte er hinzu: »Dein inneres Kung-Fu hast du von den Daoisten der Quanzhen-Schule, hab ich recht?«

»Bruder Ma Yu hat mich zwei Jahre lang unterwiesen.«

»Und nur deshalb warst du in der Lage, in nur einem Monat meine *Drachenbezwingenden Hände* halbwegs zu beherrschen.«

»Und wer ist König des Südens?«, fragte Huang Rong.

»Seine Majestät natürlich«, erwiderte der Bettler.

Huang Rong und Guo Jing sahen sich erstaunt an. »Der Song-Kaiser in Lin'an?«, fragte Huang Rong.

»Haha! Der? Der schafft es kaum, seine goldene Reisschüssel anzuheben! Kennt ihr den Spruch: ›Das südliche Feuer zerstört das westliche Gold‹? Dieser Kämpfer, den dein Vater und ich meiden wie die Pest, ist der Erzfeind von Gift des Westens Ouyang Feng.«

Der Bettler starrte gedankenverloren in die Ferne. Guo Jing und Huang Rong verstanden nicht ganz, wovon er redete. Aber als sie sein besorgtes Gesicht sahen, wagten sie nicht weiter nachzubohren.

Schließlich ging er in die Herberge. Als er durch die Tür trat, verfing sich sein Ärmel an einem Nagel und der Stoff zerriss. Der Bettler schien es gar nicht wahrzunehmen. »Wartet, ich flicke es«, sagte Huang Rong und suchte nach der Wirtin, um von ihr Nadel und Faden zu borgen.

Als sie zurückkam, stand Fürst Hong immer noch geistesabwesend da. Doch als er die Nadel in ihrer Hand sah, kam plötzlich Leben in ihn. Er schnappte sich die Nadel und lief wieder hinaus. Guo Jing und Huang Rong sahen sich an und rannten hinterher. Eine Drehbewegung aus dem Handgelenk – und die Nadel schoss wie ein Silberstreifen durch die Luft. Huang Rong verfolgte ihre

Flugbahn mit den Augen. Die Nadel hatte einen Grashüpfer aufgespießt. »So könnte es klappen«, murmelte der Bettler. »Der Alte Giftmolch Ouyang Feng hat sich schon immer gern der Aufzucht von giftigem Getier gewidmet, aber diese Herde von Kreuzottern zu bändigen, dürfte selbst für ihn kein Leichtes sein … er muss irgendwelche besonderen Drogen anwenden. Und sein Neffe scheint mir ebenfalls ein übler Zeitgenosse zu sein. Vermutlich wird er alles daransetzen, seinen Onkel gegen mich aufzuhetzen. Aber wenn einer wie Ouyang Feng mit einer Herde Giftschlangen gegen mich antritt, bin ich verloren.«

Huang Rong begriff. Begeistert klatschte sie in die Hände. »Ihr spießt sie mit Nadeln auf!«

Der Bettler zwinkerte ihr zu. »Du kleines Teufelsding weißt immer genau, was ich denke.«

»Und dann habt Ihr noch Eure Kräuter. Das hat sie ebenfalls abgehalten.«

»Die Wirkung ist nur vorübergehend. Nein, ich muss mich fleißig in der Kunst des *Himmels voller Tautropfen* üben und dabei Nadeln verwenden. Aber wenn es so viele Schlangen sind wie heute, könnte ich sie alle frühestens in acht Tagen erledigen. Bis dahin wäre ich verhungert.«

Guo Jing und Huang Rong lachten. »Ihr schneidet den Biestern den Kopf ab und kocht mit Hühnerbrühe, Chrysanthemenblüten und Zitronenblättern Schlangensuppe daraus. Schmeckt köstlich!«

Der linke Zeigefinger des Bettlers zuckte beim Gedanken an eine feine Schlangensuppe.

»Ich laufe los und besorge Nadeln«, rief Huang Rong und war schon unterwegs.

Seufzend sah der Bettler Guo Jing an. »Warum bringst du sie nicht dazu, dir etwas von ihrer Klugheit abzugeben, junger Mann?«

»Kann man von Klugheit etwas abgeben?«

Im Nu war Huang Rong mit einem Korb voll von Nadelpäckchen wieder zurück. »Ich habe sämtliche Nähnadeln der Stadt aufgekauft. Morgen müssen sich die hiesigen Männer eine gute Ausrede ausdenken, weil sie keine mehr für ihre Ehefrauen auftreiben können!«

»Wieso?«, fragte Guo Jing.

Der Bettler lachte schallend. »Gut, dass ich klug genug war, nie zu heiraten und mir keine Scherereien mit dem Weibsvolk einzuhandeln! Kommt, lasst uns üben gehen. Ich nehme doch an, dass Ihr beide es kaum abwarten könnt, auch diesen geheimen Kniff von mir zu lernen.«

Huang Rong sprang sofort auf.

Guo Jing jedoch blieb sitzen und sagte: »Ich nicht.«

»Warum denn nicht?«, fragte der Bettler.

»Ihr habt mir schon so viel Kung-Fu beigebracht, das ich erst noch beherrschen lernen muss.«

So sehr ihn diese Antwort auch verblüffte, so sehr zeigte sich der Bettler beeindruckt von Guo Jings Sinn für Anstand. Schließlich hatte er selbst erklärt, dass er ihm nichts mehr Neues beibringen wollte. Jetzt, wo der Bettler bereit war, es dennoch zu tun, damit seine jungen Gefährten ihm im Kampf gegen Ouyang Fengs Schlangen beistehen konnten, wollte Guo Jing die Situation nicht für sich ausnutzen.

Während Huang Rong von dem Bettler sein *Himmel voller Tautropfen*-Kung-Fu lernte, übte Guo Jing stur die fünfzehn Schlagtechniken der *Drachenbezwingenden Hände* weiter. Allmählich bekam er zwar ein Gespür für die subtilen Feinheiten der Formen; dennoch hatte er das Gefühl, dass er niemals zu ihrer wahren Essenz vordringen würde.

Gut zehn Tage später verstand sich Huang Rong bereits ziemlich geschickt darauf, Nadeln im Stil von *Himmel voller Tautropfen* zu werfen. Sie konnte jetzt ein Dutzend Nadeln gleichzeitig aus dem Handgelenk auf die tödlichen Nervenpunkte eines Gegners lenken. Mehrere Gegner gleichzeitig mit einer Handvoll Nadeln anzugreifen gelang ihr jedoch noch nicht.

Aus den Opfern ihrer Übungen zauberte sie zahllose neue Mahlzeiten, gebratene Schlange, geräucherte Schlange, Schlangensuppe ... Ihr Vorzeigegericht war eine ganze scharf gebratene Schlange, so aufgerollt, dass das Tier sich in den Schwanz biss. »Dieses Gericht nenne ich *Die Reue des stolzen Drachen*, so geschmeidig und biegsam wie ein wahrer Held!« Fürst Hong und Guo Jing lachten.

Endlich war es dem Bettler gelungen, ein Dutzend Nadeln mit einem Wurf über eine Fläche von etwa zwei *Zhang* zu verteilen. Freudestrahlend warf er den Kopf in den Nacken und lachte. Aber sofort wurde er wieder grüblerisch. *Was hat der Alte Giftmolch mit den Schlangen vor?,* fragte er sich.

Huang Rong bemerkte seine nachdenkliche Miene. »Wenn es im ganzen *Jianghu* nur drei Meister gibt, die Ouyang Feng ebenbürtig sind, wozu braucht er dann die vielen Schlangen?«

»Das frage ich mich auch. Ich habe das Gefühl, dass er die Schlangen gegen uns drei übrige Großmeister verwenden will. Der Bettlerklan und die Quanzhen-Schule haben zahlreiche Jünger und Verbündete. Der König des Südens seinerseits hat Wachen und Soldaten, und dein Vater ist ein wahrer Magier, der die Zukunft vorherzusehen und verschiedene Gestalt anzunehmen vermag; er kann allein gegen ein ganzes Heer bestehen. Sollten wir drei gemeinsam gegen den Giftmolch antreten, hätte er keine Chance ...«

»... und deshalb braucht er die Schlangen!«

»Schlangen zu jagen und zu halten war ursprünglich eine Eigentümlichkeit des Bettlerklans, wir haben uns sozusagen von ihnen ernährt. Mit einer Schlange in der Hand kann man reichen Damen und Herren kinderleicht das Geld aus der Tasche ziehen.

Aber Tausende davon zu halten ist eine Kunst für sich. Das hinzubekommen muss ihn viel Zeit gekostet haben. Das hat er nicht zum Vergnügen getan.«

»Also hat er etwas Übles im Sinn. Wie gut, dass sein Neffe so ein aufgeblasener Angeber ist und uns dadurch seine Machenschaften verraten hat«, sagte Huang Rong.

»Dieser Ouyang Ke ist ein frivoler Lustmolch, der taugt nicht viel, da hast du recht. Aber diese Schlangen werden unmöglich mit ihm von den Westbergen bis hierher gewandert sein, er muss sie selbst in den hiesigen Bergen zusammengetragen haben. So oberflächlich dieser junge Kerl auch sein mag, dumm ist er nicht. Etwas stinkt an der Sache.« Der Bettler lief aufgeregt auf und ab. »Vielleicht will er mich einfach nur so sehr auf Trab halten, dass ich mich um nichts anderes mehr kümmern kann? Wie soll ich allein gegen diese Schlangenherde bestehen?«

»Dann bleibt Euch von allen Strategien noch eine – Davonlaufen!«, lachte Huang Rong.

»Pah! Schäm dich, mir mit so einem Vorschlag zu kommen. Als ob das für einen wie mich infrage käme!«

Huang Rong dachte nach. »Ich habe eine bessere Idee!«, rief sie plötzlich.

»Nämlich?«

»Wir drei bleiben zusammen. Dann könnt Ihr gegen den Alten Giftmolch kämpfen, Guo Jing knöpft sich seinen Neffen vor und ich spieße die Schlangen mit Nadeln auf. Das einzige Manko ist, dass Guo Jing immer noch nicht alle Varianten der *Drachenbezwingenden Hände* beherrscht …«

Der Bettler starrte sie zornig an. »Die durchtriebenste Schurkin von allen bist du! Hast du denn nichts anderes im Sinn, als mir auch noch meine letzten drei Geheimwaffen abzuluchsen? Guo Jing ist ein braver Kerl. Ich würde ihm ja gerne alles beibringen, aber dadurch würde er zu meinem Schüler und ich zum Gespött des ganzen Jianghu, weil ich meine Prinzipien ausgerechnet für so einen Volltrottel breche. Willst du etwa, dass ich mein Gesicht verliere?«

Huang Rong grinste stumm in sich hinein. »Ich gehe zum Markt, einkaufen!«, verkündete sie fröhlich. Sie war entschlossen, den starrköpfigen Bettler mit neuerlichen Höhepunkten ihrer Kochkunst bei Laune zu halten. Mit einem Korb voller guter Dinge in der linken Hand kam sie zurück zur Herberge gelaufen. Mit der rechten Hand beschrieb sie dabei ständig kleine Drehbewegungen in der Luft. *Himmel voller Tautropfen.*

Glöckchen bimmelnd trabte ein geschecktes Pferd an Huang Rong vorbei und hielt vor der Herberge. Die schlicht gekleidete Reiterin saß ab. Huang Rong erkannte auf einen Blick, um wen es sich handelte, und sofort stieg der in den vergangenen Wochen vergessene Groll auf Guo Jings Meister und die Daoisten wieder in ihr auf. *Was soll an dieser Frau so besonders sein? Warum wollen diese Missgeburten Guo Jing unbedingt mit ihr verheiraten?* Je näher Huang Rong der Herberge kam, umso wütender wurde sie. *Na warte, der werde ich es zeigen!*, dachte sie.

Sie betrat mit ihrem Korb in der Hand die Herberge, wo Mu Nianci allein an einem Tisch Platz genommen hatte. Sie wirkte bedrückt.

Als der Wirt Mu Nianci nach ihren Wünschen fragte, antwortete sie, ohne aufzusehen. »Eine Schüssel Nudeln und gekochtes Rindfleisch, bitte.«

»Gekochtes Rindfleisch! Wie fade!«, kommentierte Huang Rong laut.

Zu ihrer Überraschung sah Mu Nianci die junge Frau, die mit Guo Jing davongeritten war, an ihrem Tisch stehen.

Sie stand höflich auf. »Bitte, setz dich zu mir, Schwester«, sagte sie.

»Wo sind die anderen? Der stinkende Daoist, der popelige Dickwanst, der dreckige Lumpengelehrte und das andere Pack, sind sie bei dir?«

»Nein, ich bin allein hier.«

Huang Rong frohlockte. Qiu Chuji und Guo Jings Meister hatte sie demnach nicht zu fürchten. Sie betrachtete Mu Nianci und bemerkte, dass sie unter ihrer weißen Trauerkleidung dunkle, zierliche Reitstiefel trug. Eine weiße Blüte steckte als Zeichen der Trauer an ihrer Schläfe. Sie schien magerer als zuvor, aber diese feingliedrige Zartheit ließ sie noch hübscher wirken. In ihrem Gürtel steckte ein glänzender Dolch. *Das war doch das Symbol, mit dem Guo Jings Vater und Mu Niancis Ziehvater einander ihre Kinder versprochen hatten!* »Darf ich mir einmal den schönen Dolch ansehen, den du am Gürtel trägst, Schwester?«

Verunsichert sah Mu Nianci erst auf Huang Rongs ausgestreckte Hand, dann in ihr Gesicht. Die junge Frau hatte ein beunruhigendes Glimmen in den Augen. Dennoch gebot es die Höflichkeit, ihrer Bitte Folge zu leisten. Stumm reichte sie ihn Huang Rong.

Huang Rong betrachtete die Gravur auf dem Schaft. *Guo Jing! Warum trägt sie einen Dolch mit seinem Namen?* Wutschnaubend zog sie den Dolch aus der Scheide. Das glänzende Metall durchschnitt mit eisiger Kälte die Luft. *Was für eine prächtige Waffe!* Huang Rong steckte die Klinge zurück in die Scheide und barg den Dolch in ihrem Kleid. »Ich werde ihn Guo Jing zurückgeben.«

»Was soll das?«

»Auf dem Schaft steht sein Name, also gehört der Dolch ihm.«

»Das ist das einzige Andenken an meinen Vater, das gebe ich nicht her!« Mu Nianci sprang entsetzt auf. »Gib ihn mir zurück!«

»Fang mich doch!«

Huang Rong rannte zur Tür hinaus. Im Kiefernwald vor ihr döste der Bettler und auf der Lichtung zu ihrer Rechten übte Guo Jing. Also rannte sie nach links.

Mu Nianci stürmte ihr laut rufend hinterher. *Hoffentlich nimmt sie nicht das rote Pferd, dann kriege ich sie nie,* dachte sie.

Huang Rong schlug mehrere Haken, bis sie auf einer Lichtung mit einer Reihe von Schnurbäumen abrupt anhielt. »Wenn du mich besiegst, bekommst du ihn zurück«, sagte sie kühl zu Mu Nianci. »Diesmal heißt es Duell um den Dolch statt Duell um die Braut.«

Mu Nianci rief rot an. »Hör auf, dich über mich lustig zu machen, Schwester. Dieser Dolch ist mir so wichtig wie mein toter Ziehvater selbst, warum nimmst du ihn mir weg?«

»Von wegen ›Schwester‹!« Wie ein Sturmwind schoss Huang Rong auf Mu Nianci zu und holte zum Schlag aus.

Mu Nianci wich zur Seite aus, aber schon prasselte Huang Rongs *Pfirsichblütenregen* auf sie nieder, schnell und wandlungsfähig, Schlag auf Schlag.

Mu Niancis Rippen schmerzten. Wütend duckte sie sich links unter Huang Rongs tanzenden Händen hindurch, sprang hoch und schlug hart und heftig zu.

»*Die freifliegende Faust!* Das kann doch jeder!«

Woher kennt sie das? Das habe ich doch von Bettlerfürst Hong persönlich!, wunderte sich Mu Nianci.

Huang Rong zog die linke Hand geöffnet zurück und ließ die rechte Faust vorschnellen.

Sie kennt die ganze Form! Mu Nianci wieselte rückwärts, um Abstand zu gewinnen. »Wer hat dir *Die freifliegende Faust* beigebracht?«

»Die habe ich selbst erfunden, ist doch nichts Besonderes!« Huang Rong legte gleich noch zwei Varianten nach, *Bettelnd von Tür zu Tür ziehen* und *Die Hand nach Almosen ausstrecken*.

Mu Nianci wehrte mit *Die Weltmeere umsegeln* ab. »Kennst du etwa Bettler Hong?«

»Ein alter Freund von mir«, grinste Huang Rong. »Kämpf du ruhig mit dem, was er dir beigebracht hat. Ich kämpfe mit meinem Kung-Fu, dann werden wir schon sehen, wer wen besiegt.«

Sie verblüffte die hilflose Mu Nianci mit einer rasanten Folge weiterer Schläge, die sie noch nie gesehen hatte. Wie sollte sie auch gegen eine Gegnerin bestehen, die gleich von zwei der größten lebenden Meister des Jianghu gelernt hatte! Allein der Gedanke an den Dolch ließ Mu Nianci weiterkämpfen.

Huang Rong zog die ausgestreckte linke Hand horizontal wie ein Schwert durch die Luft. Mu Nianci glitt unter ihrem Arm hindurch und entging ihr knapp, aber dann fühlte sie, wie ihr Nacken taub wurde. Huang Rong hatte mit dem *Orchideenstreich* ihren zentralen Nervenpunkt unter dem Halswirbel erwischt. Ein Schlag darauf ließ den ganzen Körper sofort erschlaffen. Dann baute sich Huang Rong vor ihr auf. Mit einem triumphierenden Lächeln schlug sie der hilflosen Mu Nianci in das *Willenszentrum* an der rechten Hüfte. Sie fiel rücklings um.

Huang Rong zog den Dolch und beugte sich über sie.

Mu Nianci kniff beide Augen zu. Der kalte Hauch der Klinge streifte unzählige Male ihr Gesicht, ohne sie jedoch zu verletzen. Sie schlug die Augen auf und sah die blendende Klinge vor sich, deren Spitze immer wieder haarscharf über ihre Wangen und Ohren hinwegfuhr.

»Worauf wartest du noch? Hör auf mit diesen Spielchen, und töte mich!«, fauchte Mu Nianci wütend.

»Wozu sollte ich dich töten? Wir sind schließlich nicht verfeindet«, sagte Huang Rong und machte eine Kunstpause. »Leiste einen Schwur, und ich lasse dich gehen.«

»Wenn du glaubst, ich würde um mein Leben flehen, dann träum weiter! Töte mich doch, wenn du es wagst«, gab Mu Nianci zurück.

»Es wäre aber wirklich schade um ein schönes Mädchen wie dich.«

Mu Nianci schloss stumm die Augen.

Huang Rong seufzte. Ihr Ton wurde milder. »Guo Jing liebt mich allein und daran wird sich auch nichts ändern, wenn du ihn heiratest.«

»Wovon redest du?« Mu Nianci riss die Augen auf und starrte Huang Rong verwundert an.

»Wenn du mir nicht schwören willst, dann ist das eben so. Aber er wird dich nicht wollen!«

»Von wem redest du?«

»Guo Jing.«

»Guo Jing? Was soll ich schwören?«

»Schwöre, dass du ihn nicht heiraten wirst. Schwöre es bei deinem Leben.«

Mu Nianci lächelte. »Und wenn du mir den Dolch an die Gurgel legst – ich würde ihn nicht heiraten wollen.«

»Wirklich?«, rief Huang Rong freudig. »Warum nicht?«

»Es mag zwar der letzte Wille meines Ziehvaters gewesen sein, aber er … er war nicht ganz bei sich. Ich bin doch … ich bin …« Ihre Stimme war nur ein Flüstern. »Ich bin doch schon … einem anderen versprochen.«

»Oje. Das war ein Missverständnis. Es tut mir leid«, sagte Huang Rong beteten, löste rasch mit einem Fingerdruck Mu Niancis blockierte Nervenpunkte und massierte sie verlegen, damit wieder Leben in ihre Glieder kam. »Wer ist es, dem du versprochen bist, Schwester?«

Mu Nianci errötete. »Du kennst ihn«, sagte sie leise.

»Wirklich?« Huang Rong ließ alle Männer, die ihr in den vergangenen Monaten begegnet waren, vor ihrem inneren Auge Revue passieren, aber keiner davon schien ein geeigneter Heiratskandidat. »Mir fällt keiner ein, der zu dir passen würde.«

Jetzt musste Mu Nianci lachen. »Du meinst wohl, es gäbe auf der Welt keinen Besseren als deinen Guo Jing?«

»Willst du Guo Jing nicht, weil er dir zu einfältig ist?«

»Ach, was! Guo Jing ist ein herzensguter Mensch. Ich bewundere seinen Sinn für Gerechtigkeit. Völlig uneigennützig hat er Vater und mir beigestanden. Ich schulde ihm für immer Dank dafür.«

»Also, warum dann nicht?«

Mu Nianci wurde bewusst, wie ehrlich verzweifelt Huang Rong war. Sie reichte ihr die Hand. »Schwester. In deinem Herzen ist nur Platz für Guo Jing und für dich kommt kein anderer an ihn heran, wie klug und stattlich er auch sein mag, nicht wahr?«

»Natürlich. Es gibt aber auch keinen Besseren als ihn.«

»Dann verstehst du mich ... Weißt du ... dieses Duell um die Braut ... da gab es einen, der mich besiegt hat ...«

»Der Jin-Prinz Wanyan Kang!«

»Mir ist es egal, ob er ein Prinz oder ein Bettler ist, ein guter oder ein schlechter Mensch, mein Herz gehört ihm allein.« Sie sagte das sehr leise, aber mit Nachdruck.

Arm in Arm saßen die beiden jungen Frauen jetzt unter den Schnurbäumen im Gras. Huang Rong fühlte sich der vermeintlichen Rivalin mit einem Mal eng verbunden. Wie gut die andere vermochte, Huang Rongs eigene Gefühle in Worte zu fassen. »Hier, dein Dolch, Schwester«, sagte sie und hielt ihn Mu Nianci hin. Doch sie schüttelte den Kopf. »Er gehört deinem Guo Jing, es ist besser, wenn du ihn nimmst. Es wäre ... nicht recht, wenn ich ihn bei mir trage.«

»Danke, du bist wirklich sehr nett.« Huang Rong war peinlich berührt von Mu Niancis Großmut. »Was hat dich hierher in den Süden geführt? Kann ich dir irgendwie behilflich sein?«

Erneut wurde Mu Nianci rot. »Nein, es gibt nichts weiter.«

»Dann bringe ich dich jetzt zu Bettler Hong.«

»Wie? Ist er hier?«

Huang Rong nickte, stand auf und zog Mu Nianci an der Hand nach oben. Plötzlich raschelte es über ihr in den Zweigen. Sie blickte auf. Ein Schatten huschte durch die Baumwipfel davon. Ein Stück Borke fiel vor Huang Rongs Füße. Sie hob es auf. *Gerne sehe ich die beiden jungen Frauen so einträchtig beisammensitzen. Wehe, Huang Rong macht noch einmal so einen Unfug, dann ziehe ich ihr die Ohren lang!* Anstelle einer Unterschrift war der Umriss eines Flaschenkürbis in die Rinde graviert.

Jetzt war es Huang Rong, die puterrot anlief. Bettler Hong hatte alles mitangehört. Sie zeigte Mu Nianci die Nachricht.

Im Kiefernwald war weit und breit nichts von Bettler Hong zu sehen. Sie liefen Hand in Hand zurück in die Herberge, wo sie nur Guo Jing vorfanden.

»Schwester Mu!«, rief er erstaunt. »Hast du meine sechs Meister gesehen?«

»Wir sind zusammen Richtung Süden geritten, aber in Shandong haben wir uns getrennt und seither habe ich sie nicht wiedergetroffen.«

»Sind sie wohlauf?«

»Keine Sorge, Bruder Guo. Sie sind dir nicht böse.«

Diese Antwort beruhigte Guo Jing keineswegs. Er starrte ins Leere und dachte daran, wie enttäuscht seine Meister von ihm sein mussten.

Mu Nianci wechselte das Thema und fragte Huang Rong, wie es dazu gekommen war, dass sie Bettler Hong kennengelernt hatten. Huang Rong erzählte die ganze Geschichte.

»Was für ein Glück für euch! Ich wünschte so sehr, ich könnte ihn wiedersehen.«

»Er hat über dich gewacht«, tröstete sie Huang Rong. »Hätte ich dich ernsthaft verletzen wollen, hätte er eingegriffen und dich gerettet.«

»Du hast doch nicht etwa Schwester Mu etwas antun wollen, Huang Rong?«, fragte Guo Jing erschrocken.

»Nein, natürlich nicht!«, beschwichtigte Huang Rong.

Mu Nianci lachte. »Sie hatte Angst, dass ...« Sie schlug sich die Hand vor den Mund.

Huang Rong stieß sie in die Seite. »Wag es bloß nicht ...«

»Wie könnte ich! Soll ich schwören?« Mu Nianci streckte ihr die Zunge heraus.

Bei der Erinnerung daran, wie gemein sie gewesen war, wurde Huang Rong abermals rot.

Guo Jing verstand natürlich gar nichts und freute sich einfach zu sehen, wie vertraut die beiden Frauen miteinander wirkten.

Nach dem Essen gingen die drei im Kiefernwald spazieren. Mu Nianci erzählte von ihrer Begegnung mit Bettler Hong. »Ich war damals noch ein Kind. Mein Ziehvater und ich waren in Bianliang. Ich spielte vor der Tür unserer Herberge. Auf einmal brachen dort vor meinen Augen zwei Bettler zusammen, von blutigen Stichwunden übersät, aber niemand wollte diesen schmutzigen Vagabunden helfen. Mir taten sie leid und ich half ihnen hinein und führte sie sogar auf unser Zimmer. Dort habe ich ihre Wunden gewaschen und verbunden, so gut ich konnte. Dann kam mein Ziehvater zurück. Er lobte mich und sagte, ich habe ein gutes Herz, ganz wie seine geliebte Frau. Er gab den Bettlern ein paar Münzen. Sie bedankten sich überschwänglich und gingen. Wenige Monate später sahen wir die Bettler in Xinyangzhou wieder. Sie waren genesen und führten mich zu einem verfallenen Tempel. Dort traf ich auf Bettler Hong. Er sagte, ich sei ein gutes Mädchen und er wolle mir etwas beibringen. Dann zeigte er mir die Bewegungsabfolge der *Freifliegenden Faust*. Drei Tage lang besuchte ich ihn. Als ich am vierten Tag in den Tempel ging, war er verschwunden.«

»Bettler Hong hat uns verboten, mit anderen zu teilen, was wir von ihm gelernt haben«, sagte Huang Rong. »Aber wenn du möchtest, können wir für eine Weile zusammenbleiben, und ich bringe dir etwas von dem bei, was mich mein Vater gelehrt hat.« Huang Rong war so erleichtert darüber, dass Mu Nianci nicht vorhatte, Guo Jing zu heiraten, und ihr obendrein den Dolch geschenkt hatte, dass sie sich der neu gewonnenen Freundin erkenntlich zeigen wollte.

»Danke, das ist lieb von dir. Aber ich kann leider nicht bleiben. Ich muss mich zuerst um etwas anderes kümmern. Wenn das erledigt ist, werde ich nach euch suchen und mit Vergnügen von dir lernen.«

Zu gern hätte Huang gewusst, worum es sich bei dieser eiligen Angelegenheit handelte, aber Mu Niancis Gesichtsausdruck verriet, dass sie nicht darüber reden wollte. Sie kannten sich noch nicht lange, aber Huang Rong hatte verstanden, dass hinter Mu Niancis äußerlicher Zartheit und Schüchternheit eine eigensinnige Persönlichkeit steckte. Hatte sie sich einmal etwas in den Kopf gesetzt, war sie nicht davon abzubringen. *Nun, ich werde ihr Geheimnis schon noch in Erfahrung bringen,* dachte sie.

Am darauffolgenden Tag huschte Mu Nianci nach dem Mittagessen aus der Herberge und kam erst in der Abenddämmerung zurück. Huang Rong fragte sich, was die Freundin einen ganzen Nachmittag in dieser kleinen Stadt zu tun haben könnte. Ihre Neugier wuchs, als sie Mu Niancis fröhliches Gesicht nach deren Rückkehr sah.

Die beiden Frauen teilten ein Zimmer. Huang Rong hatte sich schon vor Mu Nianci auf dem Kang ausgestreckt und beobachtete nun verstohlen aus den Augenwinkeln, wie Mu Nianci, den Kopf auf die Hände gestützt, versonnen in das Licht der Lampe starrte. Huang Rong tat so, als ob sie schon schliefe, schielte aber weiter nach Mu Nianci, die nach einer Weile einen kleinen Stofffetzen aus der Tasche zog, verzückt betrachtete und zärtlich an ihre Lippen führte. Vorsichtig reckte Huang Rong den Hals, um einen genaueren Blick auf den Gegenstand zu erhaschen. Was war das? Ein Stück Seide, ein besticktes Taschentuch vielleicht? Sie konnte das Muster nicht richtig erkennen.

Unerwartet drehte Mu Nianci sich um und wirbelte verspielt das Stück Tuch durch die Luft. Huang Rong kniff schnell wieder die Augen zu und verkroch sich mit klopfendem Herzen unter die Decke.

Sie spürte den andauernden sanften Luftzug und blinzelte unter der Decke hervor. Graziös tanzte Mu Nianci durch den Raum, verschwand aus Huang Rongs Sichtfeld und kehrte zurück, als ob sie Kung-Fu-Formen übte. Das Tuch war jetzt um ihren Arm gewickelt.

Jetzt fiel es Huang Rong wieder ein: Mu Nianci hatte im Kampf mit dem Jin-Prinzen seinen Ärmel zerrissen.

Ein seliges Lächeln umspielte Mu Niancis Lippen. Sie dachte an den Tag des Duells zurück, während sie elegant mit dem Fuß durch die Luft fuhr oder ihre Faust nach vorn schnellen ließ. Dazwischen hob sie die Augenbrauen und warf die Ärmel zurück, wie um Wanyan Kangs herablassende Haltung nachzuahmen.

Eine ganze Weile gab sich Mu Nianci träumerisch ihrem Spiel hin, dann näherte sie sich dem Kang.

Schnell schloss Huang Rong die Augen, aber sie spürte, wie Mu Nianci sie mit ihrem Blick fixierte. »Wie schön du bist!«, hörte sie die Freundin unvermittelt seufzen. Dann wurde die Tür geöffnet. Man hörte im Wind flatternde Kleider und das Geräusch zierlicher Füße, die jenseits der Mauer landeten.

Was war das? Nun zwang die Neugier Huang Rong endgültig aus dem Bett. Sie sprang auf, rannte hinaus und sprang auf die Mauer der Herberge. Sie sah Mu Nianci gerade noch gen Westen davonlaufen und folgte ihr mit ihrer schnellsten Schwebekunst lautlos durch die Nacht. Flugs hatte sie sie eingeholt, blieb ihr aber in sicherem Abstand auf den Fersen, um nicht entdeckt zu werden.

Sobald sie in der Stadt angekommen war, sprang Mu Nianci auf ein Dach und spähte umher. Ihr Blick blieb an einem hohen Gebäude im Süden der Stadt hängen. Mit der Leichtigkeit der Schwebekunst bewegte sie sich von Dach zu Dach darauf zu.

Huang Rong, die täglich in dieser Stadt zum Markt ging, kannte sich dort bestens aus. *Was will sie im Haus der Familie Dai? Hat sie etwa kein Silber mehr und will die reichste Familie der Stadt bestehlen?*

Das Tor der prachtvollen Residenz war hell erleuchtet. Auf beiden Seiten hing jeweils eine hohe rote Seidenlaterne, auf der in hoheitsvoller goldener Kalligrafie *Gesandter des Jin-Königshauses* zu lesen stand. Unter den Laternen hielten vier Jin-Soldaten mit erhobenen Säbeln Wache. Huang Rong war schon oft an dieser Residenz vorbeigekommen, hatte sie aber nie zuvor so gut bewacht gesehen. *Will sie dem Gesandten der Jin seine Schätze rauben? Eine blendende Idee! Ich lasse ihr den Vortritt, und dann sehe ich, was es für mich Feines zu stibitzen gibt,* freute sich Huang Rong.

Wie ein Schatten folgte sie Mu Nianci zur rückwärtigen Mauer, wartete ab, bis sie hinaufgeklettert war, stieg ihr hinterher und sprang in den Garten der Residenz. Vorsichtig huschte sie der Freundin nach, um Gedenksteine und künstliche Landschaften herum, trippelte an Blumenrabatten und Bäumen vorbei, bis sie in einen Hof gelangten.

Am östlichen Ende erhellte Kerzenlicht ein Zimmer. Huang Rong sah die Silhouette eines Mannes darin auf und ab gehen. Aus ihrem Versteck heraus beobachtete sie, wie Mu Nianci lautlos an das Fenster heranschlich, die Augen unverwandt auf den umherwandernden Schatten gerichtet.

Dann hielt sie abrupt inne.

Huang Rong wunderte sich darüber, dass Mu Nianci so wenig beherzt vorging. Warum war sie so zögerlich? Sie könnte doch einfach hineinstürmen und ihn im Handumdrehen mit einem Druck auf den zentralen Nervenpunkt lähmen!

Sie konnte sich nicht länger beherrschen. Ich komme ihr einfach zuvor und setze ihn außer Gefecht, dann verstecke ich mich. Sie wird Augen machen! Von diesem Gedanken beflügelt näherte sich Huang Rong dem Gebäude von der anderen Seite und fand ein unverschlossenes Fenster. Gerade als sie hineinklettern wollte, hörte sie, wie die Zimmertür des anderen Flügels aufging. »Euer Exzellenz, eben ist ein Bote von der Poststation angekommen. Kommandant Duan, Euer Botschafter am Hof des Song-Kaisers, wird übermorgen hier eintreffen.«

Als Antwort war nur ein unverständliches Grummeln zu hören. Die Tür schloss sich wieder, der Diener verschwand und der Mann ging wieder im Zimmer auf und ab.

Es muss sich um den Jin-Gesandten persönlich handeln, dachte Huang Rong. *Vielleicht ist sie gar nicht hier, um zu stehlen, sondern hat etwas anderes im Sinn. Ich sollte besser nichts überstürzen.*

Sie befeuchtete den Nagel ihres Zeigefingers mit der Zunge und schlitzte damit ganz vorsichtig einen winzigen Spalt in den untersten Teil des Papierfensters. Sie schob ein Auge ganz dicht an den feinen Spalt und erkannte im Raum dahinter einen Mann in einer Seidenrobe, die von einem Brokatgürtel zusammengehalten wurde.

Wanyan Kang!

Während er weiter rastlos das Zimmer durchschritt, hielt der Sohn des Sechsten Prinzen von Jin etwas Schwarzglänzendes in der Hand, aber Huang Rong konnte nicht erkennen, was es war. Sein kummervoller Blick war zur Decke gerichtet. Als er sich dem Schein der Kerze näherte, sah Huang Rong endlich, was er in der Hand hielt: Eine rostige Speerspitze am Ende eines abgebrochenen Speers.

Huang Rong wusste nicht, dass es sich um den Speer Yang Tiexins handelte, dem leiblichen Vater des jungen Prinzen und Ziehvater Mu Niancis. Noch weniger wusste sie, dass dieser Speer für Bao Xiruo, die Mutter des Prinzen, das kostbarste Erinnerungsstück an ihren totgeglaubten Mann gewesen war. Die Art, wie der junge Prinz die rostige Speerspitze liebkoste, erinnerte Huang Rong daran, wie Mu Nianci das Stück Stoff gehalten hatte. *Ihr zwei träumt wohl voneinander und wähnt den anderen weit fort, während ihr nur ein paar Schritte voneinander entfernt seid!,* dachte sie verschmitzt und musste unwillkürlich kichern.

»Wer ist da?«, rief Wanyan Kang. Mit einer schnellen Handbewegung hatte er die Kerze gelöscht.

Flink stahl sich Huang Rong wieder hinter Mu Nianci. Sachte berührte sie mit einer gegenläufigen Bewegung ihrer beiden Hände Mu Nianci an ihrem Nervenpunkt am unteren Rücken, sodass sie sich nicht mehr von der Stelle rühren konnte. *Gegengriff,* eine der zweiundsiebzig Varianten der *Sofortigen Blockade.* Bevor sie sich wehren konnte, war Mu Nianci schon gelähmt. »Kein Angst, Schwester, ich führe dich deinem Liebsten zu!«, flüsterte Huang Rong.

Wanyan Kang stieß die Tür auf. »Deine Liebste ist hier!«, kicherte eine Mädchenstimme. »Da, fang!«

Ein zarter, warmer Frauenkörper fiel in seine Arme.

»Wie wirst du mir danken, Schwester?«, hörte er die Stimme nun von einem benachbarten Dach. Die Frau in seinen Armen fiel kraftlos um.

Wanyan Kang fürchtete, dass es sich um einen Angriff handelte, und wich ein paar Schritte zurück. »Wer bist du?«, fragte er wütend.

»Erinnert Ihr Euch nicht an mich?«, flüsterte die gelähmte Frau.

Der Klang ihrer Stimme kam ihm bekannt vor. War das nicht …? Nie hätte er erwartet, dass er dieses Mädchen wiedersehen würde. »Die junge Frau Mu …?«

»Ja, ich bin es.«

»Wer war da eben bei Euch?«, fragte er misstrauisch.

»Meine vorwitzige Freundin. Ich habe nicht gewusst, dass sie mir gefolgt ist.«

Wanyan Kang brauchte einen Augenblick, bis er sich wieder in der Gewalt hatte. Dann zündete er die Kerze wieder an.

»Bitte, nehmt Platz.«

Mit gesenktem Kopf kauerte sich Mu Nianci auf einen Stuhl. Ihr Herz klopfte wie wild.

Wanyan Kang betrachtete die junge Frau im Kerzenschein. Ihre Wangen waren leicht gerötet, was sie noch liebreizender machte. Etwas an ihr berührte sein Innerstes. Sein anfänglicher Schrecken wich freudiger Überraschung. »Was führt Euch zu dieser späten Stunde hierher?«, fragte er milde.

Sie schwieg. Seine Gedanken schweiften wieder zurück zum tragischen Tod seiner Eltern. Sein leiblicher Vater war der Ziehvater dieses hübschen Mädchens gewesen. Er fühlte sich ihr spontan verbunden. »Da dein Vater so tragisch ums Leben gekommen ist, sollten wir dich aufnehmen. Ich werde mich um dich kümmern wie um eine Schwester ...«

»Aber ich ...« Mu Nianci hielt den Kopf weiter gesenkt. »Ich bin nicht seine leibliche Tochter ... Ich bin ... nur seine Adoptivtochter.«

Wanyan Kang begriff mit einem Mal, was ihre Worte bedeuteten. *Wir sind nicht Bruder und Schwester.*

Lächelnd nahm er ihre rechte Hand in seine. Halbherzig wehrte sie ihn ab und errötete noch stärker als zuvor. Er ließ nicht los. Sie gab nach. Noch immer blieb ihr Blick gesenkt. Derart ermutigt, legte ihr Wanyan Kang den Arm um die Schultern. »Das ist das dritte Mal, dass ich dich im Arm halte«, flüsterte er ihr leise ins Ohr. »Das erste Mal war bei unserem Duell, dann eben gerade an der Tür. Und jetzt bin ich zum ersten Mal ganz allein mit dir.«

Ein süßes Kribbeln überkam Mu Nianci und überwältigte ihre Sinne. Noch nie im Leben hatte sie sich so leicht gefühlt.

Wanyan Kang war wie berauscht von ihrer Nähe, ihrem zarten Mädchenduft, ihrem leichten Zittern. Eine Weile saßen sie schweigend da, dann fragte er leise: »Wie hast du mich gefunden?«

»Ich bin dir von der Hauptstadt aus gefolgt. Nacht um Nacht habe ich dich vor deinem Fenster beobachtet, aber ...«

Bewegt von ihrem Geständnis beugte er sich zu ihr herab und drückte ihr einen zarten Kuss auf die Wange. Ihre Haut brannte wie Feuer, was seine Leidenschaft nur noch mehr anfachte. Er zog sie dicht zu sich heran und küsste sie innig. Er hielt sie fest im Arm und ließ sie erst nach einer ganzen Weile wieder los.

»Ich habe weder Vater noch Mutter, bitte ... lass mich nicht allein«, stammelte sie.

Wanyan Kang zog sie abermals an sich und strich ihr über das Haar. »Keine Sorge! Ich will für immer bei dir sein. Und du bleibst bei mir, ja?«

Zum ersten Mal hob Mu Nianci den Kopf, sah ihm in die Augen und nickte. Sie konnte ihr Glück kaum fassen.

Ihre Wangen glühten. Ihre Augen glänzten erwartungsvoll. Wanyan Kang konnte nicht länger an sich halten. Er blies die Kerze aus und trug sie zu seinem Bett. Mit dem einen Arm hielt er sie umschlungen, während er mit der freien Hand an ihren Knöpfen nestelte. Als sie plötzlich seine Hand auf ihrer Haut spürte, erwachte Mu Nianci mit einem Schlag aus ihrem Liebestaumel. »Nein, das geht nicht«, sagte sie leise. Mit einem Ruck entwand sie sich seiner Umarmung und ging auf Abstand.

Aber Wanyan Kang schlang erneut die Arme um sie. »Ich werde dich heiraten, und man soll mich in Stücke schneiden, sollte ich dir jemals untreu werden.«

Sie legte ihm einen Finger auf die Lippen. »Psst. Ich glaube dir.«

»Dann lass mich …«, sagte er mit bebender Stimme. Er warf sich auf sie und zog an ihren Kleidern.

»Nein … bitte …!«

Er hörte nicht auf sie und machte sich weiter an ihren Knöpfen und Bändern zu schaffen.

Sie bündelte ihre Kräfte und stieß ihn entschlossen mit beiden Armen von sich. Wanyan Kang hatte nicht damit gerechnet, dass sie ihr Kung-Fu einsetzen würde und war daher leicht zu überrumpeln. Sie sprang vom Bett und schnappte sich die eiserne Speerspitze.

»Wenn du mich nötigst, bringe ich mich auf der Stelle um.« Mit tränenüberströmtem Gesicht hielt sie die Speerspitze vor ihre Brust.

Wanyan Kangs Leidenschaft kühlte von einem Augenblick auf den anderen ab. »Ich bitte dich. Lass uns reden«, sagte er.

»Ich mag arm sein und allein durch die Welt des Jianghu ziehen. Aber ich bin nicht minderwertig oder würdelos. Wenn du mich liebst, musst du mich respektieren. Ich bin schon so fest mit dir verbunden wie der Schaft mit der Klinge. Wenn wir dann eines Tages … eines Tages unsere Hochzeit feiern … werde ich bestimmt …« Ihre Stimme versagte. Als sie weitersprach, war ihre Stimme zwar leise, aber resolut und fest. »Aber wenn du dir heute einfach nimmst, was du willst, töte ich mich.«

»Bitte, sei mir nicht böse. Es ist meine Schuld.« Wanyan Kang fühlte eine leise Bewunderung für die junge Frau. Er stand auf und zündete die Kerze wieder an.

Mu Nianci war zutiefst erleichtert. »Ich werde im alten Haus meines Ziehvaters im Dorf Niu in Lin'an auf dich warten. Wann immer du mit … dem Ehestifter kommst, ich werde warten. Auch, wenn du nicht kommst.«

»Sei versichert, liebe Schwester, dass ich, sobald ich meine Pflichten hier erledigt habe, so schnell wie möglich zu dir eilen werde. Und ich werde dir treu sein, mein Leben lang. Das schwöre ich.«

Mu Nianci legte den Kopf schief, schenkte ihm ein bezauberndes Lächeln und ging zur Tür.

»Bitte geh nicht. Lass uns noch ein bisschen plaudern!«, rief er ihr nach, aber Mu Nianci winkte ihm nur noch einmal kurz zu und glitt in die Nacht hinaus.

Wie betäubt stand Wanyan Kang an der Tür und starrte ihr nach, als sie über Mauern und Dächer aus seiner Welt verschwand. Dann war er allein mit den blinkenden Sternen am Nachthimmel und dem Wind, der in den Bäumen rauschte. Er ging wieder hinein, wo er die Speerspitze noch feucht von ihren Tränen fand und das Kopfkissen noch ihren Duft verströmte. Die Begegnung kam ihm vor wie ein Traum. Er las die Haare auf, die er ihr eben im Eifer des Gefechts ausgerissen hatte und verwahrte sie in einem kleinen Beutel.

Wanyan Kang hatte sich damals nur zum Spaß in das Duell um die Braut gestürzt. Er hatte nicht die geringste Absicht gehabt, Mu Nianci zu heiraten. Aber jetzt, wo er sie im Arm gehalten, wo er erfahren hatte, dass sie ihm gefolgt war und ihn jede Nacht still beobachtet hatte, erfüllte ihn der Gedanke an sie mit zärtlicher Wärme. Zudem bewunderte er sie dafür, dass sie ihm widerstanden hatte. Mit einem Lächeln auf dem Gesicht ließ er die Szenen wieder und wieder vor seinem geistigen Auge Revue passieren. Es war um ihn geschehen.

五湖廢人

3
Der Krüppel von den Fünf Seen

Huang Rong kehrte mit dem Gefühl, eine gute Tat vollbracht zu haben, in die Herberge zurück und schlief zufrieden ein. Am nächsten Morgen erzählte sie Guo Jing davon. Guo Jing erinnerte sich nur allzu gut daran, wie er an jenem Tag mit Wanyan Kang aneinandergeraten war, weil der junge Prinz sich nur zum Spaß mit Mu Nianci duelliert und sich über die junge Frau und ihren Ziehvater lustig gemacht hatte. Darum freute es ihn zu hören, dass die beiden wohl doch noch ein Paar werden würden; auch deshalb, weil er hoffte, dass Qiu Chuji und seine sechs Meister dann endlich darauf verzichten würden, ihn mit Mu Nianci verheiraten zu wollen. Was sein zweites Ehearrangement mit Khojin, der Tochter des Khans, anging, so machte er sich nicht viele Gedanken darüber. Da er längst entschieden hatte, sie ganz bestimmt nicht zu heiraten, Ehre hin oder her, schien es ihm auch nicht nötig, Huang Rong davon zu erzählen.

Sie blieben den ganzen Vormittag in der Herberge, aber als Mu Nianci auch nach dem Mittagessen noch nicht zurück war, meinte Huang Rong verschmitzt: »Ich glaube, wir brauchen nicht länger zu warten. Lass uns weiterziehen!« Sie verschwand im Zimmer und kam wenig später in Männerkleidung wieder heraus.

Als Huang Rong und Guo Jing sich in der Stadt nach einem zweiten Pferd für die Reise umsahen, kamen sie an der Residenz der Familie Dai vorbei. Die Insignien des Gesandten des Jin-Königshauses waren verschwunden. Wanyan Kang schien demnach bereits abgereist zu sein – und Mu Nianci mit ihm, vermuteten sie.

Ihre Reise führte sie durch die Berge und Täler entlang des Kaiserkanals. Eines Tages erreichten sie die weltberühmte Töpferstadt Yixing. Inmitten einer malerischen Landschaft türmten sich dort an jeder Ecke dunkelrote Keramiken.

Sie ritten in östlicher Richtung weiter, bis sie an den Tai-See kamen. Der riesige See, der in alter Zeit unter dem Namen Fünf Seen bekannt gewesen war, bildete den Zusammenfluss zahlreicher Ströme im Südosten Chinas. An seinem gut fünfhundert Li langen Ufer lagen drei strategisch wichtige Städte: Pingjiang, Changzhou und Huzhou.

Guo Jing hatte noch nie im Leben ein so großes Gewässer gesehen. Hand in Hand mit Huang Rong stand er da, fasziniert von der schier endlos ausgedehnten Wasserfläche, ein herrliches Jadegrün, so weit das Auge reichte. Zweiundsiebzig sattgrüne Hügel ragten zwischen seinen wogenden Wellen heraus. Überwältigt von der Schönheit der Natur, warf er den Kopf in den Nacken und juchzte.

»Sehen wir uns mal um«, schlug Huang Rong vor.

In einem Fischerdorf stellten sie ihre Pferde unter und mieteten ein Boot. Je weiter sie hinausruderten, desto weniger konnten sie See und Himmel unterscheiden, alle Blautöne der Welt schienen eins zu werden.

»Der alte Beamte Fan Li hat gut daran getan, sich mit der schönen Xi Shi die Zeit auf den Fünf Seen zu vertreiben, anstatt bei Hof zu versauern«, meinte Huang Rong. Ihr Haar und ihr Kleider flatterten im Wind. »Wer wollte, wenn er alt ist, nicht lieber hier draußen sterben?«

»Erzähl mir von Fan Li«, bat Guo Jing. »Ich kenne diese Geschichten nicht.«

Huang Rong erzählte, dass Fan Li, ein Beamter des Staats Yue, vor eintausendfünfhundert Jahren König Goujian dabei geholfen hatte, den schmählichen Verlust seines Reiches an den König von Wu zu rächen. Nach der glücklichen Eroberung von Wu hatte sich Fan Li mit seiner Geliebten Xi Shi in die Abgeschiedenheit der Fünf Seen zurückgezogen. Damit war ihm ein glücklicheres Schicksal beschieden gewesen als seinen Zeitgenossen, General Wu Zixu, den Goujian wegen seiner Warnung vor der Eroberung durch das Königreich Wu als Saboteur bezeichnete hatte, und Wen Zhong, den zu Unrecht denunzierten Berater am Hof König Goujians. Beide wurden von ihrem König zum Selbstmord gezwungen.

Guo Jing hatte Mühe, den Geschichten zu folgen. Es dauerte eine Weile, bis er ihre Moral begriffen hatte. »Fan Li war so klug, sich geschickt aus der Affäre zu ziehen, während Wu Zixu und Wen Zhong treu bis in den Tod zu ihrem Reich gestanden haben.«

»*Folgt das Reich der Moral, ändert ein großer Mann sich nicht, wenn seine Jugend schwindet, er bleibt kraftvoll und energisch! Folgt das Reich der Unmoral, bleibt er seinen Prinzipien treu bis in den Tod, kraftvoll und energisch!*« zitierte Huang Rong Konfuzius.

Guo Jing sah sie fragend an.

»Das soll heißen, dass ein wahrer Ehrenmann seine Integrität wahrt, auch dann, wenn er in Friedenszeiten reich und mächtig ist. Und in Zeiten der Korruption würde er lieber sein Leben geben, als seine moralischen Grundsätze zu verraten.«

»Wie klug du bist, Huang Rong!«, sagte Guo Jing bewundernd.

»Haha, sehe ich aus wie eine weise Philosophin? Das hat Konfuzius gesagt, nicht ich. Mein Vater hat mir die alten Schriften beigebracht, als ich klein war.«

»Ich wünschte, ich würde mehr darüber wissen«, sagte Guo Jing. »Würde ich die Schriften der großen Denker kennen, könnte ich die Welt besser verstehen.«

»Mein Vater behauptet, die Worte der alten Philosophen seien nur leeres Geschwätz. Sie nennen ihn Ketzer des Ostens, weil er die alten Lehrer verachtet und sich über den Kaiser lustig macht, der unser Land nicht gegen die Jin verteidigt hat. Ständig hat er beim Lesen der alten Schriften laut ›Unsinn!‹ und ›Dummes Gewäsch!‹ gerufen. Ist nicht mein Vater in Wirklichkeit angesichts der Unmoral des Landes seinen Prinzipien treu geblieben? Als ob die Weisen und die Herrscher immer recht hätten!«

Guo Jing nickte. »Wir sollten uns immer unser eigenes Urteil bilden.«

»Ich habe viel zu viel Zeit mit dem Studium der Klassiker verschwendet. Wäre ich nicht so versessen darauf gewesen, dass mein Vater mir die alten Schriften, Kalligrafie, Malerei, Wahrsagekunst und anderes unnützes Zeug beibringt, und hätte mich stattdessen auf die Kampfkunst konzentriert, dann müssten wir jetzt keine Mei Chaofeng und keinen Liang Ziweng fürchten. Aber jetzt, wo du alle bis auf drei der *achtzehn drachenbezwingenden Hände* gelernt hast, kann uns der alte Ginsengfresser auch nichts mehr anhaben.«

»Da bin ich mir nicht so sicher«, sagte Guo Jing.

»Schade, dass Bettler Hong so plötzlich verschwunden ist«, lachte Huang Rong. »Sonst hätte ich seinen Hundestock so lange vor ihm versteckt, bis er dir auch die restlichen drei Schläge gezeigt hätte.«

»So etwas gehört sich aber nicht gegenüber einem Älteren! Ich bin froh, dass er mir diese fünfzehn Schläge beigebracht hat.«

Sie hatten die Ruder eingeholt und ließen das Boot einfach mit dem Wind und den Wellen treiben. Nach einer Weile, sie waren schon über zehn Li vom Ufer entfernt, entdeckten sie in einiger Entfernung eine kleine Jolle. Im Bug des kleinen Boots saß ein Fischer, der die Angel ausgeworfen hatte, und auf dem Heck stand ein kleiner Junge.

Huang Rong zeigte mit dem Finger auf die beiden. »Ein einsames Fischerboot inmitten wogenden Wassers vor dunstigem Horizont. Das perfekte Tuschebild.«

»Was meinst du mit Tuschebild?« Guo Jing war, was die feinen Künste betraf, gänzlich unbedarft.

»Das ist ein Bild, für das man nur schwarze Tusche verwendet, ganz ohne Farben.«

Guo Jing sah sich um. Die Hügel leuchteten smaragdgrün, das Wasser war tiefblau, die gelbrot untergehende Sonne malte rosafarbene bis violette Schatten auf die Wolken. Nichts war hier schwarz. Er zuckte mit den Schultern.

Huang Rong spähte weiter zum Fischerboot hinüber. »Wie geduldig er ist!«, sagte sie mit dem Blick auf den unbeweglich im Bug sitzenden Fischer.

Eine leichte Brise kam auf. Sanft schlugen die Wellen gegen ihr Boot. Huang Rong nahm das Ruder und sang:

»*Inmitten der endlosen Wellenweite*
treibt mein Boot vor den Hügeln des Südens.
Dichte Wolken sammeln sich,
Wo die Wogen der Göttin folgen,
Ostwärts, bis zum Meer.
Hier treibt der Wanderer des Nordens,
Unbeugsam seinen hehren Zielen treu,
Auf die Dämmerung seines Lebens zu.
Die Berge und Täler der Jugend,
Die alten Freunde in der Heimat,
Nur noch ein Traum, dahin wie eine Illusion!«

Sie gab sich ganz den wehmütigen Versen hin, bis ihre Stimme zart mit der letzten Zeile verklang. In ihren Augen standen Tränen. »Das war die erste Strophe des Gedichts *Gesang des Wasser-*

drachens von Zhu Xizhen. Ich kenne es so gut, weil mein Vater es immer wieder gesungen hat.«

Guo Jing bemerkte den Schatten, der sich über ihr Gesicht gelegt hatte. Gerade wollte er nach der Bedeutung des Gedichts fragen, als der Wind einen traurigen Gesang über den See zu ihnen trug. Sogar Guo Jing erkannte, dass es dieselbe Melodie war.

»Den Blick zurück, sieht er das Böse unbesiegt.
Wo sind die Helden unserer Zeit?
Alle Pläne, das Land zu retten
Bleiben tragisch ungenutzt.
Nichts als Staub und Niederlage.
Eisern verteidigt lag der Fluss,
Doch die stolze Flotte segelte über die Wellen,
Ließ Sun Lang verbittert zurück.
Kummervoll zieht mein Ruder durch das Wasser
Während ich traurig singe
Und die Tränen fließen.«

Wie schön dieser Gesang ist!, dachte Guo Jing. Fragend sah er Huang Rong an.

»Wie seltsam, dass ein einfacher Fischer dieses Lied kennt«, sagte Huang Rong. »Mein Vater hat es oft gesungen. Es handelt von einem alten Mann, der einen Fluss hinabsegelt und dabei um sein Land trauert, das die Hälfte seines Gebiets an den Feind verloren hat. Lass uns zu ihm hinüberrudern.«

Kaum hatten sie die Ruder wieder aufgenommen, sahen sie, dass auch der Fischer seine Angel eingeholt hatte und seinerseits mit dem Boot auf sie zukam.

»Was für ein glückliches Zusammentreffen!«, rief der Fischer zu ihnen herüber, als sie nicht mehr weit voneinander entfernt waren. »Darf ich Euch zu einem Becher Wein einladen?«

»Wir möchten uns dem Herrn nicht aufdrängen«, antwortete Huang Rong, der aufgefallen war, wie wohlgesetzt dieser Fischer redete.

»Es ist eine seltene Freude, mitten auf dem See so angenehme Gäste einladen zu dürfen«, entgegnete der Fischer. Mit ein paar kräftigen Ruderschlägen hatte er ihr Boot erreicht.

Huang Rong und Guo Jing vertäuten ihr Boot am Heck des Fischerjolle und sprangen hinüber. Höflich legten sie die Hände ineinander und verbeugten sich. Der Fischer erwiderte die Geste im Sitzen. »Bitte nehmt Platz. Verzeiht, dass ich mich nicht zum Gruß erheben kann, meine Beine gehorchen mir nicht mehr.«

Der Mann schien nicht älter als vierzig Jahre zu sein, aber sein hageres, bleiches Gesicht ließ ihn krank aussehen. Andererseits war er so auffällig groß, dass er Guo Jing sogar im Sitzen um einen halben Kopf überragte.

»Wenn ich uns vorstellen darf: Sein Name ist Guo und mein Familienname Huang. Unser übermütiger Gesang auf dem See hat hoffentlich nicht eure Ruhe gestört.«

»Eure herrliche Stimme hat mich meine weltlichen Sorgen vergessen lassen. Seid Ihr zum ersten Mal auf dem Tai-See? Mein Name ist Lu.«

»So ist es«, antwortete Guo Jing.

Auf einen Wink des Fischers brachte der Junge den Reiswein, den er am Bug erwärmt hatte, und ein paar kleine Gerichte. Der Fischer schenkte ihnen persönlich ein. Die vier kleinen Gerichte waren nicht so exquisit wie Huang Rongs Küche, aber die erlesene Qualität der Zutaten und des Geschirrs ließen auf einen noblen Hausstand schließen.

»Ihr habt den Gesang des Wasserdrachen mit solcher Inbrunst vorgetragen, junger Freund«, sagte der Fischer, nachdem sie sich zum zweiten Mal zugeprostet hatten. »Es ist ungewöhnlich, dass jemand in so jungen Jahren die melancholische Stimmung dieser Verse so treffend einzufangen versteht.«

»Nun, seitdem der kaiserliche Hof sich in den Süden zurückziehen musste, haben schließlich alle Dichter nichts anderes als das Schicksal unseres Landes besungen«, sagte Huang Rong lächelnd. »Wie heißt es doch gleich im Vorgesang zu den *Sechs Provinzen* bei Zhang Yuhu:

Als ich vernahm, dass unser Volk den Norden floh,
Den kaiserlichen Flaggen nach,
Vom Feind verdrängt nach Süden,
Erfüllte die Nachricht das Herz des Wanderers mit Wut
Und seine Augen mit Tränen.«

Der Fischer trommelte begeistert im Takt auf den Tisch:

»*Erfüllte die Nachricht das Herz des Wanderers mit Wut*
Und seine Augen mit Tränen.«

Er schenkte noch eine dritte Runde Reiswein nach, und sie stießen an.

Begeistert unterhielten sich Huang Rong und der Fischer über Dichtkunst. Im Grunde war sie viel zu jung, um die Tragödie ihres Landes wirklich nachzuempfinden. Da sie aber so oft den Ausführungen ihres Vaters gelauscht hatte, vermochte sie den Fischer durch ihre klugen Interpretationen und ihren exzellenten Geschmack zu beeindrucken. Immer wieder trommelte er begeistert auf den Tisch. Guo Jing verstand zwar wenig von dieser Unterhaltung, freute sich aber darüber, wie angetan der Fischer von Huang Rong war, die er aufgrund ihrer Kleidung für einen Mann hielt.

Bald senkte sich die Dämmerung über den See und hüllte ihn in abendlichen Nebeldunst.

»Am Ufer des Sees steht meine bescheidene Behausung. Darf ich mir erlauben, Euch für ein paar Tage zu mir einzuladen?«

»Was meinst du, Guo Jing?«, fragte Huang Rong. Noch bevor Guo Jing antworten konnte, fügte der Fischer hinzu: »Unweit meiner schlichten Behausung findet sich eine herrlich abwechslungsreiche Natur. Da meine jungen Freunde hier sind, um die Schönheit der Landschaft zu genießen, seid Ihr mehr als willkommen.«

»Huang Rong, dann lass uns Herrn Lus Einladung annehmen und hoffen, dass wir ihm nicht zu sehr zur Last fallen«, sagte Guo Jing.

Freudig wies der Fischer den Jungen an, die Jolle ans Ufer zu steuern, wo Guo Jing und Huang Rong zuerst das geliehene Boot zurückgeben wollten. »Wir müssen uns erst noch um unsere Pferde kümmern und kommen gleich zurück«, sagte Guo Jing.

»Ich habe viele gute Bekannte hier, der Junge kann die Angelegenheit für Euch regeln«, bot der Fischer an.

»Mein Pferd ist zu wild für den Jungen, ich kümmere mich besser selbst darum.«

»Wenn das so ist, dann will ich gern auf Euch warten.« Mit diesen Worten verschwanden der Fischer und sein Boot im seichten Wasser hinter den dichten Zweigen der Trauerweiden.

Nachdem sie das Ruderboot zurückgegeben und die Pferde abgeholt hatten, führte der Junge Guo Jing und Huang Rong zu einem Haus am See, wo sie in ein größeres Boot stiegen. Sechs stämmige Männer ruderten sie samt den Pferden bis zu einer kleinen Insel mit einem Landungssteg aus Blaustein. Dort reihten sich mehrere, mit überdachten Brücken verbundene Häuser und Höfe zu einem stattlichen Anwesen aneinander. Guo Jing und Huang Rong wechselten erstaunte Blicke. Was für eine herrschaftliche Behausung für einen Fischer!

Eine imposante Steinbrücke führte zum Eingangstor des Anwesens, darüber hing ein Schild, auf dem *Wolkenwanderpalast* in kühner Kalligrafie stand. Dort kam ihnen ein etwa achtzehnjähriger junger Mann, gefolgt von sechs Dienern, zur Begrüßung entgegen. »Mein Vater schickt mich, seine werten Gäste zu empfangen!«

Guo Jing und Huang Rong verbeugten sich höflich mit der linken Faust in der rechten Handfläche. Der hochgewachsene junge Mann trug eine feine Seidenrobe über seinem breiten Oberkörper. Er war eine kraftstrotzende jugendliche Version des Fischers.

»Dürfen wir nach Eurem Namen fragen?«, sagte Guo Jing.

»Bitte nennt mich einfach bei meinem Vornamen, Guanying«, sagte der junge Mann bescheiden und führte sie hinein.

Dieses Anwesen bot eine ganz andere Architektur als die imposante Schlichtheit, die Guo Jing schon im Norden beeindruckt hatte. Jeder Rundbogen und jede Säule waren in einem außergewöhnlichen Muster geschnitzt und bemalt. Huang Rong erstaunte dagegen eher die extravagante Anordnung der Wege und Brücken. Nachdem sie drei elegante Vorhöfe passiert hatten, erreichten sie das Haupthaus.

»Immer herein!«, rief der Fischer von innen.

»Mein Vater empfängt euch wegen seines Gebrechens im östlichen Studierzimmer.« Lu Guanying führte sie hinter die Papierwand vor eine offenstehende Tür. Im Raum dahinter saß der Fischer in einer Gelehrtenrobe auf einem großen Sessel, in der Hand einen Fächer aus weißen Gänsefedern. Er legte die Hände zum Gruß zusammen und bat seine Gäste, Platz zu nehmen. Sein Sohn blieb in einer Ecke stehen.

Huang Rong sah sich um. Überall im Raum standen erlesene Gegenstände und Regale mit alten Büchern. Auf einem Tisch lagen Bronzen und Jadeschnitzereien. Huang Rongs Blick fiel auf eine Bildrolle an der Wand, auf der ein noch nicht sehr alter Gelehrter dargestellt war, dessen einsame Gestalt sich auf den Griff seines Schwerts stützte. Er stand auf einem nächtlichen Hof unter dem Mondlicht und starrte versonnen vor sich hin. Am linken, oberen Rand der Bildrolle ergänzte die Kalligrafie eines Gedichts das Bild.

Vergangene Nacht zirpten unablässig die Grillen des Herbstes,
Versetzten mich im Traum tausend Li weit weg.
Mitternacht war schon vorbei.
Ich stand auf und wanderte einsam durch den Hof;
Stille, während der bleiche Mond durch das Fenster schien.

Mein Haar ist ergraut
Während ich nach Ruhm strebte.
In den Heimatbergen altern die Kiefern und der Bambus,
Versperren mir den Weg zurück.
Wie gerne würde ich mein Herz ins Spiel meiner Zither legen,
Aber wenige wüssten mein Lied zu verstehen.
Wer würde es hören, wenn meine Saite reißt?

Dieses Gedicht des berühmten Generals Yue Fei auf die Melodie *Unzählige Hügel* hatte Huang Rong von ihrem Vater gelernt. Signiert war es mit *Gekritzelt vom kränklichen Krüppel von den Fünf Seen*. Vermutlich handelte es sich bei diesem Krüppel von den Fünf Seen um ihren Gastgeber, wenn auch dieses Bild und die Kalligrafie nicht von der schwachen Hand eines Kranken zu stammen schienen. Die Pinselstriche waren so kraftvoll wie Schwerthiebe – als wollten sie das Papier zerschneiden und davonfliegen.

Gutsbesitzer Lu bemerkte Huang Rongs interessierten Blick. »Lass uns an deinen Gedanken teilhaben, Bruder.«

»Hoffentlich bin ich nicht allzu dreist und unbeholfen in meinem Urteil, aber ich denke, dass sich in diesem Bild die enttäuschten Hoffnungen des Generals Yue Fei widerspiegeln, die er in seinem Gedicht zum Ausdruck bringt, und seine Unschlüssigkeit. Er wollte im Namen des einfachen Volks gegen die Jin kämpfen, als sie den Norden unseres Reichs eroberten. Aber obwohl der kaiserliche Hof es vorzog, ein Friedensabkommen zu schließen, wollte er sich nicht mit dem Hof anlegen. Daher die Zeile *Mein Haar ist ergraut, während ich nach Ruhm strebte.* Auch die letzten beiden Zeilen handeln von einer unerträglichen Schwere des Gemüts, für die man kein Gehör findet und daher lieber schweigt. Mir scheint, dass Ihr in diesem Werk Eure eigene Empörung über einen Sachverhalt zum Ausdruck bringt, das Gefühl, ungerecht behandelt worden zu sein. Die Pinselstriche sind majestätisch, aber auch scharf wie ein Schwert, das einen tödlichen Kampf gegen einen Feind führt. Damit passen sie jedoch nicht recht zur Hilflosigkeit und zur Wehmut, die Yue Fei für Land und Volk empfand. Ich habe einmal gelernt, dass die wahre Kunst der Pinselführung darin besteht, nicht einfach Kraft in jeden Strich zu legen, sondern die subtilen Feinheiten der Bedeutung jedes Worts nachzuempfinden.«

Bei ihren Ausführungen war Lus Miene erstarrt. Er stieß einen langen Seufzer aus und sagte kein Wort.

Oh nein, hoffentlich habe ich ihn nicht beleidigt, dachte Huang Rong. *Ich habe nur wiederholt, was mein Vater über das Gedicht und die Kunst der Pinselführung gesagt hat.* »Bitte, verzeiht meine Dreistigkeit, ich bin noch zu jung und unbedarft, um diese Dinge wirklich zu verstehen.«

Ihre Worte rissen Gutsherr Lu aus seiner Nachdenklichkeit. Ein Lächeln breitete sich auf seinem Gesicht aus. »Es gibt keinen Grund, sich zu entschuldigen, Bruder Huang. Du bist der erste Mensch, der verstanden hat, in welchem Zustand ich mich befand, als ich dieses Bild gemalt habe. Die übermäßige Schärfe meiner Pinselführung ist in der Tat eine große Unzulänglichkeit, die ich nie überwunden habe. Du kannst dir nicht vorstellen, wie dankbar ich für deine genaue Beobachtungsgabe bin.« Er wandte sich an seinen Sohn. »Geh und lass uns ein Bankett herrichten.«

»Das ist doch nicht nötig«, beeilten sich Guo Jing und Huang Rong zu sagen.

»Aber ich bitte euch. Keine falsche Höflichkeit!«

Lu Guanying verbeugte sich leicht und ging hinaus.

»Du scheinst mir ein wahrer Kenner zu sein, Bruder«, fuhr Lu fort. »Sicher entstammst du einer Familie von Gelehrten. Darf ich nach dem Namen deines Vaters fragen?«

»Meine bescheidenen Kenntnisse sind Euer Lob gewiss nicht wert. Mein Vater unterhält eine kleine Schule auf dem Lande, sein Name ist nicht von Belang.«

»Zu viele große Talente bleiben in dieser Welt schmählich unerkannt.«

Nach einem opulenten Mahl kehrten die drei zurück ins Studierzimmer, um noch ein wenig zu plaudern. »Unweit von hier finden sich die Höhlen des Meisters Zhang Gong und des Priesters Shan Juan, die zu den wunderbarsten Sehenswürdigkeiten der Welt gehören. Bitte bleibt doch für ein paar Tage und erkundet die Gegend«, sagte Lu. »Doch jetzt ist es schon spät, und ihr möchtet euch sicher zurückziehen.«

Guo Jing und Huang Rong standen auf und verabschiedeten sich. Auf dem Weg nach draußen fiel Huang Rongs Blick auf acht Eisenplättchen, die auf den Türsturz genagelt waren. Es waren die acht Trigramme des *Buchs der Wandlungen*, allerdings seltsam schief und ungeordnet. Sie erschrak, ließ sich aber nichts anmerken.

Ihr Gästezimmer war von derselben Eleganz wie das ganze Anwesen und zwei Betten waren mit geschmackvollen Decken und Kissen für sie hergerichtet. Ein Diener brachte Tee. »Sollte es an etwas fehlen, läutet bitte einfach die Glocke neben dem Bett, und wir sind zu Diensten. Wenn ich die Herrschaften ersuchen dürfte, nachts auf keinen Fall das Zimmer zu verlassen.« Mit diesen Worten ging der Diener hinaus und schloss sachte die Tür.

»Hier stimmt doch etwas nicht«, sagte Huang Rong. »Warum sollen wir nachts das Zimmer nicht verlassen?«

»Vielleicht haben sie Angst, dass wir uns verlaufen?«, meinte Guo Jing. »Das Anwesen ist riesig und die Wege verwirrend.«

»Die Architektur ist ziemlich eigenartig.« Huang Rong versuchte sich im Geiste die Anlage vorzustellen. »Was hältst du von unserem Gastgeber?«

»Vielleicht ist er ein pensionierter Beamter?«

Huang Rong schüttelte energisch den Kopf. »Dieser Mann ist garantiert ein Kampfkünstler und ein ziemlich großer vermutlich. Hast du die acht eisernen Trigramme gesehen?«

»Hä?«

»Man benutzt die Muster für die *Himmel zerteilende Hand*. Vater wollte mir diese Kunst beibringen, aber ich fand sie langweilig und habe nach einem Monat aufgegeben. Nie hätte ich damit gerechnet, sie woanders zu sehen.«

»Gutsherr Lu hegt bestimmt keine bösen Absichten. Machen wir uns keine Sorgen und tun so, als hätten wir nichts gesehen.«

Huang Rong nickte lächelnd. Dann fuhr sie in einer zackigen Bewegung mit der Hand über die Kerze, die zischend ausging.

»Schön!«, rief Guo Jing bewundernd aus. »Ist das die *Himmel zerteilende Hand*?«

»Das ist alles, was ich kann. Sieht zwar imposant aus, ist in einem Kampf aber nicht zu gebrauchen.«

Mitten in der Nacht wurden Huang Rong und Guo Jing vom lauten Ruf eines Muschelhorns aus dem Schlaf geweckt. Kurz darauf ertönte derselbe Hörnerklang, aber aus einer anderen Richtung, wie eine Antwort auf den ersten Ruf. Offenbar wurden hier über eine weite Entfernung hinweg Botschaften ausgetauscht.

»Komm, lass uns nachsehen«, flüsterte Huang Rong.

»Aber wir sollen doch ...«

»Jetzt komm schon.«

Sie stießen vorsichtig ein Fenster auf und spähten hinaus in den Hof. Draußen huschten Männer mit Laternen hin und her. Auf den Dächern konnten man die dunklen Umrisse weiterer Gestalten ausmachen. In den vorbeiflackernden Lichtern blitzte hin und wieder Metall auf. Schließlich hatte sich ein großer Trupp Männer im Hof formiert und marschierte los. Huang Rong zog Guo Jing an der Hand zum gegenüberliegenden Fenster. Dort war niemand zu sehen. Sie kletterte aus dem Fenster und gab Guo Jing einen Wink, ihr zu folgen. Anstatt den bewaffneten Männern hinterherzulaufen, schlug sie die entgegengesetzte Richtung ein. Die Schützen auf dem Dach bemerkten die beiden Schatten nicht.

Sämtliche Pfade dieses Anwesens waren verschlungen, ständig führten sie im Zickzack nach hierhin und dorthin, doch die Geländer, die Gebäude und die Gärten sahen überall gleich aus. Guo Jing war völlig orientierungslos, aber Huang Rong lief ohne Zögern weiter. Sie schien sich wie zu Hause zu fühlen. Immer wieder hatte Guo Jing das Gefühl, der Weg sei zu Ende, aber Huang Rong kroch kurzerhand durch ein Loch in einem Zierstein oder zwängte sich zwischen zwei Büschen hindurch, und schon waren sie wieder auf einem Weg. Kaum kam es ihm so vor, als hätten sie die äußere Mauer des Anwesens erreicht, fand Huang Rong hinter einem großen Baum oder einer Trennwand einen Durchschlupf zum nächsten Hof oder Garten. Manchmal tastete sie die Mauer nach einem versteckten Durchgang ab, obwohl sich direkt daneben ein Mondtor befand.

»Wie findest du dich bloß in diesem Irrgarten zurecht?«, flüsterte Guo Jing, der ihr atemlos folgte.

Huang Rong legte einen Finger an die Lippen. Sie führte ihn um einige weitere Wege und Windungen, bis sie an die Außenmauer des hintersten Hofs gelangten. Huang Rong besah sich den gepflasterten Boden, dann schritt sie von Stein zu Stein und zählte dabei etwas an ihren Fingern ab. »Donner im Ersten, Wachstum im Dritten, Nahrung im Fünften, Rückkehr im Siebten, Erde …« Guo Jing hatte keine Ahnung, was sie da vor sich hin brabbelte.

Schließlich blieb sie stehen. »Hier ist es. An dieser Stelle können wir hinausgelangen, der Rest der Mauer ist voller Fallen.«

Als sie unversehrt außerhalb des Hofs gelandet waren, klärte sie Guo Jing auf: »Dieses Anwesen ist anhand der vierundsechzig Hexagramme des Urkaisers Fuxi angelegt. Diese Kunst der nach der Logik der acht Trigramme versteckten Geheimtüren beherrscht mein Vater wie kein Zweiter. Andere würden sich hier niemals zurechtfinden, aber für mich ist es kinderleicht.«

Die beiden erklommen den Hügel hinter dem Landgut, um einen besseren Überblick zu haben. In östlicher Richtung marschierte eine Gruppe mit Laternen und Fackeln zum Tai-See. Huang Rong zog Guo Jing am Ärmel und wie der Wind liefen sie mithilfe ihrer Schwebekunst ans Seeufer. Dort versteckten sie sich hinter einem Felsen.

Eine Reihe von Segelbooten lag im Hafen. Ein Mann nach dem anderen ging an Deck und löschte seine Fackel. Huang Rong und Guo Jing warteten, bis der letzte Mann an Bord war und der See wieder in Dunkelheit getaucht lag. Dann sprangen sie lautlos auf das Heck des größten Segelboots und nutzten das Geräusch des auslaufenden Schiffs, um ungehört auf das Bambusdach der Kajüte zu steigen. Als sie durch die Lücken der Bambusmatten spähten, sahen sie zu ihrer Überraschung unter sich Lu Guanying sitzen.

Die Flotte legte einige Li auf dem Tai-See zurück, bis erneut ein Muschelhorn ertönte. Ein Mann trat aus der Kabine, um vom Bug aus auf den Ruf zu antworten. Das Boot schipperte noch einige Li weiter, bis es an eine Stelle geriet, die ringsum mit unzähligen kleinen Fischerbooten gespickt war, als hätte jemand Tintentropfen auf einem großen Blatt grünen Papiers verteilt.

Drei weitere Hörnerklänge und das Segelboot ankerte mitten auf dem See. Ein Dutzend kleiner Boote schoss aus allen Richtungen darauf zu. Guo Jing und Huang Rong erschraken. War das ein Angriff? Lu Guanyings ungerührter Miene nach zu urteilen sah es jedoch nicht danach aus.

Kurz darauf hatten die kleineren Boote sich ihrem Schiff genähert und je zwei bis vier Männer von jeder Besatzung kamen an Bord. Sie verbeugten sich respektvoll vor Lus Sohn und nahmen dann ihre Plätze ein. Es gab eine klare Rangordnung. Einige kamen zwar früher an, nahmen aber weiter hinten Platz und überließen die vorderen Plätze anderen. Es dauerte nicht länger als eine Teezeremonie, bis alle dort saßen, wo sie hingehörten. Die Männer waren zwar sämtlich wie Fischer gekleidet, wirkten mit ihrer kräftigen Kämpferstatur aber nicht so, als verbrächten sie ihr Leben mit Fischfang.

Lu Guanying hob die Hand. »Was gibt es Neues, Bruder Zhang?«

Ein eher schmächtiger Mann erhob sich aus den Reihen. »Melde gehorsamst, dass der Gesandte des Jin-Reichs heute Nacht den See überqueren wird. Kommandant Duan wird kurz darauf erwartet. Er kommt spät, weil er unter dem Vorwand, die Ankunft des Jin-Gesandten gebührend vorzubereiten, auf dem Weg geplündert hat.«

»Wie viel hat er erbeutet?«

»Jede Stadt und jede Provinz musste Tribut leisten. Seine Soldaten haben alles, was auf dem Weg lag, gebrandschatzt. Ich habe seine Männer gut zwanzig Kisten mit Raubgut auf die Boote bringen sehen. Sie wirkten ziemlich schwer.«

»Wie viele Männer hat er bei sich?«

»Zweitausend Reiter und noch einmal so viele Fußsoldaten. Da ihre Boote nicht ausreichen, wird jedoch nur etwa die Hälfte davon den See überqueren.«

»Was sagt Ihr dazu, meine Brüder?«

»Wir erwarten Euren Befehl!«, riefen die Männer im Chor.

Lu Guanying verschränkte die Hände vor der Brust. »Sie haben unserem Volk die Früchte seiner Arbeit geraubt, an sich gerissen, was dem Tai-See gehört. Es ist nicht gegen den Willen des Himmels, es uns zurückzuholen. Und das werden wir.«

Die Männer jubelten.

»Die Hälfte verteilen wir an die Armen am Ufer des Sees und die andere Hälfte teilen wir unter uns auf.«

Guo Jing und Huang Rong begriffen. Diese Männer waren Piraten, die berüchtigten Räuber des Tai-Sees, und Lu Guanying war ihr Anführer.

»Worauf warten wir noch?«, rief Lu Guanying. »Bruder Zhang, du bildest mit fünf Booten den Spähtrupp.« Der hagere Mann trat sofort ab. Lu Guanying teilte den Rest der Räuberbande ein, bestimmte, wer die Vorhut und wer die Nachhut bildete, wer die Taucher anführte, die die Schiffe der Jin kapern oder sabotieren sollten, wer die Schätze beschlagnahmte und wer die Soldaten gefangen setzte … Guo Jing und Huang Rong staunten. Dieser junge Mann, der am Vortag noch so zurückhaltend und kultiviert gewirkt hatte, ganz der wohlerzogene Erbe einer vornehmen Familie, entpuppte sich nun als selbstbewusster Anführer einer Räuberbande.

Gerade als Lu Guanying allen Männern ihre Aufgaben zugewiesen hatte und alle auf ihre Posten eilen wollten, ergriff ein Mann das Wort. »Haben wir nicht den reichen Kaufleuten schon genug abgenommen? Wozu müssen wir uns noch mit den Beamten des Hofs anlegen? Ist Euch bewusst, worauf wir uns da einlassen? Der Gesandte der Jin ist nicht irgendein Feind.«

Guo Jing und Huang Rong kam die Stimme bekannt vor. Das war doch Ma Qingxiong, genannt Teufelspeitsche, einer der vier Dämonen des Gelben Flusses und Schüler des Drachenkönigs Sha Tongtian! Was hatte der hier zu suchen?

Lu Guanying runzelte die Stirn. Unter der Bande machte sich Unmut breit und der Sprecher wurde mit Buhrufen bedacht. Dann übertönte die Stimme des jungen Lu den Tumult: »Du bist noch nicht lange bei uns, Bruder Ma, und möglicherweise noch nicht mit unseren Regeln vertraut. Jeder Einzelne hier hat sich mit ganzem Herzen unserer Sache verschrieben. Wir kämpfen bis zum Äußersten, selbst wenn wir heute Nacht bis auf den letzten Mann ausgelöscht werden.«

»Macht, was ihr wollt. Ich will mit diesem Wahnsinn nichts mehr zu tun haben.« Ma Qingxiong drehte sich um und wollte das Schiff verlassen.

Zwei Männer versperrten ihm den Weg. »Du hast ein Huhn geköpft und einen Eid darauf geschworen, Glück und Unglück mit uns zu teilen, Bruder Ma!«

»Aus dem Weg!« Ma Qingxiongs Fäuste schossen nach vorn und die beiden Männer gingen zu Boden. Dann spurtete er hinaus auf das Deck, aber schon spürte er von hinten einen Windstoß; er entging dem Schlag, indem er sich rasch wegduckte, zog mit der linken Hand einen Dolch aus dem Stiefelschaft und setzte aus der Drehung mit der Rechten zum Hieb auf seinen Verfolger an. Lu Guanying schlug seine Hand mit der Rechten beiseite und griff mit der anderen Faust an. Ma Qingxiong duckte sich weg, wechselte schnell den Dolch von einer Hand in die andere und setzte zum nächsten Hieb an. Die beiden kämpften auf dem engen Bootsdeck dicht an dicht.

Guo Jing, der sich noch gut an seinen Kampf gegen Ma Qingxiong auf jenem kahlen Hügel in der Mongolei erinnerte, war zuerst besorgt um den Sohn ihres Gastgebers. Aber Lu Guanying behielt in diesem Zweikampf die Oberhand.

Warum ist das Kung-Fu von Teufelspeitsche Ma auf einmal so schwach?, fragte sich Guo Jing. *Ach, stimmt, damals auf dem Hügel haben sie mich zu viert angegriffen. Jetzt, ganz allein unter Feinden, ist er lange nicht so angriffslustig.* Ihm war nicht klar, dass Ma Qingxiongs Kung-Fu ihn mittlerweile so wenig beeindruckte, weil er selbst so gewaltige Fortschritte in der Kampfkunst gemacht hatte. Allein in den vergangenen beiden Monaten hatte er eine der großartigsten Formen des Kung-Fu, die es in der Welt der Kampfkunst gab, zu beherrschen gelernt. Und während er die fünfzehn der *achtzehn drachenbezwingenden Hände* geübt hatte, hatte ihn kein anderer als Großmeister Hong, der Bettler des Nordens, persönlich unterwiesen und korrigiert. Guo Jing hatte am Reichtum der überlegenen Kampfkunstweisheiten eines der Großen seiner Zeit teilhaben dürfen. Das Wissen und das Können von Bettlerfürst Hong überragte das aller seiner sieben Meister, der Sonderlinge des Südens, zusammengenommen. Sicher – Guo Jing hatte höchstens ein Zehntel dessen, was Bettlerfürst Hong ihn gelehrt hatte, verstanden, doch er hatte jedes Wort verinnerlicht. Und das allein genügte, um Guo Jing selbst auf dieselbe Stufe der Kampfkunst zu heben wie seine Meister. Natürlich musste ihm Ma Qingxiongs Kung-Fu stümperhaft erscheinen.

Lu Guanying holte erneut zum Schlag aus. Diesmal knallte seine Faust mitten auf Ma Qingxiongs Brust. Dieser taumelte rückwärts. Hinter ihm warteten zwei Männer mit ihren Schwertern. Ein Hieb und Ma Qingxiong war erledigt. Sie hoben seine bluttriefende Leiche über die Reling und warfen ihn in den See.

»Wie heißt unsere Losung, Brüder?«, rief Lu Guanying.

»Dem Tapferen gehört die Welt!«, jubelten die Männer in einem ohrenbetäubenden Chor.

Alle Mann stürmten ans Ruder und steuerten die kleinen Boote wie im Flug über das dunkle Wasser Richtung Osten. Lu Guanyings Segelboot bildete die Nachhut.

Bald machten sie ein Geschwader aus Dutzenden hell erleuchteter Boote am Horizont aus, die gen Westen unterwegs waren.

Das ist bestimmt die Flotte von Kommandant Duan!, sagten sich Huang Rong und Guo Jing. Rasch erklommen sie den Mast, um besser sehen zu können. Sie hockten ganz oben auf dem Querstreben, das Segel verbarg sie vor neugierigen Blicken.

Die Piraten näherten sich immer schneller den Schiffen der Regierungsflotte. Von einer der Jollen, die die Vorhut bildeten, ertönte das Muschelhorn, dann trug der Wind schwache Rufe, Säbelklirren und das Platschen, mit denen Körper ins Wasser fielen, an Guo Jings und Huang Rongs Ohren.

Im nächsten Augenblick stand das Bootsgeschwader der Jin in Flammen, die hoch in den nächtlichen Himmel züngelten und den See dunkelrot leuchten ließen. Die ersten der kleineren Boote kehrten zurück. »Die feindliche Flotte ist besiegt! Wir haben den Truppenkommandanten gefangen genommen!«, verkündeten die Piraten.

Sichtlich erfreut stand Lu Guanying am Bug seines Boots. »Gut gemacht!«, rief er. »Jetzt knüpft euch den Gesandten der Jin vor!«

»Zu Befehl!«, antworteten die Späher und machten sofort wieder kehrt, um die Anweisung zu überbringen.

Instinktiv fassten sich Huang Rong und Guo Jing an den Händen und wechselten einen Blick. *Wanyan Kang! Was wird aus ihm?*

Die Muschelhörner bliesen zum Angriff, die Piraten setzten die Segel und schnellten mit dem ungestümen frühsommerlichen Ostwind nach Westen.

Lu Guanyings Boot, das über das größte Segel verfügte, glitt jetzt voran. Es war der Jin-Gesandtschaft dicht auf den Fersen. Auch Guo Jing und Huang Rong wurden von der Aufregung der Verfolgungsjagd angesteckt. Mit dem herrlichen Frühsommerwind im Rücken, dem weiten Sternenhimmel über ihnen und den mystischen Nebelschwaden über dem nächtlichen See unter sich hätten sie am liebsten aus voller Kehle gesungen.

Im Osten begann es bereits zu dämmern. Die Verfolgungsjagd dauerte nun schon zwei Stunden an. Immer mehr der kleineren Boote schlossen zu dem großen Boot auf. Auf dem Spähboot schwenkte einer der Piraten eine grüne Flagge. »Die Jin-Flotte ist in Sicht! Kapitän He leitet den Angriff!«

»Hervorragend!«, antwortete Lu Guanying.

Kurz darauf schloss ein weiteres kleines Boot zu ihnen auf. »Dieser elende Jin-Köter hat scharfe Krallen! Kapitän He ist verwundet. Jetzt kämpfen Kapitän Peng und Kapitän Dong gemeinsam gegen ihn!« Zwei Piraten trugen den bewusstlosen Kapitän He an Bord des großen Boots. Lu Guanying inspizierte gerade seine Wunden, als zwei weitere Boote Kapitän Peng und Kapitän Dong brachten, beide schwer verletzt. Außerdem, berichteten die Piraten aufgeregt, sei Kapitän Guo aus dem westlichen Dongting soeben, vom Speer des Jin-Prinzen aufgespießt, tot ins Wasser gefallen.

»Überlasst ihn mir! Ich werde diesen tollgewordenen Hund eigenhändig töten«, schrie Lu Guanying wütend.

Obwohl Guo Jing und Huang Rong mit Wanyan Kangs brutalem Vorgehen gegen seine eigenen Landsleute nicht einverstanden waren, fürchteten sie angesichts der Überzahl der Piraten um sein Leben. Sein Tod wäre ein furchtbares Unglück für ihre Freundin Mu Nianci. »Sollen wir ihm beistehen?«, flüsterte Huang Rong in Guo Jings Ohr.

Guo Jing zögerte. »Wir helfen ihm. Aber nur, wenn er sein Leben ändert.«

Huang Rong nickte und deutete mit dem Kinn auf Lu Guanying, der gerade eine der kleinen Jollen bestieg. »Schnell, ihm nach!«

Sie wollten gerade auf eines der kleinen Boote springen, als weiter vorn donnernder Jubel von Boot zu Boot über den See tönte. Die Flotte des Jin-Gesandten versenkte ein Schiff nach dem anderen in den Wellen des Sees, nachdem die Taucher sie von unten leck geschlagen hatten. Wieder kam eins der Boote mit wehender grüner Flagge zurück zu Lu Guanying. »Der Jin-Hund ist über Bord gegangen, und wir haben ihn gefasst!«

Freudig sprang Lu Guanying auf das Hauptschiff zurück.

Bald ertönten aus allen Richtungen Muschelhörner. Der Jin-Gesandte und seine überlebende Gefolgschaft wurden auf das Hauptschiff gebracht.

Wanyan Kang war an Händen und Füßen gefesselt. Er hatte die Augen geschlossen. Im ersten Augenblick fürchteten Guo Jing und Huang Rong, er wäre ertrunken, doch dann sahen sie erleichtert, dass sein Brustkorb sich hob und senkte.

Ein neuer Tag war angebrochen und die ersten Sonnenstrahlen tanzten auf den Wellen. Es sah aus, als trieben die Boote auf einem Meer aus goldenen Schlangen. »Alle Kapitäne zurück zum Wolkenwanderpalast, wir haben Grund zu feiern!« befahl Lu Guanying. »Alle Mann zurück ins Lager. Wartet dort auf Anweisungen zum Aufteilen der Beute.«

Donnernder Jubel.

Die Flotte der Piraten segelte in alle vier Richtungen davon und verschwand im Morgendunst.

Der Tai-See kehrte zu seiner alten Ruhe zurück. Vor den im See verteilten grünen Hügeln und Felsen stiegen weiße Seemöwen auf, stießen ins Wasser hinab und schwangen sich wieder in die Luft.

Guo Jing und Huang Rong warteten, bis alle von Bord gegangen waren. Die Piratenkapitäne waren in viel zu guter Laune, um einen Blick nach oben zu werfen, und so blieben die beiden Gestalten auf dem Mast unentdeckt. Schließlich sprangen die beiden behände an Land und schlichen sich auf demselben Weg, auf dem sie gekommen waren, wieder in das Anwesen hinein.

Mittlerweile waren die für sie abgestellten Diener schon mehrere Male vor ihrem Zimmer erschienen. Da kein Laut zu hören war, hatten sie angenommen, die Gäste wären einfach zu erschöpft vom Vortag und schliefen noch tief und fest. Kaum öffnete Guo Jing von innen die Tür, eilte ein Diener mit einem Tablett herbei, auf dem er ihnen Nudeln servierte. »Der Gutsherr erwartet Euch nach dem Frühstück im Studierzimmer.«

Guo Jing und Huang Rong nahmen schnell ein paar Bissen und folgten dem Diener.

»Der Wind heult hier nachts laut vom See her und die Wellen schlagen heftig gegen das Ufer. Ich hoffe, der Lärm hat euren Schlaf nicht gestört?« Mit einem entschuldigenden Lächeln empfing ihr Gastgeber sie im Studierzimmer.

»Wir haben wunderbar geschlafen«, sagte Huang Rong schnell, als sie Guo Jings verlegene Miene sah. Sie wusste, dass er nicht lügen konnte. »Nur einen seltsamen Gesang haben wir gehört, wie von rezitierenden Mönchen, die die Geister zu besänftigen suchen.«

Gutsherr Lu wechselte lächelnd das Thema. »Ich würde mich freuen, wenn ich eure Meinung zu meiner bescheidenen Sammlung von Kalligrafien und Bildern hören könnte.« Er bat die Diener, die Kunstwerke zu bringen. Huang Rong nahm eine Bildrolle nach der anderen bewundernd in Augenschein.

Plötzlich unterbrachen laute Rufe, Poltern und Fußgetrappel die Stille. Es klang, als würde jemand vor Verfolgern davonlaufen. »Gib auf, du findest niemals den Weg aus dem Wolkenwanderpalast!«

Mit einem Schlag flog die Tür zum Studierzimmer auf und ein Mann stolperte herein. Er war tropfnass. Es war Wanyan Kang.

»Sieh ihn nicht an, betrachte die Bilder«, wisperte Huang Rong und zog Guo Jing am Ärmel. Sie senkten den Blick und starrten die Bildrollen an.

Wanyan Kang konnte nicht schwimmen. Als sein Schiff sank, war er in den See gestürzt, hatte eine Menge Wasser geschluckt und war ohnmächtig geworden. Als er zu sich gekommen war, hatte er sich an Händen und Füßen gefesselt gefunden. Man hatte ihn mit vorgehaltenem Messer gezwungen, aufzustehen, um ihn Lu Guanying vorzuführen. Kaum hatte das Messer nicht mehr an seinem Hals gelegen, hatte er seine inneren Kräfte gebündelt, einen wilden Schrei ausgestoßen und mit der *Herzbrecherfaust* seine Fesseln gesprengt. Mit Leichtigkeit hatte er seine beiden Bewacher abgewehrt und war losgerannt.

Lu Guanying musste sich keine allzu großen Sorgen darum machen, dass sein Gefangener entkommen könnte. Der Wolkenwanderpalast war nach den Regeln der unsichtbaren Türen und der acht Trigramme angelegt. Ohne einen Führer, der mit dem Anwesen vertraut war oder das Wissen um das zugrundeliegende Prinzip war es unmöglich, den Weg hinaus zu finden.

Lu Guanying war Wanyan Kang nachgerannt. Als er ihn in das Studierzimmer seines Vaters stürmen sah, zwängte er sich rasch an ihm vorbei und stellte sich schützend vor seinen Vater. Die Piratenkapitäne blockierten die Tür.

Wanyan Kang saß in der Falle. Er zeigte mit dem Finger auf Lu Guanying. »Du elender Pirat hast mit einem hinterhältigen Anschlag meine Schiffe versenkt. Hast du keine Angst, im ganzen Jianghu dafür geschmäht zu werden?«

»Was weiß ein Jin-Prinz schon vom Jianghu?«, höhnte Lu Guanying.

»Ich habe im Norden von den ehrenhaften Helden des Südens gehört. Doch nun, wo ich sehe, was sie treiben, weiß ich … haha, nun, dass sie ihren Ruf nicht verdienen!«

Die Piraten schnaubten wütend.

»Eine Horde von Feiglingen und Banditen seid ihr, die allein durch ihre Überzahl bestehen können!«

»Und wenn ich dich im Zweikampf besiege, stirbst du dann ohne Reue?«

Nun bist du mir auf den Leim gegangen! Wanyan Kang grinste innerlich. »Sollte sich in diesem Haus jemand finden, der mich nach den Regeln des Kung-Fu besiegt, will ich mich Euch ohne Wenn und Aber ergeben. Wer möchte anfangen?« Er verschränkte die Arme hinter dem Rücken und ließ seinen Blick verächtlich über die Reihe der Kapitäne schweifen.

»Ich werde Euch eitlem Pfau die Federn ausreißen!« Kapitän Shi, genannt Goldene Schildkröte vom Moli-Hügel, griff an. Seine Fäuste zielten mit der Form *Glockenschlag und Trommelwirbel* auf Wanyan Kangs Schläfen.

Aufrecht und die Hände noch immer hinter dem Rücken verschränkt, wich Wanyan Kang ohne große Mühe aus. Dann packte er mit einer schnellen Drehung aus dem Handgelenk Kapitän Shi von hinten am Kragen und schleuderte den dicken Mann gegen die Reihe der Kapitäne an der Tür.

»Ein bemerkenswertes Kung-Fu, in der Tat«, sagte Lu Guanying schnell. Er hatte erkannt, dass keiner der Piratenkapitäne dem Prinzen das Wasser reichen konnte und wollte nicht noch weitere brutale Raufereien vor den Augen der Gäste seines Vaters austragen. »Zeigt mir draußen mehr davon.«

»Warum duellieren wir uns nicht gleich hier?« Wanyan Kang war sich sicher, dass er diesen Piraten im Handumdrehen erledigen konnte. »Ich überlasse Euch den ersten Schlag.«

»Nicht doch, Ihr seid mein Gast. Fangt an!«

Wanyan Kang täuschte einen Schlag mit der Linken an, während er mit der Rechten die *Neun-Yin-Todesklaue* vollführte, um den Gegner ohne lange zu fackeln auszuschalten. In letzter Sekunde zog Lu Guanying den Brustkorb ein und versetzte dem Prinzen einen harten Schlag auf den Ellbogen. Gleichzeitig wollte er mit zwei ausgestreckten Fingern in seine Augen stoßen. Überrascht von der Schnelligkeit des Piratenanführers sprang Wanyan Kang zur Seite und warf die Arme herum, damit er den Gegner von hinten packen konnte. Lu Guanying entwand sich ihm mit einer Drehung und schnellte mit zu einem Kreis gebogenen Armen hoch, Daumen und Zeigefinger auseinandergespreizt. *Den Mond umarmen.* Mit einem Blick erkannte Wanyan Kang, wie gefährlich diese Form war, und kam ihm mit den abwehrenden Faustschlägen der Quanzhen-Schule zuvor, die er von Qiu Chuji gelernt hatte.

Als Schüler von Abt Kumus vom Yunqi-Tempel in Lin'an war Lu Guanying wohlvertraut mit den Schlagtechniken der Schule der Unsterblichen Abendwolken, einem Zweig der Shaolin-Mönche vom Berg Song in Henan. Das Kung-Fu der buddhistischen Shaolin-Mönche galt zusammen mit dem der Daoisten der Quanzhen-Schule zu den orthodoxen Schulen der Kampfkunst.

Mit einem so versierten Gegner hatte es Lu Guanying jedoch noch nie zu tun gehabt. Er wollte es lieber vorsichtig angehen und hielt daher die Arme dicht am Körper, um Wanyan Kangs tödliche Klaue nicht an sich heranzulassen. Sobald sich eine Lücke in Wanyan Kangs Verteidigung auftat, griff er mit Fußtritten an. In immer schnellerer Folge flogen Fäuste und Füße und die Zuschauer konnten kaum mit ihren Blicken folgen.

Aus Angst, dass Wanyan Kang sie erkennen würde, hatten Guo Jing und Huang Rong sich hinter einem Bücherregal versteckt, hinter dem sie nun vorsichtig hervorlugten.

Wanyan Kang hatte nicht damit gerechnet, dass sein Gegner es ihm so schwer machen würde. Tatsächlich war er Lu Guanying technisch weit überlegen, doch er war auch von den Ereignissen der vergangenen Nacht geschwächt. *Verdammt*, dachte er, *wie lange soll das noch gehen? Wenn danach noch mehr Kämpfer von der Sorte kommen, habe ich keine Kraft mehr.* Er verdoppelte seine Anstrengungen und schlug immer unerbittlicher zu. *Wumms.* Endlich hatte er einen satten Schlag auf Lu Guanyings Schulter gelandet. Dieser taumelte rückwärts. Wanyan Kang wollte die Schwäche des Gegners ausnutzen und holte noch einmal aus, als ein furchtbarer Schmerz seine Brust durchfuhr. Lu Guanyings Kung-Fu lebte vom flinken Wechsel zwischen Faustschlägen und Fußtritten. *Auf drei Schläge sieben Fußtritte* und *Die Hand öffnet die Tür, der Fuß tritt zum Sieg* gehörte zu den Prinzipien seiner Schule. Noch im Rückzug hatte er schnell wie der Blitz einen Fußtritt namens *Herzenspfeil* auf Wanyan Kangs Brustkorb gelandet. Von Kindesbeinen an hatte er diese Form einstudiert und sein Fußgelenk mithilfe eines um einen Ast geschlungenen Seils so hoch und so lang wie möglich gestreckt. Die ungewöhnliche Überdehnung in Kombination mit Schnelligkeit und Kraft machten den Tritt unfehlbar.

Wanyan Kang rang nach Luft. Dennoch gelang es ihm, die Finger seiner linken Hand in Lu Guanyings Wade zu krallen und ihm dabei mit der rechten einen kräftigen Handkantenschlag gegen die Hüfte zu versetzen. »Runter mit dir!«

Lu Guanying, der immer noch auf nur einem Bein stand, verlor das Gleichgewicht. Er flog rücklings durch den Raum und prallte gegen seinen Vater. Gutsherr Lu fing ihn sanft mit ausgestreckten Armen ab. Die triefende Wunde an der Wade seines Sohns hatte eine lange Blutspur im Raum hinterlassen. Wütend und erschrocken zugleich herrschte der alte Lu Wanyan Kang an: »Wie steht Ihr zu den Zwillingsmördern der Dunklen Winde?«

Sein Reaktionsvermögen und der unerwartete Ausruf versetzten alle Anwesenden in Erstaunen. Auch Lu Guanying war stets davon ausgegangen, dass seinem Vater allein schon wegen seiner verkrüppelten Beine und seiner Vorliebe für Musik und Kunst jegliches Interesse an der Kampfkunst abging. Aber die Hand, die ihn eben aufgefangen hatte, war ungewöhnlich geschickt und so kräftig wie die eines Meisters gewesen. Nur Guo Jing und Huang Rong, der am Abend zuvor die eisernen Trigramme über dem Türsturz aufgefallen waren, wunderten sich nicht.

»Die Zwillingsmörder der Dunklen Winde? Wer soll das sein?«, fragte Wanyan Kang verächtlich. Obwohl Mei Chaofeng ihn viele Jahre lang unterrichtet hatte, kannte er nicht einmal ihren Namen – schon gar nicht den Namen, unter dem sie zusammen mit ihrem verstorbenen Mann Angst und Schrecken verbreitet hatte.

»Wer hat dir dann die *Neun-Yin-Todesklaue* beigebracht?«

»Ich habe keine Zeit für diesen Unfug. Entschuldigt mich!«, schnaubte Wanyan Kang und schritt zur Tür. Sofort verstellten ihm die Piraten mit gezückten Waffen den Weg.

»Seid Ihr nun Ehrenmänner oder nicht?« Wanyan Kang drehte sich zu Lu Guanying um.

Lu Guanying war kreidebleich. Er gab seinen Leuten einen Wink mit der Hand. »Die Helden vom Tai-See stehen zu ihrem Wort. Lasst ihn gehen. Geleite ihn hinaus, Bruder Zhang.«

Nur widerwillig wichen die Männer zur Seite.

»Hier entlang«, brummte Kapitän Zhang und ging voraus.

»Was ist mit meinen Leuten?«

»Auch sie werden freigelassen«, sagte Lu Guanying.

»Was der Edle verspricht, hat auf ewig Gewicht«, spottete Wanyan Kang. »Auf Wiedersehen, die Herrschaften. Es war mir ein Vergnügen«, sagte er und verbeugte sich reihum.

»Einen Augenblick!«, rief plötzlich Gutsherr Lu. »Würdet Ihr mir die Ehre erweisen, einem alten Stümper noch einmal Eure *Neun-Yin-Todesklaue* vorzuführen?«

»Mit Vergnügen.«

»Aber Vater …«, wandte Lu Guanying besorgt ein.

»Keine Angst. Er beherrscht sie noch nicht richtig.« Gutsherr Lu wandte sich an Wanyan Kang. »Ich kann nicht gehen, Ihr müsst also zu mir kommen.«

Wanyan Kang grinste höhnisch, blieb aber stehen, wo er war.

Trotz seiner schweren Verwundung konnte Lu Guanying unmöglich zulassen, dass sein Vater sich mit diesem Teufel maß. Er sprang auf. »Erprobt Euer Kung-Fu an mir anstelle meines Vaters!«

»Wie Ihr wünscht. Fangen wir noch einmal an.«

»Aus dem Weg, Sohn!«

Gutsherr Lu stieß sich vom Stuhl ab und schnellte durch das Zimmer nach vorn, die linke Hand hoch über dem Kopf erhoben.

Wanyan Kang riss den Arm hoch, um ihn abzuwehren. Doch statt der erwarteten Schmerzen im Arm spürte er nur einen eisernen Klammergriff um sein Handgelenk. Dann zischte ihm eine Abfolge von Schlägen mit geöffneter und geschlossener Faust um die Ohren, bis ihm ganz schwindlig wurde. Eine rechte Faust sauste auf seine Schulter nieder. Wanyan Kang versuchte verzweifelt, den Gegner mit der freien Hand abzuschütteln. Lus Füße hatten unterdessen noch kein einziges Mal den Boden berührt. Sein ganzes Gewicht ruhte auf Wanyan Kangs Handgelenk, während seine Rechte wie der Blitz über Wanyang Kang hinwegfuhr. In nur einem Atemzug versetzte er ihm sieben Schläge.

Wanyan Kang wand und krümmte sich, versuchte es mit Fußtritten und Kniestößen, aber weder konnte er sich aus Lus

Klammergriff befreien noch einen einzigen Schlag gegen ihn landen.

Dem Umstehenden stand der Mund offen vor Staunen.

Wieder schnellte die offene Hand des Herrn des Wolkenpalastes auf Wanyan Kang zu. Diesmal gelang es Wanyan Kang, seine langen Fingernägel in dessen Handfläche zu krallen. In diesem Augenblick stieß Lus Ellbogen auf den *Schulterbrunnen* genannten Nervenpunkt über dem Schlüsselbein herab. Wanyan Kangs Oberkörper war mit einem Schlag gelähmt. Lu hielt jetzt seine beiden Hände gepackt. Mit einem lauten Knacken renkte er Wanyan Kangs Handgelenke aus.

Noch bevor Wanyan Kang durch seine Schmerzen hindurch den sanften Druck auf seine Schulter und seine Hüfte, mit der Lu sich von ihm abstieß, überhaupt wahrgenommen hatte, saß der Hausherr wieder auf seinem Platz. Der Prinz sackte zusammen.

Einen Augenblick lang herrschte verblüffte Stille, dann erschütterte der ohrenbetäubende Jubel der Kapitäne das Studierzimmer.

»Bist du unversehrt?« Lu Guanying stolperte auf seinen Vater zu.

Gutsherr Lu lächelte seinen Sohn an. Dann versteinerte sich seine Miene. »Ich will wissen, woher dieser Jin-Hund sein Kung-Fu hat.«

Zwei Kapitäne wollten Wanyan Kang mit Stricken fesseln. »Wir haben im Gepäck des Kommandanten Duan eiserne Handschellen und Fußketten gefunden. Nehmen wir die.«

Einer der Piraten lief los, um die Handschellen zu holen. Im Nu war er zurück und die eisernen Schellen wurden um Wanyan Kangs Hand- und Fußgelenke gelegt.

»Bringt ihn her!«, befahl Lu.

Zwei Piraten schleiften Wanyan Kang an den Armen zu ihm. Wanyan Kang litt unerträgliche Schmerzen. Bohnengroße Schweißperlen standen auf seiner Stirn. Er biss die Zähne zusammen, um nicht laut aufzuschreien.

Mit großem Geschick setzte Lu seine Finger an. Es ploppte zweimal und Wanyan Kangs Handgelenke waren wieder eingerenkt. Dann berührte er die Nervenpunkte an Wanyan Kangs Lendenwirbel und unter seinem linken Brustkasten.

Sofort ließen seine Schmerzen nach. Noch bevor der verblüffte Wanyan Kang den Mund aufmachen konnte, hatten ihn schon zwei Männer auf Lu Guanyings Befehl hin abgeführt. Sie sperrten ihn in eine Zelle.

Guo Jing und Huang Rong kamen aus ihrem Versteck hervor. Lächelnd drehte sich der Hausherr zu ihnen um. »Bitte, verzeiht mir mein grobes Benehmen.«

»Wer war das?« Huang Rong heuchelte Unwissen. Natürlich war ihr die Ähnlichkeit zwischen Gutsherr Lus Kung-Fu und demjenigen, das sie von ihrem Vater gelernt hatte, aufgefallen. »Hat er Euch bestohlen oder anderweitig verärgert?«

»So ist es. Er hat uns viel, sehr viel geraubt.« Lu lachte. »Kommt, sehen wir uns weiter meine Kunstwerke an. Wir wollen uns doch von einem erbärmlichen Dieb nicht den Tag verderben lassen.«

Gutsherr Lu und Huang Rong betrachteten ein Bild nach dem anderen und unterhielten sich über seine gelungene Komposition und die exquisite Pinselführung. Guo Jing verstand nichts von ihren Fachsimpeleien über Bäume und Felsen, Insekten und Blumen und die Bedeutung ihrer Darstellung in der Malerei.

Nach dem Mittagessen bat Gutsherr Lu zwei Diener, sie zu den Höhlen von Meister Zhang und Mönch Shan Juan zu begleiten. Bis zum Einbruch der Dunkelheit bestaunten sie die berühmten Naturwunder.

Bevor sie sich am Abend schlafen legten, fragte Guo Jing: »Was sollen wir tun? Sollen wir ihm helfen?«

»Warten wir noch ein paar Tage ab. Ich kann mir noch immer keinen Reim auf Gutsherr Lu machen.«

»Sein Kung-Fu ist deinem sehr ähnlich.«

»Ich weiß.« Huang Rong senkte die Stimme. »Ob er Mei Chaofeng kennt?«

Aus Angst, dass die Wände Ohren haben könnten, redeten sie nicht weiter.

Mitternacht war gerade vorbei, als Huang Rong und Guo Jing vom leisen Knarren des Dachgebälks geweckt wurden. Dann tapste draußen jemand über den Weg. Auf Zehenspitzen schlichen sie ans Fenster und lugten hinaus. Ein dunkler Schatten kauerte hinter einem Rosenbusch. Die Gestalt sah sich nach allen Seiten um, dann rannte sie in östlicher Richtung weiter. So bewegte sich nur ein Eindringling.

Nachdem sie Zeuge von Gutsherr Lus Kampfkunst geworden waren, war Huang Rong klar geworden, dass der Wolkenwanderpalast mehr als nur ein Refugium für die Piraten des Tai-Sees darstellte. Vielleicht würde dieser Eindringling ihnen helfen, hinter das Geheimnis ihres Gastgebers zu kommen. Huang Rong kletterte kurzerhand aus dem Fenster und winkte Guo Jing, ihr zu folgen.

Schon nach wenigen Schritten erkannte Huang Rong, dass es sich bei dieser Gestalt um eine Frau handeln musste – und zwar um eine, deren Kung-Fu bestenfalls mittelmäßig zu nennen war. Huang Rong wagte, etwas näher zu ihr aufzuschließen. Als die Frau sich erneut nach dem richtigen Weg umsah, fiel das Mondlicht auf ihr Gesicht.

Es war Mu Nianci.

Vermutlich war sie hier, um ihren Liebsten zu retten! Huang Rong lächelte in sich hinein. Mu Nianci schlich hierhin und dorthin und verlor sich im Gewirr der verwinkelten Pfade. Huang Rong konnte sich denken, wo Wanyan Kang zu finden war. Nach allem, was sie von ihrem Vater gelernt hatte, musste das Gefängnis am Nagenden Biss liegen. Im Yijing hieß es, dass dieses Hexagramm, bei dem das Trigramm für Flamme über dem Trigramm für Donner lag, der passende Ort war, um Recht zu sprechen oder Strafen zu vollziehen.

Für den Wissenden und Scharfsichtigen war diese verwirrende Anlage leicht zu durchschauen. Hatte Huang Rong nicht schon als Kind gelernt, sich auf der Pfirsichblüteninsel zurechtzufinden, die nach einem ausgeklügelten Prinzip der Gegensätze von Yin und Yang und Himmel und Erde angelegt war?

Amüsiert beobachtete Huang Rong, wie Mu Nianci erneut zögernd an einer Abzweigung stand. *Wenn du so weitermachst, findest du ihn in tausend Jahren nicht!*, dachte sie. Sie nahm einen Erdklumpen auf und warf ihn auf den Weg, der nach links führte. »Da lang!«, rief sie mit tiefer, verstellter Stimme aus ihrem Versteck heraus.

Mit gezücktem Schwert drehte sich Mu Nianci um. Aber Huang Rong und Guo Jing waren dank ihrer Schwebekunst längst außer Sichtweite.

Meint es dieser Mensch gut oder böse mit mir? Unentschieden ging Mu Nianci auf und ab. *Was soll's. Ich weiß den Weg nicht, also lasse ich es auf einen Versuch ankommen.*

Sie nahm den linken Pfad. Wann immer sie an eine Abzweigung kam, zeigte ihr ein Klumpen Erde an, wo es weiterging. So durchquerte sie Höfe und Gärten, bis plötzlich etwas an ihren Ohren vorbeizischte und ein Erdklumpen gegen das Fenster eines Verschlags flog. Dann huschten zwei Schatten über den Weg in Richtung dieses unauffälligen Baus und verschwanden im Dunkel der Nacht.

Rasch schlich sie sich an das Gebäude heran. Zwei kräftige Männer mit Schwertern in der Hand lagen vor der Tür. Die Männer waren bei Bewusstsein und folgten ihr mit den Augen, aber sie bewegten sich nicht. *Man hat sie an ihren Nervenpunkten gelähmt!* Dass ein unbekannter Meister über sie wachte, erleichterte sie ungemein. Sie stieß sacht die Tür des Verschlags auf und lauschte. Jemand atmete. »Bis du es, Kang?«, flüsterte sie.

Wanyan Kang war aufgewacht, als die beiden Wachen vor der Tür zu Boden gegangen waren. Er konnte nicht fassen, dass er jetzt tatsächlich Mu Niancis Stimme hörte. »Ja, ich bin es!«, antwortete er froh.

»Himmel und Erde sei Dank!«, rief sie und näherte sich der Ecke, aus der seine Stimme kam. »Schnell, lass uns von hier verschwinden!«

»Trägst du ein Schwert bei dir?«

»Warum?«

Wanyan Kang rasselte mit seinen Eisenfesseln. Mu Nianci inspizierte die Schellen. »Hätte ich Huang Rong nur nicht den Dolch gegeben! Der würde das hier durchschneiden wie Lehm.«

Natürlich hörten Huang Rong und Guo Jing vor der Tür alles mit an. *Du musst schon noch ein bisschen verzweifelter sein, bevor ich den Dolch herausrücke,* dachte Huang Rong verschmitzt.

»Ich gehe los und suche den Schlüssel.«

»Nein, dieser Ort ist voller Feinde. Du bringst dich nur in Gefahr, und nichts ist gewonnen.«

»Dann trage ich dich hier heraus.«

»Ich bin an einen Pfosten gekettet.«

»Und was jetzt?« Mu Nianci war den Tränen nah.

»Küss mich.«

Sie stampfte mit dem Fuß auf. »Das ist nicht der richtige Augenblick für Witze!«

»Wer sagt, dass ich Witze mache?«

Mu Nianci ging nicht auf ihn ein. Sie war entschlossen, ihn zu befreien und konnte an nichts anderes denken.

»Woher wusstest du, dass ich hier bin?«

»Ich bin dir nachgereist.«

»Komm her, ich will dir etwas sagen.«

Mu Nianci gab auf. Sie kauerte sich neben ihn ins Stroh und sank an seine Brust.

»Ich bin der Gesandte des großen Jin-Reichs. Sie werden mir nichts antun. Doch solange ich hier festgehalten werde, kann ich die wichtige Mission, mit der mich mein Vater betraut hat, nicht erfüllen.« Er wartete einen Augenblick, bevor er weitersprach. »Könnte ich dich um einen Gefallen bitten, Schwester?«

»Worum geht es?«

»Nimm das goldene Amulett an dich, das ich um den Hals trage.«

Mu Nianci tastete nach seinem Nacken und knotete das seidene Band auf.

»Das ist das Siegel des kaiserlichen Gesandten. Bring es nach Lin'an und bitte um Audienz bei Shi Miyuan, dem Kanzler des Song-Hofs.«

»Dem Kanzler? Er würde niemals ein einfaches Mädchen wie mich empfangen.«

»Wenn er dieses Siegel sieht, wird er dir schneller eine Audienz gewähren, als du es für möglich hältst.«

Mu Nianci schnaubte verächtlich.

»Sag ihm, dass ich nicht persönlich erscheinen konnte, weil die Piraten des Tai-Sees mich gefangen halten, dass ich aber eine wichtige Nachricht für ihn habe. Er soll auf keinen Fall den Abgesandten der Mongolen empfangen. Sobald die Mongolen Lin'an erreichen, soll er sie festnehmen und allesamt köpfen lassen. Das sei ein geheimes Dekret des Jin-Kaisers persönlich, dem er unbedingt Folge zu leisten habe.«

»Aber warum?«

»Es handelt sich um eine militärische Angelegenheit von großer Wichtigkeit. Das würdest du nicht verstehen, selbst wenn ich es dir erkläre. Geh zu Kanzler Shi und wiederhole ihm genau das, was ich gesagt habe. Damit erweist du mir einen riesigen Gefallen. Sollten die Mongolen Lin'an vor dir erreichen und mit dem Song-Kaiser reden, wäre das fatal für unser großes Jin-Reich.«

»Was heißt hier unser großes Jin-Reich? Ich bin Chinesin, mein Kaiser ist der Song-Kaiser. Wenn du mir nicht erklärst, worum es sich handelt, kann ich dir nicht helfen.«

»Willst du nicht bald die Prinzgemahlin des Großen Jin-Reichs sein?«

Mu Nianci sprang auf die Füße. »Du bist der leibliche Sohn meines Ziehvaters! Du bist kein Jurche, du bist Chinese! Willst du denn wirklich ein Jin-Prinz bleiben? Ich dachte … Ich dachte, du …«

»Was?«

»Ich habe dich für einen klugen und tapferen Mann gehalten. Ich dachte, du würdest nur so tun, als wärst du ein Jin-Prinz, um im richtigen Augenblick deinem Vaterland beizustehen. Dem Reich der Song. Aber du … Du betrachtest doch nicht etwa diesen Feind unseres Reichs als deinen Vater?«

Wanyan Kang horchte alarmiert auf. Er spürte die Veränderung in ihrem Ton, merkte, wie ihre Stimme versagte und zog es vor, taktvoll zu schweigen.

»Die Hälfte unseres Landes ist von den Jin besetzt, mein Volk wird von den Jin ausgebeutet, bestohlen, ermordet und unterdrückt. Lässt dich das denn völlig kalt? Du … Du …«

Sie schleuderte das Jin-Sigel zu Boden, barg das Gesicht in den Händen und wandte sich zum Gehen um.

»Nianci, bitte … Das war nicht richtig von mir. Komm zurück!«

Sie blieb stehen.

»Sobald ich wieder frei bin, höre ich auf, die Rolle des Jin-Gesandten zu spielen. Ich gehe nicht nach Zhongdu zurück, ich komme mit dir in den Süden. Dort richten wir uns ein Leben in

Abgeschiedenheit ein. Lieber will ich als einfacher Bauer leben als mit einem schlechten Gewissen.«

Mu Nianci seufzte. Als sie das Duell um die Braut gegen Wanyan Kang verloren hatte, hatte sie geglaubt, ihr Herz einem wahren Helden geschenkt zu haben. Sie hatte sich vorgemacht, dass er seinen leiblichen Vater, ihren Adoptivvater, aus einem guten Grund verleugnet hatte, den er ihr irgendwann offenbaren würde. Und selbst dann noch, als sie ihn mit seinem Gefolge als Gesandter des Jin-Reichs hatte reisen sehen, war sie davon überzeugt gewesen, dass er dabei war, seinen Einfluss für eine gute Sache einzusetzen, einer Heldentat im Dienst des Song-Reichs. Ihre Gefühle hatten sie völlig verblendet.

Er war kein Held. Ohne zu zögern würde er aus Ruhmsucht sein eigenes Land verraten.

Er war ein Lump.

»Nianci, was ist mit dir?«

Sie antwortete nicht.

»Meine Mutter hat mir gesagt, dass dein Ziehvater mein leiblicher Vater ist. Aber noch bevor ich mehr darüber erfahren konnte, sind sie beide vor meinen Augen gestorben. Das lastet schwer auf mir. Die Wahrheit über die eigene Herkunft nicht zu kennen ist furchtbar.«

Der Arme wird von Zweifeln geplagt. Ich sollte nicht so streng mit ihm sein ... »Dann will ich nichts mehr von einer Audienz bei Kanzler Shi hören. Ich werde Huang Rong suchen, damit sie mir den Dolch gibt, und dich befreien.«

Nach allem, was Wanyan Kang gesagt hatte, dachte Huang Rong aber nicht im Traum daran, ihr den Dolch zu geben. *Mein Vater hasst die Jin. Der feine Prinz kann ruhig noch eine Weile lang eingesperrt bleiben.*

»Wie hast du überhaupt hierhergefunden?«, fragte Wanyan Kang schließlich. »Dieser Ort ist ein einziger Irrgarten.«

»Zwei Meister haben mir aus dem Verborgenen den Weg gewiesen. Ich weiß nicht, wer sie sind.«

Huang Rong grinste bei ihren Worten. *Oha, nun werden Guo Jing und ich schon Meister genannt!*

Wanyan Kang überlegte kurz. »Ich fürchte, dass du auf dem Rückweg in die Hände der Hausherren fallen wirst. Und mit denen ist nicht zu spaßen. Wenn du mir wirklich helfen willst, dann geh und suche einen bestimmten Menschen für mich auf.«

»Auf keinen Fall werde ich den verdammten Kanzler aufsuchen.«

»Ich weiß, das habe ich jetzt begriffen. Nein, ich möchte, dass du meinen Meister aufsuchst.«

»Wie bitte?«

»Nimm meinen Gürtel und ritze folgende Botschaft in die goldene Schnalle: *Wanyan Kang ist in Gefahr, er ist im Wanderwolkenpalast am Westufer des Tai-Sees.* Dann geh nach Suzhou. Nördlich der Stadt liegt ein kahler Hügel, such ihn nach einer Stelle ab, an der du neun Totenköpfe – fünf unten, drei in der Mitte und einer oben – zu einem Haufen geschichtet findest. Lege den Gürtel unter den obersten Schädel.«

Mu Nianci wurde wieder misstrauisch. Mit gerunzelter Stirn sah sie ihn an.

»Mein Meister ist blind. Du musst die Botschaft deutlich einkerben, damit sie mit den Händen gelesen werden kann.«

»Ist dein Meister nicht Meister Ewiger Frühling Qiu Chuji? Wann hat er sein Augenlicht verloren?«

»Ich spreche von meinem anderen Meister ... Nun, meiner anderen Meisterin. Sie wird hierherkommen, sobald sie die Nachricht gefunden hat. Bleib nicht in der Nähe, wenn du die Botschaft hinterlegt hast, meine Meisterin ist etwas ... exzentrisch. Ich möchte nicht, dass dir etwas zustößt. Aber ihr Kung-Fu ist außergewöhnlich und sie wird mich hier herausholen. Warte im Tempel der Dunklen Magie in Suzhou auf mich.«

»Erst musst du mir schwören, dass du niemals dein Volk verraten wirst und dass du diesen Feind unseres Volks nicht länger als Vater anerkennst.«

»Ich werde mich so verhalten, wie es mein Gewissen verlangt, sobald ich alles verstanden habe«, sagte Wanyan Kang etwas ungehalten. »Wozu soll ich das jetzt schwören? Wenn du mir nicht helfen willst, dann lass es bleiben.«

»Gut. Ich werde deine Nachricht überbringen.« Sie nahm seinen Gürtel an sich.

»Willst du schon gehen? Komm, gib mir erst einen Kuss.«

»Nein.« Sie war schon bei der Tür.

»Vielleicht werden sie mich töten, bevor meine Meisterin mich retten kann. Dann sehe ich dich nie wieder.«

Mit einem Seufzer drehte Mu Nianci sich zu ihm um. Es war zwecklos. Sie kauerte sich neben ihn, beugte sich vor und ließ sich von ihm auf die Wangen küssen. Wanyan Kang hoffte, sie durch Zärtlichkeiten wieder gefügig zu machen und sie doch noch dazu zu bringen, dem Song-Kanzler die Botschaft zu überbringen. Er spürte, wie sie zitterte, wie ihr Atem schneller ging ...

Dann richtete sie sich abrupt auf. »Wehe, wenn du dich in Zukunft nicht als Ehrenmann erweist. Dann bleibt mir keine Wahl, als mich vor deinen Augen selbst zu töten.«

Damit hatte er nicht gerechnet. Noch bevor er sich wieder gefasst hatte und etwas sagen konnte, war sie verschwunden.

Huang Rong und Guo Jing führten sie auf die gleiche Weise wie zuvor aus dem Anwesen heraus. Als sie die Außenmauer erklommen hatte, ging Mu Nianci auf die Knie. »Verehrte Meister, auch wenn ich Euch nicht sehen kann, möchte ich Euch meines tiefempfundenen Danks versichern.«

Ein helles Kichern. Dann brummte eine Stimme: »Das ist doch nicht der Rede wert!«

Mu Nianci starrte ins Dunkel. Die Sterne funkelten, die Blüten des Gartens zitterten im Wind, aber nirgends die Spur eines Menschen. *Wie seltsam! Ich könnte schwören, dass dieses Kichern nach Huang Rongs Stimme klang. Aber was sollte sie hier verloren haben?*

Nachdenklich setzte die junge Frau ihren Weg fort. Nach etwa gut zehn Li fielen ihr die Augen zu und sie beschloss, sich unter einem Baum schlafen zu legen. Am nächsten Morgen würde sie über den See setzen und sich auf den Weg nach Suzhou machen.

Suzhou war eine blühende Stadt im Südosten, die früher unter dem Namen Pingjiang bekannt gewesen war. Auch wenn ihre Schönheit nicht ganz an die der Hauptstadt Lin'an heranreichte, so war sie doch ähnlich reich und lebendig. Seitdem der kaiserliche Hof in den Süden verlegt worden war, fanden sich alle Reichtümer südlich des Huai-Flusses in diesen beiden Städten. Kein Wunder, dass die Song-Kaiser sich bald selbstzufrieden im Frieden und Wohlstand des Südens eingerichtet und das Leid und die Demütigung der Bevölkerung des von den Jurchen besetzten Nordens vergessen hatten.

Mu Nianci hatte keine Augen für die Reize der Stadt. Sie suchte sich einen abgeschiedenen Ort, wo sie sorgfältig Wanyan Kangs Botschaft an seine Meisterin in die Gürtelschnalle eingravierte. Der Gürtel in ihrer Hand rief ihr die Ereignisse der vergangenen Nacht noch einmal in Erinnerung. Sie hoffte inständig, diesen Gürtel bald wieder um die Taille seines Besitzers geschlungen zu sehen, von ihr persönlich verschlossen. Dann, wenn er endlich verstanden hätte, wohin er gehörte und sich der gerechten Sache anschloss. Dann, wenn sie sich auf ewig Liebe geschworen hätten …

Herzklopfend band sie sich den Gürtel unter ihrem Überkleid um. *Dieser Gürtel hält mich umschlungen wie seine Arme.* Als sie sich bei diesem Gedanken ertappte, wurde sie über und über rot.

Schon näherte sich die Sonne dem Horizont. Es war an der Zeit, sich auf ihre Aufgabe zu besinnen. Nachdem sie sich mit einer Schüssel Nudeln gestärkt hatte, machte sie sich auf den Weg in den Norden der Stadt. Vor den Toren Suzhous wurde die Landschaft bald trostloser. Die Sonne versank hinter den Hügeln und in der Ferne erklangen die Rufe ihr unbekannter Vögel. Trotz ihrer inneren Unruhe verließ sie die Hauptstraße und bog in ein Tal hinter dem Hügel ein. Inzwischen herrschte nur noch fahles Dämmerlicht. Sie konnte nirgendwo eine Spur des Totenschädelhaufens entdecken, von dem Wanyan Kang geredet hatte. Es sah so aus, als müsste sie die Nacht in dieser Wildnis verbringen und ihre Suche am nächsten Morgen fortsetzen. Sie erklomm den nächsten Hügel, um nach einem geeigneten Unterschlupf Ausschau zu halten. Weiter vorn war ein Felsbuckel zu sehen, neben dem ein Gebäude zu stehen schien. Erleichtert rannte sie darauf zu.

Zu ihrem Erstaunen handelte es sich um einen verfallenen Tempel. Vom Türsturz baumelte ein Schild mit der Aufschrift »Tempel des Erdgottes«. Zaghaft drückte sie die Türen auf, die sofort nachgaben und auf den Boden krachten, wo sie eine große Staubwolke aufwirbelten. Mit klopfendem Herzen blieb sie am Eingang stehen. Dann wagte sie sich auf Zehenspitzen in die Halle vor. Die Statue des Erdgottes und der Erdgöttin waren von Staub und Spinnweben überzogen. Vor den Gottheiten stand ein großer Altar. Sie lehnte sich mit ihrem Gewicht darauf. Der hölzerne Tisch und der Fuß fühlten sich stabil an. Sie sammelte etwas Stroh, um die Tischplatte sauber zu fegen, stellte die Türen wieder vor dem Eingang auf, aß ein bisschen getrocknetes Brot und legte sich dann mit ihrem Rucksack als Kopfkissen auf ihr improvisiertes Nachtlager.

Aber Mu Nianci fand so schnell keinen Schlaf. Sie musste an Wanyan Kang denken, daran, wie sehr sein Benehmen sie verletzt hatte. Dann wieder tat er ihr leid. Sie weinte still, während sie an ihre ungewisse Zukunft dachte, die Erinnerung an seine zärtlichen Worte dagegen erfüllten sie mit Freude. Bis spät in die Nacht hielten ihre widersprüchlichen Gefühle sie wach.

Sie wusste nicht, wie lange sie geschlafen hatte, als sie ein Pfeifen und Zischen aus ihren unruhigen Träumen weckte. Sie setzte sich auf und lauschte. Die Geräusche kamen näher. Vorsichtig schlich sie sich zum Tempeleingang und spähte durch den Spalt zwischen den Türen.

Der Anblick ließ sie erschauern. Hunderte, vielleicht Tausende Schlangen glitten ostwärts am Tempel vorbei. Ihre Schuppen glänzten im Mondlicht und ein penetranter Geruch drang in den Tempel. Es dauerte eine lange Zeit, bis die Schlangenflut allmählich versiegte. Dann hörte sie Schritte. Drei Männer, von Kopf bis Fuß in Weiß gekleidet und auf einen langen Stab gestützt, bildeten die Nachhut.

Mu Nianci verschanzte sich hinter einer der Türen und hoffte inständig, dass die Männer sie nicht bemerkt hatten. Als sie nichts mehr hörte, wagte sie, den Kopf hinauszustrecken. Alles war wieder in nächtliches Dunkel getaucht. Sie schlüpfte hinaus. Keine Spur von den Männern in Weiß. Gerade als sie erleichtert wieder in den Tempel hineingehen wollte, fiel Ihr Blick auf etwas, das sich hell vor dem Hintergrund eines Felsens abhob. Sie schlich sich näher heran und hielt sich gerade noch die Hand vor den Mund, um keinen Schrei auszustoßen.

Totenschädel, sorgfältig in drei Reihen aufeinandergeschichtet. Unten fünf, drei in der Mitte, einer oben.

Unverhofft hatte sie gefunden, wonach sie gesucht hatte. Ihr Herz raste. Sie legte Wanyan Kangs Gürtel ab, wagte sich etwas näher an die furchterregende Komposition heran und griff mit zitternden Fingern nach dem obersten Totenschädel, um den Gürtel darunterzulegen. Kaum hatte sie nach dem Schädel gegriffen, versanken ihre fünf Finger plötzlich in der Schädeldecke, als wollte er ihre Hand auffressen! Erschrocken schüttelte sie den Totenschädel ab und musste über sich selbst lachen. Die Schädeldecke hatte fünf Löcher, in die ihre Finger geglitten waren.

Was für eine seltsame Meisterin er hat! Ob sie so furchterregend ist wie diese Totenschädel? Vorsichtig platzierte Mu Nianci den Gürtel an der richtigen Stelle. *Meisterin, bitte finde den Gürtel und befreie meinen Liebsten! Und dann führe ihn auf den richtigen Weg, auf dass ein Ehrenmann aus ihm wird, wie es sich sein Vater gewünscht hat.*

Jemand tippte auf ihre Schulter. Sie zuckte zusammen und sofort war jeder Gedanke an Wanyan Kang wie weggeblasen. Instinktiv sprang sie über den Schädelhaufen. Dann drehte sie sich um, die Arme in Abwehrhaltung vor der Brust gekreuzt.

Wieder tippte ihr jemand auf die Schulter. Wieder drehte sie sich um. Niemand.

Und wieder die Berührung auf ihrer Schulter. Wieder wirbelte sie herum. Nichts. Irgendwann hatte sie zu viel Angst, um das Spiel weiterzuspielen. *Ist das ein Mensch oder ein Geist?* Reglos stand sie da. »Wer ist da?«, stieß sie schließlich heiser hervor.

Schnüffelnd näherte sich etwas ihrem Nacken. »Hmm ... Was für ein herrlicher Duft! Dreimal darfst du raten, wer ich bin!«

Sie wirbelte herum.

Eine weiße Gelehrtenrobe, ein eleganter Herrenfächer, feine Gesichtszüge ... *Hilfe!* Es war einer der Schurken, die ihren Ziehvater und seine Frau auf dem Gewissen hatten. Sie rannte los.

Natürlich war er schneller und ehe sie es sich versah, lief sie Ouyang Ke direkt in die Arme. Schnell wich sie nach links aus, wieder überholte er sie mit wenigen, leichtfüßigen Schritten und breitete anzüglich grinsend die Arme aus. *Widerling!* Sie schlug einen Haken nach rechts. Aber sie entkam ihm nicht.

Ouyang Ke machte sich einen Spaß daraus, sie durch die Gegend zu jagen. Selbstverständlich hätte er das hübsche Ding mit einem Griff packen können, aber ihre Verzweiflung machte sie in seinen Augen noch hübscher.

Mu Nianci zog ihr Schwert und richtete es auf seinen Kopf. »Aber wer wird denn gleich grob werden?«, spottete Ouyang Ke. Mit einer leichten Seitwärtsbewegung wehrte er mit der einen Hand ihre beiden Arme ab, die andere schlang er um ihre zierliche Taille.

Mu Nianci wand sich und strampelte, um sich aus seiner Umklammerung zu befreien. Doch dann spürte sie einen leichten Druck zwischen Daumen und Zeigefinger. Das Schwert glitt aus ihrer Hand und fiel klirrend auf das Gestein. Einen Augenblick lang dachte sie, sie hätte ihn abgeschüttelt, aber schon waren seine Hände zurück und hielten sie eisern umklammert. Seine Finger schlossen sich um ihre Handgelenke und drückten auf ihren Puls. Sie war gelähmt.

Wenn du mich Meister nennst, lasse ich dich los« Mit einem lüsternen Grinsen nahm Ouyang Ke ihre beiden Hände in eine Hand, sodass er mit der anderen ihr Kinn anheben konnte. »Ich bringe dir auch bei, wie du wieder freikommst. Ich fürchte nur, dass du dann gar nicht mehr woanders sein willst als in meinen Armen.«

Vor lauter Angst wurde Mu Nianci ohnmächtig.

Als sie wieder zu sich kam, fühlte sich ihr ganzer Körper schlaff und verwundbar an. Im halbwachen Zustand dachte sie zuerst, sie liege in den Armen Wanyan Kangs, doch als sie die Augen aufschlug, hatte sie Ouyang Kes hämisches Grinsen vor sich. Sie wollte schreien, um sich schlagen und treten, aber ihr Körper gehorchte ihr nicht, und ihre Schreie wurden von einem Taschentuch erstickt, mit dem man sie geknebelt hatte.

Doch ihr Entführer, der im Schneidersitz auf dem Boden hockte und sie auf seinem Schoß hielt, beachtete sie nicht länger. Seine ganze Aufmerksamkeit wurde von etwas anderem beansprucht.

Warum sah er plötzlich so beunruhigt aus? Da sie ihren Kopf noch bewegen konnte, folgte sie seinem Blick. Dabei bemerkte sie zuerst die vier weiß gekleideten Frauen, die rechts und links von ihnen saßen. Mit gezogenen Dolchen starrten sie angespannt in dieselbe Richtung wie Ouyang Ke.

Es war die Richtung, in der sich der Totenschädelhaufen befand. *Sie warten auf Wanyan Kangs Meisterin!*, fuhr es Mu Nianci durch den Kopf. Als sie in die andere Richtung sah, erstarrte sie. Ein Heer schwarzer Schlangen verharrten still hinter Ouyang Ke. Nur ihre gespaltenen Zungen bewegten sich, sodass Tausende roter Schlangenzungen im Mondlicht tanzten. Daneben standen die drei weiß gekleideten Männer, die sie schon zuvor gesehen hatte. Mit aufgestellten Hirtenstäben blickten auch sie erwartungsvoll in die andere Richtung.

Mu Nianci vergewisserte sich, dass der Gürtel mit der goldenen Schnalle noch an Ort und Stelle war. Jetzt begriff sie. *Das ist ein Hinterhalt. Sie lauern Kangs Meisterin auf! Wie soll sie ganz allein mit so vielen Feinden und Tausenden von Schlangen auf einmal fertigwerden?*

Jetzt hoffte sie, die Meisterin würde nicht erscheinen. Der Gedanke, dass jemand zu Schaden kam, der ihrem Liebsten etwas bedeutete, war unerträglich. Andererseits ruhten all ihre Hoffnungen, sich aus ihrer furchtbaren Lage zu befreien, auf dieser Meisterin.

Die Männer und die Schlangen warteten bereits seit einer Stunde. Wiederholt sah Ouyang Ke nach dem Stand des Monds am Himmel.

Möglicherweise erscheint sie, wenn der Mond in seinem Zenit steht, mutmaßte Mu Nianci. Das fahle Mondlicht streifte die Wipfel der nahen Kiefern und verwandelte die Schwärze der Nacht in tiefes Blau. Nichts als das Zirpen der Grillen war zu hören, hin und wieder übertönt vom fernen Schrei einer Eule. Noch einmal warf Ouyang Ke einen Blick zum Mond hinauf, dann übergab er Mu Nianci einer der Frauen an seiner Seite. Mit erhobenem Fächer starrte er erwartungsvoll auf den Horizont.

Sieht so aus, als müsste sie jeden Augenblick hier sein, dachte Mu Nianci.

Ein gellender Schrei durchbrach die Stille. Am Rand des Hügels nahm ein wirbelnder Schatten die Gestalt einer Frau mit langem, wirrem Haar an.

Eisenleiche Mei Chaofeng hatte es geschafft, mithilfe der Geheimnisse des *Neigong*, die sie Guo Jing entlockt hatte, die blockierte Energie in ihrer unterer Körperhälfte zu befreien. Jetzt konnte sie nicht nur wieder gehen, sie hatte auch enorm an innerer Stärke hinzugewonnen. Nachdem nun aber ihr Versteck in der Residenz von König Zhao entdeckt worden war, hatte sie sich kurzerhand dem Tross von Prinz Wanyan Kang auf dem Weg nach Süden angeschlossen. Da eine kleine Bootskajüte ihr nicht genügte, um ihre mitternächtlichen Kung-Fu-Übungen zu absolvieren, hatte sie den Prinzen jedoch vor der Überquerung des Tai-Sees verlassen, um ihren Weg zu Fuß um den See fortzusetzen. Mit dem Prinzen hatte sie vereinbart, ihn in Suzhou wiederzutreffen.

Natürlich wusste sie nichts von dem Überfall der Piraten während der Überfahrt, oder davon, dass Prinz Wanyan Kang ein Gefangener der Piraten vom Tai-See geworden war. Noch weniger ahnte sie, dass Ouyang Ke ihr gefolgt war, zum einen, um sich für die in Zhongdu erlittene Schmach zu rächen, die vier seiner Konkubinen das Leben gekostet hatte, zum anderen, um das *Neun-Yin-Handbuch* in seinen Besitz zu bringen.

Kaum hatte sie den Rand des Hügels erreicht, hielt Mei Chaofeng inne. Sie hörte das Atmen mehrerer Menschen. Und woher kam dieses Zischeln? Sie lauschte.

Die blinde Hexe hat uns gehört!, fluchte Ouyang Ke innerlich. Er sprang auf die Beine und schlug seinen Fächer auf, bereit zum

Angriff, doch das Auftauchen einer zweiten Gestalt hielt ihn zurück. Geisterhaft, als schwebe er auf Wolken und reite auf Nebel, stieg der Mann hinter Mei Chaofeng am Rand des Hügels auf. Er war hager und hochgewachsen und trug eine schwarze Gelehrtenrobe mit Kapuze. Sein Gesicht war kaum zu erkennen.

Während sich selbst eine gefährliche Kampfkünstlerin wie Mei Chaofeng beim Gehen durch leise Geräusche verriet, glitt dieser Mann lautlos wie ein Flattergeist über den Boden. Er blieb hinter Mei Chaofeng und ließ von dort seinen Blick über Ouyang Ke und seine Entourage schweifen. Und was für ein Blick das war! Selbst Ouyang Ke erschauerte. Abgesehen von einem Paar rollender, dunkler Augen war sein Gesicht so starr wie aus Holz geschnitzt, eine eiskalte und unbewegliche Totenmaske.

Mei Chaofeng kam näher. *Bloß keine Zeit verlieren!*, sagte sich Ouyang Ke und gab den anderen mit der Hand ein Zeichen. Die drei Schlangenhüter pfiffen und sofort regten sich die Schlangen und mäanderten an Mu Nianci und den acht reglos mit gekreuzten Beinen dasitzenden Frauen vorbei auf Mei Chaofeng zu.

Mei Chaofeng lauschte. *Schlangen! Hundert? Tausend?* Mit einer riesigen Schlangenherde wurde auch eine Mei Chaofeng nicht fertig. Sie bündelte ihr Qi und sprang ein gutes Stück rückwärts. Die drei Schlangenhüter schwangen ihre Hirtenstäbe und glänzende Schlangenleiber verteilten sich über den ganzen Hügel.

Aus einer Drehbewegung heraus entrollte sie ihre lange silberne Peitsche mit der sie einen undurchdringlichen Bannkreis um sich schlug.

Mu Nianci bemerkte die Panik auf dem Gesicht der Frau und hatte Mitleid. *Ist das seine Meisterin?*

Zischelnd bäumten sich rings um Mei Chaofeng Schlangen auf, aber die Peitsche schlug sie beiseite, bevor sie angreifen konnten.

»Gib mir das *Neun Yin*-Handbuch und ich lasse dich laufen, du alte Hexe!«, rief Ouyang Ke. Er hatte diesen Überfall von langer Hand geplant. Seitdem er an jenem Tag im Palast von König Zhao gehört hatte, dass die Schrift sich in Mei Chaofengs Besitz befand, war er hinter ihr her gewesen. Sein Onkel Ouyang Feng suchte seit Jahrzehnten nach diesem begehrten Buch, das den Schlüssel zur Unbesiegbarkeit darstellte. Wenn es ihm gelang, ihr die Schrift zu entwenden, würde das nicht nur sein Ansehen bei seinem Onkel, sondern in der ganzen Welt des Jianghu stärken. Die lange Reise in die Zentralebene hätte sich gelohnt.

Mei Chaofeng ignorierte ihn und ließ weiter ihre Peitsche tanzen, die im Mondlicht glitzerte wie eine lange Schnur mit Silbermünzen. »Schwing deine Peitsche ruhig bis zum Morgengrauen. Ich kann warten«, höhnte Ouyang Ke.

Wie sollte sie sich aus dieser Lage befreien? Ängstlich wog Mei Chaofeng ihre Möglichkeiten ab. Sie wagte bereits keinen Schritt mehr, aus Furcht, auf eine Schlange zu treten. Ein Biss, und ihr ganzes Kung-Fu würde ihr nicht helfen können.

Selbstzufrieden setzte sich Ouyang Ke wieder. »Nun, Schwester Mei, du trägst das Handbuch doch schon seit zwanzig Jahren mit dir herum, da kennst du es doch bestimmt längst in- und auswendig. Warum also klammerst du dich an ein abgegriffenes Buch? Du könntest es mir ruhig ausleihen, damit ich auch einmal einen Blick hineinwerfen kann. Lass uns Freunde sein.«

»Ruf erst die Schlangen zurück!«

»Erst das Buch.«

Lieber reiße ich es in Fetzen, als es dir zu überlassen, dachte Mei Chaofeng. Das *Neun-Yin-Handbuch* war die einzige Erinnerung an ihren geliebten Chen Xuanfeng. Es war ihr wertvollster Besitz. Niemals, das hatte sie sich geschworen, würde sie es in Feindeshand fallen lassen.

Spring auf den Baum!, hätte Mu Nianci ihr gern zugerufen, aber der Knebel verschluckte ihre Worte. Da sie blind war, sah Mei Chaofeng die Kiefer nicht, die gleich in der Nähe stand. Sie griff in ihre Brusttasche. »Also gut! Dein Schwesterchen ergibt sich. Komm her und hol es dir.«

»Wirf es mir zu!«

»Fang!«

Ihre rechte Hand schnellte aus der Brusttasche. Etwas sirrte durch die Luft.

Zwei der weiß gekleideten Frauen fielen um. Ouyang Ke warf sich im letzten Augenblick zu Boden und rollte beiseite.

»Das wirst du bereuen, du Schimäre!«, schrie er wütend. »Wenn ich mit dir fertig bin, wirst du mich auf Knien anflehen, dich zu töten!« Er rappelte sich wieder auf und ging in Deckung. Kalter Schweiß rann seinen Rücken hinunter.

Mei Chaofeng hatte nicht damit gerechnet, dass ihr Feind schnell genug sein würde, um ihrer Geheimwaffe, der *Unsichtbaren Nadel*, zu entgehen. Insgeheim zollte sie dem arroganten Lustmolch Respekt.

Ouyang Ke, der sich nun in sicherem Abstand befand, ließ seinen Blick nicht von ihren Händen. Sie schwang nun schon seit einer Stunde die Peitsche; wer genau hinsah bemerkte, dass ihre Kräfte langsam nachließen. Die Männer trieben die Schlangen an. Mei Chaofeng spürte die Biester dicht an ihren Füßen und witterte Tausende davon in der Umgebung. *Wie kann ich nur aus dieser Umzingelung ausbrechen?*

Ouyang Ke hatte fürs Erste genug und wagte aus Angst vor ihrer Geheimwaffe nicht, selbst anzugreifen. Es schien ihm klüger, abzuwarten, bis sie müde war.

Mei Chaofeng tastete immer wieder nervös nach dem Handbuch. Der Mond versank am westlichen Horizont. Ihr Atem ging immer schneller, und ihr Peitschenschlag verlor an Kraft. Der Gedanke, vom Gift dieser schuppigen Kriechottern hingerafft zu werden, erzürnte sie, und dass sie den Tod ihres Mannes nicht mehr würde rächen können, machte sie traurig.

Plötzlich erklang Musik. Was war das? Töne, die nach klaren Zitherklängen und gurrenden Jadetrommeln klangen, ließen die Luft vibrieren. Dann wogte eine sanfte Melodie durch die Nacht. Jemand spielte auf einer Flöte.

Alle blickten überrascht nach oben. Auf dem Wipfel einer hohen Kiefer saß der geisterhafte Fremde mit der schwarzen Gelehrtenrobe und spielte auf einer Xiao aus Jade.

Wie war er unbemerkt dort hinaufgekommen? Ouyang Ke hielt große Stücke auf seine scharfen Augen, überdies erleuchtete das Mondlicht die Umgebung taghell. Noch erstaunlicher war die Art und Weise, wie der Fremde vollkommen ruhig und sicher auf einem dünnen, im Wind wehenden Ast hockte. Selbst wenn ihn sein Onkel noch weitere zwanzig Jahre in der Schwebekunst unterrichtete, würde Ouyang Ke niemals mit solch erhabener Leichtigkeit auf einem Ast sitzen können. Sollte es auf der Welt doch Geister geben?

Die Melodie setzte sich fort und unwillkürlich hoben sich Ouyang Kes Mundwinkel zu einem Lächeln. Ein unbeschreibliches Glücksgefühl breitete sich mit jedem Ton in ihm aus wie ein Feuer. Er wollte tanzen! Seine Arme hoben sich, seine Füße hüpften. Es war unmöglich, dem Drang nicht nachzugeben. Erschrocken sah er, dass die drei Schlangenhüter und die sechs Frauen wie in Trance auf die Kiefer zustrebten und verzückt um den Baum herumtanzten, sich die Kleider vom Leib rissen, die Haare ausrauften und sich mit einem irren Lächeln auf dem Gesicht blutig kratzten. Sie waren so berauscht von der Musik, dass sie keinen Schmerz zu spüren schienen.

Ouyang Ke wehrte sich. Ein Rest von klarem Verstand befahl ihm, seine Gefühle unter Kontrolle zu bringen. Unter Aufbietung seiner letzten Willenskraft zog er sechs vergiftete Silberschellen aus der Tasche und schleuderte sie gegen Kopf, Brust und Bauch des Flötenspielers. Mühelos wehrte der Mann jede einzelne mit dem Ende seiner Xiao ab, ohne die Flöte auch nur abzusetzen.

Stattdessen wurde die Musik noch eindringlicher. Ouyang Ke geriet in ihren Bann. Er konnte nicht anders, als seinen Fächer aufzuschlagen und sich grazil mit der Melodie im Kreis zu drehen.

Doch ein Funke der zeitlebens erworbenen Willensstärke eines Kung-Fu-Kämpfers war noch in ihm. *Reiß Fetzen von deinem Gewand ab und stopf sie dir in die Ohren. Schütze dich vor dieser Musik, sonst wirst du dich zu Tode tanzen!*, rief seine innere Stimme.

Auch Mei Chaofeng kämpfte gegen den Bann der Musik. Sie saß im Schneidersitz und mit gesenktem Kopf da und bündelte ihr Neigong, um dieser teuflischen Melodie zu widerstehen. Die Einzige, die scheinbar unbehelligt von der Musik blieb, war Mu Nianci. Zwar war auch ihr Geist ganz berauscht von den Klängen, aber ihre gelähmten Nervenpunkte ließen keine Bewegung zu. Reglos wie zuvor lag sie auf dem Boden.

Ouyang Ke war es gelungen, seine Arme dem Takt der Musik zu entziehen und sich Stofffetzen von seinem Hemd zu reißen. Aber seine Hände, mit denen er sie sich in die Ohren stopfen wollte, verharrten zitternd vor seinem Kopf und weigerten sich, ihn von den verzaubernden Klängen zu trennen. Drei seiner Frauen waren bereits umgekippt und rollten in wildem Taumel über die Erde, unablässig an ihren Kleidern reißend.

Ouyang Ke war schweißgebadet. Der innere Kampf gegen den Bann der Musik kostete ungeheure Kraft. Sein Kopf war hochrot, sein Herz raste, seine Kehle und seine Zunge waren wie ausgedörrt. Wenn er jetzt nicht handelte, würde er diese Nacht nicht überleben.

Mit wilder Entschlossenheit biss er sich auf die Zunge. Der Schmerz war heftig genug, um einen Augenblick lang den Bann der Musik zu brechen. Er rannte los. Ouyang Ke rannte wie noch nie im Leben, rannte und rannte so weit, bis kein Ton mehr an seine Ohren drang. Erschöpft und klitschnass sank er ins Gras. Er fühlte sich todkrank, und ein einziger Gedanke beherrschte ihn: *Wer war dieser Mann?*

Unterdessen verbrachten Guo Jing und Huang Rong ihre Tage im Wanderwolkenpalast damit, die Gegend zu erkunden, Sehenswürdigkeiten zu besichtigen und sich am Abend mit Gutsherr Lu über Kunst und Literatur auszutauschen.

Guo Jing machte sich Sorgen. Sollte tatsächlich Mei Chaofeng in wenigen Tagen auf Lus Anwesen eintreffen, würde sie ein furchtbares Blutbad anrichten. »Wir sollten Gutsherr Lu vor Mei Chaofeng warnen«, sagte er zu Huang Rong. »Nur, wenn er Wanyan Kang freilässt, kann er alle, die hier leben, vor Unheil bewahren.«

Huang Rong schüttelte den Kopf. »Das geht nicht. Dieser Wanyan Kang ist ein mieser Lump. Der soll ruhig noch etwas länger in seiner Zelle schmoren. Wenn er zu schnell wieder auf freien Fuß kommt, wird er sich nie ändern.«

In Wahrheit kümmerte Wanyan Kangs übler Charakter Huang Rong wenig. Er war Schüler von gleich zwei Kampfkünstlern – Qiu Chuji und Mei Chaofeng –, die Huang Rong auf den Tod nicht ausstehen konnte. Von daher konnte er ihrer Meinung nach ohnehin niemals ein anständiger Mensch werden. Wenn er sich nicht änderte, bestand allerdings die Gefahr, dass Mu Nianci ihn nicht mehr heiraten wollte und dann käme – der Himmel bewahre! – am Ende doch noch irgend so ein Wichtigtuer auf die Idee, sie mit Guo Jing zu verheiraten. Irgendwie musste dieser Kerl also ein besserer Mensch werden.

»Und was machen wir, wenn Mei Chaofeng auftaucht?«, fragte Guo Jing.

»Dann zeigst du ihr, was du von Bettlerfürst Hong gelernt hast!«

Guo Jing kannte Huang Rong zu gut. Sie würde sich nicht davon überzeugen lassen, Gutsherr Lu zu warnen. Er dagegen würde ihren Gönner um jeden Preis beschützen, so viel stand fest.

Drei Tage nach Mu Niancis Abreise saßen Huang Rong und Guo Jing mit Gutsherr Lu in seinem Studierzimmer, als Lu Guanying mit einem seltsamen Gesichtsausdruck hereinstürmte. Ihm folgte ein Diener mit einem Tablett, über das ein schwarzes Tuch geworfen war.

»Vater, das hier wurde soeben hier abgegeben«, sagte Lu Guanying und zog das schwarze Tuch vom Tablett.

Es war ein Totenschädel. In der Schädeldecke klafften fingerdicke Löcher.

Alle Farbe war aus Gutsherr Lus Gesicht gewichen. »Wer … Wer hat das gebracht?«, fragte er mit zitternder Stimme.

»Das wissen wir nicht. Ich habe bereits einen Boten ausgesandt, um es herauszufinden, aber ohne Erfolg.« Die Reaktion seines Vaters hatte Lu Guanying sichtlich erschüttert. »Es wurde in einer unauffälligen Kiste abgegeben. Die Diener hielten es für ein Geschenk, haben dem Überbringer ein Trinkgeld gegeben und es zu Eurem Revisor gebracht … Was hat das zu bedeuten, Vater?«

Gutsherr Lu drückte sich vom Sessel hoch, um den Totenschädel näher zu betrachten, und ließ seine Finger in die fünf Löcher gleiten.

»Stammen diese Löcher von einer Menschenhand? Wer hätte solche Kraft?«, fragte Lu Guanying weiter.

Gutsherr Lu nickte schweigend. Schließlich sagte er: »Lass alle Wertgegenstände zusammenpacken und bring deine Mutter nach Norden in unser Anwesen in Wuxi. Weise die Kapitäne und ihre Banden an, in ihren Lagern zu bleiben. Sie dürfen auf keinen Fall eingreifen, ganz gleich, was im Wanderwolkenpalast vor sich geht, selbst dann nicht, wenn alles in Flammen aufgeht, ist das klar? Geh! Schnell!«

»Aber warum, Vater? Was ist los?«

Gutsherr Lu ignorierte seine Fragen und wandte sich mit einem bedauernden Lächeln an seine Gäste. »Es war ein großes Glück, Euch so unverhofft kennenzulernen. Leider habe ich mir im Laufe der Jahre zwei Menschen zu erbitterten Feinden gemacht, die bald hier eintreffen werden, um Rache zu nehmen. Ich hatte gehofft, wir könnten noch etwas mehr Zeit miteinander verbringen, aber leider müssen wir uns voneinander verabschieden. Dem Wanderwolkenpalast steht … ein großes Unheil bevor. Sollte ich es überleben, werden wir uns gewiss wiedersehen. Jedoch … die Hoffnung ist gering.« Er drehte sich zu seinem Bibliotheksdiener um. »Bring mir fünfzig Tael Gold.«

Der Diener rannte hinaus. Lu Guanying wagte nicht, noch weitere Fragen zu stellen und ging los, um die Befehle seines Vaters auszuführen.

Kurz darauf erschien der Diener mit einem Tablett voller Goldstücke. Gutsherr Lu reichte Guo Jing mit beiden Händen das Tablett. »Diese junge Frau ist so schön wie sie klug ist. Sie und Bruder Guo geben ein wunderbares Paar ab. Bitte, nehmt dies als kleines Geschenk für Euren Hochzeitstag an.«

Huang Rong wurde rot bei dem Gedanken, dass er längst erkannt hatte, dass unter ihrer Verkleidung eine Frau steckte – und dass sie und Guo Jing nicht verheiratet waren. Jeder Kommentar wäre in diesem Augenblick allerdings unangebracht gewesen. Guo Jing, der sich nicht auf Höflichkeitsrituale verstand, nahm das Geschenk freundlich dankend an.

Gutsherr Lu zog ein kleines Porzellangefäß aus einer Schublade, schüttete vorsichtig ein Dutzend dunkelrote Pillen daraus auf ein Stück Pergamentpapier und hielt sie Guo Jing und Huang Rong hin. »Ich hatte das Glück, von meinem gütigen Meister ein wenig über Medizin zu lernen. Die Herstellung dieser Pillen hat einige Mühe gekostet. Sie dienen zur Stärkung der Gesundheit und schenken ein langes Leben. Nehmt sie als ein kleines Zeichen unserer Freundschaft.«

Die Pillen verströmten ein herrliches Aroma, das Huang Rong sofort erkannte. Sie hatte als Kind ihrem Vater geholfen, bei Tagesanbruch den Morgentau auf den Blütenblättern neun verschiedener Blumen dafür zu sammeln, die er dann mit den seltensten und kostbarsten Heilkräutern mischte. Jeder Schritt der Herstellung konnte nur zu einer bestimmten Jahres- und Tageszeit ausgeführt werden. Ein solches Geschenk war unendlich großzügig.

»Der *Tau von neun Blüten* ist nicht leicht zu finden. Nur zwei dieser Pillen für jeden von uns wären schon zu viel der Ehre«, sagte Huang Rong.

»Woher kennt ihr den Namen dieser Pillen?«

»Als Kind war ich einmal sehr krank und habe drei dieser Pillen bekommen. Ihre Wirkung war außerordentlich.«

Gutsherr Lu schüttete die Pillen in die Porzellandose zurück und verschloss sie fest. Dann wickelte er die Dose sorgfältig in zwei Lagen Papier ein. Es war offensichtlich, wie wertvoll sie für ihn waren. »Bitte seid so gut und nehmt sie an«, sagte er mit einem unendlich traurigen Blick. »Ich brauche sie nicht mehr.«

Huang Rong wagte nichts mehr zu sagen. Es war offensichtlich, dass Gutsherr Lu bereits mit seinem Leben abgeschlossen hatte. Unter fortgesetztem Dank nahm sie das Päckchen an.

»Auf euch wartet bereits ein Boot, das Euch über den See bringen wird. Versprecht mir, auf keinen Fall umzukehren, ganz gleich, was Euch unterwegs begegnet.« Gutsherr Lu sprach mit großem Ernst.

Guo Jing wollte seine Hilfe anbieten, aber ein strenger Blick von Huang Rong ließ ihn verstummen. Er nickte.

»Wäre es allzu vermessen, eine Frage zu stellen?«, sagte Huang Rong schließlich.

»Bitte sehr.«

»Es scheint, als ob Ihr einen fürchterlichen Feind erwartet, gegen den Ihr glaubt, nicht bestehen zu können. Warum ergreift Ihr dann nicht die Flucht? Sagt nicht das Sprichwort: *Ein weiser Mann kämpft keinen aussichtslosen Kampf*«?

Gutsherr Lu seufzte. »Diese beiden sind der Grund meines Leidens.« Er zeigte auf seine verkrüppelten Beine. »Das habe ich ihnen zu verdanken. All die Jahre war ich nicht in der Lage, ihnen nachzustellen. Jetzt kommen sie zu mir, und ich werde bis zum Letzten gegen sie kämpfen. Davon abgesehen, ist das, was sie mir angetan haben, nichts im Vergleich zu dem Unrecht, dass sie an meinem Meister verübt haben. Ich bezweifle, dass ich sie bezwingen kann, aber ich hoffe, dass wir gemeinsam zugrunde gehen, und das soll mir genügen, um meinem Meister seine unendliche Gunst zu vergelten.«

Warum sagt er »diese beiden«?, wunderte sich Huang Rong. *Anscheinend glaubt er, dass Kupferleiche Chen Xuanfeng noch am Leben ist. Wie hat er sich die Zwillingsmörder der dunklen Winde zu Feinden gemacht?*

Lu Guanying kam zurück. »Ich habe Eure Anweisungen weitergegeben, Vater«, sagte er leise. »Aber Kapitän Zhang, Kapitän Gu, Kapitän Wang und Kapitän Tan weigern sich, Eurem Befehl zu folgen. Lieber riskierten sie, einen Kopf kürzer gemacht zu werden, als den Wanderwolkenpalast seinem Schicksal zu überlassen.«

»Das sind wahrhaft treue Männer«, seufzte Gutsherr Lu. »Bitte geleite unsere Gäste sicher zu ihrem Boot.«

Guo Jing und Huang Rong verabschiedeten sich von ihrem Gönner und folgten Lu Guanying. Ihre Pferde warteten bereits auf dem Boot.

»Sollen wir wirklich an Bord gehen?«, flüsterte Guo Jing Huang Rong zu.

»Ja, und dann kehren wir wieder um.«

Gerade als sie in das Boot steigen wollten, fiel Huang Rongs Blick auf einen Mann, der, einen großen Bottich auf dem Kopf tragend, schnellen Schrittes am Ufer entlangmarschierte. Seine ganze Erscheinung war ungewöhnlich. Auch Guo Jing und Lu Guanying wandten sich nach ihm um. Er hatte einen grauen Bart, trug ein kurzes Hemd aus geflochtener Pfeilwurzel und einen großen Fächer aus Palmenblättern. Der schmiedeeiserne Bottich, den er auf dem Kopf balancierte, musste mehrere Hundert Pfund wiegen, trotzdem eilte er leichtfüßig an den dreien vorbei, ohne ihnen Beachtung zu schenken.

Ein paar Schritte weiter schwankte er ein wenig und mit einem Mal schwappte im Gehen Wasser aus dem Bottich und lief über sein Gesicht. *Dieser alte Mann trägt einen schweren Eisenbottich voller Wasser auf dem Kopf, als wäre es nichts!* Lu Guanying kam schnell zu dem Schluss, dass es sich um einen Meister handeln musste. War das vielleicht der Feind, der im Begriff war, den Wanderwolkenpalast anzugreifen? Ungeachtet der Gefahr, folgte er ihm.

Guo Jing und Huang Rong wechselten einen Blick und gingen ebenfalls hinterher. Guo Jing musste an die Geschichte vom Kampf mit Qiu Chuji im Garten der Trunkenen Unsterblichen denken, die ihm seine Meister erzählt hatten. Damals hatte der Daoist einen schnapsgefüllten Opferkessel herumgeschleudert wie eine Papierkugel.

Dieser Bottich sieht aber noch größer aus als der Kessel, den Zhu Cong mir beschrieben hat. Dann müsste dieser Mann noch talentierter sein als Meister Ewiger Frühling!

Sie folgten dem alten Mann bis zur Mündung eines der Flüsse, die den See speisten. An seinem Ufer waren verwitterte Gräber verteilt, um die sich offenbar niemand kümmerte. Lu Guanying wusste, dass es in der Nähe keine Brücke gab und fragte sich, welchen Weg der Mann jetzt wohl nehmen würde.

Was dann geschah, ließ die drei starr vor Staunen stehen bleiben. Der Mann stieg einfach geradewegs ins Wasser und überquerte den Fluss, als ginge er auf dem Land. Nur seine Füße tauchten unter. Dann stellte er den Bottich im hohen Gras am Fuß eines

Hügels auf der anderen Seite ab und kam zurück, wieder auf dem Wasser gehend wie ein Heiliger.

Huang Rong hatte schon von vielen Kampfkunstschulen und von Kung-Fu gehört, das an Magie grenzte, aber so etwas hatte sie noch nie gesehen. Auf Wasser zu gehen galt in der Welt des Jianghu als reiner Mythos. Das konnte *niemand*. Und doch hatte sie es soeben mit eigenen Augen gesehen. Wer war dieser unglaubliche Meister?

Lachend näherte sich der Mann Lu Guanying und strich sich über den langen Bart. »Gehe ich recht in der Annahme, dass es sich bei Euch um den jungen Lu handelt, Anführer der Piraten des Tai-Sees?«

Lu Guanying verbeugte sich. »Es ist mir eine Ehre. Darf ich den Herrn nach seinem Namen fragen?«

»Was ist mit den jungen Herrschaften dort, möchtet Ihr nicht näherkommen?«, fragte der Mann Huang Rong und Guo Jing, ohne Lu Guanyings Frage zu beantworten.

Lu Guanying war so auf die Verfolgung des alten Manns fixiert gewesen, dass er Huang Rong und Guo Jing nicht bemerkt hatte. Zu seiner Verblüffung sah er jetzt, wie sie sich vor dem Fremden verbeugten. Dass die Gäste seines Vaters über eine Schwebekunst verfügten, durch die sie ihm lautlos hatten folgen können, hatte er nicht erwartet.

»Es ist uns eine Ehre«, sagten die beiden im Chor. Der alte Mann winkte lachend ab. »Ach was, ich bitte Euch.« Dann wandte er sich wieder Lu Guanying zu: »Wollen wir uns nicht ein Plätzchen suchen, an dem wir uns in Ruhe unterhalten können?«

Lu Guanying war sich nicht sicher, ob der Mann gute oder schlechte Absichten verfolgte. Darüber musste er sich Klarheit verschaffen. »Kennt Ihr meinen Vater?«

»Gutsherrn Lu? Leider hatte ich noch nicht das Vergnügen.«

»Mein Vater hat heute ein ungewöhnliches Geschenk erhalten. Wisst Ihr etwas darüber?«

»Worum handelt es sich?«

»Ein Totenschädel mit fünf Löchern in der Schädeldecke.«

»Das ist in der Tat außergewöhnlich. Könnte es sein, dass jemand Euren Vater zum Narren halten möchte?«

Wäre er der Feind meines Vaters, dann brauchte er nicht zu lügen, sagte sich Lu Guanying. *Wer über ein solches Kung-Fu verfügt, muss sich nicht mit Geplänkel aufhalten. Dagegen hätten wir mit einem wie ihm an unserer Seite niemanden zu fürchten.* Sichtlich erleichtert beschloss er, den Mann als Gast willkommen zu heißen. »Es wäre mir eine Freude, Euch in unserem bescheidenen Heim zum Tee einzuladen.«

Der alte Mann zögerte kurz. »Gut«, sagte er. Dann zeigte er auf Guo Jing. »Gehören die beiden jungen Herrschaften auch zu Eurer Familie?«

»Sie sind Freunde meines Vaters«, antwortete Lu Guanying.

Der alte Mann fragte nicht weiter und folgte Lu Guanying. Auch Guo Jing und Huang Rong kamen mit. Sobald sie zurück im Wanderwolkenpalast waren, bat Lu Guanying die drei, zu warten und ging seinen Vater rufen.

Kurz darauf trugen zwei Diener Gutsherrn Lu auf einem Bambussessel in die Halle. Er legte die linke Faust in die rechte Handfläche und verbeugte sich im Sitzen. »Es ist mir eine Ehre, Euch auf meinem Anwesen begrüßen zu dürfen.«

Der Mann antwortete nur mit einem leichten Nicken. »Bitte keine Umstände, Gutsherr Lu.«

»Dürfte ich den Herrn nach seinem Namen fragen?«

»Der Familienname ist Qiu, mein Vorname ist Qianren.«

Gutsherr Lu hob erstaunt die Brauen. »Habe ich es etwa mit dem im ganzen Jianghu geschätzten Wasserwanderer mit der Eisenfaust zu tun?«

Der Mann lächelte. »Es ehrt mich, dass Ihr mich erkennt. Schon lange bin ich nicht mehr in der Welt des Jianghu zu Hause. Ich hätte gedacht, mein Name wäre längst vergessen.«

Gutsherr Lu war wohlbekannt, dass Qiu Qianren der Hauptmann der Eisenfaustbande war, die früher in der Gegend von Hunan und Sichuan ihr Unwesen getrieben hatte. Vor vielen Jahren hatte dieser Kampfkunstmeister plötzlich sein Schwert niedergelegt und sich als Einsiedler in die Abgeschiedenheit der Berge zurückgezogen. Unter der jüngeren Generation der Kampfkunstwelt war sein Name schon nicht mehr bekannt.

»Darf ich fragen, welche Angelegenheit Meister Qiu in unsere Gegend verschlagen hat? Wenn es etwas gibt, mit dem ich Euch behilflich sein kann, dann lasst es mich wissen.« Gutsherr Lu lagen viele Fragen auf der Zunge, aber er geduldete sich.

»Meine Angelegenheit ist nicht der Rede wert«, sagte Qiu Qianren lächelnd und strich sich über den Bart. »So sehr es mich auch nach Ruhe verlangt, so habe ich doch noch nicht mit den weltlichen Belangen abgeschlossen … Tatsächlich brauche ich einen ruhigen Ort, um mein Kung-Fu wieder aufzufrischen. Ob ich mich für eine Weile zurückziehen dürfte? Lasst uns am Abend weiterreden.«

»Verzeiht, aber eine Frage hätte ich noch. Sind Euch unterwegs die Zwillingsmörder der Dunklen Winde begegnet?«

»Die Zwillingsmörder der Dunklen Winde? Sind denn diese beiden üblen Gestalten noch am Leben?«

Gutsherr Lu seufzte erleichtert. »Bitte, führe den Herrn in mein Studierzimmer«, bat er seinen Sohn. Qiu Qianren verabschiedete sich mit einem Nicken und folgte Lu Guanying hinaus.

Obwohl Gutsherr Lu Qiu Qianrens Kampfkunst nie mit eigenen Augen gesehen hatte, erfüllte ihn allein sein Name mit Ehrfurcht. Ihm war bekannt, dass damals, als sich die fünf Großmeister – Ketzer des Ostens, Gift des Westens, König des Südens,

Bettler des Nordens und Magier der Mitte – zum Wettkampf auf dem Gipfel des Hua versammelt hatten, auch der Wasserwanderer mit der Eisenfaust eingeladen gewesen war. Eine wichtige Aufgabe hatte ihn zwar davon abgehalten, am Wettkampf teilzunehmen, aber allein die Tatsache, dass man ihn dazu gebeten hatte, bedeutete, dass er zu den Großmeistern seiner Zeit gehörte. Die Vorstellung, diesen Mann als Gast in seinem Haus zu wissen, beruhigte Gutsherrn Lu ungemein.

»Wie schön, dass ihr noch nicht fort seid«, begrüßte er endlich Guo Jing und Huang Rong. »Das Kung-Fu von Meister Qiu überragt das gewöhnlicher Sterblicher bei Weitem. Es ist ein großes Glück, ihn hier zu wissen. Mit ihm an unserer Seite fürchte ich meine Feinde nicht länger. Gerne könnt ihr in Euer Gästezimmer zurückkehren. Solange ihr dort bleibt, kann euch nichts passieren.«

»Oh, ich würde mir aber zu gern den Kampf ansehen«, sagte Huang Rong verschmitzt.

»Ich fürchte, meine Feinde werden Unterstützung mitbringen und ich möchte nicht, dass euch etwas zustößt.« Er überlegte kurz. »Nun gut, mit Meister Qiu an unserer Seite können wir beruhigt sein. Achtet nur darauf, dass ihr in meiner Nähe bleibt.«

Huang Rong klatschte in die Hände. »Wisst Ihr … Ich sehe für mein Leben gern Kampfkünstlern zu. Wie sehr hat mir Euer kleiner Schlagabtausch mit dem Jin-Prinzen gefallen!«

»Er ist ein Schüler meiner Feinde, aber sie sind ihm um ein Vielfaches überlegen. Daher war ich so besorgt.«

»Wirklich? Warum seid Ihr Euch da so sicher?«

»Vielleicht kennst du dich in der Welt der Kampfkünste zu wenig aus, junge Dame. Habt ihr noch vor Augen, wie er meinen Sohn verletzt hat? Mit genau dieser Art des Kung-Fu wurden die Löcher in den Totenschädel geschlagen, den ihr heute Morgen gesehen habt.«

»Verhält es sich mit den Kampfkünsten demnach genauso wie mit der Kalligrafie und der Malerei? Man kann also auf einen Blick erkennen, um welchen Meister und welche Schule es sich handelt?« Huang Rong verstand sich gut darauf, die Unwissende zu spielen. »So wie der Kalligraf Wang Xianzhi offensichtlich ein Schüler seines Vaters Wang Xizhi war und Wang Xizhis Stil wiederum von der Großen Frau Wei stammte, die bei Zhong Yao in die Schule gegangen war.«

»Du bist wirklich sehr klug. Meine Feinde sind allerdings ausgesprochen niederträchtig und brutal und sind es nicht wert, mit den größten Kalligrafen der Geschichte verglichen zu werden.«

Huang Rong wagte nichts mehr einzuwenden. Sie nahm Guo Jing bei der Hand. »Lass uns nachsehen, wie das Kung-Fu dieses weißbärtigen Alten aussieht.«

»Wir sollten Meister Qiu nicht stören«, wandte Gutsherr Lu ein.

»Seid unbesorgt.« Huang Rong lief mit Guo Jing an der Hand hinaus.

Diese junge Frau ist mir ein wenig zu dreist, dachte Gutsherr Lu. Da er an seinen Stuhl gefesselt war, ließ er sich rasch von zwei Dienern hinter dem Paar hertragen. Als er sie eingeholt hatte, standen Huang Rong und Guo Jing vor dem Studierzimmer und pressten ihre Nasen an ein Papierfenster, in das sie kleine Löcher gemacht hatten, um hineinzuspähen.

Als sie die Diener näherkommen hörten, legte Huang Rong einen Finger an den Mund und winkte Gutsherrn Lu stumm heran.

Da er fürchtete, die freche junge Frau könnte zu Murren anfangen und Mu Qianren damit erst recht stören, ging er, auf seine Diener gestützt, näher heran. Huang Rong machte ihm Platz, damit auch er zu sehen bekäme, was ihre und Guo Jings Aufmerksamkeit so gefesselt hatte.

Meister Qiu saß im Schneidersitz und mit halb geschlossenen Augen da. Durch die geöffneten Lippen stieß er unablässig kleine Rauchwolken aus.

Als Schüler eines großen Kampfkunstmeisters hatte Gutsherr Lu viel über das anspruchsvollste Kung-Fu unterschiedlicher Schulen und Stile gelernt, aber so etwas wie das hier kannte er nicht. Trotzdem gehörte es sich nicht, seinen Gast auszuspionieren. Er zog Guo Jing am Ärmel. Guo Jing war sofort bereit, den Willen seines Gastgebers zu respektieren, und folgte ihm mit Huang Rong zurück in die Halle.

Huang Rong kicherte. »Dieser weißbärtige Mann tut so, als wäre er ein alter Einsiedler, dabei brennt in seinem Bauch ein Feuer!«

»Ich denke, du verstehst das nicht richtig«, sagte Gutsherr Lu. »Es handelt sich ganz einfach um ein außerordentliches inneres Kung-Fu.«

»Ob er in der Lage ist, Feuer zu spucken?« Huang Rong tat jetzt nicht nur so, als ob sie keine Ahnung hätte; sie wunderte sich tatsächlich über dieses rätselhafte Kung-Fu.

»Das sind keine albernen Schaustellerkunststücke wie Schwertschlucken oder Feuerspeien. Ein Feuerspucker kann seine Feinde nicht verbrennen. Wer ein so exquisites inneres Kung-Fu besitzt, der erledigt seine Gegner so spielend, als würde er nur Blumen pflücken.«

»Durch Blumenpflücken? Ach so, jemanden *selbst mit zerstampften Blütenblättern zu schlagen wissen*!«

Gutsherr Lu lächelte. »Genau.« Das Zitat aus einem Gedicht der Tang-Zeit brachte ihn auf eine Idee. Er schickte seinen Sohn mit einem neuen Befehl zu den Piratenkapitänen: Sie sollten hinaus auf den See fahren und auf alle Wege ringsum ausströmen, sämtlichen verdächtigen Gestalten auflauern und diese freundlich in den Wanderwolkenpalast einladen. Dann wies er seine Diener an, das große Tor zu öffnen und jeden Gast willkommen zu heißen.

Am Abend war die große Halle des Wanderwolkenpalasts taghell. Dutzende riesiger Kerzen erleuchteten den runden Banketttisch in der Mitte des Raums. Lu Guanying führte Qiu Qianren persönlich zum Ehrenplatz. Guo Jing und Huang Rong durften gleich daneben Platz nehmen und zuletzt setzten sich Gutsherr Lu und sein Sohn an den Tisch.

Gutsherr Lu wagte noch nicht, Qiu Qianren nach dem Grund seines Aufenthalts in der Gegend zu fragen. Stattdessen ließ er mehrere Runden Wein einschenken und beließ es bei höflichem Geplauder über das Wetter und die Schönheit der Umgebung. Schließlich räusperte sich Qiu Qianren und fragte: »Als Befehlshaber über sämtliche Piratenbanden des Tai-Sees müsst Ihr über beachtliches Kung-Fu verfügen, Gutsherr Lu. Ob Ihr mir etwas davon zeigen würdet?«

»Ich bin seit Langem körperlich indisponiert und das Wenige, das ich gelernt habe, habe ich längst vergessen.«

»Wer ist Euer Meister? Womöglich kenne ich ihn?«

Gutsherr Lu stieß einen langgezogenen Seufzer aus. Erst nach einer langen Pause antwortete er. »Ich war jung und unwissend, bin der Güte meines Meisters nicht gerecht geworden und habe mich fehlleiten lassen. Meine Verfehlungen beschmutzen den Ruf meines Meisters.«

Deshalb hat er mir nie seine wahren Fähigkeiten gezeigt, dachte Lu Guanying. *Vater wurde von seinem Meister verstoßen! Es muss eine qualvolle Erinnerung für ihn sein. Hätte dieser Jin-Hund mich nicht verletzt, hätte ich nie erfahren, dass mein Vater die Kampfkunst beherrscht.*

»Aber Ihr steht doch im Zenit Eures Lebens und befehligt eine große Gruppe fähiger Männer«, widersprach Qiu Qianren. »Ihr solltet die Gelegenheit ergreifen und Euch für ein hohes Ziel einsetzen. Auf diese Weise könntet Ihr Euren alten Kummer begraben und Euer Meister würde seinen Fehler bereuen.«

»Ich bin ein Krüppel, Meister Qiu. So sehr ich Euren freundlichen Rat zu schätzen weiß, so wenig habe ich Interesse daran, große Taten zu vollbringen, zumal meine körperlichen Fähigkeiten dazu nicht ausreichen.«

»Ihr seid zu bescheiden. Ich dagegen sehe einen leuchtenden Pfad vor Euch.«

»Darf ich fragen, wie Ihr das meint?«

Aber Qiu Qianren lächelte nur in sich hinein und wandte sich wieder dem Essen zu.

Gutsherr Lu war sich sicher, dass diese Bemerkung etwas mit dem Grund zu tun haben musste, aus dem Meister Qiu nach über einem Jahrzehnt der Abgeschiedenheit wieder im Jianghu unterwegs war. Doch er bezwang seine Neugier und übte sich in höflicher Zurückhaltung gegenüber dem Älteren.

»Ich bin mir sicher, dass jemand, der ein so großartiges Anwesen wie den Wolkenwanderpalast errichtet hat, der Schüler eines Großmeisters des Jianghu sein muss«, sagte Qiu Qianren schließlich nach längerem Schweigen.

»Mein Sohn beaufsichtigt das Anwesen. Er ist ein Schüler von Abt Kumu von der Schule der Unsterblichen Abendwolken in Lin'an.«

»Ah, Abt Kumu, der Vorsteher des Yunqi-Tempels! Das Kung-Fu dieser Shaolin-Mönche kann sich sehen lassen. Ob der junge Herr mir etwas von seiner Kunst vorführen würde?«

Lu Guanying erhob sich sofort und machte eine Verbeugung. »Es wäre mir eine Ehre, mich von Meister Qiu belehren zu lassen.«

Der junge Mann war sich sicher, dass er selbst vom kleinsten Fingerzeig eines solchen Meisters beträchtlich profitieren könnte. Er stellte sich in der Mitte der Halle auf und nahm die Angriffsposition *Die tigerzähmende Arhat-Faust* ein, seine Vorzeigedisziplin. Seine Fäuste durchschnitten kraftvoll die Luft und sein Schatten tanzte bei seinen fliegenden Tritten. Seine vollendeten und kraftvollen Bewegungen zeugten von seinem Talent, aber vor allem vom Können seines Meisters.

Dann plötzlich brüllte er wie ein Tiger. Seine Energie fegte wie ein Windstoß durch die Halle, die Kerzen flackerten und die Diener wechselten entsetzte Blicke. Lu Guanying sprang und kauerte sich hin, drehte und rollte sich über den Boden, ahmte einen Tiger nach, der sich fauchend und knurrend an seine Beute heranpirscht. Dann hielt er mit einem Mal seine linke Hand mit gekrümmtem Daumen und vier ausgestreckten Fingern senkrecht vor die Brust wie eine Statue des Tathagata Buddha. Er verkörperte nun den wilden Tiger und den Arhat gleichzeitig; der angreifende Tiger sprang hoch, der Arhat schlug zurück. Unter der schnellen Abfolge von Schlägen wurde das Tigergebrüll schwächer. Dann ein gewaltiger Schlag auf den Boden. Die feinen Keramikfliesen splitterten. Lu Guanying stieß sich mit der flachen Hand vom Boden ab und schoss zu voller Höhe empor, die linke Hand zur Decke gereckt, der rechte Fuß schnellte nach vorn. Seine ganze Erscheinung war erhaben wie die eines Erleuchteten.

Er verharrte eine ganze Weile kerzengerade in dieser Pose. Dann ließ er mit dem Ausatmen die Arme sinken.

Guo Jing und Huang Rong jubelten begeistert. Lu Guanying legte die linke Faust in die rechte Handfläche und verneigte sich vor Qiu Qianren, der lächelte, ohne ein Wort zu sagen.

»Ich hoffe, das Kung-Fu meines Sohns ist Eurer nicht unwürdig«, sagte Gutsherr Lu.

»Der junge Herr hat uns eine wunderbare Übung zur Stärkung der physischen Kräfte vorgeführt, die jedoch im Kampf wenig nützt.«

Auf diese harschen Worte folgte betretenes Schweigen. Schließlich sagte Gutsherr Lu: »Wir wären dankbar, wenn Ihr uns etwas von Eurer Weisheit mit auf den Weg geben würdet.«

Qiu Qianren stand schweigend auf und ging hinaus in den Hof.

Guo Jing verstand die Welt nicht mehr. Warum sollte das ausgezeichnete Kung-Fu des jungen Herrn nutzlos sein? Auch wenn er kein Meister war, besaß Lu Guanying zweifellos ein großes Verständnis für die Kunst des Shaolin-Kung-Fu.

Mit einem Ziegelstein in jeder Hand kehrte Qiu Qianren in die Halle zurück. Er streckte die Arme vor sich aus und drückte mit den Fingern zu. Die Ziegelsteine zerbarsten in winzige Stücke. Dann schloss er seine Fäuste darum, und der Rest wurde zu Staub, der leise auf den Tisch rieselte.

Auch von diesem meisterlichen Kung-Fu hatte noch keiner der Anwesenden je gehört. Nach dieser beeindruckenden Vorführung fegte Qiu Qianren den Staub mit den Händen in einen Hemdzipfel und ging hinaus, um ihn in den Hof zu leeren.

»Einen Ziegelstein mit einer Hand zu zerschlagen mag beeindruckend erscheinen«, sagte Qu Qianren, als er zurückkam, »aber der Gegner wird nicht stillstehen und auf den Schlag warten. Ist sein inneres Kung-Fu stark genug, dann wird die ganze Kraft deines Schlags auf dich zurückwirken und dich selbst verletzen. Um deine Kunst wirkungsvoll einzusetzen, musst du in der Lage sein, einen Stein in der Hand zu Staub zu zerdrücken.«

Das waren weise Worte. Lu Guanying nickte.

»Unzählige versuchen sich am Erlernen der hohen Kampfkünste, aber nur die Wenigsten verstehen sich auf das wahre Kung-Fu.«

»Und diese wären …?«, fragte Huang Rong.

»Ketzer des Ostens, Gift des Westens, König des Südens und Bettler des Nordens werden als die größten lebenden Meister betrachtet. Magier der Mitte Wang Chongyang besaß ein allen anderen überlegenes Neigong, während jeder der anderen vier seine ihm eigenen Stärken und Schwächen hat. Wem es gelingt, diese Schwächen zu erkennen, der sollte in der Lage sein, sie zu besiegen.«

Bei diesen Worten sahen sich alle Anwesenden fassungslos an. Alle bis auf Lu Guanying, der noch nie von den fünf Großmeistern gehört hatte. Huang Rong war zwar durchaus beeindruckt von der Kunst dieses Meisters, aber auf ihren Vater ließ sie nichts kommen. »Ihr solltet Euch mit den Großmeistern messen und damit einen Namen machen«, sagte sie mit leichtem Spott in der Stimme.

»Wang Chonyang weilt nicht mehr unter uns. Bedauerlicherweise hatte ich mich zur Zeit des Wettkampfs auf dem Gipfel des Hua um wichtige Angelegenheiten zu kümmern. Und so wurde der daoistische Meister zum größten Kampfkünstler seiner Zeit bestimmt. Die fünf wetteiferten damals um eine Abhandlung über die Kampfkunst namens *Der wahre Weg der Neun Yin*. Derjenige, der als Sieger aus dem Wettkampf hervorging, sollte der Besitzer dieser Schrift werden. Nach sieben Tagen und sieben Nächten gestanden Ketzer des Ostens, Gift des Westens, König des Südens und Bettler des Nordens ihre Niederlage ein. Es heißt, Wang Chonyang habe das Handbuch vor seinem Tod an seinen daoistischen Bruder Zhou Botong übergeben, aber der Ketzer des Ostens habe Zhou Botong herausgefordert, ihn im Kampf besiegt und das Handbuch an sich genommen. Das ist alles, was ich darüber weiß.«

Huang Rong und Guo Jing sahen sich an. Das also war die ganze Geschichte des begehrten Handbuchs! Unwillkürlich mussten sie an die Zwillingsmörder der Dunklen Winde denken, die das Buch abermals aus der Hand des Ketzers des Ostens gestohlen hatten.

»Da Euer Kung-Fu dem der anderen so überlegen ist, sollte das Handbuch Euch gehören, nicht wahr?«, stichelte Huang Rong.

»Ich habe kein Interesse daran, mich mit anderen wegen eines Buchs zu streiten. Seit Wang Chongyangs Tod sind noch vier Großmeister verblieben, die alles dafür tun, um bald selbst an seine Stelle zu treten. Der nächste Wettkampf auf dem Gipfel des Hua wird zeigen, wer von ihnen alle anderen überragt.«

»Es wird einen zweiten Wettkampf der Großmeister geben?«

»Der Wettkampf wird alle fünfundzwanzig Jahre ausgetragen, der nächste findet also in wenigen Jahren statt. Im Grunde wäre es Zeit für eine jüngere Generation, aber die Ära der großen Kampfkünstler scheint vorbei und es fehlt an jungen Talenten. Es sieht so aus, als würden wieder wir alte Veteranen gegeneinander antreten.« Qiu Qianren schüttelte bedauernd den Kopf.

»Wann genau ist es so weit? Ob Ihr uns mitnehmen würdet auf den Hua? Ich liebe es, bei Wettkämpfen zuzusehen«, sagte Huang Rong.

»Ha, so redet nur ein Kind! Das ist nicht einfach nur ein Wettkampf. Ich selbst, der ich bereits mit einem Bein im Grab stehe, habe kein Interesse daran. Außerdem gibt es dringlichere Aufgaben für einen Mann des Jianghu. Schließlich habe ich mein friedliches Leben in Abgeschiedenheit aufgegeben, um mich für das einfache Volk einzusetzen. Ohne mein Eingreifen würden Tausende in großes Unglück gestürzt.«

Alle spitzten die Ohren.

»Es handelt sich um eine Sache von höchster Geheimhaltung. Da unsere beiden jungen Freunde hier nichts mit der Welt des Jianghu zu tun haben, sollten sie auch nicht mit solchen Dingen belastet werden.«

»Wir sind gute Freunde von Gutsherr Lu, er würde uns gewiss nichts vorenthalten.« Huang Rong setzte ein süßes Lächeln auf.

Gutsherr Lu verfluchte die vorlaute Art dieser jungen Frau innerlich. Aber natürlich hatte sie recht.

»Ich möchte Euch jedoch bitten, mit niemandem außerhalb dieser Mauern darüber zu reden.«

Wenn es sich um eine streng geheime Angelegenheit handelt, sollten wir besser nichts darüber erfahren, dachte Guo Jing, nahm Huang Rongs Hand und erhob sich. »Wenn wir uns verabschieden dürften.«

»Aber bitte setzt Euch doch«, sagte Qiu Qianren. »Als Freunde des Hausherrn dürft Ihr natürlich erfahren, worum es sich handelt.« Er legte eine Hand auf Guo Jings Schulter. Guo Jing war überrascht, wie wenig Kraft darin lag. Dennoch widerstand er der Versuchung, sie mit seinem inneren Kung-Fu abzuwehren, und setzte sich wieder hin.

Qiu Qianren erhob sich von seinem Platz und prostete den vier an der Tafel Sitzenden zu. »Ich weiß nicht, ob Ihr wisst, welch großes Unheil der Song-Dynastie in einem halben Jahr bevorsteht.«

Lu Guanying bedeutete der Dienerschaft, auch derjenigen, die das Essen servierte, sich zurückzuziehen. Diese Dinge waren nicht für ihre Ohren bestimmt.

»Ich habe glaubwürdige Informationen darüber, dass die Armee der Jin in einem halben Jahr in den Süden einmarschieren wird und die große Song-Dynastie damit mit Sicherheit den Rest ihres Reichs verlieren wird. Das ist unser unausweichliches Schicksal«, sagte Qiu Qianren.

»Wenn das so ist, dann müsst ihr den Hof so schnell wie möglich warnen!«, rief Guo Jing alarmiert aus.

»Als würdet Ihr Euch auf Politik verstehen, junger Mann«, sagte Qiu Qianren verächtlich. »Wenn der Hof eine Streitmacht aufstellt, wird das Unglück nur größer.«

Niemand verstand, wovon er redete.

»Ich habe lange darüber nachgedacht«, fuhr er fort. »Uns bleibt nur ein einziger Ausweg, um unsere herrliche Heimat davor zu bewahren, zerstört und geplündert zu werden. Allein auf diese Weise können wir unser Volk beschützen, damit es in Frieden weiterleben kann. Aus diesem Grund habe ich es auf mich genommen, die beschwerliche Reise in den Süden anzutreten. Ich habe gehört, dass meine Gastgeber den jungen Prinzen des Jin-Reichs und auch Kommandant Duan gefangen genommen haben. Wie wäre es, wenn Ihr sie hierher an unseren Tisch bittet?«

Gutsherr Lu wunderte sich, warum Qiu Qianren von den Gefangenen wusste und warum ihm an einem Verräter und dem Thronerben der Feinde gelegen war. Dennoch wies er Diener an, die beiden in die Halle zu bringen.

Als sie eintrafen, ließ er ihnen die Handschellen abnehmen, wies ihnen die am wenigsten ehrenvollen Plätze am Tisch zu, ließ aber weder Besteck noch Geschirr für sie auftragen. Guo Jing und Huang Rong bemerkten, dass Wanyan Kang nach diesen Tagen im Gefängnis abgemagert aussah. Kommandant Duan, ein Mann um die fünfzig mit einem wirren Bart, sah sich verängstigt um.

»Euer Hoheit«, grüßte Qiu Qianren den Prinzen ehrerbietig. Der Prinz nickte, war in Gedanken aber mehr mit der unerwarteten Gegenwart Guo Jings beschäftigt. *Was macht der denn hier? Und wer ist das an seiner Seite?* Die drei wechselten kurze Blicke, ohne einander zu grüßen.

»Euer Anwesen sucht in der Tat seinesgleichen, Gutsherr Lu«, hob Qiu Qianren an.

Gutsherr Lu verstand nicht, worauf er hinauswollte. Dass sein Gast so vertraut mit dem Jin-Prinzen schien, gefiel ihm gar nicht. »Das ist zu viel der Ehre, Meister. Ich bin von niedrigem Rang und lebe ein bescheidenes Leben.«

»Dringt die Armee der Jin erst einmal nach Süden vor, werden Tod und Zerstörung unausweichlich sein. Der Grund meiner Reise hierher ist, die Helden des Südens zu vereinen, um die Schrecken des Krieges abzuwenden. Wir Kampfkünstler sind darauf bedacht, unserem Land zu dienen und unser Volk aus Notlagen zu befreien.

Unser korrupter Hof hat nie verstanden, sich meine Loyalität und Ergebenheit zunutze zu machen. Doch wenn es darum geht, seinem Land einem Dienst zu erweisen, sind Rang und Ehre nebensächlich«, sagte Qiu Qianren.

»Was also gilt es zu tun?«, fragte Gutsherr Lu.

Qiu Qianren strich sich lächelnd über den Bart. Als er weiterreden wollte, wurde er jedoch von einem Diener unterbrochen, der in die Halle gelaufen kam. »Kapitän Zhang hat auf dem See sechs außergewöhnliche Herrschaften abgefangen. Sie warten draußen.«

»Bittet sie herein!«

Warum sind sie zu sechst?, fragte sich Gutsherr Lu. *Haben sich die Zwillingsmörder der Dunklen Winde Verstärkung geholt?*

桃花岛主

4
Der Herr der Pfirsichblüteninsel

Bewaffnet und noch dazu von ungewöhnlicher Aufmachung, waren die Sechs Sonderlinge Kapitän Zhang sofort verdächtig erschienen. Ob das die von Gutsherr Lu gefürchteten Feinde waren, die er auf dem Tai-See abfangen sollte? Als ihr Boot auf dem See aufkreuzte, winkten Zhang und seine Männer sie daher freundlich heran. Die sechs waren ihrer Heimat so viele Jahre fern gewesen, dass sie nichts von der gegenwärtigen Lage rund um den Tai wussten. Nach langer Reise trennten sie nur noch wenige Tagesreisen von Lin'an, und sie freuten sich, Vertretern der Welt des Jianghu zu begegnen. Ohne ihre Identität preiszugeben, wechselte Zhu Cong ein paar Worte im Dialekt des Südens mit dem Kapitän und nahm seine Einladung in den Wanderwolkenpalast an. Der Gedanke, möglicherweise den Feind höchstpersönlich in das Anwesen zu bringen, behagte Kapitän Zhang gar nicht, aber er gehorchte dem Befehl des Gutsherrn.

»Erster Meister, Zweiter Meister, Dritter Meister, Vierter Meister, Sechster Meister, Siebte Meisterin!« Freudestrahlend sprang Guo Jing von seinem Platz auf, ging auf die Knie und machte Kotaus.

Guo Jings Reaktion auf das Erscheinen der sechs seltsamen Gestalten in der Empfangshalle zerstreute Gutsherr Lus schlimmste

Befürchtungen. Doch bevor er nach den Namen seiner Gäste fragen konnte, fuhr der Dickwanst mit der Reitpeitsche Guo Jing an: »Ist die kleine Hexe etwa auch hier?«

»Nicht jetzt, Bruder!«, zischte Han Xiaoying dem Reiterkönig zu. Ihre scharfen Augen hatten längst bemerkt, dass es sich bei dem jungen Mann neben Guo Jing um niemand anderen als Huang Rong in Männerkleidung handelte.

Nein, diese Frau klingt gar nicht wie Mei Chaofeng, dachte Gutsherr Lu erleichtert. Höflich legte er die Hände ineinander und verneigte sich, während Guo Jing seine Meister mit Namen vorstellte. »Bitte vergebt mir, dass ich mich nicht erhebe, meine Beine gehorchen mir nicht mehr. Ich habe schon viel von den sieben Helden gehört und bewundere Eure Großtaten. Leider hatte ich noch nie das Vergnügen. Umso mehr beglückt es mich, Euch heute hier willkommen zu heißen.« Er wies die Diener an, einen Tisch für die Neuankömmlinge zu decken.

Qiu Qianren saß unterdessen mit herablassender Miene auf seinem Ehrenplatz und widmete sich, unbeeindruckt vom Erscheinen der Sonderlinge, ausgiebig dem Essen. Lediglich bei der Nennung ihrer Namen zuckte kurz ein spöttisches Lächeln über sein Gesicht.

»Und wer ist jener Herr dort?« Reiterkönig Han Baoju konnte sich immer noch nicht beherrschen.

»Einer der größten lebenden Meister des Kung-Fu. Sein Ruf eilt ihm im ganzen Jianghu voraus.«

»Doch nicht etwa Huang Yaoshi, der Herr der Pfirsichblüteninsel?«, fragte Han Xiaoying.

»Der Neunfingrige Bettler Hong Qigong?«, fragte Han Baoju.

Gutsherr Lu schüttelte den Kopf. »Dieser Herr ist der berühmte Wasserwanderer mit der Eisenfaust.«

»Qiu Qianren!«, rief Ke Zhen'e verblüfft. Ihm als dem Ältesten der Sonderlinge war der Name noch ein Begriff.

Qiu Qianren nahm diese Reaktion mit sichtlicher Genugtuung auf. Er unterbrach kurz das Essen, warf den Kopf zurück und lachte schallend.

Ein zweiter Tisch war gedeckt und die Sechs Sonderlinge nahmen ihrer Rangfolge gemäß daran Platz. Guo Jing warf Huang Rong einen fragenden Blick zu. Sie schüttelte lächelnd den Kopf und er setzte sich ohne sie zu seinen Meistern.

»Ich hätte nicht gedacht, dass Bruder Guo sich auf die Kampfkunst versteht und noch dazu ein Schüler namhafter Meister ist«, sagte Gutsherr Lu, nachdem alle versorgt waren.

Guo Jing sprang sofort wieder auf die Füße. »Bitte vergebt mir meine Zurückhaltung. Ich bin völlig untalentiert und habe kaum etwas von der großen Kunst meiner Lehrer zu meistern gelernt. Mein Kung-Fu ist nicht der Rede wert.«

Die Sechs Sonderlinge versöhnte das bescheidene Auftreten noch ein klein wenig mehr mit ihrem braven Schüler. Im Grunde hatten sie Guo Jing seine Aufmüpfigkeit längst verziehen.

»Man hört, dass die sechs Helden sich im Jianghu einen Namen gemacht haben.« Unvermittelt ließ sich nun auch Qiu Qianren zu einem Wort an die Sonderlinge herab. »Es wäre sicher ein Gewinn für mein Unterfangen, Euch sechs auf meiner Seite zu wissen.«

»Meister Qiu wollte uns eben von einer wichtigen Mission berichten, die ihn in den Süden geführt hat«, erklärte Gutsherr Lu.

»Wir alle, die wir der Welt der Kampfkünste angehören, stehen für Rechtschaffenheit und Gerechtigkeit ein, um das Volk vor Not und Bedrängnis zu bewahren«, hob Qiu Qianren an. »Die Armee des großen Jin-Reichs steht kurz davor, in den Süden einzumarschieren. Krieg scheint unvermeidlich, und unzählige Menschenleben stehen auf dem Spiel. Dürfen wir das zulassen? Wir alle kennen das Sprichwort: *Wer sich dem Willen des Himmels beugt, dem wird es wohlergehen, wer sich ihm widersetzt, muss sterben.* Meine Mission hier im Süden ist, die Helden der Kampfkunst zu einen, um zu verhindern, dass das Song-Kaiserhaus die Bedrohung für das Volk missachtet. Der Hof muss verstehen, in welcher ausweglosen Lage sich der Süden befindet. Es liegt auf der Hand, dass es für alle das Beste wäre, sich den Jin zu ergeben und damit die sinnlosen Verluste und die Demütigung auf dem Schlachtfeld zu verhindern. Wenn uns das gelingt, wird uns der tiefe Dank des einfachen Volks sicher sein, ganz zu schweigen vom Ruhm und der Ehre, die es uns eintragen wird. Unser Streben nach Rechtschaffenheit und Gerechtigkeit wird damit kein leeres Wort mehr sein.«

Schlagartig hatten die Sechs Sonderlinge die Gesichtsfarbe gewechselt. Quan Jinfa zupfte vorsorglich die beiden aufbrausenden Han-Geschwister am Ärmel und sah sie, mit einem Seitenblick auf Gutsherr Lu, scharf an. *Wartet ab, was unser Gastgeber zu sagen hat!*

»Mag sein, dass ich Räuber und Piraten in meinem Haus beherberge, aber ich weiß, auf welcher Seite ich stehe.« Gutsherr Lu verbarg sein Entsetzen über den verräterischen Vorschlag des Meisters hinter einem Lächeln und wählte jedes Wort mit Bedacht. »Sollte die Jin-Armee es wagen, in den Süden einzufallen und meine Landsleute zu meucheln, werde ich selbstverständlich an der Seite sämtlicher Meister des Jianghu bis zum Letzten gegen sie kämpfen.« Er machte eine kurze Pause. »Ich nehme an, Meister Qiu wollte mit seinen Worten unsere Loyalität auf die Probe stellen.«

»Wie könnt Ihr nur so kurzsichtig sein, Bruder Lu!«, rief Qiu Qianren. »Was soll Gutes dabei herauskommen, wenn man den Song-Kaiser gegen die Jin unterstützt? Dann droht uns das gleiche Schicksal wie General Yue Fei – ein einsamer und trauriger Tod in der Sturmwindpagode!«

Jetzt konnte Gutsherr Lu seinen Zorn nicht mehr bezähmen. »Jeden Augenblick werden meine Feinde hier eintreffen. Ich hatte gehofft, Meister Qiu um seine Hilfe bitten zu können. Doch nun, wo ich sehe, wie unversöhnlich unsere Prinzipien sind, würde ich mir eher die Kehle durchschneiden und mein Blut über den Boden spritzen sehen, als …« Er legte förmlich die Hände ineinander, verneigte sich und wies zur Tür. »Bitte.«

Die Sechs Sonderlinge, Guo Jing und Huang Rong bewunderten Gutsherrn Lu für seine deutliche Antwort.

Wortlos lächelnd hob Qiu Qianren seinen Weinbecher und klemmte den oberen Rand zwischen Daumen und Zeigefinger der rechten Hand. Dann ließ er den Becher auf der linken Handfläche kreisen, nahm mit einem Ruck die rechte Hand weg und schlug mit der Handkante gegen den Rand. Klirrend fiel ein feiner Ring aus Porzellan auf den Tisch. Er stellte das Trinkgefäß neben den abgeschlagenen oberen Rand. Die Enden waren sauber und glatt.

Porzellan zerschlagen konnte jeder, mit bloßen Händen einen so exakten Rand abzutrennen zeugte indessen von unglaublichen Fähigkeiten.

»Schamloser Angeber! Ich habe die Faxen satt!«, platzte es aus Han Baoju heraus, während Gutsherr Lu noch überlegte, wie er reagieren sollte. Der Reiterkönig baute sich herausfordernd vor Qiu Qianren auf. »Stell dich dem Kampf, Verräter!«

»Nichts lieber als das. Eine vortreffliche Gelegenheit, das wahre Können der berühmten Sonderlinge auf die Probe zu stellen. Alle sechs gleichzeitig, bitte!«

»Die sechs Helden des Südens sind es gewohnt, Seite an Seite zu kämpfen, einer für alle, alle für einen, egal ob gegen einen Gegner oder tausend«, warf Gutsherr Lu rasch ein, besorgt, dass Han Baoju darauf bestehen würde, allein gegen den weitaus überlegenen Meister anzutreten.

Zhu Cong verstand den Wink. »Es soll uns sechs eine Ehre sein, uns gemeinsam mit einem wahren Großmeister zu messen«. Mit einem Ruck erhoben sich auch die übrigen vier von ihren Plätzen.

Qiu Qianren nahm seinen Stuhl und stellte ihn in einiger Entfernung von den Tischen in die Mitte der Empfangshalle. Dann setzte er sich darauf und schlug die Beine übereinander. »Gerne spiele ich im Sitzen ein wenig mit Euch«, sagte er ungerührt.

Die Sechs Sonderlinge zogen hörbar die Luft ein. Was für eine Provokation! Verfügte dieser Kerl wirklich über ein so überragendes Kung-Fu, dass er sich diese dreiste Arroganz erlauben konnte?

»Lasst mich anstelle meiner Meister gegen Euch antreten!« Guo Jing stellte sich zwischen den Qiu Qianren und die Sonderlinge. Nachdem er Zeuge von Qiu Qianrens ungewöhnlichen Fähigkeiten geworden war, war er sich sicher, dass seine Meister nicht gegen ihn bestehen konnten. Es war seine Pflicht als ihr Schüler, Schaden von ihnen abzuwenden – selbst wenn es sein Leben kostete.

»Haha«, lachte Qiu Qianren. »Haben sich deine Eltern die Mühe gemacht, dich aufzuziehen, damit du so leichtfertig dein Leben wegwirfst, Junge?«

»Aus dem Weg, Guo Jing!«, riefen die Sechs Sonderlinge wie aus einem Mund. Aus Angst, dass sie ihn doch noch zurückhalten könnten, fackelte Guo Jing nicht lange. Er beugte das linke Knie und ließ die rechte Hand kreisen. *Die Reue des stolzen Drachen.*

Er hatte diese Form wieder und wieder geübt und seit dem Tag, an dem der Bettlerfürst ihm den Schlag zum ersten Mal gezeigt hatte, gewaltige Fortschritte gemacht. Ganz, wie er es gelernt hatte, legte er gegen einen mächtigen Gegner bewusst nur ein Drittel seiner inneren Kraft in den Schlag, um genug in Reserve zu behalten.

Qiu Qianren schätzte das Kung-Fu der Sonderlinge ihrem Auftreten nach als bestenfalls mittelmäßig ein. Also ging er davon aus, dass von ihrem Schüler noch weniger zu befürchten war. Niemals hätte er von diesem unbedarften Jungen einen so mächtigen Schlag erwartet. Im letzten Augenblick schoss er von seinem Stuhl hoch.

Mit einem lauten Krachen zersplitterte der rote Sandelholzstuhl zu einem Haufen Brennholz.

Qiu Qianren landete wieder auf den Füßen. Durch den Schrecken hatte er kurz seine herablassende Haltung eingebüßt, und ein Anflug von Panik war über sein Gesicht gehuscht. Doch schon hatte er sich wieder gefasst. »Unverschämter Bengel!«

Guo Jing wagte nicht, erneut als Erster zuzuschlagen. Einen Älteren anzugreifen gehörte sich nicht, schon gar nicht einen Großmeister. »Gewährt mir die Gunst, von Euch zu lernen, Meister«, sagte er demütig.

»Sei nicht so zimperlich mit diesem widerwärtigen alten Knacker, Jing!« Huang Rong versuchte besorgt, Qiu Qianren abzulenken.

Widerlicher alter Knacker? Noch nie hatte jemand gewagt, ihm, Qiu Qianren, eine solche Beleidigung ins Gesicht zu schreien. Außer sich vor Wut wollte er sich auf Guo Jing stürzen; dann besann er sich auf seinen Rang. Es ging nicht an, auf einen Novizen wie auf einen ernsthaften Gegner loszugehen. Er täuschte den Schlag mit der Rechten, zu dem er angesetzt hatte, nur an und vollführte mit der Linken die *Brauenstreiferhand*. Guo Jing wich zur Seite aus. Schnell ließ der Meister den verfehlten Angriff wie eine Finte aussehen, zog die Hand zurück und verwandelte die Attacke in einen *Schnapphaken*. Dann schlug er noch einmal mit der *Brauenstreiferhand* zu, drehte sich im Sprung um die eigene Achse, landete in der Kniebeuge und ließ dabei die Rechte als *Schmetterhand* niedergehen.

»Was soll daran Besonderes sein? Das kennt doch jedes Kind!«, rief Huang Rong. »*Die Gans verlässt den Schwarm* ist das, aus der Reihe der *Sechs gekreuzten Arme*!«

Qiu Qianren hatte Jahrzehnte gebraucht, um genau diesen Kampfkunststil zu perfektionieren und hatte die ursprünglich *Fünf gekreuzten Arme* zu sechs erweitert. Die einzelnen Formen hatten nichts Außergewöhnliches; erstaunlich war vor allem die Art, wie er die Kraft der beiden Arme koordinierte. Während er mit einer Hand zuschlug, lenkte er zusätzlich die Kraft der herumwirbelnden freien Hand in den Hieb. Auf diese Weise waren seine Hände in einem unvorhersehbaren energetischen Kreislauf miteinander verbunden und zogen jeweils Kraft aus der anderen Hand, ohne dass der Gegner einschätzen konnte, welche gerade die gefährlichere war.

Eine so ausgeklügelte Koordination zwischen beiden Körperhälften war Guo Jing noch nicht begegnet. Sein Selbstvertrauen wankte. Er dachte an Hong Qigongs Lehrsätze über die Bedeutung von »Stolz« und »Reue«. Unschlüssig, ob er einen weiteren Angriff wagen sollte, wich er zurück.

Der Junge kann zwar mit einem Schlag einen Stuhl zerschmettern, mehr als brutale Kraft hat er nicht aufzubieten. Das ist kein ernst zu nehmendes Kung-Fu, sagte sich Qiu Qianren mit Genugtuung. Er legte in schneller Folge mit *Handteilerhieb, Yin-reizender Stoß* und *Den Berg auf dem Tigerrücken erklimmen* nach, ein Schlag feuriger als der andere.

Huang Rong, die um Guo Jing fürchtete, trat dichter an die Kämpfenden heran, um ihm im Notfall beizustehen. Als Guo Jing mit einer Seitwärtsbewegung erneut vor einem Tritt des Gegners auswich, sah er Huang Rongs besorgtes Gesicht und war kurz abgelenkt.

Qiu Qianren nutzte den Augenblick der Unachtsamkeit und schlug jetzt ernsthaft zu. Mit *Die weiße Schlange spuckt die Zunge aus* landete seine unerbittliche Faust mitten auf Guo Jings Brust.

Die Zuschauer schrien vor Entsetzen auf. Ein solcher Schlag von einem derart mächtigen Gegner war tödlich!

Als die Faust auf ihn zugeschossen kam, war Guo Jing vor Schreck alle Farbe aus dem Gesicht gewichen. *Jetzt ist es aus mit mir,* schoss es ihm durch den Kopf. Aber seltsamerweise spürte er keinen

Schmerz, was ihn vollends verwirrte. Wie benommen bewegte er seine Arme und Schultern. Nichts. »Alles in Ordnung, Jing?« Huang Rong war sofort zu ihm gerannt, um ihn zu stützen. Tränen liefen über ihr Gesicht. *Der verdammte Widerling hat ihn bewusstlos geschlagen!*, fluchte sie innerlich.

Zu ihrer Überraschung lächelte Guo Jing. »Mir geht es gut, sei unbesorgt. Das machen wir gleich noch mal.« Er warf sich in die Brust und stellte sich vor Qiu Qianren auf. »Held der Eisenfaust nennt Ihr Euch, richtig? Schlagt noch einmal zu.«

Schäumend vor Wut bündelte Qiu Qianren seine Kräfte und ließ noch einmal seine unbarmherzige Faust auf Guo Jing los. Sie zielte mitten auf sein Herz.

Guo Jing lachte so ausgelassen, wie es sonst gar nicht seine Art war. »Meister, Huang Rong … Das Kung-Fu dieses alten Angebers ist nicht mehr als gewöhnlich. Seine Schläge sehen gefährlich aus, aber er hätte nicht tatsächlich zuschlagen dürfen, denn damit hat er sich verraten.« Er trat vor Qiu Qianren und holte mit dem ausgestreckten linken Arm aus. »Jetzt bin ich dran!«

Als ob ich nicht wüsste, was das für ein Schlag wird!, dachte Qiu Qianren und verschränkte die Arme vor der Brust, fest mit einem Fausthieb rechnend. Er ahnte nicht, dass es sich bei dieser Form um die am schwersten zu durchschauende Kunst der *achtzehn drachenbezwingenden Hände* handelte: *Die Drachen raufen sich im Feld.*

Dieser Schlag war unmöglich vorherzusehen; linker Arm, rechte Faust oder umgekehrt, beides konnte eine Finte oder einen Angriff bedeuten; erwartete der Gegner den linken Arm, schoss die rechte Faust vor. Guo Jings Schlag prallte mit voller Wucht gegen Qiu Qianrens Schulter. Der weißbärtige Mann flog zur Tür hinaus wie ein Papierdrache, bei dem man die Schnur durchtrennt hat. Die Zuschauer rangen nach Luft.

Im Türrahmen fing ihn eine Frauengestalt im Flug auf, packte ihn am Kragen, stapfte mit großen Schritten in den Saal und schleuderte ihn zu Boden. Dann stand sie ruhig da, ihre versteinerte Miene halb hinter langem, wirrem Haar verborgen, den Kopf in den Nacken gelegt.

Mei Chaofeng.

Was den Anwesenden einen noch größeren Schrecken einjagte als der Auftritt von Eisenleiche Mei, war die Gestalt, die hinter ihr erschien.

Ein hochgewachsener, hagerer Mann in einer schwarzen Gelehrtenrobe schwebte in gewissem Abstand hinter Mei Chaofeng her. Sein bleiches Gesicht glich einer hölzernen Fratze; allein seine Augen bewegten sich wachsam in den Höhlen. Es war, als hätte man den Kopf einer Leiche auf den Körper eines Lebenden gepflanzt. Sein Anblick jagte allen Anwesenden eiskalte Schauer über den Rücken. Zitternd wandten sie ihren Blick von ihm ab.

Eben noch hatten alle amüsiert über Qiu Qianrens überraschende Demütigung durch Guo Jing gestaunt, doch die Neuankömmlinge hatten die Possen des zweifelhaften Meisters schlagartig nebensächlich gemacht. Mei Chaofeng war kaum wiederzuerkennen, aber Gutsherr Lu wusste sofort, wen er vor sich hatte. Eine Mischung aus Angst, Trauer und Wehmut überkam ihn.

»Meisterin!« Freudig war Wanyan Kang aufgesprungen und verneigte sich zur allgemeinen Verblüffung vor Mei Chaofeng.

»Schwester Mei Chaofeng, seit mehr als zehn Jahren haben wir uns nicht gesehen. Endlich hat uns das Schicksal wieder zusammengeführt.« Der Hausherr hatte seine Sprache wiedergefunden. »Wie geht es Bruder Chen Xuanfeng?«

Die Sechs Sonderlinge und Guo Jing sahen einander bestürzt an. Gutsherr Lu und Mei Chaofeng ... Schüler desselben Meisters? Auch das noch. *In eine schöne Falle sind wir da getappt*, dachte Ke Zhen'e grimmig. *Mei Chaofeng allein ist schon keine einfache Gegnerin, und jetzt haben wir es obendrein mit ihrem Kampfschulbruder zu tun!*

Huang Rong sah ihre Vermutung bestätigt. *Ich wusste es. Das Kung-Fu und das Wissen dieses Gutsherrn Lu, seine ganze Lebensart hat mich immerzu an meinen Vater erinnert. Natürlich ist er sein Schüler!*

»Bist du es, mein jüngerer Bruder Lu Chengfeng?«, fragte Mei Chaofeng kühl.

»Ja, ich bin es. Wie ist es dir ergangen in all den Jahren, ältere Schwester?«

»Wie es mir ergangen ist? Du machst wohl Witze. Siehst du nicht, dass ich blind bin? Und dein Bruder Xuanfeng ist schon vor Jahren ermordet worden. Bist du jetzt zufrieden?«

»Wer hat unseren Bruder getötet? Ist sein Tod gerächt worden?« Lu Chengfeng war einerseits überrascht, dass jemand die Zwillingsmörder der dunklen Winde erfolgreich hatte angreifen können; andererseits war er froh zu hören, dass er es nur noch mit einer Feindin zu tun hatte, überdies einer blinden. Beim Gedanken an die alten Zeiten, als sie gemeinsam Schüler des Herrn der Pfirsichblüteninsel gewesen waren, stieß er einen tiefen Seufzer aus.

»Ich suche seine Mörder noch immer.«

»Bevor wir unsere offenen Rechnungen begleichen, will ich dir gern helfen, den Mörder unseres Kampfschulbruders zu finden.«

Mei Chaofeng schnaubte verächtlich.

»Wenn du Rache üben willst, nur zu – hier sind wir!« Han Baoju schlug auf den Tisch und wollte sich auf Mei Chaofeng stürzen. Quan Jinfa konnte ihn gerade noch zurückhalten.

»Du …!« Mei Chaofeng schnellte herum.

»Schluss mit diesem Gefasel von Rache!« Qiu Qianren hatte sich halbwegs von Guo Jings Schlag erholt, der ihm durch Mark und Bein gegangen war. »Weißt nicht einmal, wer den eigenen Meister auf dem Gewissen hat und spuckst große Töne! Eine schöne Heldin seid Ihr!«

Mit einem Ruck hatte Mei Chaofeng ihn am Handgelenk gepackt. Der Schmerz drang ihm bis in die Knochen. »Was hast du gerade gesagt?«

»Lass los!«

Sie drückte fester zu. »Was hast du eben gesagt?«

»Huang Yaoshi, der Herr der Pfirsichblüteninsel, wurde ermordet!«, rief er.

»Das ist nicht wahr!«, rief Lu Chengfeng entsetzt.

»Warum sollte ich lügen? Die sieben Jünger Wang Chonyangs, die Daoisten der Quanzhen-Schule, haben sich ihn geschnappt und umgebracht.«

Bei diesen Worten sanken Mei Chaofeng und Lu Chengfeng auf die Knie, schlugen die Köpfe auf den Boden und begannen, herzzerreißend zu schluchzen. Huang Rong wurde ohnmächtig und stürzte rücklings mitsamt ihrem Stuhl um.

Dass jemand den Ketzer des Ostens mit seinem unbezwingbaren Kung-Fu getötet haben sollte, war kaum zu glauben. Wenn jedoch alle sieben Schüler der Quanzhen-Schule ihn mit vereinten Kräften in die Zange genommen hatten …

Sofort war Guo Jing zu Huang Rong gestürzt und hatte sie in die Arme genommen. »Rong, wach auf! Bitte!« Ihr kreidebleiches Gesicht und ihr schwacher Atem machten ihm Angst. »Meister, helft ihr!«

Zhu Cong hielt seine Hand unter ihre Nase. »Keine Sorge, sie ist nur vor Kummer ohnmächtig geworden. Das geht vorbei. Davon stirbt man nicht.« Er massierte den *Tempel der Qualen* genannten Nervenpunkt in der Mitte ihrer Handflächen. Langsam kam wieder Leben in sie.

»Vater? Was ist mit ihm? Ich will zu meinem Vater!«

Trotz seines Schocks dämmerte es Lu Chengfeng. *Aber natürlich! Sie ist seine Tochter! Wie sonst hätte sie auch vom* Tau der neun Blüten *wissen können?*

Er hob sein tränenüberströmtes Gesicht. »Wir fordern diese elenden Daoisten zum Kampf, kleine Schwester! Was ist, Chaofeng … bist du dabei? Wenn nicht, dann stelle ich mich dir zuerst. Es ist alles deine Schuld! Du hast Unglück über unseren gütigen Meister gebracht!«

»Vater!« Lu Guanying kniete sich neben Lu Chengfeng und stützte ihn. »Beruhige dich. Du darfst nichts überstürzen.« Noch nie hatte er seinen Vater so verzweifelt gesehen.

Aber Lu Chengfeng beachtete seinen Sohn überhaupt nicht. »Warum hast du uns das angetan?«, fuhr er Mei Chaofeng an. »Schlimm genug, dass du nichtsnutziges Weibsstück mit Xuanfeng angebandelt hast, aber warum musstet ihr unserem Meister das *Neun-Yin-Handbuch* stehlen? Wusstest du, dass unser Meister uns allen die Beine gebrochen hat, weil wir dich verteidigt haben? Mir und jedem unserer Brüder! Von der Insel verbannt hat er uns! All die Jahre habe ich darauf gehofft, dass er mir eines Tages vergeben würde, mich trotz eurer Vergehen wieder aufnehmen würde, damit ich ihm die Güte vergelten könnte, mich unterrichtet zu haben. Und jetzt ist er nicht mehr. All meine Hoffnung ist dahin! Deinetwegen!«

»Sei still, du Waschlappen! Schon damals habe ich dich verflucht, weil du kein Rückgrat hast, und jetzt verfluche ich dich noch einmal! Ihr habt uns doch gejagt, bis in die Mongolei mussten wir vor euren Häschern fliehen. Ohne euch wäre Xuanfeng nicht dort umgekommen! Was soll das Gejammer von wegen Vergebung und das Geschwätz von alten Rechnungen? Jetzt gilt es, unseren Meister zu rächen und diese elenden Daoisten zu finden. Wenn du nicht gehen kannst, dann trage ich dich!« Mei Chaofengs Worte sprudelten aus ihr heraus wie ihre Tränen.

»Vater! Ich will meinen Vater zurück!«, wimmerte Huang Rong.

»Der Kerl soll uns erst einmal Genaueres sagen.« Zhu Cong trat auf Qiu Qianren zu und klopfte ihm freundlich den Staub vom

Hemd. »Unser Schüler hat sich höchst respektlos verhalten. Darf ich Euch im Namen seiner Lehrer um Verzeihung bitten?«

»Meine Augen sind nicht mehr so gut, der Treffer zählt nicht. Machen wir weiter.«

Zhu Cong klopfte ihm auf die Schulter und schüttelte seine linke Hand. »Es ist offensichtlich, dass Euer Kung-Fu weit überlegen ist. Nicht nötig, das noch einmal unter Beweis zu stellen.«

Er ging zurück an den Tisch, setzte sich und hob lächelnd seinen Weinbecher. Dann klemmte er den Rand zwischen Daumen und Zeigefinger, ließ den Becher kreisen und schlug mit der Handkante gegen den Rand. Ein schmaler Ring aus Porzellan fiel klirrend auf den Tisch. Die Ränder waren sauber und glatt.

»Wirklich beeindruckend, Euer Kung-Fu!«, sagte Zhu Cong dann. »Verzeiht mir, dass ich diese große Kunst von Euch abgeschaut habe.« Er winkte Guo Jing zu sich. »Komm her, ich bringe es dir bei. Ihr erlaubt doch, Meister? Mein Junge, ich will dir zeigen, wie man die Leute hinters Licht führen kann.«

Alle Farbe wich aus Qiu Qianrens Gesicht.

Zhu Cong streifte einen Ring von seiner linken Hand und hielt ihn hoch. »Den habe ich mir soeben von Qiu Qianren geliehen. Komm, zieh ihn dir an.« Guo Jing streifte den Ring auf seinen Finger. »Jetzt klemmst du den Becher zwischen die Finger und achtest darauf, dass der Ring ihn etwas unterhalb des Randes berührt. Jetzt lass den Becher auf der Handfläche kreisen. Gut so.« Wieder fiel klirrend ein Porzellanring auf den Tisch. »Vielen Dank für den Ring, sogar mit einem Diamanten besetzt!«, rief Zhu Cong. »Mit so einem harten Stein lässt sich alles schneiden.«

Selbst Huang Rong musste durch ihren Tränenschleier hindurch lachen. Aber die Tränen versiegten nicht.

»Nicht weinen, junge Dame«, sagte Zhu Cong. »Unser werter Meister Qiu liebt es, andere für dumm zu verkaufen. Jedes seiner Worte stinkt wie ein Hundefurz.« Huang Rong horchte auf. »Die

Kampfkunst deines werten Vaters ist unübertroffen, und die sieben Jünger der Quanzhen-Schule sind Meister mit hehren Grundsätzen. Wie kämen sie dazu, deinen Vater zu töten?«

»Diese verdammten Ochsenschnauzen haben von der Sache mit Zhou Botong erfahren!«, platzte es aus Huang Rong heraus.

»Wovon redest du?«

»Nichts ... Das ... tut nichts zur Sache.« Eigentlich hätte Huang Rongs scharfer Verstand sie davor warnen müssen, den Worten Qiu Qianrens leichtfertig Glauben zu schenken. Aber zum einen war da die große Sorge um ihren Vater, den sie lange Zeit nicht gesehen hatte, und zum anderen war zwischen Huang Yaoshi und Zhou Botong wirklich etwas Schwerwiegendes vorgefallen ... es schien alles andere als abwegig, dass die Jünger der Quanzhen-Schule ihn sich vorgeknöpft hatten.

»Wie auch immer.« Zhu Cong dachte, dass die junge Frau einfach etwas durcheinander war. »Zurück zum stinkenden Geschwätz dieses verkommenen Alten, der so allerhand interessante Gegenstände mit sich herumträgt.« Er zog zwei Ziegelsteine, ein Päckchen getrocknetes Blutgras, Zunder und einen Feuerstein aus der Kutte und breitete sie vor sich aus. Huang Rong nahm einen der Ziegelsteine in die Hand und drückte leicht zu, woraufhin der Stein sofort zerbröselte. Erstaunt zerrieb sie einen der Krümel zwischen den Fingern. »Dieser Ziegelstein ist aus Mehl gebacken«, lachte sie. »Eben noch hat er uns vorgeführt, wie er ihn mit seinem großartigen inneren Kung-Fu zerdrückt!«

Qiu Qianren wurde jetzt ganz grün im Gesicht. Am liebsten wäre er im Erdboden versunken. Er hatte gehofft, mit der Lüge über Huang Yaoshis Tod von sich abzulenken und sich heimlich aus dem Staub machen zu können. Und jetzt hatte der dreckige Lumpengelehrte ihn bloßgestellt! Schnell lief er zur Tür.

Mei Chaofeng fing ihn mit einer Hand ab, packte ihn am Schlafittchen, holte weit aus und schleuderte ihn gegen die Wand. »Du hast eben behauptet, mein geliebter Meister sei tot. Sag die Wahrheit!« Qiu Qianren hielt sich wimmernd den schmerzenden Leib.

Huang Rong besah sich die anderen Gegenstände auf dem Tisch. Das Päckchen mit getrocknetem Blutgras war angesengt. »Könntet Ihr das anzünden, in Eurem Ärmel verbergen und dann den Rauch inhalieren und wieder ausstoßen, Meister?«, fragte sie Zhu Cong.

Eigentlich waren die Sonderlinge wegen ihres Vaters nicht gut auf Huang Rong zu sprechen, aber für den Augenblick hatten sie andere Sorgen. Außerdem fühlten sie sich mit ihr gegen diesen Scharlatan Qiu Qianren verbündet. Insgeheim freute es Zhu Cong ungemein, dass sie ihn mit Meister angeredet hatte. Ihr flinker Verstand und ihre Schlagfertigkeit waren ganz nach seinem Geschmack. Unverzüglich kam er ihrer Bitte nach und inhalierte feierlich.

Huang Rong klatschte in die Hände. »Haha, Guo Jing, sieh mal! So also sieht es mit dem legendären inneren Kung-Fu des widerlichen alten Knackers aus. Inneres Feuer, hahaha!«

Grinsend trat sie vor den am Boden liegenden Qiu Qianren. »Steh auf!« Sie reichte ihm die Hand, um ihm aufzuhelfen, dann lähmte sie mit einer *Orchideenhand* beiläufig seinen *Weg der Götter* unter dem fünften Rückenwirbel. »So, und jetzt sag mir, was mit meinem Vater ist! Behaupte noch einmal, dass er tot ist, und du bist selbst tot!« Schon berührte die Spitze ihrer Emei-Nadel seinen Bauch.

Ihre Verhörmethoden amüsierten den ganzen Saal. Nur Qiu Qianren nicht, der fast durchdrehte, so sehr schmerzte und juckte es. »Vielleicht ist er gar nicht so tot, so genau weiß man das nie.«

»Das klingt schon besser«, sagte Huang Rong zufrieden. »Dann will ich Gnade walten lassen.« Sie massierte sein *Leeres Becken* an der rechten Schulter, um ihn von seiner Lähmung zu erlösen.

Jetzt wissen wir aber immer noch nicht, ob er tot ist oder noch lebt, dachte Lu Chengfeng. »Ihr habt gesagt, mein Meister wurde von den sieben Daoisten der Quanzhen-Schule umgebracht. Habt Ihr den Kampf mit eigenen Augen gesehen oder nur davon gehört?«

»Ich habe davon gehört.«

»Von wem?«

Qiu Qianren brummte etwas Unverständliches. Dann sagte er: »Von Bettlerfürst Hong Qigong.«

»Wann war das?« Huang Rong war hellhörig geworden.

»Vor einem Monat?«

»Und wo?«

»Auf dem Gipfel des Berg Tai. Wir haben miteinander gekämpft, und er hat verloren. Dann hat er die Geschichte nebenbei erwähnt.«

»Soso!« Huang Rong packte ihn am Kragen und riss ihm ein Büschel seiner Barthaare aus. »Bettlerfürst Hong hat gegen dich widerlichen alten Knacker verloren, was du nicht sagst! Schwester Chaofeng, Bruder Chengfeng, hört nicht auf diesen … diesen …« Die Schimpfwörter, an die sie dachte, waren so übel, dass sie sie nicht über ihre zarten Lippen brachte.

»… diesen stinkenden Hundefurz«, ergänzte Zhu Cong.

Huang Rong grinste. »Vor einem Monat haben wir längere Zeit mit Bettlerfürst Hong verbracht, und zwar hier im Süden.« Sie winkte Guo Jing heran. »Ich finde, du solltest ihm noch eine der *achtzehn drachenbezwingenden Hände* zeigen.«

»Einverstanden!« Guo Jing stellte sich in Position.

Qiu Qianren ergriff panisch die Flucht. Als er Mei Chaofeng in der Tür stehen sah, machte er kehrt und flitzte zurück in den Saal. Jetzt stellte sich ihm Lu Guanying in den Weg, aber der alte Mann schubste ihn zur Seite. Der Sohn des Hausherrn stolperte rückwärts. Ganz ohne Kung-Fu war der Möchtegern-Großmeister dann doch wieder nicht.

Huang Rong hielt ihn mit ausgebreiteten Armen auf. »Jetzt will ich aber noch wissen, wie du es angestellt hast, den Eisentrog zu tragen und auf dem Wasser zu gehen!«

»Das habe ich meiner einzigartigen Schwebekunst zu verdanken. Man nennt mich schließlich nicht umsonst den Wasserwandler mit der Eisenfaust!«

»Nach wie vor derselbe Prahlhans! Denkst du, wir fallen immer noch darauf herein?«

»Ich bin nicht mehr der Jüngste, und mein Kung-Fu hat nachgelassen, aber meine Schwebekunst kann sich immer noch sehen lassen.«

»Gut, draußen im Garten ist ein Karpfenteich. Dort kannst du uns zeigen, wie man auf dem Wasser geht.«

»Ein Teich? Wie soll ich …«

Etwas schoss wie ein Blitz durch die Halle und schloss sich eng um seine Fußgelenke. Schon baumelte Qiu Qianren kopfüber an Mei Chaofengs weißer Schlangenpeitsche. »Schluss mit dem Geschwätz!«, fauchte Mei Chaofeng und beförderte ihn mit einem Schwung zur Tür hinaus in den Karpfenteich. Huang Rong rannte hinaus und baute sich mit gezückter Emei-Nadel drohend über ihm auf. »Du zeigst uns jetzt, wie man auf dem Wasser geht, sonst mache ich dich vom Wasserwandler zum Wasserschlucker!«

Qiu Qianren versuchte, aus dem Teich zu hüpfen, hatte aber unversehens Huang Rongs Emei-Nadel vor sich und plumpste zurück ins Wasser. Patschnass und kläglich japsend streckte er den Kopf aus dem Wasser. »Der … der Eisentrog besteht … nur aus einer dünnen Eisenplatte. Die Öffnung ist verschlossen, sodass nur … wenig Wasser in die Mulde passt. Und das mit dem Fluss … Ich hatte zuvor Holzpflöcke in den Grund geschlagen, die bis eine Handbreit unter die Wasseroberfläche reichten … deshalb konntet ihr sie nicht sehen.«

Huang Rong schüttelte sich vor Lachen und ging zurück in den Saal, ohne sich weiter um ihn zu kümmern. Qiu Qianren kletterte aus dem Teich und machte sich aus dem Staub.

So viele gemeinsam vergossene Tränen und so viel geteiltes Gelächter hatten selbst Mei Chaofeng ihren Rachedurst geraubt. Eigentlich war sie im Wanderwolkenpalast aufgetaucht, um den Jin-Prinzen zu befreien und alles niederzumetzeln, was sich ihr in den Weg stellte. Jetzt aber war sie viel zu glücklich, ihren geliebten Meister am Leben zu wissen. Noch dazu hatte der vorwitzige Charme seiner Tochter bei der Entlarvung Qiu Qianrens selbst auf ihre allzeit finstere Fratze ein Lächeln gezaubert. Es war ihr unmöglich, ihr Herz weiter vor der Freude über das Wiedersehen mit ihrem jüngeren Kampfschulbruder zu verschließen. »Lu Chengfeng, lass meinen Schüler frei«, sagte sie schließlich ruhig, »und ich werde unsere alte Fehde unserem Meister zuliebe vergessen. Dass ich und mein Liebster vor dir bis in die Mongolei fliehen mussten und er … ach, das Schicksal hat es so gewollt.«

Die Arme, dachte Lu Chengfeng. *Ihr Mann ist tot, sie ist blind und ganz allein auf der Welt. Meine Beine mögen mir nicht mehr gehorchen, aber immerhin habe ich Frau und Sohn, Wohlstand und Wohnung. Mein Leben ist hundertmal besser als ihres.* Er seufzte. »Nimm deinen Schüler mit, Schwester Chaofeng«, sagte er dann. »Morgen werde ich die Reise zur Pfirsichblüteninsel antreten und nach unserem geliebten Meister sehen. Möchtest du mich begleiten?«

»Ist das dein Ernst?« Mei Chaofengs Stimme zitterte.

»Ja. Ich bin mir bewusst, dass es ein folgenschweres Vergehen ist, die Pfirsichblüteninsel gegen den Willen unseres gütigen Meisters zu betreten, aber die falschen Behauptungen dieses Scharlatans lassen mir keine Ruhe. Ich vermisse unseren Meister mehr denn je.«

»Lasst uns alle zusammen gehen«, sagte Huang Rong. »Ich werde bei meinem Vater ein gutes Wort für euch einlegen.«

Mei Chaofeng stand wie angewurzelt da. Wieder liefen Tränen über ihre Wangen. »Wie könnte ich es wagen, ihm noch einmal unter die Augen zu treten? Unmöglich. Unser gütiger Meister hat mich als Waise aus Mitleid bei sich aufgenommen, mich aufgezogen und unterrichtet. Und ich bösartiges Ungeheuer habe ihn betrogen. Ich bin nicht mehr wert als ein räudiger Köter … Immerzu denke ich an ihn, bete für seine Gesundheit und wünsche, er würde mich eigenhändig vernichten, wie ich es nicht anders verdient habe …«

Unvermittelt holte sie aus und verpasste sich selbst zwei schallende Ohrfeigen. »Alles, was ich noch will, ist den Tod meines Geliebten zu rächen, danach werde ich mich selbst töten. Her mit Euch, wenn Ihr es wagt, Sieben Sonderlinge des Südens! Heute will ich auf Leben und Tod mit Euch kämpfen.« Noch einmal ohrfeigte sie sich selbst, bis ihre Wangen brannten.

Ke Zhen'e trat auf sie zu und stampfte mit seinen Eisenstab auf. »Mei Chaofeng, du kannst mich nicht sehen, so wenig wie ich dich sehen kann«, begann er mit mächtiger und rauer Stimme. »Damals, bei jenem Kampf in der Mongolei, hat dein Mann sein Leben verloren, aber zuvor hat er uns unseren fünften Bruder Zhang Ahsheng geraubt.«

»Ach, deshalb sind es nur noch sechs …«, murmelte Mei Chaofeng.

»Wir haben Bruder Ma Yu versprochen, dein Leben zu verschonen und von Rache abzusehen. Aber heute bist du es, die uns herausfordert. Himmel und Erde sind weit, das Schicksal hat uns gleichwohl wieder zusammengeführt. Es scheint dem Himmel nicht zu gefallen, dass die Sieben Sonderlinge und Mei Chaofeng nebeneinander in dieser Welt existieren. Schreiten wir zum Kampf. Bitte fang an!«

»Nach Euch«, sagte Mei Chaofeng verächtlich. »Nach Euch allen sechs gemeinsam.«

Die übrigen fünf Sonderlinge hatten sich längst hinter ihrem Ersten Bruder postiert. Sie zogen die Waffen.

»Bitte überlasst Eurem Schüler den ersten Angriff.« Guo Jing verbeugte sich vor seinen Lehrern.

»Wartet! Hört mich erst an.« Lu Chengfeng wünschte, er hätte die Macht oder das Kung-Fu, um den drohenden Kampf abzuwenden. Trotzdem konnte er jetzt, wo sich auch noch Guo Jing in Gefahr brachte, nicht länger an sich halten. »Mag sein, dass zwischen meiner Schwester Mei Chaofeng und den Sieben Sonderlingen alte Feindschaft besteht, aber beide Seiten haben deshalb bereits einen schmerzlichen Verlust erlitten. Wenn ich daher vorschlagen dürfte, dass Ihr heute nur um Sieg oder Niederlage kämpft, ohne jemanden ernsthaft zu verletzen? Eine gegen sechs wäre allerdings ein höchst ungleicher Kampf. Wie wäre es, wenn du die Herausforderung des jungen Herrn annimmst, Schwester, und ihm zeigst, was du kannst?«

»Als ob ich gegen einen namenlosen Hanswurst kämpfen würde!«

»Ich war es, der Euren Ehemann getötet hat«, sagte Guo Jing. »Meine sechs Meister tragen keine Schuld an seinem Tod.«

»Dann rechne ich zuerst mit dir ab!« Mei Chaofeng hatte dem Gehör nach bereits ausgemacht, wo sich Guo Jing befand. Bei seinen Worten hatte sie sich wie eine Furie auf ihn gestürzt und wollte ihre fünf Finger in seine Schädeldecke bohren.

Guo Jing wich gerade noch rechtzeitig aus. »Ich war erst sechs Jahre alt, ein unwissendes Kind, es war ein Unfall. Aber ich will nicht weglaufen, sondern die Verantwortung für meine Tat übernehmen. Tötet mich, zieht mir bei lebendigem Leib die Haut ab. Das Einzige, worum ich bitte, ist, dass Ihr von heute an meine sechs Meister in Frieden lasst.«

»Du wirst nicht davonlaufen?«

»Nein.«

»Gut. Die Sonderlinge und ich, wir haben jeder schon einen Menschen verloren, der uns nahestand. Es ist mein verfluchtes Los und ihres und nicht mehr zu ändern. Lasst uns also unsere Fehde begraben. Kleiner, du kommst mit mir!«

»Schwester Chaofeng!« Das durfte Huang Rong nicht zulassen. »Er hat zwar gezeigt, was für ein tapferer Kerl er ist, aber trotzdem wirst du im ganzen Jianghu verlacht werden!«

»Wie meinst du das?«, fragte Mei Chaofeng.

»Er ist der einzige Schüler der Sieben Sonderlinge des Südens. Die Sonderlinge haben ihre Fähigkeiten in den vergangenen Jahren erheblich gesteigert, sie hätten dich im Handumdrehen erledigt. Aber sie bieten dir an, dich gehen zu lassen, ersparen dir den Gesichtsverlust. Und was machst du? Bleibst einfach unbelehrbar und spuckst große Töne!«

»Pah! Ich brauche die Gnade der Sechs Sonderlinge nicht. Nur zu, ihr Stümper, zeigt mir, wie sehr sich Euer Kung-Fu verbessert hat!«

»Sie haben es nicht nötig, sich mit dir zu messen. Du wirst nicht einmal gegen ihren Schüler bestehen.«

»Wenn ich den in drei Angriffen nicht erledigt habe, dann zerschmettere ich mir den Schädel an einer Säule und sterbe an Ort und Stelle, vor aller Augen!« Eisenleiche Mei hatte Guo Jings Kung-Fu nur vom Kampf im Palast des Königs Zhao in Erinnerung. Wie hätte sie ahnen können, dass er unter der Anleitung des Großmeisters Bettlerfürst Hong gewaltige Fortschritte gemacht hatte!

»Gut, wir alle werden Zeugen sein. Aber drei Angriffe sind nicht gerade viel. Sagen wir: zehn«, schlug Huang Rong vor.

»Es wäre mir eine Ehre, fünfzehn Formen von Meisterin Mei kennenlernen zu dürfen«, sagte Guo Jing, der verstand, was Huang Rong im Sinn hatte. Er vertraute darauf, die fünfzehn *Drachenbezwingenden Hände* gut genug zu beherrschen, um gegen Mei Chaofeng zu bestehen.

»Wir werden Bruder Chengfeng und deinen Begleiter bitten, mitzuzählen.«

»Meinen Begleiter? Ich bin allein hier.«

»Wer ist dann der Herr hinter dir?«

Wie der Blitz fuhr Mei Chaofeng herum und schlug dabei mit der Hand nach hinten, aber die Gestalt in der schwarzen Gelehrtenrobe war schneller. Lautlos wie ein Geist war er ihrer Hand ausgewichen.

Seit Mei Chaofeng im Süden angekommen war, hatte sie das seltsame Gefühl gehabt, beschattet zu werden. Wieder und wieder hatte sie den vermeintlichen Verfolger zu Rede stellen wollen, gerufen, um sich geschlagen, aber nie jemanden zu fassen bekommen oder auch nur das kleinste Geräusch gehört. Sie hatte schon geglaubt, ihr Verstand spiele ihr einen Streich und sie hätte Gespenster um sich. Doch dann, als sie in jener Nacht von Ouyang Kes Schlangenherde umzingelt worden war, hatte ein Unbekannter ihre Angreifer mit seinem Flötenspiel zermürbt und in die Flucht geschlagen. Auf Knien hatte sie ihren Dank in die Nacht gerufen. Ohne Antwort. Stundenlang hatte sie so ausgeharrt. Keine raschelnden Schritte, nicht der leiseste Ton war zu hören gewesen. Bei Huang Rongs Worten zuckte sie zusammen. »Wer bist du?«, fragte sie mit bebender Stimme. »Warum verfolgst du mich?«

Die Gestalt in der Gelehrtenrobe schwieg. Mei Chaofeng griff noch einmal an. Jeder ihrer Schläge ging ins Leere. Obwohl die Gestalt sich überhaupt nicht zu bewegen schien, war sie im Nu immer dort, wo Mei Chaofeng nicht war. Keiner der Anwesenden hatte je im Leben ein vergleichbares Kung-Fu gesehen. Es war nicht von dieser Welt.

Lu Chengfeng fand als Erster die Sprache wieder. »Verehrter Herr, wie nachlässig von mir, Euch noch nicht begrüßt zu haben. Ob ich Euch an unsere Tafel einladen dürfte?«

Die Gestalt drehte sich um und schwebte wortlos zur Tür hinaus.

»Wart Ihr der große Meister, der in jener Nacht auf der Flöte gespielt hat? Mei Chaofeng schuldet Euch für immer Dank«, versuchte es Mei Chaofeng noch einmal. Trotz ihres ausgezeichneten Gehörs hatte sie nicht bemerkt, dass der Angeredete nicht mehr im Saal war.

»Er ist weg, Schwester Chaofeng«, sagte Huang Rong.

»Weg? Ich habe nichts gehört!«

»Lauf ihm nach, und zeig, was du kannst, anstatt hier herumzuwüten!«

Mei Chaofengs eben noch verdutztes Gesicht verzerrte sich wieder zu einer wütenden Grimasse. »Angetreten, du Bürschchen namens Guo! Nimm das!« Sie riss die Arme hoch und zeigte ihre Krallen, die im Kerzenlicht geisterhaft grün schimmerten.

»Ich bin be…!« Noch bevor er ausgeredet hatte, ließ sie ihre rechte Hand kreisen, und die linke schoss wie eine Klaue auf Guo Jings Gesicht zu. Flink duckte er sich zur Seite weg und holte mit dem linken Arm aus. Mei Chaofeng hörte zwar den Luftzug, aber *Die achtzehn drachenbezwingenden Hände* waren nicht irgendein Schlag. Guo Jings Handkante knallte gegen ihre linke Schulter.

Der Schlag war so heftig, dass sie ein paar Schritte zurücktaumelte, aber im nächsten Augenblick hatte sie schon Guo Jings Handgelenk gepackt. Ihre Krallen gruben sich in drei vitale Nervenpunkte, den *Inneren Durchgang*, den *Äußeren Durchgang* und das *Zusammentreffen der Lehren*.

Ein betäubender Schmerz durchfuhr Guo Jings Arm. Seine Meister hatten ihm viel über Mei Chaofengs ungeheure Schnelligkeit und die Gefährlichkeit ihrer *Neun-Yin-Todesklaue* erzählt. Dementsprechend war er auf der Hut gewesen. Guo Jing wusste, dass er nicht schnell genug war, um ihren unvorhersehbaren Bewegungen zu entgehen, aber dass sie ihn sofort, nachdem sie einen derart heftigen Schlag eingesteckt hatte, angreifen würde, damit hatte er nicht gerechnet.

Immerhin hatte Guo Jing gemäß des Prinzips der *Reue des stolzen Drachen* noch Kraft in Reserve. Die gekrümmten Zeige- und

Mittelfinger seiner rechten Hand trafen ihre Brust. Das war nur die Hälfte der Form *Meide den untätigen Drachen*. Die linke Hand, die gleichzeitig einen Haken hätte landen sollen, steckte fest in Mei Chaofengs Klauen. Trotzdem – auch halb ausgeführt war *achtzehn Drachenbezwingende Hände* beachtliches Kung-Fu.

Mei Chaofeng hörte den Schlag kommen. Was war das? Eine Faust oder eine Handkante? Ein wenig verunsichert wich sie aus. Wieder traf Guo Jing ihre linke Schulter.

Obwohl er sie nicht voll erwischt hatte, trieb eine erstaunliche Kraft sie rückwärts. Instinktiv lockerte sie den Griff ihrer rechten Hand und ließ Guo Jing los.

Krachend flogen sie beide mit dem Rücken gegen eine Säule. Dachziegel, Mauersteine und Staub rieselten herab. Die Diener rannten schreiend aus dem Saal.

Die Sechs Sonderlinge sahen einander ungläubig an. Alle stellten sich die gleiche Frage: *Woher hat Guo Jing plötzlich dieses überragende Kung-Fu?* Han Baoju warf Huang Rong einen sauertöpfischen Blick zu. Er mutmaßte, dass Guo Jing diese außerordentliche Schlagtechnik von dieser kleinen Hexe haben musste. *Das Kung-Fu der Pfirsichblüteninsel ist einfach unbezwingbar,* dachte er.

Mei Chaofeng und Guo Jing gingen jetzt ohne Rücksicht aufeinander los. Seine hervorragende Schlagtechnik von fulminanter Heftigkeit traf auf ihre unbarmherzige Klaue von fantastischer Veränderlichkeit. Mei Chaofeng huschte vorwärts und rückwärts und ließ ihre Krallen aus ständig neuen Richtungen auf Guo Jing los. Er versuchte gar nicht erst, mit ihrer Wendigkeit mitzuhalten, schließlich kannte er die Kunst des *Pfirsichblütenregens* von Huang Rong; stattdessen hielt er sich an den Rat des Bettlerfürsten – bloß nicht von den variantenreichen Schlägen des Gegners beeindrucken lassen und einfach nur stur mit einer seiner fünfzehn *Drachenbezwingenden Hände* nach der anderen kontern.

Als er alle fünfzehn durchexerziert hatte, fing er einfach wieder von vorne an. Es klappte. Fünfundvierzig Angriffe später hatte Mei Chaofeng immer noch keinen entscheidenden Vorteil gewonnen. Ein triumphierendes Lächeln breitete sich auf Huang Rongs Gesicht aus. Die Sechs Sonderlinge waren sprachlos und Lu Chengfeng war vollkommen gebannt. *Mei Chaofengs Kung-Fu ist inzwischen so brillant, dass ich keine zehn Schläge von ihr überstehen würde! Und woher hat dieser junge Guo bloß dieses profunde Wissen, diese ausgezeichnete Methodik? Ich habe sein Talent völlig verkannt. Ein Glück, dass ich mich mit ihm gutgestellt habe!*

Im flackernden Kerzenlicht wirkte Mei Chaofengs Antlitz wieder so hübsch wie in ihren Mädchenjahren. Ihr ursprünglich dunkler Teint war in den langen Jahren, in denen sie das Tageslicht gescheut hatte, einer schimmernden Blässe gewichen und ihre Wangen glänzten in einem frischen Rot, als hätte sie Puderrouge aufgetragen. Lu Chengfeng erinnerte sich, welch bezaubernde, zartfühlende Schönheit sie in jungen Jahren gewesen war. Er selbst war damals zu jung gewesen, um romantische Gefühle für sie zu entwickeln, aber er hatte stets bewundernd zu ihr aufgesehen. Sie hatte sich um ihn gekümmert, als wäre sie eine leibliche große Schwester. Sicher, nachdem der Meister ihm ihretwegen die Beine gebrochen und ihn verbannt hatte, hatte er sie gehasst und die Zwillingsmörder der dunklen Winde gejagt. Doch jetzt, bei diesem unverhofften Wiedersehen, war sein Groll wie weggeblasen. Ihre anmutigen Bewegungen ließen ihn wehmütig daran zurückzudenken, wie sie früher zusammen gelernt und geübt hatten. Bedauerlich, dass sie jetzt vor seinen Augen mit solch grässlicher Wut kämpfte, erbarmungslos und ohne erkennbare Schule. Lu Chengfeng hoffte inständig, dass der Kampf im Guten enden würde.

Wanyan Kang sah dem Kampf mit Neid und Verdruss. War er diesem Wicht nicht vor wenigen Monaten noch überlegen gewesen? Und jetzt bestand Guo Jing sogar gegen seine Meisterin!

»Das waren jetzt bestimmt schon achtzig Angriffe, Schwester Chaofeng, willst du nicht endlich deine Niederlage eingestehen?«, rief Huang Rong.

Das war natürlich übertrieben, es waren vielleicht sechzig Angriffe gewesen, aber nach Mei Chaofengs Geschmack sechzig Angriffe zu viel. *Nun habe ich mich jahrzehntelang abgeplagt, um mir das tödlichste Kung-Fu anzueignen und komme nicht gegen so einen Grünschnabel an? Das darf nicht sein!*

Sie hieb und krallte, immer rasender, immer hitziger. Die Verblüffung über Guo Jings Standhaftigkeit ließen sie vergessen, dass hemmungslose Raserei selbst den erfahrensten Meister zu Fall bringen konnte. Neben ihren blinden Augen schwächte ihre blinde Wut ihr überlegenes Kung-Fu.

Dank seiner Stärke und seiner tapferen Sturheit war es Guo Jing bislang gelungen, Mei Chaofeng auf Abstand zu halten. Mittlerweile hatte er Bettlerfürst Hongs *Drachenbezwingende Hände* aber bereits vier Mal vollständig durchexerziert. Sie würden schon bald hundert Angriffe hinter sich gebracht haben.

Mei Chaofeng war sich jetzt sicher, das Muster seiner Bewegungsabfolgen durchschaut zu haben, und änderte die Taktik. Kein Nahkampf mehr. Sie wich ein paar Schritte zurück, was es Guo Jing erschwerte, richtig zu zielen. Seine mächtigen Schläge trafen ins Leere, wobei er sich sinnlos verausgabte. Die *Drachenbezwingenden Hände* waren kräftezehrend, und nach einer Weile begann die Wucht von Guo Jings Schlägen nachzulassen.

Das nutzte Mei Chaofeng zu ihrem Vorteil aus. Sie riss die ausstreckten Arme hoch und ließ sie wieder herunterschnellen, eine Kombination aus *Neun-Yin-Todesklaue* und *Herzbrecherhand*.

Huang Rong ahnte, dass Guo Jing nicht viel länger durchhalten würde. »Schon über hundert Angriffe, Schwester Chaofeng! Warum gestehst du nicht endlich deine Niederlage ein?«, rief sie.

Aber Mei Chaofeng hörte nicht auf sie. Noch schneller, noch unbarmherziger attackierte sie Guo Jing.

Einer plötzlichen Eingebung folgend rannte Huang Rong zu einer Säule. »Guo Jing, sieh her!«

Guo Jing setzte gerade zu *Den großen Fluss durchwaten* an, gefolgt von *Die Wildgans geht an Land*. Dann sah er Huang Rong um die Säule herumrennen und ihm Zeichen geben. *Was macht sie da?* Er begriff nicht, was sie wollte.

»Greif sie von hier aus an!«, zischte Huang Rong ihm zu.

Jetzt hatte er verstanden und sprang schnell hinter die nächstgelegene Säule. Mei Chaofeng folgte dem Klang seiner Schritte und griff erneut an. Guo Jing duckte sich weg. Ihre Finger gruben sich ins Holz. Mit dem nächsten Ausatmen schickte Guo Jing sofort den nächsten Faustschlag gegen sie.

Ihr blieb keine Zeit, um auszuweichen. Ihre Finger lösten sich aus der Säule, und die Wucht des Schlags schleuderte Mei Chaofeng rückwärts.

Blindwütig, ohne abzuwarten, bis Guo Jing wieder in Position stand, setzte Mei Chaofeng blitzschnell mit erhobenen Krallen zum nächsten Angriff an.

Sie erwischte Guo Jing, der nach dem letzten Schlag noch keinen festen Stand gefunden hatte, am Arm. Der Ärmel zerriss und seine Haut war zerkratzt, aber noch floss kein Blut. Der Schreck verlieh ihm neue Kraft für einen weiteren heftigen Faustschlag. Guo Jing glitt hinter die Säule.

Diesmal landete Mei Chaofengs linke Klaue im Holz.

Guo Jing sah von einem neuerlichen Angriff ab. »Mein Kung-Fu ist Eurem nicht ebenbürtig, Mei Chaofeng. Habt Erbarmen mit mir«, bat er.

Alle Anwesenden sahen Guo Jing jetzt, wo er mithilfe der Säule kämpfte, eindeutig im Vorteil. Sie zu diesem Zeitpunkt um ein Ende des Kampfs zu bitten, ersparte ihr den Gesichtsverlust, den eine Niederlage bedeutet hätte. *Damit ist die Sache ein für alle Mal beigelegt,* hoffte Lu Chengfeng.

»Ha! Wäre das ein gewöhnlicher Wettstreit der Kampfkunst, hätte ich schon nach drei verfehlten Angriffen meine Niederlage eingestanden. Aber mein Rachedurst ist größer!«, blaffte Mei Chaofeng zurück.

Drei Angriffe mit der rechten Hand, dann drei mit der linken Hand – alle trafen nur die Säule. Mei Chaofeng brüllte vor Zorn und schlug mit beiden Händen zu.

Laut krachend brach die Säule. Als die halbe Halle einstürzte, war Lu Guanying mit seinem Vater auf den Armen schon hinausgerannt. Alle Anwesenden hatten sich rechtzeitig in Sicherheit gebracht – alle außer Kommandant Duan, der in der Kampfkunst nicht bewandert genug war, um das Unheil kommen zu sehen. Hysterisch kreischend lag er unter Staub und Geröll, beide Beine unter einem Dachbalken eingeklemmt. Wanyan Kang bahnte sich den Weg zurück durch die Trümmer, hievte den Balken beiseite und half dem Mann auf die Beine. Er hoffte, das Chaos für eine gemeinsame Flucht nutzen zu können und wollte gerade losrennen, als er einen kurzen Druck auf den unteren Rücken verspürte und sein ganzer Körper taub wurde. Wer es war, der ihn gelähmt hatte, konnte er nicht mehr feststellen.

Mei Chaofeng ließ sich vom allgemeinen Tumult nicht beirren. Sie erlauschte Guo Jings Schritte und stürzte sich erneut auf ihn. Das Duell ging weiter, als wäre nichts geschehen. Die in der mondlosen Nacht kaum erkennbaren Silhouetten der beiden Kontrahenten waren ein hin und her wogendes Knäuel aus Kampfgeschrei, das durch den Garten hallte, Händen, die durch die Dunkelheit schnitten und Tritten, die wie Sturmwind rauschten. Dazwischen das laute Knacken von Mei Chaofengs Gelenken.

Jetzt, wo er durch die Dunkelheit so blind war wie Mei Chaofeng, war Guo Jing im Nachteil und wich hilflos ihren Angriffen aus. Lange würde er sich nicht mehr halten können. Gerade noch rechtzeitig sah er Mei Chaofeng zum Tritt ausholen und riss sein Bein hoch, um zu kontern.

»Vorsicht!«, rief Lu Guanying. Mit derselben Bewegung hatte Wanyan Kang ihn hereingelegt. Guo Jings Gegentritt war kräftig genug, um Mei Chaofengs Knochen zu brechen, aber sie hatte sich flink weggedreht und erwartete sein Bein mit ihren Krallen. Im letzten Augenblick drosch er mit der inneren Kraft, die ihm noch blieb, auf ihr Handgelenk ein, doch es reichte nicht, um Mei Chaofeng daran zu hindern, Zeigefinger, Mittelfinger und Ringfinger in seinen Handrücken zu graben und das Fleisch ruckartig aufzureißen. Verzweifelt holte Guo Jing mit der Rechten aus. Sein Schlag ging ins Leere. Mit einem hämischen Lachen war Mei Chaofeng zurückgewichen.

Guo Jings linke Hand brannte wie Feuer. Drei rote Linien zogen sich über seinen Handrücken, dunkler als gewöhnliche Blutspuren. Jetzt erinnerte er sich wieder. Damals auf dem Felsen in der Mongolei – an die Haufen aus neun Totenschädeln, daran, wie seine Meister über die *Neun-Yin-Todesklaue* geredet hatten. Und über das tödliche Gift in Mei Chaofengs Krallen. *Eben, als sie meinen Arm erwischt hat, ist kein Blut geflossen, aber jetzt ...*

»Huang Rong, sie hat mich vergiftet.«

Guo Jing griff mit zwei Faustschlägen auf einmal an. Er wollte leben. Jetzt galt es, Mei Chaofeng so schnell wie möglich zu überwältigen und zu zwingen, das Gegenmittel herauszurücken. Aber schon der heftige Luftzug seiner Schläge hatte Mei Chaofeng gewarnt, und jeder Angriff ging daneben.

Ke Zhen'e packte seinen Eisenstab und griff ein. Die übrigen Sonderlinge und Huang Rong schlossen sich an und umzingelten Mei Chaofeng. »Du hast längst verloren, Schwester Chaofeng, warum hörst du nicht auf? Her mit dem Gegenmittel!«

Keine Antwort. Mei Chaofeng war ganz auf Guo Jings wütende Fäuste konzentriert und ließ sich nicht ablenken. *Weiter so,* dachte sie. *Je mehr Kraft du aufwendest, desto schneller wirkt das Gift. Mir ist es gleich, ob ich hier und jetzt sterbe, Hauptsache, ich habe Xuanfeng gerächt.*

Guo Jing war schon ganz benommen. Auf seinem Gesicht lag ein verklärtes Lächeln, sein linker Arm hing schlaff herab, er wusste schon nicht mehr genau, warum er kämpfte und gegen wen. Huang Rong bemerkte seinen glasigen Blick. »Guo Jing, zieh dich zurück, schnell!«, rief sie und griff Mei Chaofeng nun selbst mit ihren Emei-Nadeln an.

Durch den Klang ihrer Stimme lichtete sich für einen Augenblick Guo Jings benebelter Verstand. Instinktiv setzte er zu einem Schlag an, *Plötzlicher Aufstieg,* die elfte Form der *achtzehn drachenbezwingenden Hände.* Doch sein linker Arm gehorchte nur langsam und träge. Mei Chaofeng wich gar nicht erst aus. Der Schlag traf ihre linke Schulter.

Mei Chaofeng fiel rücklings um.

Han Baoju, Nan Xiren, Quan Jinfa stürzten sich auf die am Boden liegende Eisenleiche, um sie festzuhalten. Aber ein kräftiger Stoß mit beiden Armen genügte ihr, um Reiterkönig Han und Marktheld Quan von sich zu schleudern. Dann holte sie mit ihren Krallen nach Holzfäller Nan aus, der sich flink duckte und über den Boden wegrollte. Schnell kam sie wieder auf die Beine, aber da traf sie Guo Jings nächster Schlag in den Rücken, und sie kippte vornüber.

Warum hatte sie ihn nicht gehört? Weder Mei Chaofeng noch ein anderer verstand so recht, wie Guo Jing es geschafft hatte, seine Kontrahentin in seinem Zustand gleich zweimal niederzustrecken.

Guo Jing sank auf die Knie. Vor seinen Augen verschwamm alles. Schnell griff Huang Rong ihm unter die Arme.

Als Mei Chaofeng Schritte hörte, schnellte sie hoch und schlug zu. Ein unfassbarer Schmerz fuhr in ihre Fingerspitzen. *Der eiserne Igel!* Mit einem *Aufrechter Karpfen* sprang sie zurück.

»Hier, fang!«

Mei Chaofeng wusste nicht, wessen Stimme das war, aber sie hörte, wie etwas auf sie zusauste. *Was ist das für eine Waffe?*, fragte sie sich und ließ zur Abwehr den rechten Arm hochschnellen. Etwas krachte dagegen und brach in Stücke. Dann folgte ein Geräusch, das sie noch weniger identifizieren konnte. Etwas Großes flog auf sie zu. Ihre Linke schoss vor, schlug auf den Gegenstand und traf auf eine harte, glatte Fläche. Da sie das Ding nicht zu packen bekam, trat sie es kurzerhand mit dem Fuß weg. Auf einmal zappelte etwas Kaltes, Glitschiges in ihrer Kleidung.

Kalter Schweiß perlte von Mei Chaofengs Stirn. *Was ist das für ein Hexenwerk?* Rasch fuhr sie mit einer Hand in ihre Brusttasche … Fische?

Sie erstarrte. Wo sind meine Sachen?

Zhu Cong war zu dem Schluss gekommen, dass sie das Gegenmittel bei sich trug. Er hatte sich etwas einfallen lassen müssen, um sie abzulenken, aber wenn es um Einfallsreichtum ging, machte dem klugen Meister Flinke Hand so leicht niemand etwas vor. Der Einsturz der Halle hatte ein Glas mit Goldfischen zerschmettert. Er hatte die Fische aufgelesen, zuerst einen Stuhl und dann einen schweren Tisch nach Mei Chaofeng geworfen, um sie abzulenken, und ihr schließlich geschickt die Fische in den Kragen gesteckt. Dann hatte er den Schreckmoment ausgenutzt, um den Inhalt ihrer Brusttasche zu entwenden. Nun hielt er Ke Zhen'e, der sich mit Giften besser auskannte, ein Fläschchen unter die Nase.

»Ist das das Richtige?«

Ke Zhen'e schnupperte. »Ja, das ist zum Einnehmen und zum Auftragen.«

Mei Chaofeng hieb nach dem Sprecher und traf einen Metallstab. *Ke Zhen'e hat also mein Gegenmittel!* Ihr blieb keine Zeit, darüber nachzudenken, was gerade passiert war, denn nun wurde sie von drei Waffen gleichzeitig angegriffen: Han Baojus Goldener Drachenpeitsche, Quan Jinfas Schnellwaage und Nan Xirens Schulterstange. Während sie sich die drei mit einer Hand vom Leib hielt, zog sie mit der anderen die Weiße Schlangenpeitsche. Eine kalte Klinge schnitt in ihr Handgelenk: Han Xiaoyings Schwert.

Zhu Cong reichte Huang Rong die Medizin. »Gib ihm einen Teil zum Einnehmen, den Rest tu auf die Wunde.« An Guo Jing gewandt sagte er: »Hier, der gehört dir, denke ich.« Er drückte Guo Jing einen kleinen vergoldeten Dolch in die Hand, dann schlug er seinen Fächer auf und sprang den anderen im Kampf gegen Mei Chaofeng bei.

Auf diesen Kampf hatten sich die Sechs Sonderlinge und Mei Chaofeng mehr als eine Dekade lang vorbereitet. Beide Seiten hatten verbissen an ihren Fähigkeiten gearbeitet und waren auf der Höhe ihrer Kampfkunst.

Lu Chengfeng traute seinen Augen nicht. *Schwester Chaofeng ist wendiger und unbarmherziger als je zuvor und auch die Sonderlinge machen ihrem Ruf alle Ehre,* dachte er bewundernd. »Haltet ein!«, rief er. »Hört mich an!« Aber niemand beachtete ihn. Der Kampf hatte doch gerade erst richtig angefangen!

Es dauerte nicht lange, bis Guo Jings Verstand sich wieder aufhellte. Die Wirkung des Gifts ließ nach der Einnahme des Gegenmittels so schnell nach, wie sie eingesetzt hatte. Nur die Wunden auf der Hand brannten noch. Ihm war nicht bewusst, dass er seine Widerstandsfähigkeit dem Blut von Liang Ziwengs Halysotter zu verdanken hatte. Erst hatte es Ouyang Kes Schlangen von ihm ferngehalten, jetzt hatte es die Ausbreitung von Mei Chaofengs Gift in seinem Körper verlangsamt.

Mit frischer Kraft stürzte sich Guo Jing ins Kampfgetümmel. Er wartete den passenden Augenblick ab. Jetzt wusste er, wie er Mei Chaofengs Gehör überlisten konnte. Langsam, ohne hörbaren Luftzug, zielte er mit der Faust auf sie. Erst kurz bevor er sie berührte, legte er seine volle Kraft in den Hieb.

Hundert Li weit dröhnt der Donner. Der Schlag traf Mei Chaofeng unerwartet und mit solcher Wucht, dass sie sofort schwankte und umfiel. Guo Jing hielt Han Baoju und Nan Xiren von ihr ab. »Lasst sie leben, Meister!« Dann ging er zusammen mit den anderen sechs auf sicheren Abstand.

Mei Chaofeng stand auf und zog mit ihrer Schlangenpeitsche einen Bannkreis um sich. Gegen Guo Jings lautlose Angriffe war sie machtlos. »Betrüger!«, schrie sie.

»Wir werden Euch nichts tun, Mei Chaofeng. Geht!«, rief Guo Jing.

»Gebt mir das Handbuch zurück und ich werde unsere Feindschaft vergessen.« Sie holte die Peitsche ein. »Wenn ich es nicht zurückbekomme, werde ich niemals Ruhe finden. Ich bin blind und kann es nicht lesen. Ich will es meinem gütigen Meister zurückgeben, das ist alles, wonach ich trachte.«

Welch großes Unheil hat sie mit dem Wissen aus dieser Schrift angerichtet!, dachte Zhu Cong grimmig. *Wie könnte ich es ihr zurückgeben?* Doch im Grunde hatte sie recht. Was sollte eine blinde Frau mit einem Buch anfangen? Als er sie so niedergeschlagen und verloren dastehen sah, gab er sich einen Ruck. »Ist es das hier?«, fragte er und zog verschmitzt das zerfledderte *Der wahre Weg der Neun Yin* aus der Tasche und trat auf sie zu. »Bitte sehr.« Mei Chaofeng streckte hastig die Hand danach aus.

Plötzlich wirbelte etwas Schwarzes um Mei Chaofeng herum. Niemand hatte bemerkt, dass die geisterhafte Gestalt in der Gelehrtenrobe wiederaufgetaucht war. Sie packte Mei Chaofeng von hinten und trug sie und das Buch mit sich fort, ohne dass sie sich wehren konnte. Nur einen Wimpernschlag später war der hünenhafte Geist mit ihr im Wald außerhalb des Anwesens verschwunden. Starr vor Staunen sahen sich die anderen an. Niemand brachte ein Wort heraus. Nur das sanfte Geräusch der Wellen, die gegen das Ufer des Sees schlugen, war zu hören.

Der Mann hatte Mei Chaofeng nicht einfach an den Kleidern gepackt, sondern sie gleichzeitig an den Nervenpunkten am Rücken gelähmt. Mitten im Wald ließ er sie schließlich zu Boden fallen. »Als der elende alte Drecksack vorhin von meinem Tod geschwafelt hat, hast du auf einmal Rotz und Wasser geheult. War das nur gespielt, oder ist in deinem Herzen immer noch Platz für deinen Meister?«, fragte er.

»Meister!« Mei Chaofeng kroch auf Knien zu ihm, umschlang seine Fußknöchel und schluchzte. »Meister, Ihr lebt und seid wohlauf! Himmel und Erde sei Dank!«

»Dass du es noch wagst, mich Meister zu nennen!«, fuhr Huang Yaoshi sie zornig an.

»Meister, sagt nur ein einziges Wort zu mir, und dann schlagt mich tot. Wenn ich nur einmal wieder Eure Stimme hören darf, kann ich glücklich sterben. Wie sehr habe ich mich gegen Euch versündigt, Meister, gegen Euch und gegen die Frau Meisterin …« Sie streckte sich, legte ihre Hand in seine und ließ den Arm sachte hin und her schwingen, so wie sie es oft als junges Mädchen gemacht hatte, wenn sie ihren Meister um etwas bitten wollte. Er hatte ihr nie etwas abschlagen können.

Augenblicklich wurde Huang Yaoshi warm ums Herz. »Hm«, brummte er sanft.

Überglücklich schlug Mei Chaofeng die Stirn zu einem Kotau nach dem anderen auf und bot ihrem Meister mit ausgestreckten Armen seine Abschrift des *Neun-Yin-Handbuchs* dar. »Meister, stets habe ich dieses Buch bei mir getragen. Nun bin ich blind und kann es nicht mehr lesen. Von ganzem Herzen bitte ich Euch um Vergebung und gebe es Euch zurück.«

Huang Yaoshi nahm das zerfledderte Buch und steckte es ein. »*Der wahre Weg der Neun Yin* hat großes Unheil angerichtet«, sagte er dann, jedes Wort mit Bedacht setzend. »Die Kampfkünste, die in diesem zweiten Band der Schrift niedergelegt sind, kann man nur in Zusammenhang mit dem Inhalt des ersten Bands wirklich verstehen. Sie ohne Erläuterungen meistern zu wollen, ist vergebene Mühe und kostet unnötig Kraft. Das konntet ihr nicht wissen, du und Xuanfeng. Ohne den ersten Band ist nichts davon von Wert. Was habt ihr euch gequält, die *Neun-Yin-Todesklaue*, die *Herzbrecherhand*, die *Weiße Schlangenpeitsche* beherrschen zu lernen – nichts davon ist von echtem Nutzen. Denkst du, Xuanfeng hätte sonst durch die Hand eines kleinen Jungen sterben können?«

Sie schlug fortgesetzt die Stirn auf. »Ja, Meister, ja, Ihr habt recht.«

»Sobald du diesen Schüler des alten Bettlerfürsten besiegt hast, wirst du dich aus der Welt des Jianghu zurückziehen. Niemand soll dir wegen deiner blinden Augen übel mitspielen. Mögest du friedlich mit deinem kleinen Bruder Lu Chengfeng auf seinem Anwesen leben.«

Ihr Meister war ihr noch immer zugetan und sorgte sich um sie! Von ihren Gefühlen überwältigt, begann Mei Chaofeng hemmungslos zu schluchzen. »Meister!«, rief sie immer wieder und hängte sich an den Zipfel seiner Gelehrtenrobe. »Meister!«

»Lass uns zurückgehen«, sagte Huang Yaoshi, der fürchtete, allzu sentimental zu werden. Er gab ihr ein paar eindringliche Mahnungen mit auf den Weg, fasste sie unter den Armen und brachte sie zurück zum Wanderwolkenpalast.

Dort herrschte Ratlosigkeit. Alle hatten Mühe zu begreifen, was eigentlich geschehen war. Wie hatte der Mann in der schwarzen Robe Mei Chaofeng so einfach mit sich davontragen können?

Ke Zhen'e fasst sich als Erster. »Im Namen von uns allen bitte ich um Vergebung für den großen Schaden, den unser Schüler an Eurem prächtigen Anwesen angerichtet hat.«

»Aber ich bitte Euch«, entgegnete Lu Chengfeng. »Ohne Euer Erscheinen wäre heute furchtbares Unheil über uns alle hereingebrochen. Ich bin Euch zu endlosem Dank verpflichtet.«

»Gehen wir in die hintere Halle und kommen ein wenig zur Ruhe«, schlug Lu Guanying vor. »Schmerzen deine Wunden noch, Bruder Guo?«

»Ist schon wieder …« Bevor Guo Jing den Satz zu Ende gesprochen hatte, schwebte die geisterhafte Gestalt in der schwarzen Gelehrtenrobe wieder in den Garten. Sie trug Mei Chaofeng mit sich.

Mei Chaofeng legte die Handflächen zusammen und verbeugte sich vor Guo Jing. »Du hast mich mit den *achtzehn drachenbezwingenden Händen* geschlagen, die du von Bettlerfürst Hong gelernt hast, Junge. Da ich blind bin, konnte ich mich nicht wehren. Ich habe nicht mehr lange zu leben, und Sieg oder Niederlage interessieren mich nicht. Aber wie könnte ich zulassen, dass im Jianghu das Wort die Runde macht, ich hätte mich vom Schüler des alten Bettlers besiegen lassen und damit meinem Meister, dem Herrn der Pfirsichblüteninsel, Schande gemacht? Also her mit dir. Wir kämpfen noch einmal.«

»Ich war nie ein ebenbürtiger Gegner für Euch. Allein weil ich Eure Blindheit für mich ausgenutzt habe, bin ich mit dem Leben davongekommen. Ich habe meine Niederlage längst eingestanden.«

»Es sind *achtzehn drachenbezwingende Hände*, warum hast du nicht alle eingesetzt?«

»Weil ich zu dumm dafür bin …« Guo Jing sah, wie Huang Rong ihm wild gestikulierend zu verstehen geben wollte, dass er nicht alles verraten solle, aber er entschied sich, die Wahrheit zu sagen. »Fürst Hong hat mir nur fünfzehn Schläge beigebracht, denn ich bin nicht sein Schüler, und er ist nicht mein Meister.«

»Aha … du hast also nur fünfzehn Schläge gelernt und mich trotzdem bezwungen. Ist dieser alte Bettlerfürst wirklich so gut? Unmöglich, wir müssen noch einmal kämpfen.«

Die Runde horchte auf. Demnach ging es Mei Chaofeng nun nicht mehr um Rache, sondern darum, das Ansehen ihres Meisters zu verteidigen.

»Ich komme nicht einmal gegen Schwester Huang Rongs Kung-Fu an, obwohl sie noch so jung ist. Wie könnte ich dann gegen Euch bestehen? Ich habe großen Respekt vor der hohen Kampfkunst der Schule der Pfirsichblüteninsel.«

»Warum hörst du nicht endlich auf, Schwester Chaofeng? Wer auf der ganzen Welt könnte meinem Vater das Wasser reichen?«, mischte sich jetzt Huang Rong ein.

»Nein. Wir müssen noch einmal kämpfen!«

Mei Chaofeng schritt kurzerhand zur Tat, holte aus und ließ ihre Hand durch die Luft zischen. Guo Jing hatte keine Wahl. »Wenn das so ist, so will ich gern von Meisterin Mei lernen.«

»Kämpfe lautlos, wie eben«, verlangte Mei Chaofeng. Drohend blitzten ihre Krallen auf. »Wenn du Wind machst, bist du kein ebenbürtiger Gegner mehr.«

Guo Jing ging auf Abstand. »Nein, das geht nicht. Auch mein Erster Meister ist blind und mir wäre jeder zutiefst verhasst, der sich diesen Nachteil unehrenhaft zunutze machte. Wie könnte ich mich dann Euch gegenüber so verhalten? Eben war ich durch Euer Gift geschwächt. Es hat meine Bewegungen verlangsamt, nur deshalb habt Ihr mich nicht gehört. Es ging um Leben und Tod, und die lautlosen Schläge haben mich gerettet. Es ziemt sich nicht, in einem gerechten Wettkampf nicht mit offenen Waffen zu kämpfen. Ich kann Eurer Forderung nicht nachkommen.«

Dieser Bursche ist gar nicht so übel, dachte Mei Chaofeng, aber sie blieb bei ihrem harschen Ton. »Ich habe gesagt, dass du lautlos kämpfen sollst, weil ich weiß, wie ich trotzdem mit dir fertig werde. Also spar dir dein Gesülze.«

Guo Jings Blick fiel auf die Gestalt in der Gelehrtenrobe. Ob er ihr gerade eben beigebracht hatte, wie sie ihn besiegen konnte? Jedenfalls war sie unerbittlich. Er sah keine Möglichkeit, sich aus der Affäre zu ziehen. »Gut. Wenn Meisterin Mei mir fünfzehn Formen zeigen möchte, wird es mir eine Ehre sein.«

Guo Jing hoffte, seine fünfzehn *Drachenbezwingenden Hände* würden ausreichen, um zu überleben. Er wich ein paar Schritte zurück, schlich sich auf Zehenspitzen wieder an und streckte langsam den Arm aus. Da hörte er ein undeutliches Zischen, das er nicht orten konnte. Mei Chaofeng hatte ihr Handgelenk zu einem *Schnapphaken* verdreht. Ihr Arm schoss auf ihn zu. Er hätte schwören können, dass ihre Augen in der Dämmerung leuchteten, als könnte sie sehen.

Erschrocken zog er die linke Faust zurück, schlüpfte unter ihrem Arm hindurch auf ihre linke Seite und setzte zu *Den großen Strom durchwaten* an. Ein Zischen. Obwohl er keinen Laut von sich gab, schnellte schon wieder Mei Chaofengs Hand durch die Luft. Nur knapp entkam er einem Fäusteregen, der direkt auf seinen Kopf zielte. *Wie kann sie wissen, wo ich bin und sogar meine Schläge vorausahnen?*

Jetzt war Guo Jings Ehrgeiz erwacht. Er sprang zurück und sammelte sich für seinen Meisterschlag. *Die Reue des stolzen Drachen.* Ein Zischen. Mei Chaofengs stahlharte Klauenhand schnappte nach seinem Handgelenk.

Inzwischen war sich Guo Jing sicher, dass es dieses Zischen war, das sie warnte. Bevor er zum vierten Schlag ansetzte, warf er einen Blick auf den geisterhaften Fremden und sah, wie die Gestalt in der schwarzen Gelehrtenrobe mit einem Fingerschnippen einen winzigen Kiesel durch die Luft schießen ließ. *Damit zeigt er ihr die Richtung an, in die ich mich bewege! Aber wie kann er meine Formen voraussehen?* Guo Jing beschloss, bis zum fünfzehnten Angriff durchzuhalten und sofort danach seine Niederlage einzugestehen.

Guo Jing hatte die fünfzehn Schläge nun schon so oft durchexerziert, dass Mei Chaofeng die Abfolge inzwischen auswendig konnte.

Der geisterhafte Fremde schnippte drei kleine Kiesel hintereinander durch die Luft, und Mei Chaofeng ging unvermittelt zum Angriff über. Sie ließ drei ihrer tödlichen Formen aufeinanderfolgen, dass die Luft vibrierte. Guo Jing wand sich tapfer unter den Attacken hindurch und antwortete mit zwei Faustschlägen.

Der Kampf wurde immer erbitterter. Zischen. Ein kleiner Kiesel nach dem anderen schoss durch die Luft. Huang Rong war die Sache zu brenzlig geworden. Kurzerhand las sie Erdklumpen vom Boden auf und schleuderte sie wild in die Luft, gegen die Kiesel des Fremden in der schwarzen Robe oder einfach irgendwohin, um Mei Chaofeng zu verwirren. Als Antwort darauf produzierte das Fingerschnippen des Fremden nun ein schrilles Pfeifen. Seine Kiesel sprengten Huang Rongs Erdklumpen und ließen sich nicht von ihrem Weg abbringen.

Die Sechs Sonderlinge und alle anderen, die etwas von Kampfkunst verstanden, machten große Augen. *Wie kann dieser Mann so viel Energie in ein bloßes Fingerschnippen legen? Nicht einmal mit einer Steinschleuder sind solche Töne und solche Präzision möglich!*

Huang Rong ließ die Hände sinken und starrte ungläubig den Mann in der schwarzen Gelehrtenrobe an. Guo Jing war jetzt klar im Nachteil. Mei Chaofeng trieb ihn gnadenlos mit tödlichen Angriffen vor sich her.

Zischen. Wieder schoss ein kleiner Kiesel mit enormer Geschwindigkeit durch die Luft. Ein weiterer folgte und stieß so heftig mit dem ersten zusammen, dass Funken sprühten und die Steinchen zu Staub zerbarsten.

Mei Chaofeng stürzte sich wie eine Besessene auf Guo Jing. Er konnte ihr nichts mehr entgegensetzen. Alles, was ihm noch einfiel, war Nan Xirens alter Ratschlag: *Wenn nichts mehr hilft, lauf weg!*

»Vater!« Huang Rong rannte plötzlich auf den Mann in der schwarzen Gelehrtenrobe zu, warf sich an seine Brust und weinte. »Vater! Was ist mit deinem Gesicht …? Was ist passiert?«

Mei Chaofeng hielt inne und lauschte.

Jetzt oder nie! Langsam, ganz langsam fuhr Guo Jings rechte Hand nach vorn. Erst als sie Mei Chaofengs Schulter berührte, legte er alle Kraft in den Schlag, ohne etwas davon zurückzubehalten. Unverzüglich ließ er den gleichen Handkantenschlag gegen ihre rechte Schulter folgen. Mei Chaofeng wurde durch die Wucht der beiden Hiebe in einem Rückwärtssalto nach hinten geschleudert und blieb reglos auf dem Boden liegen.

Bei Huang Rongs Aufschrei war Lu Chengfeng freudestrahlend aus seinem Stuhl hochgeschossen. Einen Augenblick lang hatte er seine verkrüppelten Beine vergessen. Gleichwohl kippte er sofort vornüber um.

Der geisterhafte Fremde in der schwarzen Gelehrtenrobe umfasste Huang Rong mit seinem linken Arm, während er sich mit der rechten Hand die Maske herunterriss, der er seine gruselige Totenfratze verdankte. Darunter kamen die feinen Gesichtszüge eines gut aussehenden Herrn zum Vorschein. Mit einem Schrei riss sie ihm die Maske aus der Hand und legte sie grinsend über ihr eigenes, tränenüberströmtes Gesicht.

»Was führt dich hierher, Vater? Warum hast du es diesem alten Dreckskerl namens Qiu nicht gezeigt, als er dich vorhin für tot erklärt hat?«

»Was mich hierherführt? Du natürlich!«, sagte Huang Yaoshi mit großem Ernst.

»Hast du vollbracht, was du dir vorgenommen hast? Wie schön!« Freudig klatschte sie in die Hände.

»Nein, habe ich nicht. Ich habe mein Wort gebrochen, um dich freches Kind zu finden, sonst gar nichts.«

Sein strenger Ernst dämpfte Huang Rongs Freude. Sie wusste, wie schwer der Diebstahl des *Neun-Yin-Handbuchs* durch Mei Chaofeng und Chen Xuanfeng auf ihm gelastet hatte. Er hatte sich in den Kopf gesetzt, sich mithilfe seines eigenen Verstands auf der Grundlage des ersten Bands auch das Kung-Fu des zweiten Bands zu erschließen. Hatte nicht ein gewöhnlicher Sterblicher diese Schrift verfasst? Warum sollten dessen Erkenntnisse ihm, Huang Yaoshi, dem Ketzer des Ostens, verschlossen bleiben? *Wenn es mir nicht aus eigener Kraft gelingt, auch die im zweiten Band beschriebene Kampfkunst zu vollenden, will ich die Pfirsichblüteninsel nie wieder verlassen!*, hatte er sich geschworen. Und nun hatte er seiner ungehorsamen Tochter wegen seinen Schwur gebrochen. Huang Rong hatte ein schlechtes Gewissen. »Von jetzt an will ich immer auf dich hören, Vater, das verspreche ich.« Sie strahlte ihn an.

In Wahrheit war Huang Yaoshi überglücklich, sein geliebtes Kind unbeschadet wiedergefunden zu haben. Ihre Worte ließen seinen Ärger vergessen. »Geh, hilf deiner Schwester Chaofeng!«

Huang Rong half Mei Chaofeng auf die Beine. Lu Chengfeng trat, auf seinen Sohn gestützt, auf seinen Meister zu. Beide fielen nebeneinander vor ihm auf die Knie. Mei Chaofeng kniete sich daneben. Die beiden Jünger der Schule der Pfirsichblüteninsel weinten Freudentränen.

Huang Yaoshi seufzte. »Ich freue mich, dich zu sehen, Chengfeng. Ich war damals zu voreilig und habe dir unrecht getan.«

»Geht es Euch gut, Meister?«

»Noch hat mich der Zorn nicht ins Grab gebracht.«

»Du redest nicht von mir, oder?«, sagte Huang Rong kichernd.

»Du hast deinen Anteil daran«, schnaubte Huang Yaoshi.

Huang Rong streckte ihm die Zunge heraus. »Darf ich dir ein paar Freunde vorstellen, Vater? Das hier sind die berühmten sechs Helden des Südens, Bruder Guo Jings Meister.«

Huang Yaoshi würdigte die Sonderlinge keines Blicks. »Ich bin nicht hier, um neue Bekanntschaften zu schließen.«

Seine Arroganz war eine Beleidigung. Die Sechs Sonderlinge kochten innerlich vor Wut. Nur der Gedanke an sein geradezu magisches Kung-Fu, das er soeben an den Tag gelegt hatte, ließ sie nicht die Beherrschung verlieren.

»Musst du noch packen, mein Kind?«, fragte Huang Yaoshi Huang Rong. »Wir gehen nach Hause.«

»Nein, ich habe kein Gepäck. Aber es gibt etwas, das ich seinem Besitzer zurückgeben sollte.« Sie zog die Dose mit den Pillen Tautropfen von neun Blüten hervor und reichte sie Lu Chengfeng. »Bitte, Bruder Chengfeng. Diese Pillen herzustellen ist ausgesprochen mühsam. Ich brauche sie nicht.«

Lu Chengfeng winkte höflich ab. »Für mich gibt es kein schöneres Geschenk, als meinen Meister wiederzusehen. Es wäre mir eine Freude, wenn Ihr ein paar Tage bei mir …«

Ohne auf ihn einzugehen, deutete Huang Yaoshi auf Lu Guanying: »Ist das dein Sohn?«

»Ja, Meister.«

Lu Guanying machte einen vierfachen Kotau vor dem Meister seines Vaters. »Verehrter Großmeister!«

Huang Yaoshi brummte etwas. Statt Lu Guanying aufzuhelfen, zog er ihn mit der linken Hand am Kragen hoch und versetzte ihm mit der rechten einen Stoß gegen die Schulter.

Lu Chengfeng schrie erschrocken auf. »Das ist mein einziger Sohn, Meister, ich …«

Es war kein leichter Stoß gewesen. Lu Guanying stolperte ein paar Schritte rückwärts und fiel um. Dann rappelte er sich benommen wieder auf. Er war unverletzt.

»Gut so, ich sehe, dass du ihm nichts von deinem Kung-Fu beigebracht hast. Er ist ein Schüler der Schule der Unsterblichen Abendwolken, richtig?«

Natürlich, dachte Lu Chengfeng. Sein Meister hatte nur sehen wollen, welchen Kampfkunststil sein Sohn beherrschte. »Niemals würde ich es wagen, Eure Regeln zu brechen, Meister, und das Kung-Fu, das ich von Euch gelernt habe, ohne Eure Erlaubnis weitergeben. Nicht einmal an meinen eigenen Sohn. Er ist ein Schüler von Meister Kumu von der Schule der Unsterblichen Abendwolken, das ist richtig.«

»Meister? Kumu ist ein Stümper, sein Zweig des Shaolin-Kung-Fu ist keinen Bambusschößling wert. Was du kannst, ist hundertmal besser als das. Von heute an wirst du deinen Sohn selbst unterrichten.«

Lu Chengfeng war überglücklich. »Komm her, Guanying, und bedanke dich bei Meister Huang für seine große Gnade!«

Lu Guanying machte noch einmal vier Kotaus vor Huang Yaoshi. Der Herr der Pfirsichblüteninsel schenkte ihm keine Beachtung.

Jahrelang hatte Lu Chengfeng frustriert die dürftigen Fortschritte der Kampfkunst seines Sohns beobachtet. Zu gern hätte er ihm die richtige Richtung gewiesen. Obwohl er schon seit vielen Jahren nicht mehr gehen konnte, war er mit Armen und Händen noch immer geschickt und hätte viel Kampfkunstwissen weiterzugeben gehabt. Aber er hatte das alles stets vor seiner Familie verborgen, damit sein Sohn nicht auf die Idee kam, ihn um Unterricht zu bitten. Und jetzt hatte sein geliebter Meister ihm nicht nur verziehen, er hatte ihm obendrein erlaubt, sein bislang verborgenes Wissen mit seinem Sohn zu teilen. Endlich würde aus dem jungen Mann ein würdiger Kämpfer werden. Lu Chengfeng wollte seinem Meister tausendfach danken, aber seine Kehle war vor Rührung wie zugeschnürt.

Huang Yaoshi verdrehte die Augen. Er hatte für Sentimentalität nichts übrig. »Hier, das ist für dich.«

Ein leichter Wink seiner Hand und zwei weiße Papierfetzen schwebten hintereinander auf Lu Chengfeng zu. Er stand bestimmt fünf Schritte von Lu Chengfeng entfernt, doch das Papier flog so zielgerichtet auf ihn zu, als würde es vom Wind getragen. Um ein dünnes Stück Papier scheinbar mühelos über einige Entfernung zu bewegen, bedurfte es eines weitaus mächtigeren Kung-Fu als zum Werfen eines hundert Pfund schweren Steins. Alle sahen staunend zu.

»Was hältst du vom Kung-Fu meines Vaters?«, flüsterte Huang Rong Guo Jing stolz ins Ohr.

»Das ist Zauberei!« Guo Jing war hingerissen. »Wenn du wieder zu Hause bist, musst du ein bisschen ernsthafter werden und unbedingt mehr von ihm lernen, Rong.«

»Du kommst doch mit, oder?«

»Ich werde zuerst meine Meister begleiten … aber ich komme dich besuchen!«

»Nein! Das geht nicht. Wir müssen zusammenbleiben!«

Guo Jing schwieg. Schweren Herzens hatte er eingesehen, dass er und Huang Rong getrennte Wege gehen mussten.

Lu Chengfeng fing die Papierfetzen auf. Sofort sah er, dass sie beschrieben waren. Lu Guanying ließ eine Fackel bringen, damit sein Vater die Zeichen entziffern konnte. Auf einen Blick erkannte dieser die Handschrift seines Meisters, energischer und kräftiger als je zuvor. Es handelte sich um ein Traktat über die Kampfkunst. Auf der ersten Seite stand die Überschrift: *Die Kunst des Wirbelnden Fußtritts.* Zusammen mit dem *Pfirsichblütenregen* gehörte diese Kunst zu den größten Erfindungen Huang Yaoshis, die er jedoch keinem seiner sechs Schüler beigebracht hatte. Wie gern hätte er sie in jungen Jahren von seinem Meister gelernt! Für Lu Chengfeng selbst kamen Fußtritte nicht mehr infrage, aber immerhin durfte er sie seinem Sohn vermitteln. Sorgfältig und mit der gebotenen Hochachtung faltete er das Papier und verstaute es in seiner Brusttasche. Dann verneigte er sich abermals vor Huang Yaoshi.

»Diese Art des Fußtritts unterscheidet sich von der, die du von früher kennst. Die Formen sind dieselben, aber diese Kunst beginnt mit der Arbeit am inneren Kung-Fu«, erklärte Huang Yaoshi. »Wenn du gemäß meiner Anleitung meditierst und dein Neigong kultivierst, wirst du an innerer Kraft gewinnen. Wenn du schnell Fortschritte machst, wirst du schon in fünf bis sechs Jahren wieder ohne Krücken gehen. Mag sein, dass deine Beine nicht so weit verheilen, dass du wieder mit dem Einsatz der unteren Körperhälfte kämpfen kannst, aber wenn du dich an meine Anleitung hältst, solltest du bald wieder gehen können …«

Huang Yaoshi hatte bald bereut, dass er damals in unbändigem Jähzorn seinen unschuldigen vier Schülern die Beine gebrochen und sie von der Insel verbannt hatte. Seither hatte er viel Zeit darauf verwendet, eine Anleitung zur Heilung ihrer Gehbehinderung durch Neigong zu erstellen. Da der Ketzer des Ostens viel zu stolz war, einen Fehler einzugestehen, hatte er seine eigens entwickelte Anleitung nach einem bestehenden Traktat benannt, mit dem sie eigentlich nichts zu tun hatte. »Geh und suche nach deinem älteren Bruder Qu Lingfeng und deinen jüngeren Brüdern Wu Baifeng und Feng Qianfeng, und teile dein Wissen mit ihnen.«

»Gewiss …«, antwortete Lu Chengfeng. »Von Bruder Lingfeng und Bruder Qianfeng habe ich schon lange nichts mehr gehört. Bruder Baifeng ist vor einigen Jahren gestorben.«

Huang Yaoshi hatte davon nichts gewusst. Er wollte sich nicht anmerken lassen, wie sehr ihn diese Nachricht schmerzte. Sein stechender Blick fiel auf Mei Chaofeng. Sie selbst konnte es nicht sehen, aber das Blitzen seiner Adleraugen fuhr allen anderen durch Mark und Bein.

»Du hast viel Unheil angerichtet, Mei Chaofeng, aber du hast auch viel gelitten. Du bist zwar blind, doch kaum einer wird es wagen, sich mit einer Schülerin des Ketzers Huang anzulegen, solange du dich anständig benimmst.«

Mei Chaofeng begriff, dass sie mit diesen Worten die öffentliche Wiederherstellung ihres Rangs einer Schülerin der Pfirsichblüteninsel bedeuteten. Sie weinte vor Glück.

»Bleib bei deinem Bruder Chengfeng im Wanderwolkenpalast, er wird für dich sorgen«, fügte Huang Yaoshi hinzu. Seine beiden Schüler dankten ihm mit einer Stimme.

»Wenn ich Euch hereinbitten dürfte!«, sagte Lu Guanying und bot Mei Chaofeng seinen Arm. »Meine Mutter wird sich freuen, Euch zu empfangen und zu bewirten.«

»Dürfte ich Euch ebenfalls hereinbitten, Meister?«, fragte Lu Chengfeng.

Ohne ihn zu beachten, ließ Huang Yaoshi seine Adleraugen über die Anwesenden schweifen. Sein Blick blieb an Guo Jing hängen.

»Dein Name ist Guo Jing?«

»So ist es, mein Herr.« Guo Jing machte einen Kotau.

»Du warst es, der meinen Schüler Xuanfeng getötet hat? Du musst ausgesprochen talentiert sein.«

Guo Jing zuckte zusammen. »Damals war ich noch ein unwissendes Kind. Euer Schüler hatte mich gefangen, und ich habe ihn aus Panik verwundet. Es war keine Absicht.«

Huang Yaoshi schnaubte verächtlich. »Chen Xuanfeng hat unsere Schule verraten. Es hätte einem von uns gebührt, mit ihm abzurechnen. Als ob wir das einem Außenstehenden überlassen müssten!«

»Er war erst sechs Jahre alt, Vater!«, rief Huang Rong.

»Der Alte Bettler Hong hat noch nie einen Schüler angenommen«, fuhr Huang Yaoshi ungerührt fort, »aber dir hat er fünfzehn seiner *achtzehn drachenbezwingenden Hände* beigebracht. Du musst etwas Besonderes sein. Oder verstehst du dich so gut auf

Schmeicheleien, dass du ihm sein Wissen auf diese Weise abgeluchst hast? Du hast mit seiner Kampfkunst meine Schülerin besiegt. Pah! Muss ich mir das also unter die Nase reiben lassen, wenn ich dem Alten Bettler das nächste Mal begegne?«

»Sieht er so aus, als verstünde er sich auf Schmeicheleien?«, lachte Huang Rong. »Ich war das! Ich habe Fürst Hong dazu gebracht, es ihm beizubringen. Hör auf, ihn zu drangsalieren!«

Nachdem der Herr der Pfirsichblüteninsel seine Frau verloren hatte, war seine Tochter sein Ein und Alles gewesen. Er hatte ihr keinen Wunsch abschlagen können. Das verwöhnte Mädchen hatte sich immer ungestraft über alle Regeln hinweggesetzt, und als er sie dann ein einziges Mal geschimpft hatte, war sie trotzig davongelaufen. Er hatte sich ausgemalt, sie traurig, abgezehrt und von Heimweh geplagt im Jianghu aufzulesen. Doch stattdessen demonstrierte sie keckes Selbstvertrauen und verteidigte den dahergelaufenen Schüler von sechs Stümpern gegen ihren Vater. Die Eifersucht machte ihn nur noch wütender auf Guo Jing.

»Ich weiß genau, dass der Alte Bettler dir seine Kunst allein deshalb beigebracht hat, um meine Schülerin zu besiegen und mich bloßzustellen, mich zu verhöhnen, weil ich keine Schüler mehr habe und diejenigen, die ich einst hatte, zu nichts nütze sind ...«

»Wer sagt denn, dass die Pfirsichblüteninsel keine Schüler hat?«, unterbrach Huang Rong. »Guo Jing hat Schwester Chaofengs Nachteil für sich ausgenutzt. Er hatte einfach Glück! Als wir vor Kurzem in Yanjing waren, war sie ihm so überlegen, dass sie auf seinen Schultern gekämpft hat, als wäre er ein Pferd. Sie hat ihn ganz nach ihrer Pfeife tanzen lassen, das hättest du sehen müssen! Der Alte Bettler hat daran nichts ändern können.« Huang Rong machte sich nichts daraus, die Wahrheit ein bisschen zu verbiegen, um ihren Vater zu überzeugen. »Verbinde ihm die Augen, und lass ihn blind gegen Schwester Chaofeng kämpfen, dann wirst du ja sehen. Ach was, lass mich gegen ihn kämpfen!«

Sie sprang auf und stellte sich vor Guo Jing in Angriffshaltung. »Komm, ich kämpfe mit dem simpelsten Kung-Fu meines Vaters gegen das vielgerühmte Kung-Fu des Alten Bettlers.«

Guo Jing wartete kurz ab, ob Huang Yaoshi etwas einwenden würde, dann ließ er sich auf Huang Rongs Spiel ein. »Ich habe dich noch nie besiegt.«

»Dann los!« Huang Rongs zarte Hand durchschnitt mit einem waagerechten Schlag die Luft, *Sturzflut und Sturm*, aus der Reihe des *Pfirsichblütenregens*. Guo Jing konterte mit den *drachenbezwingenden Händen*, aber wie hätte er gegen seine geliebte Huang Rong die volle Kraft in einen Schlag legen können? Diese Kunst lebte von wuchtigen Hieben, ohne die seine Angriffe dem Variantenreichtum des trommelnden *Pfirsichblütenregens* nichts entgegenzusetzen hatten. Guo Jing steckte einen schmerzhaften Hieb nach dem anderen ein. Um ihren Vater zu besänftigen, ließ Huang Rong ihrerseits keine Gnade walten. Immerhin wusste sie, dass Guo Jing einiges einstecken konnte. »Du hast verloren, sieh es ein!«, rief sie theatralisch.

»Schluss mit dem Unfug!«

Huang Yaoshis Gesicht war aschfahl geworden. Niemand hatte bemerkt, wie er plötzlich zwischen die Kämpfenden gefahren war. Er packte beide am Kragen, setzte Huang Rong sanft auf der einen Seite ab und schleuderte Guo Jing zur anderen Seite.

Guo Jing flog durch die Luft. Sobald er wieder Boden unter den Füßen hatte, fand er allerdings sofort in einen festen und aufrechten Stand zurück. Wäre er stattdessen auf dem Boden aufgeschlagen und hätte sich dabei die Nase gebrochen und das Gesicht ramponiert, wäre Huang Yaoshi vielleicht zufrieden gewesen. Aber dass er nun ungewollt seine gute Beinarbeit und Standfestigkeit unter Beweis stellen konnte, reizte den Herrn der Pfirsichblüteninsel noch mehr.

»Da ich keine Schüler habe, muss ich dein Kung-Fu wohl persönlich auf die Probe stellen!«, herrschte er Guo Jing an.

Guo Jing machte eine tiefe Verbeugung. »Ein Anfänger wie ich würde niemals wagen, gegen einen Meister wie Euch zu kämpfen.«

»Gegen mich kämpfen?«, höhnte Huang Yaoshi. »So weit kommt es noch, dass ich gegen einen Pimpf wie dich kämpfe. Ich werde reglos hier stehen, und du kannst deine *achtzehn drachenbezwingenden Hände* auf mich loslassen. Wenn ich auch nur mit der Wimper zucke oder einen kleinen Finger hebe, um mich zu verteidigen, habe ich verloren.«

»Ein Anfänger wie ich wagt nicht …«

»Du wagst, was ich dir sage.«

Nun bleibt mir wohl nichts anderes übrig, sagte sich Guo Jing. *Wahrscheinlich wird er meine Energie gegen mich umlenken und mich damit durch die Luft fliegen lassen. Nun gut, wenn die Sache damit ausgestanden ist, soll mir das recht sein.*

Dennoch zögerte er. »Los, mach schon, schlag zu, sonst muss ich doch anfangen.« Huang Yaoshi konnte an Guo Jings Blick ablesen, dass er gar nicht so ohne Ehrgeiz war, wie er vorgab. Die Gelegenheit, das eigene Können an einem der wenigen lebenden Großmeister auszuprobieren, hatte man nicht allzu oft.

»Wie könnte ich mich Euren Anweisungen widersetzen.« Guo Jing ging in Angriffsstellung, Knie leicht gebeugt, den Arm angewinkelt. Er ließ die Hand kreisen. Nichts hatte er eifriger geübt als *Die Reue des stolzen Drachen*. Er legte weniger als seine halbe Kraft in den Schlag. Ihm war weder daran gelegen, Huang Rongs Vater zu verletzen noch durch Umlenkung seiner eigenen Energie selbst zu Schaden zu kommen.

Kaum hatte seine Hand Huang Yaoshis Brust berührt, glitt sie davon ab, als wäre sein Gegenüber mit Öl eingerieben.

»Was soll das? Warum hältst du deine Kraft zurück? Fürchtest du etwa, ich könnte deiner großartigen *drachenbezwingenden Hand* nicht standhalten?«

Guo Jing murmelte eine Entschuldigung und setzte zum zweiten Schlag an, *Sprung über den Abgrund*. *Bloß keine Kraft zurückhalten*, sagte er sich und atmete tief ein. Mit dem Ausatmen schoss seine linke Faust vor, die rechte Faust schoss gleichzeitig unter der linken hindurch und zielte mitten auf Huang Yaoshis Oberbauch.

»Schon besser«, brummte der Großmeister.

Guo Jing hielt seine Kraft zurück, bis er mit den Fingerspitzen die Kleider des Gegners berührte, so, wie es der Bettler ihm beigebracht hatte. Doch genau in dem kurzen Augenblick, in dem er seine volle Energie freisetzte, ohne sie wieder einholen zu können, spannte Huang Yaoshi den Bauch an und sog die Luft ein.

Krachend sprang Guo Jings Handknochen aus dem Gelenk.

Erschrocken fuhr er zurück. Ein entsetzlicher Schmerz durchfuhr ihn, und er konnte die Hand nicht mehr bewegen.

Lege niemals deine ganze Kraft in den Schlag. Das ist die Idee der Reue des stolzen Drachen. Guo Jing hatte die Worte des Bettlerfürsten noch deutlich im Ohr. *Wie konnte ich mich verleiten lassen, sie nicht zu beherzigen!*

Die Sechs Sonderlinge waren wütend, aber sie konnten Huang Yaoshi nur bewundern. Er hatte Wort gehalten, sich weder bewegt noch zurückgeschlagen, und dabei die Hand ihres Schülers ausgerenkt. Unglaublich.

»Jetzt bin ich dran«, sagte Huang Yaoshi plötzlich. »Damit du den Unterschied lernst zwischen der lausigen Kunst deines Lehrers und der des Meisters der Pfirsichblüteninsel.« Er hatte noch nicht zu Ende gesprochen, als schon die Luft vibrierte. Unter Schmerzen wich Guo Jing zurück und duckte sich unter dem drohenden Handkantenschlag weg – doch direkt in den nachfolgenden Fußtritt hinein, der ihn wie am Haken in die Luft hob. Guo Jing schlug bäuchlings auf dem Boden auf.

»Nein, Vater, nicht!« Huang Rong warf sich über Guo Jing.

Aus der nahenden rechten Faust wurde eine Klaue, mit der Huang Yaoshi seine Tochter hochzog und aus dem Weg räumte, während seine linke Hand wie ein Messer nach unten hieb.

Dieser Schlag würde tödlich sein. Die Sechs Sonderlinge stürzten sich alle auf einmal auf Huang Yaoshi – allen voran Quan Jinfa, der mit dem Eisenhaken an seiner Schnellwaage nach dem Handgelenk des Angreifers schlug.

Huang Yaoshi setzte seine Tochter ab, spreizte die Finger beider Hände, packte gleichzeitig Quan Jinfas Schnellwaage und Han Xiaoyings Schwert und kreuzte die Waffen miteinander. Klirrend brachen sie in vier Stücke und fielen zu Boden.

»Meister …!« Lu Chengfeng wollte dazwischenfahren, verstummte aber vor der Autorität seines Meisters.

»Wenn du ihn tötest, wirst du mich nie wiedersehen!« Heulend rannte Huang Rong zum Tai-See und stürzte sich ins Wasser. Die Wellen schlugen über ihr zusammen. Huang Yaoshi wusste zwar, dass seine Tochter eine gute Schwimmerin war. Schon als kleines Kind hatte sie in den hohen Wellen des Ostmeers den ganzen Tag lang mit den Riesenschildkröten gespielt, ohne einen Fuß ans Ufer zu setzen. Der Tai war nur ein See, aber dennoch veranlasste ihn sein besorgtes Vaterherz, ihr nachzulaufen. Er sah nur noch eine lange Furche, die schnurgerade auf den See hinausführte.

Als er sich umwandte, war Zhu Cong gerade dabei, Guo Jings Hand wieder einzurenken. Seine ganze Wut richtete sich jetzt auf die Sonderlinge. »Wenn Ihr sterben wollt, dann bringt Euch auf der Stelle selbst um, denn wenn ich das für Euch tun muss, wird Euer Leid noch viel größer sein.«

»Ein tapferer Mann kennt keine Angst vor dem Tod«, sagte Ke Zhen'e ruhig und hob seinen Eisenstab waagerecht vor die Brust. »Wozu dann das Leid fürchten?«

»Die Sechs Sonderlinge des Südens sind endlich zurück in ihrer Heimat«, fügte Zhu Cong hinzu. »Am Ufer des Tai können wir ohne Reue sterben.« Die sechs bauten sich nebeneinander vor Huang Yaoshi auf, kampfbereit, mit und ohne Waffen.

Das kann ich nicht zulassen, dachte Guo Jing. Schnell rappelte er sich auf und stellte sich vor seine Meister. »Ich war es, der Chen Xuanfeng getötet hat, meine Meister haben nichts damit zu tun. Ich allein will mit meinem Leben dafür geradestehen.«

Oje, Erster Meister, Dritter Meister und Siebte Meisterin sind furchtbar jähzornig, schoss es ihm dann durch den Kopf. *Wenn er mich tötet, werden sie mich sofort rächen wollen, und dann werden sie trotzdem alle sterben.*

Er streckte den Rücken durch und machte einen Schritt auf Huang Yaoshi zu. »Erst muss ich aber den Tod meines Vaters rächen. Gebt mir dreißig Tage, damit ich meiner Sohnespflicht nachkommen kann. Danach werde ich mich unverzüglich auf der Pfirsichblüteninsel meinem Schicksal stellen.«

Huang Yaoshis Zorn hatte mittlerweile nachgelassen, die Sorge um seine Tochter war stärker. Er hatte keine Lust mehr, sich noch länger mit Guo Jing zu befassen. Mit einer wegwerfenden Handbewegung drehte sich um und verschwand in der Dämmerung.

Die Übrigen sahen einander fassungslos an. Wie konnte es sein, dass Guo Jing seinen erbarmungslosen Widersacher so unverhofft mit nur einem Satz losgeworden war? Wer konnte wissen, welche dämonischen Winkelzüge der Herr der Pfirsichblüteninsel noch aufzubieten hatte?

Lu Chengfeng fand als Erster die Sprache wieder. »Bitte, lasst uns in die hintere Halle gehen.«

神龙摆尾

5
Der Drache peitscht mit dem Schwanz

Als Lu Guanying ihm auf die Beine helfen wollte, merkte er, dass Wanyan Kang sich nicht bewegen konnte. Er war immer noch an seinen Nervenpunkten gelähmt und vermochte nur zornig mit den Augen zu funkeln.

»Ich habe deiner Meisterin versprochen, dich laufen zu lassen«, sagte Lu Chengfeng. Obwohl Wanyan Kang auf eine andere Weise gelähmt worden war als der, die er von seiner Schule kannte, hätte er ihn leicht aus seiner misslichen Lage erlösen können. Doch das wäre unhöflich gegenüber demjenigen gewesen, der die Lähmung verursacht hatte. Er wollte eben um Erlaubnis fragen, als Zhu Cong hinzukam und Wanyan Kang an mehreren Stellen an der Hüfte berührte und ihm sachte auf den Rücken klopfte. Sofort kam wieder Leben in den jungen Mann.

Lu Chengfeng war beeindruckt von der Art und Weise, wie Zhu Cong den nicht untalentierten Wanyan Kang kampflos außer Gefecht gesetzt hatte. Unter gewöhnlichen Umständen wäre das Zhu Cong durchaus schwergefallen, aber im allgemeinen Chaos beim Einsturz der Halle hatte Wanyan Kang sich um den eingeklemmten Song-Offizier Duan Tiande gekümmert. Zhu Cong hatte die Gelegenheit genutzt, um wenigstens diese beiden Quälgeister vorübergehend auszuschalten.

»Und den hier kannst du mitnehmen«, sagte Zhu Cong, während er auch den Song-Offizier aus seiner Lähmung erlöste.

Der Offizier hatte bereits mit seinem Leben abgeschlossen gehabt. Jetzt konnte er sein Glück nicht fassen. »Niemals wird Euer ... demütigster Diener Duan Tiande dem äh ... großen Helden vergessen, sein Leben verschont zu haben«, sagte er unter fortgesetzten Verbeugungen. »Solltet Ihr je den Weg in die Hauptstadt ...«

»Ihr ... ihr heißt Duan Tiande?«, fragte Guo Jing mit bebender Stimme. Der Name hatte ihn sofort aufhorchen lassen.

»Jawohl ... junger Held. Was kann ich für Euch tun?«

»Warst du vor achtzehn Jahren Militäroffizier in Lin'an?«

»So ist es. Woher wisst Ihr das?«, sagte Duan Tiande freundlich. Dann wandte er sich Lu Guanying zu. »Euer Meister, Abt Kumu, ist mein Onkel väterlicherseits. Wir sind also sozusagen verwandt.« Er lachte über seinen Scherz.

Während Duan Tiande sich bei seinen Gastgebern einzuschmeicheln versuchte, musterte Guo Jing den armseligen Tropf von Kopf bis Fuß.

»Gutsherr Lu, ob ich wohl die kleine Halle hinter Eurem Studierzimmer für eine Aussprache nutzen dürfte?«, fragte Guo Jing schließlich.

»Selbstverständlich.«

Umstandslos packte Guo Jing den Song-Offizier am Arm und zog ihn mit sich fort.

Die Sechs Sonderlinge frohlockten. Was für ein glücklicher Zufall, ausgerechnet hier auf diesen Verräter zu treffen, den sie vor über einem Jahrzehnt bis in die Mongolei verfolgt hatten! Hätte der Mann seinen Namen nicht gesagt, wäre er am Ende unerkannt davongekommen. Sie marschierten Guo Jing hinterher.

Lu Chengfeng, Lu Guanying und Wanyan Kang, verwundert über Guo Jings eigenartiges Benehmen, folgten ebenfalls.

»Bringt mir Papier und Pinsel«, sagte Guo Jing zu einem der Diener, die die Kerzen anzündeten. Als der Diener das Gewünschte gebracht hatte, gab es Guo Jing an Zhu Cong weiter. »Zweiter Meister, bitte schreib eine Ahnentafel für meinen verstorbenen Vater.«

Zhu Cong nahm den Pinsel, schrieb *Zum Gedenken an den Geist des Gerechten Guo Xiaotian* und legte das Papier in die Mitte des Tischs.

Beim Lesen dieses Namens erschrak Duan Tiande zu Tode. Er hatte angenommen, der freundliche junge Mann wollte ihn zu einem kleinen nächtlichen Imbiss bitten. Als er sich umsah und einen kleinen Dickwanst im Türrahmen stehen sah, machte er sich vor Angst in die Hose. Damals, als er mit Guo Jings Mutter in den Norden geflohen war, hatte er eben diesen Dickwanst in einer Herberge gesehen. Auch die anderen fünf schienen vertraut. Diese seltsamen Gestalten zu vergessen war unmöglich.

Duan Tiande sah von einem zum anderen. Natürlich hatte er die Sonderlinge bereits an der großen Tafel sitzen sehen, aber da war er so mit seiner misslichen Lage beschäftigt gewesen, dass er nicht auf sie geachtet hatte. Erst jetzt ging ihm ein Licht auf. Seine Hose war nass und er selbst nur noch ein bibberndes Häufchen Elend.

»Willst du einen schnellen Tod, oder sollen wir dich erst foltern?«, herrschte Guo Jing ihn an.

Leugnen war zwecklos. Duan Tiandes einzige Hoffnung war, die Schuld einem anderen zuzuschieben. »Ich mag einen geringfügigen Anteil am Unglück des Gerechten Guo Xiaotian gehabt haben, aber ich habe nur Befehle ausgeführt, ich ...«

»Wer gab den Befehl? Wer hat dich geschickt, um meinen Vater zu töten? Raus mit der Sprache!«

»Der Sechste Prinz von Jin, Wanyan Honglie.«

»Was sagst du da?« Wanyan Kang fuhr erschrocken auf.

Duan Tiande bemühte sich nach Kräften, seine Schuld am Tod von Guo Jings Vater auf andere abzuwälzen. Er ging auf die Knie und erzählte die ganze Geschichte bis ins kleinste Detail von Anfang bis Ende. Wie Prinz Wanyan Honglie in jener Nacht schwerverwundet von Yang Tiexins Frau Bao Xiruo gerettet worden war und sich in sie verliebt hatte. Wie er seine Macht hatte spielen lassen und die Song-Beamten mit Gold und Silber bestochen hatte, damit sie Soldaten nach Niu schickten, um Yang Tiexin und Guo Xiaotian loszuwerden. Wie er sich dann als Retter Bao Xiruos aufgespielt hatte und sie mit sich genommen hatte, während er, Duan Tiande, mit Guo Xiaotians Frau als Geisel nach Zhongdu geflüchtet war. Wie sie von der Jin-Armee gefangen genommen und als Sklaven in die Mongolei verschleppt worden waren und wie er schließlich während einer Schlacht von Li Ping getrennt worden war. Danach hatte er sich zurück in den Süden nach Lin'an durchgeschlagen und seine Beamtenlaufbahn fortgesetzt. »Werter Herr Guo, Held Guo, das ist die ganze Wahrheit. Als ich auf Euren gerechten Vater traf, diesen würdevollen und stattlichen Helden, und sein Ehrfurcht gebietendes Auftreten sah … glaubt mir, ich wollte ihn nicht töten, nichts lieber als zum Freund hätte ihn haben wollen, jedoch … jedoch … Ich war nur ein einfacher Soldat, ein Niemand, der Befehle ausführen musste. Es lag nicht in meiner Hand. Ich habe Euren Vater bewundert, nur zu gern hätte ich sein Leben verschont, doch … mein Name ist Duan Tiande, *tian* wie der Himmel und *de* wie die Tugend, von klein auf habe ich diesem Namen gerecht werden wollen …« Er sah kurz auf, und als er Guo Jings versteinerten Blick bemerkte, warf er sich vor dem Tisch mit der Gedenktafel für Guo Xiaotian nieder und schlug laut und hart die Stirn auf. »Großer Gerechter Guo Xiaotian, ich überlasse mich Eurem Geist im Jenseits und hoffe, Ihr mögt einsehen, dass es Wanyan Honglie war, der Sechste Prinz von Jin, der Euch auf dem Gewissen hat. Er ist das Tier, das Ihr jagen müsst, nicht mich, ich bin ein Niemand, unbedeutender als eine Ameise. Wie stolz müsst Ihr sein auf Euren großartigen und heldenhaften Sohn. Habt Gnade und bringt ihn dazu, mein erbärmliches Hundeleben zu verschonen ...«

Duan Tiande redete und redete und wollte gar nicht aufhören, sich vor dem Geist Guo Xiaotians zu verneigen. Dann hatte Wanyan Kang genug. Er sprang auf, ließ beide Fäuste auf ihn niedersausen und zerschmetterte dem Gesandten des Song-Kaisers den Schädel.

Guo Jing brach weinend zusammen. Lu Chengfeng, Lu Guanying und die Sechs Sonderlinge des Südens traten einer nach dem anderen vor die Gedenktafel für Guo Xiaotian und erwiesen ihm die letzte Ehre.

Wanyan Kang trat als Letzter vor die Inschrift und machte einen mehrfachen Kotau. Dann erhob er sich und wandte sich Guo Jing zu. »Guo Jing, mein Bruder, erst heute habe ich verstanden, dass mein ... dass Wanyan Honglie unser Feind ist. Ich war ein Ignorant, und mein Benehmen ist unverzeihlich. Ich verdiene tausend Tode.« Beim Gedanken daran, wie sehr seine Mutter gelitten haben musste, fing er an zu weinen.

»Was wirst du jetzt tun?«, fragte Guo Jing.

»Mir ist erst jetzt bewusst geworden, dass ich ein Yang bin, der Name Wanyan hat keine Bedeutung mehr für mich. Von heute an heiße ich Yang Kang.«

»So spricht jemand, der weiß, wo seine Wurzeln liegen«, sagte Guo Jing. »Morgen reise ich nach Yanjing und töte Wanyan Honglie. Kommst du mit?«

Yang Kang wusste nicht, was er antworten sollte. Er dachte daran, dass Wanyan Honglie ihn aufgezogen und behandelt hatte wie seinen eigenen Sohn. Als er jedoch Guo Jings missbilligende Miene sah, sagte er rasch: »Ich komme mit dir, und wir rächen deinen Vater.«

»Gut. Meine Mutter und dein verstorbener Vater haben gesagt, unsere Väter hätten einst feierlich vereinbart, dass wir beide Schwurbrüder werden sollen. Was denkst du?«

»Nichts wäre mir lieber.«

Sie stellten fest, dass Guo Jing einen Monat vor Yang Kang geboren worden und damit der Ältere war.

Seite an Seite knieten sie sich vor Guo Xiaotians Gedenktafel und verneigten sich acht Mal. Guo Jing und Yang Kang wurden Schwurbrüder.

Nach den aufwühlenden Ereignissen des Abends ruhten sich in dieser Nacht alle Beteiligten im Wanderwolkenpalast aus. Am darauffolgenden Morgen verabschiedete Lu Chengfeng die Sechs Sonderlinge und Guo Jing mit großzügigen Geschenken. Guo Jing, der schon zuvor vom Hausherrn reichlich beschenkt worden war, lehnte allerdings dankend ab.

Mei Chaofeng blieb im Wanderwolkenpalast. Sie bezog ihre eigenen Gemächer, und ihre persönlichen Dienerinnen kümmerten sich um ihr Wohlbefinden.

Vor den Toren des Anwesens wollte Guo Jing sich von seinen Meistern trennen. »Bruder Kang und ich reisen nach Norden, um Wanyan Honglie zu töten.«

»Wir kommen mit euch. Bis zu unserer Verabredung am Tag des Mondfestes haben wir keine weiteren Verpflichtungen«, sagte Ke Zhen'e, und die anderen stimmten ihm zu.

»Danke für Euren unendlichen Großmut. Aber Wanyan Honglie verfügt über kein nennenswertes Kung-Fu, und mit Bruder Yang Kang an meiner Seite wird es ein Leichtes sein, ihn zu töten. Meinetwegen seid Ihr mehr als ein Jahrzehnt lang nicht in Eurer Heimat gewesen. Es sind nur noch zwei Tagesreisen bis Jiaxing, und es wäre nicht recht von mir, Euch zu nötigen, noch einmal nach Norden zu reisen.«

Obwohl die Sechs Sonderlinge ihren Schützling gern begleitet hätten, mussten sie ihm zustimmen. Sein Kung-Fu war so weit fortgeschritten, dass sie sich keine Sorgen um ihn zu machen brauchten. Daher beließen sie es dabei, ihm freundliche Ermahnungen mit auf den Weg zu geben.

Als Letzte sprach Han Xiaoying. »Du musst nicht zur Pfirsichblüteninsel reisen.« Sie wusste, dass Guo Jing ein Versprechen niemals brechen würde, aber wie könnte sie es zulassen, dass der Junge sich dem Jähzorn dieses erbarmungslosen Großmeisters auslieferte?

»Ich habe ein Versprechen gegeben.«

»Warum sollte man gegenüber einem hinterhältigen, bösartigen Dämon sein Versprechen halten? Du übertreibst, großer Bruder«, warf Yang Kang ein.

Ke Zhen'e schnaubte verächtlich. »Ein aufrechter Kämpfer des Jianghu steht immer zu seinem Wort, nicht wahr, Guo Jing? Heute ist der fünfte Tag des sechsten Monats. Am ersten Tag des siebten Monats wollen wir uns im Garten der Trunkenen Unsterblichen in Jiaxing wiedersehen, und dann werden wir mit dir zur Pfirsichblüteninsel reisen. Jetzt nimm dein rotes Pferd, reite schnell nach Zhongdu, und räche deinen Vater. Dein Schwurbruder braucht nicht mitzukommen. Wenn es dir gelingt, ist es gut; wenn nicht, dann denk daran, dass die Rache für einen aufrechten Menschen nicht verjährt. Auch in zehn Jahren noch kannst du diesen Schurken töten.«

Dankbar für diese Worte fiel Guo Jing vor seinem Ersten Meister auf die Knie.

Als Yang Kang sich für einen Augenblick von der Gruppe entfernte, flüsterte Quan Jinfa seinem Schüler rasch eine Warnung zu: »Dein Schwurbruder ist in Samt und Seide geboren. Ich habe den Eindruck, dass ihm der aufrechte Sinn eines Ehrenmanns fehlt. Sei vorsichtig.«

Guo Jing nickte.

»Die Tochter des Alten Ketzers Huang ist so gar nicht nach ihrem Vater geraten, nicht wahr?«, scherzte Zhu Cong. »Wir sind nicht mehr gram mit ihr, oder? Was sagst du, Dritter Bruder?«

Han Baoju strich sich über den Bart. »Die freche Göre hat mich einen fetten Wachskürbis genannt! Aber gut, ich muss zugeben, dass sie hübscher ist als ich.« Alle lachten, und Guo Jing stimmte in die allgemeine Heiterkeit ein, erleichtert darüber, dass seine Meister keinen Groll mehr gegen Huang Rong hegten. Nicht zu wissen, wo sie jetzt war und wann er sie wiedersehen würde, ließ ihn aber schnell wieder verstummen.

»Los, auf dein Pferd!«, rief Quan Jinfa aufmunternd. »Wir erwarten dich mit guten Nachrichten in Jiaxing.«

Guo Jing stand, sein rotes Pferd am Zügel haltend, noch lange am Wegrand und sah seinen sechs Meistern nach, die gen Süden davonritten. Dann saß er auf und schloss zu Yang Kang auf, der bereits vorausgeritten war. »Mein Pferd ist ziemlich schnell, Bruder«, sagte er. »Bis Yanjing sollte ich nicht viel länger als zehn Tage benötigen, aber lass uns zuerst ein Stück zusammen reiten.« Die beiden trabten gemächlich nebeneinander in Richtung Norden und hingen schweigend ihren Gedanken nach.

In Yang Kangs Innerem tobte ein Sturm. Nur einen Monat war es her, dass er als mächtiger Gesandter des Großen Jin-Reichs gen Süden aufgebrochen war, eskortiert von einer Leibgarde und Soldaten. Jetzt war er ganz allein zurück auf dem Weg nach Norden und all sein Reichtum, sein Gefolge, sein hoher Rang waren dahin wie ein flüchtiger Traum. Er verstand, dass Guo Jing ihn nicht mehr drängte, mit ihm nach Zhongdu zu reiten, um ihm den Gewissenskonflikt zu ersparen. Doch ihn quälte eine andere Frage: Sollte er versuchen, Wanyan Honglie vor dem bevorstehenden Attentat zu warnen?

Guo Jing bemerkte, wie unruhig Yang Kang war, aber seine gutmütige Natur führte dessen verhangenen Blick auf die Trauer um den Verlust seiner Eltern zurück; daher bedrängte er ihn nicht mit Fragen.

Um die Mittagszeit erreichten sie Liyang. Sie wollten gerade nach einem geeigneten Ort für eine Rast suchen, als sie überraschend ein Wirt zu sich heranwinkte. »Habe ich das Vergnügen, die Herren Guo und Yang begrüßen zu dürfen? Bei uns wartet bereits Essen und Trinken auf Euch. Bitte, folgt mir.«

Guo Jing und Yang Kang sahen einander erstaunt an.

»Woher kennt Ihr unsere Namen?«, fragte Yang Kang.

»Ein Herr war heute Morgen hier und hat uns beauftragt, alles für die Ankunft der Herrschaften vorzubereiten«, antwortete der Wirt freundlich und nahm die Zügel ihrer Pferde.

»Gutsherr Lu vom Wanderwolkenpalast kümmert sich wirklich vorbildlich um seine Gäste«, brummte Yang Kang.

Ein Kellner brachte ihnen zuerst eine Flasche hervorragenden Huadiao-Wein aus Shaoxing und dazu feine Nudeln und verschiedene erlesene Gerichte, darunter Guo Jings Leibspeise: geschmortes Hühnchen mit getrockneten Pilzen. Die beiden ließen es sich nach Herzenslust schmecken. Als sie um die Rechnung baten, sagte der Wirt, sie sei bereits beglichen. Yang Kang gab ihm einen Tael Silber als Trinkgeld, die der Wirt unter zahlreichen Verbeugungen glücklich annahm.

Als sie ihren Weg fortsetzten, erzählte Guo Jing, wie großzügig Gutsherr Lu ihn und Huang Rong bei sich aufgenommen und bewirtet hatte.

»Wenn du mich fragst, ist dieser Kerl ein Gauner, der sich mit seiner vermeintlichen Großzügigkeit und faulen Machenschaften zum Anführer der Piraten des Tai-Sees aufgeschwungen hat.« Yang Kang konnte die Demütigung, die er durch Lu Chengfengs Hände erfahren hatte, nicht verwinden.

»Ist er nicht in der Schule deiner Kampfkunst so etwas wie dein Onkel?«, fragte Guo Jing, der sich über Yang Kangs Haltung wunderte.

»Mei Chaofeng hat mir zwar ein oder zwei Dinge beigebracht, aber sie ist nicht meine Meisterin«, sagte Yang Kang zu Guo Jings Überraschung. »Hätte ich vorher gewusst, was für ein abweiges Kung-Fu das ist, hätte ich mich davon ferngehalten und wäre jetzt nicht in dieser misslichen Lage.«

»Was willst du damit sagen?«

Yang Kang merkte zu spät, dass er seine Gedanken besser bei sich behalten hätte, und wurde rot.

»Ach, ich meinte nur, dass Dinge wie die *Neun-Yin-Todesklaue* kein rechtschaffenes Kung-Fu sind«, sagte er mit gezwungenem Lächeln.

Guo Jing nickte. »Das stimmt. Doch dein Meister Ewiger Frühling ist ein hervorragender Kampfkünstler einer orthodoxen daoistischen Schule. Wenn du ihm alles erklärst und ein ernsthafter Schüler wirst, wird er dir bestimmt vergeben.«

Yang Kang ignorierte diesen Rat geflissentlich.

Gegen Abend ritten sie in Jintan ein. Wieder erwartete sie bereits der Wirt einer Schenke und tischte ihnen reichlich auf. Das Gleiche geschah in jeder Stadt, die sie in den drei darauffolgenden Tagen erreichten. *Der Herr des Wanderwolkenpalasts hat wirklich eine ausdauernde Art, seine Gäste zu eskortieren,* dachte Yang Kang verdrießlich. Guo Jing wunderte sich stattdessen, woher Lu Chengfeng seinen Geschmack so gut kannte. In jeder Schenke wurde mindestens eins seiner Leibgerichte serviert. Am vierten Tag überquerten sie den Jangtse und machten in Gaoyou halt. Sofort hieß sie der dortige Wirt willkommen.

»Ich reite voran, Bruder, um zu sehen, wer dahintersteckt«, sagte Guo Jing nach dem Essen und verabschiedete sich. Er trieb sein rotes Pferd an und galoppierte ohne anzuhalten durch die folgenden drei Städte. Als er in Baoying ankam, war dort wie erwartet kein Wirt, der ihn willkommen hieß. Er suchte sich die größte Herberge der Stadt und bat um ein Zimmer in der Nähe des Eingangs. Bei Einbruch der Dunkelheit hörte er das Bimmeln eines Glöckchens und das Wiehern eines Pferds, das vor dem Haus anhielt. Dann betrat jemand die Herberge, bat um ein Zimmer und wies den Wirt an, am darauffolgenden Tag zwei Herren namens Guo und Yang zu empfangen.

Beim Klang von Huang Rongs Stimme jubelte Guo Jing innerlich vor Freude und sein Herz klopfte wie wild. Aber er zwang sich, vorerst auf seinem Zimmer zu bleiben. *Huang Rong liebt es, ihre Spiele zu spielen. Nachher werde ich sie überraschen!*

Er wartete bis kurz vor Mitternacht, dann schlich er sich verstohlen zu Huang Rongs Zimmer, um sie zu erschrecken. Plötzlich sah er ihre vertraute Silhouette über die Hausdächer huschen. *Wo will sie hin, so mitten in der Nacht?* Er bemühte seine Schwebekunst, um ihr vorsichtig zu folgen.

Erst an einem kleinen Bach außerhalb der Stadt machte Huang Rong Halt, hockte sich unter einen Weidenbaum und zog verschiedene Gegenstände aus der Tasche.

Der Mond stand tief und erhellte die Nacht, eine kühle Brise fuhr durch die hängenden Zweige der Weide und ließ Huang Rongs Ärmel flattern. Außer dem leisen Gurgeln des Bachs und dem Zirpen und Summen der Insekten herrschte die Stille der Abgeschiedenheit. »Jetzt setzt euch schön einander gegenüber«, hörte er Huang Rong murmeln. »So ist es fein.«

Guo Jing pirschte sich näher heran. Im Mondlicht sah er, wie Huang Rong zwei Tonpuppen vor sich ins Gras setzte. Die rundlichen, drolligen Figürchen waren typisch für die Stadt Wuxi unweit des Tai-Sees. Im Wanderwolkenpalast hatte Huang Rong ihm von diesen bekannten und liebevoll »kleine Buddhas« genannten Puppen erzählt, die nicht einfach ein Spielzeug, sondern exquisites Kunsthandwerk waren.

Neugierig kroch Guo Jing noch etwas näher heran. Zwischen den beiden Tonfiguren hatte Huang Rong mit Blumen und Gräsern gefüllte Miniaturschüsseln aus Ton platziert. »Das hier ist für Huang Rong und das für Guo Jing. Das hat Huang Rong gekocht. Na, wie schmeckt es?«

»Lecker!«, rief Guo Jing und rannte zu ihr.

Ein breites Lächeln erschien auf Huang Rongs Gesicht, als sie sich zu ihm umdrehte und sich in seine Arme warf. Sie hielten sich eng umschlungen und wollten gar nicht mehr loslassen. Später saßen sie Seite an Seite am Ufer des Bachs und erzählten sich, wie es ihnen zuletzt ergangen war. Obwohl sie nur wenige Tage getrennt gewesen waren, kam es ihnen wie Monate vor, wie Jahre … Guo Jing hing an Huang Rongs Lippen, ganz verzaubert von ihrem Lachen und ihrem Liebreiz. Er dachte daran, wie sie ihn gegen Huang Yaoshi verteidigt hatte und sogar in den See gesprungen war, um ihren Vater herauszufordern. Er hatte nicht ahnen können, dass sie wenig später zurückgeschwommen war, um sich zu vergewissern, dass er außer Gefahr war und die Nacht außerhalb des Wanderwolkenpalasts verbracht hatte, um über ihn zu wachen. Sie bereue jetzt, ihren Vater so herausgefordert zu haben, sagte sie. Als Guo Jing mit Yang Kang aufgebrochen sei, habe sie sich hinter den Büschen versteckt und sei dann schnell vorausgaloppiert, um ihre Bewirtung zu organisieren.

Inzwischen stand der Mond hoch am Nachthimmel. Huang Rong fielen allmählich die Augen zu und ihre Worte wurden immer undeutlicher. Die laue Junibrise lullte sie ein, bis sie schließlich in Guo Jings Armen eingeschlafen war. Guo Jing spürte ihre kühle Jadehaut und hörte ihren schwachen Atem. Er lehnte sich an einen Baumstamm und war im Nu ebenfalls eingeschlafen.

Der Gesang eines Pirols weckte ihn, als die Morgensonne am Horizont hervorlugte. Der süße Duft Huang Rongs stieg in seine Nase. Er betrachtete die Schlafende, den vollendeten Bogen ihrer dunklen Augenbrauen, ihre ebenmäßigen, rosigen Gesichtszüge, den Anflug eines Lächelns in ihren Mundwinkeln. Wie ein Traumbild. *Ich lasse sie schlafen,* dachte er und begann, ihre Wimpern zu zählen.

»Ich habe Fräulein Chengs Zimmer ausfindig gemacht, es ist im Garten hinter dem Tongren-Pfandleihhaus.«

Der Sprecher konnte nur wenige Schritte von Guo Jing entfernt sein.

»Ausgezeichnet. Heute Nacht schreiten wir zur Tat«, antwortete eine zweite raue Männerstimme. Sie sprachen sehr leise, aber Guo Jing verstand jedes Wort. Es klang, als würden die beiden nichts Gutes im Schilde führen. Seine Meister hatte ihm von einer Bande lüsterner Frauenschänder erzählt, die in dieser Gegend ihr Unwesen trieben. *Ich muss ihre Pläne durchkreuzen,* dachte er.

Plötzlich sprang Huang Rong auf, rannte los, rief betont laut: »Fang mich doch!« und winkte ihm zu.

Im ersten Moment begriff Guo Jing nicht, was sie vorhatte, dann dämmerte es ihm. *Ah, sie will so tun, als ob wir hier herumspielten.* Lachend rannte er ihr nach – mit möglichst plumpen Schritten, um sein Kung-Fu zu verbergen.

Die beiden Männer hatten nicht damit gerechnet, dass noch jemand so früh am Morgen an diesem abgelegenen Ort unterwegs war. Als sie sahen, dass es sich nur um ein junges Paar handelte, das ausgelassen miteinander herumtollte, waren sie beruhigt. Dennoch hielten sie wohlweislich den Mund und gingen weiter. Huang Rong sah ihnen nach. Von hinten sahen sie aus wie lumpige Bettler.

Als sie außer Hörweite waren, fragte Huang Rong: »Was haben die wohl mit dieser Frau namens Cheng vor?«

»Nichts Gutes, denke ich. Wir sollten ihr helfen, was meinst du?«

»Ob sie zu Bettlerfürst Hongs Bande gehören?«

»Bestimmt nicht, auch wenn er behauptet hat, der Anführer aller Bettler zu sein. Wahrscheinlich tun sie nur so, als wären sie Bettler.«

»Nein, die sehen aus wie echte Bettler. Sieh sie dir doch an, barfuß und die Beine voller Krätze. Unter den zahllosen Bettlern der Welt gibt es sicher auch ein paar Schurken. Bettlerfürst Hong kann mitnichten alle im Griff haben. Wir sollten diesen beiden eine Lehre erteilen. Das würde Fürst Hong bestimmt gefallen.«

Guo Jing nickte und bewunderte Huang Rong für ihre scharfe Beobachtungsgabe. »Deine Augen sehen so viel mehr als meine.«

Sie gingen zurück zu ihrer Herberge. Nach dem Frühstück bummelten sie durch Baoying und stießen bald auf das Haus der Pfandleiher.

Das imposante Gebäude stand im Westen der Stadt. Stolz prangte der Name *Tongren-Pfandleihhaus* in mannshohen Schriftzeichen auf seiner weißen Wand. Hinter der auffälligen Fassade lag, ganz wie von den Bettlern beschrieben, ein großer Garten. Unter den darin verteilten Bauten fiel sofort ein reich verziertes, hohes Häuschen auf, dessen Fenster mit zartgrünen Bambusgardinen verhängt waren. Lächelnd wechselten Guo Jing und Huang Rong einen Blick. Das musste es sein. Hand in Hand zogen sie los, um den Rest der Stadt zu erkunden.

Nach dem Abendessen hielten sie zunächst ein kleines Nickerchen und zogen nach dem ersten Schlag der Nachtglocke los. Leichtfüßig sprangen sie über die Gartenmauer. Aus dem hohen Gartenhäuschen drang schwaches Licht. Sie kletterten auf das Dach und hängten sich mit den Füßen an den Dachtraufen ein, um kopfüber durch die Fenster spähen zu können.

Die Nacht war lau und alle Fenster standen offen. Durch die Ritzen der Bambusgardinen sahen sie sieben Frauen. Eine davon, sie mochte nicht älter als achtzehn Jahre alt sein, las gerade in einem Buch. Der Schein der Lampe fiel ihr auf hübsches Gesicht. Das mussten Fräulein Cheng und ihre sechs Dienerinnen sein. Doch anstatt ihrer Herrin mit Kämmen und Puder aufzuwarten, trugen die sechs Frauen Waffen in den Händen und hatten ihre wehenden Kleider zurückgebunden. Angespannt lauschten sie auf jedes Geräusch, bereit zum Kampf. Das waren keine gewöhnlichen Kammerzofen.

Guo Jing und Huang Rong hatten erwartet, eine hilflose Frau vorzufinden. Da sie aber so gut gewappnet war, lagen die Dinge wohl anders als gedacht. Gespannt auf das, was geschehen würde, sprangen sie zurück auf das Dach und warteten ab.

Eine gute halbe Stunde später hörten sie ein Knacken hinter der Gartenmauer. Huang Rong zupfte Guo Jing am Ärmel, und sie schlüpften rasch hinter einen Dachvorsprung. Ein leiser Pfiff, dann huschten zwei schwarze Schatten durch den Garten auf das Gebäude zu; ihre Umrisse verrieten, dass es sich um die Bettler handelte, die sie am Morgen belauscht hatten. Eine der Dienerinnen hob den Bambusvorhang an. »Seid Ihr die Helden des Bettlerklans?«, rief sie leise. »Kommt herauf!«

Guo Jing und Huang Rong sahen sich verwundert an. Sie hatten mit einem Kampf gerechnet, doch jetzt sah es so aus, als wären die Bettler mit Fräulein Cheng befreundet.

Als die Bettler das Zimmer betraten, erhob sich die junge Frau zur Begrüßung. »Darf ich nach Euren Namen fragen?«

»Mein Name ist Li, das hier ist mein Kampfschulneffe Yu Zhaoxing.« Es war dieselbe raue Stimme, die Guo Jing und Huang Rong am Morgen gehört hatten.

»Älterer Bruder Li, Bruder Yu, ich freue mich, Eure Bekanntschaft zu machen. Im ganzen Jianghu bewundert man die Helden des Bettlerklans für ihre Ritterlichkeit. Bitte setzt Euch.«

Jenes Fräulein Cheng bediente sich zwar der Redeweise des Jianghu, doch sie wirkte dabei so schüchtern und sagte Phrasen wie »im ganzen Jianghu bewundert man« so zögerlich, dass man merkte, wie wesensfremd ihr diese Art zu Reden war. Sie war ganz rot geworden dabei und hielt den Kopf stets gesenkt.

Fräulein Cheng warf einen verstohlenen Blick auf die beiden Männer, doch ihr grobschlächtiges Äußeres ließ sie sofort wieder die Augen abwenden. »Man nennt Euch den Schlangenkönig des Ostufers, nicht wahr, Älterer Bruder Li Sheng?«

»Das habt Ihr gut erkannt, gnädiges Fräulein«, antwortete Li lächelnd. »Ich hatte einst das Vergnügen, Eure hochgeschätzte Meisterin Schwester Wandelnde Klarheit kennenzulernen. Unsere Begegnung währte nur kurz, dennoch gebührt ihr meine ganze Bewunderung.«

Schwester Wandelnde Klarheit? Das war doch Sun Bu'er, eine der Sieben Unsterblichen der Quanzhen-Schule! *Dann gehören sowohl Fräulein Cheng als auch die Bettler zu meinen Kampfbrüdern*, dachte Guo Jing.

»Ich bin den Helden unendlich dankbar für ihre edle Gesinnung und werde mich ganz an Eure Anweisungen halten.«

»Es wäre eine Schande, sollte dieser widerwärtige Kerl auch nur einen Blick auf Eure anmutige Erscheinung werfen.« Bei diesen Worten wurde Fräulein Cheng abermals rot. »Wenn ich Euch auffordern dürfte, Euch zusammen mit Euren Gespielinnen in die Räume Eurer Mutter zurückzuziehen?«, fuhr Li Sheng fort. »Wir werden auf unsere Weise mit diesem Schurken fertigwerden.«

»Meine eigene Kampfkunst ist gering, dennoch habe ich keine Angst vor diesem Halunken. Es wäre nicht angebracht, den Helden in dieser Angelegenheit nicht beizustehen.«

»Unser Anführer Bettlerfürst Hong und der Unsterbliche Großmeister Wang Chongyang waren Freunde. Wir sind eine Familie, und es ist nur selbstverständlich, dass wir Eure Nöte behandeln, als wären es die unseren.«

Man spürte, dass Fräulein Cheng gerne geblieben wäre, aber sie war zu gut erzogen, um dem Älteren zu widersprechen. »So will ich die Sache also dem Älteren Bruder Li und Bruder Yu überlassen«, sagte sie mit einer Verbeugung. Dann eilte sie anmutig im Kreis ihrer Dienerinnen die Treppe hinunter.

Li Sheng schob den Brokatüberwurf von Fräulein Chengs Bett und warf sich, wie er war – ungewaschen, mit schmutzigen Füßen und in schäbigen Lumpen –, auf die duftende, seidige Bettwäsche. »Geh hinunter und halte mit den anderen Wache«, wies er Yu Zhaoxing an. »Keiner rührt sich, bevor ich es befehle.«

Als sein Gefährte gegangen war, blies Li Sheng die Kerze aus, zog die Gardine um das Bett zu, schlüpfte unter die Decke und legte sich hin, den Kopf im Kissen verborgen.

In diesem Bett wird Fräulein Cheng bestimmt nicht mehr schlafen wollen. Huang Rong kicherte in sich hinein. Die schlechten Manieren ihres Anführers schienen auf den ganzen Bettlerklan abzufärben. *Auf wen sie wohl warten? Auf jeden Fall haben wir unseren Spaß.*

Sie hörten, wie Lis Männer rund um den Garten Stellung bezogen und versteckten sich noch weiter oben hinter dem Dachfirst.

Dang dang dang. Die Nachtglocke schlug zur dritten Doppelstunde. Dann das Geräusch eines fallenden Mauersteins. Acht schattenhafte Gestalten glitten über die Mauer und schlüpften in das hohe Gartenhaus. Kurz flackerte das Licht von Zunder und Feuerstein auf und Guo Jing und Huang erhaschten einen Blick auf die Eindringlinge, die das Licht rasch wieder löschten, als sie auf Fräulein Chengs Bett zutraten.

Alle waren in Weiß gekleidet. Es waren die acht Schülerinnen Ouyang Kes! Während zwei an der Tür stehen blieben, traten vier ans Bett, hoben die Gardinen an, zogen dem Schlafenden die Decke über den Kopf, wickelten ihre Beute fest in den Überwurf und steckten sie in einen Sack, den zwei andere bereithielten. Dann verschnürten sie das Bündel mit der Gardinenschnur. Schließlich hoben sie das Bündel an vier Enden an und hievten es gemeinsam in den Garten hinab. Alles ging blitzschnell und lautlos vonstatten.

Guo Jing wollte hinterherlaufen, aber Huang Rong hielt ihn zurück. »Erst die Bettler«, flüsterte sie ihm zu. Vom Dach aus hatten sie einen guten Überblick. Vier der weiß gekleideten Frauen eilten mit dem Bündel durch den Garten, flankiert von den anderen vier. Etwa ein Dutzend Bettler, bewaffnet mit Holzknüppeln und Bambusstöcken, eilten ihnen verstohlen hinterher.

Erst als die beiden Gruppen schon ein Stück entfernt waren, sprangen Guo Jing und Huang Rong vom Dach und folgten ihnen. Die Frauen verschwanden in einem großen Gebäude am Stadtrand, das sofort von den Bettlern umstellt wurde.

Huang Rong zog Guo Jing hinter das Anwesen, wo sie über die Mauer in den Hof kletterten. Auf Zehenspitzen pirschten sie sich an das von Kerzenlicht erhellte Haupthaus heran und spähten durch ein Fenster. Ein Ahnentempel! Lange Reihen von Ahnentafeln füllten den Saal, von den Spannbalken hingen Seidenbanner mit den Ehrentiteln verdienstvoller Vorfahren der Familie. In der Mitte, erhellt von vier oder fünf großen roten Kerzen, saß ein einzelner Mann und wedelte mit einem Fächer.

Es war natürlich Ouyang Ke, genau wie Guo Jing und Huang Rong befürchtet hatten. Sie duckten sich und blieben mucksmäuschenstill. Jetzt traten die acht Frauen ein und legten ihm das Bündel zu Füßen. »Wir bringen Fräulein Cheng, Prinz Ouyang.«

Mit einem verächtlichen Schnauben reckte Ouyang Ke den Kopf und sagte so laut, dass es draußen gut hörbar war: »Warum tretet Ihr nicht ein, werte Gäste?«

Die Bettler verharrten schweigend, wo sie waren, und warteten das Zeichen ihres Anführers ab.

Ouyang Ke legte den Kopf schief und betrachtete das Bündel. »Ich hätte nicht erwartet, dass mir mit solcher Leichtigkeit eine derart hochgewachsene Schönheit vor die Füße fallen würde.«

Er schritt gemächlich um das Bündel herum, ununterbrochen mit dem Fächer wedelnd, den er bereits zu einer Eisenbürste zusammengefaltet hatte.

Guo Jing und Huang Rong zuckten zusammen. Dem Bettler im Sack stand nichts Gutes bevor. Ouyang Ke pflegte seine Widersacher nicht gerade zimperlich zu behandeln. Huang Rong hatte bereits drei Emei-Nadeln gezückt, um Li Sheng beizustehen, falls Ouyang Ke zuschlug.

Just in diesem Augenblick zischten zwei Ärmelpfeile durch ein Fenster auf Ouyang Kes Rücken zu. Einem der Bettler war die Situation zu brenzlig geworden, und er handelte, ohne auf ein Zeichen zu warten.

Gänzlich unaufgeregt fing Ouyang Ke mit dem Zeige- und Mittelfinger der linken Hand den ersten Pfeil ab und klemmte den zweiten Pfeil mit einer eleganten Handbewegung zwischen den Ringfinger und den kleinen Finger derselben Hand ein. Gleich darauf fielen die Pfeile zerbrochen zu Boden. »Komm heraus, Li Sheng!«, rief Yu Zhaoxing.

Zwei blitzende Dolche rissen den Sack von innen auf. Flink rollte der Bettler heraus und wirbelte dabei den Sack wie ein Schutzschild um sich. Li Sheng war sich bewusst, dass Ouyang Ke ein ruchloser Gegner war und hatte gehofft, sich durch das Überraschungsmoment einen Vorteil zu verschaffen, aber der Meister vom Weißen Kamelberg ließ sich nicht so leicht täuschen.

»Eine Schönheit, die sich in einen hässlichen Bettler verwandelt«, höhnte Ouyang Ke. »Das nenne ich ein hübsches Kunststückchen!«

»In den vergangenen drei Tagen sind in der Stadt vier junge Frauen verschwunden. Das ist Euer Werk, nicht wahr?«

»Ist die Stadt Baoying inzwischen so arm, dass ihre Wachtmeister um Essen betteln müssen?«

»Die Stadt ist eigentlich nicht mein Revier, doch da ein kleiner Bettler mir gestern vom seltsamen Verschwinden der jungen Damen berichtet hat, musste ich mir das einmal genauer ansehen.«

»Ach, die sind nicht der Rede wert, Ihr könnt sie gerne haben, wenn Ihr sie wollt, wir gehören schließlich alle dem Jianghu an. Ihr Bettler habt doch eine Schwäche für tote Krabben, nicht wahr? Dann werdet ihr diese vier sicher zu schätzen wissen.« Auf Ouyang Kes Wink hin schleppten seine Gespielinnen vier junge Frauen in den Saal, spärlich bekleidet, leichenblass, mit rot geweinten Augen.

Der Anblick erboste Li Sheng noch mehr. »Wie ist der werte Name, Freundchen? Zu welcher Kampfschule gehört Ihr?«

»Der Name ist Ouyang«, kam es ungerührt zurück. »Wollet Ihr mir etwas beibringen, Meister?«

»Mach dich bereit.«

»Nichts lieber als das.«

Ouyang Ke trat zurück und wartete auf den Angriff des Bettlers.

Li Sheng holte mit dem rechten Arm aus und sprang vor. Schon spürte er einen Luftzug im Rücken, und etwas Weißes flatterte hinter ihm. Wäre er nur ein klein wenig langsamer gewesen, hätte Ouyang Ke seine Nervenpunkte gelähmt, und der Kampf wäre entschieden gewesen. Diese Schmach wollte der Bettler nicht auf sich sitzen lassen. Ohne sich nach seinem Angreifer umzudrehen, ließ er einen harten Handkantenschlag nach hinten los.

»Er kennt *Die achtzehn drachenbezwingenden Hände*!«, flüsterte Huang Rong aufgeregt. Guo Jing nickte.

Diesem Schlag hatte der überraschte Ouyang Ke zunächst nichts entgegenzusetzen. Er glitt zur Seite.

Das reichte Li Sheng, um sich umzuwenden und den nächsten Angriff nachzulegen. Er hob die Arme und ließ sie horizontal vor der Brust kreisen.

»*Die freifliegende Faust?*«, flüsterte Guo Jing. Huang Rong nickte. Der Bettler bewegte sich jedoch schwerfällig und plump, ihm fehlte die fließende Eleganz.

Ouyang Ke seinerseits hatte nicht damit gerechnet, dass sein Gegner ihm überhaupt nennenswertes Kung-Fu entgegenzusetzen hatte. Er wich dem Schlag aus und steckte seinen Fächer weg. Seine Faust schoss wie ein Meteor auf Li Shengs rechte Schulter zu. Der Bettler wehrte mit *Um Almosen betteln* ab, auch das eine Variante der *freifliegenden Faust*.

Ouyang Ke setzte zu einem linken Haken an, wartete, bis sein Gegenüber zur Abwehr die Arme hochriss und schlüpfte hinter ihn. Mit zu spitzen Schnäbeln geformten Händen zielte er auf Li Shengs Nervenpunkte. Guo Jing und Huang Rong hielten den Atem an.

Die anderen Bettler waren zu Beginn des Kampfs in die Halle gestürmt, bereit, jederzeit einzugreifen.

Aber Li reagierte schnell. Er spürte den Luftzug im Rücken, dann den Druck – mit Wucht fuhr sein Arm nach hinten. Die gleiche *drachenbezwingende Hand* wie zuvor. Sie hatte ihren Ursprung im Hexagramm *Trampeln* aus dem *Buch der Wandlungen*. Ihr ursprünglicher Name war *Dem Tiger auf den Schwanz treten*. Sie war der ungestümen Wende eines fauchenden Tigers nachempfunden, den man am Schwanz festhält. Die unbarmherzige Form, die sie jetzt angenommen hatte, hieß *Der Drache peitscht mit dem Schwanz*.

Ouyang Ke sprang zurück. *Hundsgefährlich, dieser Kerl!*, dachte Li Sheng, als er sich wieder zu seinem Gegner umdrehte. Sein Kung-Fu war längst nicht so ausgefeilt wie das des Meisters vom Weißen Kamelberg, aber er überstand auch die nächsten dreißig Angriffe knapp. Wiederholt zog er sich mit *Der Drache peitscht mit dem Schwanz* aus der Affäre.

Bettlerfürst Hong hat ihm nur diese eine Form beigebracht, flüsterte Huang Rong. Guo Jing nickte. Er musste daran denken, wie er Liang Ziweng immer wieder mit *Die Reue des stolzen Drachen* gekontert hatte. Es war wirklich eine große Ehre, dass der Bettlerfürst ihm fünfzehn seiner Meisterschläge gezeigt hatte, während sogar der Älteste des Bettlerklans nur einen einzigen davon kannte.

Ouyang Ke gewann zunehmend die Oberhand und drängte seinen Gegner mit jedem Schritt weiter in eine Ecke, um ihm den Raum für seinen nicht abzuwehrenden Schlag zu nehmen. Aber Li Sheng durchschaute die Taktik und wich schräg nach vorn aus, um den Kampf wieder in die Mitte des Saals zu verlagern. Höhnisches Lachen. Im nächsten Augenblick landete Ouyang Kes Faust auf seinem Unterkiefer. Li war blind vor Schmerz und musste sich erst wieder berappeln. Noch bevor er die Arme zur Abwehr hochreißen konnte, traf ihn der nächste Schlag. Ouyang Kes Fäuste prasselten hart auf seinen Oberkörper und sein Gesicht ein. In Li Shengs Kopf drehte sich alles. Kraftlos taumelte er zu Boden.

Sofort rannten seine Kumpane zu ihm, doch Ouyang Ke packte die ersten beiden sofort am Kragen und schleuderte sie beiseite. Die Männer prallten mit einem lauten Rumms gegen die Wände und blieben bewusstlos liegen. Die anderen erstarrten.

»Meint Ihr, Prinz Ouyang fiele auf die Kniffe von ein paar stinkenden Bettlern herein? Ihr wolltet meinen Plan vereiteln? Bitte sehr!« Mit einem verächtlichen Grinsen klatschte Ouyang Ke in die Hände und sofort schleppten zwei weitere seiner Gespielinnen eine junge Frau in den Saal.

Fräulein Chengs Hände waren auf den Rücken gebunden und ihr tränenüberströmtes Gesicht war so blass wie weiße Jade.

Das hatte niemand erwartet. Auch Guo Jing und Huang Rong sahen sich verblüfft an.

Auf einen Wink Ouyang Kes hin brachten die beiden Frauen Fräulein Cheng wieder weg.

»Während unser Bettlerfreund oben Verstecken gespielt hat, hatte ich das Vergnügen, unten Fräulein Chengs Bekanntschaft zu machen und sie zu bitten, hier auf Euch zu warten.« Lässig wedelte Ouyang Ke mit seinem Fächer. »Dem Bettlerklan eilt großer Ruhm voraus, doch nach meiner heutigen Erfahrung fallen mir vor Lachen fast die Zähne aus. Ihr versteht Euch vielleicht aufs Hühnerstehlen und Hundeverjagen und habt flinke Hände, um Almosen zu erbetteln und Schlangen zu fangen. Aber um einem Prinz Ouyang in die Parade zu fahren, müsst Ihr Euch schon etwas Besseres einfallen lassen. Eurem Anführer Fürst Hong zuliebe will ich das Leben dieses alten Bettlers verschonen, aber ein kleines Andenken an diesen Kampf will ich ihm gern mitgeben.« Er hob seine Hand wie eine Klaue über Li Sheng, bereit, ihm die Augen auszustechen.

»Halt!«

Noch bevor Ouyang Ke wusste, wer da gerufen hatte, sauste mit ungeheurer Wucht eine Faust auf seine Brust zu. Es gelang ihm zwar, sich wegzudrehen, aber allein der gewaltige Luftzug des haarscharf an seinem Körper vorbeischießenden Schlags brachte ihn aus dem Gleichgewicht. Er taumelte rückwärts. Eine solche Kraft war ihm seit seinem Aufbruch aus den Westgebieten nicht begegnet. *Wer ...?*

Als er sah, wer so plötzlich zwischen ihn und Li Sheng gefahren war, staunte er noch mehr. Ausgerechnet der Junge, dem er an der Tafel in der Residenz von König Zhao begegnet war? Wie war aus diesem mittelmäßigen Tollpatsch in so kurzer Zeit ein derart gefährlicher Kampfkünstler geworden?

»Ohne Reue verübt Ihr eine Missetat nach der anderen, und jetzt wollt Ihr auch noch einen aufrechten Mann verletzen. Aber die Jünger des Bettlerfürsten lassen sich deine Schikanen nicht gefallen!«

»Ach, du gehörst ebenfalls zum Bettlerclan?« Ouyang Ke hob spöttisch die Augenbrauen. Für ihn stand fest, dass der Schlag von eben ein Zufallstreffer gewesen war.

»Ich bin es nicht wert, mich zu den aufrechten Männern des Bettlerclans zu zählen. Wenn ich Euch einen Rat geben darf: Lasst Fräulein Cheng gehen und schert Euch gleich morgen früh zurück nach Westen.«

»Und wenn ich nicht auf den Rat meines jungen Freundes hören möchte?«

»Schlag den Mistkerl zu Brei, Guo Jing!«, schrie Huang Rong vom Fenster aus.

»Wenn Ihr es allerdings wünscht, Verehrteste, will ich das junge Fräulein sogleich ziehen lassen.« Beim Klang von Huang Rongs Stimme machte Ouyang Kes Herz einen Satz. »Und nicht nur Fräulein Cheng – alle meine Konkubinen will ich freilassen und nie wieder eine andere belästigen. Unter einer Bedingung: Ihr kommt mit mir.«

Lächelnd sprang Huang Rong in den Saal. »Wunderbar, lasst uns nach Westen gehen. Wie fändest du das, Guo Jing?«

»Dich allein will ich. Der Einfaltspinsel war nicht gemeint!«

»Was fällt dir ein, ihn zu beleidigen?« Huang Rongs Handkante landete mitten in Ouyang Kes Gesicht.

Normalerweise wäre Ouyang Ke niemals so unachtsam gewesen, aber Huang Rongs süße Stimme und ihr Anblick, als sie so anmutig auf ihn zu getänzelt kam, hatten ihm augenblicklich die Sinne vernebelt. Ein Angriff war das Letzte, was er erwartet hatte, und eine heimtückische Variante des *Pfirsichblütenregens* schon gar nicht. Besonders viel Kraft besaß sie zwar nicht, aber seine Wange brannte trotzdem.

»Pfui, schäm dich!«, rief Ouyang Ke. Ohne zurückzuweichen setzte Huang Rong dazu an, ihm mit beiden Fäusten auf den Kopf zu trommeln. *Gerne stecke ich ein paar Schläge ein, wenn ich dafür ihre Brust fühlen darf,* dachte er und grapschte mit seinen lüsternen Fingern nach ihr. Sofort durchzuckte ihn ein stechender Schmerz. *Natürlich, Der eiserne Igel!,* erinnerte er sich und verzog das Gesicht. Im letzten Augenblick riss er die Arme hoch und blockte ihre Fäuste ab.

»Gegen mich zu kämpfen ist keine gute Idee«, lachte Huang Rong. »Nur du steckst Schläge ein, ich nicht.«

Ihre Sticheleien fachten Ouyang Kes Begierde nur noch weiter an. *Sie kann mir ja doch nicht widerstehen*, dachte er. *Besser, ich erledige zuerst diesen Trottel, dann gehört sie mir.* Ohne die Augen von Huang Rong zu lassen, trat er plötzlich heftig und brutal nach hinten aus. Eins der heimtückischen Manöver, die er von seinem Onkel Ouyang Feng, dem Gift des Westens, gelernt hatte. Ein solcher Tritt gegen Guo Jings Körpermitte reichte, um seine Knochen brechen und die Eingeweide bersten zu lassen.

Der Angriff von hinten kam so überraschend, dass Guo keine Möglichkeit zum Ausweichen blieb. Womit Ouyang Ke nicht gerechnet hatte: Guo Jing schlug, ohne sich umzudrehen, kurzerhand zurück.

Peng! Im selben Augenblick, in dem Ouyangs Kes Fuß auf Guo Jings Hüfte landete, ging Guo Jings Handkante auf Ouyang Kes Bein nieder. Beiden fuhr ein gewaltiger Schmerz in die Knochen. Sie wirbelten herum und fixierten einander mit herausforderndem Blick. Dann stürzten sie aufeinander los.

Die Bettler trauten ihren Augen nicht. Woher kannte der junge Kerl den lebensrettenden Hieb ihres Anführers? Und noch dazu führte er ihn viel flinker und wuchtiger aus! *Der Drache peitscht mit dem Schwanz* hatten sie bislang nur bei Li Sheng gesehen.

Tatsächlich gehörte dieser Schlag nicht zu den fünfzehn, die Guo Jing gelernt hatte. Aber da es sich um eine Variante der *drachenbezwingenden Hände* handelte, konnte er sie mühelos imitieren. Mit etwas mehr Übung hätte er Ouyang Ke den Oberschenkel brechen können.

Li Sheng war zwischenzeitlich von seinen Kumpanen in sichere Entfernung vom Kampfgeschehen gebracht worden. Er staunte nicht schlecht, als er Guo Jing seinen wichtigsten Schlag so hervorragend meistern sah. Und seine anderen Angriffe gegen Ouyang Ke schienen aus dem gleichen Holz geschnitzt zu sein. *Von wem hat er die* Drachenbezwingenden Hände? *Mir hat Bettlerfürst Hong als Dank für meinen Einsatz nur eine einzige davon gezeigt. Wer ist dieser junge Mann?*

Noch mehr wunderte sich Ouyang Ke. Im Nu hatten die beiden den vierzigsten Schlagabtausch hinter sich, und Guo Jing hatte jeden Angriff Ouyang Kes mit einer seiner fünfzehn *drachenbezwingenden Hände* gekontert. Das genügte zwar, um unversehrt zu bleiben, aber nie geriet er seinem Angreifer gegenüber in Vorteil. Das Kung-Fu des Meisters vom Weißen Kamelberg war seinem bei Weitem überlegen und er hatte Guo Jing viele Jahre an Erfahrung voraus.

Nach einem weiteren Dutzend ergebnisloser Angriffe wusste Ouyang Ke, wie vorhersehbar die Abfolge von Guo Jings Schlägen war und änderte seine Taktik. Er sprang jetzt wie ein Irrwisch vor und zurück, nach hierhin und dorthin und traktierte Guo Jing unausgesetzt mit angetäuschten und echten Schlägen aus allen Richtungen. Damit brachte er seinen Gegner unversehens aus dem Konzept und erwischte ihn mit einem Tritt an der Hüfte. Aber Guo Jing begriff und begann, die fünfzehn Schläge in umgekehrter Reihenfolge einzusetzen. Damit zwang er Ouyang Ke zurück in die Defensive. Um Guo Jing mit einem tödlichen Überraschungsangriff erwischen zu können, musste er erst das neue Muster seiner Schläge durchschauen. Guo Jing exerzierte sein Repertoire jetzt erst rückwärts und dann wieder vorwärts durch. Doch wie weiter? Wieder vorn bei *Die Reue des stolzen Drachen* anfangen oder hinten bei *Drache im Feld*? Er zauderte.

Der kurze Augenblick des Zögerns bot Ouyang Ke die ersehnte Gelegenheit. Er packte Guo Jing an der Schulter. Keine der fünfzehn *drachenbezwingenden Hände* war geeignet, um darauf zu reagieren. Kurz entschlossen riss er die Arme herum und hieb mit der Handkante auf Ouyang Kes Handgelenk ein. Völlig überrumpelt von der unvorhergesehenen Bewegung, fuhr Ouyang Ke zurück und ließ prüfend die Hand kreisen. Das Gelenk schmerzte gewaltig, war aber zum Glück heil geblieben.

Guo Jing selbst staunte über den unverhofften Erfolg. *Und wenn ich ihm jetzt mein Schulterblatt, meine linke Hüfte und meine rechte Taille anbiete und dann einfach …?* Bevor er zu Ende gedacht hatte, stürzte sich Ouyang Ke schon mit den nächsten Angriffen auf ihn. Guo Jing war im Denken noch nie der Schnellste gewesen. Selbst wenn er einen halben Monat grübelte, würde ihm keine neue Form einfallen – und mitten im Kampf schon gleich gar nicht. Aber nun galt es, ohne Nachdenken erfinderisch zu werden. Im System der *drachenbezwingenden Hände* fehlte ihm noch ein Abwehrschlag für Schulterblatt, linke Hüfte und rechte Taille.

Wo kommen auf einmal die drei neuen Schläge her?, fragte sich Ouyang Ke zornig. Eben noch hatte der Einfaltspinsel doch ständig das Gleiche wiederholt. Nun musste er schon wieder Zeit damit vergeuden, das neue Muster zu durchschauen. Nach dem schmerzhaften Schlag auf sein Handgelenk wagte er keine unüberlegten Attacken mehr, sondern legte es darauf an, seinen Gegner mürbe zu machen. Irgendwann musste Guo Jings Kraft nachlassen.

Da fiel ihm auf, dass Guo Jing einen der Schläge beim zweiten Mal nicht ganz so wie beim ersten Mal ausführte. *Aha, diesen beherrscht er also noch nicht richtig,* schoss es Ouyang Ke durch den Kopf. Er sprang hoch und setzte zu einem heftigeren Angriff an.

Seine linke Hand schlug von oben nach Guo Jings Kopf, und sein rechter Fuß zielte auf seine linke Hüfte. Gegen diesen plötzlichen Angriff auf seine empfindlichsten Stellen nutzten auch Guo Jings drei neue Schläge nichts. Er ließ die Fäuste auf halbem Weg sinken und wich seitlich aus. Doch Ouyang Ke hatte seine ganze Energie in den Fußtritt gesteckt.

Huang Rong schnippte acht Emei-Nadeln aus dem Handgelenk, aber im Nu hatte Ouyang Ke seinen Fächer gezückt und die Nadeln abgewehrt, ohne dass seine Bewegung an Schwung eingebüßt hätte. Dieser Tritt würde Guo Jing an Ort und Stelle zusammenbrechen lassen.

Auf einmal spürte Ouyang Ke einen leichten Druck auf seinem Fußknöchel. Sein Bein wurde taub, sein Tritt verlor jede Kraft. Etwas hatte seinen Nervenpunkt berührt. Guo Jing bekam nur noch einen sanften Schubs ab.

Ouyang Ke fuhr zurück. »Welcher Halunke wagt es, mich so heimtückisch anzugreifen?«, brüllte er. »Komm heraus, wenn …!«

Zu spät spürte er den Luftzug und wollte rasch ausweichen, aber was immer es war, es flog ungeheuer schnell auf ihn zu und verstopfte ihm den Mund, bevor er ausgeredet hatte. Entsetzt spuckte er das Ding aus.

Ein Hühnerknochen? Er hob den Kopf und sah nach oben. Staub rieselte von den Deckenbalken. Schnell sprang er zur Seite.

Schon steckte ein zweiter Hühnerknochen zwischen seinen Lippen. Diesmal war es ein Schenkelknochen, der ihm beinahe die Zähne ausgeschlagen hatte.

Ouyang Ke verlor die Fassung. Solche Späße hatte sich noch nie jemand mit ihm erlaubt. Dann sah er den Schatten, der zwischen den Deckenbalken umherhuschte, machte einen gewaltigen Luftsprung und holte aus. Doch sobald er hoch oben in der Luft war, schlug ihm jemand ins Gesicht, und plötzlich hielt er etwas in der Hand. Er landete auf den Füßen und ließ es angewidert fallen. Zwei abgenagte Hühnerfüße.

»Hahaha!«, schallte es von den Deckenbalken herab. »Na, was hältst du nun von den Hühner stehlenden Bettlern?«

»Fürst Hong!« Guo Jing und Huang Rong waren überglücklich, die vertraute Stimme zu hören.

Der Bettlerfürst hockte auf einem der Dachbalken, ließ die Beine baumeln und biss herzhaft in ein halbes Hühnchen.

Die Bettler verneigten sich. »Seid gegrüßt, Hauptmann Hong!«

Nicht der schon wieder! Ouyang Ke stöhnte innerlich auf. *Wären das nicht einfach nur Hühnerknochen gewesen, wäre ich ein toter Mann!* Es schien geraten, sich schleunigst aus der Affäre zu ziehen.

»Welch eine Freude, Euch wiederzusehen, Onkel Hong«, flötete er. »Euer ergebener Neffe verneigt sich vor Euch!« Allerdings blieb er bei diesen Worten kerzengerade stehen.

»Was hast du immer noch in der Zentralebene zu suchen?«, sagte Fürst Hong mit vollem Mund. »Wenn du weiter bei uns dein Unwesen treiben willst, wirst du hier noch dein Leben lassen.«

»Der einzige unbesiegbare Held in der Zentralebene seid Ihr, soweit ich weiß. Solange Ihr mich also verschont und aufhört, mir nachzustellen, könnte ich womöglich mit dem Leben davonkommen. Mein Onkel hat mich stets ermahnt, Euch mit Respekt zu begegnen. Er sagt, dass ein Meister wie Ihr sich niemals zu einer Auseinandersetzung mit einem Grünschnabel herabließe, denn damit würde er sich zum Gespött des Jianghu machen.«

»Versuch bloß nicht, mich mit wohlgesetzten Beleidigungen davon abzuhalten, dir eine Lektion zu erteilen«, lachte Fürst Hong. »Glaub mir, hier in der Zentralebene warten genügend Helden darauf, dir den Garaus zu machen. Da muss dieser Alte Bettler keinen Finger krumm machen. Eins jedoch gilt es noch zu klären. Mir scheint, dass du dich geringschätzig über meine Kunst des Hühnerstehlens und Hundeverjagens, des Almosenbettelns und Schlangenfangens geäußert hast. Oder habe ich mich verhört?«

»Ich habe nicht gewusst, dass jener Held zu Eurer Schule gehört, verehrter Onkel. Ich bitte Euch und den Helden, mir diese im Eifer des Gefechts entschlüpften Dreistigkeiten zu verzeihen.«

»Du nennst ihn einen Helden, obwohl er dich nicht besiegt hat.« Hong Qigong sprang vom Deckenbalken herunter. »Haha! Willst du etwa damit sagen, dass du der größere Held bist? Schämst du dich denn gar nicht?«

Ouyang Ke biss sich auf die Lippen. Dem Bettlerfürsten war er nicht gewachsen, das wusste er. Es blieb ihm nichts anderes übrig, als seinen Ärger hinunterzuschlucken.

»Du glaubst also, du kannst dir erlauben, mit dem, was dein Onkel dir beigebracht hat, die Leute in der Zentralebene zu schikanieren«, schnaubte der Bettlerfürst. »Aber solange dieser Alte Bettler noch lebt, ist hier kein Platz für dich.«

»Mein Onkel und Ihr teilen sich den Ruhm, zu den Großmeistern des Kung-Fu zu gehören. Dem Jüngeren bleibt daher keine Wahl, als Euer Wort zu respektieren.«

»Ach, jetzt unterstellst du mir, ich würde mich aufspielen, weil ich der Ältere bin?«

Ouyang Ke schwieg, aber sein Blick signalisierte Zustimmung.

»Ich gebiete über eine vielköpfige Familie von Bettlern, große, kleine, mittlere, aber keiner davon ist mein Schüler. Li Sheng, dein Gegner, hat einen einzigen Schlag von mir gelernt, und seine *freifliegende Faust* ist längst nicht der Rede wert. Mag sein, dass du auf meine Hühner stehlende und Hunde verjagende Kunst herabsiehst, aber ich kann dir versichern: Würde ich sie tatsächlich an jemanden weitergeben, dann wäre er mindestens so gut wie du.«

»Gewiss würde Euer Schüler die Oberhand behalten, keine Frage. Doch da jedermann weiß, wie überragend eure Kampfkunst ist, wäre gleichwohl kein Schüler von Euch in der Lage, auch nur ein Zehntel davon zu beherrschen, fürchte ich.«

»So viel gestelztes Gerede, um mich zu verhöhnen, wie?«

»Das würde ich niemals wagen.«

»Glaubt ihm kein Wort, Fürst Hong«, fuhr Huang Rong dazwischen. »Er macht sich über Euch lustig. Insgeheim denkt er, dass Ihr vielleicht ein Großmeister sein mögt, aber ein schlechter Lehrer, der sein Wissen nicht wirksam weiterzugeben vermag. Hier ein Hühnerknöchelchen und da ein Hundepfötchen, das ist alles. Ihr habt keinen Schüler, der wirklich Euer ganzes Können teilt.«

Hong Qigong funkelte sie zornig an. »Schon wieder dieses berechnende Gestichel! Ich weiß sehr wohl, wie dieser Kerl seine Worte meint.« Unversehens riss er Ouyang Ke den Fächer aus der Hand, schlug ihn auf und betrachtete die Bemalung: Pfingstrosen, signiert mit dem Namen Xu Xi. Bettlerfürst Hong war in der Kunst nicht sehr bewandert und der Name des berühmten Malers aus dem vergangenen Jahrhundert sagte ihm nichts, aber er sah auf einen Blick, wie meisterlich die Blüten dargestellt waren. »Furchtbar!«, schnaubte er.

Die Kalligrafie auf der Rückseite des Fächers war mit *Meister vom Weißen Kamelberg* gezeichnet. Er hielt sie Huang Rong unter die Nase. »Was hältst du davon?«

»Vulgär!« Sie rümpfte theatralisch die Nase. »Einer wie der hat doch keine Ahnung von Kalligrafie. Wahrscheinlich hat das ein Schreiberling des Tongren-Pfandleihhauses für ihn gekritzelt.«

Ouyang Ke bildete sich mindestens genauso viel auf sein künstlerisches Talent ein wie auf sein kämpferisches. So sehr ihn Huang Rongs schnöde Verachtung für seine Kunst auch empörte – ein Blick in ihr bezauberndes Gesicht im Kerzenschein und das feine Lächeln in ihren Augenwinkeln, und seine Wut verpuffte.

Der Bettlerfürst wischte sich mit dem Fächer den Mund ab und verschmierte ihn dabei ordentlich mit Hühnerfett. Dann zerknüllte er ihn mit einer Hand und warf ihn weg wie eine schmutzige Serviette. Während die Umstehenden darin nichts Besonderes erkennen konnten, zuckte Ouyang Ke zusammen. Die Streben seines Fächers waren aus hartem Stahl.

»Würde ich selbst gegen dich kämpfen, würdest du deine Niederlage nicht eingestehen, bevor du dein Leben ausgehaucht hast.

Daher könnte ich jetzt einen Schüler annehmen, der gegen dich kämpft«, sagte der Bettlerfürst.

»Ich hatte soeben das Vergnügen, ein paar Angriffe mit unserem jungen Bruder hier auszutauschen«, antwortete Ouyang Ke und deutete auf Guo Jing, »und hatte bereits die Oberhand gewonnen, als Ihr Euch eingemischt habt. Was sagst du, Guo Jing, hättest du mich besiegt?«

»Das könnte ich nicht«, gab Guo Jing unumwunden zu.

Ouyang Ke strahlte vor Stolz.

Hong Qigong warf lachend den Kopf in den Nacken. »Bist du denn mein Schüler, Guo Jing?«

»Gewiss nicht, das wäre zu viel der Ehre«, antwortete Guo Jing eilig, denn er erinnerte sich gut daran, wie Fürst Hong auf seinen Kotau im Kiefernwald reagiert hatte.

Der Alte Bettler lügt bestimmt nicht. Aber von wem hat der Armleuchter dann diese gewieften Faustschläge?, fragte sich Ouyang Ke verwundert.

»Hast du gehört?«, sagte Hong Qigong. Dann wandte er sich Guo Jing zu. »Wenn ich dich nicht zu meinem Schüler mache, wird diese junge Dame mir keine Ruhe lassen, bis sie mich mit ihrer List herumgekriegt hat. Ein alter Bettler wie ich hat keine Geduld, um sich ewig von einem jungen Ding auf die Nerven gehen zu lassen. Ich gebe mich geschlagen und nehme dich als Schüler an.«

Guo Jing, fassungslos vor Glück, ging auf die Knie und machte einen Kotau nach dem anderen. »Meister!« Beim Wiedersehen mit den Sechs Sonderlingen im Wanderwolkenpalast hatte er seinen Meistern erzählt, dass Bettlerfürst Hong ihm einen Teil seiner *drachenbezwingenden Hände* gezeigt hatte. Sie hatten sich für ihn gefreut und ihm versichert, dass sie nichts dagegen hätten, wenn der Großmeister seine Einstellung änderte und Guo Jing zum Schüler nähme. Daher musste er kein schlechtes Gewissen haben.

»Endlich könnt Ihr Eure Kunst weitergeben«, sagte Huang Rong vergnügt. »Wie werdet Ihr Euch dafür erkenntlich zeigen, dass ich Euch einen guten Schüler zugeführt habe, Fürst Hong?«

»Das würde dir so gefallen«, brummte Hong Qigong streng. »Komm her, du Tölpel, fangen wir an!«, sagte er dann zu Guo Jing und zeigte ihm vor aller Augen die drei fehlenden *drachenbezwingenden Hände*. Sie waren von einem ganzen anderen Kaliber als die drei Schläge, zu denen Guo Jing aus Verzweiflung gegriffen hatte.

Der Alte Bettler mag ein Großmeister der Kampfkunst sein, aber besonders hell im Kopf ist er nicht, dachte Ouyang Ke. Er hat wohl ganz vergessen, *dass ich hier stehe und alles genau mitansehe.* Die Schläge wirkten in seinen Augen relativ belanglos, aber vermutlich lagen ihre Feinheiten in den Erklärungen, die Hong Qigong dazu seinem neuen Schüler ins Ohr flüsterte. Guo Jing hörte aufmerksam zu, nickte, fragte nach langem Nachsinnen noch einmal nach, nickte abermals, schien aber nie richtig zu begreifen. *Der Kerl ist wirklich unfassbar dämlich,* dachte Ouyang Ke, *dem muss man alles dreimal erzählen. Aber gut, so lerne ich die Formen immerhin gründlich mit.*

Endlich war Guo Jing so weit. »Gut so, mein braver Schüler, du bekommst es halbwegs hin«, sagte der Bettlerfürst. »Jetzt ist es an der Zeit, diesen üblen Lustmolch das Fürchten zu lehren.«

Guo Jing trat vor. Ohne Vorwarnung schnellte seine Faust auf Ouyang Ke zu, der rasch ausweichen musste, aber den Schwung dieser Bewegung gleich zum Gegenschlag nutzte.

Ouyang Ke war davon ausgegangen, dass er leichtes Spiel hatte; schließlich kannte er bereits das gesamte Repertoire von Guo Jings Schlägen, die ersten fünfzehn so gut wie die letzten drei. Außerdem war er sich sicher, dass Guo Jing die Komplexität der Schläge nur zum geringsten Teil erfasst hatte. Indessen war es Ouyang Ke, der nicht begriff, dass die Macht der *achtzehn drachenbezwingenden*

Hände nicht in technischen Feinheiten, sondern ganz in der richtigen Dosierung der Energie lag. Aus ebendiesem Grund hatten auch Mei Chaofeng und Liang Ziweng ihr Geheimnis selbst dann nicht durchschaut, als Guo Jing wieder und wieder die gleichen Formen vollführt hatte. Ouyang Ke wusste nicht einmal, dass es sich bei jenen drei Schlägen um die letzten aus der Reihe der *drachenbezwingenden Hände* handelte. Selbst wenn er sie noch nicht vollständig verstanden hatte, bauten sie doch auf Kenntnissen auf, die Guo Jing längst in sich trug – und nun half ihm das neuerworbene Wissen wiederum bei der Vervollkommnung der ersten fünfzehn Schläge.

Der Meister vom Weißen Kamelberg hatte alle Mühe, gegen ihn standzuhalten. Er hatte schon vier verschiedene Angriffsarten versucht, aber keine davon konnte es mit Guo Jings unaufhaltsamen Gegenschlägen aufnehmen. Ein Dutzend weitere Angriffe folgten und Ouyang Ke wurde allmählich nervös. *Von Kindheit an hat mich mein Onkel unterrichtet, und dieser junge Einfaltspinsel ist nur für wenige Minuten von diesem Bettler unterwiesen worden. Ich kann nicht zulassen, dass mein Onkel wegen seines Schülers das Gesicht verliert. Jetzt muss ich wohl andere Saiten aufziehen!*

Er setzte zu einer wuchtigen Geraden an. Guo Jing riss seinen Arm hoch, um den Angriff nach oben abzuwehren, aber Ouyang Kes Arm schien sich mit einem Mal wundersam verbogen zu haben und der Schlag landete in Guo Jings Nacken.

Erschrocken duckte sich Guo Jing weg, drehte sich um und schlug verzweifelt zurück. Ouyang Ke lehnte sich zur Seite und konterte sofort. Aber ganz gleich, wohin Guo Jing auswich, die Hand des Gegners schien ihm zu folgen, als wäre der zugehörige Arm so biegsam wie eine Peitsche. Guo Jing vermochte sich nicht mehr ausreichend zu verteidigen und steckte drei Schläge ein, deren Wucht ihn vollends verwirrte.

»Halt, Guo Jing!«, rief Hong Qigong. »Diese Runde geht an ihn.«

Guo Jing wich zurück und rieb sich die schmerzenden Stellen. »Ihr verfügt über ein wirklich bemerkenswertes Kung-Fu«, sagte er zu Ouyang Ke. »Bewundernswert, wie Ihr Eure Arme zu verbiegen wisst!«

Ouyang Ke warf Huang Rong einen triumphierenden Blick zu.

»*Die wendige Schlangenfaust* hat der Alte Giftmolch wohl von seinem ständigen Umgang mit den giftigen Biestern«, stellte Bettlerfürst Hong fest. »Wirklich außergewöhnlich. Nun, ich muss gestehen, dass mir auf die Schnelle nichts einfällt, was ich dem entgegensetzen könnte. Du hast Glück ... und jetzt fort mit dir!«

Ouyang Ke erschrak. Sein Onkel hatte ihm stets eingeschärft, sein bestgehütetes Kampfkunstgeheimnis – *Die wendige Schlangenfaust* – nur dann anzuwenden, wenn es um Leben oder Tod ging. *Wenn mein Onkel wüsste, dass ich sie eben so leichtfertig dem Bettlerfürsten vorgeführt habe, würde ich seinen Zorn gehörig zu spüren bekommen.*

Dieser Gedanke machte mit einem Mal seinen ganzen Triumph zunichte. Er rang sich eine knappe Verbeugung vor dem Bettlerfürsten ab und wollte das Weite suchen.

»Nicht so hastig«, rief Huang Rong.

Ouyang Ke hielt inne und drehte sich erwartungsvoll um. Aber sie hatte nicht ihn gemeint. Huang Rong ging vor Bettlerfürst Hong auf die Knie. »Wollt Ihr nicht wenigstens noch einen Schüler annehmen, Fürst Hong? Da Ihr nun einen männlichen Schüler habt, fehlt Euch noch eine weibliche Schülerin, um die Sache perfekt zu machen.«

Hong Qigong schüttelte lachend den Kopf. »Ich habe bereits alle meine Prinzipien über Bord geworfen, als ich ihn angenommen habe. Dein Vater steht auf einer Stufe mit mir, er würde niemals zulassen, dass du mich Meister nennst!«

»Ach so, Ihr fürchtet meinen Vater ...!«

Der Bettlerfürst mochte das freche Mädchen zu gern, um ihr die leicht durchschaubare Finte übelzunehmen. »Wen fürchte ich?«, sagte er mit gespielter Empörung. »Gut, ich nehme dich zur Schülerin. Der Alte Ketzer wird mich schon nicht bei lebendigem Leib dafür auffressen.«

»Damit ist es abgemacht«, freute sich Huang Rong. »Wie oft hat mir mein Vater erzählt, dass es seit dem Tod Wang Chongyangs nur noch zwei große Kampfkunstmeister auf der Welt gibt, nämlich ihn selbst und Euch, Fürst Hong. Der König des Südens ist auch nicht schlecht, sagt er, aber sonst findet keiner Gnade vor seinen Augen. Er wird entzückt sein, wenn er hört, dass Ihr mein Meister werdet. Ich würde zu gerne wissen, wie ihr Bettler Schlangen fangt, Meister. Wärt Ihr so gütig, mir das als Erstes beizubringen?«

Hong Qigong verstand nicht so recht, warum sie ausgerechnet Schlangenfangen lernen wollte, aber er kannte die Flausen der jungen Dame und ahnte, dass sie etwas im Schilde führte. »Du musst die Schlange mit zwei Fingern wie mit einer Pinzette sieben Zoll unterhalb des Kopfs packen und schon kann sie sich nicht mehr bewegen.«

»Und wenn es sich um eine besonders große und starke Schlange handelt?«

»Dann musst du mit den Fingern der linken Hand wackeln, um sie abzulenken, und mit der rechten zupacken.«

»Dazu muss man ziemlich schnell sein.«

»Natürlich. Es gibt eine bestimmte Salbe, die man sich auf die linke Hand schmiert. Dann kann nichts passieren, selbst wenn sie zubeißt.«

»Ob Ihr mir diese Salbe auf die linke Hand reiben würdet?«, fragte sie mit einem Augenzwinkern.

Schlangenfangen und Schlangenbändigen gehörte zu den Dingen, mit denen sich der Bettlernachwuchs beschäftigte. Als Hauptmann des Klans führte Hong Qigong die betreffende Salbe daher nicht mit sich. Aber er hatte verstanden. Kurzerhand entkorkte er den Flaschenkürbis auf seinem Rücken und rieb Huang Rongs Hände mit Schnaps ein.

Sie roch daran und rümpfte die Nase. Dann wandte sie sich Ouyang Ke zu. »Als jüngste und letzte Schülerin des Großmeisters Bettler des Nordens würde ich mir gerne Eure *wendige Schlangenfaust* vorführen lassen. Aber seid gewarnt – meine Hände sind mit einem Mittel eingerieben, das Gift für Eure Art ist.«

Mit dir werde ich mühelos fertig, dachte Ouyang Ke. *Auch ohne mit deinen zarten Händchen in Berührung zu kommen.* »Ich kann mir nichts Schöneres vorstellen, als durch Eure Hand zu sterben«, sagte er lächelnd.

»Euer übriges Kung-Fu ist mir zu armselig, ich möchte nur diese stinkende *wendige Schlangenfaust*, wenn ich bitten darf. Sobald Ihr etwas anderes einsetzt, habt Ihr verloren.«

»Euer Wunsch ist mir Befehl.«

Huang Rong lächelte süß. »Ihr mögt ein Stinktier sein, aber immerhin seid Ihr ausgesprochen höflich zu mir. Aufgepasst!«

Sie ging mit einem ersten Schlag auf Ouyang Ke los. Es war eine von Bettlerfürst Hongs *freifliegenden Fäusten*.

Ouyang Ke wich aus, aber sie setzte blitzschnell mit einem horizontalen Fußtritt und einem rechten *Schnapphaken* nach, der zur Reihe des *Pfirsichblütenregens* ihres Vaters gehörte. Sie wollte gewinnen, wozu sich darum scheren, von wem ihr Kung-Fu stammte?

Ihre überraschend vielseitigen Angriffe zwangen Ouyang Ke, sie ernst zu nehmen. Mit explosiver Geschwindigkeit schoss sein Arm vor, bog sich plötzlich und hatte schon fast ihre Schulter erreicht, als es ihm einfiel: *Der eiserne Igel!* Schnell zog er den Arm zurück, um sich keine blutigen Finger zu holen. Diesen Augenblick nutzte Huang Rong und schlug ihm rechts und links beide Fäuste um die Ohren. Ouyang Ke wehrte sie mit dem Schwung seiner weiten Ärmel ab. Da sie den Eisernen Igel am Körper und an den Händen jene mysteriöse Salbe trug, blieb nur noch ihr Kopf als Angriffsziel. *Aber wie könnte ich einer solchen Schönheit ins Gesicht schlagen oder sie an den Haaren reißen?*, fragte sich Ouyang Ke. Vorerst musste er sich damit begnügen, sich nach rechts und links wegzuducken. Dann hatte er eine Idee. Er wich nach hinten aus, riss sich in der kurzen Atempause, den sein Rückzug ihm verschaffte, Fetzen von den Ärmeln und umwickelte seine Hände damit. Dann krümmte er die Finger zu Haken und schnappte damit nach Huang Rongs Händen.

Huang Rong stieß sich vom Boden ab und entwich zur Seite. »Ihr habt verloren! Das ist etwas anderes als *Die wendige Schlangenfaust*!«

»Oh, verzeiht meine Vergesslichkeit.«

»Eure stinkende Schlangenhand taugt auch nicht mehr als Euer übriges Kung-Fu. Mit Euren läppischen Künsten lässt sich eine Schülerin des Bettlerfürsten nicht besiegen. Erinnert Ihr Euch an unseren letzten Kampf im Palast des Königs Zhao? Damals hattet Ihr Liang Ziweng, Shao Tongtian, Peng Lianhu, den Lama Erhabene Weisheit und diesen Kerl mit den drei Hörnern, wie hieß er noch gleich … Hou Tongtian an Eurer Seite. Sechs gegen eine! Ich habe meine Niederlage eingestanden, weil ich keine Lust hatte, meine Energie an Euch zu verschwenden. Jetzt haben wir jeder einmal gegen den anderen verloren, fehlt also nur noch ein letzter Kampf, um Sieger und Verlierer zu bestimmen.«

Dieses Mädchen soll für Peng Lianhu und seine Bande nicht zu schlagen gewesen sein?, wunderten sich Li Sheng und die anderen Bettler. *Ihr Kung-Fu ist durchaus raffiniert, aber eine ebenbürtige Gegnerin für diesen Kerl ist sie nicht. Warum lässt sie es nicht bei ihrem Sieg bewenden?*

Seltsam schien ihnen auch, warum ihr Hauptmann nichts dazu sagte. Hong Qigong mampfte grinsend den Rest seines Hühnchens, nagte und leckte genüsslich die Knochen ab und schien alles um sich herum vergessen zu haben.

»Wenn es Euch Vergnügen bereitet, will ich mich gerne einem weiteren Kampf mit Euch stellen, Verehrteste. Mir ist es gleich, wer gewinnt und wer verliert.«

»Im Palast von König Zhao hattet Ihr Eure Freunde zur Seite«, fuhr Huang Rong fort, ohne auf seine Antwort einzugehen. »Hätte ich gewonnen, wären sie Euch sicher zu Hilfe gekommen, deshalb hatte ich auch auf einen ernsthaften Kampf verzichtet. Heute habt Ihr wieder ein paar Freundinnen dabei« – sie deutete mit dem Kinn auf seine acht weiß gekleideten Konkubinen – »und auch ich bin in Gesellschaft von Freunden. Ihr seid in der Überzahl, aber darüber will ich hinwegsehen. Machen wir es so: Ihr zeichnet wieder einen Kreis auf den Boden, wir kämpfen, und wer den Kreis zuerst verlässt, hat verloren. Da ich inzwischen Schülerin von Großmeister Hong bin, gewähre ich Euch diesmal eine weitere Gunst: Ihr dürft ohne verbundene Hände kämpfen.«

Amüsiert über ihre kecke Art, kunstvoll alle Wahrheit zu verdrehen, begann Ouyang Ke umstandslos, sich um seine eigene Achse zu drehen und einen Kreis von sechs Zhang um sich zu ziehen, indem er mit dem ausgestreckten rechten Fuß eine tiefe Furche in den Boden grub. Die umstehenden Bettler staunten nicht schlecht bei dieser Demonstration seiner Fähigkeiten.

Huang Rong betrat den Kreis. »Kämpfen wir zivilisiert oder martialisch?«, fragte sie.

»Wenn ich um eine Definition des einen und des anderen bitten dürfte.«

»Zivilisiert bedeutet, wir wechseln uns ab. Zuerst ich drei Schläge ohne Gegenangriff, dann Ihr. Martialisch bedeutet, dass jeder zuschlägt, wann und wie er möchte. Mit der toten Schlangenfaust oder der lebenden Rattenfaust, ganz nach Belieben. Wer zuerst aus dem Kreis tritt, hat verloren.«

»Selbstverständlich kämpfen wir zivilisiert.«

»Gut. Einen martialischen Kampf hättet ihr ohnehin verloren. Kämpfen wir zivilisiert, habt Ihr zumindest eine geringe Chance. Da ich heute meinen großmütigen Tag habe, dürft Ihr noch einmal wählen: Wer von uns macht den Anfang? Ihr oder ich?«

»Selbstverständlich Ihr, Verehrteste.«

»Ihr seid wirklich gerissen«, sagte Huang Rong lächelnd. »Stets wählt Ihr das, was Euch zum Vorteil gereicht! Nun denn!«

Noch bevor er etwas erwidern konnte, erfolgte Huang Rongs erster Angriff. Etwas Silbernes blitzte auf.

Eine Geheimwaffe?, fragte sich Ouyang Ke überrascht. Mit seinem Fächer oder seinen Ärmeln hätte er sie mühelos abwehren können, aber seinen Fächer hatte Bettlerfürst Hong zerdrückt und seine Ärmel hatte er selbst zerrissen. Und wenn er zur Seite auswich, dann träte er aus dem Kreis heraus. In der Eile griff er zum letzten Ausweg: Er stieß sich vom Boden ab und sprang in die Luft. Unter seinen Füßen zischte ein ganzer Nadelschwarm hindurch.

Er war noch nicht wieder auf dem Boden gelandet, als Huang Rong rief: »Zweiter Angriff!«

Diesmal schickte sie mit einer flinken Drehung der Handgelenke gleich Hunderte von Nadeln auf einmal los: *Himmel voller Blüten*, die Methode, die sie mit Bettlerfürst Hong zum Aufspießen von Schlangen eingeübt hatte. Die Nadeln schossen von allen Seiten auf Ouyang Ke zu.

Selbst Ouyang Kes Fähigkeiten reichten nicht aus, um mitten im Sprung die Schwerkraft zu überwinden. *Dieses tückische Frauenzimmer!*, stöhnte er innerlich. *Das ist mein Ende!*

In diesem Augenblick zog sich sein Kragen eng um seinen Hals und er flog wieder aufwärts statt abwärts, während die Nadeln ihr Ziel verfehlten und klirrend unter ihm zu Boden fielen. Er war gerettet! Doch Ouyang Kes Freude war nur von kurzer Dauer. Die

Hand, die ihn gepackt hielt, schien gar nicht so kräftig, aber sie schleuderte ihn auf eine Art und Weise durch die Luft, dass er selbst unter Aufbietung all seiner Fähigkeiten nicht auf den Füßen zu landen vermochte. Mit der Schulter zuerst schlug er hart auf dem Boden auf.

Von allen Anwesenden verfügte nur Hong Qigong über das innere Kung-Fu für einen solchen Wurf.

Ouyang Ke kam auf die Beine und verließ den Ahnentempel, ohne sich noch einmal umzudrehen. Unverzüglich stürzten seine Konkubinen ihm nach.

»Warum habt Ihr diesen stinkenden Halunken gerettet, Meister?«, fragte Huang Rong.

»Sein Onkel und ich sind alte Freunde. Dieser Lustmolch hat so viele Freveltaten auf dem Kerbholz, dass selbst sein Tod sie nicht sühnen könnte. Aber der Alte Giftmolch wäre sicher beleidigt, wenn sein Neffe von der Hand meiner Schülerin sterben würde.« Bettlerfürst Hong lachte. Anerkennend klopfte er Huang Rong auf die Schulter. »Du hast mir heute das Gesicht gerettet, meine kluge Schülerin. Wie kann ich mich erkenntlich zeigen?«

»Bestimmt nicht mit Eurem Hundestock, den könnt Ihr behalten!«, rief Huang Rong und streckte ihm die Zunge heraus.

»Den würde ich dir auch nicht geben, und wenn du mich noch so sehr darum bittest. Ich würde dir ja gerne ein paar Schläge beibringen, aber irgendwie fehlt mir gerade die Energie dazu …«

»Dann koche ich Euch etwas Gutes, damit Ihr wieder zu Kräften kommt, Meister!«, lachte Huang Rong.

Sofort erhellte sich Hong Qigongs Miene, aber gleich darauf stieß er einen lang gezogenen Seufzer aus. »Leider bleibt mir gerade nicht einmal Zeit zum Essen. Zu schade!«, sagte der Bettlerfürst und wandte sich an Li Sheng. »Zunächst gibt es ein paar Dinge in unserem Bettlerklan zu regeln.«

Mittlerweile hatten sich die Bettler um Guo Jing und Huang Rong geschart, um ihnen für ihre Hilfe zu danken und ihnen zu gratulieren, weil sie Schüler des Großmeisters geworden waren. Huang Rong schnitt Fräulein Cheng die Fesseln durch. Verlegen drückte die junge Frau ihrer Retterin zum Dank stumm die Hand. Huang Rong zeigte auf Guo Jing. »Ma Yu, ein Meister Eurer Kampfschule, hat ihn unterrichtet und Bruder Wang und Bruder Qiu halten ebenfalls große Stücke auf ihn. Ihr seid also sozusagen eine Familie.« Fräulein Cheng sah kurz zu Guo Jing und wurde sofort über und über rot. Schnell senkte sie den Blick.

Die Bettler waren zwar froh über den Ausgang der Geschichte, blickten aber auch ein wenig neidvoll auf Huang Rong und Guo Jing. Noch nie hatte ihr Hauptmann einen Schüler angenommen. Nur wenigen von ihnen war die Ehre zuteil geworden, den ein oder anderen Angriff gezeigt zu bekommen, und das auch nur, wenn dem Bettlerfürsten danach war. Wie kamen diese beiden zu dieser ungewöhnlichen Gunstbezeugung?

»Lasst uns hier in diesem Tempel ein Bankett abhalten, zur Feier Eurer beiden ersten Schüler«, schlug Li Sheng seinem Anführer vor.

Hong Qigong lachte. »Ich fürchte nur, dass wir den beiden zu schmutzig sind und unsere magere Bettlerkost ihnen nicht zusagen wird.«

»Es wird uns eine Freude sein, mit Euch zu essen«, sagte Guo Jing schnell. »Zu gern würde ich einen Helden wie Bruder Li näher kennenlernen.«

Guo Jings Demut rührte Li Sheng. Dankbar nahm er die Geste an. *Diesem jungen Mann habe ich zu verdanken, dass ich das Augenlicht nicht verloren habe!*, dachte er.

»Schön, wenn ihr euch so gut versteht, aber mach mir meinen Schüler nicht zu einem Bettler!«, scherzte Bettlerfürst Hong mit erhobenem Zeigefinger. »Und du, warum hast du eben behauptet, du seist meine letzte Schülerin? Als ob ich mir nicht noch weitere zulegen könnte!«

»Meister, bitte beachtet meine dreisten Worte nicht weiter und nehmt Euch Schüler, wie es Euch beliebt. Ihr kennt sicher das Sprichwort *Was selten ist, das hat den größten Wert*. Zu viele von uns wären nichts Besonderes mehr, nicht wahr?«

»Soso, du hältst dich also für etwas Besonderes?«, brummte Hong Qigong. »Geh und bringe Fräulein Cheng zurück nach Hause. Wir Bettler wollen unterdessen ein paar Hühner für unser Bankett stehlen.«

Als die Bettler den Tempel verlassen hatten, führte Huang Rong Fräulein Cheng am Arm zurück in ihre Gartenresidenz. Guo Jing trottete den beiden Frauen mit etwas Abstand hinterher. Auf dem Weg vertraute Fräulein Cheng ihrer Retterin flüsternd ihren Namen an: Cheng Yaojia. Dann erzählte sie ihr, wie es dazu gekommen war, dass Schwester Wandelnde Klarheit Sun Bu'er von der Quanzhen-Schule sie unterrichtet hatte. Als Tochter aus gutem Hause achtete Cheng Yaojia anders als ein Kind aus dem Jianghu sehr auf Tradition und Etikette, daher hielt sie den ganzen Weg über ihren Blick gesenkt, sprach mit großer Zurückhaltung und ausschließlich mit Huang Rong. An Guo Jing richtete sie kein einziges Wort. Jedes Mal, wenn ihr Blick ihn versehentlich streifte, errötete sie.

九阴真经

6

Der wahre Weg
der Neun Yin

Es war weit nach Mitternacht. Guo Jing und Huang Rong waren nach einem anstrengenden Abend endlich auf dem Weg in ihre Herberge, als sie plötzlich Hufgetrappel hörten. Jemand näherte sich von Süden her im Galopp, dann zügelte er unvermittelt sein Pferd und hielt an.

Wer reitet so spät in der Nacht durch die Stadt?, fragte sich Huang Rong. Sie lief schneller, um zu sehen, was da vor sich ging, und zog Guo Jing hinter sich her. Zu ihrer Überraschung sahen sie ein Stück weiter vor sich Yang Kang am Wegrand stehen. Sie hielten in einigem Abstand zu ihm inne. Yang Kang führte sein Pferd am Zügel und redete mit jemandem – Ouyang Ke! Huang Rong hätte die beiden gern belauscht, aber sie wagte sich nicht näher heran. Die beiden Männer tuschelten so leise miteinander, dass nur Wortfetzen an ihr Ohr drangen. Ouyang Ke sagte etwas von »Yue Fei« und »Lin'an« und Yang Kang immer wieder »mein Vater«. Schließlich legte Ouyang Ke höflich die rechte Faust in die linke Hand, verneigte sich und zog mit seinen Konkubinen Richtung Osten weiter.

Eine Weile stand Yang Kang gedankenverloren da und starrte in die Nacht. Dann stieß er einen Seufzer aus und stieg wieder auf sein Pferd.

»Bruder!«, rief Guo Jing.

Offensichtlich überrascht, Guo Jing zu sehen, saß Yang Kang wieder ab und ging auf ihn zu. »Du hier? Ich habe gedacht, du wärst schon auf halbem Weg nach Zhongdu!«

»Ich habe Huang Rong hier getroffen, und wir wurden aufgehalten. Wir haben soeben einen Kampf mit Ouyang Ke hinter uns.«

Bei diesem Satz brach Yang Kang der Schweiß aus. Er konnte nur hoffen, dass die Nacht sein Entsetzen verbarg. *Ob sie mein Gespräch mit Ouyang Ke mitangehört haben?* Forschend sah er Guo Jing an, konnte aber keine Anzeichen von Argwohn entdecken. *Guo Jing kann sich nicht verstellen,* dachte er beruhigt. »Bruder, sollen wir heute Nacht noch zusammen weiterreiten oder uns erst einmal bis morgen früh ausruhen?«, fragte er freundlich.

Von Baoying war es nicht mehr weit bis zum Chu, dem Fluss, der das Song-Reich vom Herrschaftsgebiet der Jin trennte. Sobald sie ihn überquert hätten, wäre Yang Kang dort, wo er sich zu Hause fühlte.

»Begleitest du uns nach Zhongdu?«, fragte er Huang Rong.

»Nein, ich begleite euch nicht. Du begleitest uns.«

»Wo ist denn da der Unterschied?«, lachte Guo Jing. »Lasst uns alle drei heute Nacht im Ahnentempel übernachten und nach dem Bankett mit den Bettlern morgen weiterziehen.«

Schweigend gingen sie zu dritt zurück zum Ahnentempel. »Frag ihn bloß nicht, worüber er mit Ouyang Ke geredet hat«, wisperte Huang Rong Guo Jing ins Ohr. »Tu so, als hätten wir nichts gesehen.«

Zurück im Tempel, zündeten sie die Kerzen an, die Ouyang Ke dort aufgestellt hatte. Huang Rong sammelte rasch ihre auf dem Boden verstreuten Nadeln auf.

Es war eine laue Sommernacht, und die drei richteten sich zum Schlafen ein, indem sie kurzerhand die Holztüren als Unterlage aushängten und jeder für sich einen Platz in der Vorhalle des Tempels suchten.

Kaum waren sie eingeschlafen, weckte der Klang von Pferdehufen sie aus ihren Träumen. Das Geräusch kam schnell näher und man hörte, dass es sich um mehr als einen Reiter handelte.

Huang Rong lauschte. »Drei reiten vorneweg ... gefolgt von vielleicht zehn weiteren?«

Als Kind der Steppe konnte Guo Jing mühelos die Anzahl der Pferde nach Gehör erkennen. »Sechzehn Pferde«, sagte er. »Oh ... die drei ersten sind mongolische Pferde! Aber die Verfolger sind keine Mongolen. Was machen mongolische Reiter so weit weg von zu Hause?«

Huang Rong zog Guo Jing an der Hand nach draußen. Haarscharf zischte ein Pfeil an ihnen vorbei.

Die drei mongolischen Reiter hielten im Galopp direkt auf den Tempel zu. Der nächste Pfeil, der auf sie abgeschossen wurde, traf das letzte Pferd in die Kruppe. Der Hengst wieherte vor Schmerz und stellte sich auf die Hinterbeine. Sein Reiter sprang mit äußerstem Geschick ab, landete aber plump und schwer auf dem Boden. *Das ist nicht das innere Kung-Fu eines Kampfkünstlers,* sagten sich Huang Rong und Guo Jing.

»Mir ist nichts passiert, reitet weiter!«, rief der Mann den anderen zu. »Ich halte euch den Rücken frei.«

Einer der anderen zog die Zügel an. »Ich bleibe ebenfalls zurück. Reitet Ihr weiter, Vierter Prinz!«

»Niemals, ich bleibe bei euch!«, rief der dritte.

Sie sprachen Mongolisch, und Guo Jing hatte ihre Stimmen sofort erkannt. Tolui, Jebe und Borokhul! Was machen sie hier im Süden? Er wollte sich ihnen zu erkennen geben, aber schon nahten die Verfolger und schickten sich an, die Männer einzukesseln.

Die drei Mongolen schossen jetzt einen Pfeil nach dem anderen ab. Ihre Pfeile teilten die Nachtluft wie Speere und zwangen die Verfolger, zurückzuweichen und aus sicherem Abstand anzugreifen.

»Dort hinauf!«, rief einer der Mongolen. Die drei erklommen den Fahnenmast vor dem Tempel. Die Plattform am oberen Ende des Masts bot ihnen eine vorteilhafte Schussposition.

Ihre Verfolger saßen ab und suchten Deckung. Dann erscholl ein Befehl; vier Soldaten krochen geduckt unter Schutzschilden an den Mast heran und hackten dann mit ihren Schwertern auf das Holz ein.

»Du hast dich geirrt, es sind nur fünfzehn«, flüsterte Huang Rong.

»Nein, einer wurde tödlich getroffen.«

Ein Pferd, das einen Mann hinter sich her schleifte, näherte sich dem Tempeleingang. Ein Fuß des Soldaten hing noch im Steigbügel, in seiner Brust steckte ein Pfeil. Guo Jing pirschte sich an die Leiche heran und zog den Pfeil heraus, befühlte ihn und ertastete sofort den geschmiedeten Eisenring mit dem darin eingravierten Leopardenkopf. Das war unzweifelhaft ein Pfeil des Meisterschützen Jebe, mehr als doppelt so schwer wie herkömmliche Pfeile.

»Tolui, mein Bruder, General Jebe, General Borokhul? Ich bin es, Guo Jing!«, rief er auf Mongolisch den Mast hinauf.

»Guo Jing? Was machst du denn hier?«, antworteten die Männer überrascht.

»Wer verfolgt euch?«

»Jin-Soldaten!«, rief Tolui.

Guo Jing hob die Leiche hoch und schleuderte sie mit aller Kraft auf die Männer am Fuß des Fahnenmasts. Der schwere Körper setzte zwei von ihnen außer Gefecht, die anderen beiden flüchteten zurück zu ihren Kameraden.

Plötzlich schwirrten zwei weiße Schatten durch die Luft. Guo Jing blickte auf. Zwei große Vögel stießen vom Himmel herab.

Meine Adler! Es war das weiße Adlerpaar, das er mit Khojin in der Mongolei aufgezogen hatte. Als sie mit ihren scharfen Augen ihren Herrn wiedererkannten, flogen sie aufgeregt krächzend auf seine Schultern.

Huang Rong erinnerte sich, wie Guo Jing ihr bei ihrer ersten Begegnung von diesen wundersamen weißen Adlern erzählt hatte, wie das Elternpaar von schwarzen Adlern angegriffen und getötet worden war und er sich der Adlerküken angenommen hatte. Sie hatte ihn darum beneidet und stets gehofft, eines Tages selbst in die Steppe zu gehen und sich Adler zu zähmen. Im Nu verlor sie gänzlich das Interesse am Kampfgeschehen. »Oh, darf ich sie anfassen?«, rief sie und wollte einen der Vögel streicheln. Das Tier hackte sofort mit seinem gefährlichen Schnabel auf ihre Hand ein, die sie gerade noch zurückziehen konnte. Guo Jing gebot dem Adler Einhalt.

»Freches Tier!« Sie legte den Kopf schief und betrachtete die herrlichen Greifvögel voller Bewunderung.

»Rong! Vorsicht!«, schrie Guo Jing.

Zwei Pfeile hintereinander schossen direkt auf Huang Rong zu, die sich ungerührt zu dem toten Jin-Soldaten hinunterbeugte, um ihn zu durchsuchen. Was konnten ihr ein paar Pfeile schon anhaben? Alles prallte an dem Eisernen Igel ab, den sie am Körper trug. Bald hatte sie gefunden, was sie suchte, und warf den Adlern Trockenfleisch aus den Taschen des Soldaten vor.

»Bleib du hier bei den Adlern, ich knöpfe mir diese Jin-Hunde vor!«, raunte Guo Jing ihr zu, rannte los und fing mit bloßer Hand einen auf ihn gezielten Pfeil auf. Dann hieb er seine Faust in den nächsten Soldaten, der ihm in die Quere kam. Mit einem Knacken brach der Arm des Manns.

»Wer bist du, elender Hund?«, schrie eine gequälte Stimme auf Chinesisch durch die Nacht.

Diese Stimme kenne ich doch ..., dachte Guo Jing. Da spürte er, wie die Luft vibrierte und etwas hell vor ihm aufblitzte. Eine Axt, nein, zwei Äxte schossen auf seine Brust und seinen Rücken zu.

Mit solchen Waffen kämpfte kein herkömmlicher Soldat. Guo Jing ging rasch in die Hocke, um auszuweichen, dann schnellte er hoch und holte zu *Der Drache peitscht mit dem Schwanz* aus. Er fühlte das Schulterblatt seines Gegners bersten. Mit einem irren Schmerzensschrei taumelte der Mann rückwärts. Jetzt fiel es Guo Jing wieder ein: Das war Unheilsaxt Qian Qingjian, einer der Vier Dämonen des Gelben Flusses.

Qian Qingjian ging zu Boden und blieb reglos liegen. Guo Jing war sich bewusst, dass sein Kung-Fu seit seiner letzten Begegnung mit den vier Dämonen gewaltige Fortschritte gemacht hatte. Dennoch verblüffte ihn die Wucht seiner eigenen Schläge. Zeit, darüber nachzudenken, blieb ihm nicht, denn schon spürte er, wie weitere kalte Klingen die Luft durchschnitten, ein Säbel kam von links und ein Speer von rechts. Guo Jings rechte Hand schnellte nach unten, packte den Speer beim Schaft und riss mit einem Ruck daran. Der Angreifer taumelte vorwärts. Dann warf Guo Jing den Oberkörper zurück, um dem Säbel auszuweichen. Wu Qinglie, genannt Todesspeer, stolperte mit dem Kopf voraus in den Weg seines Kampfschulbruders Seelensäbel Shen Qinggang. Guo Jing trat gegen die Hand, mit der Shen Qinggang seinen Säbel schwang, sodass dieser die Waffe losließ, dann versetzte er Wu Qinglie einen Stoß in den Rücken. Die beiden Dämonen des Gelben Flusses prallten hilflos gegeneinander und sackten bewusstlos zusammen.

Mit wenig Aufwand hatte sich Guo Jing den drei verbliebenen Schülern Sha Tongtians entledigt. Der vierte, Teufelspeitsche Ma Qingxiong, hatte erst vor Kurzem durch die Hand Lu Guanyings und seiner Piraten auf dem Tai-See sein Leben verloren.

Jetzt hatten sie es nur noch mit gewöhnlichen Jin-Soldaten zu tun. Ungeachtet des Verlusts ihrer fähigsten Männer schossen die Soldaten unentwegt Pfeile auf die Mongolen ab.

»Seid ihr immer noch hier? Schert euch weg, wenn euch euer Leben lieb ist!«, schrie Guo Jing aus voller Kehle. Mit trommelnden Fäusten und fliegenden Tritten machte er einen Jin-Soldaten, der sich ihm in den Weg stellte, nach dem anderen nieder. Entsetzt rannten die restlichen Soldaten vor dem unbekannten Angreifer in alle Himmelsrichtungen um ihr Leben.

Mit dröhnenden Köpfen und Sternen vor den Augen kamen Shen Qinggang und Wu Qinglie wieder zu sich. Sie hatten keine Ahnung, wer ihnen so zugesetzt hatte, und wollten es auch nicht wissen. So schnell sie konnten, suchten sie jeder in einer anderen Richtung das Weite. Auch Qian Qingjian stolperte davon, wobei er sich jammernd die Schulter hielt.

Jebe und Borokhul hatten mit zielsicheren Pfeilschüssen drei Jin-Soldaten erwischt. Tolui traute seinen Augen nicht, als er sah, wie Guo Jing mit erstaunlicher Kampfkunst im Handumdrehen dem Rest der Truppe den Garaus machte. Er ließ sich den Mast hinuntergleiten und umarmte Guo Jing herzlich. »Anda! Wie geht es dir?« Dann fassten sie sich an den Händen, sahen sich an und wussten vor Wiedersehensfreude nicht, was sie sagen sollten.

Auch Jebe und Borokhul rutschten die Stange hinunter. »Ohne dein Eingreifen hätten wir nie wieder das süße Wasser des Onon trinken dürfen, Guo Jing!«, begrüßte ihn Jebe.

Guo Jing nahm Huang Rong an der Hand und stellte sie Tolui vor. »Meine kleine Schwester, Huang Rong.«

»Darf ich die beiden Adler behalten, Prinz Tolui?«, fragte Huang Rong frech.

Tolui verstand kein Chinesisch, und der Dolmetscher, den sie aus der Mongolei mitgebracht hatten, war von den Jin-Soldaten getötet worden. Aber Huang Rongs glockenhelle Stimme klang entzückend, befand er.

»Was führt euch in den Süden, Anda? Noch dazu mit den Adlern?«, fragte Guo Jing.

»Vater hat mich als Gesandten zum Song-Kaiserhaus geschickt, um dem Kaiser einen gemeinsamen Pakt gegen die Jin zu unterbreiten. Der Plan lautet, dass wir sie in die Zange nehmen. Die Mongolen greifen von Norden an und die Song von Süden. Meine Schwester hat mich gebeten, die Adler mitzunehmen für den Fall, dass wir dir begegnen. Als ob sie es geahnt hätte!«

Als er Khojin erwähnte, wurde es Guo Jing mulmig zumute. Seitdem er Huang Rong kennengelernt und sich in sie verliebt hatte, hatte er kaum einen Gedanken daran verschwendet, dass er eigentlich längst der Tochter des Khans versprochen war. Ehre hin oder her; er hatte nie den Wunsch gehegt, der Schwiegersohn des Khans zu werden, sondern fühlte sich bei der ganzen Angelegenheit unwohl und hatte sie daher tunlichst verdrängt. Jetzt, wo Tolui ihn daran erinnerte, wusste er nicht, was er sagen sollte. Dann fiel ihm ein, dass er bald die Pfirsichblüteninsel aufsuchen musste und höchstwahrscheinlich sein Leben lassen musste. Damit wurde ohnehin jedes Heiratsversprechen bedeutungslos.

»Die Adler gehören sowieso mir. Wenn du willst, dann schenke ich sie dir!«

Zufrieden und glücklich wandte sich Huang Rong wieder den Adlern zu und fütterte sie weiter mit Trockenfleisch.

Tolui erzählte nun ausführlicher vom Grund seiner Mission. In den vergangenen Monaten war Dschingis Khan mit großem Erfolg gegen die Jurchen zu Feld gezogen, aber das Jin-Reich war riesig und verfügte über viele Soldaten. Trotz großer Verluste war es den Jin gelungen, wichtige strategische Festungen zu verteidigen und die Mongolen zurückzuschlagen. Aus diesem Grund hatte der Khan seinen Sohn in den Süden geschickt, um sich mit dem Song-Kaiserhaus zu verbünden und so die Pattsituation zu beenden. Doch bevor sie auf Song-Territorium gelangt waren, hatte das Jin-Heer seiner Entourage aus einem Hinterhalt aufgelauert und sein ganzes Gefolge niedergemetzelt. Nur Tolui und die beiden Generäle waren entkommen.

Nun dämmerte Guo Jing, warum Yang Kang in seiner Zelle im Wanderwolkenpalast Mu Nianci überreden hatte wollen, an den Hof nach Lin'an zu gehen, um Kanzler Shi Miyuan vor den Mongolen zu warnen und ihn aufzufordern, ihnen einen Hinterhalt zu stellen. Die Jin hatten Wind von Toluis Mission bekommen und wollten um jeden Preis die Allianz der Mongolen mit den Chinesen verhindern.

»Die Jurchen wollten mich umbringen«, sagte Tolui. »Der Sechste Prinz von Jin persönlich hat den Angriff angeführt.«

»Wanyan Honglie?«

»Ja, ich habe ihn sofort erkannt und mit dem Bogen auf ihn geschossen, aber seine Gefolgsleute haben ihn beschützt.«

»Er ist hier!«, freute sich Guo Jing. »Huang Rong, wir haben Wanyan Honglie direkt vor unserer Nase.«

»Den schnappen wir uns!« Huang Rong sah sich um. Wo war eigentlich Yang Kang geblieben?

»Such du westlich des Tempels, ich gehe nach Osten«, sagte Guo Jing und war auf und davon.

Einen Li vom Tempel entfernt holte er einen Trupp flüchtender Jin-Soldaten ein. Guo Jing packte einen von ihnen am Kragen und befragte ihn nach Wanyan Honglie. Der Soldat bestätigte, dass der Sechste Prinz von Jin persönlich das Heer angeführt hatte. Allerdings wüsste er nicht, wo er jetzt sei. »Wir haben ihn im Stich gelassen und dafür werden unsere Köpfe rollen«, sagte ein anderer. »Uns bleibt nichts übrig, als uns auf dem Land zu verstecken und als Chinesen auszugeben.«

Allmählich graute der Tag. Wanyan Honglie konnte nicht weit sein, aber Guo Jing fand nirgends eine Spur von ihm. Den Mörder seines Vaters zum Greifen nah zu wissen, trieb ihn an, weiter und weiter zu laufen. Da sah er vor sich einen weißen Schatten durch einen Hain huschen und rannte hinterher. Es war Huang Rong. Sie sahen sich an und zuckten mit den Schultern. Vorerst mussten sie unverrichteter Dinge zum Tempel zurückkehren.

»Wanyan Honglie hat sein Heer zurückgelassen, um uns allein mit der Vorhut, die aus seinen schnellsten Reitern besteht, zu jagen«, erklärte Tolui bei ihrer Ankunft. »Wahrscheinlich ist er umgekehrt, um Verstärkung zu holen. Anda, ich muss los und die Mission meines Vaters erfüllen, unsere Zeit ist kostbar. Bevor ich mich verabschiede, habe ich noch eine Botschaft von meiner Schwester für dich. Sie hofft, dass du bald in die Mongolei zurückkehrst.«

Guo Jing umarmte nacheinander Tolui, Jebe und Borokhul. Der Gedanke, dass er sie wahrscheinlich nie wiedersehen würde, brach ihm das Herz. Er sah ihnen noch lange nach, auch als das Geräusch der Pferdehufe längst verklungen war und ihre Umrisse im gelben Staub verblassten.

»Lass uns ihm einfach hier auflauern«, sagte Huang Rong. »Wenn er mit einem großen Heer zurückkommt, verstecken wir uns, bis es dunkel wird, und töten ihn.« Sie war sehr stolz auf ihren Plan. »Wie heißt es doch gleich: *Das Ufer zum Schiff bringen, statt das Schiff ans Ufer.*«

»Gut, ich bringe unsere Pferde in den Wald, damit sie uns nicht verraten«, sagte Guo Jing. Als er die Pferde hinter den Tempel führte, sah er dort etwas Glänzendes im Gras liegen und bückte sich danach. Es war ein goldener Helm, verziert mit drei drachenaugengroßen Edelsteinen. Schnell lief er zurück zu Huang Rong. »Was hältst du davon?«, fragte er Huang Rong.

»Wanyan Honglies Helm?«

»Ganz bestimmt.« Guo Jing senkte seine Stimme. »Ob er sich im Tempel versteckt hält? Komm, wir sehen nach.«

Huang Rong drückte sich mit einem Fuß an der Tempelmauer ab und landete mit einem Salto auf dem Dach. »Ich halte von hier oben Ausschau, du suchst unten.«

Guo Jing wollte eben in den Tempel schleichen, als er noch einmal Huang Rongs Stimme vom Dach hörte. »Wie fandest du meine Schwebekunst eben?«

»Wundervoll!« Guo Jing hielt inne. »Warum?«

»Weil du gar nichts gesagt hast.«

»Aber es vergeht kein Augenblick, in dem ich dich nicht bewundere!«

Huang Rong strahlte, winkte ihm zu und tänzelte über das Dach in Richtung des rückwärtigen Gartens.

Während Guo Jing und die drei Mongolen sich einen Kampf mit den Jin-Soldaten geliefert hatten, hatte Yang Kang im Anführer der Armee schnell Wanyan Honglie erkannt. Auch wenn er inzwischen eingesehen hatte, dass er nicht mit dem Sechsten Prinz von Jin verwandt war, so hatte dieser ihn doch immer wie einen Sohn behandelt und als seinen Thronfolger großgezogen. Nie hatte Yang Kang einen anderen Vater gekannt.

Als er sah, wie Guo Jing einen Jin-Soldaten nach dem anderen erledigte, wusste er, dass Wanyan Honglie verloren wäre, sobald Guo Jing ihn entdeckte.

Aber Yang Kang war noch nicht bereit, seinen Reichtum und sein Prestige so einfach aufzugeben.

Er musste schnell handeln. Ohne lange zu überlegen, schlich er aus dem Tempel und wurde genau in diesem Augenblick Zeuge, wie ein Soldat, den Guo Jing von sich geschleudert hatte, mit rasanter Geschwindigkeit gegen Wanyan Honglie prallte, der sein

Pferd nicht schnell genug aus der Wurflinie hatte bringen können. Die Wucht des Aufpralls hob ihn aus dem Sattel. Yang Kang eilte zu ihm und half ihm auf.

»Psst, ich bin es, Kang!«, flüsterte er und zerrte seinen Ziehvater im Schutz der Dunkelheit in den Garten hinter dem Tempel, während Guo Jing ganz auf seine Angreifer konzentriert war und Huang Rong sich den Adlern widmete.

Yang Kang stieß die Tür zu einem Nebenraum im Westflügel des Tempels auf schlüpfte mit Wanyan Honglie hinein. Von dort hörten sie, wie die Kampfgeräusche allmählich verebbten und sich das Hufgetrappel der Flüchtenden in der Ferne verlor. Mehrere Männer, darunter auch Guo Jing, unterhielten sich in einer Sprache, die er nicht verstand.

»Was machst du denn hier, Kang?«, fragte Wanyan Honglie schließlich, immer noch etwas benommen.

»Dass ich hier bin, ist reiner Zufall«, sagte Yang Kang. Er seufzte. »Dieser Guo Jing hat alles zunichtegemacht.«

Jetzt sprach Guo Jing wieder Chinesisch. Sie hörten, wie er mit Huang Rong den Plan fasste, Wanyan Honglie aufzuspüren. Der Sechste Prinz von Jin hatte mitangesehen, wie Guo Jing mit bloßen Händen den drei Dämonen des Gelben Flusses den Garaus gemacht hatte. Fiele er diesem Jungen in die Hände, wäre sein Schicksal besiegelt, das stand fest.

»Am besten, wir bleiben hier, Hoheit. Hier suchen sie nicht«, sagte Yang Kang. »Warten wir, bis sie weiter weg sind, dann können wir uns herauswagen.«

»Gut ... Aber warum nennst du mich Hoheit und nicht mehr Vater?«

Yang Kang antwortete nicht. Er dachte an seine Mutter, und widerstreitende Gefühle kämpften in seiner Brust.

»Deine Mutter ...«, sagte Wanyan Honglie vorsichtig und nahm Yang Kangs Hand. Sie war schweißnass und eiskalt.

Sanft schüttelte Yang Kang die Hand ab. »Kehrt für eine Weile nicht zurück nach Zhongdu. Guo Jing ist entschlossen, den Tod seines Vaters zu rächen. Sein Kung-Fu ist beachtlich, und er ist der Schüler vieler großer Kampfkünstler. Ihr würdet ihm unterliegen.«

Die Erinnerung an die Ereignisse vor neunzehn Jahren in Niu brach mit einer Welle von Trauer über Wanyan Honglie herein, gefolgt von schweren Schuldgefühlen. Er brachte lange kein Wort heraus. »Gut. Ich werde mich von der Hauptstadt fernhalten«, murmelte er schließlich. »Wie war deine Reise nach Lin'an? Was hat Kanzler Shi gesagt?«

»Ich war noch nicht dort«, antwortete Yang Kang ausweichend.

Wanyan Honglie war nicht entgangen, wie kühl und einsilbig sein Sohn sich verhielt, und er vermutete, dass Kang die Wahrheit über seine Herkunft herausgefunden hatte. Warum aber half er ihm dann überhaupt? Achtzehn Jahre lang hatten sie sich nah gestanden, ein liebender Vater und sein dankbarer Sohn. Jetzt, so dicht beieinander in diesem engen Zimmer, spürte er deutlich, wie Hass und böses Blut sie voneinander trennten.

In Yang Kangs Innerstem tobte ein Kampf. *Ein paar Faustschläge, und der Tod meiner Eltern wäre gerächt,* dachte er. *Aber bringe ich es wirklich fertig, die Hand gegen ihn zu erheben? Yang Tiexin mag mein leiblicher Vater gewesen sein, aber was hat er je für mich getan? Und Mutter ist immer gut mit Wanyan Honglie ausgekommen. Würde sie es im Jenseits überhaupt gutheißen, wenn ich ihn töte? Bin ich bereit, alles, was ich von Kindheit an gewohnt bin, aufzugeben, auf meine Privilegien zu verzichten und Seite an Seite mit Guo Jing ein armseliges Vagabundenleben zu führen?*

»Du wirst immer mein geliebter Sohn bleiben, Kang. Nicht mehr als eine Dekade noch und unser großes Jin-Reich wird die Song-Dynastie ausgelöscht haben. Dann werde ich alle Macht und allen Reichtum dieses Landes in meiner Hand vereinen, und eines Tages wird es dir gehören.«

Er will den Thron des Kaisers für sich beanspruchen! Yang Kangs Herz klopfte wie wild. *Alle Macht und aller Reichtum dieses Landes ... Die mächtige Jin-Armee wird die der Song mühelos besiegen. Die Mongolen mögen augenblicklich für Unruhe sorgen, aber diese bogenschießenden Barbaren können von ihrem Pferderücken aus kein Großreich regieren. Der jetzige Kaiser des Jin-Reiches kann meinem klugen und geschickten Adoptivvater nicht das Wasser reichen. Wenn er sein Ziel erreicht, werde ich an seiner Macht teilhaben ...*

Yang Kang nahm Wanyan Honglies Hand. »Ich werde dir bei all deinen Vorhaben zur Seite stehen, Vater.«

Glücklich spürte Wanyan Honglie, wie warm die Hand seines Sohns plötzlich war. »Wir werden eine große Dynastie begründen, du und ich«, sagte er schließlich. »Ich bin der zukünftige Li Yuan und du der zukünftige Li Shimin, wie gefällt dir das?«

Plötzlich knackte es hinter ihnen. Erschrocken fuhren die beiden Männer herum. Das Herz klopfte ihnen bis zum Hals. Der Tag brach an, und durch die Fensterläden drangen bereits die ersten Sonnenstrahlen in die Kammer. Erst jetzt bemerkten sie, dass sie an einen Stapel Särge gelehnt dasaßen. Die Kammer diente offenbar zur Aufbewahrung der Toten vor ihrer Bestattung. Das Knacken schien aus einem der Holzsärge gekommen zu sein.

»Was war das?« Wanyan Honglie fand als Erster die Sprache wieder.

»Wahrscheinlich nur Mäuse.«

Dann hörten sie fröhliche Stimmen. Schritte näherten sich. Huang Rong und Guo Jing.

Wir haben seinen Helm verloren! Er muss da draußen irgendwo liegen, fiel Yang Kang siedend heiß ein.

»Ich lenke sie ab«, flüsterte er, öffnete so leise wie möglich das Fenster und sprang auf das Dach.

»Dort!« Huang Rong rannte einem Schatten nach, der plötzlich um die Ecke huschte, aber er war so schnell wieder verschwunden, wie er gekommen war.

Guo Jing hatte ihren Ruf gehört und eilte herbei. »Er kann nicht weit sein, wahrscheinlich versteckt er sich im Gebüsch.«

Sie wollten eben nachsehen, als es vor ihnen raschelte und sich die Büsche teilten.

»Yang Kang! Hier steckst du also«, rief Guo Jing erstaunt. »Hast du Wanyan Honglie gesehen?«

»Warum, ist er etwa hier?«

»Er war der Anführer der Soldaten. Wir haben seinen Helm gefunden.«

»Tatsächlich?«

Huang Rong merkte sofort, dass etwas nicht stimmte. Schon Yang Kangs verstohlenes Tuscheln mit Ouyang Ke hatte sie misstrauisch gemacht. »Wo bist du gewesen?«, fragte sie. »Wir haben dich überall gesucht.«

»Das gestrige Abendessen scheint mir nicht bekommen zu sein.« Er deutete auf das Gebüsch.

Huang Rong glaubte ihm kein Wort, hatte aber ebenso wenig Lust, sich den Beweis zeigen zu lassen. Deshalb unterließ sie es, weiter nachzufragen.

»Lasst uns weitersuchen!«, drängte Guo Jing.

»Was für ein unverhofftes Glück, dass er uns direkt in die Arme gelaufen ist«, sagte Yang Kang, bemüht, sich seine Nervosität nicht anmerken zu lassen. Er hoffte, Wanyan Honglie ausreichend Zeit zur Flucht verschafft zu haben. »Such du mit Huang Rong im Ostflügel, ich suche im Westflügel.«

Guo Jing stieß schon das Tor zum Tempel der Kindespietät östlich der Haupthalle auf, als Huang Rong sagte: »Ich komme mit dir, Bruder Kang, ich habe das Gefühl, dass wir ihn eher im Westflügel finden.«

»Dann komm schnell, damit er uns nicht entwischt!« Yang Kang hoffte inständig, dass sie seine Heuchelei nicht durchschaute.

Der Klan der Liu aus Baoying hatte einstmals zu den reichen und bedeutenden Familien der Song-Zeit gehört. Doch da die Stadt nahe an der Grenze zum Jin-Reich lag, war die Gegend immer wieder von einfallenden Truppen heimgesucht worden. Städte und Dörfer wurden gebrandschatzt und Felder verwüstet. Die ständigen Unruhen hatten zum Niedergang der stolzen Familie Liu geführt, und ihr Ahnentempel war seit einer Weile dem Verfall anheimgegeben.

Aus den Augenwinkeln beobachtete Huang Rong skeptisch, wie Yang Kang eine staubige und von Spinnweben überzogene Tür nach der anderen öffnete und jeden Raum übertrieben gründlich absuchte. Vor dem ganz am Ende des Westflügels gelegenen Zimmer entdeckte sie im Staub ein Durcheinander von Fußspuren. Auf der rußigen Tür prangte deutlich ein Handabdruck. »Hier ist er!«

Yang Kang und Guo Jing waren flugs zur Stelle. Yang Kang drängte an Huang Rong vorbei in die Kammer und rief übertrieben laut: »Wo bist du, Wanyan Honglie? Komm heraus, Schurke!«

»Er hat uns längst gehört, Bruder Yang«, sagte Huang Rong grinsend. »Es ist nicht nötig, ihn zu warnen.«

»Das ist nicht lustig, Schwester Rong!«, blaffte er zurück, konnte aber nicht verhindern, dass ihre entlarvenden Worte ihm die Schamesröte ins Gesicht trieben.

»Nimm es ihr nicht übel, Bruder«, sagte Guo Jing lachend. »Sie treibt mit jedem ihren Schabernack. Sieh mal hier«, fügte er hinzu und zeigte auf den Boden. »Hier hat jemand gesessen. Er kann nicht weit sein.«

»Worauf warten wir noch, lasst uns weitersuchen«, sagte Huang Rong. Ihr war in diesem Raum voller Särge mulmig zumute. Da knackte es plötzlich laut. Alle drei wandten sich um. Einer der Särge ruckelte ein bisschen hin und her. Mit einem Aufschrei griff Huang Rong nach Guo Jings Hand. Doch sogleich setzte ihr Verstand wieder ein. »Dieser Schurke …! Er muss da drin sein.«

Yang Kang deutete plötzlich nach draußen. »Dort!«, rief er und wollte losrennen, als ihn Huang Rong am Handgelenk packte.

»Schluss mit deinen Spielchen!« Kurzerhand lähmte sie ihn an seinem Nervenpunkt.

»Was … Was soll das?« Yang Kang spürte, wie sein Arm taub wurde.

Guo Jing beugte sich über den Sarg und zerrte an seinem Deckel. »Bestimmt ist der Kerl da drin!«

»Vorsicht, Bruder, vielleicht ist es Totengeist!«, rief Yang Kang.

»Gibst du jetzt endlich Ruhe!«, fuhr Huang Rong ihn an und krallte ihre Finger vor Wut und Angst in seinen Puls. »Langsam, Guo Jing«, sagte sie mit zitternder Stimme. »Lass deine Hand auf dem Deckel, damit dieser … das, was da drin ist, nicht herauskann.«

Guo Jing lachte. »Es gibt keine Geister!« Als er aber sah, dass alle Farbe aus Huang Rongs Gesicht gewichen war, setzte er sich auf den Sargdeckel. »Jetzt kann er nicht heraus, siehst du.«

Huang Rong bibberte. »Ich … Ich schlage mit der *Himmel zerteilenden Hand* auf den Sarg. Dann werden wir hören, ob ein Mensch schreit oder ein Geist heult.«

Sie ließ Yang Kang los und trat auf den Sarg zu. Sie nahm allen Mut und alle Kraft zusammen und holte zum Schlag aus. Natürlich beherrschte sie die Form gar nicht richtig. Sie wollte nur einmal kräftig auf den Sarg hämmern, um Mensch oder Geist darin einen gehörigen Schrecken einzujagen.

»Halt!«, rief Yang Kang eilig. »Was, wenn du den Sargdeckel zertrümmerst und der Geist dich in die Hand beißt?«

Huang Rong brach bei dem Gedanken kalter Schweiß aus. Sie hielt in der Bewegung inne.

»Ahhh!«

Das Wimmern aus dem Sarg kam von einer Frauenstimme. »Ein weiblicher Geist!« Entsetzt stürmte Huang Rong aus der Kammer.

Guo Jing ließ sich von einem Geist nicht schrecken. »Komm, Yang Kang, wir sehen nach.«

Geist hin oder her, das Geräusch von eben hatte unmöglich von seinem Adoptivvater stammen können. Voller Erleichterung darüber, dass ihm die Entscheidung, mit oder gegen Guo Jing zu kämpfen, erspart blieb, half Yang Kang, den Deckel zu lüften, was keine Schwierigkeit darstellte, da der Sarg nicht zugenagelt war. Guo Jing sammelte vorsorglich seine Kräfte für einen tödlichen Schlag gegen den Geist.

Aber da war kein Geist. Eine schöne, junge Frau sah ihn aus weit aufgerissenen Augen an. Mu Nianci!

Yang Kang konnte sein Glück nicht fassen. Vorsichtig half er ihr aus dem Sarg.

»Huang Rong! Schau mal, wen wir gefunden haben«, rief Guo Jing.

Huang Rong wagte sich wieder in die Kammer, behielt die Augen jedoch fest zugekniffen. Vorsichtig hob sie ein Augenlid und sah Yang Kang eine Frau im Arm halten. Der Geist hatte eine frappierende Ähnlichkeit mit Mu Nianci, war aber starr wie eine Leiche.

Doch, es war Mu Nianci, nur waren ihre Gliedmaßen rundum an den Nervenpunkten gelähmt. Sie weinte. Rasch befreite Huang Rong sie mit gezieltem Druck auf die richtigen Stellen aus ihrer Lähmung. »Wer hat dir das angetan, Schwester?«

Mu Nianci hatte sich so lange nicht bewegen können, dass sie sich immer noch taub und steif fühlte. Konzentriert atmete sie ein und aus, während Huang Rong sie von Kopf bis Fuß massierte. Es dauerte so lange, wie eine Kanne Tee zu trinken, bis Mu Nianci endlich die Sprache wiedergefunden hatte. »Ein verkommener Lump hat mich gefangen.«

Huang Rong hatte bereits festgestellt, dass man sie durch Druck auf den Yongquan-Nervenpunkt an der Fußsohle gelähmt hatte, was nicht die Art der Kampfkünstler aus der Zentralebene war. »Ouyang Ke, nicht wahr?«

Mu Nianci nickte. In Gedanken durchlebte sie noch einmal das Entsetzen jener Nacht, in der Ouyang Ke sie neben den von Yang Kangs Meisterin aufgeschichteten Totenschädeln gefangen und gelähmt hatte. Wie Ouyang Ke die blinde Frau mit seinen Schlangen bedroht hatte und ein Fremder in einer schwarzen Gelehrtenrobe aus dem Nichts aufgetaucht war und mit seinem verzaubernden Flötenspiel Ouyang Kes Konkubinen, seine Schlangenhirten und den widerlichen Lustmolch selbst in einen irren Taumel versetzt hatte. Als die Frauen am nächsten Tag wieder zu sich gekommen waren, hatten sie die immer noch hilflos und gelähmt am Boden liegende Mu Nianci zu ihrem Meister geschleppt, der in der Nacht vor der Musik geflohen war.

Dann begann erst der wahre Albtraum. Wieder und wieder versuchte Ouyang Ke, sie zu verführen, aber sie verweigerte sich ihm hartnäckig. Lieber wollte sie sterben, als sich diesem Dreckskerl hinzugeben. Glücklicherweise befand Ouyang Ke es unter seiner Würde, sie mit Gewalt zu nehmen. Er war überzeugt, dass selbst eine so eiserne Jungfrau früher oder später seinem guten Aussehen, seinem unwiderstehlichen Charisma und der Bewunderung für sein Kampfkunsttalent erliegen würde. Am Ende hatte seine eigene Arroganz Mu Nianci vor dem Schlimmsten bewahrt.

Sobald sie in Baoying angekommen waren, hatten Ouyang Ke und seine Entourage im Ahnentempel der Familie Liu ihr Lager aufgeschlagen und Mu Nianci kurzerhand in einem Sarg abgelegt, während sie weiter auf Jagd nach schönen Jungfrauen gingen.

Die Entführung von Fräulein Cheng hatte schließlich den Bettlerklan auf den Plan gerufen und noch dazu Guo Jing und Huang Rong in den Tempel geführt. Als Ouyang Ke abermals gezwungen worden war, um sein Leben zu rennen, hatte er Mu Nianci einfach vergessen. Er fing sich schließlich immer neue Schönheiten ein, das Schicksal einer einzelnen Frau kümmerte ihn wenig.

Hätte Guo Jing nicht den Tempel nach Wanyan Honglie abgesucht, wäre die arme Mu Nianci in ihrem Sarg verhungert.

Überglücklich, seine Liebste so unverhofft wiederzusehen, strahlte Yang Kang über das ganze Gesicht. »Ruh dich aus, liebe Schwester«, sagte er fürsorglich. »Ich gehe dir einen Tee kochen.«

»Als ob du wüsstest, wie man Wasser kocht«, spottete Huang Rong. »Ich mache das. Komm mit, Guo Jing.« Sie wollte die beiden Liebenden eine Weile allein lassen.

Anders als erwartet, war auf Mu Niancis Gesicht nicht der leiseste Anflug eines Lächelns zu erkennen. »Herzlichen Glückwunsch, Herr Yang«, fauchte sie ihn an. »Wie ich höre, wirst du bald unendlich reich und mächtig sein.«

Oje, natürlich hat sie alles mitangehört! Yang Kang wurde abwechselnd heiß und kalt. Er wusste nicht, was er antworten sollte.

Seine Zerknirschung und Hilflosigkeit stimmten Mu Nianci sofort wieder milde. Wenn die anderen beiden herausfänden, dass er Wanyan Honglie zur Flucht verholfen hatte, dann … Nein, das konnte sie nicht zulassen. Sie beließ es dabei, ihm die kalte Schulter zu zeigen, und wechselte das Thema. »Warum hast du ihn denn Hoheit genannt, wo ihr euch doch so vertraut seid? Wäre Vater nicht angemessener gewesen?«

Yang Kang starrte verlegen zu Boden.

Obwohl sie zu weit weg war, um Mu Niancis Worte zu verstehen, hörte Huang Rong dem Klang ihrer Stimme an, dass Mu Nianci verärgert war. Sie nahm an, dass sie ihrem Liebsten Vorwürfe machte, weil dieser sie nicht früher befreit hatte. »Komm, lassen wir sie das unter sich ausmachen«, sagte sie leise zu Guo Jing, der ihr lachend nach draußen folgte.

Doch kaum waren sie im Hof, flüsterte Huang Rong: »Nun will ich doch hören, worüber sie reden.«

»Hör auf. Da mache ich nicht mit.«

»Gut, aber dann erzähle ich dir auch nichts!« Sie sprang auf das Dach und schlich auf Zehenspitzen zurück.

»… und dann hast du diesen Schuft doch wieder Vater genannt!«, hörte sie Mu Nianci schimpfen. »Ich verstehe ja, dass du die Vergangenheit nicht einfach hinter dir lassen kannst, dass dein Herz immer noch daran hängt. Aber deshalb muss man noch lange kein Verräter sein und Unglück über das Heimatland seiner eigenen Eltern bringen! Das ist einfach … das ist …« Vor lauter Wut versagte ihre Stimme.

»Aber Liebste, ich …«

»Ich bin nicht deine Liebste!«, fuhr Mu Nianci ihn an. »Lass bloß die Finger von mir!«

Huang Rong hörte das laute Klatschen einer Ohrfeige.

So geht das nicht! Huang Rong beschloss, das Paar zur Räson zu bringen und sprang kurzerhand mit einer Rolle vom Dach durch das Fenster ins Zimmer. »Wer wird denn gleich grob werden?«, lachte sie. »Man kann doch über alles in Ruhe reden.«

Mu Nianci lief rot an, während aus Yang Kangs Gesicht alle Farbe wich. Schnell hatte er sich wieder gefasst. »Gut, du hast offensichtlich einen Besseren kennengelernt und willst mich nicht mehr, deshalb bist du so garstig zu mir.«

»Was …? Ich …«

»Du warst mit diesem Ouyang Ke zusammen. Nun ja, ich weiß, dass er eine bessere Partie ist als ich, viel talentierter und gelehrter. Mit einem wie ihm kann ich nicht mithalten. Ich verstehe, dass du für mich nichts mehr übrig hast.«

Jetzt war es Mu Nianci, die blass wurde. Ihre Hände und Füße wurden eiskalt. Beinahe verlor sie das Bewusstsein.

»Hör auf mit diesem Unfug, Bruder Kang. Warum sollte sie der Mistkerl lähmen und in einen Sarg sperren, wenn sie Gefallen an ihm gefunden hätte?«, mischte sich Huang Rong ein.

Yang Kang verlegte sich darauf, seine Scham hinter vorgespieltem Ärger zu verbergen. »Es ist mir egal, ob sie ihn wirklich mag oder nur so getan hat als ob. Sie war tagelang mit ihm zusammen und hat ihre Unschuld verloren. Was soll ich da noch mit ihr?«

»Meine ... Unschuld verloren? Ich ...«

»Wie könnte es anders sein? Willst du es etwa leugnen?«

Mu Nianci hatte genug gelitten. Sie war völlig entkräftet, und jetzt übermannte sie der Zorn. Sie spuckte eine Mundvoll Blut aus und brach zusammen.

Sofort bereute Yang Kang seine harschen Worte. Er wollte sie in den Armen halten und trösten. Aber dann fiel ihm wieder ein, dass sie sein Geheimnis vor Huang Rong ausplaudern könnte, die ihm ohnehin nicht über den Weg traute. Sein Leben wäre in Gefahr, ganz zu schweigen von dem Wanyan Honglies. Er hielt seine Gefühle im Zaum, rannte wortlos hinaus, sprang über die Mauer und verschwand.

Huang Rong fing Mu Nianci auf und mühte sich, sie durch Herzdruckmassage wiederzubeleben. Langsam kam sie wieder zu sich. Ohne eine Träne zu vergießen, als wäre gar nichts passiert, sah sie sich um.

»Schwester, darf ich mir den Dolch ausborgen, den ich dir gegeben habe?«

»Guo Jing, komm mal her!«, rief Huang Rong. »Würdest du Mu Nianci Bruder Kangs Dolch geben?«

Guo Jing, der sofort herbeigeeilt war, zog den Dolch, auf dem die Schriftzeichen Yang Kang eingraviert waren, hervor. Zhu Cong hatte ihn im Wanderwolkenpalast Mei Chaofeng entwendet und Guo Jing zurückgegeben.

»Ich trage Guo Jings Dolch bei mir, und du hast jetzt Yang Kangs«, sagte Huang Rong. Die Dolche in die Hände der beiden Frauen zu geben besiegelte für Huang Rong den Bund der Liebenden – und nahm ihr die Sorge, dass Mu Nianci ihr Guo Jing jemals streitig machen könnte. »Schwester, deine Verbindung mit Yang Kang ist vom Schicksal vorherbestimmt, also mach dir keine Sorgen und sei nicht traurig wegen eures Streits. Warum kommst du nicht mit uns mit nach Zhongdu? Wir spüren Wanyan Honglie auf, und Bruder Kang wird sich uns bestimmt anschließen.«

»Wo ist Yang Kang denn hin?«, fragte Guo Jing.

Huang Rong streckte ihm die Zunge heraus. »Er hat meine Schwester verärgert und sich eine Ohrfeige dafür eingefangen. Dann ist er davongelaufen. Er muss dich abgöttisch lieben, Nianci, sonst hätte er nicht einfach dagestanden, ohne zurückzuschlagen. Sein Kung-Fu ist schließlich besser als deins, das wissen wir doch von diesem Duell …«

Mu Niancis Blick ließ sie verstummen. »Ich komme nicht mit nach Zhongdu und ihr habt auch keinen Grund für die weite Reise. Dort werdet ihr den Schurken im nächsten halben Jahr bestimmt nicht finden. Er weiß, dass Guo Jing ihm nach dem Leben trachtet, und versteckt sich. Guo Jing, Huang Rong … Ihr seid ein wunderbares Paar, und das Schicksal meint es gut mit euch. Aber ich …« Sie barg ihr Gesicht in den Händen und begann zu schluchzen. Dann rannte sie hinaus, stieß sich ab und sprang auf das Dach.

Auf dem Boden war noch das Blut, das Mu Nianci eben gespuckt hatte. Mit hängendem Kopf starrte Huang Rong darauf. Dann drehte sie sich um, rannte ebenfalls hinaus und sprang auf die Mauer, von wo sie nach ihrer Schwester Ausschau hielt. Schließlich entdeckte sie sie in einiger Entfernung unter einer großen Weide im Gras sitzend. Die Sonne gleißte auf dem metallischen Gegenstand in ihrer Hand.

»Nein!«

Huang Rong war zu weit weg, um einzugreifen. *Bitte, tu dir nichts an!,* dachte sie verzweifelt. Dann sah sie, wie Mu Nianci mit der linken Hand ihr langes, seidigschwarzes Haar anhob, es mit einem Ruck mit der scharfen Klinge in der rechten Hand abtrennte, auf die Erde warf und davonging.

»Schwester!«

Ohne sich umzudrehen, lief Mu Nianci weiter.

Erschüttert sah Huang Rong ihr lange nach. Eine schwarze Strähne tanzte durch die Luft, löste sich in die einzelnen Haare auf, die in den Kronen der Bäume hängen blieben, auf die Wege und in den Bachlauf daneben fielen, eins mit dem Staub wurden oder mit dem Wasser davongetragen wurden.

Als verwöhntes und behütetes Kind hatte Huang Rong ihre Gefühle nie verbergen müssen; sie lachte, wenn sie glücklich war, und weinte, wenn sie traurig war. Doch die Szene, die sie eben beobachtet hatte, rührte etwas Ungekanntes in ihr. Zum ersten Mal in ihrem Leben erfasste sie die quälende Not eines anderen Menschen, und diese Erkenntnis machte sie unendlich traurig.

Sehr, sehr langsam ging sie zurück zum Tempel. Sie erzählte Guo Jing, der nichts von der Vorgeschichte wusste, was sie eben gesehen hatte. »Warum hat sie das getan?«, fragte er verständnislos.

»Nianci hat einfach ein hitziges Temperament.«

Keiner von beiden wusste, was Mu Nianci wirklich belastete.

Huang Rong machte sich ihre eigenen Gedanken darüber. *Kann eine Frau ihre Jungfräulichkeit verlieren, wenn ein Schurke sie in den Arm nimmt? Sieht ihr Liebster nur deshalb plötzlich mit Verachtung auf sie herab und möchte nichts mehr mit ihr zu tun haben? Warum sonst?*

Nachdenklich durchstreifte Huang Rong den rückwärtigen Garten des Tempels und fand keine Antwort auf ihre Fragen. Irgendwann setzte sie sich, lehnte sich an eine Säule und starrte in den Himmel, bis ihr die Augen zufielen.

An diesem Abend kehrten Li Sheng und die anderen Bettler zurück in den Tempel, um das Bankett auszurichten. Da sie wussten, dass jemand wie Huang Rong an Sauberkeit gewöhnt war, gaben sie sich besondere Mühe, Teller und Tassen auf Hochglanz zu polieren.

Fräulein Cheng steuerte persönlich köstliche Speisen bei, die sie selbst gekocht hatte, und spendierte außerdem vier große Krüge mit ausgezeichnetem Schnaps, die ihre Diener herbeitrugen. Zu Beginn des Festmahls dankte sie ihren Rettern und prostete ihnen zu, verabschiedete sich aber sogleich wieder.

Bettlerfürst Hong war auch zu fortgeschrittener Stunde noch nicht aufgetaucht, was die Bettler wenig kümmerte. Sie kannten die Launen ihres Anführers und ließen es sich auch ohne ihn schmecken. Guo Jing und Huang Rong aßen und tranken fröhlich mit der ganzen Bande. Alle verstanden sich prächtig.

Nachdem sie ausgiebig getafelt und die Bettler sich verabschiedet hatten, beratschlagten Huang Rong und Guo Jing, wie sie weiter vorgehen sollten. Da sie nicht wussten, wohin Wanyan Honglie geflüchtet war und sie ihn vermutlich vor Guo Jings Verabredung auf der Pfirsichblüteninsel nicht aufstöbern würden, schien es geboten, zunächst nach Jiaxing weiterzureisen. Dort würden sie mit Guo Jings Meistern das weitere Vorgehen besprechen.

»Es wäre besser, wenn deine Meister nicht mit uns über das Meer zur Pfirsichblüteninsel kommen«, sagte Huang Rong. »Könntest du nicht einfach meinen Vater um Vergebung bitten und Kotau vor ihm machen? Falls du dich damit unwohl fühlst, verspreche ich dir, dass ich dir für jeden Kotau zwei zurückgebe.«

»Du hast recht. Und du musst niemals, niemals einen Kotau vor mir machen. Für dich würde ich alles tun.«

Mittlerweile war es Sommer geworden, und im Süden herrschte brütende Hitze. *Heiß genug zum Enteneierbraten*, wie man in dieser Gegend zu sagen pflegte. Unter der sengenden Sonne zu reisen, war viel zu anstrengend, daher war das junge Paar nur frühmorgens und am Abend unterwegs und ruhte sich tagsüber im Schatten der Bäume aus.

Bald erreichten sie Jiaxing. Guo Jing hinterließ beim Inhaber des Gartens der Trunkenen Unsterblichen einen Brief für seine Meister, in dem er erklärte, dass er auf dem Weg nach Yanjing Huang Rong getroffen habe und mit ihr zusammen auf dem Weg zur Pfirsichblüteninsel sei. *Seid unbesorgt*, schrieb er, *mit der Tochter des Herrn der Insel an meiner Seite wird mir nichts geschehen. Es wird nicht nötig sein, dass Ihr den Weg zur Pfirsichblüteninsel auf Euch nehmt, verehrte Meister.*

Bei aller Zuversicht, die er in diesem Brief zur Schau stellte, um die Sorgen seiner Meister zu zerstreuen, war ihm selbst doch ein wenig bang. Huang Yaoshi war unberechenbar, und von einer Begegnung mit ihm war nicht viel Gutes zu erwarten. Um Huang Rong nicht zu beunruhigen, teilte er seine Sorgen nicht mit ihr. Wichtig war vor allem, dass er seine Meister vor möglichen Gefahren bewahrte.

Von Jiaxing aus reisten sie weiter Richtung Osten bis nach Zhoushan, wo sie ein Boot zur Insel Xiazhi mieteten. Huang Rong wusste, dass die Fischer dieser Gegend um keinen Preis bereit waren, sich der Pfirsichblüteninsel weiter als vierzig Li zu nähern, denn sie fürchteten deren Herrn mehr als Schlangen und Skorpione. Sobald sie auf dem offenen Meer waren, befahl Huang Rong dem Bootsmann, Kurs nach Norden zur Pfirsichblüteninsel zu nehmen. Der Fischer weigerte sich vehement, doch als Huang Rong aus dem Handgelenk einen Dolch warf, in die Bootsplanken trieb, wieder herauszog und dem zu Tode erschrockenen Mann die blitzende Klinge vor die Brust hielt, fügte dieser sich hadernd in sein Schicksal.

Schon weit vor der Küste trug ihnen der Meereswind süßen Blütenduft zu. Die Schönheit der Insel war überwältigend; so weit das Auge blickte, mischten sich rote, gelbe und weiße Tupfer in das saftige, üppige Grün.

»Wunderschön, nicht wahr?«, rief Huang Rong glücklich.

»Noch nie im Leben habe ich so viele Blumen gesehen, und so schöne!«, seufzte Guo Jing.

»Und jetzt haben wir schon Sommer. Du müsstest sehen, wie die Insel im Frühling aussieht. Unser Meister, der Bettlerfürst, würde zwar niemals zugeben, dass Vaters Kampfkunst die beste der Welt ist, aber seine Gartenbaukunst ist zweifellos über alles erhaben. Fürst Hong interessiert sich ohnehin für nichts anderes als Essen und Schnaps; wahrscheinlich kann er gar nicht sagen, was die Schönheit von Blumen und Bäumen ausmacht. Er ist furchtbar vulgär.«

»So redet man nicht über seinen Meister«, mahnte Guo Jing.

Huang Rong streckte ihm die Zunge heraus. Dann erklärte sie ihm, woher die Pfirsichblüteninsel ihren Namen hatte:

»Vor langer, langer Zeit lebte der unsterbliche daoistische Meister Ge Hong auf der Insel, wo er tagein, tagaus meditierte, bis er sich in die nächste Welt verabschiedete. Zuvor sprenkelte er Tusche auf die Felsen, und die Tuscheklecks nahmen die Form von Pfirsichblüten an. Und als sich mein Vater auf der Insel niederließ, pflanzte er zum Gedenken an Ge Hong Pfirsichbäume an.«

Fröhlich sprangen Guo Jing, Huang Rong und ihr rotes Pferd an Land. Der Bootsmann, dem die furchterregenden Legenden über den blutrünstigen Herrn der Insel –, der seinen Opfern bei lebendigem Leib den Bauch aufschlitzte, um sie auszuweiden, noch gut im Gedächtnis waren, wendete sein Boot und ruderte davon, als wäre der Teufel hinter ihm her. Da schlug plötzlich ein zehn Tael schwerer Silberbarren auf die Bootsplanken auf. »Wir müssen später wieder zurück auf das Festland, dreh um, du wirst fürstlich belohnt werden!«, rief Huang Rong.

Bei so viel Großzügigkeit konnte der Fischer nicht Nein sagen, aber warten wollte er dennoch nicht. Er versprach nur, wiederzukommen.

Endlich wieder zu Hause! »Vater!«, rief Huang Rong, sobald sie ihre Füße auf die Insel gesetzt hatte. »Vater, ich bin wieder da!«

Sie bedeutete Guo Jing, ihr zu folgen und schoss flink wie ein Wiesel im Zickzackkurs durch den Dschungel. Es dauerte nicht lange, da hatte Guo Jing sie aus den Augen verloren. Er rannte weiter geradeaus, doch bald teilten sich die Wege nach Westen, Osten, Norden, Süden, in alle Richtungen – er hatte sich hoffnungslos verlaufen.

Er schlug einen beliebigen Pfad ein, doch bald kam ihm die Umgebung merkwürdig vertraut vor. Er war im Kreis gelaufen. Ihm fiel ein, wie er mit Huang Rong das Labyrinth des Wanderwolkenpalasts durchstreift hatte, das nach der Ordnung der Hexagramme des *Buchs der Wandlungen* und dem Wechselspiel von Yin und Yang angelegt war. *Genau wie die Pfirsichblüteninsel,* hatte sie gesagt. Guo Jing kannte jedoch die klassischen Schriften nicht. Kurzerhand hockte er sich unter einen Pfirsichbaum und wartete darauf, dass Huang Rong ihn holen käme.

Eine Stunde verging, dann zwei Stunden, aber Huang Rong ließ sich nicht blicken. Ringsum herrschte vollkommene Stille, nicht der Schatten eines Lebewesens war zu sehen.

Allmählich wurde er nervös. Er erklomm den nächsten Baum, um sich einen Überblick zu verschaffen. Im Süden lag das Meer, im Westen nur nackte Felsen, im Norden und Osten ein bunter Blütenteppich, dessen endlos ausgedehnte Farbenpracht ihn ganz benommen machte. Nirgends waren zwischen der Vegetation weiße Mauern oder schwarze Ziegel zu erkennen, nirgends rauchte ein Schornstein, und nirgends bellte ein Hund. Die außergewöhnliche Stille wurde ihm langsam unheimlich. Kopflos sprang er von Baumwipfel zu Baumwipfel, immer tiefer ins Dickicht hinein. *Was soll das denn?*, fragte er sich plötzlich. *Wenn ich so weitermache, findet mich sogar Huang Rong nicht wieder.* Er versuchte, denselben Weg zurückzuklettern, den er gekommen war, aber nichts wirkte mehr vertraut.

Anfangs war das rote Pferd dicht hinter ihm geblieben, doch dann war er auf die Bäume geklettert und das Pferd war ohne ihn weitergetrabt. Als er sich nun auf den Boden zurückgleiten ließ, war auch von Ulaan weit und breit keine Spur mehr.

Der Tag neigte sich dem Ende zu. Guo Jing hockte sich erneut auf den Boden und hoffte, Huang Rong würde ihn vor Einbruch der Dunkelheit holen kommen. Auf dem weichen Gras saß es sich zwar bequem, aber ihm begann der Magen zu knurren. Seine Gedanken wanderten zu all den Köstlichkeiten, die Huang Rong für den Bettlerfürsten gekocht hatte, und der Hunger wurde unerträglich. *Was, wenn Huang Rong von ihrem Vater eingesperrt wurde? Dann muss ich elend auf dieser Insel verhungern!*

Aber er hatte weder den Tod seines Vaters gerächt noch seinen Meistern ihre Großmut vergolten. Und seine Mutter saß allein in der Mongolei und würde ihn nie wiedersehen! Wer würde sich um sie kümmern, wenn er tot war? Irgendwann nickte er über seinen düsteren Gedanken ein.

Er war mit Huang Rong am Ufer des Sees in Zhongdu. Sie aßen Kuchen, und Huang Rong summte eine liebliche Melodie. Flötenklänge antworteten auf ihren Gesang. Guo Jing schlug die Augen auf.

Der Mond stand hoch am Himmel. Nachts war der Duft der Blumen und Gräser noch intensiver. Aber jetzt hörte er auch etwas. Das Flötenspiel war kein Traum gewesen.

Mit neuer Energie folgte Guo Jing den Flötenklängen. Manchmal brach der Pfad unversehens ab, aber er hörte dennoch die Töne unverändert vor sich. Irgendwann achtete er nicht mehr auf die gewundenen Pfade, sondern kletterte einfach über Büsche und Bäume auf direktem Weg in Richtung der Flötenklänge.

Bald wurden die Töne lauter und deutlicher, und er rannte auf sie zu. Plötzlich erreichte er eine Lichtung. Ein weißes Blütenmeer schimmerte unter dem Mondlicht, und mittendrin stand ein hohes, hügelartiges Gebilde.

Die Musik wurde jetzt mal lauter, mal leiser; erst hörte er sie hinter sich, dann vor sich. Er lauschte. *Sie kommt von Osten!*, dachte er und folgte den Klängen, doch dann drang sie auf einmal von Westen an sein Ohr. Sobald er ihr nach Norden folgte, erklang sie im Süden. Handelte es sich womöglich um Dutzende Flötenspieler, die sich gegenseitig Zeichen gaben, um ihn zu foppen? Er rannte im Kreis, bis ihm ganz schwindlig wurde. Es hatte keinen Zweck. Besser, er erkundete zunächst die Erhebung im Blumenmeer.

Es war ein Grabhügel. *Hier liegt Frau Feng, Herrin der Pfirsichblüteninsel*, war auf dem Grabstein vor dem Eingang zur Gruft eingraviert. *Das muss das Grab von Huang Rongs Mutter sein*, dachte Guo Jing. *Die arme Huang Rong. Wie traurig, seine Mutter so jung zu verlieren.* Er ging auf die Knie und machte mehrmals Kotau. Die Geste kam von Herzen und verlieh seiner Liebe zu Huang Rong Ausdruck.

Die Melodie verstummte. Kaum war er aufgestanden, setzte sie wieder ein. Jetzt hörte er sie wieder deutlich vor sich. *Ich folge ihr nach, ob sie nun Gutes oder Schlechtes verheißt.*

Die Klänge der Xiao führten ihn zurück in den Dschungel. Jetzt veränderte sich die Melodie, sie lächelte ihn an, liebkoste ihn und tändelte mit ihm. Was sie ihm ins Ohr wisperte, betörte seine Sinne. *Warum klingt diese Musik so wunderbar?* Guo Jing begann zu tanzen. Die immer schneller werdende Musik ließ das Blut in seinen Adern pulsieren, sein Kopf lief hochrot an und seine Ohren glühten. Er zwang sich, innezuhalten, hockte sich hin und konzentrierte sich auf seinen Atem, so wie er es von Ma Yu gelernt hatte. Den verführerischen Klängen zu widerstehen war eine Prüfung. Wie sehr drängte es ihn, aufzuspringen und sich im Takt der Musik zu wiegen! Aber schließlich gelang es ihm, sich zu konzentrieren, Geist und Gedanken zu vereinen. Alle Sorgen und Wünsche waren wie weggeblasen, in ihm herrschte vollkommene Leere. Mit einem Mal hatte die Musik ihren Reiz verloren, sie war wie der Klang der Wellen oder das Rauschen der Blätter. Eine wohlige Wärme breitete sich von seinem Unterbauch durch seinen ganzen Körper aus. Er fühlte sich vollkommen entspannt, sein Hunger war verschwunden. Er war in einem Zustand, in dem kein äußerer Einfluss seinem Geist etwas anhaben konnte. Langsam hob er seine Lider. Ein jadegrünes Augenpaar funkelte ihn ein paar Schritte entfernt aus der Dunkelheit an.

Guo Jing sprang erschrocken auf die Füße und wich zurück. Was war das für ein wildes Tier?

Im Nu waren die Augen wieder verschwunden. *Selbst ein Leopard oder eine Zibetkatze können sich nicht so schnell davonmachen,* wunderte sich Guo Jing.

Dann hörte er ein Schnaufen, das nach einem Menschen klang. *Wie dumm von mir!* Guo Jing musste über sich selbst lachen. *Niemand hat sich davongemacht. Es ist ein Mensch, der einfach die Augen geschlossen hat.* Er blieb mäuschenstill, denn noch wusste er nicht, ob es sich bei dieser Gestalt um Freund oder Feind handelte.

Wieder trug der Wind den Klang der Xiao durch die Nacht, lieblich und verführerisch, erst wie das leise Seufzen einer Frau, dann wie ein lautes Stöhnen und dann wieder ein zärtliches Flüstern und gehauchte Liebkosungen. Die Töne schienen noch verzaubernder als zuvor, aber sie verfehlten ihre Wirkung bei Guo Jing, der noch jung war und wenig von der Musik verstand, die die körperliche Begegnung zwischen Mann und Frau begleitete. Der Fremde vor ihm jedoch versuchte verzweifelt, den Verlockungen dieser Klänge zu widerstehen und atmete immer schneller und heftiger.

Sein qualvolles Keuchen beunruhigte Guo Jing. Vorsichtig näherte er sich dem Fremden. Die Nacht war klar, aber die üppige Vegetation schirmte das Unterholz vom Mondlicht ab. Erst als er nur noch einen Schritt entfernt war, konnte er die Umrisse der Gestalt erkennen. Der Mann saß mit gekreuzten Beinen da, sein Haar fiel in einer zottigen Mähne bis zum Boden und buschige Augenbrauen und ein langer, wilder Bart bedeckten einen Großteil seines Gesichts. Er hielt die linke Hand vor seine Brust und hatte die rechte auf dem Rücken. Guo Jing kannte diese Haltung; er hatte sie von Meister Zinnoberrote Sonne Ma Yu in der Mongolei gelernt, als sie sich Abend für Abend auf dem hohen Felsen getroffen hatten. In dieser Haltung fand man innere Ruhe, stählte sein Herz und seinen Geist gegen alle äußeren Einflüsse, ob brechende Wellen und stürzende Felsen, rollender Donner oder grelle Blitze.

Wenn dieser Mensch das orthodoxe innere Kung-Fu der Daoisten kennt, warum fällt es ihm dann anders als mir so furchtbar schwer, den Flötenklängen zu widerstehen?

Die Musik schwoll an, wurde immer drängender. Der Mann schnellte unwillkürlich immer wieder zwei Handbreit in die Höhe und zwang sich mit großer geistiger Anstrengung auf den Boden zurück. Diese extremen Schwankungen zwischen großer Abgeklärtheit und plötzlicher Erregung beunruhigten Guo Jing. Die Abstände dazwischen wurden immer kürzer. Das würde kein gutes Ende nehmen. Das Flötenspiel verstieg sich vom feinen Säuseln zu unbändigen Koloraturen. »Es hat keinen Zweck!«, stöhnte der Mann, seine Muskeln spannten sich an, und er war kurz davor, aufzuspringen.

Ohne nachzudenken griff Guo Jing ein, drückte mit der linken Hand die rechte Schulter des Manns nieder und versetzte ihm mit der rechten einen Klaps auf den zentralen Nervenpunkt am Nacken, dem *großen Hammer*. Als Guo Jing gerade angefangen hatte, mit Ma Yu zu meditieren, und seine Gedanken ständig abschweiften und sein Geist nicht zur Ruhe kam, hatte der Daoist ihm sanft diesen Nervenpunkt massiert. Die Wärme seiner Hand hatte Guo Jing Gelassenheit geschenkt. Das hatte Guo Jings Qi daran gehindert, verrückt zu spielen, und geholfen, es in die richtigen Bahnen zu lenken.

Guo Jings inneres Kung-Fu war nicht stark genug, um dem Fremden im Kampf gegen die Musik beizustehen, aber der Druck auf die richtige Stelle aktivierte das entsprechende Nervenzentrum und ermöglichte dem Fremden, sich aus eigener Kraft gegen das Geräusch zu wehren. Seine Erregung legte sich, und der Mann konnte endlich in gelassener Ruhe mit geschlossenen Augen sein Qi lenken. Sein Atem ging jetzt ruhig und gleichmäßig. Guo Jing freute sich über seinen Erfolg.

»Du kleiner Mistkerl machst mir alles zunichte!«, zischte eine Stimme hinter ihm. Die Flöte war abrupt verstummt.

Guo Jing drehte sich um. Es war niemand zu sehen, aber die Stimme hatte geklungen wie die Huang Yaoshis. *Oh nein, was habe ich getan? Nun habe ich diesem bärtigen Mann geholfen, ohne zu wissen, ob er nicht vielleicht ein furchtbarer Unmensch ist. Wahrscheinlich habe ich Rongs Vater nun noch mehr gegen mich aufgebracht.*

Nur noch der gleichmäßige, langsame Atem des Bärtigen war zu hören. Kurz entschlossen setzte sich Guo Jing ihm gegenüber, schloss die Augen und richtete seinen Blick nach innen, ganz auf das eigene Qi konzentriert. Es dauerte nicht lang, bis alle seine Sorgen verschwanden und er einen Zustand erreichte, in dem die Grenzen zwischen seinem Selbst und der äußeren Welt aufgehoben waren. Erst als die Sterne in der Dämmerung verblassten und der Morgentau seine Kleider durchnässte, schlug er die Augen wieder auf.

Die Sonne schien durch das Dach aus Blättern und Blumen und malte verspielte Schatten auf das Gesicht des Fremden. Endlich konnte Guo Jing ihn etwas genauer betrachten. Obwohl sein pechschwarzes Haar und sein Bart sehr lang waren und keine einzige graue Strähne aufwiesen, hatten sie wohl seit einer Ewigkeit keinen Kamm mehr gesehen. Diese zerzauste, zottige Erscheinung wirkte wild und Furcht einflößend.

Plötzlich schlug der Fremde die Augen auf und blinzelte Guo Jing lächelnd an. »Welcher der sieben Jünger der Quanzhen-Schule ist dein Meister?«

Der Mann schien ihm freundlich gesinnt. Erleichtert stand Guo Jing auf und verneigte sich vor ihm. »Es ist Eurem Jünger Guo Jing eine Ehre, dem Älteren zu begegnen. Meine Meister sind die Sieben Sonderlinge des Südens.«

»Die Sieben Sonderlinge des Südens? Der blinde Ke Zhen'e und seine Bande? Ich bezweifle, dass du dein inneres Kung-Fu von denen hast.«

»Bruder Zinnoberrote Sonne Ma Yu hat mich zwei Jahre lang die Kunst des Neigong gelehrt, aber ich bin kein Schüler der Quanzhen-Schule.«

Der Langhaarige lachte schallend und schnitt alberne Grimassen wie ein kleines Kind, das einen Erwachsenen foppt. »So ist das also. Und was bringt dich auf die Pfirsichblüteninsel?«

»Ich bin auf Befehl des Herrn der Insel hier.«

»Warum das?« Die Miene des Langhaarigen verdüsterte sich.

»Ich habe den Herrn der Insel beleidigt und bin hier, um dafür mit dem Tod zu büßen.«

»Du machst dich wohl lustig über mich!«

»Gewiss nicht.«

Der Langhaarige nickte. »Nun gut. Dass du sterben musst, ist aber noch nicht gesagt. Setz dich!«

Guo Jing gehorchte und setzte sich auf einen großen Stein. Erst jetzt wurde ihm bewusst, dass der andere in einer Felsgrotte hockte.

»Wer hat dich sonst noch unterrichtet?«

»Der Neunfingrige Bettlerfürst Meister Hong …«

Der Langhaarige zog die buschigen Brauen hoch. »Hong Qigong ist dein Meister?«

»So ist es. Meister Hong hat mir *Die achtzehn drachenbezwingenden Hände* beigebracht.«

»Das hast du gelernt? *Die achtzehn drachenbezwingenden Hände* sind fantastisch!« Bewunderung und ein Anflug von Neid zeichneten sich auf dem Gesicht des Langhaarigen ab. »Bring sie mir bei, ja? Ich werde vor dir Kotau machen und dich Meister nennen.« Doch dann schüttelte er den Kopf. »Ach, schade, das geht nicht! Der alte Bettler und ich, wir sind etwa im gleichen Alter. Ich weiß zwar nicht, ob er älter oder jünger ist, aber sein Kampfkunstenkel zu werden, das schickt sich nicht. Hat er dir auch Neigong beigebracht?«

»Nein.«

Der Langhaarige starrte in den Himmel und brummte etwas in seinen Bart. *Selbst wenn er schon im Bauch seiner Mutter angefangen hätte, es zu üben, dann sind es noch nicht länger als vielleicht achtzehn Jahre. Warum kann er den Klängen der Flöte widerstehen und ich nicht?*

Er musterte Guo Jing hinauf und hinunter, von Kopf bis Fuß und wieder zurück. Dann streckte er ihm die rechte Hand entgegen. »Drück gegen meine Hand. Lass mich dein Kung-Fu prüfen.«

Gehorsam presste Guo Jing seine Handfläche gegen die Handfläche des Fremden.

»Jetzt leite dein Qi in dein Energiezentrum im Unterbauch und konzentriere es dort.«

Guo Jing tat auch das.

»Gut. Aufgepasst!« Der Langhaarige lockerte den Druck seiner Hand etwas, dann schoss sie wieder vor. Ein außerordentlich heftiger, von innerer Energie geleiteter Stoß brachte Guo Jing aus dem Gleichgewicht. Instinktiv riss er die linke Hand hoch, um den Arm des anderen wegzuschlagen, aber der Langhaarige verdrehte die Hand und lenkte Guo Jings Schlag mit dem bloßen Druck von vier Fingern auf die Rückseite seines Handgelenks ab. Guo Jing taumelte ein paar Schritte rückwärts und prallte gegen einen Baum. Glücklicherweise hatte er sich an Hong Qigongs Lehre gehalten und nicht seine ganze Kraft in den Schlag gesteckt. Die einbehaltene Energie half ihm, schnell wieder festen Stand zu gewinnen.

Nicht schlecht, aber auch nicht überragend, murmelte der Langhaarige. *Wie aber hat er es geschafft, der Melodie* Wogende Wellen des türkisblauen Meers *des Alten Ketzers standzuhalten?*

Guo Jing atmete tief ein und aus, um sein Qi und sein Blut wieder zu beruhigen. *Das Kung-Fu dieses Fremden ist vergleichbar mit dem von Bettlerfürst Hong und dem Herrn der Pfirsichblüteninsel. Kann das sein? Handelt es sich bei ihm vielleicht um Gift des Westens oder König des Südens?* Die Vorstellung, dass es sich um Gift des Westens handeln könnte, ließ ihn das Blut in den Adern gefrieren. Schnell hielt er seine Hand unter das Sonnenlicht. Zu seiner Erleichterung konnte er weder eine Schwellung noch eine Verfärbung feststellen.

Der Langbärtige lächelte. »Hast du erraten, wer ich bin?«

»Ich habe gehört, dass es auf der Welt nur fünf Großmeister des Kung-Fu gibt. Wang Chongyang, der Gründer der Quanzhen-Schule, ist bereits verstorben. Ich hatte die Ehre, Hong Qigong, den Neunfingrigen Bettlerfürsten, und Huang Yaoshi, den Herrn der Pfirsichblüteninsel, kennenzulernen. Ob es sich bei Euch wohl um Ouyang Feng oder um den König des Südens handelt?«

»Denkst du denn, ich könnte es mit dem Bettler des Nordens oder dem Ketzer des Ostens aufnehmen?«

»Da ich noch jung bin und wenig erfahren in der Welt der Kampfkunst, möchte ich nichts Falsches sagen. Aber von allen Meistern, denen ich zu begegnen die Ehre hatte, fällt mir außer Bettlerfürst Hong und dem Herrn dieser Insel keiner ein, dessen Kung-Fu dem Euren ebenbürtig wäre.«

Der Langbärtige freute sich wie ein Kind über das Lob. »Nein, ich bin weder der Alte Giftmolch Ouyang Feng noch ein König. Du musst noch einmal raten.«

»Ich bin auch einem Herrn namens Qiu Qianren begegnet, der so tat, als wäre er Bettlerfürst Hong ebenbürtig, aber seine Behauptungen waren trügerisch und sein Kung-Fu nichts Besonderes. Verzeiht mir meine Dummheit, doch ich vermag Euren großen Namen nicht zu erraten.«

»Haha! Ich helfe dir ein wenig auf die Sprünge. Mein Familienname ist Zhou.«

»Zhou Botong!«, platzte es aus Guo Jing heraus. Er machte eine tiefe Verbeugung. »Ich bitte um Vergebung für meine Ignoranz.«

»Sehr gut!«, freute sich der Langbärtige. »Mein Name ist Zhou Botong, und du hast mich Zhou Botong genannt, was gibt es da zu vergeben? Wang Chongyang war mein älterer Kampfkunstbruder und Ma Yu, Qiu Chuji und die anderen sind daher sozusagen meine Neffen. Aber du gehörst nicht zur Quanzhen-Schule, daher kannst du dir deine Floskeln vom Älteren und Meister und Sonstwas sparen. Nenn mich einfach Zhou Botong.«

Guo Jing fand es befremdlich, alle Rangordnung und die guten Sitten zu ignorieren. »Wie könnte ich …«, stammelte er.

Zhou Botong hatte schon sehr lange Zeit in Einsamkeit auf der Pfirsichblüteninsel zugebracht und langweilte sich zu Tode. So unverhofft mit Guo Jing plaudern zu können, war eine willkommene Abwechslung. Plötzlich kam ihm eine verwegene Idee. »Weißt du was, mein kleiner Freund, wie wäre es, wenn wir Schwurbrüder würden?«

Guo Jing stand vor Staunen der Mund offen. *Was sagt er da? Macht er sich lustig über mich?* Doch der Mann sah sehr ernst aus, nichts an seinem Blick deutete darauf hin, dass er Witze machte.

»Ich bin wesentlich jünger als Bruder Ma Yu und Bruder Qiu Chuji. Angemessen wäre, Euch als Großmeister anzureden.«

Zhou Botong machte eine wegwerfende Handbewegung. »Wozu so viel Kokolores um Fragen des Alters und der Rangfolge machen? All mein Kung-Fu habe ich von meinem Kampfschulbruder, und viel älter als Ma Yu und Qiu Chuji bin ich nicht. Und die würden mich schon deshalb nicht wie einen Älteren behandeln, weil ich mich nicht wie einer aufführe. Mein Sohn bist du gewiss nicht und ich bin wohl auch nicht deiner, daher …«

Das Geräusch von Schritten unterbrach ihn. Ein älterer Diener näherte sich ihm mit einem Mittagsmahl.

»Essen, herrlich!«, rief Zhou Botong freudig.

Der Diener breitete die Speisen auf einem Stein vor Zhou Botong aus – vier Schüsseln mit Gerichten, zwei Krüge Wein und ein kleiner Holzbottich mit Reis. Er schenkte beiden Wein ein und stellte sich dann wartend an die Seite.

»Wo ist Fräulein Huang?«, beeilte sich Guo Jing den Diener zu fragen. »Warum kommt sie nicht hierher?«

Der Diener schüttelte den Kopf und deutete auf seine Ohren und seinen Mund.

»Huang Yaoshi hat ihm das Trommelfell zerstochen«, lachte Zhou Botong. »Sag ihm, dass er seinen Mund öffnen soll.«

Guo Jing öffnete den Mund, bedeutete dem Diener, es ihm nachzutun und erschrak. Der Mann hatte keine Zunge mehr.

»Sämtliche Diener der Insel teilen sein Schicksal. Jetzt, wo du hier bist, wirst du vielleicht auch so enden, falls du überlebst!«

Wie konnte Huang Rongs Vater so grausam sein? Guo Jing war fassungslos.

»Nacht um Nacht quält der Alte Ketzer mich mit dieser Melodie, aber er hat es noch nicht geschafft, mich zu besiegen. Wenn du nicht gekommen wärst, dann wäre es vergangene Nacht wohl so weit gewesen und ich hätte mehr als zehn Jahre vergeblich gekämpft.« Zhou Botong redete wie ein Wasserfall. »Komm, kleiner Bruder, wir haben Speis und Trank, wir schließen einen Pakt, werden Schwurbrüder und teilen Freud und Leid, jawohl. Ach, ich weiß noch, wie Wang Chongyang damals ständig Ausreden erfunden hat, um mein Angebot auszuschlagen … Was? Willst du wirklich nicht? Bruder Wang wollte nicht, weil sein Kung-Fu viel besser war als meins. Ist deins etwa auch besser? Das wage ich zu bezweifeln.«

»Meine Kampfkunst ist viel zu unbedeutend, um Euer Schwurbruder zu werden.«

»So? Wenn also nur Leute mit ebenbürtigem Kung-Fu Schwurbrüder werden können, soll ich mich dann am Ende mit dem Alten Ketzer oder dem Giftmolch verbrüdern? Mit diesen üblen Kerlen? Niemals. Oder vielleicht mit diesem taubstummen Herrn hier?« Mit einem Handschnippen schleuderte er den armen Diener so heftig zurück, dass dieser einen Rückwärtssalto machte. Dann zerrte Zhou Botong an seinem Bart, raufte sich die Haare und stampfte mit den Füßen auf wie ein trotziger kleiner Junge.

»Aber ich bin doch zwei Generationen unter Euch«, bemühte sich Guo Jing zu erklären. »Wenn ich Eurem Willen entspreche, würden mich alle im Jianghu verlachen. Wie könnte ich Bruder Ma, Bruder Qiu und Bruder Wang je wieder unter die Augen treten?«

»Du bist der Einzige, der so viele Skrupel hat! Ich weiß schon – du willst nicht mein Bruder sein, weil ich dir zu alt bin. Gut, ich habe einen langen Bart, aber so alt bin ich gar nicht, wirklich nicht …« Zhou Botong verbarg sein Gesicht in den Händen und schluchzte. Dann riss er an seinem Bart. »Hier, ich reiße ihn aus, bis kein Haar mehr übrig ist, dann bin ich nicht mehr alt!« Schon hatte er ein Büschel Haare in der Hand.

»Euer Schüler wird tun, was der Ältere verlangt!«, beschwichtigte Guo Jing erschrocken.

»Von wegen!«, heulte Zhou Botong. »Das sagst du nur, um mir zu gefallen, und nennst mich immer noch Älterer! Und wenn jemand fragt, dann sagst du, ich hätte dich gezwungen! Nein, nein, ich weiß es genau: Du willst mich einfach nicht zum Schwurbruder.«

Allmählich fand Guo Jing sein Benehmen amüsant. Warum wollte dieser Mensch denn nicht als Älterer respektiert werden?

Trotzig nahm Zhou Botong eine der Schüsseln und schleuderte sie zu Boden. Der Diener beeilte sich, die Scherben und die Reste aufzulesen. Man sah ihm an, dass Zhou Botongs Launen ihm Angst einjagten. Guo Jing beschloss, das Spiel einfach mitzuspielen. »Wenn mein großer Bruder mir so viel Güte beweist, wäre es unfreundlich von mir, seinen Wunsch nicht zu respektieren«, sagte er so feierlich wie möglich. »Lasst uns auf der Stelle Räucherkerzen abbrennen und Schwurbrüder werden.«

Ein Lächeln breitete sich auf Zhou Botongs verheultem Gesicht aus. »Der Alte Ketzer und ich haben einen Pakt geschlossen. Solange ich ihn nicht besiegen kann, darf ich diese Grotte nicht verlassen – außer um meine Notdurft zu verrichten, haha! Also machen wir es so: Ich mache hier in meiner Grotte einen Kotau vor dir, und du machst vor der Höhle deinen Kotau.«

Guo Jing ging auf die Knie. *Muss der arme Mann tatsächlich den Rest seines Lebens in dieser Felsgrotte verbringen?* Es schien geraten, nicht nachzufragen.

Auch Zhou Botong ging auf die Knie. »Ich, Zhou Botong, genannt Alter Kindskopf«, deklamierte er inbrünstig, »will von diesem Tag an Bruder des hier anwesenden Guo Jing sein und schwöre, fortan all mein Glück und sein Leid mit ihm zu teilen. Sollte ich mein Wort brechen, will ich für immer mein Kung-Fu verlieren und keinen Hundewelpen und kein Katzenjunges mehr bezwingen können.«

Guo Jing musste sich beherrschen, um nicht laut loszulachen. *Alter Kindskopf?* Was war das für ein Titel?

»Was ist so komisch? Du bist dran!«

Guo Jing schwor feierlich, hiermit der Schwurbruder von Alter Kindskopf Zhou Botong zu werden. »Sollte ich mein Wort brechen, will ich fortan kein Mäusekind und keine neugeborene Schildkröte mehr bezwingen können.«

Sie verschütteten Wein auf den Boden, und Guo Jing machte vor seinem älteren Schwurbruder einen Kotau.

»Hahaha!« Zhou Botong jubilierte. »Auf die Füße!« Er schenkte sich Wein ein. »Der Alte Ketzer ist ein furchtbarer Geizhals. Sein Wein schmeckt wie Wasser! Vor langer Zeit hat mich ein hübsches Mädchen besucht und mir köstlichen, reifen Likör gebracht. Leider kam sie danach nie wieder.«

Das war es also, wovon ihm Huang Rong erzählt hatte. Dass ihr Vater sie ausgeschimpft hatte, weil sie Zhou Botong etwas Gutes zum Trinken gebracht hatte und sie deshalb in trotziger Wut von der Insel geflohen war. *Bruder Zhou Botong scheint davon nichts zu wissen,* dachte er, während er sich hungrig fünf Schüsseln Reis einverleibte. Der Gedanke an Huang Rong erfüllte ihn mit einer so großen Sehnsucht, dass es schmerzte.

Als sie mit dem Essen fertig waren, packte der taubstumme Diener eilig das Geschirr zusammen und verschwand im Dschungel.

»Nun erzähle deinem Bruder, wie du es dir mit dem Alten Ketzer verscherzt hast«, sagte Zhou Botong.

Und Guo Jing erzählte. Wie er als kleiner Junge in der Mongolei ohne Absicht Chen Xuanfeng getötet hatte, er erzählte von seinem Kampf mit Mei Chaofeng im Wanderwolkenpalast und wie Huang Yaoshi sich unbedingt mit seinen Meistern, den nunmehr nur noch Sechs Sonderlingen des Südens, hatte anlegen wollen. Und wie er schließlich versprochen hatte, innerhalb eines Monats auf die Pfirsichblüteninsel zu kommen und dem Tod ins Auge zu sehen.

Zhou Botong war entzückt. Er liebte nichts mehr als eine gute Geschichte. Er lauschte gebannt, den Kopf schief geneigt, die Augen halb geschlossen. Immer wenn Guo Jing die Geschichte abkürzen wollte, forderte Zhou Botong mehr Details, bis seine Neugier befriedigt war.

Dann kam Guo Jing an den Punkt, als er mit Huang Rong auf der Insel gelandet war. »Und was dann?«, fragte Botong.

»Dann bin ich hierhergekommen.«

»Das hübsche Kind war also die Tochter des Alten Ketzers«, sagte Zhou Botong nachdenklich. »Wenn ihr beide euch so gut versteht, warum ist sie dann verschwunden, kaum dass ihr hier angekommen seid? Es muss einen Grund dafür geben. Wahrscheinlich hat der Alte Ketzer sie eingesperrt.«

»Euer Schüler denkt auch …« Guo Jing biss sich auf die Zunge.

»Wie hast du dich gerade genannt?«, blaffte Zhou Botong.

»Das war ein Versprecher, Bruder. Bitte verzeiht.«

»Mach das bloß nicht noch einmal. Stell dir vor, wir wären in einem Theaterstück, die Zuschauer würden ja ganz durcheinanderkommen, wenn du mich mal Weib, mal Tochter nennst, wenn ich in Wahrheit deine Mutter bin!«

Guo Jing pflichtete ihm mehrmals nachdrücklich bei, bis sich sein Schwurbruder zufriedengab.

»Dreimal darfst du raten, warum ich hier bin!«, sagte er dann und sah Guo Jing erwartungsvoll an.

»Das wollte ich dich gerade fragen, Bruder.«

»Nun, es ist eine lange Geschichte. Du hast von dem großen Wettkampf auf dem Gipfel des Hua gehört, richtig? Als die fünf Großmeister, Ketzer des Ostens, Gift des Westens, König des Südens, Bettler des Nordens und Wang Chongyang gegeneinander angetreten sind?«

»Davon habe ich gehört.«

»Es war im tiefen Winter, und auf dem Gipfel des Hua türmte sich der Schnee so hoch, dass alle Wege den Berg hinauf und hinunter unpassierbar waren. Die fünf Großmeister debattierten und kämpften sieben Tage und Nächte lang in eisiger Kälte. Und am Ende waren sie sich einig, dass Bruder Wang Chongyang, Meister der Mitte, der größte Kampfkunstmeister der Welt war. Weißt du denn, warum es überhaupt zu diesem Wettstreit gekommen war?«

»Nein. Erzähl es mir, Bruder.«

»Es ging um eine klassische Abhandlung über die Kampfkunst ...«

»Der wahre Weg der Neun Yin.«

»Genau! Du weißt es also, Bruder. Dafür, dass du noch so jung bist, hast du schon allerhand aufgeschnappt aus der Welt des Jianghu. Kennst du denn auch die Geschichte des *Neun-Yin-Handbuchs?*«

»Darüber weiß ich gar nichts.«

Hochzufrieden strich sich Zhou Botong eine Strähne seines wirren Haars hinters Ohr. »Eben hast du mir eine sehr unterhaltsame Geschichte erzählt, daher will ich ...«

»Das war keine Geschichte. Alles, was ich erzählt habe, entsprach der Wahrheit!«, protestierte Guo Jing.

»Was macht das schon für einen Unterschied, ob eine Geschichte wahr oder erfunden ist? Hauptsache, sie ist gut. Es gibt genug Leute, die ihr Leben lediglich mit Essen, Schlafen und Kacken verbringen. Wenn du meinst, mir jedes kleine Fitzelchen und Federchen über ihr langweiliges Dasein erzählen zu müssen, wann sie was für einen blöden Tofu mit was für einem faden Gemüse gefuttert haben, jeden Pups und jedes Pipi, würdest du den Ergrauten Bengel zu Tode langweilen.«

Sein neuer Schwurbruder musste stets das letzte Wort haben, so viel hatte Guo Jing verstanden. »Stimmt. Bitte erzähle deinem Bruder die Geschichte des *Neun-Yin-Handbuchs*.«

»Unser große Song-Dynastie wurde dereinst von einem Kaiser namens Huizong regiert, das war vor etwa hundert Jahren. Huizong war ein ergebener Anhänger der daoistischen Religion. Zur Zeit der Regierungsdevise Zhenghe sammelte er jede verfügbare Abhandlung des Daoismus, ließ den Text in Holzblöcke eingravieren und daraus schließlich den *Daoistischen Kanon des Langen Lebens* in fünftausendvierhundertachtzig Bänden drucken. Der Kaiser beauftragte einen Mann namens Huang Shang mit den Druckstöcken ...«

»Ach, er hieß ebenfalls Huang«, fiel Guo Jing ein.

»Pah, was soll das heißen, ebenfalls? Jener Mann hatte nichts mit Huang Yaoshi zu tun. Komm nicht auf absurde Ideen. Als würden auf der Welt nicht Tausende Huangs herumlaufen, Hunde und Hornochsen eingeschlossen.«

Guo Jing hatte noch keinen Hund namens Huang getroffen, aber mit seinem Bruder zu diskutieren war zwecklos.

»Jener Huang Shang also, der nichts, rein gar nichts mit dem Alten Ketzer Huang zu tun hat«, fuhr Zhou Botong fort, »war unglaublich klug.«

Auch er war also unglaublich klug, hätte Guo Jing beinahe angemerkt, behielt den Gedanken aber wohlweislich für sich.

»Huang Shang wollte um keinen Preis einen Fehler machen, denn wenn er nur ein einziges Schriftzeichen falsch geschrieben und der Kaiser es gemerkt hätte, hätte der ihn einen Kopf kürzer gemacht. Also prüfte er jeden Band sehr gründlich. Innerhalb weniger Jahre wurde er so zu einem Fachmann für die daoistischen Lehren, für Zauberkunst und Alchimie, und konnte sich hernach Kampfkunsttheorien aneignen, als hätte er sie mit der Muttermilch aufgesogen. Und das ganz ohne Meister. Er brachte sich alles selbst bei und bildete dabei außergewöhnliche Fähigkeiten in innerem und äußerem Kung-Fu aus. Ich bin mir sicher, dass Huang Shang sehr viel klüger war als ich und um einiges klüger als du, mein Bruder.«

»Natürlich«, sagte Guo Jing. »Mein ganzes Leben würde nicht ausreichen, um so viele Bücher zu lesen. Und es gibt so viele Schriftzeichen, die ich nicht verstehe, dass ich fürchte, ich würde davon nicht um eine einzige Kampfkunstidee reicher.«

Zhou Botong stieß einen lang gezogenen Seufzer aus. »Ach ja, es gibt ein paar besonders kluge Menschen auf der Welt. Aber bei einer Begegnung mit ihnen kommt selten etwas Gutes heraus, das lass dir gesagt sein.«

Huang Rong ist aber auch ungewöhnlich klug, und sie zu treffen war für mich das größte Glück meines Lebens, sagte sich Guo Jing.

»Aus Huang Shang wurde ein großer Kampfkünstler, er war aber immer noch Beamter. In einem Jahr tauchte in seinem Hoheitsbezirk eine eigentümliche Religion auf, die einen nannten sie Manichäismus, die anderen die Religion des Lichts, offenbar stammte sie aus dem Westen von den Persern. Sie verehrten weder den Großen Erhabenen Laozi noch den Großen Weisen Konfuzius noch den Tathagata Buddha, sondern irgendeinen ausländischen

Teufel. Und sie aßen kein Fleisch, sondern nur Gemüse! Nun, wie gesagt, Kaiser Huizong war überzeugter Daoist und konnte mit diesen ominösen Häretikern gar nichts anfangen. Also erließ er ein kaiserliches Edikt und befahl Huang Shang, mit einer Armee gegen die Anhänger dieser Religion zu Felde zu ziehen.

Aber wer hätte gedacht, dass sich unter den Anhängern der Religion des Lichts so viele Kampfkünstler finden würden und noch dazu besonders furchtlose? Der unnützen kaiserlichen Armee waren sie fraglos überlegen. Nach wenigen Schlachten hatten sie Huang Shangs Truppen den Garaus gemacht. Aber dieser wollte sich nicht geschlagen geben. Er forderte die Anhänger der Religion des Lichts zum persönlichen Duell heraus und tötete im Handumdrehen eine Reihe ihrer Prediger und Legaten. Womit er nicht gerechnet hatte: Viele der Getöteten waren Schüler berühmter Kampfkunstschulen des Jianghu. Und prompt strömten deren Kampfschulonkel und Kampfschultanten, ältere, jüngere Brüder und Schwestern, Ziehväter und Ziehmütter, die ganze Sippschaft ihrer Schulen aus den Wäldern und von den Seen und brachten noch ein paar Freunde aus anderen Schulen mit, um Huang Shang zur Rede zu stellen. Sie schimpften ihn einen Verräter an den Gesetzen des Jianghu.

Huang Shang erklärte ihnen, dass er gar nicht dem Jianghu angehörte. ›Ich bin Beamter am Hof des Kaisers, woher soll ich die Gesetze eures Jianghu kennen?‹ sagte er. ›Wie kann das denn sein?‹, zeterten die Onkel und Tanten weiter. ›Hat dein Meister dich nur die Kampfkunst gelehrt, ohne ihre Regeln?‹ Als Huang Shang erklärte, er habe keinen Meister, glaubten sie kein Wort und schworen bei ihrem Leben, dass er ein abgefeimter Lügner sei. Was glaubst du, wie es weiterging?«

»Sie haben gegeneinander gekämpft.«

»Das will ich meinen! Ein Duell folgte aufs nächste, aber Huang Shangs Formen waren so seltsam, dass keiner seiner Gegner damit umzugehen wusste. Innerhalb kürzester Zeit hatte er noch ein paar Kampfschultanten und Kampfschulonkel mehr auf dem Gewissen. Doch gegen so viel Kampfschulenverwandtschaft konnte einer allein dann doch nichts ausrichten. Bald war er schwer verwundet und floh. Aber das ließen die aufgebrachten Vertreter des Jianghu nicht auf sich sitzen. Sie spürten seine Familie auf und metzelten alle nieder, seine Eltern, seine Frau und seine Kinder, keiner blieb verschont.«

Hätte Huang Shang doch besser nichts von Kampfkunst verstanden!, seufzte Guo Jing innerlich bei der Schilderung dieser sinnlosen Bluttaten. *Die Kampfkunst kann ganze Familien in furchtbares Unglück stürzen.*

»Huang Shang selbst flüchtete an einen einsamen und abgelegenen Ort, weit, weit weg. Dort versteckte er sich. Jede einzelne der Kampfkunstformen seiner letzten Gegner hatte er sich haargenau eingeprägt und verbrachte seine einsamen Tage damit, sie nachzuvollziehen und passende Gegenschläge zu ersinnen, um die Bande zu töten und seine Familie zu rächen. Nach wer weiß wie langer Zeit hatte er jede noch so exzentrische oder bösartige Form des Kung-Fu, die ihm begegnet war, verinnerlicht. Selbst wenn sie ihn alle auf einmal angreifen sollten, würde er sich erfolgreich zu wehren wissen. Glücklich und bereit zum Kampf kam er aus den Bergen heraus. Aber von seinen Gegnern fehlte weit und breit jede Spur. Was glaubst du, warum?«

»Hatten sie von seinen Fortschritten gehört und sich aus Angst vor ihm versteckt?«

»Nein, nein! Als mein Bruder mir damals diese Geschichte erzählt hat, hat er mich auch aufgefordert zu raten, was geschehen war, aber ich kam und kam nicht darauf. Versuch es noch einmal.«

»Wenn du es nicht erraten hast, Bruder, dann errate ich es erst recht nicht, auch nach zehn Versuchen nicht.«

»Haha, schäm dich! So schnell willst du aufgeben? Na gut, ich spanne dich nicht länger auf die Folter. Sie waren alle tot.«

»Wie? Alle tot? Hatten vielleicht seine Freunde alle umgebracht? Seine Schüler?«

»Nein, nein, nein! Hunderttausend Li daneben! Er hatte keine Schüler, außerdem war er Beamter und alle seine Freunde waren nutzlose gelehrte Pinselschwinger. Die konnten sich vielleicht Duelle im Rezitieren von Gedichten liefern, aber dabei ist noch jeder lebend davongekommen.«

»Vielleicht eine Seuche?« Guo Jing kratzte sich am Kopf. »Eine Krankheit, die alle seine Feinde ausgerottet hat?«

»Nein. Gib dir ein bisschen mehr Mühe! Seine Feinde waren im ganzen Reich verstreut, die einen in Shandong, die anderen Huguang, im Norden, Süden, Osten, Westen; wie hätten sie allesamt an derselben Seuche sterben können? Obwohl … Eine Seuche gibt es, der wir alle irgendwann anheimfallen. Du kannst bis ans Ende der Welt laufen und entkommst ihr nicht. Weißt du, wovon ich rede?«

Guo Jing listete sämtliche Seuchen auf, die ihm einfielen, Typhus, Pocken, Malaria, Masern, Ruhr … Aber Zhou Botong schüttelte immerzu den Kopf.

»Maul- und Klauenseuche!«, rief Guo Jing und schlug sich sofort kichernd die Hand vor den Mund und klopfte sich auf den Kopf. »Wie dämlich von mir! Die befällt ja nur Tiere!«

Zhou Botong lachte mit und freute sich, dass er Guo Jing so schön zum Narren halten konnte. »Du liegst immer weiter daneben. Huang Shang reiste im ganzen Land umher, bis er schließlich doch noch einen seiner Feinde aufspürte, eine Frau. Zum Zeitpunkt ihres Kampfs mit Huang Shang war sie sechzehn Jahre alt gewesen, inzwischen war sie eine sechzigjährige Großmutter …«

»Wie das? Hatte sie sich als alte Frau verkleidet, damit Huang Shang ihr nichts antun würde?«

»Nein, sie war nicht verkleidet. Überleg doch, Huang Shang hatte verdammt viele Feinde, jeder von ihnen ein großer Kampfkünstler, alle aus verschiedenen Schulen. Denk dir nur, wie vielfältig und reich ihr Repertoire an den abstrusesten Techniken war! Was denkst du, wie lange es dauert, um die tödlichsten Schläge jeder einzelnen Schule aufzuschlüsseln? Huang Shang hatte Tag und Nacht in den Bergen gehockt und nichts anderes getan, nichts anderes geträumt sogar. Und während er dachte und analysierte und träumte, waren mehr als vierzig Jahre vergangen.«

»Vierzig Jahre?«

»Wenn du dich mit ganzer Seele allein der Kampfkunst widmest, dann vergehen vierzig Jahre wie im Flug. Ich bin seit fünfzehn Jahren hier, und es kommt mir vor wie ein Tag …

Nun, die junge Frau, die dereinst gegen Huang Shang gekämpft hatte, war alt geworden, krank und gebrechlich. Sie lag röchelnd im Bett und war kurz davor, ohnehin das Zeitliche zu segnen. Der ganze Hass, die ganze Trauer, die Huang Shang all die Jahre mit sich herumgetragen hatte, verschwanden augenblicklich. Stattdessen kümmerte er sich um die alte Frau, fütterte sie mit Brei und rührte Medizin für sie an.

Das ist die Seuche, lieber Bruder, vor der keiner von uns flüchten kann. Wenn der Tod kommt, gibt es kein Entrinnen.«

Guo Jing nickte stumm.

»Nimm meinen Kampfschulbruder Wang Chongyang und seine sieben Jünger, die den ganzen lieben langen Tag nichts anderes tun, als an Selbstvervollkommnung und Unsterblichkeit zu arbeiten. Als ob das möglich wäre! Ich glaube nicht an diesen Humbug mit der Unsterblichkeit, deshalb habe ich diesen daoistischen Hornochsen auch den Rücken zugekehrt.«

Zhou Botong machte eine Pause. »Zurück zu Huang Shang. Seine Feinde waren alle vierzig, fünfzig, sechzig Jahre alt, als sie gegen ihn gekämpft hatten, natürlich war vierzig Jahre später keiner von ihnen mehr am Leben. Sein ganzes Denken und Analysieren und Träumen war vergebens gewesen. Das einzige Duell, das er damit gewonnen hatte, war das gegen den Tod. Der Himmel hat ihn über vierzig Jahre weiterleben lassen und in der Zwischenzeit die Arbeit für ihn erledigt.«

Guo Jing war nachdenklich geworden. Ob es richtig war, Wanyan Honglie zu suchen und den Tod seines Vaters zu rächen? Aber Zhou Botong war in Plauderstimmung und ließ ihm keine Zeit, darüber nachzusinnen.

»Wie dem auch war … Die Beschäftigung mit Kung-Fu ist ein Reich unendlicher Freude, was gäbe es Spannenderes, um sich ein Leben lang damit auseinanderzusetzen? Je länger man sich dem Kung-Fu widmet, umso mehr Spaß macht es. Meinst du nicht auch?«

»Hm.« Guo Jing enthielt sich eines Kommentars. Kung-Fu sollte Spaß machen? Wie sehr hatte er gelitten und sich geplagt, sich mit zusammengebissenen Zähnen zum Weitermachen gezwungen? Nichts daran war eine Freude gewesen.

»He, willst du denn gar nicht wissen, wie die Geschichte weitergeht?«

»Ja, stimmt … also, wie ging es weiter?«

»Wenn du nicht neugierig bist und mich nicht inständig bittest, weiterzuerzählen, habe ich keine Lust mehr.«

»Natürlich, Bruder. Bitte erzähl mir, wie es weitergeht!«

»Nun, Huang Shang sagte sich, dass er alt geworden war, ohne viel von seinem Leben gehabt zu haben. All seine großartigen Entdeckungen im Bereich der Kampfkunst würden mit ihm sterben, denn auch er würde bald von der Seuche, der niemand entkommt, heimgesucht werden. Sollte alles, was er sich angeeignet hatte, so einfach in Vergessenheit geraten? Daher setzte er sich hin und schrieb alles auf, dokumentierte seine ganze Kunst in zwei Bänden. Na, und wie heißt diese Schrift?«

»Wie denn?«

»Rate mal!«

Guo Jing überlegte. »Ist es vielleicht *Der wahre Weg der Neun Yin*?«

»Na, was denn sonst? Wovon reden wir denn die ganze Zeit?«

»Ich wollte nichts Falsches sagen«, lächelte Guo Jing verschämt.

»Huang Shang hat die ganze Entstehungsgeschichte, die ich dir eben erzählt habe, in seinem Vorwort zu *Der wahre Weg der Neun Yin* aufgezeichnet, daher kannte sie mein Bruder Wang Chongyang. Huang Shang hat das Buch anschließend an einem geheimen Ort versteckt. Jahrzehntelang wusste niemand von seiner Existenz, bis es eines Tages, man weiß nicht wie, wiederaufgetaucht ist. Seitdem wollte jeder, aber auch jeder in der Welt der Kampfkunst einen Blick hineinwerfen. Sie rissen sich darum, und es kam zu Mord und Totschlag.

Hunderte von Meistern des Jianghu, so erzählte mir mein Kampfschulbruder, sind bei dem Versuch, in Besitz der Schrift zu kommen, gestorben. Wenn es einem in die Finger geriet, waren die Folgen fatal. Ganz gleich, wie gut man es versteckte, es dauerte nicht länger als ein, zwei Jahre, bis das ungewöhnliche Kung-Fu, das er oder sie aus der Schrift gelernt hatte, Besitzer oder Besitzerin verriet, und sofort setzte die Jagd aufs Neue ein. Was bedeutete, dass keiner, in dessen Hände das Handbuch je geriet, lang genug lebte, um wirklich viel daraus zu lernen.«

Guo Jing war entsetzt über das Unheil, dass dieses Buch über die Welt der Kampfkunst gebracht hatte. »Hätte Chen Xuanfeng das Buch nicht gestohlen, wären er und Mei Chaofeng vielleicht irgendwo in einem Dorf auf dem Land zusammen glücklich geworden«, sagte er traurig. »Wahrscheinlich hätte sie selbst der Herr der Pfirsichblüteninsel nicht gefunden, und Mei Chaofeng wäre heute nicht blind und einsam.«

»Mein Bruder, du bist wirklich zu nichts zu gebrauchen! *Der wahre Weg der Neun Yin* birgt die Geheimnisse des faszinierendsten, herrlichsten, wunderbarsten Kung-Fu. Warum sonst vermochte nur ein Blick in diese Schrift unzählige große Meister der Kampfkunst um den Verstand zu bringen? Viele sind deswegen umgekommen, aber was macht das schon? Wir alle müssen irgendwann sterben, haben wir uns nicht eben erst darauf geeinigt?«

»Du bist vielleicht ein wenig zu besessen von der Kampfkunst, Bruder.«

»Was du nicht sagst!« Zhou Botong grinste. »Ha! Nichts ist so fesselnd, so begeisternd wie das Studium und die Praxis der Kampfkunst. Aber die meisten Leute sind dumm. Sie lesen Bücher wie verrückt, damit sie die Beamtenprüfungen bestehen. Oder sie lieben Gold und Edelsteine. Und die Dümmsten von allen sind vernarrt in schöne Frauen. Wie könnte etwas von alldem auch nur ein Fitzelchen so beglückend sein wie die Kampfkunst?«

»Ich verstehe nur sehr wenig von der Kampfkunst, aber ich habe ihr Studium nie als beglückend empfunden«, wagte Guo Jing zu sagen.

»Wie bitte? Warum hast dann überhaupt Kung-Fu gelernt, du Schwachkopf?«

»Weil meine Meister es so wollten.«

Zhou Botong verdrehte die Augen. »Du bist wirklich ein hoffnungsloser Fall! Eins lass dir gesagt sein: Auf Essen kann ein Mensch verzichten und noch viele Opfer mehr wäre ich bereit zu bringen, aber niemals, niemals würde ich aufhören, mein Kung-Fu zu praktizieren.«

Guo Jing nickte, war aber alles andere als überzeugt. *Seine Besessenheit von der Kampfkunst hat meinen Schwurbruder vermutlich ein wenig wirr im Kopf werden lassen.* »Ich habe das Kung-Fu erlebt, das die Zwillingsmörder der Dunklen Winde aus dem *Neun-Yin-Handbuch* gelernt haben. Es war ein dämonisches, heimtückisches Kung-Fu. So etwas sollte man sich nicht aneignen.«

»Dann haben die Zwillingsmörder der Dunklen Winde es eben falsch verstanden! Diese Schrift beinhaltet eine reine und aufrechte Lehre, nichts daran ist heimtückisch.«

Doch Zhou Botong konnte sagen, was er wollte, Guo Jing wusste, was er gesehen und am eigenen Leib erfahren hatte, und es gefiel ihm nicht.

»Ach, ich weiß jetzt, was du meinst«, fuhr Zhou Botong fort. »Doch, im *Neun-Yin-Handbuch* werden auch einige bösartige und heimtückische Künste beschrieben, die Huang Shangs Feinde gegen ihn eingesetzt hatten. Das wirklich dämonische Kung-Fu muss man nur zu dem Zweck beherrschen, es zu überwinden. Deshalb erläutert er beides, zum einen die bösartigen Formen des Kung-Fu und zum anderen, wie man ihnen begegnet; aber nur, um diesen üblen Formen beizukommen und sie aus der Welt zu schaffen – nicht, um sie zu verbreiten. Ich kann mir vorstellen, dass die boshaften Schüler des Alten Ketzers sich nur diese dämonischen Künste angeeignet haben, aber nicht die Kunst, sie auszulöschen.«

Zhou Botong wusste nicht, dass Chen Xuanfeng nur den zweiten Band an sich gebracht hatte und es den Zwillingsmördern, ohne das fundamentale Wissen über inneres Kung-Fu aus dem ersten Band, nicht möglich gewesen war, die Formen wirklich zu verstehen. Daher hatten sie bei Techniken wie der *Neun-Yin-Todesklaue* angefangen; ein tieferes Verständnis oder ein Wissen um die Methoden, sie zu bezwingen, hatten sie nicht.

Zhou Botong sonnte sich in dem Gedanken, dass er dem fehlerhaften Kung-Fu der Zwillingsmörder der Dunklen Winde auf die Schliche gekommen war. Er war sehr zufrieden mit sich. »Wo waren wir stehengeblieben?«, fragte er schließlich Guo Jing.

»Du hattest mir erzählt, wie zahllose Helden des Jianghu sich wegen des Handbuchs die Köpfe eingeschlagen haben.«

»Ah, richtig! Das Chaos wurde immer größer, bis sogar Großmeister wie Wang Chongyang von der Quanzhen-Schule, der Herr der Pfirsichblüteninsel Huang Yaoshi und der Neunfingrige Bettlerfürst Hong Qigong gezwungen waren, sich einzumischen. Und dann haben sie zusammen mit zwei weiteren den legendären Wettkampf auf dem Gipfel des Hua ausgerichtet, wie du weißt. Der größte unter den Großen sollte der Besitzer des Handbuchs werden.«

»Und so fiel das Handbuch in die Hände deines Kampfschulbruders.«

»Allerdings!« Zhou Botong wurde immer aufgeregter. Offenbar kam er jetzt erst auf den wichtigsten Teil seiner Geschichte zu sprechen. »Ich habe dir bereits erzählt, dass ich all mein Kung-Fu von meinem Bruder habe, nicht wahr? Bevor er ein Mönch wurde, waren wir die besten Freunde. Er fand, ich sei viel zu besessen und starrköpfig hinsichtlich der Kampfkunst, um die daoistische Lehre des reinen Geists und des Nichtstuns zu verstehen. Aus mir würde niemals ein guter Mönch werden, pflegte er zu sagen. Und recht hatte er! Ich wollte ja auch gar nicht.

Unter meinen sieben Kampfkunstneffen war Qiu Chuji der talentierteste, aber mein Bruder konnte ihn am wenigsten leiden, denn er fand, dass auch er sich viel zu sehr mit seiner Kampfkunst beschäftigte anstatt mit geistiger Selbstvervollkommnung. Mein Bruder Wang Chongyang konnte stundenlang von den Unterschieden zwischen der Kampfkunst und der Kunst des Dao predigen. Für ihn war Kampfkunst harte Arbeit, unermüdliches Üben und langsamer Fortschritt, um in der Außenwelt zu bestehen. Die Suche nach dem Dao hingegen bedeutete ein Leben in Abgeschiedenheit ohne das Streben nach äußerem Ruhm und Reichtum. Damit seien Kampfkunst und Daoismus im Grunde unvereinbar.

Ma Yu vertritt dieses philosophische Erbe meines Bruders, aber sein Kung-Fu ist lange nicht so gut wie das Qiu Chujis oder Wang Chuyis.«

»Wie hat der Unsterbliche Wang Chongyang es dann geschafft, Daoist und Großmeister des Kung-Fu zugleich zu sein?«

»Es lag in seiner Natur. Der Weg der Kampfkunst erschloss sich ihm sozusagen von selbst, er hatte es gar nicht nötig, so verbissen und fleißig zu üben wie ich, er konnte es einfach. Wo waren wir eben in unserer Geschichte stehengeblieben? Warum lenkst du mich ständig mit deinen Fragen von der Sache ab?«

»Du warst an der Stelle, wo das *Neun-Yin-Handbuch* dem Unsterblichen Wang Chongyang zugesprochen wurde.« Guo Jing amüsierte sich sehr über die kindischen Launen seines Schwurbruders.

»Richtig! Er nahm das Buch an sich, jedoch ohne sich mit dem darin beschriebenen Kung-Fu zu beschäftigen. Er verschloss es in einer steinernen Truhe, die er unter der Steinplatte unter seinem Meditationskissen aus Rohrgeflecht verbarg. Er hatte es also tagein, tagaus beim Meditieren unter seinem Hintern. Ich fand das seltsam und fragte ihn immerzu, warum er keinen Blick hineinwerfen wollte. Aber er lächelte immer nur und schwieg. Nun, wie gesagt, ich bin hartnäckig! Irgendwann hat er von mir verlangt, dass ich doch selbst darauf komme. Und jetzt rate einmal – warum hat er es dort hingetan?«

»Weil er befürchtete, dass jemand es stehlen könnte? Oder ihm sogar gewaltsam rauben?«

»Du liegst wieder vollkommen daneben.« Zhou Botong schüttelte den Kopf. »Wer wäre so blöd gewesen, Großmeister Wang Chongyang, den Begründer der Quanzhen-Schule, bestehlen zu wollen? Nur ein Lebensmüder hätte das gewagt!«

Guo Jing dachte gründlich nach. Dann sprang er auf. »Natürlich! Dieses Buch musste versteckt werden. Das Beste wäre gewesen, es zu verbrennen.«

Zhou Botong hob überrascht die Augenbrauen. »Genau das hat mein Bruder auch gesagt. Wieso bist du denn diesmal so schnell darauf gekommen? Du hast doch sonst den ganzen Tag lang nichts begriffen! Mein Bruder hat mir erzählt, dass er mehrmals kurz davorstand, das Buch zu vernichten, es aber dann doch nicht übers Herz gebracht hat.«

»Nun ja« Guo Jing war ganz rot geworden vor Verlegenheit. Das war das erste Mal, dass Zhou Botong ihn gelobt hatte. »Ich denke, der Unsterbliche Bruder Wang Chongyang war ohnehin schon der größte Kung-Fu-Meister der Welt, er brauchte das Kung-Fu aus diesem Handbuch nicht. Ich glaube nicht, dass er an dem Wettkampf auf dem Gipfel des Hua teilgenommen hat, um sich zu beweisen. Er war allein wegen des Handbuchs dort, nicht wegen seines Inhalts. Um der Helden des Jianghu willen, die er vor sich selbst beschützen wollte. Damit das sinnlose Blutvergießen ein Ende hätte.«

Zhou Botong richtete seinen Blick zum Himmel. Für eine ganze Weile sagte er tatsächlich einmal nichts.

Dieses unerwartete Schweigen verunsicherte Guo Jing. *Habe ich etwas Falsches gesagt? Ob ich ihn beleidigt habe?*

Zur Antwort kam ein langer Seufzer. Zhou Botong senkte den Blick zu Boden. »Wie bist du zu diesem Schluss gekommen?«

»Ich weiß auch nicht …« Guo Jing überlegte. »So viele Menschen haben wegen dieser Schrift ihr Leben verloren, daher wäre es besser, sie zu vernichten, ganz gleich, wie wertvoll sie ist.«

»Was du sagst, ergibt großen Sinn, und dennoch kann ich dieser Argumentation nicht folgen. Mein Bruder sagte mir damals, dass ich klug und begabt genug sei, um mich an der Kampfkunst zu erfreuen, ohne gleich so besessen davon zu werden, aber nun sei ich erstens schon unrettbar infiziert und zweitens hegte ich keinerlei Bedürfnis, die Menschheit zu retten oder eine bessere Welt zu schaffen. Und genau deswegen, so sagte Wang Chongyang, würde mein Kung-Fu niemals den höchsten Gipfel des Könnens erreichen, so sehr ich mich auch anstrengte. Natürlich habe ich ihm nicht geglaubt. Was sollen die Kampfkunst, das Waffenschwingen, Faustschläge und Fußtritte mit Einsicht und Edelmut zu tun haben? Erst in den fünfzehn Jahren, die ich allein auf dieser Insel verbracht habe, habe ich es allmählich begriffen ...

Du hast das Herz auf dem rechten Fleck, mein Bruder, du bist ehrlich und loyal, gütig und verständnisvoll. Schade, dass Wang Chongyang schon tot ist. Er hätte dich gemocht. Dir hätte er seine unvergleichliche Kunst beibringen sollen. Du hättest dir all das aneignen können, das ich nie begriffen habe. Wie sehr wünschte ich, dass er noch am Leben wäre! Doch trotz all seiner Größe konnte selbst er dieser Seuche namens Tod nicht entrinnen.«

Er vergrub sein Gesicht in den Händen und schluchzte.

Rundum verstanden hatte Guo Jing die lange Rede nicht, aber Zhou Botongs Trauer machte auch ihn trübselig.

Irgendwann hob der Alte Kindskopf das Haupt. »He, ich habe noch gar nicht zu Ende erzählt. Weinen kann ich später noch. Wo waren wir? Warum hast du mich nicht vom Weinen abgehalten?«

Guo Jing lächelte. »Du warst an der Stelle, als der Unsterbliche Wang Chongyang das Buch unter der Steinplatte versteckt hat, unter seinem Meditationskissen, und sich daraufgesetzt hat.«

»Ah, richtig!« Zhou Botong schlug sich auf die Schenkel. »Selbstverständlich habe ich meinen Bruder gefragt, ob ich einen Blick hineinwerfen dürfte. Woraufhin er mich nur streng angesehen und zurechtgewiesen hat. Danach habe ich mich gehütet, ein zweites Mal zu fragen. Immerhin beruhigte sich die Lage im Jianghu zusehends. Doch kurz bevor er von uns ging, zog wieder ein Sturmwind auf.«

Zhou Botong redete immer lauter und schneller, er war sichtlich erregt bei dem Gedanken an die dramatischen Ereignisse, die gleich folgen würden. »Wang Chongyang wusste, dass sein Ende nahte und dass die Seuche, der niemand entkommen kann, ihn heimsuchen würde. Nachdem er alles Nötige für den Fortbestand seiner Schule geregelt hatte, bat er mich, das Handbuch zu holen. Er hatte ein Feuer entfacht, um die Schrift endlich zu verbrennen. Lange hielt er die beiden Bände in den Händen. ›Kann ich es mir anmaßen, das Lebenswerk unseres Vorfahren zu zerstören?‹, murmelte er. ›Wasser vermag ein Boot zu tragen oder es kentern zu lassen. Ach, möge die Nachwelt entscheiden, was sie mit dem *Neun-Yin-Handbuch* anfangen will. Den Jüngern der Quanzhen-Schule allerdings soll es strikt verboten sein, das darin enthaltene Kung-Fu zu lernen‹, sagte er zu mir. ›Sonst wird es heißen, ich hätte das Handbuch aus eigennützigen Motiven an mich genommen.‹ Mit diesen Worten schloss er die Augen und ging von uns. Wir bahrten seinen Leichnam im Tempel auf und legten die beiden Bände auf den Altar. Noch bevor zur dritten Nachtstunde geläutet wurde, geschah es.«

Guo Jing lauschte gebannt.

»Zusammen mit den sieben Jüngern der Schule hielt ich in jener Nacht die Totenwache. Mitten in der Nacht griffen sie an, allesamt erfahrene Kung-Fu-Kämpfer. Meine Kampfschulneffen verlegten die Auseinandersetzung vor den Tempel, damit Bruder Wangs Leichnam unbehelligt bliebe. Ich wachte weiter bei ihm. ›Her mit dem *Neun-Yin-Handbuch*, oder ich stecke den ganzen Tempel in Brand‹, sagte plötzlich eine Stimme von draußen. Ich trat hinaus und erschrak. Ein Mann balancierte auf dem Ende eines Zweigs in einem Baum, seine Kleider flatterten im Wind.

Ein Mensch von unglaublicher Schwebekunst! *Brächte er mir das bei, würde ich ihn sofort zu meinem Meister machen!*, dachte ich. Doch dann fiel mir ein, dass der Mann hier war, um das *Neun-Yin-Handbuch* zu rauben. Nein, nein, nein. Wie hätte ich einen Räuber meinen Meister nennen können?

Fraglos war dieser Mann mir überlegen, aber ich musste wohl oder übel kämpfen, um das Buch zu verteidigen. Ich sprang auf den Baum. Auf den Zweigen tänzelnd, lieferten wir uns bestimmt vierzig Angriffe, und ich verzagte zusehends. Wir waren etwa im gleichen Alter, doch mein Gegner kämpfte viel unbarmherziger. Ich war ihm einfach ein Stück weit unterlegen, hielt aber stand, solange es ging. Schließlich bekam ich einen Hieb auf die Schulter ab und fiel vom Baum.«

»Trotz deines großartigen Kung-Fus konntest du ihn nicht schlagen? Wer war das?«

»Dreimal darfst du raten!«

Guo Jing nahm sich Zeit, nachzudenken. Dann antwortete er, ohne jeden Zweifel in der Stimme: »Gift des Westens.«

»Oh! Woher wusstest du das?«

»Es gibt nur fünf Meister, deren Kung-Fu größer ist als deins, und sie alle waren bei dem Wettkampf auf dem Gipfel des Hua dabei. Mein Meister Bettlerfürst Hong ist ein rechtschaffener Mensch, er würde so etwas nie tun. Der König des Südens ist ein Staatsoberhaupt und ich nehme an, seine Handlungen sollten seinem hohen Rang angemessen sein. Der Herr der Pfirsichblüteninsel wiederum ist ein nobler und würdevoller Gelehrter. Niemals ließe er sich dazu herab, das Unglück eines anderen schamlos auszunutzen.«

»Der kleine Mistkerl ist scharfsinniger, als man denkt.« Die Stimme wehte laut von den Obstbäumen herüber.

Schnell lief Guo Jing in die Richtung, aus der der Satz gekommen war, aber dort war schon niemand mehr. Nur die Zweige der

Pfirsichbäume schaukelten. Sanft regneten die Blüten auf Guo Jing herab.

»Komm zurück, Bruder«, rief Zhou Botong. »Der Alte Ketzer ist längst wieder weit weg.«

Enttäuscht trabte Guo Jing zurück zur Grotte.

»Der Alte Ketzer Huang kennt die Kunst der Unsichtbarkeit und der Fünf Elemente wie kein Zweiter, selbst die Pfirsichbäume ringsum wurden nach dem Muster der acht strategischen Formationen des legendären Militärführers Zhuge Liang angepflanzt. Er muss zwischen den Bäumen nur einen Satz nach links oder rechts machen und schon ist er unauffindbar.«

»Zhuge Liangs Militärstrategie?«, fragte Guo Jing.

»Ja. Der Alte Ketzer ist unheimlich intelligent, musst du wissen. Nicht nur in der Kampfkunst ist er bewandert. Er versteht sich auch auf die vier Künste der Gelehrten – Musik, Schach, Kalligrafie und Malerei und die Wissenschaften der Medizin, des Wahrsagens, auf Astronomie, Physiognomie, Ackerbau, Bewässerungssysteme, Ökonomie und Kriegsführung. Er weiß alles und meistert alles. Es ist ein Jammer, dass er mir ergrautem Bengel so übelwill und dass ich ihn einfach nicht besiegen kann. Doch ich stimme dir zu. Der Alte Ketzer mag eigenwillig und unberechenbar sein, ein Schurke ist er nicht.«

Wie konnte ein Mensch so reich an Wissen und Können sein? Guo Jing, verblüfft von Huang Yaoshis umfassenden Fähigkeiten, war für eine Weile sprachlos. Dann fiel ihm die Geschichte wieder ein. »Was ist passiert, nachdem du vom Baum gefallen bist, Bruder?«

Zhou Botong schlug sich abermals auf die Schenkel. »Sehr gut, diesmal hast du nicht versäumt, mich an den Fortgang der Geschichte zu erinnern. Dieser Hieb des bösartigen Ouyang Feng fuhr mir tüchtig in die Eingeweide. Zuerst dachte ich, er hätte mich gelähmt, doch als ich ihn in den Tempel eindringen sah, brachte ich noch genug Kraft auf, um ihm trotz meiner Schmerzen hinterherzulaufen. Schon war er vor dem Altar und streckte die Hand über den toten Wang Chongyang hinweg nach dem Handbuch aus. Es war zum Verzweifeln. Allein kam ich nicht gegen ihn an, und meine Kampfkunstneffen hatten draußen alle Hände voll mit den anderen Feinden zu tun. Doch da splitterte plötzlich mit lautem Krachen der Sargdeckel …«

»Ouyang Feng schlug mit der Faust den Sargdeckel ein?« Guo Jing war entsetzt.

»Nein! Es war mein Bruder selbst – Wang Chongyang!«

双手互搏

7
Das Duell der Hände

»Nein, nein, es war nicht so, wie du denkst!«, sagte Zhou Botong. »Es war nicht Wang Chongyangs Geist, und er ist auch nicht von den Toten auferstanden. Er war gar nicht tot!«

»Er hat nur so getan?«

»Ja. Mein Bruder hatte bemerkt, dass Gift des Westens in der Nähe unseres Tempels herumlungerte und nur darauf lauerte, dass er starb, um sich dann das Handbuch unter den Nagel zu reißen. Mit seinem überragenden inneren Kung-Fu hat er dann einfach seinen Atem unterdrückt und sich totgestellt. Uns hatte er absichtlich nicht eingeweiht, damit unsere Trauer echt wirkte. Dem Giftmolch kann man nämlich so leicht nichts vormachen. Wer weiß, in welche Falle er uns sonst gelockt hätte! Vor seinen Augen zu sterben war viel überzeugender gewesen.

Du kannst dir vorstellen, dass sogar der hartgesottene Ouyang Feng persönlich fast vor Schreck gestorben wäre, als er Wang Chongyang quicklebendig aus dem Sarg schießen sah. Mein Bruder schickte mit der nur ihm eigenen Kunst des *Sonnenfingers* einen Strahl zerstörerischer Energie auf den Punkt zwischen Ouyang Fengs Augenbrauen und löschte damit das ganze heimtückische *Kröten-Kung-Fu* des Giftmolchs aus. Dieses in vielen Jahren mühevoll erarbeitete Kung-Fu war sein ganzer Stolz, aber in seinem momentanen Schock konnte er nicht schnell genug auf Wang Chongyang reagieren. Ouyang Feng rannte davon. Er floh zurück in die Westgebiete, und soweit ich weiß, hat er sich seither nie wieder in der Zentralebene blicken lassen.

Mein älterer Bruder hockte sich im Schneidersitz auf den Altar und lachte. Bei der Anwendung des *Sonnenfingers* verausgabt man seine komplette innere Energie; daher wollte ich ihn in Ruhe seinen Geist erholen und sein Qi sammeln lassen und lief hinaus, um meinen Kampfschulneffen gegen die übrigen Feinde beizustehen. Als sie hörten, dass ihr Meister noch am Leben war, kehrten sie überglücklich mit mir in den Tempel zurück. Dort bot sich uns ein entsetzlicher Anblick.«

»Was war geschehen?«

»Wang Chongyang war zur Seite umgekippt und lag mit seltsam verzerrtem Gesicht da. Sofort war ich bei ihm, doch sein Körper war schon kalt und starr. Diesmal war er wirklich von uns gegangen. Zu meiner unendlichen Trauer gesellte sich eine entsetzliche Sorge. Diesmal hatte mein Bruder Ouyang Feng das Fürchten gelehrt, aber ich wusste, dass er zurückkommen würde, unerbittlicher denn je. Kurz entschlossen nahm ich die beiden Bände der Schrift an mich und reiste in den Süden, wo ich mich im Yandang-Gebirge verstecken wollte. Und dann traf ich unterwegs ausgerechnet auf den Alten Ketzer Huang.«

»Oh!«

»Der Alte Ketzer mag ein sonderbarer Kauz sein, aber er hat auch eine hohe Meinung von sich selbst. Er war viel zu stolz, um wie der schamlose Giftmolch zu versuchen, das *Neun-Yin-Handbuch* mit Gewalt an sich zu reißen. Außerdem war er bei unserer Begegnung nicht allein, sondern hatte seine frisch angetraute junge Frau bei sich.«

Das muss Huang Rongs Mutter gewesen sein, dachte Guo Jing. *Hat sie etwa auch etwas mit dieser Geschichte zu tun?*

»Der Alte Ketzer schien überglücklich, aber ich fragte mich, wie ein so intelligenter Mensch gleichzeitig so dämlich sein kann. Seine junge Braut war sehr hübsch, keine Frage, aber warum soll ein Mann heiraten und sich eine Frau nach Hause holen? Ich habe ihn gleich damit aufgezogen. Er schien gar nicht verärgert, sondern lud mich gut gelaunt zum Hochzeitsbankett ein. Aber ich hatte schließlich andere Pläne und statt Ausreden zu erfinden, erzählte ich kurzerhand davon, wie mein Bruder seinen Tod vorgetäuscht und Ouyang Fengs Diebstahl vereitelt hatte. Als ich die Geschichte zu Ende erzählt hatte, bat mich die junge Braut, ihr das Handbuch zu zeigen. Sie verstünde sich nicht auf Kampfkunst, sagte sie, sie sei nur neugierig auf diese Schrift, für die unzählige Kampfkünstler ihr Leben aufs Spiel gesetzt hatten.

Natürlich verweigerte ich ihr diese Gunst. Nur war Huang Yaoshi so vernarrt in das junge Ding, dass er ihr keinen Wunsch abschlagen konnte. ›Meine Frau versteht wirklich überhaupt nichts von Kampfkunst‹, sagte er. ›Sieh doch, wie jung sie ist, alles Neue und Unbekannte fasziniert sie. Was macht es schon, wenn sie es sich einmal ansieht? Sollte ich selbst es wagen, einen Blick hineinzuwerfen, dann will ich mir die Augäpfel ausstechen und sie dir überreichen.‹ Huang Yaoshi ist eine berühmte Persönlichkeit, auf sein Wort war gewiss Verlass, aber das *Neun-Yin-Handbuch* war einfach zu wichtig, meine Verantwortung zu groß. Deshalb lehnte ich ab. Doch er ließ nicht locker. ›Ich weiß, in welchem Dilemma du steckst. Wenn du meiner Frau diesen Gefallen tust, werde ich mich gegenüber der Quanzhen-Schule erkenntlich zeigen. Wenn du aber weiter so unnachgiebig bleibst ... nun, dir tue ich nichts, wir sind schließlich alte Freunde, aber mit den Jüngern der Quanzhen-Schule verbindet mich nichts.‹ Ich verstand, worauf er hinauswollte und dass er es ernst meinte. Mit mir würde er sich nicht anlegen, aber er würde meine Kampfschulneffen Ma Yu, Qiu Chuji und die anderen heimsuchen und ihnen übel zusetzen.«

»Und Bruder Ma Yu und Bruder Qiu Chuji hätten Huang Yaoshi nicht besiegen können.«

»Also habe ich zu ihm gesagt: ›Wenn du wütend auf den Alten Kindskopf bist, Alter Ketzer, dann mach das auch mit dem Alten Kindskopf aus. Was haben meine Kampfschulneffen damit zu tun? Sähe das nicht so aus, als ob ein Stärkerer sich an Schwächeren vergreift?‹

Seine Braut kicherte wegen meines Beinamens. ›Bruder Zhou‹, sagte sie, ›wenn Ihr schon so gerne Schabernack treibt, dann vergönnt es auch den anderen, dass sie sich einen Scherz mit Euch erlauben. Keine Sorge, ich muss mir Euer kostbares Buch nicht unbedingt ansehen.‹ Dann wandte sie sich an ihren Gatten. ›Es klingt ganz so, als ob dieser Ouyang Feng das Buch geraubt hat und Bruder Zhou es gar nicht mehr besitzt. Wenn du ihn weiter so bedrängst, verliert er noch ganz und gar sein Gesicht!‹ Und der Alte Ketzer lachte und sagte: ›Weißt du was, Alter Kindskopf, ich helfe dir, den Alten Giftmolch aufzuspüren und mit ihm abzurechnen. Allein wirst du mit ihm nicht fertig.‹«

Huang Rongs Mutter scheint auch recht durchtrieben gewesen zu sein, dachte Guo Jing. Laut sagte er: »Die wollten dich foppen!«

»Ich wusste natürlich, was sie im Sinn hatten, aber einfach gefallen lassen konnte ich mir das auch nicht. ›Ich trage das Handbuch bei mir‹, sagte ich daher, ›und die Dame kann gern einen Blick hineinwerfen. Aber zu behaupten, dass das Buch beim Alten Kindskopf nicht sicher wäre, geht nicht an. Das müssen wir in einem Kampf klären.‹

Huang Yaoshi war bester Laune. ›Kämpfen gibt nur böses Blut‹, sagte er. ›Mit einem, dem man Alten Kindskopf nennt, lässt es sich besser Kinderspiele spielen.‹ Seine Frau klatschte begeistert in die Hände. ›Genau! Spielt doch Murmeln!‹«

Guo Jing musste lachen.

»Das Murmelspiel ist mein Metier, also habe ich sofort zugestimmt. ›Wenn Ihr verliert, Bruder Zhou, dann darf ich mir das Handbuch ansehen. Und was wollt Ihr, falls Ihr gewinnt?‹, fragte sie. ›Die Quanzhen-Schule hat ihre Schätze, und die Pfirsichblüteninsel hat ihre.‹, sagte Huang Yaoshi, bevor ich antworten konnte. Dann zog er ein schwarz glänzendes, mit dichten Stacheln übersätes Kleidungsstück aus der Tasche. Rate mal, was das war.«

»*Der eiserne Igel.*«

»Genau. Du kennst ihn also? Er hielt das stachlige Hemd hoch und sagte: ›Du selbst brauchst das nicht zu deinem Schutz, aber eines Tages findest du die passende Frau und ihr bekommt einen kleinen Kindskopf; dann wird ihm dieser *eiserne Igel* von großem Nutzen sein. Damit kann deinem Kind nichts geschehen. Wenn du gewinnst, ist er dein.‹

›Nie im Leben werde ich heiraten und kleine Kindsköpfe bekommen, aber ich werde deinen Eisernen Igel mit großer Genugtuung über meinen Kleidern tragen, damit jeder sieht, dass der Alte Kindskopf den Herrn der Pfirsichblüteninsel besiegt hat …‹

Seine Braut unterbrach mich. ›Genug! Zeig uns, was du kannst.‹ Wir einigten uns auf die Spielregeln. Jeder bekam neun Murmeln und es wurden achtzehn Löcher gegraben. Wer zuerst alle neun Murmeln in den Löchern versenkt hatte, war der Sieger.«

Guo Jing dachte lächelnd daran, wie er dieses Spiel als Kind in der mongolischen Steppe mit seinem Anda Tolui gespielt hatte.

»Wo ich gehe und stehe, habe ich meine Murmeln dabei und auch ein Ort für den Wettkampf war schnell gefunden. Unterwegs beobachtete ich die junge Frau Huang, und mir drängte sich der Eindruck auf, dass ihre Art, sich zu bewegen, keinen Hinweis auf irgendeine wie auch immer geartete Kung-Fu-Ausbildung gab. Nun, ich grub die Löcher in die Erde, und Huang Yaoshi durfte sich die Murmeln aussuchen. Er schnappte sich einfach blindlings neun davon, so sicher war er sich seiner Sache. Sein Kung-Fu mit verborgenen Waffen war damals einzigartig und sein *magisches Fingerschnippen* berühmt. Selbstverständlich war er überzeugt, mich mit seiner Kunst schlagen zu können. Er konnte nicht wissen, dass ihm sein *magisches Fingerschnippen* bei diesem Kinderspiel nichts nutzte, denn die Löcher, die ich grub, waren keine gewöhnlichen; wenn die Murmeln dort nicht mit der richtigen Kombination aus Kraft und Drall landeten, sprangen sie sofort wieder heraus. Man musste seine Kraft beim Werfen so dosieren, dass sie nicht abprallten.«

Guo Jing wunderte sich, welche ausgefeilten Kniffe die Bewohner der Zentralebene bei etwas so Einfachem wie dem Murmelspiel anwendeten. In der Mongolei hatte er davon nie gehört. Sichtlich stolz erzählte Zhou Botong weiter.

»Der Alte Ketzer schnippte drei Murmeln in die Löcher, die alle gleich wieder heraushüpften. Bis er verstanden hatte, worauf es ankam, hatte ich schon fünf Punkte. Aber er lernte schnell und schoss meine Murmeln aus dem Weg, während er seine in den Löchern versenkte. So kam er auf drei Punkte, was aber immer noch nicht genug war, um meinen Vorsprung aufzuholen. So ging es eine Weile hin und her, bis ich wieder einen Punkt holte. Ich freute mich diebisch, denn selbst wenn die Unsterblichen vom Himmel herabgestiegen wären, um ihm beizustehen, er hätte verloren, da war ich mir sicher. Aber ach, dann fing er an, mit faulen Tricks zu spielen. Rate mal, was er gemacht hat?«

»Hat er dich an den Nervenpunkten auf der Hand gelähmt?«

»Nein! Der Alte Ketzer ist ein ausgefuchster Mistkerl, aber so plump sind seine Methoden dann auch wieder nicht. Als ihm klar wurde, dass er mich nicht besiegen konnte, legte er kurzerhand eine solche Kraft in sein Fingerschnippen, dass er mit seinen drei restlichen Murmeln meine drei letzten Murmeln zu Staub zerschmetterte! Seine eigenen blieben unversehrt.«

»Was? Dann hattest du gar keine mehr übrig?«

»Genau. Ich musste zusehen, wie er anschließend seelenruhig seine Murmeln in die Löcher versenkte, eine nach der anderen … und ich hatte verloren!«

»Aber das war doch gegen die Spielregeln!«

»So habe ich das auch gesehen und protestiert. Aber er antwortete: ›Werter Alter Kindskopf, haben wir nicht vereinbart, dass derjenige gewinnt, der zuerst all seine Murmeln in die Löcher bugsiert hat? Sind meine Murmeln in den Löchern oder nicht?‹

Natürlich war das Betrug, aber auf weitere Regeln hatten wir uns nun einmal nicht geeinigt. Zähneknirschend gestand ich meine Niederlage ein. ›Also schön‹, sagte ich zu seiner Braut. ›Ich leihe Euch das Handbuch, aber vor Einbruch der Dunkelheit will ich es zurück!‹

Immerhin hatte ich meine Lektion gelernt und daher den letzten Satz angefügt, damit sie nicht etwa sagen konnte, ›wir haben nicht vereinbart, für wie lange ich mir das Buch ausborgen darf‹ und für zehn Jahre damit verschwand. Mit diesen Schlitzohren musste man es ganz genau nehmen.«

»Das war sehr klug von dir, Bruder.«

Zhou Botong schüttelte seufzend den Kopf. »Klug? So geistreich und gewitzt wie der Alte Ketzer ist fast niemand. Niemand außer seiner Frau. Ich frage mich, wie und wo er sie aufgetrieben hat! Warum ein so kluger Mann die Dummheit begangen hat, zu heiraten, ist mir dennoch schleierhaft. Wie dem auch sei – Frau Huang lächelte mich an und sagte: ›Für einen Alten Kindskopf seid Ihr wirklich scharfsinnig! Keine Sorge, ich mache mich sofort an die Lektüre und gebe es Euch zurück, sobald ich fertig bin, spätestens bei Sonnenuntergang. Setzt Euch neben mich, wenn Ihr möchtet.‹

Ich übergab ihr also beide Bände, und sie setzte sich auf einen Stein im Schatten und blätterte sie durch. Der Alte Ketzer bemerkte meine Nervosität. ›Wie viele Menschen verfügen wohl über ein ausreichendes Kung-Fu, um einen von uns beiden zu besiegen?‹, fragte er mich.

›Dich vermag niemand zu besiegen. Mich vermutlich eine Handvoll, dich eingeschlossen!‹

›Du überschätzt mich‹, lachte der Alte Ketzer. ›Ein jeder von uns vier – der Giftmolch, der König, der Bettler und ich – hat seine Stärken, aber wir sind einander mehr oder weniger ebenbürtig. Du hast erzählt, dass Bruder Wang Chongyang den alten Ouyang Feng in die Flucht geschlagen hat. Der Wasserwanderer mit der Eisenfaust hat zwar nicht an unserem Wettkampf teilgenommen, aber ich bezweifle, dass sein Wunder-Kung-Fu etwas taugt. Daher würde ich sagen, dass du gleich nach den fünf Großmeistern kommst, Alter Kindskopf. Zusammen wären wir unschlagbar.‹

›Natürlich!‹, stimmte ich zu.

›Warum bist du dann so nervös? Wer könnte dein wertvolles Buch stehlen, wenn wir beide darüber wachen?‹

Da hat er auch wieder recht, dachte ich und beruhigte mich etwas. Seine Frau ging Seite um Seite durch und bewegte dabei stumm die Lippen. Ich fand das albern. Schließlich findet sich im *Neun-Yin-Handbuch* die Schilderung des außergewöhnlichsten und eindrucksvollsten Kung-Fu. Jemand, der von Kampfkunst nichts versteht, würde keinen halben Satz begreifen, selbst wenn er jedes einzelne Schriftzeichen lesen kann. Doch sie las es, langsam und gründlich. Allmählich wurde ich ungeduldig und war froh, als sie endlich die letzte Seite umblätterte. Doch gerade als ich dachte, jetzt wäre sie endlich fertig, fing sie noch einmal von vorn an. Diesmal jedoch brauchte sie nicht länger als eine Tasse Tee für die Lektüre, dann reichte sie es mir mit einem Lächeln zurück. ›Gift des Westens hat Euch ausgetrickst. Das ist nicht *Der wahre Weg der Neun Yin*.‹

Ich traute meinen Ohren nicht. ›Das kann nicht sein. Das Buch war die ganze Zeit in der Obhut meines Bruders, und es sieht genauso aus wie jenes, das er zuletzt in Händen hielt.‹

›Was heißt das schon, wenn es von außen gleich aussieht? Ouyang Feng hat Euer Handbuch einfach gegen eine Schrift über Wahrsagekunst eingetauscht.‹«

»Hat Ouyang Feng das Buch etwa ausgetauscht, bevor Bruder Wang Chongyang aus dem Sarg gesprungen ist?«, fragte Guo Jing verdutzt.

»Das habe ich mich auch gefragt, aber ich wusste schließlich, wie verschlagen der Alte Ketzer ist. Seine Frau war eindeutig von derselben Sorte. Sie sah mir an, dass ich ihr nicht glaubte. ›Habt Ihr es denn gelesen?‹, fragte sie.

›Niemand hat einen Blick hineingeworfen, solange mein Bruder das Handbuch verwahrt hat. Er pflegte stets zu sagen, dass er nur deshalb um das Buch gekämpft habe, um die Welt des Jianghu vor großem Unglück zu bewahren, nicht um seines eigenen Vorteils willen. Auf dem Sterbebett hat er den Jüngern der Quanzhen-Schule verboten, sich jemals etwas von dem Kung-Fu darin anzueignen.‹

›Die Selbstlosigkeit des Unsterblichen Wang Chongyang ist bewundernswert‹, sagte sie. ›Leider ist sie auch der Grund, dass man Euch diesen Streich spielen konnte. Seht selbst, Bruder Zhou.‹

Sie hielt mir das Handbuch unter die Nase, doch ich hatte noch die Worte meines Bruders im Ohr und wandte daher meinen Blick ab.

›Das ist eins dieser ganz gewöhnlichen Wahrsagebücher, wie sie im Süden zuhauf zu finden sind. Selbst wenn es sich um das Handbuch handelte, könntet Ihr es doch lesen, solange Ihr nichts davon in die Tat umsetzt? Habt Ihr nicht gesagt, Euer Bruder habe Euch verboten, sich das darin beschriebene Kung-Fu anzueignen? Ich habe es mir schließlich auch angesehen und es macht keinen Unterschied.‹

Ich ließ mich breitschlagen und warf also einen Blick hinein. Das Buch enthielt ausschließlich Beschreibungen herausragender Kampfkunstformen. Um Wahrsagekunst handelte es sich bestimmt nicht. Frau Huang beobachtete mich bei der Lektüre. ›Ich habe dieses Buch schon gelesen, als ich fünf Jahre alt war, das kennt hier im Süden jedes Kind‹, beteuerte sie. ›Wenn Ihr wollt, sage ich es Euch auswendig auf.‹

Dann rezitierte sie den Inhalt von Anfang bis Ende, wie ein Wasserfall sprudelte es aus ihr heraus. Jedes Wort stimmte mit dem Text überein, den ich vor Augen hatte. Mir wurde mit einem Mal so kalt, als hätte man mich in einen eisigen See geworfen.

›Ich kann wahrscheinlich jedes Wort auf jeder beliebigen Seite aufsagen. Gebt mir ein Stichwort, wenn Ihr mir nicht glaubt.‹

Ich musste sie nicht lange auf die Probe stellen. Sie konnte den gesamten Text auswendig, jede Stelle betete sie ohne zu stocken herunter. Der Alte Ketzer lachte schallend. Außer mir vor Zorn riss ich den Einband vom Handbuch, zerfetzte ihn und wollte soeben Seite um Seite zerreißen, als ich eine Veränderung auf dem Gesicht des Alten Ketzers bemerkte. Da ich wusste, dass er voller übler Schliche steckte, hielt ich inne, um nicht schon wieder auf ihn hereinzufallen.

›Nun führe dich doch nicht auf wie ein trotziges Kind‹, sagte er versöhnlich. ›Hier, *Der eiserne Igel* gehört dir.‹

In diesem Augenblick hatte ich noch nicht begriffen, was für ein Dummkopf ich tatsächlich war. Nun, da seine Frau mir Ouyang Fengs Betrug aufgedeckt hatte, dachte ich, dass er mich trösten wollte. Aber wie konnte ich unverdient einen der besonderen Schätze der Pfirsichblüteninsel annehmen? Ich lehnte dankend ab, reiste zurück in meine Heimat, schloss die Tür hinter mir und übte wie ein Besessener mein Kung-Fu. Ich war überzeugt davon, dass Ouyang Feng das Handbuch ausgetauscht hatte, und hoffte, mich in einigen Jahren ausreichend gewappnet zu fühlen, um diesen Dieb im Westen heimzusuchen und ihn zu verprügeln, bis er nicht mehr laufen konnte und das Handbuch herausrückte. Mein Bruder hatte es mir zur Verwahrung gegeben, und es war meine Pflicht, es zurückzuholen.«

»Wenn Gift des Westens so heimtückisch ist, wäre es dann nicht besser gewesen, ihn zusammen mit Bruder Qiu und Bruder Ma aufzusuchen?«, fragte Guo Jing.

Zhou Botong seufzte. »Wäre ich bei diesem Murmelspiel nicht so auf den Sieg aus gewesen, hätte ich schneller gemerkt, von wem ich wirklich hereingelegt worden war … In der Tat hätte ich mich mit Ma Yu und Qiu Chuji beratschlagen sollen, dann wäre ich nicht jahrelang im Dunkeln getappt.

Ein Jahr verging und im Jianghu kursierten Gerüchte, dass zwei Schüler der Pfirsichblüteninsel das *Neun-Yin-Handbuch* in ihren Besitz gebracht hätten. Es hieß, sie hätten sich das überragende Kung-Fu aus dem Buch angeeignet und trieben jetzt im Jianghu ihr Unwesen, wo man sie inzwischen die Zwillingsmörder der Dunklen Winde nannte. Erst wollte ich es nicht glauben, aber die Gerüchte hielten sich hartnäckig. Ein weiteres Jahr verging und Qiu Chuji stattete mir einen Besuch ab. Er sei der Sache nachgegangen, erzählte er, und tatsächlich seien die beiden in Besitz des zweiten Bands. ›Der Alte Ketzer ist wirklich ein schlechter Freund‹, murmelte ich.

›Wie meint Ihr das, Onkel?‹, fragte mich Qiu Chuji.

›Er hat Ouyang Feng allein zur Rede gestellt wegen des Buchs! Wenn er schon nicht den Anstand besessen hat, es mir zurückzubringen, hätte er mir wenigstens davon erzählen können!‹«

»Vielleicht wollte er es zurückgeben, aber seine untreuen Schüler haben es zuvor gestohlen?«, meinte Guo Jing. »Er war sehr erzürnt wegen des Diebstahls, das weiß ich, er hat sogar seinen anderen vier Schülern die Beine gebrochen und sie von der Insel verstoßen, obwohl sie nichts damit zu tun hatten.«

Zhou Botong schüttelte traurig den Kopf. »Wir sind beide zu gutgläubig, Guo Jing. Du wärst an meiner Stelle ebenso betrogen worden wie ich. Qiu Chuji blieb ein paar Tage bei mir und wir übten zusammen ein paar Formen, bevor er sich verabschiedete. Schon zwei Monate später kam er wieder und berichtete, dass Chen Xuanfeng und Mei Chaofeng das Jianghu mit zwei brutalen Formen aus *Der wahre Weg der Neun Yin* unsicher machten: der *Neun-Yin-Todesklaue* und der *Herzbrecherhand*. Er habe große Gefahren auf sich genommen, um die beiden zu belauschen und dabei herausgefunden, dass Huang Yaoshi das Buch nicht etwa von Ouyang Feng zurückerobert, sondern es mir gestohlen hatte!«

»Hat vielleicht Frau Huang das Buch an jenem Tag heimlich gegen ein anderes ausgetauscht?«

»Ich habe dir doch erzählt, dass sie von Kung-Fu keine Ahnung hatte. Und natürlich habe ich sie ununterbrochen im Auge behalten. Nein, Bruder, sie hat es nicht ausgetauscht, sie hat es ganz und gar verschluckt … Sie hat es an Ort und Stelle in- und auswendig gelernt!«

»Unmöglich.« Guo Jing begriff nicht.

»Wie oft musst du etwas lesen, bis du es auswendig kannst, Bruder?«

»Einen einfachen Text vielleicht vierzig, fünfzig Male … Ist der Text länger und schwieriger, dann bestimmt doppelt so oft. Manches kann ich mir überhaupt nicht merken, so sehr ich es auch versuche.«

»Genau. Obwohl du zugegebenermaßen in dieser Hinsicht nicht gerade der Hellste bist.«

»Meine Talente sind bescheiden. Ob im Lesen oder in der Kampfkunst, ich brauche immer ziemlich lange.«

»Lassen wir das Lesen vorerst einmal beiseite. Wenn dein Meister dir eine neue Form beibringt, dann muss er sie dir wohl etwa ein Dutzend Mal vorführen?«

»Ja … Nun, manchmal begreife ich das Wesentliche, kann mir aber die Einzelheiten nicht merken.«

»Du weißt aber, dass es Menschen gibt, denen man eine ganze Bewegungsabfolge ein einziges Mal zeigen muss, damit sie sie sofort nachahmen können?«

»Und ob! Huang Rong, Huang Yaoshis Tochter, ist so ein Mensch. Ihr musste Bettlerfürst Hong keine einzige Form zweimal vorführen.«

»Hoffentlich kommt sie nur in dieser Hinsicht nach ihrer Mutter. Die arme Frau wurde noch in jungen Jahren von der Seuche, der niemand entkommen kann, hingerafft. Sie hat das Handbuch damals zweimal gelesen und jedes Wort im Gedächtnis behalten! Kaum war ich fort, hat sie es für ihren Gatten aufgeschrieben.«

»Dann hat sie den Text zwar nicht verstanden, sich aber trotzdem jedes einzelne Schriftzeichen gemerkt? Gibt es wirklich so kluge Menschen auf der Welt?«

»Einmal gesehen, nie wieder vergessen, sagt ein Sprichwort. Wahrscheinlich ist auch deine Freundin dazu in der Lage. Als Qiu Chuji mir davon erzählte, war ich erst überrascht, dann beschämt und schließlich furchtbar wütend. Sofort habe ich die sieben Jünger der Quanzhen-Schule zusammengerufen, um die Lage zu besprechen. Wir beschlossen, uns das Buch von den Zwillingsmördern der Dunklen Winde zurückzuholen.

›Die Zwillingsmörder der Dunklen Winde mögen über ein herausragendes Kung-Fu verfügen, aber sie dürften kaum in der Lage sein, die Jünger der Quanzhen-Schule zu besiegen‹, sagte mein Neffe Qiu Chuji. ›Du solltest diese Angelegenheit nicht persönlich regeln, Onkel, schließlich stehst du im Rang über ihnen. Nicht, dass sie dir im Jianghu nachsagen, du würdest dich als Älterer an den Jüngeren vergreifen.‹

Also habe ich Qiu Chuji und Wang Chuyi losgeschickt, um sie aufzuspüren. Die anderen hielten sich bereit, um jederzeit einzugreifen, sollten sie den Aufenthaltsort der Dunklen Winde in Erfahrung bringen.«

»Gegen die sieben Unsterblichen der Quanzhen-Schule hätten sie bestimmt nicht bestehen können«, pflichtete Guo Jing ihm bei. Er erinnerte sich an jene Nacht auf dem hohen Felsen in der Mongolei, als die Sechs Sonderlinge Mei Chaofeng vorgegaukelt hatten, die Jünger der Quanzhen-Schule zu sein.

»Als Qiu Chuji und Wang Chuyi in Henan ankamen, fanden sie keine Spur mehr von den Zwillingsmördern der Dunklen Winde. Sie erfuhren jedoch, wie viele Unschuldige die beiden beim Üben ihres üblen Kung-Fus ermordet hatten und dass die Helden der Zentralebene sich längst zusammengetan hatten, um ihnen das Handwerk zu legen. Vor dieser Übermacht seien sie dann nach Wer-weiß-wohin geflohen, aber nicht ohne zuvor das Leben einiger braver Helden des Jianghu auszulöschen.«

»Was habt ihr unternommen, als ihr sie nicht mehr finden konntet?«

»Mir blieb nichts anderes übrig, als den Alten Ketzer selbst zur Rede zu stellen. Ohne auf Qiu Chuji und die anderen zu warten reiste ich zur Pfirsichblüteninsel, um die Antwort auf meine Fragen zu finden.

›Bruder Kuhdung, ein Huang Yaoshi bricht niemals sein Wort. Ich habe versprochen, dass ich keinen Blick in dein Handbuch werfen würde, und daran habe ich mich auch gehalten. *Der wahre Weg der Neun Yin*, den ich gelesen habe, den hat meine Frau geschrieben.‹ Das war seine Antwort.

Wie dreist der Kerl die Wahrheit verbog! Irgendwann wurde ich wütend und verlangte von ihm, seine Frau hinzuzuholen.

›Meine Frau ist tot‹, sagte er mit einem bitteren Lächeln.

Überrascht murmelte ich ein paar Worte des Beileids.

›Du brauchst nicht zu heucheln, Bruder Kuhdong. Wärst du nicht herumgezogen und hättest mit deinem vermaledeiten Handbuch geprahlt, würde meine Frau noch unter uns weilen.‹

›Was willst du damit sagen?‹, fragte ich.

Statt einer Antwort starrte er mich nur an. Dann rollten ihm Tränen über die Wangen. Er brach vor meinen Augen zusammen und weinte bitterlich. Erst nach einer ganzen Weile fasste er sich wieder und erzählte mir die ganze Geschichte.

Seine Frau hatte das ganze Handbuch auswendig gelernt, um ihrem Gatten eine Freude zu machen. Endlich hatte er das begehrte Buch, aber sein Stolz verbot ihm, sich das darin beschriebene Kung-Fu anzueignen. Wenn der Unsterbliche Wang Chongyang es nicht nötig gehabt hatte, das Kung-Fu des *Der wahre Weg der Neun Yin* zu üben, dann hatte er, Huang Yaoshi, es auch nicht nötig. Nur eine einzige, ausgesprochen merkwürdige Stelle am Ende des zweiten Bands der Schrift hatte er entschlüsseln wollen, doch dann hatten Chen Xuanfeng und Mei Chaofeng ihm unerwartet eben diesen Band gestohlen. Seine Frau hatte daraufhin versucht, den Text noch einmal aus dem Gedächtnis niederzuschreiben, aber es waren schon zu viele Monde vergangen, seitdem sie ihn auswendig gelernt hatte, ohne ein Wort davon zu verstehen. Wie hätte sie sich noch haargenau daran erinnern sollen, wo sie seither so viele andere Schriften und Verse gelesen hatte? Zu dieser Zeit war sie bereits im achten Monat schwanger und versuchte trotzdem Tag und Nacht mit aller Kraft, sich den Text wieder in Erinnerung zu rufen. Am Ende schrieb sie mehrere Tausend Schriftzeichen nieder, aber ihr wollte nicht mehr alles einfallen, schon gar nicht die eigentümliche Passage am Ende. Die geistige Anstrengung laugte sie körperlich so sehr aus, dass ihr Kind zu früh geboren wurde. Das Mädchen kam gesund zur Welt, aber das Lebenslicht der Mutter erlosch bei der Geburt und Huang Yaoshi konnte nichts dagegen tun. All sein medizinisches Wissen nutzte ihm nichts.

Der Alte Ketzer hat seinen Zorn schon immer gern an anderen ausgelassen. Du kannst dir vorstellen, wie sehr ihn der Tod seiner Frau mitgenommen hatte. Er war völlig von Sinnen, unter Tränen beschimpfte und bedrohte er mich, in seinem Zhejianger Akzent klang mein Name Zhou Botong wie Zhou Kuhdung, was mich ärgerte, aber wegen seiner Trauer ließ ich es durchgehen. Stattdessen lächelte ich und sagte: ›Hast du denn gar keine Angst, im ganzen Jianghu verlacht zu werden, wenn du als Großmeister der Kampfkunst so viel Wert auf die Gefühle zu einer Frau legst?‹

›Meine Frau war jedem Einzelnen von Euch überlegen‹, entgegnete er.

›Jetzt, wo sie tot ist, kannst du dich viel intensiver deiner Kampfkunst widmen‹, sagte ich, der ich noch nie etwas von der Ehe gehalten habe. ›Sei doch froh! Wie gut, dass sie so früh gestorben ist, etwas Besseres hätte dir gar nicht passieren können. Ich gratuliere dir!‹«

»Wie konntest du nur so etwas sagen?«, rief Guo Jing.

Zhou Botong verdrehte die Augen. »Das ist genau das, was ich denke, warum soll ich es dann nicht aussprechen? Aber der Alte Ketzer hatte kein Einsehen. Außer sich vor Zorn stürzte er sich auf mich, und so begann unser Kampf.«

»Und wer hat gewonnen?«

»Wer wohl? Was glaubst du, warum ich hier seit fünfzehn Jahren festsitze?«, lachte Zhou Botong. »Er hat mir beide Beine gebrochen, um mich dazu zu bringen, ihm das Original des zweiten Bands zu geben. Er wolle es als Opfergabe für seine Frau verbrennen, sagte er. Aber ich weigerte mich, versteckte das Handbuch in dieser Grotte, hockte mich in den Eingang und sagte, wenn er versuchen sollte, es sich mit Gewalt zu holen, würde ich es vernichten.

›Ich finde einen Weg, um dich von der Stelle zu bringen, ohne dir ein Haar zu krümmen‹, war seine Antwort.

›Das werden wir ja sehen‹, sagte ich. Tja, fünfzehn Jahre ist das nun her. Dieser Mann ist zu stolz, um sich dazu zu erniedrigen, mich zu vergiften oder verhungern zu lassen. Er hat alles, alles versucht, um mich hier wegzulocken. Allerdings würde er es niemals ausnutzen, wenn ich kurz hier heraushumpele, um meine Notdurft zu verrichten. Manchmal lasse ich mir stundenlang Zeit damit, um seine Geduld auf die Probe zu stellen, aber bisher konnte er sich immer beherrschen.«

Zhou Botong lachte herzhaft. Guo Jing stimmte ein, wunderte sich aber insgeheim sehr darüber, wie ein Meister des Kung-Fu Freude an solchen Spielchen finden konnte.

»Fünfzehn Jahre lang hat er alles versucht und ist gescheitert«, erzählte Zhou Botong weiter, nachdem er sich endlich wieder gefasst hatte. »Wärst du nicht gewesen, hätte er das Handbuch jetzt in seinen Fingern. Wieder und wieder hat er auf seiner Xiao die Melodie *Die wogende Welle auf türkisfarbenem Meer* gespielt, aber nie zuvor ist es ihm gelungen, mich so damit zu martern wie vergangene Nacht. Er hat sie plötzlich mit ganz neuen, seltsamen Trillern ausgeschmückt. Beinahe hätte ich aufgegeben. Du bist gerade rechtzeitig gekommen. Danke, mein Bruder!«

»Und wie soll es jetzt weitergehen?«, fragte Guo Jing, der die ganze Aufregung um dieses Buch immer noch nicht richtig begreifen konnte.

»Wir werden sehen, wer von uns beiden länger durchhält!« Zhou Botong lachte wieder. »Ich mache es wie Huang Shang, der seine Feinde besiegte, indem er sie alle überlebt hat, hahaha!«

Guo Jing war nicht davon überzeugt, dass das die beste Strategie war. Allerdings wusste er selbst nicht, wie er je wieder von dieser Grotte und von der Insel wegkommen sollte. »Warum sind Ma Yu und die anderen dir nicht zu Hilfe gekommen?«

»Vermutlich wissen sie gar nicht, wo ich bin. Und selbst wenn sie es herausfinden, würden sie auf dieser Insel nirgendwohin gelangen, wo der Alte Ketzer sie nicht haben will. Jeder Stein, jeder Baum, jede Blume dieser Insel ist verhext. Außerdem rühre ich mich nicht vom Fleck, bevor Sieger und Besiegter dieses Kampfes feststeht.«

Guo Jings Gedanken wanderten zu Huang Rong. So sehr er die Gesellschaft und die Geschichten seines neuen Schwurbruders und seine freimütige Art auch genoss, so sehr vermisste er sie. Wie sollte er sie nur finden?

Die Sonne brannte hoch am Himmel, als der taubstumme Diener das Mittagessen brachte. »Wenn ich auch seit Jahr und Tag hier festsitze«, sagte Zhou Botong nach dem Essen, »habe ich die

Zeit dennoch nicht ungenutzt verstreichen lassen. In dieser Grotte gibt es nichts, das mich ablenkt. Ideale Bedingungen, um mein Kung-Fu zu vervollkommnen. An jedem anderen Ort hätte ich fünfundzwanzig Jahre gebraucht, um so weit zu kommen, wie ich jetzt bin. Mein einziges Problem war, dass ich keinen Partner zum Üben hatte. Deshalb musste ich einfach meine rechte gegen meine linke Hand kämpfen lassen.«

»Wie soll das gehen?«

»Angenommen, meine rechte Hand wäre der Alte Ketzer und meine linke Hand der Alte Kindskopf«, sagte Zhou Botong und hob die Hände. »Jetzt holt meine Rechte zum Handkantenschlag aus, so … und meine Linke wehrt sie ab und revanchiert sich mit einem Faustschlag. Und schon kämpfen sie gegeneinander.« In rascher Folge lieferten sich seine Hände einen erbitterten Kampf.

Zunächst belächelte Guo Jing das Ganze als eine weitere versponnene Idee seines Schwurbruders, doch bald sah er fasziniert zu. Das war in der Tat ein wundersames, höchst kompliziertes Kung-Fu. Jeder Kampfkunstschüler wusste, dass sich beim Kämpfen die Bewegungen beider Hände, ob es sich um Faustschläge, Handkantenschläge, Speerwürfe oder Schwerthiebe handelte, zum Zweck der Verteidigung oder des Angriffs ergänzten. Aber Zhou Botongs Hände vollführten Angriff und Abwehr zugleich, zielten auf die empfindlichen Stellen am Handgelenk, auf dem Handrücken oder der Handfläche und reagierten auf jeden Angriff mit Abwehr und Gegenangriff – und jede wendete dabei ein anderes Kung-Fu an!

Guo Jing staunte und sah genauer hin. »Eben hast du die Form mit deiner rechten Hand nicht vollständig ausgeführt. Warum?«

Zhou Botong hielt inne und lächelte zufrieden. »Dir entgeht nichts, wie? Du hast recht. Komm, wir machen einen Übungskampf und ich zeige es dir.«

Er hielt Guo Jing seine Handfläche hin. Dieser drückte mit seiner Hand dagegen. »Aufgepasst. Ich stoße dich nach links.«

Er spürte die Kraft in Zhou Botongs Hand und reagierte mit einer der *drachenbezwingenden Hände*. Ihre heftigen inneren Energien prallten aufeinander. Guo Jing taumelte rückwärts, sein ganzer Arm war taub.

»Eben habe ich meine ganze Kraft gegen dich losgelassen. Los, noch einmal. Jetzt setze ich nur einen Teil davon ein.«

Wieder stießen ihre Hände gegeneinander. Doch in dem Augenblick, in dem Guo Jing die Energie des Gegners spürte, verpuffte sie auch schon wieder. Sie kam und ging in Wellen und brachte Guo Jing aus dem Gleichgewicht, bis er hilflos vornüberfiel und seine Stirn auf den Boden schlug. Schnell war er wieder auf den Füßen, fühlte sich aber ganz benommen.

»Siehst du?«, fragte Zhou Botong.

Guo Jing schüttelte den Kopf.

»Nun, es hat mich zehn Jahre unermüdlicher Übung gekostet, um dieses Prinzip zu verstehen und es beherrschen zu lernen. Bruder Chongyang hat mir stets vorgebetet, dass das Nichts das Materielle besiegt und das Weniger das Mehr übertrumpft. Ich konnte mit diesem daoistischen Geschwätz nichts anfangen und verschloss meine Ohren davor. Dann, es muss vor etwa fünf Jahren gewesen sein, kam mir bei einem meiner Händeduelle die Eingebung. Wirklich erklären kann ich es nicht, aber ich spüre es. Mein Körper hat begriffen, was damit gemeint ist. Ohne einen echten Gegner wollte ich dennoch nicht so recht glauben, dass es funktioniert. Aber jetzt bist du ja hier! Etwas Besseres konnte mir nicht passieren. Sei unbesorgt, es wird ein bisschen wehtun, aber du wirst es mir hoffentlich nicht verübeln, wenn du noch ein paarmal auf die Nase fällst.«

Als er Guo Jings skeptischen Blick sah, verlegte er sich aufs Betteln. »Bitte, lieber Bruder, seit fünfzehn Jahren warte ich auf diese Gelegenheit. Gern hätte ich die Tochter des Alten Ketzers für meine Übungen eingespannt, als sie vor einiger Zeit hier vorbeikam, aber ihre innere Kraft reichte nicht aus. Und sie hat sich nie wieder blicken lassen. Ich werde dir auch nicht zu übel zusetzen, das verspreche ich.«

Guo Jing sah, wie sehr es Zhou Botong in den Händen juckte und dass er vor Aufregung kaum mehr an sich halten konnte. Er gab nach. »Ein paar Stürze kann ich verwinden«, sagte er.

Wieder lieferten sie sich einen Schlagabtausch. Bei einem der nächsten Angriffe wich unversehens alle Spannung aus Zhou Botongs Handfläche und Guo Jing, unfähig, seine eigene Kraft rechtzeitig zurückzunehmen, taumelte vornüber, holte aber sogleich mit dem linken Arm aus, um den Schwung abzumildern und das Gleichgewicht wiederzufinden. Doch stattdessen schoss er unfreiwillig in hohem Bogen durch die Luft und landete schmerzhaft auf der linken Schulter.

Zhou Botong setzte eine Unschuldsmiene auf. »Denk nicht, dass ich dich für Nichts und wieder Nichts im Dreck landen lasse, werter Bruder. Komm her, ich erkläre dir, wie ich es gemacht habe.«

Guo Jing biss die Zähne zusammen, rappelte sich auf und humpelte zu Zhou Botong zurück.

»Kennst du Laozis *Daodejing*, das *Buch vom Weg und der Tugend*? *Formen wir Ton, ist es die Leere im Inneren, die ihn zum Gefäß macht. Schlagen wir ein Loch in einen Felsen, ist es die Leere im Inneren, die ihn zu einer Behausung macht,* heißt es darin.«

Guo Jing hob verlegen die Augenbrauen. Er verstand kein Wort.

Zhou Botong nahm eine Schüssel in die Hand. »Wäre das hier ein massiver Tonklumpen, könnte man dann Reis hineintun?«

Guo Jing schüttelte den Kopf. *Wie einfach das klingt, dachte er, aber eine solche Überlegung ist mir noch nie in den Sinn gekommen.*

»Stell dir vor, du baust ein Haus. Wenn du einfach einen Haufen Holz aufeinandertürmst, ohne Türen und Fenster, kann man dann darin wohnen?«

Wieder schüttelte Guo Jing den Kopf. Allmählich dämmerte ihm, worum es ging.

»Leere und Weichheit sind zwei wesentliche Elemente der daoistischen Lehre und der Schlüssel zum überragenden Kung-Fu der Quanzhen-Schule. *Der Mangel im Vollkommenen mindert seinen Nutzen nicht; die vergossene Fülle macht sie nicht ärmer.*« Zhou Botong erklärte Guo Jing ausführlich, wie diese Weisheiten ihre Anwendung in der Kampfkunst fanden.

Gebannt hörte Guo Jing zu. Er fühlte, wie bedeutungsvoll jedes Wort war, verstehen konnte er sie aber noch nicht.

»Das Kung-Fu deines Meisters Hong Qigong gehört zu dem Besten, was man mit äußerem Kung-Fu erreichen kann. Obwohl ich durchaus Einiges vom inneren Kung-Fu der Quanzhen-Schule beherrsche, würde ich ihn wohl nicht besiegen können. Dennoch stößt seine Kunst an ihre Grenzen, während der Kampfkunst der Quanzhen-Schule keine solchen gesetzt sind. Ich selbst habe gerade erst einen winzigen Blick durch ein Bambusrohr darauf erhascht. Nicht ohne Grund hat Bruder Chongyang den Titel des größten Kampfkunstmeisters der Welt errungen. Wäre er noch am Leben, würde er heute in einem halben Tag mit dem Ketzer des Ostens und dem Gift des Westens fertigwerden – nicht erst nach einer Woche wie in jenem Wettkampf.«

»Wie schade, dass es mir versagt geblieben ist, das sagenumwobene Kung-Fu des Unsterblichen Wang Chongyang einmal selbst zu erleben. Ich denke, *Die achtzehn drachenbezwingenden Hände* meines Meisters sind das härteste Kung-Fu der Welt. Könnte man sagen, dass das Kung-Fu, das mein Bruder mir eben gezeigt hat, das weichste Kung-Fu der Welt ist?«

»Ganz genau, du hast es erfasst! Das Weiche besiegt das Harte. Wärst du so gut wie Bettlerfürst Hong, würde ich dich allerdings kaum zu Fall bringen können. Hör gut zu, ich erkläre dir, wie ich es gemacht habe.«

Schritt für Schritt zeigte Zhou Botong seinem Schwurbruder den Ablauf seiner Formen und erklärte, wie er dabei seine innere Energie kontrollierte. Guo Jing war ein langsamer Denker, aber dank der soliden Ausbildung seines Neigong durch Ma Yu dämmerte ihm nach einigen Wiederholungen, worauf es ankam.

»Tut es noch weh?«, fragte Zhou Botong aufgeregt. »Wenn nicht, dann könnte ich dich doch noch einmal zu Boden schicken, oder?«

»Schmerzen habe ich keine mehr, aber ich habe noch nicht ganz verinnerlicht, was du mir eben erklärt hast.« Guo Jing ging in Gedanken noch einmal alles durch, bemüht, sich jede Einzelheit einzuprägen. Zhou Botong wurde ungeduldig. »Und? Hast du's? Na, komm schon, lass uns anfangen.«

Seine Ungeduld lenkte Guo Jing ab, sodass er noch länger brauchte, um das Gesagte zu rekapitulieren. Für Zhou Botong verging eine gefühlte Ewigkeit, bis Guo Jing endlich so weit war.

Sie kämpften, Guo Jing taumelte. Endlich verstand er, wie Huang Yaoshi es bei ihrem Kampf im Wanderwolkenpalast geschafft hatte, seine Hand auszurenken, indem er einfach seinen Bauch eingezogen hatte. Es war dasselbe Prinzip der Leere, durch deren Kraft Guo Jing wieder und wieder auf dem Boden landete.

So kämpften sie unermüdlich weiter. Zhou Botong hätte sich am liebsten Tag und Nacht ohne Unterlass an dem langersehnten Gegner ausgetobt, aber Guo Jing war noch zu jung, um ohne Schlaf auszukommen. Nach einigen Tagen war er bestimmt bald tausend Mal vorwärts und rückwärts umgefallen. Er war von oben bis unten mit Beulen und Blutergüssen übersät. Allein seinem gesunden und gestählten Körper war es zu verdanken, dass er die Schmerzen aushielt und immer wieder mit zusammengebissenen Zähnen aufstand und weitermachte. Inzwischen hatte er die gesamte Palette von Zhou Botongs *strahlender Faust* verinnerlicht – insgesamt zweiundsiebzig Varianten.

Innerhalb kurzer Zeit lernte Guo Jing, seinem Gegner auf die gleiche Weise zu kontern, Leere gegen Leere, Weichheit gegen Weichheit – und er blieb fest auf beiden Beinen stehen, ganz gleich, wie arg Zhou Botong ihm auch zusetzte.

Nach ein paar Tagen durchzuckte die Einsicht Guo Jing wie ein Blitz. »Als Meister Hong mir *Die achtzehn drachenbezwingenden Hände* beigebracht hat, hat er immerzu betont, dass es darauf ankommt, mehr Kraft einzubehalten als in den Schlag zu legen. Es ging nie darum, möglichst brutal und stark zu sein.«

»Ganz genau. Das Kung-Fu des Bettlerfürsten ist nur deshalb so gefährlich, weil es die Stärke der Schwäche kennt. Wahrscheinlich würde ich ihm selbst mit meiner *strahlenden Faust* nicht beikommen.«

Die Tage vergingen wie im Flug. Obwohl Guo Jing von früh bis spät an Huang Rong dachte, hatte er immer noch keine Ahnung, wie und wo er sie suchen sollte. Mehrmals versuchte er, dem taubstummen Diener zu folgen, aber Zhou Botong hielt ihn jedes Mal zurück.

Eines Tages wurden Zhou Botong die immergleichen Übungen zu langweilig. »Mittlerweile beherrschst du die *strahlende Faust* so gut, dass ich dich nicht mehr umwerfen kann. Das macht keinen Spaß mehr. Lass uns etwas Neues ausprobieren.«

»Gerne«, sagte Guo Jing lachend. »Woran hast du gedacht?«

»Wir kämpfen zu viert.«

»Zu viert?«

»Ganz genau. Meine linke Hand ist ein Kämpfer und meine rechte ein anderer. Und du hast ebenfalls zwei Hände. Also sind es zusammen vier. Das sind die Regeln: Die linke Hand darf der rechten Hand nicht helfen, jede Hand kämpft gegen jede. Das wird ein Spaß!«

»Das klingt wirklich lustig, aber leider können meine beiden Hände nicht unabhängig voneinander ihr eigenes Kung-Fu kämpfen.«

»Das bringe ich dir schon noch bei. Versuchen wir es zuerst mit drei Händen.«

Zhou Botong legte sogleich los und griff Guo Jing gleichzeitig mit zwei Kung-Fu-Formen an.

Wie macht er das bloß?, fragte sich Guo Jing. *Wie kann er die volle Kraft in seine Bewegungen legen, wenn sie nur aus einer Körperhälfte heraus kommen?*

Bald fühlte er sich von zwei schlagkräftigen Gegnern in die Zange genommen, bis auf einmal eine von Zhou Botongs Händen die Seiten wechselte und mit Guo Jing gegen Zhou Botongs zweite Hand kämpfte. Guo Jings Überlegenheit währte aber nur so lange, bis Zhou Botong ihn wieder mit beiden Händen angriff. Ständig bildeten sich neue Allianzen. Es war wie im Roman *Die drei Reiche*, in dem während ständiger Kriege stets ein anderes Reich die Oberhand gewinnt.

Die beiden kämpften so lange, bis sie sich verausgabt hatten und eine Verschnaufpause einlegen mussten. Sofort kehrten Guo Jings Gedanken wieder zu Huang Rong zurück. *Das würde ihr bestimmt gefallen! Wir drei könnten* Die sechs Reiche *spielen und uns eine fröhliche Schlacht liefern.*

Zhou Botong bebte vor Begeisterung. Er konnte kaum abwarten, bis Guo Jings Atem sich beruhigt hatte, um ihn schnellstmöglich in der Kunst des beidhändigen Kung-Fus zu unterweisen, das er *Duell der Hände* nannte.

Dieses Kung-Fu war weitaus schwieriger zu meistern als *Die strahlende Faust*. Zwei Dinge gleichzeitig tun bedeutet nichts richtig tun, sagt ein Sprichwort. Ein anderes sagt: Malt die linke Hand ein Viereck und die rechte einen Kreis, wird weder das eine eckig noch das andre rund. Aber eben das war der Schlüssel zum Duell der Hände: zwei Dinge gleichzeitig zu tun und beide in Vollendung. Daher war Guo Jings erste Aufgabe, mit der linken Hand ein Viereck und gleichzeitig mit der rechten Hand einen Kreis zu zeichnen.

Anfangs gelang es Guo Jing lediglich, mit beiden Händen gleichzeitig einen Kreis oder ein Viereck zu zeichnen – falls er überhaupt vollendet runde oder eckige Formen hinbekam. Nach langem, zähem Üben fand er heraus, worauf es ankam. Er musste die Hände einfach mechanisch einen Kreis und ein Viereck malen lassen, ohne darüber nachzudenken. *Es ist wie beim Essen, die linke Hand hält die Schüssel und die rechte die Stäbchen, und obwohl beide Hände etwas anderes machen, laufen die Bewegungen ganz natürlich ab und das Essen landet im Mund.* Mit diesem Bild im Hinterkopf gelang ihm seine Aufgabe mit einem Mal ganz ohne Mühe.

Hochzufrieden mit seinem Schüler ging Zhou Botong zum nächsten Schritt über. »Hättest du nicht mit einem Jünger unserer Quanzhen-Schule dein Neigong ausgebildet, kämen wir niemals so schnell voran. Aber man sieht, dass du in der Lage bist, deine Aufmerksamkeit auf dein Inneres zu lenken und das Äußere fließen zu lassen. Nun denn, jetzt versuchst du, mit der linken Hand ein paar Formen der *Faust der Südlichen Berge* und mit der rechten die *Schwertkunst der Yue-Meisterin* zu vollführen.«

Diese beiden Kampfkünste hatte Guo Jing von klein auf mit seinen Meistern Nan Xiren und Han Xiaoying geübt. Sie waren so tief in ihm verwurzelt, dass er die Formen im Schlaf konnte – aber nur dann, wenn er sie nicht gleichzeitig ausführte. Jetzt plagte er sich kläglich damit. Zhou Botong, der es kaum erwarten konnte, endlich einen vierhändigen Kampf auszutragen, versorgte Guo Jing ständig mit neuen guten Ratschlägen und nützlichen Kniffen.

Dennoch verstrichen ein paar Tage, bis Guo Jing in der Lage war, mehr schlecht als recht in einem *Duell der Hände* zu bestehen. »Wunderbar«, freute sich Zhou Botong, »lass uns anfangen. Deine rechte und meine linke Hand kämpfen auf einer Seite und liefern sich mit deiner linken und meiner rechten Hand einen unerbittlichen Kampf.« Er griff mit seiner linken Hand nach Guo Jings rechter. »Auf in den Kampf!«, kommandierte er fröhlich.

Wie hätte ein junger Mann wie Guo Jing keinen Spaß an einem solchen Spiel finden können? Selbstverständlich war er mit ganzer Seele dabei. Von einem so verrückten Kampf hatte er in seinem ganzen Leben noch nicht gehört, geschweige denn einen gesehen. Kaum zu glauben, dass es so etwas gab und dass er selbst dazu fähig war. Zhou Botong rief unablässig Anweisungen und zeigte Guo Jing, wie er seine Angriffe erbarmungsloser und die Verteidigung entschiedener ausführen konnte. Wie viele Jahre hatte Zhou Botong diesen Tag herbeigesehnt! Der Wettstreit bereitete ihm so großes Vergnügen, dass er Guo Jing unbewusst ein in der Geschichte der Kampfkünste nie da gewesenes und dabei unerhört exzentrisches Kung-Fu beibrachte.

Eines Tages kam Guo Jing die Idee, dass sie im Grunde auch ihre Füße auf diese Weise gegeneinander antreten lassen und damit sogar einen Kampf der acht Reiche führen könnten. Aber er entschied, den Gedanken für sich zu behalten. Es war besser, Zhou Botong nicht noch mehr Flausen in den Kopf zu setzen. Wer wusste, wozu der seltsame Kindskopf noch fähig war?

Wieder gingen die Tage ins Land. Zwischenzeitlich hatte Guo Jing gelernt, wie zwei Kämpfer gleichzeitig zu agieren, ohne sich mit einem anderen zu verbünden, und sie kämpften ernsthaft wie vier verschiedene Gegner, jeder gegen jeden. Zhou Botong war in Hochstimmung. Bei jedem Schlag lachte er heiter und legte unverdrossen nach, während Guo Jing allmählich die Kräfte schwanden. Als seine Hände jede für sich allein den Angriffen nicht mehr standhalten konnten, kamen sie naturgemäß einander zu Hilfe. Unnachgiebig prasselten Zhou Botongs Fäuste auf ihn ein, bis er müde wurde und nicht mehr in der Lage war, sein Kung-Fu in zwei Seiten zu trennen. Der Alte Kindskopf behielt kurz entschlossen eine Hand auf seinem Rücken, damit der Kampf nicht ungerecht wurde. Mit vereint streitenden Händen gelang es Guo Jing wieder, Zhou Botongs einhändige Attacken abzuwehren.

»Du hast verloren!«, jubelte Zhou Botong. »Deine beiden Hände nutzen dasselbe Kung-Fu.«

Guo Jing ging auf Abstand. Ihm war ein Gedanke gekommen. »Bruder«, rief er, »wenn du mit zwei verschiedenen Formen der Kampfkunst gleichzeitig angreifst, dann ist das, als ob deine Hände zwei Kämpfer statt einer wären, nicht wahr? Wenn du demnach in einem echten Kampf *Duell der Hände* anwendest, muss dein Gegner zwei Angreifer gleichzeitig abwehren. Ist das nicht ungeheuer nützlich? Du kannst zwar deine Kraft nicht verdoppeln, aber trotzdem bist du dadurch im Vorteil.«

Zhou Botong hatte sich das *Duell der Hände* nur ausgedacht, weil er sich in den vielen Jahren der Einsamkeit in seiner Grotte unendlich gelangweilt hatte. Für ihn war es ein Zeitvertreib, der ihm die langen Tage verkürzte. Dieses ungewöhnliche Kung-Fu gegen einen echten Gegner einzusetzen war ihm nie in den Sinn gekommen. Er brauchte einen Augenblick, um Guo Jings Worte auf sich wirken zu lassen. Dann sprang er juchzend in die Höhe, schoss wie ein Wiesel aus der Grotte, rannte im Kreis und lachte und lachte.

»Bruder?«, rief ihn Guo Jing besorgt an. »Ist alles in Ordnung?«

»Hahaha … hahaha!« Zhou Botong schien ihn nicht zu hören und rannte weiter im Kreis.

Dann blieb er mit einem Mal stehen. »Sieh mal, Bruder, ich bin aus meiner Grotte gekommen, dabei ruft mich weder ein kleines noch ein großes Geschäft. Ich bin im Freien, Bruder! Hahaha! Ich bin der größte Kampfkünstler der Welt. Wozu sollte ich mich noch vor einem Huang Yaoshi fürchten? Er soll nur kommen, dann schlage ich ihn kurz und klein!«

»Bist du dir da so sicher?«

»Und ob! Vielleicht ist mein Kung-Fu ein winziges bisschen schlechter als das eines Huang Yaoshi, aber was macht das schon, wo ich mich selbst in zwei Zhou Botongs aufteilen kann? Solange ich auf diese Weise zwei gegen einen kämpfe, bin ich unschlagbar, da kann das Kung-Fu eines Huang Yaoshi, eines Hong Qigong und eines Ouyang Feng noch so großartig sein.«

Guo Jing konnte ihm nur zustimmen.

»Und du hast das Prinzip dieses Kung-Fu auch schon verinnerlicht, mein kleiner Bruder. Jetzt musst du es nur noch festigen. Gib nicht auf, das *Duell der Hände* zu üben, nimm dir die Zeit, um diese Methode in dir reifen zu lassen. Du wirst sehen, in wenigen Jahren wirst auch du dich in zwei Kämpfer aufspalten können. Zu schade, dass sich das innere Kung-Fu dabei so gar nicht verstärken lässt, man muss es zwischen beiden Händen aufteilen. Aber das muss schließlich niemand wissen. Wir verdreschen sie so schnell und heftig, dass ihnen Hören und Sehen vergangen ist, bevor sie unsere Schwächen bemerken. Herrlich!«

So viele Jahre lang hatte Zhou Botong den Tag gefürchtet, an dem Huang Yaoshi ihn angreifen würde; jetzt dagegen sehnte er den Kampf herbei und freute sich unbändig darauf, sein exzentrisches Kung-Fu gegen ihn einzusetzen. Wenn er gewusst hätte, wie er den Weg durch das mysteriöse Labyrinth der Insel finden könnte, wäre er schnurstracks zu ihm gegangen. Ungeduldig suchten seine Augen die Umgebung ab, doch der Erste, den er zu Gesicht bekam, war nur der taubstumme Diener, der das Essen brachte. Zhou Botong packte den Mann an den Schultern. »Bring mir den Herrn der Insel her, und zwar schnell. Ich will ihm mein Kung-Fu zeigen!«

Starr vor Schreck sah der Diener ihn an und schüttelte den Kopf.

»Pah! Ich habe ganz vergessen, dass du taub bist!« Er wandte sich dem Essen zu. »Komm, Bruder, heute gönnen wir uns ein Festmahl.«

Als der Alte Kindskopf die Deckel der Schüsseln lüftete, roch Guo Jing sofort, dass die Gerichte viel köstlicher dufteten als an allen Tagen zuvor. Außerdem war zum ersten Mal eine große Schüssel geschmortes Hühnchen mit getrockneten Pilzen darunter, sein Lieblingsgericht. Guo Jing kostete die Brühe. Eine so ausgewogene Mischung aus salzig und süß bekam nur Huang Rong hin. Sein Herz schlug schneller. Das hatte sie für ihn gekocht!

Der Diener hatte den Tisch mit der üblichen Zurückhaltung gedeckt. Keines der anderen Gerichte wirkte ungewöhnlich. Doch dann fiel sein Blick auf einen Bambuskorb mit einem Dutzend Mantous. Auf einem davon waren ganz schwach die Umrisse eines Flaschenkürbisses eingeritzt, kaum erkennbar, wenn man nicht genau hinsah. Schnell schnappte er sich den Mantou, brach ihn auf und entdeckte darin eine mit Wachs verkapselte Nachricht. In einem unbeobachteten Augenblick ließ er sie in sein Hemd gleiten.

Sie hatten anstrengende Übungsstunden hinter sich und langten herzhaft zu, ohne den Geschmack des Essens wirklich zu würdigen. Guo Jing verschlang sein Hühnchen so schnell er konnte, um nach dem Essen endlich Huang Rongs heimliche Botschaft lesen zu können. Derweil musste Zhou Botong noch die unverhoffte Erkenntnis verdauen, dass er höchstpersönlich ein unbesiegbares Kung-Fu erfunden hatte. Geistesabwesend griff er mit der rechten Hand nach einem Mantou, während seine linke probehalber Löcher in die Luft schlug. Auch er wollte so schnell wie möglich die Mahlzeit hinter sich bringen, um gleich weiter zu üben. Um noch hastiger essen zu können, führte er gleichzeitig den Suppenlöffel und den Mantou an den Mund. Dann brach er in schallendes Gelächter aus. »Solange der Alte Kindskopf nur einen Mund hat, bringt es gar nichts, sich mit beiden Händen gleichzeitig zu füttern!«

Guo Jings Empfinden nach brauchte sein Bruder eine Ewigkeit, bis er endlich seinen Mantou verputzt und seine Suppenschüssel leergeschlürft hatte. Endlich räumte der Diener das Geschirr zusammen und ging. Hastig zog Guo Jing die Kapsel aus dem Hemd und brach sie mit bebenden Händen auf.

Lieber Guo Jing, bitte hab noch etwas Geduld. Vater und ich vertragen uns wieder und ich will versuchen, ihn dazu zu bringen, dich zu erlösen. Ich kann dich nicht besuchen kommen, aber ich denke jeden Tag an dich.

Überglücklich gab er die Nachricht Zhou Botong zu lesen. »Ich werde persönlich dafür sorgen, dass der Alte Ketzer dich gehen lässt. Wir werden nicht betteln, sondern ihn dazu zwingen. Und wehe, er widersetzt sich, dann sperren wir ihn fünf Jahre lang in diese Felsgrotte, zehn Jahre lang … Ach was, besser, wir sperren ihn gar nicht ein. Wer weiß, welche wundersamen Kampfkünste er sonst ersinnt, haha!« Mit diesen Worten machte er sich unverzüglich wieder an seine Übungen.

Der Tag neigte sich bereits dem Ende zu. Guo Jing setzte sich im Schneidersitz hin und schloss die Augen. Immer wieder schweiften seine Gedanken zu Huang Rong ab und es dauerte ungewöhnlich lange, bis sein Geist zur Ruhe kam. Als er endlich seine Aufmerksamkeit ganz nach innen gelenkt hatte, kam ihm eine plötzliche Eingebung. *Wenn ich die Kunst, mit einem Körper zu kämpfen wie mit zweien, wirklich beherrschen lernen will, muss ich zuerst auch mein Qi in beiden Körperhälften getrennt zu lenken lernen und mein inneres Kung-Fu so aufteilen, dass es die Aufspaltung meines äußeren Kung-Fus stützt.*

Er hielt sich mit dem Finger ein Nasenloch zu und versuchte, jeweils nur durch ein Nasenloch ein- und auszuatmen. So übte er die ganze erste Doppelstunde der Nacht lang. Zufrieden mit seinen kleinen Fortschritten, ließ er die Außenwelt wieder zu seinem Bewusstsein vordringen. Ein heftiger Windstoß ließ ihn die Augen aufschlagen. Vor ihm wirbelte Zhou Botongs lange Mähne herum. Der Alte Kindskopf übte noch immer das *Duell der Hände*. Guo Jing sah genauer hin. Mit der linken Hand übte Zhou Botong die zweiundsiebzig Formen der *strahlenden Faust*, während seine rechte mit den typischen Handkantenschlägen der Quanzhen-Schule agierte. Seine Bewegungen schienen langsam, doch jeder Schlag teilte zischend die Luft, so groß war die Kraft, die darin steckte. Guo Jing konnte förmlich spüren, wie Zhou Botongs innere Energie munter und ohne zu stocken von einer Hand in die andere und zurück wechselte. In jeder seiner Formen lag stets seine ganze Kraft. Beim Zusehen überlegte Guo Jing, dass seine Vorstellung von der Aufspaltung seines Qi womöglich der falsche Weg war. Schließlich war jeder vitale Nervenpunkt nur einmal im Körper vorhanden. Er musste stattdessen versuchen, Zhou Botongs reibungslosen Wechsel der inneren Energie von einer Seite zur anderen einzuüben, so wie man in einer Schlacht Truppen manövriert.

»Ah!« Ein Schrei riss Guo Jing aus seinen Gedanken. Ein schwarzglänzendes Etwas flog durch die Luft und klatschte gegen einen Baumstamm. Zhou Botong schwankte. Schnell sprang Guo Jing auf, um ihn zu stützen. »Was ist mit dir, Bruder?«

»Eine Schlange hat mich in den Fuß gebissen. Das elende Biest!«

Auf Guo Jing gestützt, humpelte Zhou Botong zurück in die Grotte, riss sich einen Stoffstreifen vom Hemd und band damit seinen Oberschenkel ab, um das Gift aufzuhalten. Guo Jing zog Zunder und Flintstein aus seiner Brusttasche und machte Feuer. Ein Blick auf Zhou Botong ließ ihn erschauern. Der ganze kindliche Schalk war aus seinem Gesicht gewichen. Seine Wade war bereits auf die doppelte Größe angeschwollen.

»Noch nie in all den Jahren habe ich auf dieser Insel eine verfluchte Schlange gesehen. Wo kommt die auf einmal her? Normalerweise hätte das Biest mich nicht erwischt, aber da ich mich auf beide Hände gleichzeitig konzentriert habe ...« Die sonst so volltönende Stimme des Alten Kindskopfs versagte. Guo Jing nahm an, dass sein Schwurbruder die Ausbreitung des Gifts dank seines inneren Kung-Fu verlangsamte. Aber es würde nicht mehr lange dauern, bis er das Bewusstsein verlor. In seiner Panik fiel Guo Jing nur ein einziger Ausweg ein. Er beugte sich vor und saugte die Bisswunde aus.

»Nein, nicht …! Das ist kein gewöhnliches Gift. Du stirbst!«

Aber Guo Jing war entschlossen, seinen Bruder zu retten, koste es, was es wolle. Zhou Botong wollte ihn abschütteln, aber er war schon zu schwach. Kurz darauf erschlaffte sein Körper und er wurde ohnmächtig. Guo Jing saugte an der Wunde. Er saugte und spuckte, saugte und spuckte, eine halbe Stunde lang, bis er das Gift fast vollständig aus ihm herausbekommen hatte. Eine weitere Stunde verging, bis Zhou Botong wieder zu sich kam. »Bruder, mit mir ist es zu Ende«, flüsterte er. »Kurz vor meinem Tod in dir einen so aufrechten und gutherzigen kleinen Bruder zu finden war ein unverdientes Glück.«

Guo Jing weinte. Obwohl sie sich erst seit kurzer Zeit kannten, fühlte er sich Zhou Botong wie einem alten Freund verbunden. Es durfte nicht sein, dass ihm sein Schwurbruder vor seinen Augen wegstarb.

»*Der wahre Weg der Neun Yin* liegt in einem steinernen Kästchen gleich hier, unter mir. Ich würde es dir gerne überlassen, aber nun hast du das Gift dieser Grubenotter in dir und wirst die Nacht nicht überleben. Es sieht so aus, als machten wir uns gemeinsam auf den Weg in die Unterwelt. Immerhin wird uns dort nicht langweilig. Wir können uns weiter im Vier-Mann-Kampf üben … nein, wohl eher im Vier-Geister-Kampf!« Er kicherte.

Aber Guo Jing fühlte sich ganz und gar nicht so, als wäre er auf dem Weg ins Totenreich. Er konnte keine Veränderung an sich feststellen. Noch einmal schlug er Zunder und Flintstein gegeneinander. Zhou Botongs Gesicht war aschfahl geworden und hatte nichts mehr von seinem rosigen Glanz. Der Lichtschein ließ ihn blinzeln. Er tat einen tiefen Atemzug. »Was hast du denn für ein Wundermittel eingenommen, Bruder? Wieso kann dir das Gift dieses gefährlichen Tiers nichts anhaben?«

Guo Jing wusste es selbst nicht. Da fiel ihm plötzlich seine Begegnung mit Liang Ziwengs Schlange ein. »Ich habe einmal versehentlich das Blut einer besonderen Schlange ausgesaugt. Ob ich vielleicht deshalb gegen Schlangengift immun bin?«

Zhou Botong überlegte, aber bevor ihm eine Antwort einfiel, war er schon wieder ohnmächtig geworden. Guo Jing bearbeitete seine Nervenpunkte, aber es wollte ihm nicht gelingen, seinen Schwurbruder wiederzubeleben. Er tastete die Bisswunde ab. Sie war glühend heiß, und die Wade war noch stärker geschwollen als zuvor. Plötzlich murmelte Zhou Botong etwas vor sich hin.

»Zum vierten Male
der Webstuhl bereit
das Mandarinenpaar zu weben,
auf dass es auf und davon fliege…«

»Was sagst du da?«

»Wie traurig, wenn das Haar
noch vor dem Alter ergraut…«

Das Gift hatte Zhou Botongs Verstand benebelt. Verzweifelt rannte Guo Jing aus der Grotte. »Huang Rong! Fürst Huang! Zu Hilfe! Bitte, helft mir!«

Aber seine Stimme verhallte ungehört in der Nacht. Die Pfirsichblüteninsel war groß und Huang Yaoshis Anwesen weit weg. Als keine Antwort kam, eilte Guo Jing niedergeschlagen zurück in die Grotte. Da kam ihm ein Gedanke. *Wenn das Gift mir nichts anhaben kann, habe ich dann vielleicht etwas im Blut, das Gift neutralisiert?*

Ohne lange zu überlegen, tastete er im Dunkeln nach Zhou Botongs Trinkschale aus Seladon-Keramik, zog den vergoldeten Dolch hervor, den Dschingis Khan ihm einst geschenkt hatte, schnitt sich in den linken Arm und hielt ihn über die Schale. Als sein Blut gerann, schnitt er sich noch einmal und ließ sein Blut fließen, bis die Schale gefüllt war. Dann hob er Zhou Botongs Kopf an, legte ihn in seinen Schoss, setzte die Schale an seine Lippen, öffnete seinen Kiefer und schüttete seinem Schwurbruder das Blut in den Rachen.

Anschließend lehnte er sich erschöpft an die kühle Felswand und schlief ein. Ein schmerzhafter Druck auf seinem Arm weckte ihn. Als er die Augen aufschlug, tanzte eine zottige schwarze Mähne vor ihm herum. Zhou Botong verband gerade seine Schnittwunden. »Bruder … du … geht es dir gut?«, stammelte er.

»Mir geht es prächtig, kleiner Bruder, weil du mich unter Einsatz deines Lebens gerettet hast! Die Häscher des Todes sind beleidigt wieder abgezogen. Mit denen ist so bald nicht mehr zu rechnen.«

Wie selbstlos mein Schwurbruder ist! Er hat mein Blut ausgesaugt, auf die Gefahr hin, dass er selbst dabei sterben könnte. Seltsamerweise sind wir beide den Häschern des Todes entkommen. Wie kann ich ihm das vergelten? Ich habe kein besonderes Kung-Fu mehr, das ich ihm beibringen könnte.

Den ganzen Tag ging diese Frage Zhou Botong im Kopf herum.

Wang Chongyang hatte das *Neun-Yin-Handbuch* nie für sich selbst gewollt, sondern allein, um die Welt des Jianghu vor Unheil zu bewahren. Aus diesem Grund sollte auch kein Jünger der Quanzhen-Schule jemals das darin enthaltene Kung-Fu lernen. Selbstverständlich hielt sich Zhou Botong an die Anweisung seines Bruders, aber seit der Begegnung mit der jungen Frau Huang hatten ihn ihre Worte nicht mehr losgelassen: *Euer Bruder hat gesagt, dass Ihr nichts vom Kung-Fu des Buchs lernen sollt; davon, dass Ihr es nicht lesen dürft, hat er nichts gesagt, nicht wahr?*

Während der fünfzehn Jahre, die er einsam und gelangweilt in seiner Grotte gehaust hatte, war *Der wahre Weg der Neun Yin* seine einzige Gesellschaft gewesen. Daher hatte er sich am Ende die Zeit mit dem Buch vertrieben und konnte es inzwischen vorwärts und rückwärts aufsagen.

Im ersten Band fand sich eine umfassende Darstellung der daoistischen Lehre zur Kultivierung des Inneren Kung-Fu, außerdem enthielt es Texte zu den Grundlagen des Faustkampfs und der Schwertkunst. Der zweite Band hingegen war voll von den eigentümlichsten und wundersamsten Formen der Kampfkunst und erläuterte, wie man diese Formen einübte und sich gegen sie verteidigte. Natürlich hatte die junge Frau Huang gelogen, als sie behauptete, es handle sich um eine weithin geläufige Abhandlung über Wahrsagekunst.

Zhou Botongs Lebensinhalt war die Kampfkunst. Und nun, wo er diese außergewöhnliche Schrift mit den Grundlagen und den Spielarten der höchsten Formen des Kung-Fu vor sich hatte, machte es ihn wahnsinnig, sich nichts davon aneignen zu dürfen. Weder wollte er als der größte Kung-Fu-Meister der Welt gelten noch trieb es ihn an, mit dem Kung-Fu aus dem Buch Rache für sein Unglück zu nehmen. Es waren allein seine kindliche Neugier und seine Leidenschaft für die Kampfkunst, die ihm keine Ruhe ließen. Zu gerne wollte er herausfinden, wie es sich anfühlte, wenn man dieses besondere Kung-Fu beherrschte.

Es verstand sich von selbst, dass das Kung-Fu aus dem *Neun-Yin-Handbuch* geradezu magisch war. Immerhin hatte sein Verfasser Huang Shang alle fünftausendvierhunderteinundachtzig Bände des *Daoistischen Kanons des ewigen Lebens* gelesen und vierzig Jahre damit zugebracht, sich Methoden auszudenken, mit denen er sämtliche Kung-Fu-Formen, die ihm begegnet waren, besiegen konnte. Und natürlich hatte der Alte Kindskopf gehört, dass die Zwillingsmörder der Dunklen Winde mit nur zwei der bösartigen

Spielarten des Kung-Fu aus dem zweiten Band das ganze Jianghu terrorisieren konnten. Was hieße es dann erst, wenn man alles beherrschte, was darin beschrieben war!

Es war nicht auszuhalten. Trotzdem war er standhaft geblieben und hatte es aus Respekt vor dem Andenken an seinen verstorbenen Bruder dabei belassen, in dem Buch zu blättern, zu lesen, es sich vorzustellen.

Als er am Morgen nach einem langen und erholsamen Schlaf erwachte, durchfuhr ihn ein Gedanke wie eine Offenbarung. *Das ist es!* »Hurra, ich weiß einen Ausweg!«, rief er fröhlich.

»Welcher Ausweg, Bruder?«, fragte Guo Jing.

Zhou Botong lachte nur. *Guo Jing ist kein Jünger der Quanzhen-Schule, ihm kann ich die Formen aus dem* Neun-Yin-Handbuch *also getrost beibringen. Und sobald er sie gelernt hat ... kann er sie mir zeigen, denn dann lerne ich sie von ihm, nicht aus dem Buch. Haha! Endlich kann ich meine Neugier befriedigen, ohne das Erbe meines Bruders zu verraten.*

Er wollte Guo Jing gerade seine geniale Idee offenbaren, als ihm einfiel, dass Guo Jing das Handbuch als verdammenswert bezeichnet hatte. Es sei voll von bösartigem und hinterhältigem Kung-Fu, hatte er gesagt. Aber das lag nur an den Zwillingsmördern der Dunklen Winde, die sich seiner äußeren Formen bedient hatten, ohne die Abhandlungen über die Kultivierung eines moralischen Charakters und der inneren Energie aus dem ersten Band zu kennen, sagte sich Zhou Botong. *Ich verrate es ihm einfach erst, wenn er alles gelernt hat ... dann wird er Augen machen! Selbst wenn er dann flucht und schreit, kann er das erlernte Kung-Fu ja schlecht wieder ablegen.* Einen von Natur aus zu dummen Streichen aufgelegten Kindskopf wie Zhou Botong kümmerte es sowieso wenig, ob man ihn liebte oder hasste, ihn pries oder verfluchte.

Er unterdrückte ein Lachen und setzte eine ernste Miene auf. »Ich habe während meiner langen Jahre in dieser Grotte noch viele andere Formen erfunden, Bruder. Da wir sonst nichts zu tun haben, könnte ich dir doch noch das ein oder andere davon zeigen, wie wär's?«

»Das ist sehr freundlich von dir, aber Huang Rong hat geschrieben, dass sie uns bald befreien wird …«

»Und? Hat sie uns schon befreit?«

»Nein … noch nicht.«

»Willst du dir die Wartezeit nicht vertreiben, indem du neue Kung-Fu-Formen lernst?«

»Natürlich!«

Freu dich nicht zu früh!, frohlockte Zhou Botong innerlich. *Du bist mir in die Falle gegangen.* Er beruhigte sein Gewissen mit dem Gedanken, dass Guo Jing am Ende davon profitieren würde und niemand zu Schaden kam.

Er begann mit den daoistischen Prinzipien aus dem ersten Band. Naturgemäß verstand Guo Jing zunächst überhaupt nichts, aber Zhou Botong, selbst erstaunt über seine grenzenlose Geduld, erklärte ihm die Philosophie Wort für Wort und Satz für Satz. Nach den Grundlagen ging er zum zweiten Band über, den vielfältigen Kampfkunstformen. Bevor er sie Guo Jing erklärte, musste er selbst immer wieder im Handbuch nachlesen, aber er achtete sorgfältig darauf, dass Guo Jing ihn nicht dabei erwischte.

Auf solche Weise war die Kampfkunst nie zuvor und nie danach unterrichtet worden – vor allem hatte man nie von einem Meister gehört, der das Kung-Fu, das er unterrichtete, selbst gar nicht beherrschte, die Methoden nur mündlich erklärte und dabei keinen Finger rührte.

Als Guo Jing dann die ersten Kampfkunstformen aus dem Handbuch gelernt hatte, übte er mit ihm, indem er sie mit dem Kung-Fu der Quanzhen-Schule konterte. Zu erleben, dass das Kung-Fu des *Neun-Yin-Handbuchs* tatsächlich in vieler Hinsicht dem der Quanzhen-Schule überlegen war, freute Zhou Botong diebisch.

Auch nach vielen Tagen des Lernens und Übens schöpfte Guo Jing keinen Verdacht. Der Alte Kindskopf konnte kaum glauben, wie gut sein Plan aufging. Selbst im Schlaf musste er oft unwillkürlich lachen.

Zum Mittagessen war unter den Gerichten, die der taubstumme Diener brachte, täglich eine von Guo Jings Leibspeisen, die Huang Rong eigens für ihn zubereitete. Diese Geste verriet Guo Jing, dass sie an ihn dachte, obwohl er sie nie zu Gesicht bekam. Er konnte also beruhigt seine Übungen fortsetzen.

Eines Tages wurde Guo Jing dann doch misstrauisch. Zhou Botong beschrieb ihm eine Form namens *Der magische Widerstandsbrecher*. Er sollte seinen Geist so konzentrieren und sein Qi so lenken, dass er seine zehn Finger mit einem Schlag in einen Felsen graben konnte. Nach mehreren Versuchen hielt Guo Jing inne. »Ist das eine Kunst aus dem *Neun-Yin-Handbuch*, Bruder? Ich habe sie bei Mei Chaofeng gesehen, die Menschen bei lebendigem Leib ihre fünf Finger in den Schädel gerammt hat. Eine barbarische Methode!«

Zhou Botong zuckte zusammen. »Wie kannst du Mei Chaofengs teuflische Methoden mit meinen streng orthodoxen Erfindungen vergleichen? Es gibt zahlreiche Kampfkunstformen, die sich ähneln, der Unterschied liegt in ihren Grundlagen. Darauf kommt es an.« Er musste vorsichtig sein, was er dem Jungen zeigte und was nicht. *Wie dumm diese Mei Chaofeng war!* Bedauerlich, dass sie den ersten Band nicht kannte und daher so vieles missverstanden hatte. Im zweiten Band hieß es tatsächlich: *Die Kraft strömt durch die Finger und nichts kann sie aufhalten, sie zerschmettert den Schädel des Feindes, als grabe man in fauliger Erde.* Das war doch nur eine Metapher und meinte nicht, dass man seine Finger tatsächlich in den Schädel des Gegners bohren sollte. *So ein dummes Ding!*, dachte Zhou Botong kopfschüttelnd.

Im ersten Band des Handbuchs war klar und deutlich erklärt, dass die ganze Schrift und das darin beschriebene Kung-Fu auf den daoistischen Prinzipien von Harmonie, Selbstlosigkeit und dem Einssein mit der Natur beruhte. Es diente dazu, das Böse zu vernichten und das Leben zu erhalten. Die barbarischen Kampfkünste und ihre fiesen Kniffe wurden nur geschildert, um sich mit den passenden Methoden dagegen wehren zu können. Da Mei Chaofeng den ersten Band nicht kannte, hatte sie ihr Leben lang etwas Falsches geübt.

»Gut, lassen wir diesen *Widerstandsbrecher* erst einmal beiseite und widmen uns den entscheidenden Lehrsätzen für gutes inneres Kung-Fu, einverstanden?«

Zhou Botong hielt es für angebracht, Guo Jing gar nicht erst länger über mögliche Zusammenhänge nachdenken zu lassen. Er zitierte ihm die ersten Sätze des Handbuchs und ließ Guo Jing nachsprechen. Guo Jing wiederholte sie wieder und wieder, Zeile um Zeile, bis sich ihm jedes Wort ins Gedächtnis eingebrannt hatte. Es war besser, wenn Guo Jing zuerst die Leitgedanken des ersten Bands verinnerlichte. Damit hätte er die Grundlagen, um in den Formen aus dem zweiten Band nichts weiter als die Fortführung dieser Leitsätze zu sehen und sie nicht mehr mit Mei Chaofengs stümperhaftem Humbug in Verbindung zu bringen.

Guo Jing verstand wenig von dem, was er auswendig lernte. Jedes Wort schillerte vor subtilen Bedeutungen, in jedem einzelnen Schriftzeichen schien der Schlüssel zum Verständnis des Universums zu stecken. Jeder Satz war überaus komplex. Guo Jing erzählte seinem Bruder davon, wie Bettlerfürst Hong ihn die Grundsätze der *achtzehn drachenbezwingenden Hände* nach dem Prinzip *Verinnerlichen, ohne zu verstehen* gelehrt hatte. Und dass auch der Bettlerfürst ihm versichert hatte, dass es vorerst genügte, wenn er sie auswendig lernte.

Zhou Botong konnte dem nur zustimmen, pries die Methode des Bettlerfürsten und beschied sich vorerst damit, Guo Jing in den folgenden Tagen das Handbuch Satz für Satz und Kapitel um Kapitel nachbeten zu lassen.

Am Ende des *Neun-Yin-Handbuchs* gab es einen Abschnitt, der einer unverständlichen Beschwörungsformel glich, über tausend Zeichen Kauderwelsch. Diese Passage hatte Zhou Botong in den vergangenen Jahren wieder und wieder gelesen, ohne daraus schlau zu werden. Trotzdem ließ er Guo Jing auch diesen schwierigen Text lernen. Bis dieser ihn auswendig konnte, würde Zhou Botong hoffentlich selbst in der Lage sein, seine Bedeutung zu erklären.

Er gab Guo Jing nur einen Satz nach dem anderen vor, es war unmöglich, eine Verbindung zwischen ihnen herzustellen, denn beim zweiten Satz hatte Guo Jing den ersten schon wieder vergessen. Nicht, dass Guo Jing sonst viel verstanden hatte, aber selbst ihm fiel auf, wie obskur dieser Text war, und er fragte Zhou Botong nach seiner Bedeutung.

»Die Wege des Himmels sind unergründlich«, gab Zhou Botong zur Antwort. »Es genügt, wenn du ihn auswendig hersagen kannst.«

Einen Haufen unzusammenhängender Schriftzeichen im Kopf zu behalten war wesentlich schwieriger als eine Kampfkunstform nachzuvollziehen. Immerhin scheute Guo Jing die Herausforderung nicht. Das Lernen fiel ihm grundsätzlich schwer, und er war es nicht gewohnt, die ihm aufgetragenen Aufgaben zu hinterfragen. In diesem Fall war das ein Vorteil, denn einem klugen Menschen, der den Sinn hinter den Worten zu ergründen suchte, wäre es viel schwerer gefallen, ihn einfach stumpf auswendig zu lernen. Guo Jings eiserner Wille brachte ihn dazu, sich auch diesen scheinbar sinnlosen Sermon vollständig anzueignen und schließlich herunterbeten zu können.

Nachdem Guo Jing das gesamte Handbuch auswendig konnte, verlegte sich Zhou Botong darauf, ihm die verschiedenen Methoden darzulegen, zuallererst die zur Kultivierung des Inneren Kung-Fu. Für Guo Jing entsprachen diese Theorien und Praktiken ganz denjenigen, die er von Ma Yu gelernt hatte, sie waren nur profunder und komplexer. Da Zhou Botong der Kampfschulonkel Ma Yus war, war es nur natürlich, dass sein Wissen noch tiefgründiger war. Guo Jing wunderte sich nicht weiter darüber. Er erinnerte sich daran, wie ihn Mei Chaofeng im Palast des Königs Zhao, als sie auf seinen Schultern gegen ihre Widersacher gekämpft hatte, nach den Geheimnissen des daoistischen *Neigong* gefragt hatte. Sie hatte keine Ahnung von der Lehre des Dao gehabt. Aus diesem Grund brachte er die neuen Künste, die er von Zhou Botong lernte, überhaupt nicht mit Mei Chaofeng in Verbindung. Zwar fiel selbst ihm das schelmische Funkeln in Zhou Botongs Augen auf, wenn dieser ihn unterrichtete, doch Guo Jing schob es einfach auf die Natur des Alten Kindskopfs. Er wäre niemals darauf gekommen, was für ein übler Streich ihm gerade gespielt wurde.

Nach den nächsten morgendlichen Übungsstunden fand Guo Jing auf dem Mittagstisch wieder einen sachte mit einem Flaschenkürbis markierten Mantou. Er schnappte ihn aus dem Korb und zog sich damit in den Pfirsichhain zurück.

Lieber Guo Jing, Gift des Westens hat meinen Vater im Namen seines Neffen um meine Hand gebeten, und Vater hat schon zu …

An dieser Stelle brach die Nachricht ab. Er sah der Schrift an, dass sie offenbar hastig hingekritzelt, in der Wachskapsel verschlossen und in den Mantou gesteckt worden war. Und das unvollständige Wort konnte nur »zugestimmt« heißen. Guo Jing geriet in Panik. Als der Diener fort war, zeigte er die Nachricht Zhou Botong, der Guo Jings Aufregung nicht verstehen konnte. »Was geht uns das an, ob ihr Vater sie verheiraten will und mit wem?«

»Das geht nicht! Huang Rong will keinen anderen als mich. Sie ist bestimmt am Boden zerstört.«

»Ach, eine Frau stört dich nur beim Kung-Fu. Wäre doch zu schade, wenn dich die Ehe von der Entdeckung wunderbarer neuer Kampfkunstwelten abhielte. Was mich angeht, ich … ich habe es stets bereut. Glaube mir, werter Bruder, es lebt sich besser ohne Ehefrau.«

Guo Jing war fassungslos. Sein Schwurbruder ließ ihn einfach im Stich und redete ungerührt weiter. »Wäre ich jungfräulich geblieben, hätte ich das herausragende Kung-Fu meines Bruders lernen können. Niemals wäre es dem Alten Ketzer gelungen, mich auf dieser verfluchten Insel festzuhalten. Sieh dich doch an! Der Gedanke an dieses Mädchen hat dich vollkommen durcheinandergebracht, heute kommst du mit deinen Übungen bestimmt nicht weit. Wie wird das erst, wenn du die Tochter des Ketzers wirklich heiratest? Ein Jammer wäre das!« Er seufzte theatralisch. »Damals, als ich … ach, reden wir nicht davon. Eins steht fest: Sobald eine Frau dich im Griff hat, bist du für die Welt der Kampfkunst verloren. Du wirst deine Freunde verraten und deinen Bruder brüskieren … Wie ich damals. Ach, sie hätten mich nicht getötet. Sie wollten sie mir lassen, aber ich wollte natürlich nicht. Aber obwohl ich sie nicht wollte, konnte ich sie nicht vergessen. Wo sie wohl heute … Vertraue mir, Bruder. Sieh keiner Frau in die Augen. Und fass bloß niemals eine an, bring ihr nichts über Nervenpunkte bei und lass dich niemals von ihr an den Nervenpunkten berühren, sonst gehst du ihr in die Falle … Heirate niemals, Guo Jing, unter keinen Umständen …«

Guo Jing hatte langsam genug von Zhou Botongs Gefasel. »Ob wir heiraten oder nicht, wird sich zeigen. Erst musst du mir helfen, sie zu retten, Bruder!«

»Gift des Westens ist ein übler Schurke und sein Neffe ist auch nicht gerade ein Heiliger. Die Tochter des Alten Ketzers ist ein hübsches Kind, aber sie kommt nach ihrem Vater und ist voller Tücke, daher wird der Neffe keine Freude an ihr haben. Noch dazu wird ihm das Kung-Fu eines Enthaltsamen verwehrt bleiben ... Nun, damit schlägt man zwei Fliegen mit einer Klappe, das wäre doch wunderbar!«

Guo Jing stöhnte auf und stapfte zurück in den Wald. Er hockte sich auf einen Stein und stützte den Kopf in die Hände. *Und wenn ich im Labyrinth dieser Insel umkomme, ich gehe sie suchen.*

Entschlossen sprang er auf. In diesem Augenblick hörte er Vogelschreie in der Luft und sah zwei weiße Silhouetten vom Himmel herabstoßen. Seine Adler! Glücklich winkte er sie zu sich heran. An der Kralle des Männchens war ein Bambusrohr festgebunden. Hastig löste er es und öffnete das verschlossene Rohr. Noch eine eilig gekritzelte Nachricht von Huang Rong. Gift des Westens wurde bald mit seinem Neffen auf der Insel erwartet und ihr Vater ließ sie nicht aus den Augen. Er habe ihr verboten, für Guo Jing zu kochen und ihr Zimmer zu verlassen. Wenn kein Ausweg mehr bliebe, würde sie sich lieber das Leben nehmen, als ihre Liebe zu verraten. *Bitte suche nicht nach mir. Die Insel ist voller Fallen und Gefahren.*

Guo Jing starrte auf die Zeilen. Dann zog er seinen Dolch hervor und ritzte die Worte *zusammen leben, zusammen sterben* in das Bambusrohr. Dann band er es wieder an die Kralle des Adlers. Die prächtigen Vögel spannten ihre Flügel auf, schossen hoch in die Luft, kreisten ein paarmal über ihm und flogen dann Richtung Norden davon.

Er setzte sich wieder hin. Jetzt, da er – komme, was wolle – entschlossen war zu handeln, fielen alle Angst und Verzweiflung von ihm ab. Er schloss die Augen und konzentrierte sich auf seinen Atem. Dann ging er zurück zu Zhou Botong, um weiter mit ihm zu üben.

Die darauffolgenden Tage verbrachte er damit, sein neu erworbenes Wissen zu verfestigen. Zhou Botong beließ es dabei, ihm die Formen aus dem zweiten Band zu erklären und betonte immerzu, es sei noch zu früh, sie in die Praxis umzusetzen. Guo Jing durfte auf keinen Fall Verdacht schöpfen.

Guo Jing machte alles genau so, wie es von ihm erwartet wurde. Von klein auf hatte er gelernt, den Anweisungen seiner sechs Meister zu folgen, ohne jemals ihre Methoden infrage zu stellen. Zhou Botong gegenüber war er nicht weniger folgsam. Er betete den Text nach, den er lernen sollte, zehn Mal, hundert Mal, tausend Mal. Auch die Stelle am Ende, die so gar keinen Sinn ergeben wollte mit ihrem *mahabharata*, *prajñabharata* oder *hahoramanbaya*. Guo Jing konnte inzwischen jede Silbe davon fehlerfrei aufsagen, Und Zhou Botong konnte nicht umhin, ihn insgeheim zu bewundern. *Ich Alter Kindskopf hätte es nicht so schnell wie dieser Dummkopf geschafft, mir dieses unsinnige Kung-Fu anzueignen, das muss ihm der Neid lassen.*

Der Nachthimmel war ungewöhnlich klar, und das Meer glitzerte im hellen Mondschein. Guo Jing hatte seine täglichen Übungen erst spät beendet. Nun lagen die beiden Schwurbrüder auf der Erde, ruhten sich aus und plauderten über dies und jenes. Guo Jing war sich gar nicht bewusst, wie sehr sich sein Kung-Fu in den vergangenen Tagen verbessert hatte, während Zhou Botong es sehr wohl bemerkt hatte. Der Alte Kindskopf bezweifelte, dass er seinen Schwurbruder noch besiegen könnte, sobald dieser das gesamte Kung-Fu aus dem *Neun-Yin-Handbuch* verinnerlicht hatte. Vermutlich hätten dann sogar der Alte Ketzer und der Bettler Mühe ihre Mühe mit ihm.

Plötzlich hörten sie ein Zischen. »Eine Schlange!«, rief Zhou Botong, sprang auf und rannte in Panik in die Höhle. Es war nicht nur eine, sondern eine ganze Herde Schlangen. Bei ihrem Anblick war dem Alten Kindskopf alle Farbe aus dem Gesicht gewichen.

»Bleib in der Grotte, ich sehe mir das genauer an«, sagte Guo Jing, nachdem er hastig ein paar große Felsen vor den Eingang der Höhle gerollt hatte.

»Sei vorsichtig! Komm gleich wieder zurück!« Zhou Botong hatte seine Fassung wiedergewonnen, aber seine Stimme zitterte noch immer. »Warum gehst du überhaupt nachsehen? Was … Was ist denn so besonders an einem Haufen Schlangen? Wo kommen die überhaupt her? Seit fünfzehn Jahren bin ich auf dieser Insel und habe noch keine einzige Schlange gesehen. Da tut der Alte Ketzer so allmächtig, dabei kann er nicht einmal diese glitschigen Monster von seiner Insel fernhalten. Wenn das so weitergeht, ist hier bald alles voller Sumpfschildkröten, Nattern, Tausendfüßler und Skorpione. Hier ist etwas faul, und zwar gewaltig!«

三道试题

8
Die drei Prüfungen

Guo Jing folgte dem Zischeln und stieß schon nach wenigen Schritten auf eine sich windende Masse schwarzer Schlangenleiber. Ihre Schuppen glänzten im Mondlicht. Zehn Männer, von Kopf bis Fuß in Weiß gekleidet, trieben die Herde mit Stöcken an.

Bedeutet dies, dass das Gift des Westens schon angekommen ist? Was haben sie mit den vielen Schlangen vor?

Die Schlangenherde glitt Richtung Norden, geführt von Huang Yaoshis taubstummen Dienern. Glücklicherweise bot der dichte Dschungel Guo Jing Deckung, sodass er der Gruppe unerkannt folgen konnte. Nach wenigen Li führte der Weg um einen Hügel auf eine grasbewachsene Lichtung. Pfiffe ertönten, und sofort rollten sich die Schlangen ein und verharrten reglos auf der Stelle. Die dreieckigen Schlangenköpfe waren alle auf einen Bambuswald gerichtet. Um unentdeckt zu bleiben, hielt sich Guo Jing im Dschungel und umging die Lichtung, indem er erst nach Osten rannte und dann wieder weiter nach Norden. Als er den Rand des Bambuswalds erreicht hatte, blieb er kurz stehen und lauschte. Ringsum herrschte Totenstille. Auf Zehenspitzen schlich er vorsichtig weiter. Bald darauf erhaschte er einen Blick auf einen frei stehenden Pavillon aus demselben Bambus wie der Wald, in dem er sich befand. Über einem der Rundbögen hing ein Schild mit drei Schriftzeichen:

PAVILLON DER SCHWERTPRÜFUNGEN

Auf den beiden Säulen rechts und links des Torbogens war ein Verspaar eingraviert:

*Die Schatten der Pfirsichblüte fallen auf fliegende Schwerter
Die Wellen des türkisfarbenen Meers wogen zum Klang der
Jadeflöte*

Der Tisch und die Stühle, die darin standen, waren aus Bambus, dessen Oberfläche, von vielen Jahren des Gebrauchs poliert, warm im Mondlicht glänzte. Der Pavillon war gesäumt von alten Kiefern, deren knorrige, krumme Zweige hoch in den Nachthimmel ragten. Das idyllische Landschaftsbild wurde nur von dem Heer schaukelnder Schlangenköpfe mit ihren tanzenden Zungen getrübt. Die Tiere hatten sich mittlerweile in zwei Kolonnen aufgeteilt, zwischen denen weiß gekleidete Frauen anmutig schlenderten und mit roten Seidenlaternen den Weg leuchteten. Einige Schritte hinter ihnen gingen zwei Männer. Der erste von ihnen hielt einen Fächer in der Hand und trug ein weißes, mit Goldfäden durchwirktes Seidengewand. Guo Jing erkannte ihn sofort.

Als der Meister vom Weißen Kamelberg den Bambushain erreicht hatte, blieb er stehen und sagte laut: »Prinz Ouyang Ke aus dem Westen grüßt den Herrn der Pfirsichblüteninsel.«

So viel Aufwand, um Gift des Westens zu empfangen, dachte Guo Jing und hielt nach dem legendären Großmeister Ausschau.

Auch Ouyang Feng war ganz in Weiß gekleidet. Seine hochgewachsene, kräftige Gestalt war deutlich zu erkennen, aber sein Gesicht lag im Dunkeln. Bei jedem zweiten Schritt schlug sein Stab in strengem Rhythmus auf den Boden. Kaum hatten sich die beiden Ehrengäste zwischen ihrer Entourage postiert, traten zwei Gestalten aus dem Bambushain.

Guo Jing hätte beinah einen lauten Schrei ausgestoßen.

An der Hand ihres Vaters schritt Huang Rong auf die Gäste zu. Ouyang Feng trat vor, legte die Hände ineinander und machte eine tiefe Verbeugung vor Huang Yaoshi, der die Geste erwiderte. Ouyang Ke ging auf die Knie und schlug seine Stirn auf den Boden auf. »Euer Schwiegersohn erweist seinem Schwiegervater Respekt und wünscht Euch goldenen Frieden.«

»Nicht so förmlich«, sagte Huang Yaoshi, reichte ihm die Hand und half ihm auf. Guo Jing wurde bei diesem Austausch speiübel.

Huang Yaoshi legte seine rechte Hand auf Ouyang Kes linken Arm. Eine scheinbar freundliche Geste, die jedoch darauf abzielte, das Kung-Fu des Jüngeren auf die Probe zu stellen. Darauf war Ouyang Ke vorbereitet und sammelte sein Qi, um sich nicht aus dem Gleichgewicht bringen zu lassen. Doch er hatte vergebens gehofft, sich auf den Beinen zu halten. Schon im nächsten Augenblick schrie er laut auf und landete kopfüber im Gras. Schnell wirbelte Ouyang Feng seinen Stab durch die Luft, berührte sachte den Rücken seines Neffen, der die Hebelwirkung des Stabs nutzte, um mit einem Rückwärtssalto wieder zu einer aufrechten Haltung zurückzufinden. »Werter Bruder Huang«, lachte Ouyang Feng, »du wirst doch nicht von deinem Schwiegersohn zur Begrüßung einen Salto erwarten?«

Seine Stimme dröhnte mit metallischer Härte in Guo Jings Ohren.

»Ich wollte nur seine Fähigkeiten auf die Probe stellen. Ich habe gehört, dass er sich mit vier Kung-Fu-Kämpfern gegen meine Schülerin verbündet hat und außerdem mit seinen Schlangen meine Tochter angegriffen hat.«

»Nichts als Kinderspiele waren das«, lachte Ouyang Feng. »Das darfst du nicht so ernst nehmen, werter Bruder Huang.« Er machte eine Pause, bevor er weitersprach. »Denkst du nicht, dass mein Neffe deine kostbare Tochter wert ist? Ich muss schon sagen, Bruder Huang, sie ist in der Tat eine außergewöhnliche Schönheit.«

Er legte den Kopf schief und betrachtete Huang Rong. Dann zog er ein Kästchen aus Brokat aus seinem Gewand, hob den Deckel auf und brachte eine ockergelbe, taubeneigroße Kugel zum Vorschein, die auf einem seidenen Bett ruhte. »Dieses Amulett nennt sich *Rhinozeros und Riesenwurm*. Es ist aus den seltenen Tieren des Westens gemacht und wurde unter Verwendung besonderer Kräuter gehärtet.« Er präsentierte Huang Rong den eher schlicht wirkenden Gegenstand. »Trägst du es bei dir, kann dir kein Gift der Welt etwas anhaben. Es ist das einzige seiner Art. Damit gewappnet, musst du dich nicht vor unseren Schlangen und Insekten fürchten, wenn du künftig bei uns wohnst.« Er hielt Huang Rong das Kästchen hin. »Dein Vater hat für dieses ärmliche Geschenk sicher nur Verachtung übrig. Mit den Schätzen, die er kennt, mag es sich nicht messen können, aber dieses Amulett hat durchaus seinen Nutzen.«

Bekanntlich war alles, was mit Gift zu tun hatte, Ouyang Fengs Metier. Ein solches Geschenk sollte zweifellos dazu dienen, Huang Yaoshis Bedenken hinsichtlich seiner Motive für die Brautwerbung zu zerstreuen.

Als er das Geschenk überreichte, trat er aus dem Schatten, und Guo Jing konnte endlich das Gesicht des geheimnisumwitterten Großmeisters sehen. Er hatte eine große Nase und tief liegende Augen. Sein Gesicht war halb von einem hellbraunen Bart bedeckt und auch sein Haar war heller als das der Bewohner der Zentralebene. Man erkannte die Ähnlichkeit mit seinem Neffen Ouyang Ke, aber seine ganze Erscheinung war kantiger, martialischer. Seine Blicke zuckten wie Blitze und waren scharf wie Dolche.

Huang Rong gehört zu mir, sie will dich nicht, sagte Guo Jing sich wieder und wieder. *Sie wird dein Geschenk nicht annehmen …*

Doch er musste mitansehen, wie Huang Rong mit einem bezaubernden Lächeln auf Ouyang Feng zutrat und mit einem freundlichen »Dankeschön!« das Geschenk entgegennahm.

Ouyang Ke war Huang Rongs schneeweißer Haut und ihrer blühenden Schönheit erlegen, seit er ihr zum ersten Mal begegnet war. Das Lächeln auf ihren roten Lippen ließ ihn wie auf Wolken schweben. *Jetzt, wo ihr Vater sie mir versprochen hat, hat sie endlich ihre Meinung geändert,* dachte er freudig.

Sein Glück war nur von kurzer Dauer. Im nächsten Augenblick blitzte es goldglänzend vor seinen Augen. »Oh nein!«, keuchte er und bog sich schnell zurück in eine *Eiserne Brücke.*

»Was tust du da?«, schrie Huang Yaoshi. Mit einem entschlossenen Schwung seines linken Ärmels lenkte er die vergoldeten Nadeln zur Seite ab, die Huang Rong auf Ouyang Ke abgeschossen hatte. Seine rechte Hand holte zu einem Hieb auf ihre Schulter aus.

»Töte mich, Vater, nur zu!« Sie brach in Tränen aus. »Lieber will ich sterben, als diesen Wüstling zu heiraten.«

Ouyang Feng hatte Huang Rong rasch das Amulett in die Hand gedrückt und blockte Huang Yaoshis Hieb ab. »Nicht doch. Deine reizende Tochter wollte nur das Kung-Fu meines Neffen auf die Probe stellen.« Sein hohles Lachen ließ die Nacht erbeben.

Natürlich hätte Huang Yaoshi seiner Tochter niemals etwas zuleide getan, weshalb Ouyang Feng kaum innere Kraft aufwenden musste, um seinen Schlag abzuwehren. Ouyang Ke dagegen spürte einen pochenden Schmerz in der Brust, als er sich aufrichtete. Die Nadeln waren so unversehens auf ihn zugeschossen, dass einige ihn wohl doch getroffen hatten. *Sie will mich wohl doch nicht heiraten,* dachte er bitter. Äußerlich ließ er sich nichts anmerken und verbarg seinen Schmerz und seine Scham hinter einem süffisanten Lächeln.

»Werter Bruder Yaoshi, es ehrt mich, dass du mich nach all den Jahren seit unserer letzten Begegnung auf dem Gipfel des Hua noch immer hochschätzt«, hob Ouyang Feng erneut an. »Du weißt gar nicht, wie sehr es mich freut, dass du der Vermählung deiner Tochter mit meinem Neffen zugestimmt hast. Wenn es etwas gibt, das dein Bruder für dich tun kann, werde ich es dir gewiss nicht abschlagen.«

»Wer würde es wagen, Gift des Westens zur Last zu fallen? Doch gerne möchte ich dich bitten, uns die Ehre einer Kostprobe deines herausragenden Kung-Fus der Westberge zu erweisen.«

Huang Rongs Tränen versiegten sofort, als sie hörte, wie ihr Vater Ouyang Feng zur Demonstration seiner Kampfkünste aufforderte. An ihren Vater gelehnt, betrachtete sie neugierig den knorrigen Stab, den Gift des Westens mit sich führte. Er war pechschwarz, offenbar aus Schmiedeeisen und von ungewöhnlichem Umfang. Das Merkwürdigste daran war die menschliche Fratze, die in den Griff eingearbeitet war. Im Mondlicht sah man weiße Reißzähne in ihrem geöffneten Mund glänzen.

»Meine Kampfkunst war der deinen schon damals unterlegen, und ich bin mit den Jahren etwas eingerostet und werde mich kaum mit dir messen können«, sagte Ouyang Feng. »Doch da wir jetzt eine Familie sind, würde ich gerne die Gelegenheit wahrnehmen und ein paar Tage hier verweilen, um etwas von dir zu lernen.«

Seine falsche Bescheidenheit verwirrte Huang Yaoshi. Ouyang Fengs Worte waren bekanntlich in Honig getauchte Stacheln. Er bezweifelte sehr, dass der berüchtigte Giftmolch sich in den vergangenen Jahren geändert hatte. Sein Stolz verbot es ihm, einem anderen einzugestehen, dass sein Kung-Fu unterlegen sei.

Umso mehr hatte es dem Herrn der Pfirsichblüteninsel geschmeichelt, als Ouyang Feng ihm einen Boten geschickt hatte, um im Namen seines Neffen um die Hand seiner Tochter zu bitten. Der unterwürfige Ton seines Ansinnens war Balsam für Huang Yaoshis eitle Seele gewesen. Da Ouyang Feng ihn persönlich ausgebildet hatte, war zu erwarten, dass jener Neffe einen formidablen Kampfkünstler abgab.

Natürlich kannte er seine Tochter und wusste, dass sie es gewohnt war, ihren Kopf durchzusetzen. Ein Gatte mit minderwertigen Kampfkünsten würde schwerlich Gnade vor ihren Augen finden. Die ausschweifende Lobpreisung der literarischen Bildung des Brautwerbers hatte Huang Yaoshi jedoch mit Vorsicht genossen. Andererseits sagte er sich, dass bestimmt jeder Anwärter klüger und weniger störrisch war als der Bauerntrampel, den sich seine Tochter auserkoren hatte.

Beim Gedanken an Guo Jing wurde Huang Yaoshi wütend. Ein Schwiegersohn, der geistig weniger rege und gebildet war als er selbst oder seine Tochter, kam für ihn nicht infrage. Wie könnte man ihm, dem Ketzer des Ostens, einem der Großmeister des Jianghu, einen so tumben Holzklotz zumuten! Er würde sich zum Gespött der gesamten Welt der Kampfkünste machen.

Noch dazu hatte dieser Holzklotz seinen Schüler Chen Xuanfeng auf dem Gewissen. Ihm das *Neun-Yin-Handbuch* zu stehlen war fraglos ein unverzeihliches Vergehen gewesen, aber als Schüler der Pfirsichblüteninsel von der Hand eines unbedarften Kindes zu sterben, war eine Schmach. Sein ganzer Zorn auf seinen abtrünnigen Schüler richtete sich jetzt gegen Guo Jing.

Obwohl er seinen Titel der Ablehnung aller orthodoxen Lehren und Konventionen zu verdanken hatte, legte der Ketzer des Ostens immer noch großen Wert auf sein Ansehen – und damit auch auf das Ansehen seines Schwiegersohns. Er war sich sicher, dass Ouyang Ke mit seiner Kampfkunst, seiner Intelligenz und seinem Rang eine gute Partie für seine Tochter darstellte und hatte dem Antrag daher unverzüglich zugestimmt. Es war das erste Mal, dass er einem Wunsch seiner Tochter zuwidergehandelt hatte.

Doch die Wiederbegegnung mit Ouyang Feng ließ sein altes Misstrauen gegen den heimtückischen Giftmolch wiederaufleben. *Ob er wohl sein Kröten-Kung-Fu aufgegeben hat, nachdem Wang Chongyang ihn damals mit dem* Sonnenfinger *verletzt hat? Das lässt sich herausfinden.*

»Meine werten Gäste haben eine lange Reise hinter sich. Bitte nehmt Platz, und lasst mich euch eine Melodie auf der Flöte vorspielen«, sagte er und zog seine Xiao aus dem Ärmel.

Ouyang Feng verzog das Gesicht zu einem spöttischen Lächeln. *So, du willst also mein Kung-Fu auf den Prüfstand stellen,* dachte er. Auf einen beinahe unmerklichen Wink seiner linken Hand hin glitten die weiß gekleideten Frauen auf Huang Yaoshi zu und warfen sich vor ihm in den Staub. Alle waren hochgewachsen und ungewöhnlich blass, manche waren blond, manche braunhaarig, manche hatten blaue, grüne oder graue Augen. Sie sahen ganz anders aus als die Frauen aus der Zentralebene, aber niemand konnte leugnen, dass jede Einzelne eine verführerische Schönheit war.

»Hier bringe ich dir zweiunddreißig Jungfrauen, werter Freund. Meine Diener haben sie in den Regionen des Westens ausfindig gemacht und erworben, und renommierte Lehrer haben sie in Gesang und Tanz unterrichtet, worauf sie sich inzwischen nicht schlecht verstehen. Obwohl natürlich die Schönheit der Weiber aus dem Westen niemals an den Liebreiz der Frauen des Südens heranreichen kann.«

»Erlaubt mir zu gestehen, dass mich derlei Vergnügen nie gereizt haben. Seit dem Tod meiner geliebten Gattin bedeuten mir auch die schönsten Frauen der Welt rein gar nichts. Daher kann ich dein großzügiges Geschenk nicht annehmen.«

»Was schadet es, sie zu behalten, um dir ein wenig die Zeit zu vertreiben und deine Augen und Ohren verwöhnen zu lassen?« Ouyang Feng klatschte dreimal in die Hände.

Acht der Frauen begannen, auf ihren Musikinstrumenten Melodien zu spielen, die in den Ohren der Menschen aus dem Süden seltsam fremd klangen. Die anderen vierundzwanzig tanzten dazu. Die in den vorderen Reihen tanzten tief über dem Boden, während die in den hinteren Reihen sich auf die Zehenspitzen reckten. Sie wirbelten und sprangen mit ihren geschmeidigen Körpern nach rechts und nach links. Jede Bewegung und jeder Körper fügte sich perfekt zu einem harmonischen Bild. Jede schien mit jeder zu einer Einheit verbunden zu sein. Sie reckten die Arme hoch, verdrehten sie, als wären sie knochenlos, und bewegten die Finger beider Hände wellenförmig dazu; sie imitierten ein wogendes Schlangenmeer.

Dieser Tanz erinnerte Huang Rong an Ouyang Kes *Wendige Schlangenfaust*. Sie schielte zu ihm hin und bemerkte, dass er sie unentwegt anstarrte. Für sie war er die widerlichste Kreatur der Welt. Sie kochte vor Wut auf ihren Vater. Was fiel ihm ein, ihre Nadeln abzulenken? Um diese ungewollte Ehe abzuwenden, musste sie zu drastischen Maßnahmen greifen. Sie dachte an das alte Sprichwort *Den Kessel kühlen, indem man das Feuerholz wegnimmt*. Der einzige Ausweg war, Ouyang Ke loszuwerden. Wenn der Bräutigam nicht zur Trauung erschien, konnte ihr Vater ihre Hand versprechen, wem er wollte. Dieser Gedanke stimmte sie unwillkürlich heiter. Ouyang Ke verstand ihr Lächeln als gutes Zeichen. Der Schmerz in seiner Brust war sofort vergessen.

Der Tanz wurde immer sinnlicher und verführerischer. Die Frauen ließen die Hüften und die Brüste kreisen und bewegten ihr Becken rhythmisch wie beim Liebesakt.

Huang Yaoshi verzog kaum eine Miene. Dann setzte er mit einem feinen Lächeln die Xiao an die Lippen. Schon die ersten Töne ließen die Tänzerinnen stocken, sie gerieten aus dem Rhythmus und stolperten übereinander. Schließlich folgte ihr Tanz Huang Yaoshis Flötenklängen. Auch die acht Musikerinnen fielen mit ihrem Spiel in die neue Melodie ein. Die Schlangenhirten konnten ebenfalls nicht mehr stillhalten und wuselten und sprangen inmitten ihrer Herde umher.

Ouyang Feng missfiel es, die Darbietung gestört zu sehen. Er klatschte laut in die Hände, packte die Musikerin, die ihm am nächsten stand und nahm ihr das Instrument ab. Es war eine gusseiserne Zheng. Er schlug sie hart an, und martialische Klänge wie von Schwertern in einer Schlacht übertönten das liebliche, ätherische Säuseln der Xiao.

»Komm, lass uns zusammen spielen« sagte Huang Yaoshi lächelnd. Kaum hatte er die Flöte abgesetzt, verlangsamte sich der Tanz.

»Verschließt eure Ohren! Der Herr der Insel und ich werden ein Duett spielen«, verkündete Ouyang Feng.

Sein Gefolge verstand sofort, dass es ihm mit dieser Anweisung ernst war. Eilig rissen sich die Frauen Fetzen von ihren Kleidern, stopften sie in ihre Ohren und schlangen sie mehrmals um ihre Köpfe, damit kein Laut zu ihnen vordrang. Auch Ouyang Ke verstopfte seine Ohren vorsorglich mit Watte.

»Mein Vater spielt für dich! Wie kannst du es wagen, ihn zu beleidigen?«, herrschte Huang Rong ihn an.

»Das ist keine Beleidigung«, sagte Huang Yaoshi. »Dass er nicht noch einmal meiner Xiao lauschen möchte, hat gute Gründe. Und ich fürchte, auch dir wird es nicht möglich sein, die Klänge von Onkel Ouyangs Zheng zu genießen.« Er zog ein Seidentuch hervor, riss es in zwei Streifen und verschloss ihre Ohren damit. »Bedauerlicherweise können sich deine Schlangen wohl kaum vor unseren Melodien schützen«, sagte er dann und gab einem Diener einen Wink, woraufhin dieser den Schlangenhirten bedeutete, ihm zu folgen. Die Hirten sahen Ouyang Ke fragend an. Er nickte. Sie bliesen in ihre Pfeifen und folgten mit der Schlangenherde dem Diener, froh, sich selbst außer Hörweite zu bringen.

Guo Jing schlich sich etwas näher heran. Er war neugierig auf Ouyang Fengs Musik.

»Bitte, sieh es mir nach, wenn meine Darbietung nicht an deine Kunst heranreicht, Bruder Yaoshi.« Ouyang Feng setzte sich im Schneidersitz auf einen Felsblock, die Zheng auf dem Schoß. Dann schloss er die Augen, um sein Qi zu sammeln, und schlug mit der rechten Hand die ersten Töne an.

Die chinesische Qinzheng war bekannt für ihren melancholischen Klang, doch diese gusseiserne Zheng der Westgebiete klang besonders wehmütig. Guo Jing hatte kein Ohr für Musik, aber er spürte, wie jede gezupfte Saite seinen Puls beschleunigte. Je schneller Ouyang Feng spielte, umso mehr raste Guo Jings Herz. Er hatte das Gefühl, als ob es ihm aus dem Hals springen wollte. Rechtzeitig begriff er, wie gefährlich die Melodie war, setzte sich mit gekreuzten Beinen hin, schloss die Augen, lenkte sein Qi, beruhigte seinen Atem und sammelte seinen Geist. Bald konnte ihm die Musik nichts mehr anhaben.

Ouyang Fengs Spiel wurde drängender und drängender. Sein Rhythmus hatte sich inzwischen so sehr beschleunigt, dass man keine einzelnen Töne mehr heraushören konnte. Der Klang von zehntausend galoppierenden Pferden und Hunderten von Kriegstrommeln drückte wie eine mächtige Wand aus Tönen auf Guo Jing. Hin und wieder schlich sich ein zartes Summen in das harte Scheppern der Zheng, erst vorsichtig, dann immer selbstbewusster. Es ließ Guo Jing erröten und sein Herz wieder schneller schlagen. Erneut musste er sich konzentrieren und seine Sinne unter Kontrolle bringen. So wild und laut die Zheng auch tönte, vermochte sie allerdings nicht, das Trillieren der Xiao zu übertönen. Beide Großmeister hielten unverdrossen an ihren eigenen Melodien fest. Die Nacht war erfüllt von einer lärmenden Kakofonie.

Die eiserne Zheng klang nach den Affenschreien in abgelegenen Gebirgen und Eulenrufen in der Tiefe des Waldes. Die Bambusflöte hatte die Wärme von Frühlingssonne und die Zartheit eines Wisperns in der Kammer eines Mädchens. Leidenschaftliches Leid kämpfte gegen sanfte Sinnlichkeit.

Wurde eine Melodie höher, schlug die andere tiefere Töne an, schwoll die eine an, versiegte die andere beinahe. Doch nie gewann eine davon die Oberhand.

Amüsiert betrachtete Huang Rong das stumme Konzert. Verstohlen beobachtete sie, wie ihr Vater, der im Stehen spielte, nach dem Muster der Acht Trigramme hin- und herging, so wie er es immer dann tat, wenn er an seinem inneren Kung-Fu arbeitete. Sein Gegner musste sehr stark sein, um ihm solche Schwierigkeiten zu bereiten. Doch ein Blick auf Ouyang Feng verriet ihr, dass auch er kämpfte. Sein Kopf dampfte wie ein Kochtopf, während er all seine Kraft in die Musik legte und seine Ärmel mit seinen heftigen Zupf- und Streichbewegungen im Wind flatterten.

Guo Jing, der anders als Huang Rong den Wettkampf mit den Ohren wahrnahm, fragte sich, was das Musizieren mit Kampfkunst zu tun hatte und warum ihre Melodien so berauschend und aufwühlend waren. Nachdem er seinen Geist so unter Kontrolle gebracht hatte, dass die Musik ihm nichts anhaben konnte, lauschte er aufmerksam den Klangfarben der beiden Instrumente. Eine war weich, die andere hart, sie wallten auf und ebbten ab, begegneten einander wie Angriff und Verteidigung, ganz wie bei einem Duell zweier Kampfkünstler … *Natürlich! Huang Yaoshi und Ouyang Feng messen ihr inneres Kung-Fu miteinander!*

Mit dieser Erkenntnis schloss Guo Jing abermals die Augen. Nun fiel es ihm nicht mehr schwer, der Musik zu widerstehen, sie konnte sich nicht länger seiner Sinne bemächtigen. Sein Geist war leer und sein Ohr vermochte nun jedes Detail der Musik zu erlauschen. Unwillkürlich wendete er das Prinzip von Zhou Botongs *Strahlender Faust* an: *durch Leere zum Leuchten bringen*. Sein inneres Kung-Fu war gewiss noch nicht stark genug, um es mit den beiden Großmeistern aufzunehmen, aber sein Wissen reichte aus, um ihren Kampf aus einer Haltung wunderbarer geistiger Klarheit zu verfolgen. *Mit kühlem Auge betrachten*, nannte das Sprichwort diesen Zustand, in diesem Fall war es eher *mit kühlem Ohr hören*.

Warum Zhou Botong, dessen inneres Kung-Fu dem seinen doch weitaus überlegen war, der Musik Huang Yaoshis so schwer widerstehen konnte, war unbegreiflich. Guo Jing wusste nichts von der fatalen Liebesgeschichte, in die Zhou Botong lange Zeit verstrickt gewesen war; sie war ein Dämon, der in ihm hauste und von der Musik herausgelockt wurde. Es war eher die Reinheit eines Herzens, das frei von Begierde und Reue war, die Guo half, der Musik zu widerstehen, als die Stärke seines inneren Kung-Fu.

Anfangs war Guo Jing überzeugt davon, dass das donnernde Klimpern der Zheng das helle Pfeifen der Xiao übertönen würde. Die Flöte wich aus und sprang hoch, getrieben von der Zither, doch kaum entstand eine winzige Lücke in den Attacken der Zheng, stieß sie hell und leuchtend hinein und übertrumpfte sie mit heroischer Anmut, während die Zheng immer leiser wurde. Guo Jing erinnerte sich an die beiden Merksätze, die ihm Zhou Botong beim Lernen der *strahlenden Faust* mitgegeben hatte. *Das Harte kann nicht bestehen, das Weiche nicht beschützen.*

Doch dann, gerade als die Xiao den hohen Halbton namens Qingyu erreichte, explodierte mit einem Mal der Saitenklang der Zheng, und wieder triumphierte sie.

Obwohl Guo Jing die *strahlende Faust* gründlich gelernt hatte, hatte ihm das grundlegende Verständnis des dahinterstehenden Prinzips gefehlt. Er begriff stets nur einen Bruchteil der Zusammenhänge und Theorien, die er auswendig lernte, und geduldige Erklärungen waren auch nicht gerade die Stärke des Alten Kindskopfs. Doch jetzt, während er dem musikalischen Zweikampf der Großmeister zuhörte, fiel ihm auf, dass ihre Taktik ganz den Prinzipien von Zhou Botongs Kung-Fu entsprach. Diese unverhoffte Erkenntnis machte ihn überglücklich.

Er spürte, dass auch die Lehrsätze, die Zhou Botong ihn zuletzt hatte auswendig lernen lassen, in Verbindung mit dem standen, was er soeben hörte, aber noch war er nicht so weit, ihre obskuren Bedeutungen aufzuschlüsseln. Sobald er anfing, sich über die Lehrsätze den Kopf zu zerbrechen, brachte die Musik sein Herz wieder in Aufruhr. Schnell scheuchte er den Gedanken fort und wagte nicht noch einmal, seine Konzentration abschweifen zu lassen.

Mehrmals hatte Guo Jing den Eindruck, dass Huang Yaoshi kurz davor war, das Duell zu gewinnen. Ihm fehlten nur noch einige wenige Koloraturen. Ihm fiel sogar auf, dass Ouyang Feng immer öfter Fehler machte und Gelegenheiten zum Gegenangriff verpasste. Das verwirrte ihn. Tat er das aus Höflichkeit?

Sie spielten bereits seit einer Stunde. Er hatte die Strategien dieses Kampfs verstanden und ein interessantes Muster ausgemacht, nach dem sich die Schwächen der Kontrahenten offenbarten. Immer dann, wenn einer der Großmeister von den Prinzipien der *strahlenden Faust* abwich, verpasste er die Gelegenheit, die Schwächen des Gegners ausnutzen. *Waren Bruder Botongs Prinzipien dem Kung-Fu dieser beiden Großmeister etwa überlegen?*

Unmöglich. Denn wäre das Kung-Fu des Alten Kindskopfs besser als das des Ketzers des Ostens, säße er schon längst nicht mehr in seiner Grotte.

Die Flötentöne wurden höher und höher. Guo Jing konzentrierte sich wieder ganz auf das Duell. *Nur noch ein bisschen höher, und Ouyang Feng wird verlieren!* Guo Jing wünschte sich innig, dass die Flöte triumphierte, aber sie kam nicht höher hinauf. Plötzlich verstand er und musste über seine eigene Dummheit lachen. *Es geht einfach nicht höher! Menschliche Fähigkeiten haben ihre Grenzen. Wenn ich die Kraft von zehntausend Pfund in meine Faust lege, könnte ich jeden Gegner zu Brei schlagen, aber woher sollte ich eine solche Kraft nehmen? Wie hat Vierter Meister immer zu mir gesagt: Wenn andere schwere Lasten mit der Schulterstange tragen, sieht es leicht aus, schulterst du selbst dieselbe Last, bricht sie dir das Rückgrat. Wie viel mehr gilt diese Weisheit für das höchste Kung-Fu!*

Das musikalische Duell wurde immer hitziger. Die Kontrahenten kämpften bis aufs Messer, so unbarmherzig und atemlos wie in einem echten Kampf – nur, dass ihre Waffen eine Flöte und eine Zither waren. Jeden Augenblick konnte die Entscheidung fallen.

Plötzlich ertönte vom Meer her ein schriller Pfiff.

Die beiden Großmeister erschraken und ihr Spiel stockte. Die Pfiffe mussten von einem Boot stammen, das sich der Insel näherte. Ouyang Feng hatte sich schnell wieder gefasst und entlockte seiner Zheng mit einem wilden Tremolo Klänge wie von zerreißender Seide. Der unbekannte Dritte antwortete darauf, indem er mit ohrenbetäubend schrillen Tönen in den Wettkampf einstieg. Huang Yaoshi nahm die Herausforderung an, ließ seine Flöte gleichzeitig mit der Pfeife ringen und mit der Zither fechten. Das wüste Handgemenge ihrer Töne ließ Guo Jing an Zhou Botongs doppelte und dreifache Händeduelle denken. Offenbar waren jetzt drei Großmeister auf der Insel versammelt.

Nun kam das Pfeifen bereits aus dem Dschungel. Mit der Macht eines Tigerbrüllens und dem Beben eines Pferdewieherns schwoll es an und ebbte ab. Dann wieder säuselte es wie ein sanfter Wind, der durch die Wälder weht oder murmelte wie Regentropfen, die auf Blüten fallen. Es war wundersam wandelbar. Der Klang der Xiao blieb hell und weich, der Ton der Zither traurig und hart, keiner der Meister gab auch nur einen Fingerbreit nach. Niemand vermochte ein solches Klanggemenge zu entwirren.

Niemand außer Guo Jing, dessen Sinne durch seine Achtsamkeit magisch geschärft waren. Er war völlig hingerissen.

»Bravo!«

Guo Jing hatte gar nicht gemerkt, dass er seine Begeisterung laut herausgeschrien hatte. Noch bevor er an Flucht überhaupt denken konnte, flog ein schwarzer Schatten auf ihn zu. »Du kommst mit mir, junger Mann.«

Die Musik war verstummt.

»Jawohl, Fürst Huang.« Über alle Maßen beschämt, trottete Guo Jing hinter ihm her.

Als Huang Rong Guo Jing erblickte, brach sie in Freudentränen aus. Ihre Ohren waren so fest verstopft gewesen, dass sie nichts mitbekommen hatte. Sie zog die Tücher heraus und fiel in seine Arme.

»Guo Jing, endlich …« Ihre Stimme versagte, denn sofort mischte sich Traurigkeit in ihren Jubel.

Schon der Anblick Guo Jings brachte Ouyang Kes Blut in Wallung. Und jetzt musste er auch noch mitansehen, wie stürmisch Huang Rong diesen Bauerntrampel begrüßte. Rasend vor Eifersucht holte er zu einem gewaltigen Faustschlag aus. »Nimm das, du Wicht!« Er war sich sicher, dass ein Überraschungsangriff mit seinem überlegenen Kung-Fu seinem Rivalen mindestens eine gebrochene Nase bescheren und ihn fürs Erste außer Gefecht setzen würde. Wie hätte er ahnen können, dass Guo Jings Kung-Fu in wenigen Wochen noch besser geworden war als bei ihrem letzten Kampf im Ahnentempel der Familie Liu? Guo Jing sah den Angriff rechtzeitig aus den Augenwinkeln nahen, wich seitlich aus und wehrte sich mit gleich zwei Varianten der *Drachenbezwingenden Hände* gleichzeitig: *Die Wildgans landet* mit der Linken und *Die Reue des stolzen Drachen* mit der Rechten. Allein einer der *Drachenbezwingenden Hände* des Bettlerfürsten war schwer genug beizukommen, aber wie wehrte man sich gegen einen Gegner, der unfassbarerweise mit zwei dieser Techniken gleichzeitig angriff, als wäre er nicht einer, sondern zwei Kämpfer?

Selbst Huang Yaoshi und Ouyang Feng staunten. Die beiden Großmeister, die so weit in der Welt der Kampfkünste herumgekommen und so stolz auf ihr unermessliches Kung-Fu waren, hatten dergleichen noch nie gesehen.

Ouyang Ke sah, wie sich Guo Jings Faust seinem rechten Oberkörper näherte. Selbst er musste einer *Drachenbezwingenden Hand* ausweichen, wenn er nicht seine Lunge bersten sehen wollte. Instinktiv glitt er nach links – wo schon Guo Jings rechte Faust auf ihn wartete. Er wich gerade noch zurück, aber die Energie von

Guo Jings mächtigem Schlag verstärkte den Rückwärtsimpuls, und er schoss bis auf das Dach des Bambuspavillons hinauf, wo er taumelnd versuchte, sein Gleichgewicht zu finden, und schließlich hilflos herunterfiel. Gedemütigt und mit furchtbaren Schmerzen in der Brust trottete er zurück an die Seite seines Onkels.

Huang Rong applaudierte jubelnd. Guo Jing war der Einzige, der noch glaubte, dass er einen Zufallstreffer gelandet hatte. *Wahrscheinlich war Ouyang Ke einfach nur unaufmerksam,* mutmaßte er. Ihm war nicht bewusst, wie groß die Fortschritte waren, die er bei seinen Übungen mit Zhou Botong gemacht hatte. Da er einen wütenden Gegenangriff fürchtete, blieb er auf der Hut.

»Ich gratuliere dir zu deinem formidablen Schüler, Alter Bettler Hong«, sagte Ouyang Feng mit lauter Stimme, während er Guo Jing einen vernichtenden Blick zuwarf.

»Meister!«, rief Huang Rong und rannte in den Bambuswald. Der Himmel hatte Bettlerfürst Hong zu ihrer Rettung geschickt!

Sie nennt ihn Meister?, durchfuhr es Huang Yaoshi. Schon trat Bettlerfürst Hong Qigong aus dem Bambuswald, den jadegrünen Bambusstock in der Rechten und auf dem Rücken der unvermeidliche Flaschenkürbis. Huang Rong hing an seiner linken Hand. Huang Yaoshi begrüßte ihn mit einer Verbeugung. Nach dem Austausch der üblichen Höflichkeitsfloskeln wandte er sich an seine Tochter. »Wie hast du Bettlerfürst Hong eben genannt?«

»Bettlerfürst Hong hat mich als Schülerin angenommen«, erklärte sie. »Leider kam ich nicht dazu, dich um Erlaubnis zu bitten. Aber ich weiß schließlich, dass du große Stücke auf ihn hältst, nicht wahr? Ich habe so oft gehört, wie du seine Rechtschaffenheit gepriesen hast und war mir sicher, dass du dich für mich freust. Du verzeihst mir doch, Vater?«

»Ich schulde Bruder Qigong großen Dank für die Güte, meine Tochter als Schülerin anzunehmen. Sie ist ungezogen und vorlaut, und ich hoffe, du vermagst sie ein wenig zu disziplinieren.« Huang

Yaoshi, ehrlich erfreut über diese Nachricht, machte eine tiefe Verbeugung vor Hong Qigong.

Nicht weniger freute sich der Bettlerfürst darüber, dass der eitle Alte Ketzer ihm so schmeichelte, also schmeichelte er großzügig zurück. »An das herausragende Kung-Fu des Ketzers des Ostens wird seine Tochter ein Leben lang nicht heranreichen, da werde ich nichts ausrichten können. Ich muss gestehen, dass ich sie aus purem Eigennutz unter meine Fittiche genommen habe, denn ihre Kochkunst ist magisch. Solange ich davon kosten darf, gibt es nichts, wofür mir zu danken wäre.«

Die beiden Großmeister brachen in herzhaftes Lachen aus.

Huang Rong zeigte mit dem Finger auf Ouyang Ke. »Hätte Bettlerfürst Hong mich nicht vor diesem Schurken gerettet, hättest du mich nie wiedergesehen, Vater!«

»Was redest du da für einen Unfug! Warum sollte er dich bedrohen?«, fragte Huang Yaoshi.

»Wenn du mir nicht glaubst, dann soll er es selbst gestehen.« Sie wandte sich Ouyang Ke zu. »Schwöre, dass du die Wahrheit sagst, sonst sollen sämtliche Schlangen deines Onkels dein Tod sein.«

Alle Farbe wich aus den Gesichtern der beiden Ouyangs. Zwei dieser Schlangen hausten nämlich in Ouyang Fengs Stab, der über zwei Hohlräume verfügte. Mithilfe eines Mechanismus konnte er jederzeit den Verschluss am Kopfende aufspringen lassen. Er hatte über ein Jahrzehnt damit zugebracht, die beiden Vipern zu züchten, immer wieder hatte er neue, hochgiftige Rassen miteinander gekreuzt. Sie waren seine Waffe, um Verräter zu strafen oder mit Feinden abzurechnen. Ihr Gift verursachte zuerst ein entsetzliches Jucken am ganzen Körper, dem ein rascher Tod folgte. Zwar hatte er ein Gegenmittel entwickelt, aber das Gift dieser Vipern war so gefährlich, dass es in jedem Fall für furchtbare Qualen sorgte. Wer diesen Schlangenbiss erlitt, wäre niemals wieder in der Lage, Kampfkunst auszuüben.

»Wie käme ich dazu, meinen Schwiegervater anzulügen?«, antwortete Ouyang Ke.

»Nenn ihn noch einmal so, und ich verpasse dir eine Ohrfeige!«, sagte Huang Rong. »Aber fangen wir doch beim Anfang an: Wir sind uns zum ersten Mal im Palast des Königs Zhao in Zhongdu begegnet, nicht wahr?«

Ouyang Ke nickte. Schweiß perlte von seiner Stirn. Nur mit großer Mühe konnte er seine Schmerzen unterdrücken. Sobald er den Mund aufmachte, würde er die Kontrolle verlieren und von den Qualen überwältigt werden. Ein Wort zu viel, und jeder sah, wie sehr er litt. Diesen Gesichtsverlust wollte er sich um jeden Preis ersparen.

»In jener Nacht hast du dich mit Sha Tongtian, Peng Lianhu, Liang Ziweng und Lama Erhabene Weisheit gegen mich verbündet, ja oder nein?«

»Nein, ich ... ich habe mich nicht mit ihnen ...« Der Schmerz schnürte ihm die Kehle zu.

»Gut, sagen musst du nichts, mir genügt ein Nicken oder ein Kopfschütteln. Ich frage dich noch einmal. Sha Tongtian, Peng Lianhu, Liang Ziweng und Lama Erhabene Weisheit haben mich schikaniert, nicht wahr?«

Er nickte.

»Sie haben versucht, mich festzuhalten, aber es ist ihnen nicht gelungen. Und dann hast du sie unterstützt, ja oder nein?«

Er nickte.

»Ich war ganz auf mich allein gestellt dort in der Banketthalle im Palast von König Zhao. Niemand stand mir zur Seite, und mein Vater war weit weg und konnte mir nicht helfen. So war es doch, nicht wahr?«

Ouyang Ke wusste genau, dass sie darauf aus war, ihren Vater gegen ihn aufzubringen. Er hasste sie dafür, aber er konnte nicht leugnen und nickte widerwillig.

Huang Rong fasste ihren Vater an der Hand. »Siehst du jetzt, Vater, wie sehr du mich im Stich gelassen hast? Wäre Mutter noch am Leben, hättest du mich nie so behandelt …« Die Erinnerung an seine Frau versetzte Huang Yaoshi einen Stich. Er legte schützend den Arm um seine Tochter.

Ouyang Feng hielt es für geboten, seinem Neffen beizustehen. »Aber diesen berühmten Kampfkünstlern gelang es nicht, Euch festzuhalten, weil Ihr das außergewöhnliche Kung-Fu Eures Vaters geerbt habt … das stimmt doch, oder?«

Huang Rong nickte grinsend und Huang Yaoshi ließ sich gerne Honig um den Bart schmieren.

»Bei dieser Gelegenheit war es, werter Bruder Yaoshi, dass mein Neffe die außerordentlichen Talente deiner Tochter erleben durfte und sie seither inbrünstig verehrt. Der Zauber der Leidenschaft hat ihn dazu gebracht, unverzüglich eine Brieftaube zum Weißen Kamelberg zu schicken, um mich anzuflehen, den Tausende von Li weiten Weg zur Pfirsichblüteninsel auf mich zu nehmen und um die Hand deiner Tochter zu bitten. Für niemanden sonst auf Welt hätte ich diese beschwerliche Reise auf mich genommen.«

»Ich weiß die Ehre zu schätzen.« In der Tat fühlte sich Huang Yaoshi geschmeichelt.

Ouyang Feng richtete das Wort jetzt an Hong Qigong. »Ich frage mich, warum du die Bewunderung meines Neffen für die Talente der Pfirsichblüteninsel so verachtest, dass du einen Jüngeren angreifst? Wäre mein Neffe nicht so widerstandsfähig, hätte er durch deine Nadelwurfkunst *Himmel voller Tautropfen* sein Leben eingebüßt.«

Der Bettlerfürst lachte. Ob nun Ouyang Ke seinem Onkel eine falsche Geschichte erzählt hatte oder Ouyang Feng absichtlich die Tatsachen verdrehte – er hatte keine Lust, auf diesen Unfug einzugehen und nahm lieber einen kräftigen Schluck aus seinem Flaschenkürbis.

Guo Jing jedoch konnte das nicht durchgehen lassen. »Es war Meister Hong, der Eurem Neffen das Leben gerettet hat!«

»Wer hat dich nach deiner Meinung gefragt, Junge?«, herrschte Huang Yaoshi ihn an.

»Rong, erzähl du deinem Vater, wie er Fräulein Cheng ... entführt hat.«

Huang Rong kannte ihren Vater und seine Abscheu für herkömmliche Moralvorstellungen. Was kümmern mich die Riten und Regeln?, pflegte er oft zu sagen. Er hielt es mit den Freigeistern der Jin-Zeit, die den Staat verachteten und ihren eigenen Vorlieben nachgingen. Nicht von ungefähr war er als Ketzer bekannt. Am Ende würde er das verabscheuungswürdige Verhalten Ouyang Kes noch als die Taten eines weltgewandten Lebemanns gutheißen – allein deshalb, um seiner Verachtung für Guo Jing Ausdruck zu verleihen. Ihr schien es geraten, das Thema zu wechseln. »Ich war noch nicht fertig!«, sagte sie zu Ouyang Ke. »Bei unserem Kampf im Palast des Königs Zhao hast du behauptet, mich ohne Hände und ohne jedes Kung-Fu schlagen zu können, richtig?«

Ouyang Ke nickte.

»Und als wir uns in Baoying duelliert haben, sagtest du, eine besondere Kampfkunstform deines Onkels könne mich besiegen, ganz gleich, ob ich mich mit der Kampfkunst meines Vaters oder der von Bettlerfürst Hong wehre. Das stimmt doch?«

Diese Regel hattest du aufgestellt, nicht ich, dachte Ouyang Ke, aber Huang Rong gab ihm gar nicht erst die Gelegenheit, zu widersprechen. »Du hast mit dem Fuß einen Kreis in den Boden gezeichnet und gesagt, wenn ich dich mit dem Kung-Fu meines Vaters aus dem Kreis beförderte, würde ich gewinnen. Ja oder nein?«

Ouyang Ke nickte.

»Siehst du, Vater, wie geringschätzig er von deinem und Meister Hongs Kung-Fu denkt? Er sagt es selbst. Dein Kung-Fu und das Meister Hongs zusammengenommen sind dem seines Onkels unterlegen. Er denkt also, ihr zwei könntet selbst mit vereinten Kräften seinen Onkel nicht besiegen.«

»Rede nicht so einen Unsinn, mein Kind. Jeder, der sich auf Kampfkunst versteht, weiß, dass der Ketzer des Ostens, Gift des Westens, König des Südens und Bettler des Nordens in ihrem Wissen um die Kampfkunst einander ebenbürtig sind.« Trotz dieser Rüge missfiel Huang Yaoshi die Arroganz Ouyang Kes immer mehr. Er wollte nicht länger über diese Sache reden und wandte sich Bettlerfürst Hong zu. »Was verschafft mir die Ehre deines Besuchs?«

»Ich hätte eine Bitte an dich.«

Der Bettlerfürst war niemand, der sich selbst allzu ernst nahm, aber er war ein aufrechter Mensch, der sich für die Schwachen einsetzte. Dass dieser große Kampfkünstler ihn um Hilfe ersuchte, gefiel dem Alten Ketzer, wusste er doch, dass der Bettler für gewöhnlich niemals um Beistand bat und seine Probleme allein oder mithilfe des Bettlerklans regelte. »Wir sind seit Jahrzehnten Freunde. Wir könnte ich meinem älteren Bruder eine Bitte abschlagen?«

»Nicht so hastig. Es handelt sich um eine heikle Angelegenheit.«

»Ich bezweifle, dass du mich wegen einer Lappalie aufgesucht hättest«, lachte Huang Yaoshi.

»Du kennst mich gut!« Hong Qigong klatschte lachend in die Hände. »Du wirst also meiner Bitte stattgeben?«

»Ich gebe dir mein Wort. Ich gehe mit dir durch Feuer und Wasser.« Jemand wie der Bettlerfürst würde niemals um etwas Ungehöriges bitten, da war sich Huang Yaoshi sicher.

Ouyang Feng hob seinen Schlangenstab. »Sollten wir uns nicht erst anhören, was Bruder Qigong auf dem Herzen hat?«

»Mit dir hat das nichts zu tun, Alter Giftmolch, dein Gestammel dazu will niemand hören. Es reicht, wenn du deine Eingeweide auf ein anständiges Hochzeitsbankett einstimmst.«

»Ein Hochzeitsbankett?«

»Du hast richtig gehört.« Bettler Hong zeigte auf Guo Jing und Huang Rong. »Ich habe meinen Schülern versprochen, dass ich Bruder Yaoshi um die Einwilligung zu ihrer Hochzeit bitten werde, und soeben hat er zugestimmt.«

Erstaunte Freude aufseiten Huang Rongs und Guo Jings, ungläubiges Entsetzen aufseiten der beiden Ouyangs und Huang Yaoshis.

»Ich fürchte, du irrst dich, Bruder Qigong. Bruder Yaoshi hat seine werte Tochter bereits meinem Neffen versprochen. Wir sind auf die Insel gekommen, um die Verlobungsgeschenke zu überreichen.«

»Stimmt das, Bruder Yaoshi?«

»So ist es. Ich hoffe, du erlaubst dir keinen Scherz mit mir, Bruder Qigong?«

»Scherz? Wie käme ich dazu.« Das Gesicht des Bettlers verdunkelte sich. »Deine Tochter ist jetzt also zwei Männern versprochen, in beiden Fällen mit deiner Zustimmung. Ich fungiere als Ehestifter für die Familie Guo. Wo ist euer Ehestifter?«

Ouyang Feng war von dieser Frage völlig überrumpelt. »Wozu braucht es einen Ehestifter, wenn Bruder Yaoshi und ich uns bereits einig sind?«

»Aber es gibt einen, der nicht zugestimmt hat.«

»Wer?«

»Dieser alte Bettler hier.« Hong Qigong lachte.

Ouyang Feng war sich bewusst, was diese Worte bedeuteten. Der Bettler forderte ihn heraus. Er enthielt sich einer Antwort und verzog keine Miene.

»Wie könnte ein unanständiger Flegel wie dein Neffe eine gute Partie für dieses blütengleiche Mädchen sein? Ihr beiden könnt sie vielleicht zwingen, ihn zu heiraten, aber ihr könnt sie nicht dazu bringen, ihn zu mögen. Sie würden einander tagein, tagaus bis aufs Blut bekriegen. Was soll das für eine Ehe werden?«

Huang Yaoshi warf seiner Tochter einen Blick zu. Natürlich wollte er, dass sie glücklich wurde. Doch als er sah, wie liebevoll sie diesen Guo Jing anlächelte, meldete sich sofort wieder seine alte Abneigung. Dieser hitzköpfige Tölpel war ihm schlicht zuwider.

Als Mann von großer Klugheit, bewandert in jeder künstlerischen und militärischen Disziplin von Literatur und Kriegsführung über Musik und Schach bis hin zu Kalligrafie und Malerei, umgab sich der Herr der Pfirsichblüteninsel ausschließlich mit Geistesgrößen und kultivierten Gelehrten, die seiner wert waren. Und auch Huang Rong war außerordentlich klug, nicht anders, als es seine Ehefrau gewesen war. Seine einzige Tochter diesem tumben Hitzkopf zu geben war für ihn, wie eine duftende Blume in einen Misthaufen zu pflanzen. Niemals! Ein Blick auf Ouyang Ke genügte ihm, um festzustellen, dass dieser elegante, gut aussehende und kultivierte junge Mann in jeder Hinsicht hundertmal besser geeignet war.

Er hatte eine Idee. »Bruder Feng, ich denke, du solltest dich zunächst um die Verletzung deines Neffen kümmern. Wir können später weiterreden.«

Diese Aufforderung kam Ouyang Feng, der sich schon die ganze Zeit Sorgen um den Zustand seines Neffen gemacht hatte, gerade recht. Ohne ein weiteres Wort verschwand er mit Ouyang Ke im Bambuswald.

Huang Yaoshi und Hong Qigong plauderten in der Zwischenzeit freundlich über die Weltläufte. Nach kurzer Zeit schon kehrten die beiden Ouyangs in den Bambuspavillon zurück. Ouyang Kes Rippe war wieder eingerenkt und die Nadeln aus seiner Brust entfernt.

»Es ehrt mich zutiefst, dass sowohl Bruder Qigong als auch Bruder Feng mir ihre Wertschätzung zeigen, indem sie den weiten Weg zu meiner Insel auf sich genommen haben, um meiner launischen und eigensinnigen Tochter einen Ehemann zu präsentieren«, hob Huang Yaoshi an. »Obwohl ich sie bereits der Familie

Ouyang versprochen habe, wäre es unlauter von mir, Bruder Qigongs Ansinnen abzuschlagen. Ich hätte einen Vorschlag, auf welche Weise wir dieses Dilemma glücklich lösen könnten.«

»Spuck es schon aus, ein Bettler hat keine Zeit für blasierten Salbader.«

Huang Yaoshi lächelte. »Eures Bruders Tochter verfügt weder über nennenswerte Schönheit noch andere Tugenden oder Talente. Dennoch habe ich zeitlebens gehofft, einen würdigen Gatten für sie zu finden. Da Junker Ouyang der Neffe von Bruder Feng ist und Junker Guo der Schüler von Bruder Qigong, stehen ihre charakterlichen Qualitäten außer Frage. Es ist mir unmöglich, einen dem anderen vorzuziehen. Daher bleibt als einziger Ausweg, drei Prüfungen festzulegen, bei denen sich die beiden Anwärter bewähren müssen. Derjenige mit den größeren Fähigkeiten wird die Hand meiner Tochter gewinnen. Ich verspreche, vollkommen unparteiisch zu bleiben. Was sagt ihr dazu, meine Freunde?«

»Ein ausgezeichneter Vorschlag!«, applaudierte Ouyang Feng. »Nur auf einen Wettstreit der Kampfkünste müssen wir leider verzichten, da mein Neffe noch verwundet ist.«

Ouyang Feng wusste, dass sein Neffe niemals kämpferisch gegen Guo Jing bestehen würde. Seine Verletzung war eine willkommene Ausrede.

»Gewiss. Wir wollen nicht durch blutige Kämpfe Zwietracht säen«, stimmte Huang Yaoshi zu.

Vermaledeiter Alter Ketzer, dachte der Bettlerfürst. *Als wären wir nicht alle Männer der Kampfkunst! Willst du uns stattdessen einen Poetenwettstreit austragen lassen, wie? Warum verheiratest du das Mädchen nicht gleich an den höchstrangigen Streber des Landes? Unparteiisch willst du sein, dass ich nicht lache! Mein einfältiger Schüler wird weder in diesem noch im nächsten Leben eine Prüfung in Versklauberei bestehen. Bleibt mir nur, dass ich persönlich den Alten Giftmolch herausfordere.* »Wir alle sind Männer des Jianghu, sollen wir uns statt in der Kampfkunst denn im Fressen und Scheißen messen?«, sagte er laut. »Dein Neffe ist verletzt, aber du bist es nicht. Los, lass uns an ihrer Stelle kämpfen.«

Der Bettlerfürst holte zu einem Schlag gegen Ouyang Fengs Schulter aus. Der Großmeister vom Weißen Kamelberg nahm die Schulter zurück und trat ein paar Schritte rückwärts. »Wehr dich!« Der Bettlerfürst legte seinen Stock auf einem der Bambustische ab und legte sieben Schläge nach. Ouyang Feng wich allen Angriffen mit Leichtigkeit aus.

Donnerwetter! Huang Yaoshi ließ seine Gäste gewähren. Er wollte unbedingt sehen, welche Fortschritte die anderen beiden Großmeister seit ihrer letzten Begegnung auf dem Gipfel des Hua gemacht hatten.

Hong Qigong und Ouyang Feng hatten seither hart daran gearbeitet, sich in ihrer Kunst zu immer neuen Höhen aufzuschwingen und ihre ureigenen Techniken zu verfeinern. Sie lieferten sich einen unbarmherzigen Schlagabtausch, zogen aber immer rechtzeitig die Hand zurück. Zuerst wollten sie abschätzen, inwieweit sich das Kung-Fu des anderen gewandelt hatte. Ihre Fäuste wirbelten zwischen den Bambusblättern umher. Schon bei diesem Probekampf boten sie mit jeder einzelnen Form ausgefeilte Kampfkunst dar.

Guo Jing war völlig fasziniert von den erfindungsreichen und unvorhersehbaren Formen. Solch raffiniertes Kung-Fu hätte er sich in seinen wildesten Träumen nicht ausmalen können. Je länger er zusah, desto mehr fielen ihm allerdings die Ähnlichkeiten zwischen diesen Formen und dem Text auf, den er von Zhou Botong gelernt hatte. Was er jetzt vor sich sah, gab ihm endlich eine vage Vorstellung von der Umsetzung dieser Texte in Form. Trotz der rasenden Geschwindigkeit beobachtete er dies genau und prägte es sich so gut er konnte ein. Das unsichtbare innere Kung-Fu hinter dem musikalischen Wettkampf zwischen Huang Yaoshi und Ouyang

Feng war viel schwieriger zu entschlüsseln gewesen. Er sah wie gebannt zu.

Im Nu hatten die beiden Großmeister mehrere Hundert Angriffe durchgeführt. Beide waren so verblüfft wie beeindruckt vom Kung-Fu des anderen.

Huang Yaoshi bereitete das, was er zu sehen bekam, großen Kummer. *Nun habe ich so viele Jahre auf meiner Insel an meinem Kung-Fu gearbeitet, dass ich überzeugt war, nach Wang Chongyangs Tod zur Nummer eins unter den Großmeistern aufgestiegen zu sein. Aber nun muss ich sehen, dass der Alte Bettler und der Alte Giftmolch sich jeder auf seine Weise fortentwickelt haben. Welch staunenswertes Kung-Fu!*

Ouyang Ke und Huang Rong dagegen warteten nur darauf, dass endlich einer von beiden gewann, und achteten kaum auf die virtuosen Details der Darbietung. Irgendwann bemerkte Huang Rong, dass Guo Jing ständig herumzappelte. Mit einem merkwürdigen Funkeln in den Augen folgte er begeistert dem Kampf und zuckte mit den Händen und Füßen, unwillkürlich die Formen imitierend. »Guo Jing!«, flüsterte sie ihm mahnend zu. Aber er hörte sie nicht.

Dann sah sie nach ihrem Vater, aber auch er war völlig fasziniert und betrachtete mit einem seltsamen Gesichtsausdruck das Kampfgeschehen. Ouyang Ke hatte als Einziger nur Augen für Huang Rong und wedelte, überzeugt, eine elegante Figur abzugeben, sachte mit seinem Fächer.

Gebannt verfolgte Guo Jing das Geschehen. Hin und wieder entschlüpfte ihm unwillkürlich ein Jubelschrei. »Mach nicht so einen Rabatz!«, fauchte Ouyang Ke ihn an. »Als ob ein Trottel wie du etwas von solcher Kampfkunst verstehen würde.«

»Unverschämtheit!« gab Huang Rong zurück. »Nur weil du selber nichts davon verstehst.«

»Er tut doch nur so als ob. Wie könnte so ein Grünschnabel das raffinierte Kung-Fu meines Onkels nachvollziehen?«

»Woher willst du wissen, wozu er in der Lage ist?«

Sie stritten weiter, aber weder Guo Jing noch Huang Yaoshi schenkte ihnen Beachtung.

Hong Qigong und Ouyang Feng waren in die Hocke gegangen. Einer schnippte mit dem Mittelfinger gegen einen Punkt zwischen seinen Augenbrauen, der andere hatte den Kopf in die Hände gelegt, hielt sich die Ohren zu und schloss die Augen. Die beiden Großmeister hatten sich inzwischen so mit den Formen des anderen vertraut gemacht, dass sie selbst die tödlichsten Schläge mühelos abzuwehren wussten. Es galt nun, auf der Stelle eine neue Form zu erfinden, um den anderen zu überrumpeln.

Seit dem Wettkampf auf dem Gipfel des Hua waren sich Bettler des Nordens und Gift des Westens nicht mehr begegnet. Die Westgebiete waren so weit von der Zentralebene entfernt, dass sie auch nichts voneinander gehört hatten. Im Lauf dieses Kampfs war ihnen klar geworden, dass sie sich mit all ihren Stärken und Schwächen auch nach vielen Jahren noch immer ebenbürtig waren.

Der Mond war verblasst und im Osten lugte bereits rot die Sonne am Horizont hervor. Die beiden Kämpfer waren mit ihrer Weisheit am Ende. Immer neue Formen und Variationen hatten sie sich ausgedacht, aber trotz aller Anstrengungen vermochte keiner die Oberhand zu gewinnen.

Guo Jing war hin- und hergerissen zwischen Begeisterung und Verwirrung. Vieles von dem, was er gesehen hatte, war wie eine Illustration von Zhou Botongs Lehrsätzen. Während er noch versuchte, es gedanklich nachzuvollziehen, folgte schon die nächste Form und scheuchte das, was er eben zu begreifen geglaubt hatte, wieder aus seinem Kopf. Huang Rong wunderte sich, wie aufmerksam Guo Jing jeder Bewegung folgte, wie er das Geschehen förmlich aufsog. *Hatte er in den wenigen Wochen, die wir getrennt waren, eine göttliche Eingebung? Oder ist er vor lauter Sehnsucht nach mir durchgedreht? Ach, mir ist es auch so ergangen. Wäre ich nur nicht so schnell gelaufen, als wir auf der Insel gelandet sind! Zu spät habe ich gemerkt, dass ich ihn verloren hatte. Und dann konnte ich ihn nicht mehr finden. Ich habe mir bestimmt so viele Sorgen um ihn gemacht wie er um mich.*

Sie wollte ihn an der Hand fassen. Guo Jing, der eben dabei war, einen von Ouyang Fengs Handkantenschlägen zu imitieren, fuhr abrupt herum und ließ die Hand vorschnellen. Obwohl die Form harmlos aussah, spürte Huang Rong in dem Augenblick, als sie ihn berührte, eine immense Kraft, die sie unversehens in die Luft schleuderte.

Oh nein! Guo Jing sprang sofort auf, um sie aufzufangen, aber Huang Rong war bereits aus dem Flug mit einem grazilen Hüftschwung auf dem Dach des Bambuspavillons gelandet. Guo Jing stieß sich ab, ergriff eine vorstehende Dachtraufe und katapultierte sich mit einem Rückwärtssalto zu ihr auf das Dach.

Dort saßen sie nun nebeneinander und betrachteten den Kampf von oben. Es war ein Moment höchster Anspannung. Ouyang Feng, noch immer in der Hocke, hielt jetzt die Arme waagerecht vor der Brust gekreuzt. Er sah aus wie eine Riesenkröte kurz vor dem Sprung. Dabei stieß er sporadisch seltsame Grunzlaute aus.

»Was er wohl vorhat?«, flüsterte Huang Rong grinsend.

»Das weiß ich auch nicht«, sagte Guo Jing. Doch dann erinnerte er sich an Zhou Botongs Erzählung, wie Wang Chongyang mit seinem *Sonnenfinger* Ouyang Fengs Kunst der *Explodierenden Kröte* bezwungen hatte. »Ah, jetzt weiß ich es. Das ist sein furchtbarstes Kung-Fu, es heißt *Explodierende Kröte*.«

»So sieht er auch aus. Wie eine widerliche Kröte!«

Eine Kröte bricht, nachdem sie lange Zeit unter der Erde in der Winterstarre verharrt hat, im Frühjahr plötzlich voller Energie aus dem Boden hervor. Daher hatte Ouyang Fengs eigentümliches Kung-Fu seinen Namen. Im Lauf der Jahre hatte er immer wieder neue Arten ausprobiert, um möglichst viel Energie in seinem Körper anzusammeln wie eine Kröte in der Winterstarre, die er dann mit voller Wucht in einen einzigen Angriff legte. Auch die Legende von der Kröte im Mond diente ihm als Vorbild. Nachts hockte er sich unter den Mond und ließ sich von den mysteriösen Schatten auf dessen Oberfläche inspirieren.

Ouyang Ke raste vor Eifersucht, als er sah, wie Huang Rong und Guo Jing eng aneinandergeschmiegt auf dem Dach saßen und miteinander tuschelten. Wie gerne hätte er diesen Kerl verprügelt, aber seine Brust schmerzte noch immer. Und tief in seinem Inneren wusste er, dass er Guo Jing nicht schlagen konnte – auch dann nicht, wenn er bei bester Gesundheit war.

Als er jetzt hörte, wie sich die beiden über die »widerliche Kröte« lustig machten, verlor er endgültig die Beherrschung. Auf Zehenspitzen schlich er auf die Rückseite des Pavillons und schleuderte mit zusammengebissenen Zähnen drei seiner Geheimwaffen, *Das fliegende Schwalbenpendel*, hinterrücks auf Guo Jing.

Hong Qigong umkreiste gerade Ouyang Feng und ließ von allen Seiten Varianten der *drachenbezwingenden Hände* auf den kauernden Gegner herabregnen. Die beiden Großmeister brachten nun ihr berühmtes und berüchtigtes Kung-Fu zum Einsatz, warfen alle ihre äußeren und inneren Kampfkünste in die Waagschale. Jetzt war der Punkt erreicht, an dem sie unter dem Einsatz ihres Lebens kämpften. Als Guo Jing sah, wie versiert und facettenreich sein Meister *Die achtzehn drachenbezwingenden Hände* variierte, wurde ihm klar, dass er bislang nur eine leise Ahnung von der wahren Macht dieses Kung-Fu gewonnen hatte. In seiner Verzückung bemerkte er nichts von der Gefahr, die hinter ihm lauerte.

Huang Rong, die nicht verstand, dass der Kampf an einer entscheidenden Stelle angelangt war, kicherte und deutete weiter vergnügt auf die beiden Gegner. Da fiel ihr auf, dass Ouyang Ke verschwunden war. Das war kein gutes Zeichen. Im nächsten Augenblick hörte sie etwas hinter ihr durch die Luft zischen. Da Guo Jings Aufmerksamkeit völlig abgelenkt war, warf sie sich kurzerhand vor seinen Rücken. Ein *fliegendes Schwalbenpendel* nach dem anderen prallte von dem *eisernen Igel* ab, den sie am Körper trug.

»Woher hast du gewusst, dass es mich am Rücken juckt?«, fragte sie spöttisch. »Besten Dank. Hier, du kannst sie haben.« Sie hielt Ouyang Ke seine Geheimwaffen hin. Ihr Eingreifen machte Ouyang Ke noch eifersüchtiger. Als sie ihm die Pendel nicht zuwarf, sondern nur die Hand ausstreckte und sie ihm lächelnd zeigte, stieß er sich ab und landete elegant auf einer Ecke des Dachs. Seine weiße Robe flatterte im Wind. Selbst Huang Rong musste gestehen, dass er eine schneidige Figur abgab. »Hervorragende Schwebekunst!«, lobte sie, tat einen Schritt auf ihn zu und hielt ihm die Pendel hin.

Beim Anblick der weißen Jadehaut ihres Handgelenks, das unter dem Ärmel hervorblitzte, wurde ihm ganz anders. Er musste sie berühren! Doch kaum hatte er gierig die Hand ausgestreckt, ging auch schon ein goldener Nadelregen auf ihn nieder. *Nicht schon wieder!* Mit wehenden Ärmeln wehrte er die Nadeln ab und katapultierte sich mit einem Rückwärtssalto zurück auf den Boden.

Lachend schleuderte Huang Rong die drei Pendel auf den am Boden kauernden Ouyang Feng.

»Nicht!«, rief Guo Jing, packte sie schnell an der Taille und sprang mit ihr vom Dach. Ihre Füße hatten den Boden noch nicht berührt, als er Huang Yaoshis Stimme hörte. »Halt, Bruder Feng!«

Guo Jing spürte einen überwältigenden Energiestoß auf sich zukommen. Huang Rong! Ohne nachzudenken stellte er sie außer Reichweite ab und holte mit beiden Händen zu *Der Drache im Feld* aus. Er legte seine ganze Kraft in den Stoß, ohne etwas zurückzubehalten. Mit einem lauten Knall beförderte ihn Ouyang Fengs *explodierende Kröte* einige Schritte rückwärts. In Guo Jings Brust herrschte Aufruhr, sein Qi spielte verrückt, sein Blut geriet in Wallung und ihm war hundeelend, aber er landete sicher auf beiden Füßen.

Er atmete tief durch und brachte sich in Abwehrstellung, bereit für den nächsten tödlichen Angriff.

Doch schon hatten sich Huang Yaoshi und Hong Qigong zwischen ihn und den nun wieder kauernden Ouyang Feng gestellt. Gift des Westens erhob sich. »Verzeiht!«, rief er leichthin. »Ein Versehen! Ich konnte den Schlag nicht schnell genug zurückziehen. Die junge Dame ist doch hoffentlich unversehrt?«

Huang Rong hatte sich zu Tode erschrocken. Aber seine Heuchelei konnte sie dennoch nicht auf sich beruhen lassen. »Als ob Ihr den Mut hättet, mir im Beisein meines Vaters etwas anzutun!«

Besorgt fasste Huang Yaoshi sie an der Hand. »Ist alles in Ordnung? Tut etwas weh? Atme tief durch.«

Huang Rong atmete langsam ein und schnell aus. Sie spürte nichts. Lächelnd schüttelte sie den Kopf.

»Die beiden Onkel haben ihre Kampfkünste miteinander gemessen, wie kommst du dazu, dich einzumischen, Kind?«, schimpfte Huang Yaoshi, doch in seiner Stimme schwang große Erleichterung mit. »Onkel Ouyangs *explodierende Kröte* ist keine Kleinigkeit, was meinst du, was mit dir geschehen wäre, wenn er keine Gnade gezeigt hätte?«

Das Kung-Fu der *explodierenden Kröte* setzte auf die Nutzung der Angriffskraft des Gegners. Ouyang Feng nahm einfach alle Kraft zusammen und wartete auf den Angriff des Gegners, um die Wucht dieser Attacke zusammen mit seiner eigenen konzentrierten Energie auf den Gegner zurückzuwerfen. Obwohl Wang Chongyang seinem Kung-Fu damals mit dem *Sonnenfinger* einen schweren Rückschlag verpasst hatte, war es ihm gelungen, den Verlust durch harte Arbeit wieder wettzumachen. Soeben hatte er alle Kraft gesammelt, um dem Angriff des Bettlerfürsten zu begegnen, und war so stramm wie ein zum Zerreißen gespannter Bogen. In diesem Augenblick die Pendel nach ihm zu werfen war ein geradezu selbstmörderischer Akt gewesen. Als er den Ruf ihres Vaters gehört hatte, war es schon zu spät gewesen: Ouyang Feng hatte seine volle Kraft bereits freigesetzt. *Was für eine Tragödie, dieses bezaubernde Mädchen von meiner Hand sterben zu sehen!*, hatte er noch gedacht. Doch dann hatte er völlig unerwartet die Gegenkraft von zwei Handflächen gespürt und es war ihm geglückt, etwas von seiner Energie aus dem eigenen Schlag herauszunehmen. Erst da war ihm bewusst geworden, dass es Guo Jing war, der das Mädchen gerettet hatte. *Der Alte Bettler ist wirklich unglaublich,* staunte er. *Was für ein herausragendes Kung-Fu er diesen jungen Schüler gelehrt hat!*

Huang Yaoshi dagegen nahm an, dass sich der Alte Giftmolch aus Hochachtung vor ihm gezügelt hatte. Der Guo Jing, dem er im Wanderwolkenpalast begegnet war, hätte der *explodierenden Kröte* nicht standhalten können. War dieser Grünschnabel wirklich so dumm zu denken, er könne gegen Ouyang Fengs einzigartigen Meisterschlag bestehen? Ihm war nicht bewusst, dass Guo Jing soeben seiner Tochter das Leben gerettet hatte. Aber die Tatsache, dass Guo Jing unter Einsatz seines eigenen Lebens Huang Rong beschützt hatte, stimmte ihn etwas versöhnlicher. Als Schwiegersohn kam ein so einfältiges Bürschchen zwar immer noch nicht infrage, seine blinde Vernarrtheit in eine Frau jedoch kannte Huang Yaoshi von sich selbst. *Immerhin hat der Trottel Charakter. Ich werde ihm seine Liebe zu Rong mit einem großzügigen Geschenk vergelten.*

»Wir sind noch nicht fertig miteinander, Alter Giftmolch!«, rief Hong Qigong.

»Wie es Euch beliebt, mein Herr«, erwiderte Ouyang Feng spöttisch und machte sich bereit für die nächste Runde.

Huang Yaoshi hob seinen linken Arm, um ihm Einhalt zu gebieten. »Halt! Bruder Qigong, Bruder Feng, ihr habt schon gut tausend Angriffe hinter euch und noch immer steht kein Sieger fest. Beide seid ihr heute Gäste der Pfirsichblüteninsel. Warum gönnen wir uns nicht einen Becher meines selbstgekelterten Weins? Schon bald steht uns der zweite Wettkampf auf dem Gipfel des Hua bevor. Außer euch werden auch König Duan und ich dort sein. Dort können wir uns miteinander messen und sehen, wer wem überlegen ist. Lassen wir es für heute dabei bewenden, einverstanden?«

»Gut«, sagte Ouyang Feng. »Wenn wir das Ganze jetzt beenden, dann will ich für heute meine Niederlage eingestehen.«

Lachend verließ auch Hong Qigong den Kampfplatz. »Da der Giftmolch aus dem Westen ein weltbekannter Heuchler ist, soll dein freimütiges Eingeständnis wohl bedeuten, dass du dir gewiss bist, beim nächsten Mal zu gewinnen. Da ist sich der alte Bettler nicht so sicher.«

»Dann will ich gern noch ein wenig mehr von Bruder Qigong lernen.«

Der Bettlerfürst schlug die Ärmel zurück. »So gefällst du mir.«

»Ihr beide seid doch nicht etwa auf meine Insel gekommen, um einen Wettkampf auszutragen?«, lächelte Huang Yaoshi.

»Haha!«, lachte Hong Qigong. »Du hast recht, Bruder Yaoshi. Wir sind als Ehestifter hier und nicht, um zu kämpfen.«

»Wie bereits erwähnt, möchte ich unsere jungen Freunde drei Prüfungen unterziehen«, sagte Huang Yaoshi. »Demjenigen, der die Prüfungen besteht, soll die Hand meiner Tochter gehören, aber auch der Unterlegene soll nicht mit leeren Händen gehen müssen.«

»Wie? Hast du noch eine zweite Tochter?«, fragte der Bettlerfürst.

»Leider nicht, und ich bezweifle, dass ich bald eine neue Frau finde, um rasch noch eine zu machen. Wie auch immer, euer Bruder hat sich im Lauf seines Lebens in den drei Religionen und den neun philosophischen Schulen sowie in Medizin, Wahrsagekunst und Astrologie ein wenig Wissen angeeignet. Wenn derjenige der jungen Herren, der die Prüfung nicht besteht, willens ist, dann werde ich ihn gern in einem Fach seiner Wahl unterrichten, sodass er nicht umsonst die Reise zur Pfirsichblüteninsel angetreten hat.«

Hong Qigong wusste um Huang Yaoshis umfangreiche Bildung. *Natürlich hat der Alte Ketzer sich längst entschieden und wird Aufgaben stellen, bei denen Guo Jing von vornherein im Nachteil ist. Aber wenn der Dummkopf wenigstens etwas von Yaoshis Kung-Fu lernen darf, wird er sein ganzes Leben lang davon profitieren.*

Während der Bettlerfürst noch zögerte, stimmte Ouyang Feng schnell zu. »Ein ausgezeichneter Vorschlag. Obgleich Bruder Yaoshi dem Antrag meines Neffen eigentlich bereits zugestimmt hat, sollten wir aus Hochachtung vor Bruder Qigong die beiden jungen Männer gegeneinander antreten lassen.« Dann wandte er sich Ouyang Ke zu. »Falls Junker Guo sich als überlegen erweist, dann trägt daran niemand Schuld außer dir selbst und wir werden fröhlich auf sein Wohl anstoßen. Wenn du irgendwelche faulen Tricks versuchst, dann werden das nicht nur die beiden anwesenden Meister zu verhindern wissen, sondern auch ich werde es nicht durchgehen lassen.«

Hong Qigong warf den Kopf in den Nacken und lachte schallend. »Du bist dir doch ohnehin sicher, dass er gewinnt, Alter Giftmolch. Du willst dich nur vergewissern, dass wir uns brav geschlagen geben.«

»Wer weiß denn im Voraus, wie es ausgehen wird? Gewiss ist allein, dass Ehrenmänner wie wir ihre Niederlage ohne Murren eingestehen«, sagte Ouyang Feng grinsend. »Nenne uns die erste Prüfung, Bruder Yaoshi.«

Obwohl Huang Yaoshi entschlossen war, seine Tochter mit Ouyang Ke zu vermählen, geziemte es sich für einen Großmeister nicht, parteiisch zu erscheinen. Und mit Bettlerfürst Hong wollte er es sich auch nicht verderben. Er überlegte.

»Wir alle sind Männer des Faustkampfs, und deshalb sollten deine Prüfungen auch etwas mit Kampfkunst zu tun haben, Yaoshi«, mahnte der Bettler. »Wenn du sie jetzt in Dichtkunst und abergläubischem Firlefanz prüfen willst, dann geben mein Schüler und ich besser gleich auf, geben uns einen Klaps auf den Hintern und gehen nach Hause, bevor wir uns zum Narren machen lassen.«

»Selbstverständlich wird die erste Prüfung der Kampfkunst gelten«, entgegnete Huang Yaoshi.

»Das geht nicht«, protestierte Ouyang Feng. »Mein Neffe ist verwundet.«

»Das weiß ich, und ich habe auch nicht die Absicht, Zwietracht zu säen, indem ich die beiden jungen Männer hier, auf der Pfirsichblüteninsel, gegeneinander antreten lasse.«

»Sie sollen nicht gegeneinander kämpfen?«, fragte Ouyang Feng.

»Nein.«

»Aha, du willst also selbst ihre Fähigkeiten prüfen?«

»Nein, denn ich muss unparteiisch bleiben. Soeben haben wir uns davon überzeugen können, dass dein Kung-Fu und das von Bruder Qigong jeweils die höchsten Gipfel der Kampfkunst erreicht hat und dabei in höchstem Maße ebenbürtig ist. Mein Vorschlag ist daher, dass du das Kung-Fu des Junkers Guo auf die Probe stellst und Bruder Qigong das deines Neffen.«

Der Alte Ketzer ist wirklich ein kluger Mensch, dachte der Bettlerfürst. *Eine gerechtere Lösung wäre mir auch nicht eingefallen.* »Nicht schlecht«, sagte er laut. »Also los, fangen wir an.«

»Zuerst müssen wir die Regeln festlegen«, sagte Huang Yaoshi. »Erstens: Der junge Herr Ouyang ist verletzt und kann daher sein inneres Kung-Fu nicht in vollem Maß einsetzen. Aus diesem Grund prüfen wir nur die äußeren Formen und nicht das innere Kung-Fu. Zweitens: Der Kampf soll auf zwei hohen Kiefern ausgetragen werden. Wer zuerst herunterfällt, verliert. Drittens: Feng und

Qigong, wenn einer von euch zu hart zuschlägt und dadurch einen der beiden jungen Herren verletzt, verliert seine Seite.«

»Ich verliere, wenn ich ihn verletze?«, fragte Hong Qigong.

»So ist es. Wie sollte einer der beiden in der Lage sein, ernsthaft gegen einen Großmeister zu kämpfen, ohne Blessuren davonzutragen? Daher, Bruder Qigong, wenn du Ouyang Ke auch nur ein Haar krümmst, verliert deine Seite. Dasselbe gilt für Bruder Feng. Einer der beiden jungen Männer wird mein Schwiegersohn, wie könnte ich zulassen, dass er zu Schaden kommt?«

»Von einer solchen Regel hat man im ganzen Jianghu noch nicht gehört«, sagte der Bettlerfürst. »Der Alte Ketzer macht seinem Ruf einmal wieder alle Ehre. Aber gut, solange es gerecht zugeht, bin ich einverstanden.«

Huang Yaoshi forderte die vier Männer auf, ihre Positionen einzunehmen. Hong Qigong und Ouyang Ke sprangen auf die nächste Kiefer auf der rechten, Ouyang Feng und Guo Jing auf die nächste Kiefer auf der linken Seite. Alle außer dem fröhlich grinsenden Bettlerfürsten gingen voller Ernst und Ehrfurcht in den Kampf.

Huang Rong hätte Guo Jing zu gerne geholfen, aber was konnte sie gegen einen Großmeister wie Ouyang Feng schon ausrichten? Und darüber hinaus war Ouyang Ke selbst mit einer Verletzung der erfahrenere Kampfkünstler. In diesem Fall geriet ihm seine hervorragende Schwebekunst zum Vorteil.

»Bei drei fangt ihr an. Wer von den beiden Junkern zuerst auf dem Boden landet, verliert«, rief Huang Yaoshi. »Eins ... zwei ... drei!«

Sofort kam Bewegung in die Baumwipfel. In der Dauer eines Wimpernschlags hatten sich Guo Jing und Ouyang Feng mehrere Angriffe geliefert. Huang Rong traute ihren Augen kaum. *Wie fabelhaft Guo Jing sich hält!* Ihr Vater hatte den gleichen Gedanken. *Seit wann war Guo Jing so gut?* Sein Kung-Fu schien sprunghaft Fortschritte gemacht zu haben.

Ouyang Feng wurde ungeduldig. Er schlug immer kräftiger zu, doch da er Guo Jing nicht verletzen durfte, sprang er aus einer plötzlichen Eingebung heraus in die Höhe und trat schnell mit seinen Füßen wie mit einem Wagenrad auf Guo Jing ein, um ihn vom Baum zu stoßen. Guo Jing wehrte sich mit *aufsteigender Drache* und sprang höher und höher, um von oben auf Ouyangs Fengs Beine einzuschlagen.

Mit wild klopfendem Herzen verfolgte Huang Rong das Geschehen. Dann ertrug sie es nicht länger und ließ ihren Blick zu den anderen beiden Kontrahenten schweifen.

Ouyang Ke wich den Schlägen des Bettlerfürsten geschickt mit seiner ausgezeichneten Schwebekunst aus und flatterte wie ein Vögelchen zwischen den Zweigen der Kiefer hin und her. Hong Qigong schielte verstohlen zum anderen Baum. *Dieser Kerl hier will nur Zeit totschlagen,* ärgerte er sich, *während dieser einfältige Guo Jing dort drüben alles gibt, um sich mit Ouyang Feng einen echten Kampf zu liefern. Na warte, wenn du aufgeblasener Lustmolch glaubst, mich mit deinen billigen Spielchen hereinlegen zu können, irrst du dich gewaltig ...*

Er sprang hoch in die Luft und zielte mit seinen zu Krallen gekrümmten zehn Fingern auf Ouyang Kes Kopf. Ouyang Ke erschrak. *Das ist kein Wettkampf mehr,* dachte er, *der Bettler will mich töten!* Schnell wich er nach rechts aus. Aber der Bettlerfürst hatte die Bewegung nur angetäuscht und Ouyang Fengs Reaktion darauf vorausgesehen. Er drehte sich in der Luft um die eigene Achse und landete direkt vor Ouyang Ke, der am Ende eines Zweigs stand, hob die Hände zum entscheidenden Schlag und rief: »Es ist mir gleich, ob ich verliere, aber jetzt bist du dran. Mal sehen, ob dein Geist die Braut heiraten kann!« Ouyang Ke, starr vor Staunen über die unvorhergesehene Wendigkeit des Bettlers, verlor mit einem Schlag allen Mut und hatte nichts anderes mehr im Sinn als sein Leben zu retten. Er wich zurück und trat ins

Leere. *Ich habe verloren!*, fuhr es ihm während des Sturzes durch den Kopf.

Da spürte er den Wind eines anderen fallenden Körpers neben sich.

Nachdem Guo Jing seinen aggressiven Schlägen so tapfer standgehalten hatte, war es Ouyang Feng leid, sich von einem Novizen vorführen zu lassen. *Was bist du für ein Großmeister, wenn du nach fünfzig Schlägen so ein Kerlchen immer noch nicht vom Baum getrieben hast?*, dachte er wütend. Blitzschnell griff er nach Guo Jings Kragen. »Runter mit dir!«

Guo Jing duckte sich weg und holte zu einem Gegenschlag aus. »Ihr … Ihr …«

Er wollte eben protestieren, dass Ouyang Feng sich nicht an die Regeln hielt, als der Gegner seine Kraft plötzlich zurücknahm.

»Ja?«, grinste Ouyang Feng.

Guo Jing hatte seine ganze innere Energie in den Gegenschlag gelegt, weil er fürchtete, Ouyang Feng würde ihm sonst mit der *Explodierenden Kröte* die Eingeweide zu Brei schlagen. Jetzt stieß er mit dieser vollen Kraft ins Leere. Doch das Studium der zweiundsiebzig Varianten der *Strahlenden Faust* hatte ihn das Konzept der »Reue«, welches ihm schon der Bettlerfürst auseinandergesetzt hatte, besser verstehen lassen. Im letzten Augenblick vermied er, denselben Fehler wie bei seinem Kampf mit Huang Yaoshi im Wanderwolkenpalast noch einmal zu machen, sonst hätte er sich diesmal durch seine eigene Kraft die Schulter ausgerenkt. Dennoch geriet er aus dem Gleichgewicht, taumelte vorwärts und fiel kopfüber vom Baum.

Seite an Seite stürzten die beiden jungen Männer gleichzeitig aus den Kiefern. Ouyang Ke gratulierte sich zu seinem unverhofften Glück, breitete die Arme aus und versetzte Guo Jings Füßen einen Stoß – einerseits, damit dieser früher landete, andererseits, um sich selbst Auftrieb zu verschaffen.

»Nein!« Huang Rong war sich sicher, dass Guo Jing verloren hatte.

Aber schon einen Herzschlag später war Guo Jing wieder in der Luft, und Ouyang Ke schlug horizontal auf der Erde auf, während Guo Jing heiter auf einem Baumzweig wippte. *Wie hatte er das bloß angestellt?* »Nein!«, schrie sie noch einmal, doch diesmal war es ein Ausruf des Erstaunens.

Lachend sprang Bettlerfürst Hong vom Baum. Ouyang Feng war aschfahl geworden. »Der Kung-Fu-Mischmasch deines Schülers ist nicht übel«, sagte er mit frostiger Miene zum Bettlerfürsten. »Sogar auf mongolische Sprungkunst versteht er sich.«

»Von mir hat er das nicht«, lachte der Bettlerfürst vergnügt.

Als Ouyang Ke versucht hatte, Guo Jing an den Füßen nach unten zu stoßen, waren seine eigenen Füße auf Höhe von Guo Jings Gesicht gewesen. Kurzerhand hatte dieser Ouyang Kes Waden umschlungen, um sich daran mit einem Ruck hochzureißen. Es handelte sich um eine typisch mongolische Ringtechnik, die Guo Jing schon gelernt hatte, bevor die Sechs Sonderlinge ihm Kung-Fu beibrachten. Auch danach hatte er nie aufgehört, sich mit seinem Schwurbruder Tolui und mit Dschinghis Khans Generälen im Ringkampf zu üben. Diese Kampfformen waren ihm so in Fleisch und Blut übergegangen wie Gehen und Essen, sodass er eben in der Not ganz instinktiv und ohne nachzudenken darauf zurückgegriffen hatte. Daher verstand Guo Jing selbst am allerwenigsten, warum er gewonnen hatte.

Huang Yaoshi schüttelte angesichts dieses Ergebnisses unmerklich den Kopf. *Der Dummkopf hat einfach unverschämtes Glück gehabt,* sagte er sich. »Junker Guo hat die erste Prüfung gewonnen. Mach dir keine Sorgen, Bruder Feng. Dein Neffe verfügt über ausreichend Wissen, um diesen Verlust in den nächsten beiden Runden wettzumachen.«

»Bitte, lass uns die nächste Aufgabe hören«, sagte Ouyang Feng.

»Wir werden uns nun musischen Fragen zuwenden ...«

»Das gilt nicht!«, protestierte Huang Rong. »Du hast gesagt, dass sie sich in der Kampfkunst messen werden, warum jetzt also plötzlich zu den schönen Künsten wechseln? Du darfst dir das nicht gefallen lassen, Jing.«

»Als ob du das beurteilen könntest, mein Kind. Wenn die Kampfkunst einen bestimmten Grad erreicht hat, balgt man sich nicht mehr wie die Barbaren. Als ob wir uns wie die einfachen Leute mit lächerlichen Veranstaltungen wie etwa einem Duell um die Braut abgeben würden.«

Huang Rong und Guo Jing wechselten einen Blick. Beide dachten an den Wintertag in Zhongdu, als Mu Nianci sich mit Yang Kang im Duell um die Braut gemessen hatte.

»Als zweite Prüfung möchte ich die werten Herren um ihre geschätzte Würdigung meines stümperhaften Flötenspiels bitten.«

Voller Genugtuung warf Ouyang Ke Guo Jing einen Blick zu. *Diese Runde geht an mich,* dachte er. *Was hat dieser Trampel schon für eine Ahnung von Musik?*

Sein Onkel war da skeptischer. Ihm war klar geworden, über welches beachtliche innere Kung-Fu Guo Jing verfügte und er fürchtete, dass genau dies jetzt geprüft werden sollte. Und was die Beherrschung des *Neigong* betraf, konnte sein Neffe möglicherweise nicht mit diesem Guo Jing mithalten – und mit seinen inneren Verletzungen schon gar nicht ... »Ich fürchte, die jungen Herren verstehen sich nicht sonderlich gut auf Musik. Dürfte ich fragen ...«

»Kein Grund zur Beunruhigung, Bruder Feng. Ich spiele eine schlichte Melodie, es geht nicht um die Prüfung ihres inneren Kung-Fu.« Er wandte sich Guo Jing und Ouyang Ke zu: »Bitte, nehmt euch jeder einen Bambuszweig und schlagt den Takt zu der Melodie, die ich spielen werde. Der Bessere gewinnt diese Runde.«

Guo Jing trat auf ihn zu und machte eine tiefe Verbeugung. »Leider bin ich in Fragen der Musik vollkommen ungebildet, mein Herr. Erlaubt mir, meine Niederlage gleich einzugestehen.«

»Nicht so voreilig!« Der Bettlerfürst sprang ihm bei, bevor Huang Yaoshi antworten konnte. »Wenn du dir so sicher bist, sowieso zu verlieren, kannst du es ebenso gut zuerst einmal versuchen. Hast du Angst, dass wir dich auslachen?«

Seinem Meister zu widersprechen gehörte sich nicht, also folgte Guo Jing Ouyang Kes Beispiel und brach einen Bambuszweig ab.

»Ich bitte euch um Nachsicht mit meinem stümperhaften Spiel«, sagte Huang Yaoshi und setzte seine Xiao an die Lippen. Eine milde, klagende Melodie setzte ein. Er spielte so schlicht und oberflächlich wie jemand, der über keinerlei inneres Kung-Fu verfügt.

Ouyang Ke verstand das Metrum sofort und schlug den Bambusstock im Takt, während Guo Jing reglos seinen Zweig in der Hand hielt und Löcher in die Luft starrte.

Huang Yaoshi spielte unverdrossen weiter. Die beiden Ouyangs waren sich bereits sicher, dass diese Runde an sie gehen würde und höchstwahrscheinlich auch die nächste, sofern es bei kulturellen Aufgabenstellungen blieb.

Huang Rong klopfte nervös mit dem rechten Zeigefinger im Takt auf ihr linkes Handgelenk, in der Hoffnung, dass Guo Jing sie nachahmen würde. Aber er starrte einfach weiterhin in die Luft, ohne wahrzunehmen, was um ihn herum vorging.

Schließlich hob er den Arm. Sein Bambuszweig sauste genau zwischen zwei Taktschlägen nieder. Ouyang Ke kicherte. *Gleich beim ersten Schlag daneben!*, dachte er zufrieden.

Auch Guo Jings nächster Schlag lag außerhalb des Takts. Wieder und wieder ging Guo Jings Bambuszweig zwischen den Taktschlägen nieder, einmal, zweimal, dreimal, viermal.

Vater ist so ungerecht, ärgerte sich Huang Rong. *Guo Jing hat doch keine Ahnung von Musik!* Nervös überlegte sie, wie sie die Prüfung stören könnte, um den Wettbewerb ungültig zu machen. Dann bemerkte sie das Staunen auf dem Gesicht ihres Vaters und hatte den Eindruck, dass sein Spiel für einen kurzen Augenblick aussetzte.

Guo Jing schlug jetzt unverdrossen weiter mit seinem Bambuszweig, immer genau außerhalb des Takts. Manchmal lag er knapp vor, manchmal knapp hinter dem Rhythmus, mal schlug er zu schnell, mal zu langsam.

Da Guo Jing nicht wusste, was ein Takt überhaupt ist, ging er davon aus, dass es, wie zuvor beim musikalischen Wettkampf der Großmeister, darum ging, den Rhythmus der Xiao durcheinander zu bringen. Dass er eben so genau hingehört hatte, verschaffte ihm jetzt einen Vorteil: Er ahmte einfach die Taktik nach, die er aus den Dissonanzen der Xiao, der Zheng und dem Pfeifen entschlüsselt hatte. Ebensolche kratzenden, blechernen Dissonanzen erzielte er jetzt mit seinen Zwischenschlägen. Sie waren so unmusikalisch, dass er damit Huang Yaoshis Konzentration strapazierte. Mehrmals gelang es Guo Jing beinahe, den Alten Ketzer aus dem Takt zu bringen und seinem eigenen Rhythmus folgen zu lassen. Hong Qigong und Ouyang Feng trauten ihren Augen und Ohren nicht.

Huang Yaoshi war beeindruckt genug, um die Herausforderung anzunehmen. Er veränderte das Tempo und spielte jetzt eine sinnlichere, verführerische Melodie.

Ouyang Ke hingegen war nun nicht mehr in der Lage, den Taktschlag zu treffen. Stattdessen schwang er seinen Bambuszweig wild herum, während er sich selbst im Takt der Musik wog. Seufzend packte sein Onkel ihn am Handgelenk und stopfte ihm Seidentücher in die Ohren. Bevor er ihn losließ, wartete er so lange, bis sich Ouyang Kes Puls beruhigt hatte.

Huang Rong war mit dieser Melodie – *wogende Wellen auf türkisfarbenem Meer* – aufgewachsen. Ihr Vater hatte ihr die komplexe Tonfolge und ihre Variationen genau erklärt. Durch dieses

Verständnis konnte sie die Musik intellektuell erfassen, ohne sich von ihr verführen zu lassen. Das Wissen um die Macht dieser Musik schürte jedoch ihre Sorge um Guo Jing.

Die Melodie begann ebenmäßig, wie ein ruhiges Meer, auf dem sich nicht die leiseste Welle kräuselte. Dann schwollen die Wasser an, erhoben sich immer stärker, aufgewühlt und schäumend. Aus dem glatten Meeresspiegel wurde ein sprühendes, sich auftürmendes Durcheinander, Fische sprangen, Seemöwen tauchten hinein, der Wind heulte, Meereskobolde und Seeungeheuer lugten aus den stürmischen Wellen hervor, Eisberge glitten vorüber. Das Meer kochte, sprudelte und dampfte. Bald sah man Seejungfrauen und Seejunggesellen miteinander in der Brandung tollen, tanzend, einander umgarnend, umschlingend, so sinnlich und erotisch, wie es nur im Wasser möglich war. Auf die Flut folgte Ebbe, die Brandung zog sich zurück, eine düstere Strömung unter der Meeresoberfläche riss die berauschten Zuhörer in einem unvorsichtigen Augenblick sofort mit sich.

Guo Jing saß jetzt mit gekreuzten Beinen auf der Erde und nahm nach dem Vorbild seiner Quanzhen-Meister alle innere Energie zusammen, um den verführerischen Klängen zu widerstehen. Dabei gelang es ihm sogar, weiter seinen Arm zu bewegen und den Bambuszweig unentwegt gegen den Rhythmus auf den Boden zu schlagen.

Als Huang Yaoshi, Ouyang Feng und Hong Qigong musikalisch gestritten hatten, waren sie dabei in der Lage gewesen, gleichzeitig anzugreifen und abzuwehren. Ihre Herzen und Gedanken waren ruhig und konzentriert geblieben, während sie gleichzeitig die Schwächen des Gegners aufspürten und ausnutzten.

Das war unzweifelhaft zu viel erwartet von einem unerfahrenen jungen Mann wie Guo Jing. Seine Gedanken nicht abschweifen zu lassen und dennoch die Fehler in Huang Yaoshis Spiel zu finden, das vermochte er nicht. Er begnügte sich damit, aufmerksam zu bleiben und sich zu wehren, indem er Huang Yaoshi durch seinen chaotischen Taktschlag aus dem Tritt brachte.

Obwohl der Alte Ketzer mehrmals die Melodie wechselte, gelang es ihm nicht, Guo Jing dazu zu bringen, sich seinem Rhythmus zu unterwerfen. Immer wieder veränderte er die Intensität seiner Töne, spielte erst ein lautes Crescendo, dann ein langsames Adagio und dann wieder so leise, dass die Xiao kaum mehr zu hören war und Guo Jing sich anstrengen musste, die Töne überhaupt wahrzunehmen. Je leiser die Melodie gespielt wurde, umso verführerischer war sie. Es fehlte wenig, dann wäre Guo Jing ihrem Sog erlegen.

Aus Furcht, nicht länger widerstehen zu können, teilte Guo Jing seine Aufmerksamkeit mit der Methode des *Duells der Hände* in zwei Hälften. Mit letzter Kraft riss er sich den linken Schuh vom Fuß und schlug damit – *dong dong dong* – auf das hohle Bambusrohr.

Dieser Junge verfügt über beachtliche verborgene Talente, dachte Huang Yaoshi beeindruckt. Er ging dazu über, im Rhythmus des Wechsels der Acht Trigramme zu spielen. Durch den Lärm, den er mit seinem Schuh verursachte, hatte Guo Jing seine rechte Hand wieder unter Kontrolle gebracht. Er erzeugte jetzt zweifache Dissonanzen, sodass es schien, als würden ein weiteres Mal drei Großmeister gegeneinander anspielen. Guo Jings rechte und linke Hand schlugen jeweils einen anderen, wilden Takt: *ding ding ding, dong dong dong, ding ding ding, dong dong dong.*

Sein rauer Lärm schepperte gegen die sanfte Beharrlichkeit der Flötentöne an.

Sowohl Hong Qigong als auch Ouyang Feng mussten ihr *Neigong* bemühen, um konzentriert zu bleiben. Sie durften sich keinesfalls anmerken lassen, welche Anstrengung es sie kostete, der Musik zu widerstehen. Würden sie sich davon mitreißen lassen, wäre ihr ganzes Ansehen dahin.

Die Xiao erging sich in extremen Tonlagenwechseln, ihre Melodie ließ sich nicht mehr vorausahnen. Davon unbeeindruckt, klopfte Guo Jing wacker seinen eigenen Rhythmus.

Die Musik wehte ihn an wie ein Schwall eiskalter Luft, als stünde er in einem Schneesturm. Er zitterte und bibberte vor Kälte, während die Flötentöne immer schriller, immer drängender an ihm nagten. Die Kälte fuhr Guo Jing in die Knochen. Erneut teilte er seine Konzentration, rief sich die warme Sommersonne ins Gedächtnis, dachte an sengende Hitze auf dem Kopf und heiße Kohlen in den Händen, tauchte gedanklich in einen Glutofen ein. Die eisige Kälte verließ ihn.

Staunend sah Huang Yaoshi, wie Guo Jings linke Körperhälfte unter dem eiskalten Hauch der winterlichen Klänge zitterte, während seine rechte Hälfte unter der gedanklich beschworenen Hitze schwitzte. Wieder änderte er die Melodie, ein strahlender Sommer löste den Winter ab. Guo Jing versuchte zu widerstehen, aber schon ging der Bambuszweig im Takt der gespielten Musik nieder. *Vielleicht kann er meiner Musik noch etwas länger widerstehen, aber dieser ständige Wechsel von Hitze und Kälte wird ihn auf Dauer krank machen.* Ein einziger anmutiger Ton noch schallte in den Bambuswald, und das Spiel der Xiao versiegte.

Guo Jing atmete tief und erleichtert aus. Er stand auf, war aber ganz wacklig auf den Beinen und musste sich noch einmal hinsetzen und sich sammeln. Als sein Atem wieder gleichmäßig ging, erhob er sich wieder und verbeugte sich tief vor Huang Yaoshi. »Danke für Eure gnädige Nachsicht, Fürst Huang, danke von ganzem Herzen.«

Kichernd sah Huang Rong, dass Guo Jing immer noch seinen Schuh in der Hand hielt. »Zieh deinen Schuh wieder an!«, flüsterte sie Guo Jing zu.

»Oh …« Schnell schlüpfte er wieder in seinen Schuh.

Huang Yaoshi war dieser junge Kerl ein Rätsel. *Trotz seines jugendlichen Alters besitzt er bereits ein beachtliches Kung-Fu. Vielleicht stellt er sich nur so dumm und ist in Wahrheit ausgesprochen intelligent? Dann könnte ich ihm auch getrost meine Tochter zur Frau geben.* »Warum nennst du mich immer noch Fürst Huang?«, fragte er lächelnd.

Es war seine Art zu sagen, dass Guo Jing bereits zwei der drei Prüfungen für sich entschieden hatte und ihn mit Fug und Recht mit »Schwiegervater« anreden konnte.

»Ich …« Guo Jing wusste nicht, ob er richtig verstanden hatte. Fragend sah er Huang Rong an.

Freudestrahlend gab sie Guo Jing mit dem Daumen ihrer rechten Hand ein Zeichen, dass er Kotau machen solle. Guo Jing fiel auf die Knie und machte vier Mal Kotau.

»Was soll das nun wieder?«, fragte Huang Yaoshi lachend.

»Huang Rong hat mich geheißen, Kotaus zu machen.«

Er ist und bleibt doch ein Trottel!, seufzte Huang Yaoshi innerlich und gab Ouyang Ke ein Zeichen, die Taschentücher aus den Ohren zu ziehen. »Das innere Kung-Fu des Junkers Guo ist stärker, doch was das musikalische Wissen angeht, ist der junge Herr Ouyang ihm weitaus überlegen. Ich erkläre diesen Wettkampf für unentschieden. Die letzte Prüfung soll entscheiden, wer die Hand meiner Tochter bekommt.«

»Ja, lasst uns zur nächsten Prüfung schreiten«, stimmte Ouyang Feng rasch zu. Es war offensichtlich, dass sein Neffe zweimal verloren hatte. Trotzdem gab Huang Yaoshi ihm noch eine letzte Chance.

Sie ist deine Tochter, du kannst sie mit diesem arroganten Strolch verheiraten, wenn du willst, das geht niemanden etwas an, dachte der Bettlerfürst grimmig. *Aber wartet nur ab. Allein kann ich euch beide nicht herausfordern, aber ich werde König Duan um Hilfe bitten, und dann werden wir weitersehen.*

Huang Yaoshi zog ein abgegriffenes, fadengebundenes Heft aus seiner Brusttasche. »Ich hatte mit meiner Frau, die leider im Kindbett gestorben ist, nur diese eine Tochter. Es ehrt mich, dass Bruder Feng und Bruder Qigong beide um die Hand meines einzigen Kindes bitten. Wäre meine gute Frau noch am Leben, sie wäre überglücklich.«

Bei der Erwähnung ihrer Mutter bekam Huang Rong feuchte Augen.

»Dieses Buch ist in der Handschrift meiner Frau abgefasst, ihr ganzes Herzblut steckt darin. Eine lange Zeit war es verloren, aber es hat seinen Weg zu mir zurückgefunden. Es ist mein wertvollster Besitz. Ich werde jetzt die anwesenden jungen Herren bitten, es zusammen zu lesen. Die Hand meiner Tochter wird demjenigen gehören, der den längeren Teil des Textes auswendig behalten kann und ihn möglichst fehlerfrei rezitiert.«

Er machte eine Pause. Mit einem Blick auf das kalte Lächeln des Bettlerfürsten fuhr er fort. »Es ist richtig, dass der junge Herr Guo bereits eine Runde für sich entschieden hat. Aber dieses Buch hat in meinem Leben eine große Rolle gespielt, es ist der Grund für den Tod meiner Frau. Ich hoffe, dass ihre Seele den richtigen Ehemann für meine Tochter finden und ihm helfen wird, diese Prüfung zu bestehen.«

»Schluss mit dem Humbug, Alter Ketzer!« Bettlerfürst Hong riss der Geduldsfaden. »Du weißt genau, dass mein Schüler nicht der Hellste ist und sich nicht auf Bücher versteht. Und trotzdem mutest du ihm eine Prüfung zu, bei der er ein Buch auswendig lernen soll, und schiebst noch dazu deine tote Frau als Ausrede vor. Schämst du dich denn gar nicht?« Er warf seine Ärmel zurück, drehte sich um und wollte gehen.

»Bruder Qigong, wenn du auf diese Insel gekommen bist, um dich aufzuspielen, musst du noch ein paar Jahre studieren, fürchte ich.«

Der Bettlerfürst sah ihn mit hochgezogenen Augenbrauen an. »Was willst du damit sagen? Drohst du mir damit, mich hier festzuhalten?«

»Da du nicht in der Kunst der Magischen Tore und der Fünf Elemente bewandert bist, findest du ohne meine Erlaubnis niemals den Weg hier heraus.«

»Dann brenne ich deine verdammte Insel eben nieder.«

»Versuch es doch.«

Auf keinen Fall darf mein Meister meinetwegen zu Schaden kommen!, dachte Guo Jing und trat vor. »Fürst Huang, Meister, ich werde an dieser letzten Prüfung teilnehmen. Ich bin dumm und werde sie wahrscheinlich nicht bestehen. Aber das ist dann eben so.«

Für Guo Jing war allein entscheidend, Meister Hong zu helfen, von der Insel fortzukommen. Huang Rong und er könnten notfalls einfach ins Meer springen und schwimmen, so weit fort, wie sie konnten.

»Gut, wenn dir so daran gelegen ist, gedemütigt zu werden, nur zu!« *Dieser Vollidiot!*, dachte der Bettlerfürst. *Was glaubt der, wozu ich mich mit dem Alten Ketzer anlege?* Er hatte vorgehabt, einen Streit vom Zaun zu brechen und den entstehenden Tumult auszunutzen, um mit seinen beiden Schülern zur Küste zu fliehen und ein Boot zu stehlen. Danach könnte man immer noch weitersehen. Aber dieser brave Tölpel machte ihm mit seiner Aufrichtigkeit einen Strich durch die Rechnung. Es war zum Verzweifeln.

»Und du bleibst mir brav sitzen, keine Possen mehr«, sagte Huang Yaoshi zu seiner Tochter.

Huang Rong entgegnete nichts. Da ihr Vater ihre verstorbene Mutter ins Spiel gebracht hatte, wusste sie, dass diese letzte Prüfung die entscheidende sein würde. Guo Jing würde sie verlieren, und die beiden ersten Runden zählten nichts. Oder ihr Vater stellte es einfach so dar, als hätten Guo Jing und Ouyang Ke jeder eine Runde gewonnen. Dann würde er sich eben noch eine Prüfung ausdenken und noch eine – so lange, bis dieser Widerling gewonnen hätte. *Wenn wir nur einfach zusammen fliehen könnten, Jing und ich ...*

Huang Yaoshi ließ Guo Jing und Ouyang Ke nebeneinander auf einem Felsblock Platz nehmen und breitete das Buch vor ihnen aus. Sein weißes Papier war schon vergilbt, es war zerfleddert und abgenutzt von vielen Jahren des Gebrauchs. Viele Schriftzeichen waren kaum lesbar, verdeckt von schmutzigen Fingerabdrücken und zerflossen unter Wasserflecken, wie von verschüttetem Tee oder von Tränen. Dann diese dunklen Kleckse ... ob das Blut war?

Ouyang Ke geriet beim Anblick des Titels in Verzückung. Der wahre Weg der Neun Yin! *Mein künftiger Schwiegervater hat mich bereits ins Herz geschlossen, das ist sicher. Warum sonst gewährt er mir Einblick in diese wertvolle Schrift?*

Guo Jing konnte den Titel, der in altertümlicher Siegelschrift geschrieben war, nicht lesen. *Wer soll diese seltsame runde Froschschrift entziffern können? Er will mich ohnehin nicht gewinnen lassen. Ich gestehe meine Niederlage besser gleich ein.*

Huang Yaoshi blätterte die erste Seite auf. Sie sah aus, als wäre sie erst kürzlich ausgebessert worden. Die Handschrift selbst war leserlich und in regulärer Kalligrafie gehalten, elegant und zierlich, eine typische Frauenschrift.

Guo Jings Herz klopfte wild, als er die ersten Zeilen las.

Es ist der Weg des Himmels, vom Überschüssigen zu nehmen und das Unvollständige zu füllen. Auf diese Weise schlägt das Substanzlose die Substanz, und der Mangel triumphiert über den Überfluss.

Das ist einer von Bruder Botongs Leitsätzen! Guo Jing ließ seinen Blick über den Rest der Seite schweifen. Er kannte jedes Wort und jeden Satz davon auswendig.

Huang Yaoshi wartete einen Augenblick, dann schlug er die Seite um. Wieder fielen Guo Jing die Lehrsätze ins Auge, die Zhou Botong ihn hatte lernen lassen.

Das Schwache überwindet das Starke, das Weiche erobert das Harte. Jeder unter dem Himmel weiß das, aber niemand handelt danach.

Er las weiter.

Das Weichste unter dem Himmel galoppiert durch das Härteste unter dem Himmel.

Das Schriftzeichen für *galoppiert* kannte Guo Jing nicht, aber da die Sätze exakt dem entsprachen, was Zhou Botong ihm beigebracht hatte, erschloss er sich so seine Bedeutung.

Hat Zhou Botong mir etwa dieses Buch beigebracht? Guo Jing war nie in den Sinn gekommen, dass das weise Kung-Fu des Alten Kindskopfs gar nicht von ihm selbst stammen könnte. Und wie kam es, dass der Herr der Pfirsichblüteninsel in Besitz derselben Schrift war? Und warum sollte seine verstorbene Frau damit ihren Schwiegersohn auserwählen? Mit ausdrucksloser Miene starrte Guo Jing auf die Schrift.

Huang Yaoshi nahm an, dass der komplexe Inhalt Guo Jing überforderte und ganz wirr im Kopf machte. Ohne sich darum zu kümmern, blätterte er langsam die Seiten um.

Anfangs war Ouyang Ke sehr zufrieden mit sich, denn er konnte sich den Text gut merken. Doch dann wurde der Text immer abstruser, voll von schwer fassbaren daoistischen Fachbegriffen und Theorien des *Neigong*, mit denen er nicht vertraut war. Der Inhalt wurde immer komplexer, und er hatte zunehmend Schwierigkeiten, die mysteriösen Aussagen ganz oder auch nur zur Hälfte zu behalten. Ratlos starrte er auf Sätze wie

Die Kraft strömt durch die Finger und nichts kann sie aufhalten, sie zerschmettert den Schädel des Feindes, als grabe man in fauliger Erde.

Was sollte das bloß heißen? *Der wahre Weg der Neun Yin* war ein durch und durch unverständliches Buch! Aber ein Blick auf Guo Jings verwirrte Miene genügte ihm, um seine Selbstsicherheit wiederzuerlangen. *Mehr als dieser Einfaltspinsel kann ich mir allemal merken! Den Sieg habe ich schon in der Tasche.*

Bei diesem Gedanken kam ihm seine zukünftige Braut in den Sinn und er sah sich freudestrahlend nach ihr um.

Huang Rong streckte ihm die Zunge heraus und schnitt Grimassen. »Erinnerst du dich an meine Schwester Mu Nianci, die du entführt hast? Du hast sie in diesem verfallenen Ahnentempel in einem Sarg zurückgelassen, und sie ist erstickt! Vergangene Nacht habe ich sie im Traum gesehen, mit wirrem Haar und blutunterlaufenen Augen. Ihr Geist wird dich heimsuchen!«

»Oh, ich habe ganz vergessen, sie herauszulassen«, murmelte Ouyang Ke beschämt. *Schade um das hübsche junge Ding,* dachte er. Dann bemerkte er Huang Rongs Grinsen. »Woher weißt du das? Du hast sie befreit, nicht wahr?«

»Konzentrier dich auf den Text!«, zischte Ouyang Feng ihm zu, der genau wusste, dass Huang Rong seinen Neffen durcheinanderbringen wollte, damit der sich den Text schlechter merken konnte.

»Ja, Onkel.« Ouyang Feng widmete sich wieder ganz seiner Aufgabe.

Guo Jing las schon gar nicht mehr. Jeder einzelne Satz, den er bislang gesehen hatte, entsprach Wort für Wort Zhou Botongs Kampfkunsttheorie, und die konnte er im Schlaf hersagen. Statt in das Buch starrte er in die Baumwipfel und fragte sich: *Warum?*

Da er den Titel nicht hatte entziffern können, wusste Guo Jing immer noch nicht, dass sie gerade den zweiten Band des *Neun-Yin-Handbuchs* lasen, eben den Band, den Mei Chaofeng ihrem Meister im Wanderwolkenpalast zurückgegeben hatte.

Der Alte Ketzer hatte den beiden diesen Band vorgelegt, weil die Lektüre seines Inhalts nichts nützte, wenn man die Grundlagen zum Umgang mit dem inneren Kung-Fu aus dem ersten Band nicht kannte. Wenn der Bettler des Nordens davon um ein paar Erkenntnisse reicher würde, spielte das keine große Rolle, aber mit Gift des Westens wollte er ganz bestimmt nichts teilen, was dessen bösartiges Kung-Fu hätte beflügeln können.

Abgesehen davon, endete der zweite Band mit einer langen, völlig unverständlichen Passage. Nach ihrer Begegnung mit Zhou Botong hatte seine Frau diesen Abschnitt als Erstes niedergeschrieben, denn so sicher sie sich gewesen war, den übrigen Text mühelos aus dem Gedächtnis abrufen zu können, so schwer hatte sie sich mit dieser Stelle getan. Wiederholt hatte sie die bedeutungslose Beschwörungsformel überprüft und korrigiert und daran gezweifelt, dass sie sie richtig wiedergegeben hatte. Dass Ouyang Ke viel von diesem Text im Kopf behalten würde, war kaum anzunehmen, und das wenige, das er sich merken konnte, würde sicher entschieden von dem abweichen, was Frau Huang niedergeschrieben hatte. So würde ein Fehler zum nächsten führen. Selbst wenn er ein Zehntel davon gelernt hatte, wäre es äußerst unwahrscheinlich, dass er oder sein Onkel je vom Inhalt profitieren würden.

In gleichmäßiger Geschwindigkeit blätterte Huang Yaoshi Seite um Seite um. Auf manchen Seiten verbargen der Schmutz und die Wasserflecke ganze Wörter und Halbsätze.

Sie kamen zur letzten Seite. Nach einem Blick auf die erste Zeile fragte Ouyang Ke: »*Mahabharata, prajñabharata* ... Was bedeutet dieses Gebrabbel, Onkel Huang? Das ergibt keinen Sinn für mich, das kann ich mir niemals merken.«

»Du musst das nicht verstehen, es genügt, wenn du es auswendig lernst. Zugegeben, das ist nicht so einfach, aber wenn es zu einfach wäre, könntet ihr euer Talent nicht beweisen, nicht wahr?«

Guo Jing erinnerte sich nur zu gut an diese seltsame Beschwörungsformel. Sie zu lernen hatte ihm nächtelang den Schlaf geraubt. Am Ende hatte er zehn Tage allein damit zugebracht, die Lautabfolge so zu verinnerlichen, dass er sie nie mehr vergaß. Ein Blick auf die Seite genügte ihm, und der Text stand ihm wieder vor Augen.

Das Buch endete mit diesen unverständlichen Schriftzeichen. Danach folgten noch Verszeilen aus Gedichten, die jedoch in einer anderen Handschrift verfasst waren. Nur Huang Yaoshi wusste, von wem diese Schrift stammte, schließlich hatte er selbst dieser jungen Frau Lesen und Schreiben beigebracht. Diese Gedichte hatte sie dereinst nach seiner eigenen Kalligrafie kopiert.

*Kaum sah ich dich, bliebst du in meinem Herzen
und bist es heute mehr denn je.*

Dann folgten Zeilen aus einem anderen Gedicht.

*Am Morgen nach der durchzechten Nacht seh ich den Freund
   nicht mehr.
Tausendfach
fortgetrieben von strömenden Wassern und wehenden Winden.*

Und schließlich:

*Man wird alt, die Dinge ändern sich.
Trinkt nicht mehr Wein unter Blüten, wenn Tränen das Kleid
   durchweichen.
Heute möchte ich lieber schlafen, bei geschlossener Tür,
lasse die Pflaumenblüten draußen wirbeln wie Schnee.*

Ganz am Ende der Seite, in beinahe unleserlicher, verworrener Schrift, standen die Worte *Ich habe dich betrogen, Meister, töte mich! Bitte, Meister, lass mich durch deine Hand sterben. Meister!*

Beim Anblick des von Blut und Tränen seiner Schülerin fleckig gewordenen Handbuchs hatte Mitleid die große Bitterkeit verdrängt, die Mei Chaofengs Verrat bei Huang Yaoshi hinterlassen hatte. Ihre Handschrift erinnerte ihn an die Zeit, als das Mädchen seine Hand zu nehmen pflegte, sie hin und her geschwungen und ihn dabei angestrahlt hatte. *Meister!*

Seufzend erinnerte sich Huang Yaoshi an seine Kalligrafien der Gedichte von Ouyang Xiu und Zhu Xizhen und daran, wie sein eifersüchtiger Schüler Qu Lingfeng sie in seinem Studierzimmer gefunden und Mei Chaofeng gezeigt hatte. Alle Verse hatte sie sich tief eingeprägt und über die Jahre in ihrem Innern bewahrt. Gewiss hatte sie verstanden, was sie bedeuteten. Die Schrift war klar und fest, sie musste es geschrieben haben, bevor sie erblindet war.

Nach seiner Heirat hatte seine ganze Aufmerksamkeit seiner jungen Frau gegolten und er hatte nur noch selten mit Mei Chaofeng gesprochen. Er erinnerte sich, wie Qu Lingfeng die Liebesgeschichte zwischen ihr und Chen Xuanfeng entdeckt hatte und sich seine beiden ältesten Schüler einen erbitterten Kampf um die Liebe ihrer kleinen Kampfschulschwester geliefert hatten. Und er erinnerte sich noch zu gut an seinen eigenen Jähzorn, als er Qu Lingfeng von der Insel verbannt und Mei Chaofeng und Chen Xuanfeng als Schüler verstoßen hatte. Erst zu spät war ihm bewusst geworden, dass sein eigenes Verhalten sie dazu gebracht hatte, ihren Meister zu verraten und das *Neun-Yin-Handbuch* zu stehlen. Der Gedanke daran erfüllte ihn mit bitterer Reue.

Ouyang Ke war immer noch darum bemüht, sich die seltsame *Mahabharata*-Passage einzuprägen. Kurzerhand schlug Huang Yaoshi das Buch zu. Er wollte nicht, dass die beiden das von Mei Chaofeng Geschriebene zu lesen bekamen.

»Das genügt. Dieser letzte Abschnitt ist zu schwierig.« Huang Yaoshi musterte die beiden jungen Männer, ihre aus unterschiedlichen Gründen verdatterten Mienen. »Wer von euch möchte anfangen?«

»Ich würde es gerne versuchen«, sagte Ouyang Ke schnell. Der Text war so abstrus und schwer zu merken, dass es besser war, ihn nachzubeten, solange seine Erinnerung noch frisch war.

Huang Yaoshi nickte. »Geh in den Bambuswald, bis du außer Hörweite bist«, wies er Guo Jing an.

Folgsam entfernte sich Guo Jing gut hundert Schritte vom Geschehen. Huang Rong wollte ihm hinterherschleichen, in der Hoffnung, die Gelegenheit zur gemeinsamen Flucht nutzen zu können.

»Huang Rong! Du setzt dich hier neben mich. So kannst du dich davon überzeugen, dass ich unvoreingenommen bin«, rief Huang Yaoshi.

»Du bist voreingenommen, das weißt du ganz genau.«

»Wo sind deine Manieren, Kind?«, schimpfte Huang Yaoshi. »Komm her.«

»Ich will aber nicht.« Huang Rong wusste, dass ihr Vater auf der Hut war. So leicht würde sie ihm nicht entkommen. Sie kehrte zurück und stellte sich vor Ouyang Ke. »Was ist so besonders an mir, Herr Ouyang? Warum seid Ihr so vernarrt in mich?«, fragte sie herausfordernd.

Völlig perplex von dieser Frage brachte Ouyang Ke kein Wort heraus. »Meine Dame, Ihr seid … Ihr …«

»Ihr müsst nicht zurück in den Westen gehen, dort ist es sicher furchtbar kalt. Bleibt doch ein paar Tage auf der Pfirsichblüteninsel.«

»Der Westen ist groß, meine Dame. Natürlich ist es in vielen Gegenden sehr kalt, aber in anderen ist es sonnig und warm wie hier im Süden.«

»Das glaube ich nicht. Ihr seid ein Betrüger!«

»Heb dir dein Geplänkel für später auf, Kind«, fuhr Ouyang Feng dazwischen, bevor Ouyang Ke antworten konnte.

Huang Rongs überraschende Fragen hatten Ouyang Ke so durcheinandergebracht, dass er einen großen Teil des Textes, den er auswendig gelernt hatte, vergaß. Er sammelte sich und fing an. »*Es ist der Weg des Himmels, vom Überschüssigen zu nehmen und das Unvollständige zu füllen. Auf diese Weise schlägt das Substanzlose die Substanz und der Mangel triumphiert über den Überfluss*«, begann er. Sein Gedächtnis war trotz allem beeindruckend. Die ersten Seiten betete er wortgetreu und mühelos herunter. Als er aber zum Haupttext kam, begann er zu stocken und zu stammeln. Die dunklen und komplexen daoistischen Lehren über den Fluss der Lebensenergie Qi, die richtige Atmung und die Harmonisierung von Yin und Yang waren zu abstrus, um sie zu behalten, und er vermochte nur einen geringen Teil des Inhalts wiederzugeben. Jedes Mal, wenn seine Erinnerung versagte, rief Huang Rong laut: »Falsch!«

Bald rief sie so oft dazwischen, dass er gar nicht mehr zu Wort kam. Als er bei der unverständlichen Beschwörungsformel auf der letzten Seite angelangt war, gab er auf. Davon hatte er kein Wort behalten.

»Nicht schlecht«, lobte Huang Yaoshi. »Es kostet große Mühe, so viel Text zu verinnerlichen.« Dann rief er laut nach Guo Jing.

Als Guo Jing das selbstgefällige Lächeln auf Ouyang Kes Gesicht sah, verlor er den Mut. *Wie klug er sein muss, um sich das alles merken zu können! Das könnte ich nie. Ich sage einfach das auf, was ich von Bruder Botong gelernt habe. Das ist bestimmt falsch, aber was soll ich machen?*

»Du darfst auch gern deine Niederlage eingestehen«, sagte der Bettlerfürst. »Es ist nicht nötig, dass du dich lächerlich machst, Junge.«

In diesem Augenblick stieß sich Huang Rong ab, landete auf dem Dach des Pavillons, zog einen glänzenden Dolch hervor und hielt sich die Spitze an die Brust. »Wenn du mich zwingst, mit diesem Wüstling in den Westen zu gehen, Vater, dann bringe ich mich um!«

Huang Yaoshi kannte seine Tochter. Sie hatte keine Skrupel, ihre Worte in die Tat umzusetzen. »Leg das Messer weg, Kind. Wir reden darüber.«

Ouyang Feng fackelte nicht lange. Kurzerhand schlug er seinen Stab auf den Boden, und mit einem beängstigenden Heulen schnellte ein seltsames Etwas durch die Luft und schlug Huang Rong den Dolch aus der Hand. Dann sprang Huang Yaoshi zu ihr auf das

Dach und legte den Arm um sie. »Wenn du nicht heiraten willst, dann bin ich auch zufrieden«, sagte er leise. »Du weißt, dass ich dich am liebsten für immer bei mir auf der Insel hätte.«

»Du liebst mich nicht!«, schrie Huang Rong und strampelte mit den Beinen. »Du liebst mich einfach nicht!«

Der Bettlerfürst hielt sich den Bauch vor Lachen. Ein kleiner Wutanfall seiner geliebten Tochter, und der gefürchtete Ketzer des Ostens, Beherrscher der Meere, der Tyrann, der mordete, ohne mit der Wimper zu zucken, wurde zahm wie ein Lämmchen.

Ouyang Feng beobachtete mit Unmut, wie der Alte Ketzer seine trotzige Tochter zu besänftigen suchte. *Sobald wir ihre Hand gewonnen und den Alten Bettler und den Trottel davongejagt haben, werden wir ihr die Launen schon austreiben. Wozu sich mit diesem Kinderkram aufhalten?*

Er beschloss, die Sache etwas zu beschleunigen. »Junker Guo hat beachtliches äußeres Kung-Fu und hervorragendes inneres Kung-Fu bewiesen, gewiss verfügt er ebenfalls über ein ausgezeichnetes Gedächtnis. Willst du ihn nicht bitten, es uns vorzuführen, Bruder Yaoshi?«

»Du hast recht, Bruder Feng«, antwortete Huang Yaoshi. »Merkst du nicht, dass du mit deinen Launen die Konzentration des Junkers Guo störst?«, ermahnte er seine Tochter. Huang Rong verstummte.

»Fangt an, Junker Guo, wenn ich bitten darf. Wir können Euren Vortrag kaum erwarten«, sagte Ouyang Feng.

Guo Jing lief rot an. *Mir bleibt wohl keine andere Wahl*, dachte er und begann.

Die Worte flossen ohne Zögern aus seinem Mund. »*Es ist der Weg des Himmels, vom Überschüssigen zu nehmen und das Unvollständige zu füllen ...*« Hunderte Male hatte er dieselben Worte für Zhou Botong wiederholt. Nach nur wenigen Sätzen sahen sich die Zuhörer entgeistert an. *Der Junge hat uns alle zum Narren ge-*

halten! Dieser Gedanke schoss den beiden Ouyangs und Huang Yaoshi gleichzeitig durch den Kopf.

Huang Rong und Hong Qigong wiederum kannten Guo Jing zu gut – sie wussten genau, dass er den Text auf keinen Fall soeben auswendig gelernt haben konnte. Für den Augenblick waren sie aber viel zu glücklich über diese unerwartete Wendung, um sich die Frage zu stellen, wieso er ihn trotzdem aufsagen konnte.

Guo Jing hatte die ersten Seiten in einem Atemzug heruntergespult. Huang Yaoshi, der unterdessen mitlas, staunte. Jedes einzelne Wort stimmte, selbst die Stellen, die kaum leserlich waren, weil Blut, Schweiß und Tränen sie befleckt hatten oder die Seiten aufgrund der groben Behandlung durch Chen Xuanfeng und Mei Chaofeng zerrissen und angestoßen waren.

Was ihn aber vor allem beeindruckte, war, dass Guo Jing in zusammenhängenden Sätzen sprach. Der Sinn der Worte und ihre Betonung kamen logisch und folgerichtig über seine Lippen und selbst fehlende Schriftzeichen philosophischer Sinnsprüche aus dem *Buch des Wegs und der Tugend* des Meistes Laozi und dem *wahren Buch vom Südlichen Blütenland* des Meisters Zhuangzi ergänzte er mühelos, obwohl seine Frau darauf verzichtet hatte, die bekannten Weisheiten vollständig zu zitieren.

Sein Herz tat einen Sprung, und kalter Schweiß lief ihm über den Rücken. *Bist du es, die durch den Mund dieses jungen Mannes zu mir spricht, Liebes? Hast du die Worte aus dem Handbuch mit ins Jenseits genommen und sie ihm von dort auf geheimnisvolle Weise übermittelt?*

Guo Jings Stimme stockte kein einziges Mal. Jedes einzelne Wort aus dem Handbuch schallte Huang Yaoshi entgegen wie eine Mahnung. Sogar die letzte unverständliche Passage sprudelte bis zum letzten Satz aus Guo Jing heraus wie Wasser.

Huang Yaoshi war jetzt davon überzeugt, dass er es mit einem übernatürlichen Phänomen zu tun hatte, und wandte den Blick zum Himmel. »Bist du es, Ah Heng? Wenn du es bist, die durch diesen Jungen zu mir spricht, dann zeig dich mir! Jede Nacht spiele ich auf der Flöte für dich. Hast du meine Rufe vernommen?«, murmelte er. Seine Frau hatte die Wahl getroffen, daran bestand kein Zweifel. Die Umstehenden verstanden gar nichts mehr, sie wussten auch nicht, dass er zu seiner verstorbenen Frau sprach, deren Mädchenname Ah Heng lautete. Der verklärte Gesichtsausdruck des Alten Ketzers war beunruhigend.

Doch plötzlich änderte sich seine Miene. »Du hast heimlich das *Neun-Yin-Handbuch* gelesen, als es in Mei Chaofengs Besitz war, hab ich recht?«, herrschte er Guo Jing an.

»Sie … sie hat mich festgehalten …«, stammelte Guo Jing, erschrocken über den eisigen Ton. »Sie wollte mich erwürgen, als Rache für ihren toten Gatten … Aber sie war auf mich angewiesen, weil sie nicht gehen konnte, und ich habe sie getragen … Sie saß auf meinen Schultern und kämpfte, damals, in jener Nacht im Palast von König Zhao. Das Handbuch hat sie mir nicht gezeigt, und ich habe es nie gesehen.«

Guo Jing war wie ein offenes Buch. Sein ehrliches Entsetzen verriet Huang Yaoshi, dass er die Wahrheit sagte. Außerdem hatte Guo Jing eine vollständigere Version rezitiert als diejenige, die sich in seinem Besitz befand – vor allem, was den seltsamen letzten Abschnitt betraf. Der Junge musste es von seiner Frau haben, die ihr Wissen mit ins Reich der Geister genommen hatte.

Normalerweise war der Ketzer des Ostens viel zu klug und vernünftig, um an haarsträubende Geistergeschichten zu glauben. Aber die Liebe zu seiner Frau, die gewaltige Trauer über ihren frühen Tod und die Hoffnung auf ein Zeichen von ihr benebelten seinen Verstand. Er war überzeugt, dass sie für ihn die Entscheidung getroffen und ihren Schwiegersohn auserwählt hatte.

»Bruder Qigong, Bruder Feng!«, hob er an, von Trauer und Freude bewegt. »Meine verstorbene Frau hat gesprochen, und ihre Entscheidung ist unanfechtbar. Guo Jing, mein Sohn, hiermit vertraue ich dir die Hand meiner Tochter an, kümmere dich gut um sie. Rong ist ein verzogenes Kind. Ich hoffe, du wirst mit ihren Launen zurechtkommen.«

»Ich bin nicht verzogen!«, rief Huang Rong, überglücklich. »Wer muss mit meinen Launen zurechtkommen?«

Diesmal fiel Guo Jing auf die Knie, ohne dass sie ihm ein Zeichen geben musste. »Ich danke Euch, Vater!«

洪涛群鲨

9
Ein Meer von Haien

Hong Qigong bekam den Mund nicht mehr zu vor Lachen. Niemals, niemals im Leben hätte er erwartet, dass ausgerechnet der literarische Wettbewerb so enden würde. Selbst wenn sein einfältiger Schüler Ouyang Ke noch ein Dutzend Male in den Staub geworfen hätte, wäre der Bettlerfürst nicht so verblüfft gewesen wie jetzt. »Was willst du denn noch? Gibst du immer noch keine Ruhe?«, herrschte er Ouyang Ke an.

»Bruder Guo hat mehr rezitiert, als in diesem Buch stand«, sagte Ouyang Ke. »Er muss im Besitz des *Neun-Yin-Handbuches* sein. Verzeiht meine Dreistigkeit, aber ich halte es für geboten, ihn zu durchsuchen.«

»Fürst Huang hat der Hochzeit bereits zugestimmt, Schluss mit der Stänkerei! Denk daran, was dein Onkel über das Verlieren gesagt hat!«

Ouyang Feng rümpfte die Nase. »Ein Ouyang lässt sich nicht so leicht ins Bockshorn jagen.« Die Worte seines Neffen hatten ihn überhaupt erst darauf gebracht, dass Guo Jing das Handbuch bei sich tragen könnte. In den Besitz dieses Werks zu kommen war Ouyang Feng weitaus wichtiger, als seinen Neffen mit Huang Yaoshis Tochter zu verheiraten.

Guo Jing band kurzerhand seinen Gürtel auf und öffnete sein Hemd. »Ihr könnt mich gerne durchsuchen, Fürst Ouyang«, sagte er und breitete seine ganze Habe auf einem Stein aus. Ein paar Silbermünzen, ein Taschentuch, Flint und Zunder und dergleichen mehr. Ouyang Feng schnaubte verächtlich und ließ es sich nicht nehmen, Guo Jing abzutasten.

Huang Yaoshi ahnte, dass der Alte Giftmolch mit seiner arglistigen Natur dazu fähig war, sich in seiner Wut zu einem mörderischen Schlag gegen seinen frischgebackenen Schwiegersohn hinreißen zu lassen, wenn er nichts finden sollte. Drohend hielt er seine linke Hand über Ouyang Kes Nacken. Eine falsche Bewegung, und Huang Yaoshi würde Ouyang Fengs Neffen das Rückgrat zertrümmern.

Haha. Der Bettler grinste in sich hinein. *Jetzt, wo mein dämlicher Schüler sein Schwiegersohn ist, geht der Alte Ketzer bis zum Äußersten, um ihn zu beschützen. Andererseits ... da er nun ganze Bücher auswendig weiß, darf ich den Jungen wohl nicht mehr dämlich nennen.*

Ouyang Feng hatte in der Tat im Sinn gehabt, Guo Jing mit dem *Explodierenden Kröten-Kung-Fu* einen heimtückischen Schlag in den Oberbauch zu versetzen. Erst in etwa drei Jahren würde Guo Jing dadurch an inneren Verletzungen sterben, ohne zu wissen, warum. Aber Huang Yaoshis unmissverständliche Drohung hielt ihn davon ab. Wie Ouyang Feng enttäuscht feststellen musste, hatte Guo Jing außer seinen Kleidern tatsächlich nichts mehr am Leib. Er glaubte kein Wort von dem Humbug über den Geist von Huang Yaoshis verstorbener Frau, der ihren Schwiegersohn erkoren hatte. Dann fiel ihm ein, dass der Trottel nicht lügen konnte und es gar nicht so schwer sein müsste, ihm die Wahrheit über den Verbleib des Handbuchs zu entlocken.

Ouyang Feng stieß seinen Stab auf den Boden, sodass die goldenen Ringe am Knauf klimperten und der Metallverschluss aufsprang. Sofort glitten die beiden Schlangen aus den beiden Hohlräumen und wanden sich um den Stab.

Erschrocken wichen Huang Rong und Guo Jing einen Schritt zurück.

»Wo hast du den Text des *Neun-Yin-Handbuchs* gelernt, Junker Guo?« Ouyang Feng fixierte Guo Jing mit stechendem Blick.

»Ich habe von diesem Buch gehört, aber ich habe es noch nie gesehen«, sagte Guo Jing. »Bruder Zhou Botong hat gesagt …«

»Warum nennst du Zhou Botong deinen Bruder?«, unterbrach ihn der Bettlerfürst. »Wo hast du den Alten Kindskopf kennengelernt?«

»Er ist mein Schwurbruder.«

»Dein Schwurbruder!« Der Bettlerfürst lachte schallend. »Das ist absurd. Er ist viel älter als du.«

Ouyang Feng riss das Wort wieder an sich. »Soweit ich weiß, haben die Zwillingsmörder der Dunklen Winde den zweiten Band des Handbuchs gestohlen und du hast Chen Xuanfeng getötet. Hast du ihm dabei das Buch entwendet?«

»Damals war ich erst sechs Jahre alt und konnte nicht lesen. Ich wusste nichts von einem Handbuch und habe nichts gestohlen.«

»Du behauptest, du hättest das Buch nie gelesen und doch hast du eben den ganzen Text auswendig hergesagt. Wie kann das sein?« Ouyang Feng wurde langsam ungeduldig.

»Ich habe nicht das *Neun-Yin-Handbuch* aufgesagt, sondern einen Text, den Bruder Botong mir beigebracht hat. Seine eigene geheime Kampfkunsttheorie. Er hat mir erzählt, dass kein Schüler der Quanzhen-Schule das Kung-Fu des *Neun-Yin-Handbuchs* lernen darf. So hat es sein Bruder Wang Chongyang vor seinem Tod bestimmt.«

Huang Yaoshi stöhnte innerlich auf. Dann hatte seine verstorbene Frau also doch nicht zu ihm gesprochen. Das war enttäuschend. *Wie dumm von mir! Zhou Botong hat das Handbuch nach dem Tod seines Bruders in Verwahrung genommen. So Kung-Fu-verrückt wie er ist, hat er es natürlich nicht lassen können, es in all diesen Jahren von vorn bis hinten und wieder zurück zu studieren. Ich hätte wissen müssen, dass hier weder ein Geist noch übernatürliche*

Kräfte im Spiel waren. Aber vielleicht war es ja trotzdem ein Zeichen dafür, dass meine Tochter und Guo Jing vom Schicksal füreinander bestimmt sind.

»Wo ist Zhou Botong jetzt?«, forschte Ouyang Feng weiter.

»Rede nicht so viel, Guo Jing«, rief Huang Yaoshi, bevor Guo Jing antworten konnte. »Was kümmern uns diese Dinge? Bruder Feng, Bruder Qigong, wir haben uns viele Jahre nicht gesehen Ich würde vorschlagen, dass wir die nächsten drei Tage fröhlich miteinander zechen.«

»Ich koche etwas Gutes für dich, Meister«, sagte Huang Rong. Wir haben herrliche Lotusblätter auf dieser Insel. Ich mache dir gedämpftes Hühnchen mit Lotusblütenblättern und Wasserkastanien in Lotusblätterbrühe, das wird dir schmecken!«

Hong Qigong lachte. »Sieh einer an, wie glücklich die junge Braut ist, jetzt, wo sie ihren Willen bekommen hat.«

»Kommt, Meister!«, sagte sie strahlend. »Onkel Ouyang, Bruder Ouyang, bitte seid unsere Gäste.« Huang Rong wollte vor Glück die ganze Welt umarmen. Selbst Ouyang Ke erschien ihr nun, da sie endlich mit Guo Jing zusammenbleiben durfte, eine Spur weniger widerwärtig.

Ouyang Feng legte die Hände zusammen und verbeugte sich vor Huang Yaoshi. »Sei herzlich bedankt für deine Gastfreundschaft, Bruder Yaoshi, aber für uns ist die Zeit zum Aufbruch gekommen.«

»Da du eigens so weit gereist bist für deinen Besuch, Bruder Feng, solltest du mir gestatten, dich für ein paar Tage mit meiner Gastfreundschaft verwöhnen zu dürfen.«

Ouyang Feng hatte einen wichtigeren Grund als die Verheiratung seines Neffen gehabt, um den weiten Weg aus dem Westen bis zur Pfirsichblüteninsel auf sich zu nehmen. Sein Neffe hatte ihm per Brieftaube die Nachricht überbracht, dass *Der wahre Weg der Neun Yin* wiederaufgetaucht war und sich in den Händen einer abtrünnigen, blinden Schülerin des Ketzers des Ostens befand. Er hatte gehofft, sich nach der Hochzeit mit dem Alten Ketzer zusammenzutun, um des Handbuchs habhaft zu werden. Dass daraus nun nichts werden würde, war eine herbe Enttäuschung. Ouyang Feng sah keinen Grund mehr, weiter seine Zeit auf der Insel zu vertrödeln.

»Verzeiht mir, Onkel, dass Ihr wegen Eures nutzlosen Neffen das Gesicht verloren habt«, sagte Ouyang Ke. »Doch Fürst Huang hat versprochen, dem Verlierer einen Einblick in sein Kung-Fu zu gewähren.«

Ouyang Feng schnaubte verächtlich. Sein Neffe war offensichtlich so vernarrt in die Tochter des Alten Ketzers, dass er immer noch nicht aufgeben wollte. Wahrscheinlich hoffte er immer noch, sie zu verführen, wenn er mehr Zeit mit ihr verbringen konnte.

Huang Yaoshi war bei seinem Angebot, den Verlierer in die Geheimnisse seines Kung-Fu einzuweihen, selbstverständlich davon ausgegangen, dass dieser Verlierer Guo Jing sein würde. Nun tat ihm Ouyang Ke ein bisschen leid. »Das Kung-Fu deines Onkels ist unübertrefflich, Junker Ouyang, niemand würde es wagen, sich damit zu messen. Daher gibt es für dich keinen Grund, dir für die Kampfkunst einen Lehrer außerhalb der eigenen Familie zu suchen. Meine Kenntnisse beschränken sich auf eine Reihe exzentrischer und ketzerischer alter Künste. Sollte dir die Beschäftigung damit nicht zu unwürdig erscheinen, dann will ich dir gerne etwas davon beibringen.«

Ouyang Ke überlegte. *Ich sollte etwas auswählen, das möglichst viel Zeit beansprucht. Es heißt, der Herr der Pfirsichblüteninsel verstünde sich wie kein Zweiter auf die Kunst der Fünf Elemente und der Magischen Tore, damit kann man sich vermutlich viele Tage und Nächte befassen.* Er machte eine tiefe Verbeugung. »Schon immer habe ich Euer großes Wissen über die Kunst der Fünf Elemente und der Magischen Tore bewundert und wäre unendlich dankbar für die Güte Eurer Unterweisung.«

Huang Yaoshi zögerte mit der Antwort. Das umfangreiche Wissen auf diesem Gebiet war sein ganzer Stolz, er war nicht nur mit sämtlichen Schriften und Theorien dazu vertraut, sondern hatte auch eigene Ideen entwickelt und neue Pfade betreten. Wie konnte er sein Wissen an einen Fremden weitergeben, wenn er selbst seiner eigenen Tochter nur den geringsten Teil davon vermittelt hatte? Aber er hatte nun einmal sein Wort gegeben. »Die Kunst der Magischen Tore ist ein weites Feld, welcher Teil davon interessiert dich besonders?«

»Mich fasziniert die hochkomplizierte Anlage dieser Insel. Ich wäre überglücklich, wenn Ihr mir die Gunst gewährt, einige Monate hier zu verbringen und die große Weisheit dahinter gründlich verstehen zu lernen.«

Was führt ihr im Schilde? Zu welchem Zweck wollt ihr euch mit dem raffinierten Plan meiner Insel vertraut machen?, fragte sich Huang Yaoshi mit einem Seitenblick auf Ouyang Feng.

Ouyang Feng bemerkte den Argwohn auf Huang Yaoshis Gesicht. »Wie maßlos du deine Talente überschätzt, Neffe! Bruder Yaoshi hat sein ganzes Leben auf die Anlage dieser Insel verwendet, sie ist der Schlüssel zur Verteidigung seiner großen Errungenschaften. Warum sollte er diese Geheimnisse mit dir teilen?«

»Selbst wenn diese Insel ein nackter Felsen wäre, würde niemand in der Lage sein, mir Schaden zuzufügen«, entgegnete Huang Yaoshi kühl.

»Natürlich, Bruder Yaoshi, verzeih mir mein loses Mundwerk.« Ouyang Feng lächelte.

»Haha, Alter Giftmolch! Ich glaube nicht, dass du mit deinen Provokationen weit kommst«, mischte sich Hong Qigong ein.

Huang Yaoshi steckte seine Xiao zurück in den Ärmel. »Bitte, folgt mir in mein Studierzimmer«, sagte er knapp.

Ouyang Ke, der den Zorn auf Huang Yaoshis Gesicht bemerkt hatte, sah seinen Onkel fragend an. Sein Onkel nickte stumm und ging Huang Yaoshi hinterher.

Sie folgten den verschlungenen Wegen durch den Bambuswald, bis sie an einen Lotusteich kamen. Der üppig blühende weiße Lotus leuchtete ihnen inmitten sattgrüner Blätter entgegen und verströmte einen feinen Duft. Ein schmaler Pfad aus im Wasser platzierten Steinen führte über den Teich. Huang Yaoshi führte seine Gäste zu einer Hütte aus rohem Pinienholz, an der ringsum grüne Weinranken hochkletterten. Allein der Anblick ließ die Mittsommerhitze nicht mehr so drückend erscheinen. Sie traten in das Studierzimmer, wo ihnen taubstumme Diener jadegrünen Tee servierten, kalt wie geschmolzener Schnee und herrlich erfrischend.

Bewundernd nahm der Bettlerfürst die Umgebung in Augenschein. »Wie sagt doch gleich das Sprichwort – drei Jahre ein Bettler, nie wieder Beamter. Doch drei Jahre in deiner zauberhaften Welt, Bruder Yaoshi, und ich würde nie wieder ein Bettler sein wollen!«

»Nichts wäre mir lieber, als dich um mich zu haben, Bruder Qigong, um allzeit mit dir plaudern und trinken zu können.«

»Ich danke dir«, sagte der Bettlerfürst, aufrichtig gerührt von der Herzlichkeit des Alten Ketzers. »Obwohl ich wünschte, ich könnte ein so unbeschwertes und friedliches Leben führen wie du, Bruder Yaoshi, ist einem Bettler nun einmal ein hartes Los bestimmt.«

»Ich bin sicher, dass ihr beide zusammen innerhalb kurzer Zeit die außergewöhnlichsten Kampfkunstformen aushecken würdet – solange ihr keinen Streit anfangt«, sagte Ouyang Feng.

»Du bist wohl neidisch?«

»Gewiss nicht. Was gibt es Besseres, als die Kampfkunst zu neuen, glorreichen Höhen zu führen?«

»Doppelzüngig wie seine Schlangen, der Alte Giftmolch«, lachte Hong Qigong.

Ouyang Feng lächelte schweigend. Solange er sich nicht sicher war, die beiden mit einer einzigen Bewegung töten zu können, durfte er es sich trotz aller Feindseligkeit mit dem Alten Bettler und dem Alten Ketzer nicht verderben.

Ein gezielter Druck auf den Rand des Tischs, und ein an der westlichen Wand hängendes Tuschbild mit einer Landschaftsmalerei darauf rollte sich mit einem Mal auf und gab eine Geheimtür frei. Dem dahinter befindlichen Schrank entnahm Huang Yaoshi eine Bildrolle. Sanft strich er mit dem Finger darüber. »Auf dieser Bildrolle ist der Plan der Pfirsichblüteninsel skizziert«, sagte er dann zu Ouyang Ke. »Jeder Pavillon, jeder Weg, jedes Tor, jeder Durchgang und jede Falle sind verzeichnet, und daneben wird erklärt, wie sie mit den Fünf Elementen, den Gegensätzen von Yin und Yang und den Acht Trigrammen zusammenhängen. Studiere ihn sorgfältig, und lerne, die Struktur zu entschlüsseln.«

Mit einer tiefen Verbeugung streckte Ouyang Ke ihm beide Hände entgegen, um die Bildrolle in Empfang zu nehmen. Er versuchte, sich seine Enttäuschung nicht anmerken zu lassen. Eine Karte! Sein Vorhaben, möglichst viel Zeit auf der Pfirsichblüteninsel zu verbringen, schien mit einem Mal vereitelt.

»Nicht so eilig!«, sagte da Huang Yaoshi.

Erschrocken zog Ouyang Ke seine Hände zurück.

»Du nimmst diese Karte und begibst dich damit nach Lin'an in eine Herberge oder ein Kloster. Solange du sie in Verwahrung hast, musst du in Lin'an bleiben. In drei Monaten werde ich jemanden senden, um sie zu holen. Alles, was du aus dieser Karte lernst, musst du im Gedächtnis bewahren, du darfst nichts davon kopieren oder Aufzeichnungen anfertigen. Vor allem darf kein anderer sie zu Gesicht bekommen.«

Wenn du mich nicht auf deiner Insel haben willst, dann kann ich auch auf dein exzentrisches Kung-Fu verzichten, dachte Ouyang Ke beleidigt. *Und jetzt soll ich mich auch noch für drei Monate damit einsperren und gut darauf achtgeben? Da wüsste ich Besseres mit meiner Zeit anzufangen!*

Während er noch überlegte, wie er sich aus der Affäre ziehen könnte, kam ihm der Gedanke, dass der Alte Ketzer vermutlich seine Tochter schicken würde, um die Karte abzuholen; eine vortreffliche Gelegenheit, um ihr näherzukommen!

Er war wieder versöhnt, dankte Huang Yaoshi überschwänglich für seinen Großmut und nahm die Karte entgegen.

Huang Rong hielt Ouyang Feng das gelbe Amulett aus Rhinozeros und Riesenwurm hin. »Das sollte ich Euch zurückgeben, Onkel Ouyang.«

Ouyang Feng zögerte. *Es gehört sich zwar nicht, ein Geschenk zurückzunehmen,* dachte er, *aber wenn dieses Amulett beim Alten Ketzer verbleibt, hat er künftig noch weniger Respekt vor meinen Schlangengiften. Für diesmal setze ich mich über die Etikette hinweg.* Schnell schnappte er sich den kostbaren Stein und hob sogleich die Hand zum Gruß, um endlich Abschied zu nehmen.

Auch Huang Yaoshi verzichtete auf die Etikette und versuchte gar nicht erst, ihn zum Bleiben zu überreden.

Als er die beiden Ouyangs hinausbegleitete, kam der Bettlerfürst ihnen nachgelaufen. »Vergiss nicht, dass wir beim letzten Wettkampf verabredet haben, uns alle nach fünfundzwanzig Jahren noch einmal auf dem Gipfel des Hua miteinander zu messen, Bruder Feng. Bald ist es so weit. Also, mach deine Atemübungen und gib auf dich acht, damit wir vier uns demnächst wohlbehalten wiedersehen und nach Herzenslust kämpfen können.«

Ouyang Ke rang sich ein Lächeln ab. »Ich bezweifle, dass wir uns die Mühe machen müssen. Der Erste unter den Großmeistern der Kampfkunst dieser Welt ist bereits gefunden.«

»Ist bereits gefunden? Solltest du Alter Giftmolch unversehens ein unbezwingbares Kung-Fu entwickelt haben?«

»Wie könnte ein Ouyang Feng mit seiner armseligen Kampfkunst sich diesen Titel anmaßen wollen? Nein, der größte Kampfkunstmeister der Welt ist derjenige, von dem unser Junker Guo sein Kung-Fu hat.«

»Du schmeichelst mir«, sagte Hong Qigong lächelnd. »Dieser Alte Bettler mag kühne Träume haben, aber wenn ich sehe, wie der Alte Ketzer jeden Tag besser wird, dass du mit fortgeschrittenem Alter immer vitaler wirst und wohl auch der Alte König zwischenzeitlich nicht faul gewesen ist, gebührt mir der Titel ganz bestimmt nicht.«

»Ich fürchte, dass Bruder Qigong unter den vielen Meistern, die Junker Guo unterwiesen haben, nicht der hervorragendste ist.«

»Wie …?«

»Meinst du etwa Zhou Botong, den Alten Kindskopf?«, fragte Huang Yaoshi.

»Allerdings. Der Alte Kindskopf hat sich das Wissen aus dem *Neun-Yin-Handbuch* angeeignet. Damit sind wir ihm alle – der Ketzer, der Bettler, der König und meine Wenigkeit – unterlegen.«

»Da wäre ich mir nicht so sicher«, sagte Huang Yaoshi. »Das *Neun-Yin-Handbuch* ist nichts als tote Schrift, die Kampfkunst aber ist lebendig.«

Ouyang Feng war bereits misstrauisch geworden, als Huang Yaoshi schnell das Thema gewechselt hatte, als Guo Jing auf Zhou Botong und seinen Aufenthaltsort zu sprechen gekommen war. Dass er jetzt die Bedeutung des Handbuchs herunterspielte, bestätigte seinen Verdacht. Der Alte Ketzer schien etwas zu verbergen. »Das Kung-Fu der Quanzhen-Sekte war schon immer beachtlich. Das wissen wir nur allzu gut«, sagte er, ohne eine Miene zu verziehen. »Wenn der Alte Kindskopf nun noch dazu über das Kung-Fu des *Neun-Yin-Handbuchs* verfügt, dann würde wohl selbst Wang Chongyang, wenn er wieder zum Leben erwachte, nicht mehr gegen seinen jüngeren Bruder bestehen können, ganz zu schweigen einer von uns. Nun, es sieht ganz so aus, als wäre die

Blütezeit der Quanzhen-Schule gekommen.« Er seufzte. »Wir drei mühen uns unterdessen ab und verlieren die Partie, weil uns der entscheidende Schachzug fehlt.«

»Selbst dann, wenn das Kung-Fu des Alten Kindskopfs besser wäre als mein eigenes«, sagte Huang Yaoshi hastig, »würde er Bruder Feng und Bruder Qigong unterlegen sein, das weiß ich ganz bestimmt.«

»Du bist zu bescheiden, Bruder Yaoshi. Wir drei waren uns schon immer ebenbürtig. Du redest, als ob du zweifelsfrei wüsstest, dass Zhou Botong dir unterlegen wäre. Doch ich fürchte …« Ouyang Feng schüttelte den Kopf.

»Das wird sich bei unserem nächsten Wettkampf auf dem Gipfel des Hua zeigen.«

Ouyang Feng blieb hartnäckig. »Wenn ich so überlege, habe ich wirklich lange nichts mehr vom Alten Kindskopf gehört. Wo er sich wohl heute aufhält? Und obwohl ich dein Kung-Fu stets bewundert habe, Bruder Yaoshi, frage ich mich, warum du dir so sicher bist, dass er dir unterlegen wäre. Du solltest ihn nicht unterschätzen.«

Huang Yaoshi war durchaus nicht entgangen, dass Ouyang Feng versuchte, ihm Informationen über den Verbleib Zhou Botongs zu entlocken, aber sein Stolz gestattete nicht, diese Schmähung einfach hinzunehmen. »Der Alte Kindskopf ist seit fünfzehn Jahren mein Gefangener auf der Pfirsichblüteninsel.«

Während der Bettlerfürst überrascht die Augenbrauen hochzog, stieß Ouyang Feng ein ungläubiges Lachen aus. »Du machst wohl Scherze, Bruder Yaoshi.«

Ohne ein weiteres Wort bedeutete Huang Yaoshi allen Anwesenden, ihm zu folgen, und schwebte leicht wie ein Vogel in den Bambuswald hinein. Hong Qigong nahm Guo Jing an seine linke und Huang Rong an seine rechte Hand, Ouyang Feng packte seinen Neffen. Aufgrund ihrer überragenden Schwebekunst konnten die beiden Großmeister mühelos mit Huang Yaoshi mithalten. Obwohl sie sich noch in einiger Entfernung von Zhou Botongs Behausung befanden und gewundenen Pfaden auf unwegsamem Gelände folgten, konnten die sechs im Nu die Grotte vor sich erspähen.

Die Grotte schien leer. »Hm?«, wunderte sich Huang Yaoshi, stieß sich ab und schwebte dichter heran. Wie schwerelos glitt er bis zum Eingang der Grotte hinüber. Als er dort mit dem linken Fuß landete, gab der Boden unter ihm nach. Er ließ sich davon nicht aus dem Gleichgewicht bringen und glich den Fall durch einen Schwung des rechten Beins aus, der ihn vorwärts und direkt in die Grotte hineinbeförderte. Wieder landete er auf dem linken Fuß, und wieder trat er ins Leere. Diesmal hatte er nicht genug Schwung übrig, um den Fall durch eine einfache Gegenbewegung zu vermeiden; stattdessen zog er rasch seine Flöte aus dem Ärmel, stieß sich damit von der Höhlenwand ab und schoss wie ein Pfeil rückwärts wieder aus der Grotte heraus.

Hong Qigong und Ouyang Feng bejubelten die geschmeidige Eleganz, mit der Huang Yaoshi so unglaublich flink reagiert hatte. Doch in diesem Augenblick hörten sie ein dumpfes Platschen und sahen, wie der Alte Ketzer vor der Höhle mit beiden Füßen in einem weiteren Loch versank.

Diesmal war er nicht ins Leere, sondern in etwas Glitschiges und Schmieriges getreten. Seine Füße erreichten jedoch schnell den Grund, wo er sich sofort mit den Zehenspitzen abstieß und heraussprang.

Inzwischen waren auch die fünf anderen vor der Höhle. Huang Yaoshi landete neben seiner Tochter. Da bemerkte er den üblen Gestank und sah an sich hinunter. Seine Füße waren mit Fäkalien bedeckt. Hong Qigong und Ouyang Feng sahen sich an. Wie konnte ein so versierter und gewitzter Meister der Kampfkunst wie der Alte Ketzer auf einen dummen Streich hereinfallen?

Mürrisch brach Huang Yaoshi einen Zweig vom nächsten Baum und tastete damit die Erde ab. Außer den drei Löchern, in die er getreten war, gab es keine weiteren. Er konnte nicht umhin, Zhou Botong dafür zu bewundern, dass er seine Bewegungen so präzise vorausberechnet hatte. Und sein Geschäft hatte er natürlich nur im dritten Loch hinterlassen.

Allen voran betrat Huang Yaoshi die Höhle, die bis auf ein paar verstreute Krüge und Schalen leer war. Auf einer Wand war eine Botschaft geschrieben. Als Ouyang Feng, der eben noch schadenfroh in sich hineingegrinst hatte, Huang Yaoshis prüfenden Blick bemerkte, ging er ihm schnell nach, um herauszufinden, was es dort zu sehen gab. Er durfte sich keinen auch noch so kleinen Hinweis auf das *Neun-Yin-Handbuch* entgehen lassen.

In kleiner, blasser Schrift standen dort folgende Zeilen:

Alter Ketzer Huang, du hast mir beide Beine gebrochen und mich fünfzehn Jahre lang in dieser Höhle eingesperrt. Ich hätte mit dir dasselbe machen sollen, um meine Wut abzureagieren, bevor ich diese Höhle verlassen habe. Aber dann habe ich es mir anders überlegt und dir verziehen. Stattdessen hinterlasse ich dir eine stinkende Erinnerung an den Alten Kindskopf. Bitte sehr …

Der Rest des Textes war von einem Blatt verborgen. Im selben Augenblick, in dem er das Blatt abriss, erkannte Huang Yaoshi seinen Fehler: Das Blatt hing an einem dünnen Faden. Hastig sprang er nach links. Als Ouyang Feng sah, wie der Alte Ketzer zurückschreckte, sprang er selbst schnell nach rechts.

Scheppernd fielen zwei Tonkrüge von oben herab, und ein stinkender Pisseschwall ergoss sich auf die beiden Männer.

Der Bettlerfürst hielt sich den Bauch vor Lachen. »Was für ein Duft!«

Während Huang Yaoshi über sein Missgeschick fluchte, verzog Ouyang Feng den Mund zu einem spöttischen Lächeln. Huang Rong eilte schnell zurück zum Anwesen, um für die beiden saubere

Kleider zu holen. Nachdem er sich umgezogen hatte, untersuchte Huang Yaoshi die Grotte gründlich nach weiteren Fallen. Unter dem Blatt waren zwei weitere Zeilen zum Vorschein gekommen:

Dieses Blatt darf unter keinen Umständen entfernt werden, sonst ergießt sich stinkende Pisse auf dich. Sei gewarnt!

In Huang Yaoshis Wut mischte sich schmunzelnde Bewunderung für Zhou Botongs Sinn für Humor. Da erst durchzuckte ihn ein Gedanke: *Der Urin war noch warm gewesen!*

Er rannte zur Höhle hinaus. »Der Alte Kindskopf kann nicht weit sein. Wir suchen ihn.«

Oje, das wird ein erbitterter Kampf, wenn die beiden aufeinanderprallen, dachte Guo Jing. Aber seine Meinung war nicht gefragt. Der Bettler hatte ihn bereits am Arm gepackt und zog ihn mit sich – dem Ketzer hinterher, der in Richtung des Ostteils der Insel schwebte und wiederum den Giftmolch dicht auf den Fersen hatte.

Es dauerte nicht lange, bis sie Zhou Botong entdeckten, der gemütlich einen Pfad entlangschlenderte. Im Nu war Huang Yaoshi hinter ihm und holte zum Schlag gegen seinen Nacken aus. Ohne Hast wich Zhou Botong mit einer Drehung aus und lachte ihn an. »Wie gut du duftest, Alter Ketzer!«

Huang Yaoshi war entsetzt. Er hatte seine ganze vom Ärger über seine Demütigung vor den Augen der anderen Großmeister noch angefachte innere Kraft in diesen Schlag gesteckt, einen seiner ausgefeilten Meisterschläge. Der Alte Kindskopf, den er gekannt hatte, wäre niemals in der Lage gewesen, einem solchen Schlag mühelos zu entgehen. *Nicht zu fassen!*

Aus unerfindlichem Grund hatte der Alte Kindskopf seine beiden Hände vor der Brust mit einem Seil verschnürt. Nicht ohne Stolz grinste er den Rivalen an.

Guo Jing rannte auf Zhou Botong zu. »Fürst Huang ist mein Schwiegervater, Bruder Botong. Wir sind jetzt eine Familie.« Er hoffte, mit dieser Nachricht die Gemüter zu beruhigen.

»Dein Schwiegervater? Warum hast du nicht auf mich gehört? Habe ich dir nicht gesagt, wie durchtrieben der Alte Ketzer ist? Wie exzentrisch? Glaubst du wirklich, du kommst mit seiner launenhaften Tochter zurecht? Dir steht ein langer Leidensweg bevor, das lass dir gesagt sein, werter Bruder. Tu, was du willst, aber heirate niemals! Hör auf meine Warnung. Ihr seid doch hoffentlich noch nicht verheiratet? Nein? Worauf wartest du dann noch? Lauf um dein Leben! So weit weg, wie du kannst! Versteck dich irgendwo, wo sie dich im ganzen Leben niemals finden wird …« Zhou Botong redete und redete, ohne Huang Rong zu bemerken, die sich von hinten angeschlichen hatte.

»Huhu, Bruder Botong, hinter dir!«

Schnell drehte er sich um – niemand. Dann sah er etwas auf sich zufliegen und duckte sich weg. Neben ihm fiel ein Bündel schmutziger Kleider auf dem Boden. Der Gestank war furchtbar.

Zhou Botong schüttelte sich vor Lachen. »Du hast mir die Beine gebrochen und mich fünfzehn Jahre lang eingesperrt, Alter Ketzer. Dafür habe ich dich in Scheiße treten lassen und mit Pisse begossen, nichts weiter. Damit sind wir quitt, oder?«

Huang Yaoshi überlegte. Im Vergleich zu dem, was er Zhou Botong angetan hatte, war der Streich, den der Alte Kindskopf ihm gespielt hatte, harmlos. Respektvoll legte er die Hände zusammen. »Danke für deinen Großmut, Bruder Botong. Ich habe dir all die Jahre über unrecht getan und bitte dich um Vergebung. Darf ich fragen, warum deine Hände zusammengebunden sind?«

»Die Wege des Himmels sind unergründlich«, sagte Zhou Botong. Er klang niedergeschlagen.

Während der vielen harten Jahre in Einsamkeit war Zhou Botong immer wieder versucht gewesen, seine Grotte zu verlassen und Huang Yaoshi zum Kampf herauszufordern. Aber jedes Mal hatte er nach reiflicher Überlegung von diesem Plan abgelassen. Sein Kung-Fu war nicht gut genug gewesen, um ihn zu besiegen, und hätte Huang Yaoshi ihn getötet oder an den Nervenpunkten gelähmt, wäre *Der wahre Weg der Neun Yin* seinem Kerkermeister in die Hände gefallen. Dieser Gedanke war unerträglich.

Die sieben Jünger der Quanzhen-Schule wussten, wie unberechenbar ihr Kampfschulonkel war und auf welche seltsamen Ideen er zuweilen verfiel. Daher waren sie all die Jahre, in denen er verschollen war, davon ausgegangen, dass er es sich an einem abgeschiedenen Ort gut gehen ließ und kein Sterblicher oder Unsterblicher ihn finden konnte, solange er das nicht wollte. Dass man ihn gefangen genommen hatte und er ihre Hilfe brauchte, wäre ihnen nie in den Sinn gekommen.

Wie großartig das *Duell der Hände* war, das er aus reiner Langeweile entwickelt hatte, hatte ihm erst Guo Jing bewusst gemacht. Zwei Zhou Botongs auf einmal konnte selbst ein Huang Yaoshi nicht besiegen. Endlich würde er dem Alten Ketzer die Qualen heimzahlen können, die er seit seiner Ankunft auf der Pfirsichblüteninsel gelitten hatte. Er musste nur einen Plan fassen. Nachdem Guo Jing gegangen war, hatte er wieder allein in der Grotte gehockt und noch einmal seinen ganzen Hass und seine Wut, seine Lieben und Leidenschaften der vergangenen Dekade durchlebt. Als er dann plötzlich die Xiao, die eiserne Zheng und das Pfeifen miteinander im Wettstreit gehört hatte, war sein Inneres erneut in Aufruhr geraten und die Musik hatte ihn verrückt gemacht. Warum hatte er so damit zu kämpfen? *Das Kung-Fu meines Schwurbruders Guo Jing ist meinem bestimmt nicht ebenbürtig, und dennoch kann er der Flöte des Alten Ketzers widerstehen. Wie kommt das?* Diese Frage hatte er sich bereits in der Nacht ihrer ersten Begegnung gestellt. Erst nachdem er eine Weile mit Guo Jing verbracht und über ihn nachgedacht hatte, war es ihm irgendwann klar geworden. *Ah, jetzt verstehe ich! Guo Jing ist unschuldig und ehrlich wie ein Kind, er weiß noch nichts von den wunderbaren und furchtbaren Leidenschaften zwischen Männern und Frauen. Unbeugsam ist, wer ohne*

Begehren ist, sagt das Sprichwort. Warum sinne ich immer noch Tag und Nacht auf Rache? Wie kann man so engstirnig sein? Das ist geradezu lächerlich!

Ohne selbst ein daoistischer Mönch zu werden, hatte der Alte Kindskopf den größten Teil seines Lebens in der Quanzhen-Schule verbracht, und natürlich hatte ihre Lehre des reinen Geists und des Nicht-Handelns, der Meditation und der Gelassenheit Einfluss auf ihn gehabt, doch wirklich verstanden hatte er sie nie. Seine plötzliche Erkenntnis ließ ihn laut auflachen. Er stand auf und trat hinaus vor die Grotte.

Der Himmel war strahlend blau, und nur wenige weiße Wolken drifteten vorüber. Er fühlte sich so leicht und klar wie der Himmel. Die vielen Jahre der Folter durch Huang Yaoshi kamen ihm jetzt so nebensächlich und vulgär vor wie ein paar Hühner, die sich um Regenwürmer streiten. Es machte ihm nicht mehr das Geringste aus.

Dennoch überlegte er, wie er dem Herrn der Pfirsichblüteninsel ein Andenken hinterlassen könnte. Schließlich würde er wohl nie wieder einen Fuß auf diese Insel setzen. Mit diesem Gedanken steckte er das *Neun-Yin-Handbuch* ein und widmete sich fröhlich der Vorbereitung seiner Fallen. Dann machte er sich auf den Weg.

Nach wenigen Schritten erst fiel ihm wieder ein, dass es ein kleines Problem gab. *Diese Insel ist ein Labyrinth! Wie soll ich hier herausfinden? Und außerdem kann ich Guo Jing nicht einfach im Stich lassen, wer weiß, was er ihm antut. Ich nehme ihn mit. Soll der Alte Ketzer ruhig versuchen, uns aufzuhalten. Gegen zwei alte Kindsköpfe kann ein alter Ketzer nichts ausrichten!*

Fröhlich lachend schwang er seine Arme. Plötzlich hatte er unversehens einen kleinen Baum umgehauen. *Seit wann bin ich so stark?*, fragte er sich erstaunt. *Mit dem* Duell der Hände *hat das nichts zu tun.* Gedankenverloren stützte er sich mit der Hand auf den Baumstamm. Dann schlug er noch einmal mit beiden Armen zu. Ein Krachen folgte dem nächsten. Im Nu hatte er sieben Bäume gefällt. Ist das das Kung-Fu aus dem *Neun-Yin-Handbuch? Aber ... wann ... wann habe ich das geübt?* Kalter Schweiß lief ihm über den Rücken. »Geister!«, schrie er entsetzt. »Geister!«

Obwohl Zhou Botong das *Neun-Yin-Handbuch* wieder und wieder gelesen hatte, war er dem letzten Willen seines Bruders treu geblieben und hatte die Formen aus dem Buch nie geübt. Als er dann aber Guo Jing unterrichtet hatte, musste er ihm den Text immer wieder vorlesen und Satz für Satz erklären. Ohne dass er sich bewusst darum bemüht hatte, war ihm der Inhalt in Fleisch und Blut übergegangen, hatte sich in seine Träume eingenistet und in sein Bewusstsein gebrannt. Nun war Zhou Botong schon zuvor ein versierter Kampfkünstler gewesen und noch dazu ein wacher Geist, der schnell lernte. Außerdem beruhte das Kung-Fu des Handbuchs genau wie sein eigenes auf den Lehren der daoistischen Philosophie. Und jetzt hatten die Theorien aus dem Buch ganz unvermittelt jede seiner Bewegungen verfeinert. Der Text war ein Teil von ihm geworden. Nicht er hatte sich das Kung-Fu angeeignet, das Kung-Fu hatte sich dem Alten Kindskopf einfach übergestülpt.

»Verdammt!«, rief er laut aus. »Was habe ich angerichtet! Ich wollte Guo Jing etwas vormachen und habe mir selbst einen Streich gespielt.«

Voller Reue ohrfeigte Zhou Botong sich ein um das andere Mal selbst. Dann kam ihm die Idee, den Bast von den Bäumen zu schälen und sie so zu bearbeiten, dass ein Strick daraus wurde, mit dem er sich dann mithilfe seiner Zähne die Hände fesselte.

Wenn ich das Kung-Fu aus dem Neun-Yin-Handbuch *nicht mehr aus mir herausbekomme, dann darf ich nie wieder kämpfen, nicht einmal gegen den Alten Ketzer. Auf keinen Fall darf ich mich dem Willen meines verstorbenen Bruders widersetzen,* versprach er sich selbst.

Ach, Alter Kindskopf, da hast du dir etwas Schönes eingebrockt. Deine dummen Possen sind dir zum Verhängnis geworden. Du hast dich selbst auf den Arm genommen.

Da er aus Zhou Botongs Antwort nicht schlau wurde, nahm Huang Yaoshi an, dass es sich um eine neue Finte des Alten Kindskopfs handelte. »Du kennst Bruder Ouyang, nicht wahr, und das hier ist …«

»… Hong Qigong, der Bettler des Nordens, nehme ich an.« Zhou Botong umkreiste die Gruppe und schnüffelte dabei an jedem von ihnen. »Ein guter Mensch! Die Gerechtigkeit siegt immer, wie man sieht. Meine Pisse hat nur den Alten Ketzer und den Alten Giftmolch getroffen. Du hast mich damals mit einem Handkantenschlag verletzt, Ouyang Feng. Endlich konnte ich mich revanchieren.«

Ouyang Feng verzog verächtlich den Mund und erwiderte nichts. Er beugte sich zu Huang Yaoshi vor. »Sieh nur, wie er sich bewegt! Das innere und äußere Kung-Fu dieses Kerls ist unserem eindeutig überlegen«, flüsterte er ihm ins Ohr. »Wir sollten ihn nicht reizen.«

Woher willst du wissen, wie gut mein Kung-Fu ist?, dachte Huang Yaoshi beleidigt und wandte sich an Zhou Botong. »Ich wiederhole noch einmal, was ich schon so oft von dir gefordert habe: Gib mir das *Neun-Yin-Handbuch*, damit ich es meiner verstorbenen Frau als Opfergabe verbrennen kann, und du darfst gehen.«

Er meinte es ehrlich. Obwohl er die Abschrift des *Neun-Yin-Handbuches* von der Hand seiner Frau von Mei Chaofeng zurückbekommen hatte, war er überzeugt, dass ihre Seele keine Ruhe finden würde, wenn er ihr nicht das Original opferte, damit sie es im Jenseits lesen konnte.

»Mir ist langweilig hier. Es ist an der Zeit, diese Insel zu verlassen«, entgegnete Zhou Botong.

»Dann gib mir das Handbuch.« Huang Yaoshi streckte seine Hand aus.

»Ich habe es dir bereits gegeben.«

»Unfug. Wann soll das gewesen sein?«

Zhou Botong grinste. »Guo Jing ist jetzt dein Schwiegersohn, richtig? Alles was sein ist, ist auch dein. Ich habe ihn alles Wissen aus dem *Neun-Yin-Handbuch* gelehrt, von Anfang bis Ende. Heißt das nicht, dass ich es dir überlassen habe?«

»Aber ...« Guo Jing war erschrocken. »Bruder Botong ... Ist das, was du mir beigebracht hast, wirklich *Der wahre Weg der Neun Yin*?«

»Hast du mir tatsächlich zugetraut, dass ich mir etwas so Kompliziertes selbst ausgedacht habe?«, lachte Zhou Botong.

Guo Jing war fassungslos.

Wie gut mir die Überraschung gelungen ist! Seine Reaktion freute Zhou Botong ungemein. Guo Jings Gesichtsausdruck war die vielen mühseligen Tage und Wochen Arbeit wert, die er investiert hatte, um dem tumben Jungen den Text und seine Lehren einzubläuen.

»Du hast mir nicht gesagt, dass es sich um das *Neun-Yin-Handbuch* handelt.«

Wie sehr es Zhou Botong gefiel, Guo Jing mit seiner arglosen Treuherzigkeit aufzuziehen! »Wie? Ich habe dir doch gesagt, dass du dem letzten Willen meines Bruders nicht zuwiderhandeln würdest, wenn du aus dem Buch lernst, da du kein offizieller Schüler der Quanzhen-Schule bist.«

Huang Yaoshi warf Guo Jing einen wütenden Blick zu. Dann wandte er sich Zhou Botong zu: »Wie gesagt, ich möchte das Handbuch als Opfergabe für meine verstorbene Frau verbrennen.«

»Bruder Jing, meine Hände sind gefesselt, wärst du so freundlich?«

Guo Jing griff in Zhou Botongs Kutte und förderte zwei fadengebundene Hefte zutage, jedes ein halber Zoll dick, und steckte sie zwischen Zhou Botongs Hände.

Zhou Botong klemmte sie zwischen seine Handflächen. »Das sind die beiden Bände des *Der wahre Weg der Neun Yin*. Nimm sie dir, wenn du das richtige Kung-Fu dafür hast.«

»Was meinst du damit?«, fragte Huang Yaoshi.

»Lass mich nachdenken.« Zhou Botong legte die Stirn in Falten. »Nennen wir es *Die Kunst des Zusammenfügens*«, sagte er dann.

»Hm?«

Zhou Botong riss die Arme hoch. Tausend Papierfetzen flatterten himmelwärts, wie tanzende Schmetterlinge trieben sie mit der sanften Meeresbrise in alle Himmelsrichtungen davon.

Unglaublich. Das innere Kung-Fu des Alten Kindskopfs ist außergewöhnlich! Niemals könnte ich mit einem Ruck so viel Papier in winzige Stücke reißen, sagte sich Huang Yaoshi. Er brauchte einen Moment, um die Fassung wiederzugewinnen. Dann wich seine Bewunderung wieder der Trauer um seine Frau und der Wut über diese Provokation.

»Du willst dich also über mich lustig machen, ja? Glaub bloß nicht, dass du heute diese Insel verlässt.« Er holte zum Schlag aus.

Zhou Botong schwenkte nur ein wenig zur Seite, um auszuweichen. Während Huang Yaoshi die Fäuste wirbeln ließ, tänzelte er gelassen nach rechts und nach links, ohne dass der Ketzer ihn auch nur mit dem Finger streifte.

Zwanzig Angriffe, und Zhou Botong hatte kein einziges Mal abgewehrt oder zu einem Gegenangriff angesetzt. Dabei war der *Pfirsichblütenregen* Huang Yaoshis Markenzeichen. Er überlegte gerade, den Gegner mit noch größerer Härte anzugehen, doch da erschrak er über sich selbst. *Was tue ich da? Ich greife einen Mann an, dem die Hände gebunden sind!* Beschämt ließ er von Zhou Botong ab.

»Löse deine Handfesseln. Ich möchte die Macht des *Neun-Yin-Handbuches* zu spüren bekommen. Deine Beine sind wieder verheilt, also muss ich keine Gnade mehr walten lassen.«

Zhou Botong schüttelte den Kopf. »Meine Hände sind aus gutem Grund zusammengebunden. Ich werde diese Fesseln auf keinen Fall lösen.«

»Dann übernehme ich das für dich!«, rief Huang Yaoshi und packte Zhou Botongs Handgelenke.

»Hilfe!«, schrie der Alte Kindskopf und wälzte sich auf dem Boden. Guo Jing eilte zu ihm, aber eine Hand legte sich auf seinen Arm und zog ihn zurück. »Sei kein Trottel!«, zischte der Bettlerfürst. »Sieh einfach zu.«

Mit unglaublicher Wendigkeit turnte Zhou Botong auf der Erde herum. Keiner von Huang Yaoshis Schlägen und Tritten konnte ihm etwas anhaben.

Wie versteinert verfolgte Guo Jing jede von Zhou Botongs Bewegungen und erkannte schnell, dass es sich um *kriechende Schlange und springender Fuchs* aus dem *Neun-Yin-Handbuch* handelte. Innerlich jubelte er bei jedem von Zhou Botongs geschickten Manövern, während Huang Yaoshi zunehmend außer sich geriet vor Zorn. Seine Handkantenschläge gingen nieder wie Messer, zerfetzten durch die schiere innere Kraft des Alten Ketzers Zhou Botongs Ärmel und den Saum seiner Kutte und stutzten sein wildes Haar und seinen langen Bart. Lange würde selbst Zhou Botong mit seiner Geschicklichkeit einem solchen Angriff nicht mehr standhalten können. Ein Treffer und er wäre für immer verkrüppelt – wenn es nicht sofort aus mit ihm war.

Huang Yaoshi ließ alle Hemmungen fallen und griff mit beiden Händen gleichzeitig an. Die linke Hand holte waagerecht aus, die rechte hieb diagonal nach unten, jeder Schlag war arglistig und gnadenlos. Für Zhou Botong wurde es brenzlig. Er musste handeln oder sterben. Er legte alle Kraft in seine Schultern und sprengte seine Fesseln. Sofort schnellte sein linker Arm abwehrend hoch. Mit der rechten Hand langte er genüsslich nach hinten und kratzte sich am Rücken. »Ach, ich habe dieses Jucken kaum mehr ausgehalten!«

Völlig entgeistert wich Huang Yaoshi einen Wimpernschlag lang zurück. *Er kratzt sich am Rücken? Na warte, gleicht juckt es weniger!* Er ließ drei weitere wütende Angriffe auf Zhou Botong los. In jeden Schlag legte er seine ganze Energie und die Meisterschaft eines der Kampfkunst gewidmeten Lebens.

»Mit nur einer Hand kann ich dir nicht beikommen«, seufzte Zhou Botong. »Aber was soll ich machen? Dem Willen meines Bruders kann ich mich nicht widersetzen.«

Er lenkte seine ganze Kraft in den rechten Arm, während sein linker Arm schlaff herunterhing. Sein eigenes, einseitiges Kung-Fu war dem des Alten Ketzers fraglos nicht gewachsen, das wusste er. Als ihre Arme aufeinanderprallten, schob ihn die gewaltige Energie des Gegners einige Schritte rückwärts. Zhou Botong taumelte. Huang Yaoshi holte zum nächsten Handkantenschlag aus. »Los, kämpfe mit beiden Händen! Wie willst du dich mit nur einem Arm wehren?«

»Nein. Ich bleibe dabei.«

»Wie du willst.«

Huang Yaoshi griff gezielt und mit ganzer Kraft nur einen Arm seines Gegners an.

Ein dumpfer Schlag. Zhou Botong fiel rücklings um und blieb mit geschlossenen Augen liegen. »Ah«, stöhnte er und spuckte einen Mundvoll Blut aus. Sein Gesicht war weiß wie Papier.

Huang Yaoshi ließ von ihm ab. Niemand verstand, warum Zhou Botong darauf bestanden hatte, nur mit einer Hand zu kämpfen.

Da schlug Zhou Botong die Augen auf und erhob sich langsam und schwerfällig. »Ich bin auf meinen eigenen Streich hereingefallen. Ohne es zu wollen, habe ich mir das Kung-Fu aus dem *Neun-*

Yin-Handbuch angeeignet – entgegen dem Wunsch meines verstorbenen Bruders. Hätte ich mit beiden Händen gekämpft, hättest du mich nie besiegen können, Yaoshi.«

Huang Yaoshi schwieg. Zhou Botong hatte dadurch, dass er nur mit einer Hand kämpfte, seine ganze Verachtung für ihn zum Ausdruck gebracht. Fünfzehn Jahre lang hatte er diesen Mann ohne guten Grund eingesperrt, und nun hatte er ihn in blindem Zorn auch noch verletzt, obwohl er so gut wie wehrlos gewesen war. Voller Reue griff er in seine Robe und förderte eine kleine Jadedose zutage. Er öffnete sie, entnahm ihr sechs Pillen und reichte sie Zhou Botong.

»Diese Medizin heißt *Tau der neun Blüten*, ich habe sie selbst aus seltenen und wertvollen Pflanzen hergestellt. Nimm alle sieben Tage eine davon. Ich, Huang Yaoshi, genannt Ketzer des Ostens, bitte dich hiermit um Verzeihung. Die Wunde, die ich dir heute zugefügt habe, wird dank deines Neigong schnell verheilen. Erlaube mir, dass ich dir zum Abschied persönlich den Weg von meiner Insel weise.«

Zhou Botong nickte stumm und nahm eine der Pillen ein. Er konzentrierte sich ganz auf sein Qi, um wieder zu Kräften zu kommen. Einen Augenblick später spuckte er noch einen Mundvoll dunkelrotes Blut aus. »Kein Wunder, dass dein Vorname – Yaoshi – ›Apotheker‹ bedeutet. Was mein Vorname – Botong – wohl heißen soll ... hm ...?«

Klingt wie ›Kuhdung‹!, dachte Huang Rong, aber der strenge Blick ihres Vaters hielt sie davon ab, den Mund aufzumachen.

Zhou Botong fiel offensichtlich keine Antwort ein. Er schüttelte den Kopf. »Ich gehe dann, Alter Ketzer. Oder willst du, dass ich bleibe?«

»Du kannst kommen und gehen, wie du willst, Bruder Botong.« Er bemühte sich, den Namen akzentfrei auszusprechen. »Solltest du meine Insel je wieder besuchen wollen, werde ich dich jederzeit als geschätzten Gast und Freund willkommen heißen. Ich lasse dir ein Boot kommen.«

Guo Jing trug Zhou Botong auf dem Rücken hinter Huang Yaoshi her bis an die Küste, wo eine Handvoll Boote in der Bucht vertäut lagen.

»Du brauchst kein zweites Boot zu schicken, Bruder Yaoshi«, sagte Ouyang Feng. »Bruder Botong kann mit uns segeln.«

»Das ist sehr freundlich von dir, Bruder Feng«, entgegnete Huang Yaoshi und gab einem Diener einen Wink. Dieser verschwand und kam kurz darauf mit einem Tablett voller Goldstücke zurück.

»Mit diesem Gold kannst du in Zukunft deine Possen finanzieren, Bruder Botong. Ich bin mir sicher, dass dein Kung-Fu meinem überlegen ist und bin voller Bewunderung für deine Kunst. Solltest du beim nächsten Wettkampf auf dem Gipfel des Hua antreten, werde ich mich von vornherein geschlagen geben. Der Ketzer des Ostens gesteht dir freimütig den Titel des größten Meisters der Kampfkunst unter dem Himmel zu.«

Zhou Botong schnitt eine zufriedene Grimasse. Doch dann runzelte er beim Blick auf Ouyang Fengs Schiff die Stirn. Am Heck wehte eine große weiße Flagge, bestickt mit dem Bild einer doppelköpfigen Schlange, aus deren Mäulern gespaltene Zungen ragten.

Ein krächzender Pfiff ertönte. Ouyang Feng schien den Dschungel mit einer Holzflöte zum Leben zu erwecken. Aus dem Unterholz glitt raschelnd die Schlangenherde, angetrieben von ihren Hirten und geleitet von zwei Dienern. In geordneten Reihen wanden sich die Tiere über den Landungssteg auf das Schiff und verschwanden unter Deck.

»Ich hasse Schlangen! Keinen Fuß setze ich auf das Schiff des Alten Giftmolchs«, sagte Zhou Botong.

»Gewiss«, sagte Huang Yaoshi. »Gerne darfst du über eins meiner anderen Boote verfügen.« Er zeigte auf eine der kleineren Jollen in der Bucht.

Zhou Botong schüttelte den Kopf. »Ich nehme lieber das große dort«, sagte er und deutete auf das größte Schiff.

»Das kann ich dir leider nicht überlassen«, sagte Huang Yaoshi mit veränderter Stimme. »Es wird gerade repariert.«

Alle Blicke richteten sich auf das majestätische Schiff mit dem hoch emporragenden Achtersteven. Es wirkte wie neu und war in prachtvollen Farben lackiert. Es sah alles andere als reparaturbedürftig aus.

»Ich will aber mit diesem Schiff fahren!«, rief Zhou Botong wie ein trotziges Kind. »Warum auf einmal so geizig, Bruder Yaoshi?«

»Dieses Schiff steht unter keinem guten Stern. Seinen Passagieren widerfährt Unglück. Allein aus diesem Grund liegt es ungenutzt in dieser Bucht, nicht, weil ich es dir nicht gönnen will. Wenn du mir nicht glaubst, will ich es augenblicklich niederbrennen.« Auf einen Wink des Alten Ketzers stellten sich vier Diener mit Fackeln in den Händen neben dem Schiff auf.

Zhou Botong wälzte sich auf dem Boden, riss sich an den Haaren und heulte. Alle außer Guo Jing, der die Launen seines Schwurbruders schon kannte, wussten nicht, was sie davon halten sollten.

»Wäh! Ich will das neue Schiff!«, schrie Zhou Botong wie am Spieß und trommelte mit den Fäusten.

Huang Rong hielt die Diener davon ab, das Schiff anzuzünden.

»Ich begleite den Alten Kindskopf auf dem Unglücksschiff, Bruder Yaoshi«, bot Hong Qigong an. »Ich bin Unheil gewohnt und verstehe mich darauf, Feuer mit Feuer zu bekämpfen. Mal sehen, ob mein dunkles Geschick den bösen Fluch deines Schiff zu übertrumpfen vermag.«

»Ich hätte mir gewünscht, dich noch eine Weile als meinen Gast auf der Insel zu behalten, Bruder Qigong. Warum willst du schon gehen?«

»Die großen und kleinen Bettler dieser Welt versammeln sich in diesen Tagen in der Stadt Yueyang in Hunan, wo ich ihnen meinen Nachfolger vorstellen will. Sollte mir zuvor etwas zustoßen, haben die Bettler dieser Welt keinen Anführer mehr. Gerne will ich hierher zurückkehren, sobald ich diese Angelegenheit geregelt habe.«

»Du bist ein großherziger Mensch, Bruder Qigong, immerzu galoppierst du im Dienst einer guten Sache durch die Lande.«

»Bettler haben keine Pferde, ich galoppiere mit den Füßen! Obwohl ... sollte das etwa eine versteckte Beleidigung sein? Wenn du mir Hufe andichtest, kannst du mich gleich ein Pferd nennen!«

»Das habt Ihr gesagt, Meister«, kicherte Huang Rong, »und nicht mein Vater.«

»Ach, ein Meister steht einem doch nie so nah wie der eigene Vater, nicht wahr? Ich suche mir besser eine Bettlerfrau und sehe zu, dass wir ein Bettlermädchen bekommen.«

»Das wäre wunderbar, zu gerne hätte ich eine kleine Kampfschulschwester!« Huang Rong klatschte in die Hände. »Ich würde sie den ganzen Tag herzen und mit ihr spielen.«

Ouyang Ke hielt seinen Blick unentwegt auf Huang Rong geheftet. Im warmen Sonnenlicht, das zärtlich ihre rosigen Wangen streifte, war sie bezaubernd wie eine Frühlingsblume und schön wie die Abendwolken. Doch wie sie Guo Jing ansah! *Eines Tages bringe ich den verfluchten Kerl um,* sagte er sich, rasend vor Eifersucht.

Hong Qigong half Zhou Botong auf die Füße. »Ich reise mit dir auf diesem Schiff. Wir wissen ja, wie durchtrieben der Alte Ketzer ist, uns kann er nicht so leicht zum Narren halten.«

»Du bist ein guter Mensch, Alter Bettler. Wir sollten Schwurbrüder werden!«

Hong Qigong wollte etwas antworten, aber Guo Jing kam ihm zuvor. »Aber du bist doch schon mein Schwurbruder, wäre es da nicht merkwürdig, wenn du auch noch der Schwurbruder meines Meisters wirst?«

»Was macht das schon?«, lachte Zhou Botong. »Dein Schwiegervater lässt uns in seinem herrlichen Prunkschiff davonsegeln. Das gilt es zu feiern, warum nicht mit einer Schwurbrüderschaft?«

Huang Rong kicherte. »Und was ist mit mir?«

»Auf Frauen falle ich nicht herein«, sagte Zhou Botong abweisend. »Eine schöne Frau anzublicken bringt dreifaches Unglück.«

Damit hakte sich Zhou Botong bei Hong Qigong unter und marschierte mit ihm zum Schiff.

Huang Yaoshi stellte sich ihnen in den Weg. »Glaubt mir, ich lüge nicht. Eine Reise mit diesem Schiff ist zum Scheitern verurteilt. Ihr dürft euch nicht so leichtsinnig in Gefahr begeben. Das ist alles, was ich dazu sagen kann.«

»Wir haben dich schon verstanden. Keine Sorge, selbst wenn dieser Alte Bettler an der Seekrankheit stirbt, wird er noch ein Loblied auf deine Freundschaft singen, Bruder Yaoshi.«

Trotz seines scherzhaften Tons spürte der Bettlerfürst, dass Huang Yaoshis Warnung ernst gemeint war. Aber er wusste auch, was für ein Dickschädel der Alte Kindskopf war. Er konnte einen verletzten Mann nicht allein ins Unglück segeln lassen.

Huang Yaoshi seufzte. »Euer beider Kung-Fu ist ausgezeichnet, ich weiß, damit sollte sich jedes Übel zum Guten wenden lassen. Vielleicht mache ich mir zu viele Gedanken. Und nehmt Guo Jing mit.« Er sah Guo Jing scharf an. »Sag mir eins: Hat Zhou Botong dir verraten, dass der Text, den du gelernt hast, *Der wahre Weg der Neun Yin* war?«

Guo Jing schüttelte den Kopf. »Das hat er nie gesagt. Ich habe gesehen, wie Mei Chaofeng die *Neun-Yin-Todesklaue* geübt hat. Das war so bösartig und unbarmherzig, dass ich mich geweigert hätte, etwas aus diesem Buch …«

»Und ob du es gewusst hast!« Zhou Botong kümmerte es wenig, was er mit seinen Worten anrichtete. Je ernster alle anderen waren, desto günstiger war nach seiner Auffassung die Gelegenheit für einen dummen Scherz. »Du hast mir doch erzählt, dass du Mei Chaofeng dazu gebracht hast, dir ihren Band des *Neun-Yin-Handbuchs* zu geben. Und da hast du es abgeschrieben und auswendig gelernt. Ich habe dir nur den ersten Band beigebracht. Es stimmt, dass du gesagt hast, das Kung-Fu der Zwillingsmörder der Dunklen Winde sei dir zu brutal. Aber ich habe dir erklärt, dass Mei Chaofeng es missverstanden hat, weil Huang Yaoshi ihr den Text falsch erklärt hat. Und ich habe dir gezeigt, wie das Buch richtig zu verstehen ist.«

»Du … das hast du nie gesagt …« Guo Jing zitterte.

Zhou Botong blinzelte und machte ein strenges Gesicht. »Doch, das habe ich. Und du warst außer dir vor Freude.«

Huang Yaoshi hatte nur schwer glauben können, dass Guo Jing den ganzen *Der wahre Weg der Neun Yin* auswendig gelernt hatte, ohne zu wissen, um welchen Text es sich handelte. Und der kindische Zhou Botong wäre ohnehin nicht in der Lage gewesen, ihm die Wahrheit zu verheimlichen. Dass es herausragende Kampfkunstmeister geben könnte, die über solch ernste Angelegenheiten blöde Witze machten, überstieg Huang Yaoshis Vorstellungskraft. Folglich hatte sich Guo Jing für ihn mit einem Mal als lügnerischer, gerissener Gauner entpuppt, der nur so einfältig tat. Und obendrein musste er sich anhören, dass er, Huang Yaoshi, seine Schüler Chen Xuanfeng und Mei Chaofeng das Falsche gelehrt hatte!

So viele Rückschläge und Enttäuschungen an einem einzigen Tag. Seine verstorbene Frau hatte ihren Schwiegersohn nicht aus der Welt der Geister heraus ausgewählt, Zhou Botongs Kung-Fu hatte sich nach fünfzehn Jahren in seiner Gefangenschaft als besser erwiesen als sein eigenes, und sein durch langwierige Prüfungen erwählter Schwiegersohn war ein elender Betrüger. Der Alte Ketzer konnte seine Wut kaum bändigen.

»Vater, ich ...«, sagte Guo Jing beklommen.

»Nenn mich nicht Vater, du verlogener Bastard! Wage es noch einmal, einen Fuß auf diese Insel zu setzen, dann kenne ich keine Gnade.« Huang Yaoshi versetzte einem seiner taubstummen Diener einen heftigen Schlag mit dem Handrücken. Der arme Mann stieß nur ein kehliges Wimmern aus, flog durch die Luft ins Meer und verschwand in den Wellen. Der Schlag hatte seine fünf inneren Organe auf einmal zerschmettert. In Todesangst warfen sich die übrigen Diener auf die Knie.

Die Dienerschaft der Pfirsichblüteninsel rekrutierte sich aus ehemaligen Schurken und Landstreichern. Bevor er sie auf die Insel verschleppte, erkundigte er sich zunächst nach ihren Übeltaten. »Ich, Huang Yaoshi, bin kein aufrechter Edler«, pflegte er zu sagen, »weshalb man mich im Jianghu den Ketzer des Ostens nennt. Und daher habe ich auch kein Bedürfnis danach, mich in Gesellschaft aufrechter Edler zu befinden. Je schurkischer und bösartiger meine Diener sind, desto besser.«

Möglicherweise hatte jener Diener so furchtbare Verbrechen auf dem Gewissen, dass er den Tod verdient hatte, aber dass Huang Yaoshi ihn so plötzlich und brutal ins Jenseits beförderte, ließ jedermann vor Schreck zusammenfahren.

Kein Wunder, dass man ihn Ketzer nennt. Wie kann er seinen Ärger so blind an einem Wehrlosen auslassen! Guo Jing fiel ebenfalls vor Huang Yaoshi auf die Knie. Er verstand nicht ganz, was er sich hatte zuschulden kommen lassen.

Huang Yaoshi hätte ihn am liebsten auf der Stelle getötet, so wütend war er, aber das wäre unter der Würde eines Meisters von seinem Rang gewesen.

Stattdessen legte er die Hände zusammen und verneigte sich zum Abschied vor Zhou Botong, Hong Qigong und Ouyang Feng. »Wenn ich mich entschuldigen dürfte …« Dann packte er Huang Rong, drehte sich um und schwebte mit ihr davon in den Dschungel.

»Guo Jing …!« Huang Rong wehrte sich und strampelte in seinen Armen, aber im Nu hatte ihr Vater sie mit sich fortgeschleppt.

Zhou Botong konnte vor Lachen kaum an sich halten. Er lachte und lachte, obwohl das seinen inneren Verletzungen gar nicht guttat. »Wie leichtgläubig der Alte Ketzer ist! Schon wieder ist er auf meinen Streich hereingefallen und hat mir jedes Wort geglaubt. Dabei habe ich alles erfunden! Großartig, haha!«

»Guo Jing hat demnach nichts gewusst?«, fragte der Bettlerfürst.

»Natürlich nicht. Guo Jing ist davon überzeugt, dass *Der wahre Weg der Neun Yin* ein durch und durch gefährliches, boshaftes Werk ist. Kein einziges Wort davon hätte er sich angeeignet, wenn er das gewusst hätte. Aber jetzt, wo du es auswendig kennst, bekommst du es ohnehin nicht mehr aus dem Kopf, haha!« Zhou Botong war höchst zufrieden mit sich, obwohl er sich vor Schmerzen die Brust halten musste.

Hong Qigong stampfte verärgert mit dem Fuß auf. »Auweia, Alter Kindskopf, das war kein guter Witz. Ich muss das umgehend klarstellen.« Er rannte in den Dschungel und sah sich einem Labyrinth von Wegen gegenüber. Welchen Pfad mochte der Alte Ketzer genommen haben? Nachdem ihr Herr verschwunden war, hatten sich auch die Diener in alle Richtungen zerstreut und es gab niemanden, der ihn führen konnte. Dann fiel ihm ein, dass Ouyang Ke die Karte hatte. »Könntest du mir die Karte der Insel leihen?«, bat er ihn.

»Ohne die Erlaubnis von Fürst Huang darf ich sie niemand anderem zeigen, ich bitte um Verzeihung, Onkel Hong.«

Hong Qigong seufzte. *Wie konnte ich auf die Idee kommen, ihn um Hilfe zu bitten? Es ist ihm doch nur recht, wenn der Alte Ketzer meinen dummen Schüler hasst.*

Zwischen den Bäumen tanzten mit einem Mal weiße Schatten. Es waren die zweiunddreißig Tänzerinnen und Musikerinnen, die Ouyang Feng dem Alten Ketzer mitgebracht hatte. Die erste machte einen Knicks vor Ouyang Feng. »Fürst Huang möchte, dass wir mit Euch zurückkehren, Herr.«

Ohne sie weiter zu beachten, bedeutete Ouyang Feng der Gruppe, sich auf sein Schiff zu begeben. »Ich lasse mein Schiff direkt hinter deinem hersegeln«, sagte er zu Zhou Botong. »So kann ich euch beistehen, falls euch ein Unglück zustößt.«

»Wer braucht deine Hilfe schon?«, schimpfte Zhou Botong. »Ich will herausfinden, was für wundersame Vorrichtungen der Alte Ketzer an diesem Schiff angebracht hat. Wenn du hinter uns bleibst, verdirbt das den ganzen Spaß! Dann schütte ich dir gleich noch einen Eimer Pisse über den Kopf!«

»Gut. Dann bis zum nächsten Mal«, sagte Ouyang Feng, legte zum Gruß seine Faust in die Handfläche und ging mit seinem Neffen an Bord.

Guo Jing starrte noch immer fassungslos auf die Stelle, an der Huang Rong im Dschungel verschwunden war.

»Komm an Bord, Bruder. Wir wollen doch einmal sehen, welche Überraschungen dieses tote Schiff für uns drei Lebende bereithält.« Zhou Botong hakte Hong Qigong unter, nahm Guo Jing an der Hand und zog beide im Nu den Landungssteg hinauf.

An Bord erwartete sie eine Mannschaft von acht stummen Matrosen. »Wenn der Alte Ketzer eines Tages hingeht und seiner geliebten Tochter die Zunge herausschneidet, wird er seinem Ruf endgültig gerecht«, sagte Zhou Botong hämisch.

Bei diesen Worten liefen Guo Jing kalte Schauer über den Rücken.

»Haha, jetzt habe ich dich erschreckt, wie?«, lachte Zhou Botong und gab der Mannschaft das Zeichen zum Aufbruch. Sie lichteten den Anker, setzten die Segel und glitten mit dem Südwind auf das Meer hinaus.

»Kommt«, sagte der Bettlerfürst, »wir sehen einmal nach, was es mit diesem Schiff auf sich hat.«

Die drei inspizierten das ganze Schiff vom Bug zum Heck und vom Deck zum Laderaum, ohne Anzeichen für etwas Ungewöhnliches oder einen Defekt zu finden. Im Gegenteil, jeder Winkel und jede Fläche sah aus wie neu. Auch die Kombüse war mit Wasser und Wein, Reis, Fleisch und Gemüse bestens ausgestattet.

Zhou Botong war enttäuscht. »Der Alte Ketzer hat uns angelogen! Da hat er uns weis machen wollen, dass auf diesem Schiff etwas nicht stimmt, dabei ist doch alles in bester Ordnung. So ein Spielverderber!«

Hong Qigong, der noch nicht ganz überzeugt war, sprang auf den Mast und rüttelte mit ganzer Kraft daran, dann zerrte er an den Segeln. Aber auch hier war nichts Verdächtiges, alles funktionierte einwandfrei. Die Seemöwen flatterten um ihn herum, schossen auf in den blauen Himmel und stießen ins blaue Meer hinab. Die drei Segel blähten sich straff im Wind, das Schiff nahm Kurs auf Norden. Hong Qigongs weite Ärmel flatterten in der Meeresbrise, und er fühlte sich leicht und unbeschwert. Dann sah er in die andere Richtung und bemerkte, dass Ouyang Fengs Schiff ihnen in einem Abstand von etwa zwei Li folgte.

Er sprang auf das Deck herab und wies die Mannschaft an, den Kurs auf Nordwest zu ändern. Kurz darauf segelte Ouyang Fengs Schiff in dieselbe Richtung. *Warum verfolgt er uns?* Der Bettlerfürst zweifelte, dass der Alte Giftmolch ihnen aus Sorge um ihre Sicherheit folgte. *Eher geht die Sonne im Westen auf, als dass aus dem Alten Giftmolch ein gütiger Mensch wird.*

Damit der Alte Kindskopf nicht wieder auf dumme Ideen käme, behielt der Bettler seine Entdeckung vorerst für sich und gab dem Steuermann Befehl, Kurs gen Osten zu nehmen. Sie wendeten, und da sie jetzt nicht mehr mit dem Wind segelten, verlangsamte sich ihre Fahrt. Wieder wechselte auch Ouyang Fengs Boot den Kurs und blieb ihnen auf den Fersen.

Vielleicht wollen sie uns entern? Der Bettler ging zurück in die Kabine, wo Guo Jing betrübt dasaß und vor sich hinstarrte. »Ich will dir verraten, wie wir Bettler es halten, Guo Jing«, sagte er, um ihn aufzumuntern. »Wenn wir bei einer wohlhabenden Familie um Essen bitten und sie uns nichts geben wollen, dann belagern wir einfach drei Tage und Nächte lang ihr Haus, bis sie mürbe werden.«

»Und was, wenn sie einen bissigen Köter haben, den sie auf dich loslassen?«, fragte Zhou Botong hämisch.

»Wenn sie so reich und dabei so herzlos sind, dann kannst du, ohne dass dein Seelenfrieden Schaden nimmt, nachts in ihr Haus einbrechen und nehmen, was dir beliebt.«

»Verstehst du, was dein Meister dir damit sagen will, Bruder Jing? Du sollst deinem Schwiegervater so lange auf die Nerven gehen, bis du bekommst, was du willst. Und wenn er seine Tochter dann immer noch nicht herausrückt und droht, dich zu verprügeln, dann kommst du nachts zurück und stiehlst sie dir. Da es um einen lebendigen Schatz handelt, den du stehlen willst, brauchst du sogar einfach nur zu rufen: ›Schatz, komm zu mir!‹ Und schon kommt sie. So einfach ist das.«

Guo Jing musste lächeln. Als er sah, wie Zhou Botong unruhig in der Kajüte auf und ab ging, fiel ihm etwas ein. »Wohin willst du jetzt gehen, Bruder?«

»Ich weiß es nicht. Ich werde in der Welt herumziehen. Mal sehen, wohin es mich verschlägt. Ich habe mich lange genug auf dieser Insel gelangweilt.«

»Darf ich dich um einen Gefallen bitten?«

»Nur, wenn ich dir nicht dabei helfen soll, deine Frau zu stehlen!« Zhou Botong ruderte bei diesem furchtbaren Gedanken wild mit den Armen.

»Nein, nicht darum …« Guo Jing wurde rot. »Ich wollte dich darum bitten, den Wanderwolkenpalast bei Yixing am Tai-See aufzusuchen.«

»Wozu?«

»Der Herr des Hauses, Lu Chengfeng, ist ein großer und großherziger Mensch. Er war einmal ein Schüler der Pfirsichblüteninsel, aber … mein Schwiegervater hat ihm wegen der Zwillingsmörder der Dunklen Winde beide Beine gebrochen und seither kann er nicht mehr gehen. Auch deine Beine waren gebrochen, aber du hast einen Weg gefunden, dich zu heilen. Ich wäre sehr dankbar, wenn du deine Weisheit mit ihm teilen könntest.«

»Nichts leichter als das. Und wenn der Alte Ketzer mir noch einmal die Beine bricht, bekomme ich das auch wieder hin. Wenn du mir nicht glaubst, dann brich sie mir einfach.« Zhou Botong setzte sich hin, streckte die Beine aus und sah Guo Jing herausfordernd an.

»Ich habe volles Vertrauen in deine Fähigkeiten«, lächelte Guo Jing.

In diesem Augenblick ging plötzlich mit einem Ruck die Kabinentür auf, und der Steuermann stürzte mit aschfahlem Gesicht herein. Er fuchtelte verzweifelt mit den Armen und stampfte mit den Füßen auf. Alarmiert schnellten die drei Männer hoch und stürmten aus der Kabine.

Huang Rong war wütend. Ohne sich von Guo Jing verabschieden zu dürfen, war sie von ihrem Vater zurück zum Haus geschleppt worden. Dort ging sie schnurstracks auf ihr Zimmer, schlug die Tür zu, warf sich auf ihr Bett und heulte.

Nachdem sein Zorn sich etwas gelegt hatte, fragte sich Huang Yaoshi, ob es richtig von ihm gewesen war, Guo Jing zum Tod zu verurteilen. Er hatte ein schlechtes Gewissen gegenüber seiner Tochter und wollte sie trösten, aber sie ignorierte sein Klopfen an ihrer Zimmertür. Auch zum Abendessen kam sie nicht heraus. Huang Yaoshi schickte einen Diener, um ihr Essen zu bringen, doch diesen beförderte sie kurzerhand mitsamt den Speisen rückwärts zur Tür hinaus.

Vater steht immer zu seinem Wort, dachte sie traurig. *Wenn Guo Jing es wagt, zurück auf die Insel zu kommen, wird er ihn töten. Wenn ich aber die Insel verlasse, um nach ihm zu suchen und Vater hier allein zurücklasse, wird er dann nicht einsam und traurig sein?* Wie sie es auch drehte und wendete, ihre Lage schien aussichtslos. Vor vielen Monaten war sie einfach weggelaufen, weil ihr Vater sie zum ersten Mal im Leben geschimpft hatte. Doch das Erste, was ihr bei ihrem Wiedersehen mit ihm auf der Insel aufgefallen war, waren seine grauen Schläfen gewesen. Dass er innerhalb kurzer Zeit um zehn Jahre gealtert zu sein schien, war ein so schmerzhafter Anblick gewesen, dass sie sich geschworen hatte, ihrem alten Vater nie wieder Kummer zu bereiten. Und jetzt …

Huang Rong vergrub ihr Gesicht im Kopfkissen und schluchzte. *Wenn nur Mutter noch am Leben wäre! Sie wüsste, was zu tun wäre, sie würde mich von meinen Qualen erlösen.*

Der Gedanke an ihre Mutter trieb sie aus ihrem Zimmer und zur Haupthalle des Anwesens hinüber. Draußen blickte sie in einen funkelnden Sternenhimmel. Die milde Nachtluft war schwer von süßem Blütenduft. Guo Jing war sicher schon weit, weit weg. Ob sie ihn je wiedersehen würde? Sie trocknete ihre feuchten Augen mit dem Ärmel ihres Kleids und verschwand in den Wald aus blühenden Bäumen.

Der Pfad war von den herabfallenden Blüten und Blättern weich wie ein Teppich. Bald stand sie vor dem Eingang zum Grab ihrer

Mutter. In diesem Teil der Insel waren die Bäume rund um das Jahr üppig grün und rings um das Grab blühten die seltensten Blumen. Jede einzelne hatte ihr Vater sorgfältig ausgewählt, jede gehörte zu einer in der ganzen Welt bekannten Spezies. Unter dem fahlen Mondlicht dufteten und leuchteten sie um die Wette.

Huang Rong legte eine Hand auf den Grabstein, drückte auf verschiedene Stellen an den Seiten und dann gegen den ganzen Stein, woraufhin dieser sich in Bewegung setzte und den Eingang zu einem Tunnel freigab. Sie stieg in die unbeleuchtete Öffnung und folgte dem Weg hinunter. Nach drei Windungen musste sie noch einmal einen Mechanismus bedienen, um ein Steintor zu öffnen, dann konnte sie die Gruft betreten. Mit Zunder und Flintstein zündete sie die farbig glasierten Lampen auf dem Altar an.

Das Altarbild ihrer Mutter stammte von der Hand ihres Vaters. Wie sie so allein mit diesem Bild in der unterirdischen Kammer war, gingen ihr unzählige Gedanken durch den Kopf. *Wenn ich sterbe, werde ich dir dann endlich begegnen, Mutter? Siehst du dann so aus wie auf diesem Bild, so gütig, so schön? Wo bist du jetzt? In der Unterwelt, im Paradies? Oder bist du hier bei mir, in dieser Kammer? Vielleicht sollte ich für immer hier bei dir bleiben, Mutter.*

Zusätzlich zu dem Bildnis seiner verstorbenen Frau hatte Huang Yaoshi die Grabkammer mit einer Reihe kostbarer Kleinode ausgeschmückt: antike Vasen, Schmuck, Rollbilder mit Tuschmalereien und Kalligrafien. Der Alte Ketzer hatte sich überall – zu Wasser und zu Land, aus kaiserlichen Palästen ebenso wie aus den Höhlen räudiger Banditen – mal durch rohe Gewalt, mal durch Diebstahl, eine große Zahl erlesener Schätze zusammengetragen. Als seine Frau gestorben war, hatte er sie allesamt in ihrer Grabkammer platziert, damit sie ihr Gesellschaft leisteten.

Huang Rong betrachtete den im Schein der Lampen glänzenden Schmuck aus Perlen, Jade und Achaten. *Diese Kostbarkeiten kennen keine Gefühle, und doch überdauern sie hunderttausend Jahre. Sie werden auch dann noch hier sein, wenn ich einmal zu Staub und Erde geworden bin, schön und vollkommen wie eh und je. Sind die Dinge dieser Welt umso vergänglicher, je klüger und beseelter sie sind? Ist meine Mutter deshalb schon mit zwanzig gestorben?*

Huang Rong war so in ihre Gedanken versunken, dass sie nicht bemerkte, wie die Zeit verging. Irgendwann blies sie die Lampen aus und schob die Filzvorhänge zur Seite, hinter denen der aus Jade gefertigte Sarg ihrer Mutter stand. Sie kauerte sich daneben auf den Boden und schmiegte ihre Wange an den kühlen Stein. Das Gefühl, ihrer Mutter nah zu sein, war tröstlich. Erschöpft von einem langen Tag von großem Glück und großer Traurigkeit, fiel sie in einen tiefen Schlaf.

Im Traum sah sie sich wieder in der Hauptstadt Zhongdu, im Palast des Königs Zhao, allein gegen eine Gruppe von Kampfkünstlern kämpfen. Dann war sie unterwegs zur nördlichen Grenze des Landes, wo sie auf Guo Jing traf. Sie unterhielten sich, aber da sah sie plötzlich ihre Mutter vor sich. Verzweifelt versuchte sie, ihr Gesicht zu sehen, aber es blieb undeutlich. Als sie sich ihr näherte, schoss ihre Mutter mit einem Mal in den Himmel hinauf. Huang Rong rannte und rannte auf der Erde weiter, während ihre Mutter immer höher und höher stieg. Da hörte sie ihren Vater ihre Mutter beim Namen rufen. Seine Stimme wurde lauter und lauter.

Das war kein Traum mehr. Ihr Vater stand in der Grabkammer auf der anderen Seite des Vorhangs, und rief den Namen seiner Frau.

Als sie klein war, hatte ihr Vater sie oft mit in die Gruft genommen, um ihre Mutter zu besuchen. Mit Huang Rong im Arm hatte er ihrer Mutter erzählt, was sie an diesem Tag getan hatten, jede Einzelheit. Diese Besuche waren im Lauf der Zeit immer seltener geworden. Dennoch wunderte sie sich nicht darüber, als sie jetzt seine Stimme hörte.

Da sie wegen der Ungerechtigkeit ihres Vaters immer noch schmollte, gab sie sich nicht zu erkennen, blieb hinter dem Vorhang verborgen und lauschte.

»Ich habe dir versprochen, das *Neun-Yin-Handbuch* zu finden und als Opfergabe für dich zu verbrennen, damit dein Geist sich seinen Inhalt noch einmal aneignen kann und sich nicht mehr quälen muss, weil er sich nicht an alles erinnert. Fünfzehn Jahre lang habe ich das nicht geschafft. Heute kann ich endlich mein Versprechen einlösen.«

Wie das? Woher hat Vater denn auf einmal das Handbuch?, wunderte sich Huang Rong.

»Ich hatte nicht die Absicht, deinen Schwiegersohn zu töten, aber sie haben darauf bestanden, jenes Schiff zu nehmen.«

Dein Schwiegersohn? Meint er Guo Jing? Und was hat es mit diesem Schiff auf sich? Huang Rong lauschte gespannt, aber leider sagte ihr Vater nicht mehr dazu, sondern erging sich in einer bitteren Klage darüber, wie einsam und allein er seit dem Tod ihrer Mutter gewesen sei. Noch nie hatte sie ihren Vater so verletzlich erlebt. Ihr wurde bewusst, wie sehr sie ihn verletzen würde, wenn sie noch einmal davonlief. *Guo Jing und ich sind noch keine zwanzig Jahre alt, und wir sind uns treu. Bestimmt werden wir uns wiedersehen. Aber ich kann meinen Vater nicht alleinlassen.*

»Das Kung-Fu des Alten Kindskopfs ist mittlerweile viel besser als mein eigenes, ich werde ihn nicht töten können. Heute hat er die beiden Bände, die du vor vielen Jahren in den Händen gehalten hast, eigenhändig zerstört. Ich habe befürchtet, dass ich nun nicht mehr Wort halten kann. Wer weiß, welche Vorsehung ihn veranlasst hat, unbedingt auf dem Schiff, das ich für unsere Wiedervereinigung habe herausputzen lassen, reisen zu wollen ...?«

Wie kann ein Boot meinen Vater zu meiner Mutter bringen? Stets hat er mir streng verboten, darauf zu spielen. Was ist mit dem Schiff?

Als seine über alles geliebte Frau so plötzlich gestorben war, hatte Huang Yaoshi aus Kummer über den Verlust auch sein eigenes Leben beenden wollen. Doch sein Kung-Fu war zu gut, um sich einfach zu vergiften oder zu erhängen. Es hätte zu lange gedauert, bis der Tod eingetreten wäre, und dann wären seine sterblichen Überreste dem Zorn der Dienerschaft ausgesetzt gewesen. Deshalb hatte er sich auf das Festland begeben, um die fähigsten Schiffbauer anzuheuern und sich ein ganz besonderes Schiff fertigen zu lassen. Statt mit Eisennägeln wurden die Planken seines Rumpfs nur mit leimgetränkten Stricken zusammengehalten. Das Schiff, das im Hafen so stolz und prächtig wirkte, würde auf offener See binnen kürzester Zeit von den Wellen zerstört und unweigerlich sinken.

Er hatte geplant, zusammen mit den Überresten seiner Frau auf das Meer hinaus zu segeln und mit der Xiao die Melodie *wogende Wellen auf türkisfarbenem Meer* zu spielen, bis das Schiff untergegangen wäre. So hätte er sein Leben glücklich und unbeschwert beendet, wie es sich für einen Großmeister der Kampfkunst gebührte. Doch jedes Mal, wenn er sein Vorhaben in die Tat umzusetzen gedachte, konnte er weder den Gedanken ertragen, seine kleine Tochter mit in den Tod zu nehmen noch den, sie allein zurückzulassen. Schließlich hatte er in seiner Unschlüssigkeit seiner Frau zunächst ein Grabmal errichtet und gleichzeitig das Schiff instandgehalten und alljährlich neu streichen lassen. Eines Tages, wenn seine Tochter erwachsen geworden wäre und ein neues Zuhause gefunden hätte, wollte er damit in See stechen. Huang Rong wusste nichts von der Geschichte des Prunkschiffs und verstand deshalb auch nicht, in welcher Gefahr Guo Jing schwebte.

»Mei Chaofeng hat mir den zweiten Band des Handbuchs schließlich zurückgegeben. Du konntest dich damals nicht mehr richtig an den Wortlaut des seltsamen Abschnitts am Ende erinnern. Wie könnte man sich auch an dieses seltsame, unverständliche Gefasel erinnern? Der Alte Kindskopf jedoch beherrscht das Handbuch inzwischen von vorn bis hinten auswendig, und auch der Kerl namens Guo kann es fehlerfrei hersagen. Die beiden im Meer ertrinken zu lassen ist dasselbe, wie die beiden Bände des *Neun-Yin-Handbuchs* zu verbrennen. Damit wird mein Versprechen erfüllt sein. Mit der gottgleichen Klugheit und den magischen Fähigkeiten deines Geistes im Jenseits, die deine Weisheit zu Lebzeiten sicher noch um einiges übertreffen, wirst du nun mühelos das Handbuch aus ihrem Gedächtnis mit deiner Erinnerung vergleichen können und deinen Frieden finden. Schade ist es allein um den Alten Bettler Hong Qigong, der sein Leben ohne Grund lassen muss. Für dich lasse ich an einem Tag drei überragende Kampfkünstler sterben. Damit du mit Stolz sagen kannst, dass dein Gatte ein Mann ist, der zu seinem Wort steht. Haha!

Guo Jing hat die Wahrheit gesagt. Er hat das Handbuch unmöglich von Mei Chaofeng stehlen können, wie der Alte Kindskopf behauptet hat. Den unverständlichen letzten Abschnitt, der in unserer Abschrift nur unvollständig wiedergegeben war, hat er zusammenhängend und in voller Länge zitiert. Außerdem hat Chaofeng noch Gedichte in das Buch gekritzelt, bevor sie das Augenlicht verloren hat. So einfältig, wie der Kerl ist, hätte er die sicher auch auswendig gelernt. Der Alte Kindskopf hat mich auf den Arm genommen. Auch die Behauptung, dass Guo Jing gewusst habe, was er lernt, war sicher eine Lüge. Huang Rong mag diesen ehrlichen Trottel sehr gern und wird furchtbar traurig sein, wenn er im Meer ertrinkt. Aber wem wurde im Leben noch nie das Herz gebrochen? Der Freuden sind wenige und der Sorgen viele! Es war nicht meine Absicht, Guo Jing zu töten. Ich habe dich nicht verraten, Huang Rong!«

Er sagte den letzten Satz, als ob er wüsste, dass sie in der Nähe war und jedes seiner Worte hörte.

Huang Rong war entsetzt. Ihr war, als würde eine kalte Hand nach ihrem Herzen greifen. Offenbar verfügte das Prunkschiff über einen so magischen wie bösartigen Mechanismus, der es zum Untergang verdammte, wenn sie auch nicht so genau verstanden hatte, wie er funktionierte. Und so, wie sie ihren Vater kannte, würde dieser Mechanismus niemals versagen. Womöglich waren ihm Guo Jing, Zhou Botong und Meister Hong schon zum Opfer gefallen!

Sie wollte herausstürmen und ihren Vater anflehen, sie zu retten, doch ihre Beine versagten und der Schock schnürte ihr die Kehle zu. Sie sank wieder an den Sarg und hörte, wie ihr Vater die Gruft verließ. Sein bitteres Lachen hallte von den Wänden des Tunnelgangs wider wie ein Klagelied.

Sie musste sich zusammenreißen. *Ich muss Guo Jing finden und ihn retten oder mit ihm sterben!* Ihren Vater um Hilfe zu bitten war zwecklos. Sie kannte seine exzentrische Natur zu gut. Die Liebe zu ihrer verstorbenen Mutter hatte ihm den Verstand geraubt.

Huang Rong verließ die Gruft, rannte so schnell sie konnte zur Bucht, sprang auf das erstbeste Schiff, rüttelte die schlafende Mannschaft wach und befahl ihr, sofort die Segel zu setzen. Sie hatten die Bucht bereits verlassen, als Huang Rong das Trappeln von Pferdehufen und leise, ganz leise das melancholische Lied der Xiao hörte.

Am Ufer galoppierte Guo Jings Pferd wiehernd auf und ab, sein rotes Fell glänzte im Mondlicht. *Der arme Ulaan,* dachte Huang Rong. Das treue Tier hatte ihren Aufbruch gespürt. Aber was nutzte ihr ein Rennpferd auf einem Schiff?

Wie soll ich auf dem grenzenlosen Meer Guo Jing wiederfinden?

Hong Qigong, Zhou Botong und Guo Jing rannten an Deck und standen plötzlich knöcheltief im Wasser. In Panik kletterten sie den Mast hinauf. Der Bettler sammelte auf dem Weg über das Deck zwei taubstumme Matrosen ein und trieb sie vor sich her den Mast hinauf. Unten schlugen die Wellen über das Deck, und das Boot lief voll. Einen Augenblick lang waren die drei Männer vom Geschehen so überrumpelt, dass sie bestürzt und hilflos zusahen.

»Der Alte Ketzer hat wirklich einiges auf dem Kasten, was sagst du, Alter Bettler?«, rief Zhou Botong. »Wie hat er das gemacht?«

»Da fragst du den Falschen«, rief der Bettler zurück. »Guo Jing, halt dich gut am Mast fest, lass bloß nicht los!«

Guo Jings Antwort ging in einem dröhnenden Krachen unter. Ohne Vorwarnung barst das Schiff in zwei Teile. Die Matrosen, die sich verzweifelt an die Rahe geklammert hatten, verloren den Halt und stürzten in den tobenden Ozean.

Zhou Botong stürzte kopfüber hinterher. »Alter Kindskopf!«, schrie der Bettler. »Kannst du schwimmen?«

Japsend tauchte Zhou Botongs Kopf aus den Wellen auf. »Mal sehen …!«, lachte er.

Der Wind heulte so heftig, dass er seine Worte verschluckte. Immer tiefer neigte sich der Mast. Gleich würden auch Hong Qigong und Guo Jing ins Wasser fallen. »Der Mast ist fest mit dem Rumpf verbunden«, schrie der Bettler. »Komm, Junge, wir müssen ihn abbrechen. Schnell!«

Mit vereinten Kräften hämmerten sie mit den Handkanten auf den baumstammdicken Mast ein. Wenige Schläge genügten Meister und Schüler, bis das Holz krachend nachgab und sie, ans obere Ende geklammert, ins Meer stürzten.

Sie waren bereits meilenweit von der Pfirsichblüteninsel entfernt. Ringsum türmten sich die Wellen, und weit und breit war kein Land in Sicht. *Und was jetzt?* Ohne Wasser und Brot würden sie es nicht länger als zehn Tage, höchstens zwei Wochen auf dem Meer aushalten, da nutzte alle Kampfkunst nichts. Der Bettler hielt Ausschau nach Rettung, aber selbst das Schiff des Alten Giftmolchs war nicht mehr zu sehen. Da drang plötzlich schallendes Gelächter an sein Ohr. Es stammte von Zhou Botong, der gleich in der Nähe wild mit den Armen im Wasser ruderte.

»Komm, Guo Jing, wir holen ihn«, sagte der Bettler. Mit je einer Hand hielten sie sich am Mast fest, mit der anderen ruderten sie und schwammen so auf den Alten Kindskopf zu. Aber jedes Mal, wenn sie ein Stück vorankamen, wurden sie von den hohen Wellen wieder zurückgeworfen. Hong Qigong ließ mithilfe seines inneren Kung-Fu seine Stimme laut über das Wasser schallen. »Halte durch, Alter Kindskopf! Wir kommen!«

Auch Zhou Botong konnte sich noch verständlich machen: »Der Alte Kindskopf ist jetzt ein alter Hundskopf im Kochtopf, gepökelt in Salzwasser, haha!«

Wie kann man in einer solchen Situation noch Witze machen? Guo Jing musste trotzdem unwillkürlich lächeln. Sein Schwurbruder machte seinem Titel immer wieder alle Ehre. Noch immer lagen etwa zehn Zhang zwischen ihnen und Zhou Botong, aber Guo Jing und Hong Qigong trotzten mit ganzer Kraft den Wellen und durchpflügten das Wasser, bis endlich Zhou Botong in Sichtweite kam.

Er hatte sich mit Seilen von der Takelage zwei Planken an die Füße gebunden und strampelte mit der Kraft seiner Schwebekunst durch das Wasser. So fröhlich und leichtfüßig er dabei auch wirkte – lange würde er sich auf diese kräftezehrende Weise nicht mehr an der Oberfläche halten können. Nichtsdestotrotz wirkte der Alte Kindskopf, als hätte er inmitten des größten Unglücks einen Riesenspaß.

Guo Jing blickte sich um. Ihr Schiff war gänzlich untergegangen und mit ihm die ganze Mannschaft.

»Oje!«, rief Zhou Botong plötzlich. »Gleich ist es aus mit dem Alten Kindskopf!«

»Was ist denn?«, schrien Hong Qigong und Guo Jing wie aus einem Mund.

»Haie! Ein ganzer Schwarm!« Zhou Botong gestikulierte auf einen Punkt in einiger Entfernung.

Als Kind der mongolischen Steppe hatte Guo Jing noch nie von Haien gehört und verstand nicht auf Anhieb, in welcher Gefahr sie schwebten. Doch ein Blick auf das Gesicht seines Meisters genügte, um sich zu fragen, was für furchtbare Monster das sein mussten, wenn zwei gestandene Meister des Jianghu bei ihrem Anblick derart die Fassung verloren.

Im Nu hatte Hong Qigong mit einem Handkantenschlag ein Ende des Masts abgehackt. Das Endstück teilte er noch einmal, sodass er zwei ganz brauchbare Keulen erhielt. Plötzlich schoss direkt vor ihnen der Kopf eines Hais aus der Gischt, kurz blitzten in seinem aufgerissenen Maul zwei perlweiße Reihen scharfer Zähne auf, und schon war er wieder abgetaucht.

Hong Qigong warf Guo Jing eine Keule zu. »Ziel auf den Kopf!«, rief er.

»Ich habe einen Dolch!«, rief Guo Jing zurück und schleuderte die Keule weiter zu Zhou Botong, der sie mühelos auffing.

Inzwischen umringten etwa fünf Tigerhaie den Alten Kindskopf und warteten auf den passenden Augenblick zum Angriff. Zhou Botong bäumte sich auf, holte aus und zerschmetterte mit wildem Geheul dem ersten Hai den Kopf. Die anderen Haie witterten Blut und stürzten sich auf ihren toten Artgenossen.

Guo Jing sah fasziniert zu, wie das Meer in Aufruhr kam, als ob jetzt Tausende von Haien darin tobten. Wieder blitzten lange, scharfe Zähne auf und rissen ein großes Stück Fleisch aus dem toten Hai.

Da spürte er, wie etwas seinen Fuß streifte. Er zuckte zurück und sah das Wasser hinter sich zusammenschlagen. Mit der linken Hand hielt er fest den Mast umklammert, tauchte nach rechts ab und stieß mit dem Dolch zu. Guo Jing erwischte den Hai am Kopf, und das Blut aus der Wunde lockte sofort einen ganzen Schwarm an, der wild die Mäuler aufriss.

Die drei Kampfkünstler kämpften so, wie sie es gewohnt waren. Sie wichen nach rechts und links aus und schlugen zu. Jeder Hieb saß und tötete einen weiteren Hai, ohne dass sie selbst zu Schaden kamen. Je blutiger das Meer wurde, desto mehr Haie wimmelten darin und nagten ihre toten Artgenossen im Handumdrehen bis auf das Skelett ab. Selbst die drei hartgesottenen Männer zitterten bei diesem grauenhaften Anblick vor Furcht. Immer mehr Haie drängten nach, aber in ihrem atemlosen Kampf blieb keine Zeit, darüber nachzudenken, wie sie diesem Angriff jemals Herr werden sollten. Sie droschen und stachen auf die Bestien ein, eine Stunde lang, zwei Stunden. Hunderte von Haien hatten sie bereits erlegt, aber es nahm kein Ende. Die Sonne stand schon tief am Horizont und über die Meereswogen legte sich Abenddunst.

»Alter Bettler, Bruder Jing!«, rief Zhou Botong. »Sobald es Nacht wird, werden die Biester uns verschlingen, Bissen um Bissen. Lasst uns wetten, wen sie als Vorspeise auswählen.«

»Hat derjenige dann gewonnen oder verloren?«, fragte Hong Qigong.

»Gewonnen, versteht sich.«

»Dann verliere ich lieber.« Der Bettlerfürst holte zu *Der Drache peitscht mit dem Schwanz* aus und beförderte mit dem Handrücken einen zweihundert Pfund schweren Hai in die Luft, wo er sich zweimal überschlug, bevor er auf das Wasser aufprallte und reglos mit dem weißen Bauch nach oben auf den Wellen trieb.

»Ausgezeichnete Schlagtechnik!«, lobte Zhou Botong. »Wenn du mir deine *Haibezwingenden Hände* beibringst, nenne ich dich fortan Meister. Nur schade, dass uns so wenig Zeit bleibt. Wollen wir uns noch ein Kämpfchen liefern?«

»Verzeih, aber ich habe gerade zu tun.«

Zhou Botong lachte und wandte sich an Guo Jing. »Was ist mit dir, Bruder? Hast du Angst?«

Guo Jing sah keuchend auf. Die entspannten Gesichter der beiden Meister entlockten ihm ein Lächeln. Er hatte tatsächlich Angst, aber es tröstete ihn, dass seine beiden Mitstreiter angesichts größter Gefahr noch zu Scherzen in der Lage waren. »Bis eben schon«, antwortete er. »Jetzt nicht mehr so sehr.«

In diesem Augenblick sah er eine Flosse und eine Schwanzspitze durch das Wasser schneiden und direkt auf ihn zuhalten. Er wich zur Seite aus und riss einen Arm hoch. Der Hai ließ sich prompt ködern und schnappte nach der erhobenen Hand. Mit der anderen Hand stieß Guo Jings Dolch in die Kehle des Tiers. Blut spritzte, und durch die Aufwärtsbewegung des Hais schlitzte der Dolch ihn von der Kehle bis zur Flosse so auf, dass seine Eingeweide herausquollen.

Unterdessen hatten auch Zhou Botong und Hong Qigong jeder einen weiteren Hai getötet. Allmählich machte sich Zhou Botongs schwere, durch Huang Yaoshis Schlag verursachte innere Verletzung bemerkbar. Er fasste sich an die Brust. »Alter Bettler! Bruder Jing!«, rief er noch einmal. »Ich glaube, ich gewinne und lande als Erster im Bauch eines Hais. Ach, Mist, wir haben ja gar nicht gewettet!«, lachte er.

Guo Jing wusste, womit er seinem Schwurbruder einen letzten Gefallen tun konnte. »Gut, ich nehme die Wette an!«

»Wunderbar! So wird der Tod gleich viel lustiger.« Der Alte Kindskopf wand sich zwischen zwei Haien durch, die ihn gerade in die Zange nehmen wollten. Da sah er das weiße Segel am Horizont. Ein großes Schiff pflügte durch die Wellen und hielt in der Dämmerung auf sie zu. Jetzt sah es auch Hong Qigong. *Der Alte Giftmolch kommt uns zur Rettung!* Erleichtert sahen die drei sich an. Guo Jing schwamm zu Zhou Botong hinüber, um dem geschwächten Schwurbruder die Haie vom Leib zu halten.

Es dauerte nicht allzu lang, bis das Schiff sie erreicht hatte und Matrosen zwei Sampans herabließen, um die drei Männer aus dem Wasser zu holen. Sobald er an Bord war, spuckte Zhou Botong Blut, plapperte und lachte aber fröhlich weiter. »Verflucht! Jetzt habe ich meine Wette verloren«, sagte er, machte ein langes Gesicht und deutete auf die Haie.

Ouyang Feng und Ouyang Ke erwarteten sie bereits am Bug. Angesichts des bedrohlichen Gewimmels von Haiflossen im Wasser, wurde sogar ihnen mulmig zumute.

»Damit wir uns richtig verstehen, Alter Giftmolch«, sagte Zhou Botong sofort. »Ich habe nicht darum gebeten, gerettet zu werden, du bist von selbst gekommen. Ich schulde dir nichts.«

»Natürlich nicht. Es tut mir leid, dass ich eure fröhliche Haijagd gestört habe.«

Zhou Botong lachte. »So ist es. Dabei hatten wir gerade so viel Spaß beim Ausweiden! Damit sind wir quitt, denke ich. Keiner von uns ist dem anderen etwas schuldig.«

Ouyang Ke und seine Schlangenhirten zogen Rindfleischstücke auf Angelhaken, warfen sie ins Meer und holten kurz darauf acht schwere Haie ein.

»Haha«, lachte jetzt der Bettler. »Ihr wolltet uns fressen, aber jetzt fressen wir euch!«

»Nur eine kleine Rache für ihren bösen Angriff auf Onkel Hong«, sagte Ouyang Ke kühl und befahl seinen Männern, den Haien mit Speeren die Mäuler aufzusperren, um dann Stöcke so zwischen Ober- und Unterkiefer zu verkeilen, dass den Tieren das Maul offen stehen blieb. Dann ließ er die lebenden Haie wieder ins Meer werfen.

»Die fressen niemanden mehr«, sagte Zhou Botong. »Aber es wird wohl gut zehn Tage dauern, bis sie sterben.«

Wie grausam Ouyang Ke ist!, dachte Guo Jing. *Die armen Haie werden elend verhungern.*

Ein Blick in Guo Jings Gesicht, und Zhou Botong hielt sich den Bauch vor Lachen. »Die Spielereien der Giftmolche finden keine Gnade vor deinen Augen, nicht wahr, Bruder Jing? Wie der Giftonkel, so der Giftneffe! Haha!«

Ouyang Feng störte die Stichelei keineswegs. Im Gegenteil – er betrachtete Zhou Botongs Heiterkeit mit Wohlwollen. »Ich habe noch viel bessere Spiele auf Lager, Bruder Botong. Ihr drei seht etwas erschöpft aus. Mit ein paar Haien fertigzuwerden würde ich allerdings nicht gerade eine Meisterleistung nennen.« Er deutete auf das Meer. »Ich allein würde mühelos zehn Mal so viele Haie töten.«

»Soso!«, rief Zhou Botong. »Eigenlob stinkt nicht, wie? Beweise mir deinen Heldenmut, und töte so viele Haie wie wir, und ich will vor dir niederknien und dich dreihundert Mal Meister nennen, so wahr ich Alter Kindskopf heiße.«

»Das wäre zu viel der Ehre«, sagte Ouyang Feng. »Aber wir könnten eine Wette abschließen.«

»Hervorragend. Mein Einsatz sei der Kopf zwischen meinen Schultern.«

Der Bettler witterte Unheil. Mit herkömmlichem Kung-Fu, so meisterlich es auch sein mochte, konnte auch ein Ouyang Feng keine tausend Haie auf einmal vernichten. *Der Alte Giftmolch führt etwas im Schilde!*

»Auf deinen Kopf kann ich verzichten«, sagte Ouyang Feng lächelnd. »Sollte ich gewinnen, hätte ich einen anderen Wunsch an dich, den du mir allerdings nicht abschlagen darfst. Und wenn ich verliere, darfst du bestimmen, was ich für dich tun soll. Einverstanden?«

»Einverstanden.«

Ouyang Feng wandte sich an den Bettler. »Darf ich darum bitten, unser Zeuge zu sein, Bruder Qigong?«

Der Bettler nickte. »Aber was, wenn der Verlierer den Wunsch nicht erfüllen kann oder will?«

»Dann muss er ins Wasser springen und die Haie füttern!«, sagte Zhou Botong sofort.

Ouyang Feng verzog nur spöttisch den Mund. Er winkte einen Diener herbei, der ihm einen kleinen Weinbecher brachte. Dann ließ er die beiden Vipern aus seinem Hirtenstab und zwickte eine davon so am Hinterkopf, dass sie den Kiefer spreizte. Ouyang Feng hielt den Becher unter das Schlangenmaul und ließ ihr schwarzes Gift in das Gefäß tropfen, bis es halb voll war. Dann wiederholte er die Prozedur mit der zweiten Schlange und hatte am Ende einen randvollen Becher Gift, schwarz wie Lack und dick wie Tinte. Die beiden Schlangen, offensichtlich erschöpft vom Verlust ihres Gifts, rollten sich träge um den Knauf des Hirtenstabs und rührten sich nicht mehr.

Dann befahl Ouyang Feng den Matrosen, einen weiteren Hai aus dem Meer zu fischen. Als der Hai auf dem Deck lag, zog Ouyang Feng ihm mit der linken Hand die Oberlippe hoch und trat mit dem rechten Fuß die Unterlippe des Hais herunter. Der schwere, gut zwei Zhang lange Hai konnte bei dieser Behandlung nicht anders, als sein Maul weit aufzureißen und zwei Reihen dolchartiger Zähne zu entblößen. Ouyang Feng schüttete das Schlangengift direkt in die Wunde, die der Angelhaken im Rachen des Hais gerissen hatte. Anschließend beförderte er den bestimmt zweihundert Pfund schweren Hai mit einem einzigen Faustschlag in den Bauch über die Reling zurück ins Meer.

»Oha!«, rief Zhou Botong vergnügt. »So entledigt sich der alte Mönch seiner Bettwanzen.«

»Der alte Mönch?«, wunderte sich Guo Jing.

»Du kennst die Geschichte nicht? Es war einmal ein alter Mönch, der auf den Straßen von Bianliang ein Wundermittel gegen Bettwanzen verkaufte. Er pries es als überaus wirksam an. Wer damit nicht endgültig sämtliche Wanzen loswerde, dem zahle er sein Geld zehnfach zurück. Selbstverständlich blühte sein Geschäft. Einer seiner Kunden verteilte das Mittel zu Hause auf seinem Lager, doch in der Nacht, hehe, strömten ganze Heerscharen der Biester in sein Bett und bissen ihn halb tot. Es versteht sich von selbst, dass er am nächsten Morgen sofort zum Markt rannte und sein Geld zurückverlangte. Aber was gab der alte Mönch zur Antwort? ›Mein Mittel ist unfehlbar, du hast es nur nicht richtig angewendet.‹ ›Wie soll ich es denn anwenden?‹, fragte der Kunde.« Zhou Botong machte eine Pause und grinste selbstzufrieden in die Runde.

»Wie sollte er es denn anwenden?«, fragte Guo Jing.

Zhou Botong setzte eine ernste Miene auf. »Der Mönch sagte zu ihm: ›Fang die Wanze, reiß ihr das Maul auf und füttere sie nur ein klein wenig damit. Wenn sie dann nicht stirbt, kannst du wiederkommen.‹ ›Wenn ich eine Wanze fange und ihr das Maul aufsperre‹, gab der Kunde wütend zurück, ›dann kann ich sie auch gleich zerquetschen. Wozu brauche ich dann noch dein Mittel?‹ ›Ich habe nie gesagt, dass du sie nicht zerquetschen darfst, oder?‹, antwortete der Mönch.«

Guo Jing, Hong Qigong und auch die beiden Ouyangs brachen in schallendes Gelächter aus.

»Mein Mittel wirkt auf etwas andere Weise als das des alten Mönchs«, sagte Ouyang Feng lächelnd, nachdem sich alle wieder beruhigt hatten.

»Ich kann keinen Unterschied feststellen«, sagte Zhou Botong.

Ouyang Feng deutete auf das Meer. »Dann sieh einmal genau hin.«

Der Hai, dem Ouyang Feng das Gift eingeflößt hatte, trieb nun mit dem Bauch nach oben auf der Wasseroberfläche, doch es war kaum mehr etwas von ihm übrig, weil ein halbes Dutzend seiner Artgenossen sich bereits an ihm gütlich getan hatten. Bald war er bis auf das Skelett abgefressen und sank auf den Meeresgrund. Seltsam war nur, dass die Haie, die ihn gefressen hatten, gleich darauf ebenfalls tot auf dem Wasser trieben. Auch ihre Überreste wurden sofort von weiteren Haien verspeist und auch diese Haie starben. Und so ging es immer weiter, ein toter Hai tötete zehn weitere, zehn töteten hundert, hundert töteten tausend, bis auf dem Meer ein Teppich aus Kadavern schwamm. Nur wenige Haie nagten noch an den Überresten, doch einen Augenblick später waren auch sie dem Gift erlegen.

Guo Jing, Hong Qigong und Zhou Botong war bei diesem grauenvollen Schauspiel alle Farbe aus den Gesichtern gewichen.

Der Bettler stöhnte. »Das war in der Tat ein boshafter Trick, Alter Giftmolch. Das Gift deiner eigenartigen Schlangen hat es in sich.«

Mit einem überheblichen Grinsen drehte sich Ouyang Feng zu Zhou Botong um. Der Alte Kindskopf zupfte sich nervös am Bart und trat von einem Fuß auf den anderen.

Die Blicke wanderten noch einmal über das Wasser. Haikadaver, so weit das Auge reichte. »Mir wird schlecht von dem Anblick«, sagte Zhou Botong schließlich. »Und wenn ich daran denke, dass sie alle am Gift des Alten Giftmolchs gestorben sind, wird mir noch schlechter. Pass auf, dass dir nicht der Drachenkönig der Meere die Seemonster mit ihrer Krabbenarmee auf den Hals schickt.«

Ouyang Feng lächelte stumm.

»Eine Sache will mir nicht in den Kopf, Bruder Feng. Bestimmt kannst du sie mir erklären«, sagte der Bettler.

»Du schmeichelst mir.«

»Wie kann man mit einem winzigen Becher Gift, wie tödlich es auch sei, so viele Haie töten?«

Ouyang Feng warf lachend den Kopf in den Nacken. »Es handelt sich um ein ganz besonderes Gift. Das Blut wird vergiftet, sobald es in die Venen gelangt. Und wenn das vergiftete Blut von einem anderen Hai verspeist wird, wird auch sein Blut vergiftet. Und so setzt es sich fort, bis kein lebendiger Hai mehr übrig ist.«

»Eine endlose, giftige Kettenreaktion also«, sagte der Bettler.

»Ganz genau. Mein Titel lautet nicht von ungefähr Gift des Westens. Ich müsste mich ja schämen, wenn ich, was Gift angeht, nicht den ein oder anderen besonderen Kunstgriff zu bieten hätte.«

Das Meer ringsum war schauerlich still. Die kleineren Fische waren entweder von den unzähligen Haien gefressen worden oder geflohen.

»Schnell, lasst uns weitersegeln, hier ist die Luft vergiftet«, rief Hong Qigong.

Ouyang Feng gab Befehl zum Aufbruch, und sogleich hissten die Matrosen die drei Segel, und der Steuermann nahm Kurs auf Nordwest.

»Du hast in der Tat ein effektives Mittel gegen Wanzen, Alter Giftmolch«, sagte Zhou Botong. »Nun sag mir, was ich für dich tun muss.«

»Zunächst möchte ich die drei Herren in meiner Kabine willkommen heißen«, antwortete Ouyang Feng. »Zieht euch trockene Sachen an, esst etwas und ruht euch ein wenig aus. Was unsere Wette angeht … darüber reden wir später.«

Das passte dem ungeduldigen Alten Kindskopf gar nicht. »Nein, nein, nein, sag es gleich! Warum so lange damit hinter dem Berg halten?«

»Wenn das so ist, dann folge mir, Bruder Botong.«

Das große Abenteuer geht weiter in:

Jin Yong

DER PFAD
DER ADLERKRIEGER

Glossar

Buch der Lieder

Das *Shijing* ist die älteste Sammlung von chinesischen Gedichten. Es enthält 305 Gedichte, die zwischen dem 10. und dem 7. Jahrhundert v. Chr. entstanden sind. Bei dem von Huang Rong zitierten Gedicht handelt es sich um das erste Lied der Sammlung – ein Gedicht, das in China jedes Kind kennt. Allerdings lässt der Autor sie es vermutlich bewusst falsch zitieren, denn von einer Turteltaube ist dort nicht die Rede, sondern von einem Fischadler.

Buch der Wandlungen

Das *Yi Jing* (已经) ist einer der ältesten Texte chinesischer Philosophie und entstand als Orakelbuch in der Westlichen Zhou-Zeit (1000–750 v. Chr.). Er besteht aus Erläuterungen zu vierundsechzig Hexagrammen, die jeweils aus zwei Trigrammen zusammengesetzt sind, d. h. zweimal drei Linien, die entweder gebrochen oder durchgängig sind. Diese Hexagramme lassen sich nach einem festen Schema in einem Rad (wie bei einem astrologischen Diagramm) darstellen.

Buch vom Weg und der Tugend – Daodejing

Das *Daodejing* (道德經) ist ein philosophisch-poetischer Text, der vermutlich im 3. Jahrhundert v. Chr. entstanden ist. Als sein Verfasser gilt gemeinhin der legendäre Philosoph Laozi (wörtlich »alter Meister«), dessen Leben allerdings nicht historisch belegt ist. Die zentrale Botschaft der 81 Kapitel umfassenden Schrift ist, den Weg zu einem Leben im Einklang mit der Natur der Dinge zu weisen. (➤ *Daoismus*).

Daoismus

Der Daoismus (chinesisch 道教 *Daojiao*), in alter Schreibweise Taoismus, ist seit dem 4. Jahrhundert v. Chr. eine selbstständige geistige Strömung der chinesischen Philosophie, später entstand daraus auch eine eigene Religion, die ein Kloster- und Mönchswesen analog zum Buddhismus entwickelt hat. Im Zentrum seiner Lehre steht die meditative Selbstversenkung. Dabei meint der schwer übersetzbare Begriff *Dao* (»Weg«) eine Einheit von mystischem Urgrund und Weltgesetz. Im Gegensatz zum weltlich-politisch orientierten Konfuzianismus ist das Leitbild für menschliches Verhalten im Daoismus die Weltabgewandtheit. Seine Ideale sind Gleichmut, Güte und das Nicht-Eingreifen in den Lauf der Dinge.

Emei-Nadel

Chinesisch *Emeici* (峨嵋刺), ist eine kleine, traditionelle Stichwaffe in der chinesischen Kampfkunst, bestehend aus einem Metallstab mit einem spitzen, scharfen Ende. Üblicherweise wird sie mit einem Ring am Mittelfinger getragen und auf diese Weise für Überraschungsangriffe eingesetzt.

Energiezentrum – Dantian

Der Begriff *Dantian* (chinesisch 丹田 *dantian*, »Zinnoberfeld«) kommt aus dem Daoismus und bezeichnet die »energetischen Zentren« des Körpers. Diese energetischen Zentren spielen eine wichtige Rolle bei der Kunst, seinen Atem und sein Qi zu lenken (Qigong), so wie es Guo Jing von Ma Yu, einem Mönch der Quanzhen-Schule, lernt. Es werden drei Dantians unterschieden (unteres, mittleres und oberes), wobei im Roman meist von dem unteren, im Bauch angesiedelten Dantian die Rede ist. Die Aktivierung dieser Körperregionen ist im Kung-Fu der daoistischen Schulen und den traditionellen Kampfkünsten generell von großer Bedeutung.

Fan Li und Xi Shi

Fan Li (范蠡) lebte um 500 v. Chr und war während der Frühlings- und Herbstperiode Beamter am Hof des Staats Yue. Nachdem er zunächst seinem König Goujian treu ergeben war und mit ihm drei Jahre in Gefangenschaft im verfeindeten Staat Wu verbracht hatte, trat er nach dem Fall von Wu von seinem Ministerposten zurück, tat sich mit der legendären Schönheit Xi Shi (西施) zusammen und ruderte mit ihr auf einem Fischerboot hinaus in den Nebel der Fünf Seen und verschwand für immer.

Guo Sheng und Yang Zaixing

Guo Sheng ist ein fiktionaler Charakter aus dem Roman *Die Räuber vom Liangshan-Moor* (水浒传, *Shuihu Zhuan*) aus dem 14. Jahrhundert. Der Roman spielt in der Song-Dynastie (→ *Song-Dynastie*), etwa achtzig Jahre vor unserer Romanhandlung. Guo Sheng gehört dort zu einer Gruppe von heroischen Rebellen des *Jianghu* (→ *Jianghu*). Der Roman beginnt damit, dass diese einstmals von Urkaiser Shangdi verbannten Dämonen als Kämpfer für Gerechtigkeit und Gleichheit wiedergeboren werden, die sogenannten »108 Sterne des Schicksals«. Auch Yang Zaixin ist ein fiktionaler Charakter und entstammt einer volkstümlichen Sammlung von Erzählungen mit dem Titel *Die Generäle der Familie Yang*. Auch diese Geschichten spielen in der frühen Song-Zeit und handeln von General Yang Ye und seinen sieben Söhnen, die durch taktisches Geschick und hohe Waffenkunst die Grenzen des Song-Reichs gegen seine Feinde verteidigen.

Hexagramme

(→ *Buch der Wandlungen*)

Jianghu

Der Begriff *Jianghu* (江湖) bedeutet wörtlich *jiang* »Fluss« und *hu* »See«, also »Flüsse und Seen«. Er wurde bereits von dem daoistischen Philosophen Zhuangzi (ca. 365–290 v. Chr.) verwendet, aber erst in der chinesischen Kampfkunst-Literatur seit dem 12. Jahrhundert zu einer Metapher für die Welt der Randständigen, Ausgestoßenen und außerhalb der staatlichen Ordnung Lebenden. Er ist ein Sammelbegriff für Gemeinschaften mit eigenem Moral- und Ehrenkodex und jeweils eigenen Kampftechniken. Ihre Welt wird auch als *Wulin* (武林), »Wald der Kampfkunst« bezeichnet und ist sozusagen die chinesische Variante von Robin Hoods Wald von Sherwood.

Heute steht *Jianghu* auch für die raue Welt der Triaden und Gangsterbanden, zum Beispiel die Hongkonger Mafia in modernen Actionfilmen.

Jin

(→ *Song-Dynastie*)

Jingkang

Die Vornamen *Jing* (靖) und *Kang* (康) ergeben zusammen den Namen einer der Regierungsdevisen des Song-Kaisers Qinzong (1100–1161, → *Song-Dynastie*), unter dessen Herrschaft das chinesische Reich die demütigende Niederlage gegen die Jin-Invasoren hinnehmen musste. Das Jahr 1127, in dem die Jin die Song-Hauptstadt Kaifeng einnahmen, ist deshalb als das Jahr der »Schmach von Jingkang« (chinesisch 靖康之恥 *Jingkang zhi chi*) in die Geschichte eingegangen. In der Regierungsdevise drückte sich der Wunsch des Kaisers nach Frieden und Wohlstand für sein von Kriegen gebeuteltes Reich aus. Jing bedeutet »Gelassenheit« und Kang »Lebenskraft«. Den beiden Kindern wird mit ihren Namen also noch vor ihrer Geburt die Verantwortung auferlegt, die Schande ihrer Nation zu tilgen.

Jurchen

(→ *Song-Dynastie*)

Kaiserkanal

Der Kaiserkanal (大運河 *Dayunhe*, wörtlich: Großer Kanal) wurde vor allem ab dem 6. Jahrhundert zu einem der wichtigsten Versorgungs- und Handelswege Chinas ausgebaut. Besonderen Aufschwung nahm die Bedeutung des Kanals mit Erfindung der Schleuse in der frühen Song-Zeit (984). Er verbindet die Stadt Hangzhou (im Roman die Hauptstadt Lin'an der Südlichen Song-Zeit, → *Lin'an*) mit der Stadt Peking (im Roman die Jin-Hauptstadt Zhongdu) und gilt mit einer Länge von über 1800 Kilometern als die längste von Menschen geschaffene Wasserstraße der Welt. Heute existiert er nur noch in Teilen und ist als Handelsweg von geringer Bedeutung. Seit 2014 ist er UNESCO Weltkulturerbe der Menschheit.

Kang

Ein *Kang* (炕) ist ein in Nord- und Zentralchina verbreitetes, hohes gemauertes Bett bzw. eine Sitzgelegenheit. Er ist innen hohl und wird zumeist mit der abgeleiteten Hitze des Herdfeuers erwärmt.

Konfuzianismus

Der Konfuzianismus ist weniger eine Religion als eine Morallehre. Zur Zeit der Romanhandlung (im 12./13. Jahrhundert) war er in Form des Neokonfuzianismus im kaiserlichen China Staatsdoktrin. Der Begriff Konfuzianismus leitet sich von der latinisierten Form des Namens des Philosophen Konfuzius (chinesisch *Kongzi* 孔子) ab.

Aus der philosophisch begründeten Tugendlehre der Schule des Konfuzianismus ergeben sich drei soziale Pflichten, nämlich Loyalität (忠 *zhong*), Kindliche Pietät (孝 *xiao*) und die Wahrung von Anstand und Sitte (禮 *li*). Dabei gehört zur Kindlichen Pietät die absolute Folgsamkeit nicht nur gegenüber den Eltern, sondern auch gegenüber den Ahnen. In einem Tempel der Kindespietät werden den Ahnen von ihren Hinterbliebenen Opfergaben dargebracht, vor allem zum Qingming-Fest, dem Totengedenktag (5. April).

Kröte im Mond

Um den Mond ranken sich in der chinesischen Mythologie nicht anders als in der westlichen Mythologie zahlreiche Legenden. Das chinesische Mondfest im Herbst geht auf Legenden um die Mondgöttin Chang'e (嫦娥) zurück, die zusammen mit dem Jadehasen in einem Palast im Mond lebt, sie ist also die »Frau im Mond«. Eine der Legenden erzählt (kurzgefasst) davon, dass die mit dem Bogenschützen Houyi (后羿) verheiratete Göttin Chang'e beim Jadekaiser in Ungnade fällt. Ihr Mann macht sich daher auf die Suche nach einem Unsterblichkeitselixier, um die verlorene göttliche Unsterblichkeit zurückzuerlangen. Chang'e nimmt heimlich die doppelte Menge des Elixiers ein und steigt dadurch ohne ihren Mann zum Mond auf, wo sie sich in eine Kröte verwandelt und aus Einsamkeit mit dem Jadehasen zusammentut. Kröte und Hase gelten (ähnlich wie bei uns) als Fruchtbarkeitssymbole.

Kung-Fu

Für Bruce Lee bedeutete Kung-Fu, »sich keine Grenzen als Grenze zu setzen«. Der Begriff ist eine Romanisierung des chinesischen *gongfu* (功夫), der zunächst alle Kunstfertigkeiten bezeichnet, die durch geduldige und harte Arbeit erlangt werden. Er bezieht sich also nicht nur auf die Kampfkünste, sondern kann genauso Kalligrafie, Kochkunst oder Zaubertricks meinen. Der eigentliche Begriff für Kampfkunst im Chinesischen ist *Wuxia* (武俠), was dem englischen *martial arts* entspricht. Chinesische Kampfkünste sind untrennbar mit der zentralen Idee der Selbstkultivierung verbunden, die sich in den Philosophien des Konfuzianismus und des

Daoismus und der Religion des Buddhismus findet. Die bekannteste Schule chinesischer Kampfkunst ist die des im späten fünften Jahrhundert gegründeten Shaolin-Tempels in der Provinz Henan. Zwar dienten die Praktiken innerer (Meditation, Atmung) und äußerer (Angriff und Verteidigung mit und ohne Waffen) Kampfkunst vor allem der Selbstveredlung und der Harmonisierung von Körper und Geist, jedoch waren die buddhistischen und daoistischen Mönche durch den Besitz von Ländereien tatsächlich wiederholt Angriffen von Feinden ausgesetzt, gegen die sie sich aktiv verteidigen mussten. Die traditionellen Werte der Kampfkunst, wie sie in der Literatur verbreitet werden, sind Güte, Gerechtigkeit, Loyalität, Mut, Aufrichtigkeit, Verachtung weltlicher Besitztümer und der Wunsch nach Ruhm und Ehre. In der Welt des *Jianghu* (→ *Jianghu*) schulden die Schüler eines Meisters (*Shifu*) diesem absolute Treue und Respekt. Chinesische Kampfkunst-Literatur wurde als eigene Erzählform erstmals in der Tang-Zeit (618–907) populär und fand ihren ersten Höhepunkt in den chinesischen Romanen der Ming-Zeit (1368–1644), wie *Die Reise nach Westen* oder *Die Räuber vom Liangshan-Moor*. Neue Popularität gewann das Genre in den 1920er- und 1940er-Jahren. Unter den zahlreichen Autoren dieser Epoche ist vor allem Wang Dulu zu nennen, dessen Werk wiederholt verfilmt wurde. Hierzulande bekannt ist zum Beispiel die oscarprämierte Adaption *Tiger and Dragon* von Ang Lee. Jin Yongs Geschichten wurden seit den späten 1950er-Jahren zuerst als Fortsetzungsromane in Hongkonger Zeitungen und Zeitschriften veröffentlicht und trugen zu einem enormen Aufschwung und Ansehen der Kung-Fu-Literatur und der Kampfkünste selbst bei. Die Millionenauflagen seiner Bücher haben ihn zum meistgelesenen chinesischen Autor der Welt gemacht.

Im Roman wird häufig gekämpft, und immer geht es darum zu gewinnen, aber nicht immer darum, den Gegner zu verletzen oder zu töten. Oft messen sich die Kampfkünstler wie in Kampfsportschulen durch die Demonstration ihrer Beherrschung von Formen, das heißt, eine bestimmte Bewegungsabfolge von Angriff, Abwehr, Gegenangriff und Gegenwehr (im Boxen würde man es Sparring nennen). Die meisten von Jin Yongs Kampfkunstformen sind frei erfunden.

Drei Arten von Kung-Fu kommen bei den Formen in den Adlerkriegern zur Anwendung: *Waigong* (Äußeres Kung-Fu), *Neigong* (inneres Kung-Fu, ↠ *Neigong*) und *Qinggong* (Schwebekunst), wobei die Schwebekunst (leider) nur eine Erfindung der Kampfkunstliteratur ist.

Kunst der Magischen Tore und der Fünf Elemente

Bei den Künsten, auf die sich Huang Yaoshi so vortrefflich versteht, handelt es sich um Elemente aus der chinesischen Astrologie und Wahrsagekunst und der mit der Suche nach Unsterblichkeit verbundenen daoistischen Alchemie. In der daoistischen Lehre (↠ *Daoismus*) geht es unter anderem darum, im Einklang mit dem ganzen Universum zu einem erfüllten Leben zu gelangen. Zur daoistischen Naturbeschreibung dient die Lehre der Fünf Wandlungsphasen oder Fünf Elemente, nämlich Holz, Feuer, Erde, Metall und Wasser, diese sind dabei nicht ebenbürtig, sondern entsprechen verschiedenen Zuständen des Wandels von Himmel und Erde. Sie sind die grundlegende Methode der traditionellen chinesischen Weltbeschreibung. Alles, vom menschlichen Körper bis zu Musik, Farben, Jahreszeiten etc. lässt sich auf der Grundlage dieser Lehre analysieren. So tragen zum Beispiel auch die zuerst bekannten Planeten der chinesischen Astronomie (Merkur, Venus, Mars, Jupiter, Saturn) die Namen der Fünf Elemente.

Die Magischen Tore sind vor allem eine Wahrsagekunst, die sich der Astrologie, Geomantik und Naturbeobachtung bedient. Mit ihrer Hilfe wird z. B. der Erfolg von militärischen Interventionen auf dem Schlachtfeld vorausgesagt, aber auch generell die günstige oder ungünstige Wirkung bestimmter Handlungen oder eben auch architektonischer Anlagen vorausbestimmt. Eine wichtige Voraussetzung dafür ist die Kenntnis der Wechselwirkungen der Fünf Elemente.

Laozi

(→ *Buch vom Weg und der Tugend*)

Li

Li (里) ist ein traditionelles chinesisches Längenmaß, das etwa einem halben Kilometer entsprach und heute mit exakt fünfhundert Metern definiert wird.

Li Yuan und Li Shimin

Li Yuan (李渊) war der Begründer der Tang-Dynastie (618–907), die als kulturelle, politische und wirtschaftliche Blütezeit Chinas gilt. Er stürzte 618 die Sui-Dynastie und regierte, bis ihn sein ehrgeiziger Sohn Li Shimin 626 zur Abdankung zwang. Li Shimin (李世民), der politisch und militärisch entschlossener als sein Vater agierte, ging als eigentlicher erster Kaiser der großen Tang-Dynastie (唐太宗, *Tang Taizong*) in die Geschichte ein und regierte bis 649.

Li Shimin

(→ *Li Yuan*)

Lin'an

Mit der Eroberung der alten Hauptstadt Kaifeng durch die Jurchen 1138, wurde Lin'an die Hauptstadt des südlichen Song-Reiches (1127–1279, → *Song-Dynastie*) unter Kaiser Ningzong. Die Präfektur Lin'an grenzt an das Gebiet des heutigen Hangzhou in der Provinz Zhejiang. Lin'an galt im 13. Jahrhundert als eine der bevölkerungsreichsten und fortschrittlichsten Städte der Welt.

Mantou

Ein *Mantou* (馒头) ist ein dampfgegartes Brötchen mit oder ohne Füllung.

Mu Yi

Der falsche Name, den sich Yang Tiexin zugelegt hat, ist ein Spiel mit chinesischen Schriftzeichen. Zerlegt man das Schriftzeichen *Yang* (杨) seines Familiennamens in seine beiden Bestandteile, erhält man die Schriftzeichen *mu* (木, Holz) und *yi* (易, Wandlung).

Neigong

Neigong (内功), wörtlich »innere Kunst«, bezeichnet im Kung-Fu und im Qigong eine innere Kraft (im Gegensatz zu äußerlichen Kampftechniken). Sie beinhaltet die Stärkung und die Fähigkeit zur bewussten Steuerung der Lebensenergie Qi. Durch Meditation und Atemübungen werden die inneren Funktionen des Körpers (Gedanken, Atmung, innere Organe, Meridiane, Kreislauf) beeinflusst. In den *Adlerkriegern* ist es vor allem Wang Chongyangs Quanzhen-Schule des Daoismus, die diese Kunst wie keine andere meistert.

Nervenpunkte

Dianxue (点穴) oder *Dianmai* (点脉), »auf den Nervenpunkt drücken«, ist ein wissenschaftlich nicht belegtes Konzept ostasiatischer Kampfkünste, bei dem der Gegner durch kurzzeitigen Druck auf die Meridiane vorübergehend gelähmt oder getötet wird.

Qi

(➙ *Neigong*)

Die Quanzhen-Schule

Chinesisch *Quanzhen dao* (全真道, »Weg der vollkommenen Wahrheit«). Diese Schule des Daoismus (ältere Schreibweise: Taoismus) wurde im 12. Jahrhundert von Wang Chongyang begründet. Der Legende nach begegnete Wang Chongyang im Jahre 1159 zwei Unsterblichen, die ihn in die Geheimnisse des ewigen Lebens einweihten. Daraufhin gründete er seine Schule in den Zhongnan-Bergen in der zentralchinesischen Provinz Shaanxi, die bis heute das Zentrum des religiösen Daoismus ist. Die Quanzhen-Schule gehört zu den ersten Schulen des Daoismus, deren Anhänger als Mönche zölibatär in Klöstern lebten. Anders als es die Legende nahelegt, ging es in den Lehren Wang Chongyangs aber nicht um die Suche nach Unsterblichkeit, sondern um Askese und geistige Vervollkommnung. Er und seine sieben Schüler gelten bis heute als einflussreiche Denker des religiösen Daoismus.

Schwebekunst

(→ *Kung-Fu*)

Siegelschrift

Die chinesische Kalligrafie kennt fünf Schreibstile, einer der ältesten davon ist die Siegelschrift (chinesisch 篆書 *zhuanshu*). Anders als bei den späteren Formen, wie der Regelschrift (*kaishu*) oder der Kursivschrift (*xingshu*), werden die Pinselstriche dabei nicht geschwungen und mit unterschiedlicher Betonung des Strichs, sondern gleichmäßig und mit spitz zulaufenden Enden ausgeführt. Diese alte Schriftform ist nicht einfach zu lesen und wird bis heute vor allem für Siegel von Malern und Kalligrafen als Signatur ihrer Werke verwendet.

Song-Dynastie

Das Königshaus der Jin herrschte im 12. und 13. Jahrhundert im Nordosten Chinas und entstammt dem Volk der Jurchen. Um das mit China verfeindete Liao-Reich zu bezwingen, schloss die Song-Dynastie (960–1279) unter Kaiser Huizong ein Bündnis mit den

Jin. Vom Sieg über die Liao profitierten aber allein die Jurchen, die 1125 auf den Ruinen des Liao-Reiches ihre Dynastie gründeten und die Schwäche Chinas ausnutzten, um den gesamten Norden des Reiches bis zum Gebiet des Huai-Flusses zu erobern. Kaiser Huizong und sein Nachfolger Qinzong wurden gefangen genommen. Von 1153–1214 wurde Yanjing, das heutige Peking, zur Hauptstadt des Jin-Reichs und in Zhongdu (»zentrale Hauptstadt«) umbenannt. Die Anhänger der Song-Dynastie flohen nach Süden und machten zunächst die Stadt Nanjing zur Hauptstadt der südlichen Song-Dynastie (1127–1279), später verlegten sie den Sitz nach Lin'an (in der Nähe des heutigen Hangzhou, ➤ *Lin'an*). Die Song-Dynastie im Süden konnte sich noch hundertfünfzig Jahre halten. Der Song-Kaiser hatte die Aufgabe, das Reich zu konsolidieren und weitere Vorstöße der Jurchen zurückzuschlagen, die bis zum Jangtse-Fluss vordrangen. Nach anfänglichen Erfolgen wurden jedoch alle Anstrengungen, den Norden zurückzuerobern, aufgegeben. Im Jahr 1276 wurde die Herrschaft der südlichen Song-Dynastie mit der Eroberung Hangzhous durch die Mongolen beendet. Diese begründeten die Yuan-Dynastie (1279–1368).

Der »Süden«

Jiangnan (江南), ein Begriff, der von den Helden des Romans immer wieder verwendet wird, bedeutet wörtlich »südlich des Flusses« und meint vor allem den chinesischen Südosten mit dem Flusslauf des Jangtse als natürlicher Grenze zu Nordchina und damit die heutigen Provinzen Anhui, Zhejiang und Jiangxi. Durchzogen von zahlreichen Flüssen und Kanälen, gehörte die wasserreiche Gegend schon immer zu den fruchtbarsten und grünsten Regionen Chinas (»Land von Fisch und Reis«), und ihre Einwohner, insbesondere die Frauen, galten im kaiserlichen China als besonders liebreizend und elegant. Wenn vom »Süden« die Rede ist, ist daher weniger ein geografischer als ein kulturhistorischer Ort gemeint.

Tael

Ein Tael ist eine nicht mehr gebräuchliche chinesische Währungseinheit, ein Silberstück, dem zehn Mace, hundert Kandarin und tausend Käsch (Messing- oder Kupfermünzen mit einem Loch in der Mitte, um sie an Schnüren zu tragen) entsprechen.

Tempel der Kindespietät

(→ *Konfuzianismus*)

Trigramme

(→ *Buch der Wandlungen*)

Xi Shi

(→ *Fan Li und Xi Shi*)

Xiao

Die *Xiao* (簫) ist eine chinesische Bambus(längs)flöte. Sie umfasst zwei Oktaven und hat in der Regel fünf Fingerlöcher und ein Daumenloch. In Japan ist dieselbe Flöte unter dem Namen *Shakuhachi* bekannt.

Yang Zaixing

(→ *Guo Sheng und Yang Zaixing*)

Yue Fei

Yue Fei (岳飞, 1103–1141) ist als Heerführer des südlichen Song-Reichs nach der Teilung des Reichs 1127 als tragischer Held in die chinesische Geschichte eingegangen. Die erfolgreichen Feldzüge des Generals gegen die Jin-Eroberer wurden von Kräften am Hof sabotiert, die eine friedliche Koexistenz mit den Jin befürworteten. Wegen angeblichen Hochverrats wurde Yue Fei inhaftiert und schließlich im Kerker ermordet. Seither wird der Feldherr in zahlreichen volkstümlichen Romanen und Theaterstücken bis in die Gegenwart zum patriotischen Märtyrer verklärt.

Zhang Yuhu
Zhang Yuhu war der Künstlername des Dichters und Kalligrafen Zhang Xiaoxiang (張小項, 1132–70). Als Beamter am Hof der Südlichen Song-Dynastie (➙ *Song-Dynastie*) schlug er sich auf die Seite des verfemten und eingekerkerten Generals Yue Fei (➙ *Yue Fei*) und forderte, die von den Jin eroberten Gebiete Nordchinas zurückzuerobern.

Zheng
Die *Zheng* oder *Guzheng* (古箏) ist eine chinesische Wölbbrettzither und ein typisches Instrument der klassischen chinesischen Musik. Im Unterschied zu der wie eine Laute gespielten *Guqin* hat sie bewegliche Stege und einen kräftigeren Klang als die helle *Qin*. Sie hat zwischen 5 und 21 Saiten aus Seide, Kupfer oder Stahl und ist in der Regel aus Holz – eine »eiserne Zheng«, wie im Roman beschrieben, ist historisch nicht belegt.

Peter V. Brett

Manchmal gibt es gute Gründe, sich vor der Dunkelheit zu fürchten ...

Peter V. Bretts Dämonensaga – ein Epos vom Weltrang des »Herrn der Ringe«

978-3-453-52476-7

Die Romane

Das Lied der Dunkelheit
978-3-453-52476-7

Das Flüstern der Nacht
978-3-453-52611-2

Die Flammen der Dämmerung
978-3-453-52474-3

Der Thron der Finsternis
978-3-453-31573-0

Das Leuchten der Magie
978-3-453-31574-7

Die Stimmen des Abgrunds
978-3-453-31938-7

Der Prinz der Wüste
978-3-453-31811-3

Die Erzählungen

Der große Bazar
978-3-453-52708-9

Das Erbe des Kuriers
978-3-453-31682-9

Selias Geheimnis
978-3-453-31970-7

Alle Erzählungen in einem Band

Das Feuer der Dämonen
978-3-453-32053-6

Leseproben unter **www.heyne.de**

HEYNE

Bernhard Hennen

Die Elfenritter-Trilogie

Vollständig überarbeitet und mit neuen Farbkarten

»Bernhard Hennen erschafft eine bildgewaltige und fesselnde Welt, in die der Leser vollkommen eintaucht.« *Wolfgang Hohlbein*

978-3-453-32095-6   978-3-453-42479-1   978-3-453-42480-7

Leseprobe unter **www.heyne.de**